国家社科基金丛书
GUOJIA SHEKE JIJIN CONGSHU

故都的文化记忆与文学书写

京派文学与
中国现代都市文化空间关系研究

Cultural Memory and Literary Writing of the Former Capital:

A Study of the Spatial Relations between "Beijing" School of Literature and Modern Chinese Urban Culture

文学武　著

人民东方出版传媒
东方出版社

目　录

绪 论

第一节 京派文学国内外研究的
历史及现状述评

中国现代文学史上曾经出现过许多形形色色的文学流派。毋庸讳言,这种多样化的流派恰恰是文学繁荣的象征,也足以说明当时文坛空气的相对自由、独立以及文人公共交往的紧密。京派文学就是这样一个比较成熟的文学流派,曾在 20 世纪二三十年代的中国文坛产生过较大的影响。它作为一种文学现象在 20 世纪 30 年代就被不少人提及,如鲁迅、曹聚仁、胡风、徐懋庸、姚雪垠等,但他们大都是把京派文学视为和海派文学相对立的文学流派而论及的。这里面最重要的评论当是鲁迅的《“京派”与“海派”》《“京派”和“海派”》。在《“京派”与“海派”》一文对“京派”和“海派”这两种文学现象进行了精辟的分析,指出了外部环境对文学的制约和影响,这种从地域的角度解释文学现象的方法打破了单纯从政治学角度看待文学的局限。鲁迅说:“北京是明清的帝都,上海乃各国之租界,帝都多官,租界多商,所以文人之在京者近官,沿海者近商,近官者在使官得名,近商者在使商获利,而自己也赖以糊口。要而言之,不过‘京派’是官的帮闲,‘海派’则是商的帮忙而已。”同时鲁迅也认为所谓“京派”和“海派”并不是简单地以作者籍贯来划分,文学流派要复杂得多,但作者居住之地的环境对文学仍然有着不可忽视的影响。他说:"所谓'京派'与'海派',本不指作者的本籍而言,所指的乃是一群人聚的地域,故'京派'非皆北平人,'海派'亦非皆上海人……但是,籍贯之都鄙,固不能定本人之功罪,居处的文陋,却也影响于作家的神情,孟子曰:'居移气,养移体',此之谓也。"①而鲁迅稍后写作的《"京派"和"海派"》则更多地看到这两个文学流派之间隐约中有着某种联系,鲁迅说:"当初的京海之争,看作'龙虎斗'固然是错误,就是认为有一条官商之界也不免欠明白。因为现在已经清清楚楚,到底搬出一碗不过黄鳝田鸡,炒在一起的苏式菜——'京海杂烩'来了……我才明白了去年京派的奚落海派,原来根柢上并不是奚落,倒是路远迢迢的送来的秋波。"②鲁迅基本上是以各打五十大板来对待"京派"和"海派",同时把"京派"也贴上了"官的帮闲"的标签,这在很大程度上影响了其他作家和左翼人士对京派的态度。如曹聚仁说:"京派不妨说是古典的,海派也不妨说是浪漫的;京派如大家闺秀,海派则如摩登女郎……海派文人从官方拿到了点钱,办什么文艺会,招纳子弟,吃吃喝喝;京派文人,则从什么文化基金会拿到了点钱,逛逛海外,谈谈文化;彼此有以异乎? 曰:无以异也。'一成为文人,便无足观',天下乌鸦一般黑,固无间乎'京派'与'海派'也。"③徐懋庸说:"文坛上倘真有'海派'与'京派'之别,那么我以为'商业竞卖'是前者的特征,'名士才情'却是后者的特征。"④而有的左翼作家更把京派文学视作和大众文学、左翼文学截然对立的绅士文学,进而开始了严厉批评和指责,20 世纪30 年代作为评论家出现的胡风基本上就持这样的观点。他在一篇评论文章中说:"曾经有过一次关于文坛上的'京派'、'海派'的小小论争。争些什么,现在当然模糊了,只记得当时曾得到了这么一个印象:所谓'京派'文人底生

---

① 鲁迅:《"京派"与"海派"》,《申报·自由谈》1934 年 2 月 3 日。
② 鲁迅:《"京派"和"海派"》,原载《太白》半月刊 1935 年 5 月 5 日第 2 卷第 4 期。
③ 曹聚仁:《笔端》,上海书店影印版 1988 年版,第 185 页。
④ 徐懋庸:《"商业竞卖"与"名士才情"》,原载《申报·自由谈》1934 年 1 月 20 日。

活大概是很'雅'的,或者在夕阳道上得得地骑着驴子到西山去看垂死的落日,听古松作龙吟或白杨的萧萧声,或者站在北海的高塔上望着层叠起伏的街树和屋顶做梦,或者到天坛上去看凉月……"①不难看出,当时左翼文学的阶级论、工具论思想已经或多或少地影响到人们对于京派文学的认知。

　　到了20世纪40年代,京派文学作为流派的概念已经广泛被人们所接受。钱钟书的小说《猫》中就以幽默的口吻提到过京派:"京派差不多全是南方人。那些南方人对于他们侨居的北平的得意,仿佛犹太人爱他们入籍归化的国家,不住地挂在口头上。"②当然,更有说服力的是来自京派阵营的声音。沈从文不止一次地提到过这个文学流派的成员构成情况,而且这些成员大体上是比较固定地参加京派的读诗会活动。他的《谈谈朗诵诗》一文中提供了一份相对完整的名单:梁宗岱、冯至、孙大雨、罗念生、周作人、叶公超、废名、卞之琳、何其芳、朱自清、俞平伯、王了一、李健吾、林庚、曹葆华、林徽因、周煦良……这里面绝大多数成员属于京派文人集团。另一方面,左翼阵营对于京派文学的指责也越来越激烈,甚至完全从意识形态来看待文学现象,这样京派文学就很自然地被视为落伍甚至反动的代名词了。1947年杨晦发表了《京派与海派》,他在这篇文章中把京派几乎完全否定了。杨晦说:"他们是跟旧士大夫一样是封建意识的代表,他们是在有意或无意地跟封建的反动的势力相表里,起他们的呼应作用。"杨晦还从文学的源头上把京派文学视为和西方资本主义、中国封建传统文学的继承者,以此来证明京派文学的反动性:"这套理论是从哪里来的呢? 一方面是从欧美的资本主义的文艺理论那里撼拾来的;一方面是从中国旧士大夫那里继承来的。这就是所谓京派的理论基础。已经发展到帝国主义的现代,欧美资本主义的文艺理论早失去了它的进步性,而成为反动的了,我们的京派作家却奉作最为神圣的教义一般。至于他们直接继承来的那些士大夫的传统呢,却完全是由于中国农村经济的落后性,由于我们农业生产

---

① 胡风:《"京派"看不到的世界》,《文学》1935年第4卷第5期。
② 钱钟书:《人·兽·鬼》,生活·读书·新知三联书店2002年版,第20页。

的技术水准低落的条件造成的,并不是什么高雅的理论可以奉作传家的秘密。"①与此同时,郭沫若、邵荃麟、冯乃超等也纷纷撰文,对京派阵营的一些主要成员如沈从文、朱光潜、萧乾等都进行了极为激烈的指责,其语词之严厉、态度之粗暴、方法之简单都是罕见的。这些批评基本上都是以流行的政治话语图解文学,已经很难算是客观的文学评论,至于学术性的价值则相当匮乏。其实,这种带有浓重"左"倾色彩的批评模式在当时的影响越来越大,而对正常文学评论的制约和干扰也越来越严重,这是中国现代文学史应该汲取的深刻教训。

新中国成立后,庸俗社会学评论方法盛行,一度成为文学研究的主流,京派文学所流露的自由主义文艺观念就被视为旁门邪道而遭到严厉的清算,正常的学理性研究极为少见。即使像一些学术性相对好的著作也难以摆脱这种观念的影响,如王瑶的《中国新文学史稿》对于京派的不少作家评价不高,作者的政治和社会意识经常压倒对于文学流派属性和作家创作独特个性的判断。与此相反的情形却是,京派文学在海外却受到了特别的重视,其中特别值得提及的是夏志清的《中国现代小说史》和司马长风的《中国新文学史》。夏志清的《中国现代小说史》的写作虽然受到了当时东西方冷战思维的影响,对于左翼文学的一些评价带有一定的偏激之处,但他对京派的一些作家如沈从文、师陀(芦焚)、凌叔华、废名等人的评论却堪称该书的一大亮点,不乏真知灼见。如夏志清把沈从文、师陀都列入专门的章节来论述,足显这本专著的价值和他的文学史眼光。夏志清对沈从文的评论也堪称经典,他说:"他是中国现代文学中最伟大的印象主义者。他能不着痕迹,轻轻的几笔就把一个景色的神髓,或者是人类微妙的感情脉络勾画出来。"②像这样的论断就很有见地。值得重视的是,夏志清对沈从文的评论和研究基本上是从文本出发,立足于艺

---

① 杨晦:《京派与海派》,《杨晦文学论集》,北京大学出版社1985年版,第226—227页。
② 夏志清:《中国现代小说史》,刘绍铭等译,复旦大学出版社2005年版,第147页。

术本体的,这和当时大陆惯常使用的社会学批评模式有较大的差别。司马长风的著作中涉及许多京派作家如沈从文、李健吾、何其芳、李广田、废名等,对他们的文学成就给予高度肯定。他称赞沈从文:"沈从文在中国有如 19 世纪法国的莫泊桑、或俄国的契诃夫,是短篇小说之王;中长篇小说作品较少,但是仅有的几篇如《边城》、《长河》等全是杰作。"①当然,司马长风的这本著作也有不小的缺陷,诸如他对京派作为一个文学流派性质上的确定太过随意化,把凡是当时居住在北京的作家都当成了京派作家,如郑振铎、朱自清、曹禺、吴组缃、巴金、闻一多等。而这种划分的标准鲁迅当年就进行了否定,因为司马长风所列出的一些作家的文学见解有时和京派作家正好相反,联系也并不紧密。另外,这部书稿基本停留在对作家作品的感性分析上,带有较强的印象主义成分,缺乏理论上的概括和升华,这在一定程度上影响到它的学术价值。

　　京派文学研究真正进入春天应该从 20 世纪 80 年代算起。这一时期学界理论空气之活跃、研究阵营之强大、成果之丰硕都是从未有过的。随着思想的解放,那种"左"的思维方式以及长期在评论界占据主导地位的庸俗社会学评论方法被人们逐渐抛弃,人们开始用一种开放的心态和宽容的眼光来重新审视和评价京派文学,出现了一批很有分量的学术成果。如严家炎的《中国现代小说流派史》、吴福辉编选的《京派小说选》、杨义的《中国现代小说史》等都是其中的代表,京派文学作为流派的性质被学界确认和接纳。严家炎的《中国现代小说流派史》明确将京派小说和"乡土小说""新感觉派小说""七月派小说"等流派并列,并对其文学史的意义给以较为客观、充分的肯定,如认为它们"把写实、记梦、象征熔于一炉,使抒情写意小说走向一个新的阶段""总体风格上的平和、淡远、隽永"、"简约、古朴、活泼、明净的语言"。② 吴福辉在《京派小说选》的前言中,从作家队伍组成、文学期刊、创作倾向等多方面论证

---

① 司马长风:《中国新文学史》中卷,香港昭明出版社 1976 年版,第 37 页。版本下同。
② 严家炎:《中国现代小说流派史》,人民文学出版社 1989 年版,第 227—242 页。版本下同。

了京派文学存在的历史事实,认为京派文学的价值在于:"有意远离政治斗争两极的京派,便填补了中国现代左翼文学与右翼文学之间的广阔地带(包括其他各种民主主义作家的文学),发挥着自己独特地认识中国社会,用现代精神继承传统文化,努力探视文学内部规律的特长。"①杨义在京派文学的研究上也贡献很多,他的《中国现代小说史》《京派海派综论》都用了较多的篇幅来论述京派文学,对京派作家在现代文学史上的成就也给以很高的评价。尤其值得注意的是,杨义很注意从流派的演变和地域文学的角度来研究京派文学,较大地拓展了文学研究的空间。许道明《京派文学的世界》是第一部专门研究京派文学的专著,全书共分八章,从不同侧面探讨京派文学的成就,该书逻辑线索清晰,内容也比较丰富。略有缺憾的是,该书对京派成员的界定有些随意,如把一些"九叶诗派"的成员郑敏、陈敬容等也当成京派文学的成员,另外全书的观点似乎略显保守、陈旧,有些提法值得商榷。此后京派文学研究的阵营继续扩大,在学术界越来越多受到关注,相应的成果不断涌现,在深度和广度上均有一定的突破。这些成果比较重要的有刘进才的《京派小说诗学研究》、查振科的《论京派文学——对话时代的叙事话语》、韩冷的《京派叙事文学的伦理内涵》、高恒文的《京派文人:学院派的风采》《论"京派"》《周作人与周门弟子》;黄键的《京派文学批评研究》、邵滢的《中国文学批评现代建构之反思:以京派为例》、钱少武的《庄禅艺术精神与京派文学》、刘淑玲的《大公报与中国现代文学》、周仁政的《京派文学与现代文化》、周泉根的《京派文学群落研究》等,显示了学术界对这一研究课题的持续关注,也再次证明了京派文学的丰富性、独创性。

但是京派文学的研究仍然值得进一步的深化和拓展。因为以前的研究大都还局限在纯粹的文学研究范畴,较为缺乏大文化眼光和世界文化眼光的观照。因此,就京派文学研究而言,那种传统的以作家、作品、流派特征等为中心

---

① 吴福辉编选:《京派小说选》,人民文学出版社1990年版,第4页。版本下同。

的研究模式虽然仍有一定的学术价值,但在一定程度上也可以说接近自身的局限,必须寻找进一步的突破口。而要想产生原创性的突破,就必须赋予新的问题意识,调整研究的视角,拓展研究的对象和范围,采用跨学科的研究手段。而从都市文化空间关系的角度切入恰是一个全新的课题,这也是以前的研究者普遍忽略的。

第二节 本课题的研究意义、研究思路、主要论点和研究方法

本课题所说的空间概念不同于哲学时空观中的空间范畴,它不仅是一种物质的客观范畴,更多的是一种社会文化关系。哈贝马斯在他的名著《公共领域的结构转型》中对"公共空间"一词从词源学上进行了详尽的辨析,对"公共""公共领域""公共空间"之间的差别和联系也都进行了较为严格的界定。如他认为,从社会学的角度看,"作为制度范畴,公共领域作为一个和私人领域相分离的特殊领域,在中世纪中期的封建社会中是不存在的"[①]。按照哈贝马斯的理解,公共空间是随着资产阶级关系的出现才逐渐产生。同时它是一个带有理想性质的概念,公共空间生产出社会公共舆论,进而对社会产生影响:"随着这样一个阅读公众的产生,一个相对密切的公共交往网络从私人领域内部形成了。读者数量急剧上升,与之相应,书籍、杂志和报纸的数量猛增,作家、出版社和书店的数量与日俱增,借书铺、阅览室,尤其是作为新阅读文化之社会枢纽的读书会也建立起来。与此同时,德国启蒙运动后期产生的社团组织的重要性也得到了承认。社会组织之所以具有进步意义,与其说是因为其组织形式,不如说是由于其显著的功能。"[②]这种处于国家和社会之间的公共

---

① [德]哈贝马斯:《公共领域的结构转型》,曹卫东等译,学林出版社1999年版,第6页。版本下同。

② [德]哈贝马斯:《公共领域的结构转型》,"初版序言"第3页。

空间,在20世纪二三十年代的中国的一些都市也不同程度地存在着,而中国现代知识分子也充分利用这一难得的机遇,把其作为自身生存和施加社会影响的场所。对主要生活在都市的知识分子而言,都市的空间如茶馆、沙龙、咖啡馆、同人刊物、书局、图书馆、大学、社团等成为他们公共交往进而实现自我价值的重要形式。福柯就认为:现代都市生活之中的人们,处于一个同时性(Simultaneity)和并置性的(Juxtaposition)的时代,人们所经历和感觉的世界,是一个点与点之间的互相联结、团与团之间互相缠绕的人工建构的网络空间,而不是传统社会中那种经过时间长期演化而自然形成的物质存在①。可见,空间尤其是都市空间完全颠覆了传统社会人们交往和生活的法则,对于现代知识分子的重要性是不言而喻的。而本课题把京派文学放置在中国现代都市空间的文化背景下进行梳理和考察,首先可以凸显文学流派以及作家丰富多彩的个性,使中国现代文学的研究立体化、层面化和动态化,从而加深对中国现代文学的整体性把握,具有认识论和方法论的价值。其次,京派文学的产生有着鲜明的地域色彩和特定的都市文化环境,研究京派文学与现代大学教育、媒介出版、城市文化生活、建筑等都市空间的关系,可以揭示文学与外部文化生态环境的互动及发生机制。最后,从都市文化史的角度考察京派文人的公共交往和社会活动,可以较为清晰地展示中国现代知识分子的精神状态,开拓知识分子研究的新视角。

本课题研究第一个重要的思路是,把京派文学这种以往人们仅仅从文学现象入手的文学个案提升为一种整体性的文化研究,从都市文化的角度来观察文学现象,研究京派文人的公共生活、公共空间、公共领域以及他们所凭借的各种社会建制(如报纸、杂志、书局、学校、社团、沙龙等),以此对京派文学的外部文化生态环境进行深入研究。第二个思路是现象还原。本课题十分重视在对原始文献、资料的解读中,一点一滴地清理出作品的文化意义、作家的文化态度、社会态度和精神脉络。而不是首先预设一个天马行空的理论框架,

---

① [法]福柯:《不同空间的正文与上下文》,陈志梧译,见许纪霖等:《近代中国知识分子的公共交往(1895—1949)》,上海人民出版社2008年版,第4页。版本下同。

再去寻找资料进行对号入座式的填充。本课题特别注意对原始资料和文献的梳理、分析,如对《大公报》《水星》《文学杂志》《学文》《文学季刊》《骆驼草》《新月》《现代》等原始报刊以及对相关作家日记、书信、年谱、回忆录等的搜集都是从这样的思路出发。第三个思路,本课题充分借鉴西方史学的最新成果,重视人的日常生活行为,把民国时期北京的普通人和知识分子的物质、精神生活纳入研究范畴,力图通过图表、数字等展现历史的生动性。自20世纪70年代以来,西方史学界出现了大量研究日常生活的史学著作,如金斯伯格的《奶酪与蠕虫》、娜塔莉的《马丹·盖赫返乡记》、史景迁的《王氏之死》等。尤其是法国年鉴学派的重要学者费尔南·布罗代尔的巨作《15—18世纪的物质文明、经济和资本主义》更是在日常生活的细节中展现历史的变迁,这些都为本课题的研究提供了很好的借鉴。

在历史和逻辑的框架中,本课题得出一个主要观点:京派文学作为较为成熟文学流派的出现和中国现代都市文化空间有着密切的关系。都市空间孕育了现代知识分子群体,孕育了现代知识分子赖以生存的文化形态,诸如报纸、杂志、书局、大学、图书馆等,也强烈地改变着传统文学的形态,赋予其浓厚的现代意识。更为他们的文学书写提供了丰满、复杂、开放、现代的都市题材;同时,知识分子也以自身独有的方式积极能动地参与都市文化和城市精神的建构,改变着城市的气质,甚至他们本身的存在也是都市一道流动的风景。

在现代学术研究中,方法论意识应该成为研究者明确的追求。黑格尔曾经说:"方法就是关于自己内容的内部自己运动的形式的意识。"从更简洁的意义上说,方法就是一种工具,也是寻找真理的桥梁。方法论的运用可以拓展思维的空间,深化人们的认识,漠视或者鄙夷方法论在学术研究上的意义实质上是短视和非理性的行为。五四时期中国的学术界产生了一大批的原创性的学术成果,在很大程度上在于方法论的有意识运用和创新。陈寅恪在总结王国维的治学方法时指出:"取地下之实物与纸上之遗文,互相释证";"取异族之故书与吾国之旧籍,互相补正";"取外来之观念与固有之材料,互相参证。"①本课题所采用的首先是一种跨学科的方法。本课题的内容涉及文化学、经济学、教育学、印刷和传媒、建筑、城市生活史、文化史、文学史等诸多学科的知识,而只有采用跨学科的方法才能突破传统的文学研究模式,更好地把握研究对象的完整性。其次是文献发生学的方法。本课题把原始资料、文献的搜集、整理放在至关重要的位置,涉及许多民国时期的报刊以及知识分子大量的日记、书信、年谱、回忆录,这些是解读京派文人交往、生活和创作的最可靠的资料。第三是比较方法的运用。比较的意义黑格尔曾经有过深刻的阐释,它不是为比较而比较,而是一种科学的方法论,黑格尔说:"只要我们能承认惟有在现存的差别的前提下,比较才有意义;反之,也惟有在现存的相等的前提下,差别才有意义……我们所要求的,是要能看出异中之同和同中之异。"②因为京派作家的创作发生在东西方文化交汇的重要时刻,只有通过比较才能看出他们对东西方文化的借鉴和对他人的超越。因此本课题特别把京派文人集团和英国的布鲁姆斯伯里文化圈进行比较研究。同时,也把京派文学中的城市描写和同一时期的新感觉派、左翼文学进行比较,以展现他们文学世界的差异性和相通之处。

---

① 陈寅恪:《〈海宁王静安先生遗书〉序》,见陈鸣树:《文艺学方法论》,复旦大学出版社2004年版,第5页。版本下同。

② [德]黑格尔:《小逻辑》,贺麟译,商务印书馆1980年版,第253页。版本下同。

第一章　民国时期北京的都市文化背景

第一节　重绘民国时期北京的文化地图

近年来,随着城市史研究的兴起,中国现代都市研究同样成为学术界研究的热门领域。仅以现代都市文化研究而言,以现代上海都市文化为中心的研究更为突出,成果也更为丰硕。诸如李欧梵、彭小妍、陈建华、张英进、杨义、吴福辉、李今等在这方面的研究都曾经在学界引起较大的反响。特别是李欧梵的《上海摩登:一种新都市文化在中国(1930—1945)》把上海作为城市模式的范例,深入探究其作为都市和现代性的关系,重绘了上海的文化地图,为上海题材的怀旧热起了推波助澜的作用。相对而言,人们对同一时期另一个城市北京的关注却少得多。陈平原多年前曾经感叹说:"国内外学界以上海为视角,探讨中国现代化进程的努力,已经取得了很大成绩。相对来说,作为八百年古都,北京的现代化进程更为艰难,从抵抗、挣扎到追随、突破,其步履蹒跚,更具代表性,也更有研究价值。可惜的是,大有发展潜力的'北京学',目前远不及'上海学'辉煌。"①值得庆幸的是,在一些学者的呼吁下,以民国时期北京为研究对象的著作开始逐渐增加,一些极少为人关注的领域进入学者的视

---

① 陈平原:《北京记忆与记忆北京》,陈平原、王德威编:《北京:都市想像与文化记忆》,北京大学出版社 2005 年版,第 12 页。版本下同。

野。如海外学者董玥女士的《民国北京城：历史与怀旧》（生活·读书·新知三联书店 2014 年版）借用"传统的回收"之概念，力图打破传统与现代的简单二元对立模式，综合考量了在北京这个古老帝都的转型和它被塑造成现代中国"文化城市"过程中各种政治、经济、社会和文化力量的交互作用。她更多关注了各色人等在城市中的生活，尤其是普通人的生活方式，在日常生活的呈现中展示现代城市现实与历史的动态关系。另外，她还对社会学、历史学和文学中呈现的北京面貌有详尽的描述。台湾学者许慧琦的《故都新貌：迁都后到抗战前的北平城市消费（1928—1937）》（台湾学生书局 2008 年版）重点以消费视角研究迁都后至抗战前的北京历史，全面考察经济、政治、社会、文化多种因素的互动关系，进而探讨故都的城市发展与演变，诠释了故都所发生的新面貌。此外，美国学者史明正的《走向近代化的北京》（北京大学出版社 1995年版）、史谦德的《人力车时代的北京：1920 年代的市民与政治》（Strand, Rickshaw Beijing: City People and Politics in the 1920s, University of California Press, 1989）、季剑青的《北平的大学教育与文学生产》（北京大学出版社 2011 年版）《重写旧京：民国北京书写中的历史与记忆》（生活·读书·新知三联书店2017 年版）、许纪霖等著的《近代中国知识分子的公共交往（1895—1949）》（上海人民出版社 2008 年版）、费冬梅的《沙龙：一种新都市文化与文学生产（1917—1937）》（北京大学出版社 2016 年版）、陈平原、王德威编的《北京：都市想象与文化记忆》（北京大学出版社 2005 年版）、颜浩的《北京的舆论环境与文人团体：1920—1928》（北京大学出版社 2008 年版）等也都从不同的侧面论述了知识分子在城市发展中的地位和作用，加深了人们对于北京作为"文化城"的印象。这些研究无疑昭示人们，20 世纪二三十年代的北京研究有着无穷的魅力和广阔的学术空间。

一

与上海的摩登比起来，民国时期的北京在大多数人的印象中是比较沉闷和保守的,更多的是古都的情调:"疏落、空旷的建筑和街道布局,围墙多于店肆;低矮灰暗的四合院民居中,间或露出殿宇的红墙黄瓦或寺塔的身影……北京正是中国的古都和古城当之无愧的杰出代表。"①似乎和都市的现代性没有太大的关系,其实这样的看法并不完全准确。如美国学者史谦德就认为,民国北京的历史实际上具有多重层次,他说:"一些城市就像重写本。尽管只有现在的那些印记可以看得很清楚,那些没有完全被拭去的过去却还是隐约可见。相比较而言,20 世纪 20 年代的北京,作为一个人类和物质的实体,清晰地保留着过去,容纳着现在,并且孕育着众多可能的未来中的基本因素。在 20 世纪 20 年代的中国,很少有城市看起来如此既非常传统和中国化,同时又潜藏了现代和西方城市生活的内涵。"②民国时期的学者铢庵(瞿宣颖)在一篇文章中也认为北京在 1900 年至 1928 年的近 30 年"是一段在新与旧之间挣扎的时间。所有旧的事物仍旧拒绝完全投降,但不得不开始谨慎地接受一些新事物"③。事实上,在 20 世纪二三十年代的北京,传统和现代就是这样复杂地交织在一起,汇聚出色彩斑斓的文化图景。

北京历史上曾经为元、明、清的都城,连续时间长达 600 余年,这不仅使北京成为一座历史名城,还孕育了其宏大的建筑格局和帝都气象,这种独特的政治中心和文化中心既带动着城市商业和城市生活的繁荣,还使得市民的生活方式和审美情趣都呈现出别具一格的面貌。晚清时期的一个学者曾经这样来形容当时的北京:"京师最尚繁华,市廛铺户妆饰富甲天下。如大栅栏、珠宝市、西河沿、琉璃厂之银楼缎号,以及茶叶铺、靴铺,皆雕梁画栋,金碧辉煌,令人目迷五色。至肉市、酒楼、饭馆,张灯列烛,猜拳行令,夜夜元宵,非他处所可及也。京师最肖应酬。外省人至,群相邀请,筵宴、听戏、往来馈送,以及挟优

---

① 杨东平:《城市季风》,东方出版社 1994 年版,第 5 页。版本下同。
② 见董玥:《民国北京城:历史与怀旧》,生活·读书·新知三联书店 2014 年版,第 24 页。版本下同。
③ 铢庵:《北游录话》,1936 年 10 月《宇宙风》第 26 期。

饮酒,聚众呼卢,虽有数万金,不足供其挥霍。"①这样的情形和当时人们描述上海的"华屋连苑,高厦入云,灯火辉煌,城开不夜"的情景颇有相似之处。1911 年辛亥革命成功,但北京仍然作为中华民国的首都,一直到 1928 年。这期间,北京作为全国政治中心的地位并没有受到挑战,各种公共领域的空间初步确立。比如以前的私有皇家园林和皇家庙宇陆续转变为公园,向市民开放。1914 年 10 月 10 日,中央公园向公众开放,这是北京有史以来第一个近代公园,其后城南公园、天坛公园、京兆公园、北海公园等陆续开放,甚至著名的御花园颐和园也面向公众开放。这些公园为市民的政治参与和公共活动提供了便利,而且人们还把公园作为交友、休息的场所,来举行茶会和思想交流。特别是文人雅士大多把公园作为结社的场所,中国新文学的社团如雨后春笋般涌现,如"文学研究会""新潮社""浅草社""沉钟社""新月社""狂飙社""语丝社"等等。中国新文学影响最大、成立最早的文学社团之一的"文学研究会",成立的地点就在北京的中央公园来今雨轩,"沉钟社"成立的地点则是北京北海公园。"20 世纪一二十年代,各种各样的独立组织(自治团体)、专业法团和会馆在中国不断兴起。在袁世凯短暂的独裁后的 10 年中,民间市民团体的活动无论在广泛性和多元性上都是 20 世纪其他时期无法比拟的。从1917 年到 1926 年,数百个官方批准的独立社会团体在中国的首都迅速成长。这些提倡道德、教育、男女平等、慈善、互助、宗教、运动、学术和文化的机构都发现新近建立的公园为他们宣传其宗旨提供了一个理想的地方……总之,北京的公园为思想的传播和市民的动员提供了一个重要的开放论坛"②。因此,这一时期北京的文化氛围也是空前活跃,许多报纸、期刊和大学的创办进一步强化了其作为文化中心的地位。如 20 世纪 20 年代前后外国教会创办了燕京大学和辅仁大学,《新青年》《每周评论》《晨报》《京报》《国民新报》《世界日

---

① (清)李虹若:《都市丛载》,北京古籍出版社 1995 年版,第 69 页。
② [美]史明正:《从御花园到公园:20 世纪初北京城市空间的变迁》,见黄兴涛、陈鹏主编:《民国北京研究精粹》,北京师范大学出版社 2016 年版,第 221 页。版本下同。

报》《世界画报》《世界晚报》《新潮》《少年中国》《现代评论》《语丝》等纷纷创刊，邵飘萍创办的《京报》最高的发行量达到6000多份，而《新青年》在五四新文化运动中的重要贡献更为世人所公认。这一时期北京单是文学期刊的数量就相当多。沈从文1926年的一篇文章较为详细介绍了当时北京文艺刊物的情况："北京出版物之多且杂，在全国恐亦当首屈一指。即以文艺刊物论，近数年来，略一纪之，亦不下五十余种。"①他列举出的重要文学刊物包括：《晨报副刊》《京报副刊》《国民新报副刊》《民报副刊》《文学旬刊》《艺林旬刊》《文学周报》《妇女周刊》《民众文艺》《莽原》《语丝》《沉钟》《现代评论》《猛进》《燕大周刊》《诗学半月刊》《清华文艺季刊》《狂飙》等。

1928年国民党政府完成北伐后正式定都南京，北京从此便失去了政治中心的地位。首都南迁后对北京的影响当然很大。"比及民国十七年，国都南迁后，北平失去政治之重心，一切达官贵人，日愈减少，全市繁荣，大受打击。"②但是，迁都对北京的影响并非全是负面的，有人就从另一个角度思考了北京去政治化所带来的益处："当政府没有迁都南京以前，北平的生活是正和现在南京的生活那样，含着浓厚的政治意味，而兼以人口的拥挤，住所也不舒服了。各种物品供不应求，百物就昂贵了……自从政府南迁以后……往日各种物质设备是依然存在，可是因为市面上骤然失去了政治和经济的重心，一切的代价便全都低廉，于是一般人的生活，也随着由紧张而松缓了，不再像以前那样的挣扎着。"③这一时期，尽管北京不再是一座政治中心，但其文化中心的地位并没有动摇过，反而得到了某种程度的强化。董玥就对1928年之后的北京城市功能和之前的功能做了比较："在1928年之前的项目中，政府所关注的是建设和开放公园以推进教育和那些被认为是适合民国市民的各项活动；

①　沈从文：《北京之文艺刊物及作者》，《沈从文全集》第17卷，北岳文艺出版社2002年版，第3页。版本下同。
②　《北平市况：南城的繁荣已被东西城所夺》，天津《大公报》1933年3月2日。
③　倪锡英：《北平》，上海中华书局1936年版，第152—153页。版本下同。

1928年之后，它开始转而致力于把这个城市建成为中国的'文化中心'和旅游胜地，同时强调把这个城市遗留下的帝国往昔转化成一种资本而不是完全抹去。"①甚至有学者说，北京失去中央政府的强力支持后，仍有多样的发展机缘，如随着大批中央机关及官僚政客的离开，北京文化、教育资源的优势更加凸显，北京的学术空气更趋自由、浓重。其实，当国民政府决定首都南迁后，不少有识之士开始重新思考北京城市的功能定位，其中最重要的一点就是充分利用北京的文化资源，把北京打造成一座"文化城"，如1928年10月，薛笃弼提出将北平建为"东方文化游览中心"。当时很有影响的《大公报》发表文章指出："北平之特色，即在文化之价值，故最宜于设为教育区。而首都南迁，北平去政治中心甚远，环境洁净，尤便于讲学。况其地风俗质朴，人情敦厚，于青年之精神修养，复较南方之浮嚣隐靡为适宜。"②而官方对此也有积极的回应。时任北平市长的何其巩大力强调北京作为文化城的优越条件："原有学校，多属最高学府，讲艺之风，逾于邹鲁，加之故宫之文物，焕然杂陈，各图书馆之册籍，庋藏丰富，其足以裨益文化考证学术之资材。几于取之不尽、用之不竭，而文人学士之侨寓是邦者，亦于斯为盛。"并郑重表示："市府要当整理社会，修废起顿，以期革除旧染，溶发新机，使秩序宁静，环境改观，以为国家振兴文化之辅助，此职责之尤不容缓者也。"③虽然囿于各方面的原因，将北京建成文化中心的设想大多停留在口号和主张上，实际上的举措并不多，但在很大程度上却强化了人们对这一时期北京文化城的认知。如有的学者就认为："这些规划、建议及相关讨论却在某种程度上打开了一个公共的话语空间，许多人选择从'文化'角度立论，逐渐塑造了北平作为'文化中心'的新形象，北平'文化中心'的地位，成为多数人的共识。"④在这样的时代背景下，北京这一时期的文

① 董玥：《民国北京城：历史与怀旧》，第28页。
② 《今后之北平》，《大公报》1928年7月30日。
③ 何其巩：《今后新北平之建设》，《益世报》1928年10月12日。
④ 季剑青：《重写旧京：民国北京书写中的历史与记忆》，生活·读书·新知三联书店2017年版，第28页。版本下同。

化也迎来了空前的黄金时期,成为一座名副其实的"文化古城",聚集起一大批优秀的学者和青年学生。邓云乡说:"'文化古城'这一词语,是一个特定的历史概念,是在一个历史时期中人们对北京的一种侧重称谓。其时间上限是1928年6月初……其时间下线是1937年7月'七七'事变之后……这其间,中国的政治、经济、外交等中心均已移到江南,北京只剩下明、清两代五百多年的宫殿、陵墓和一大群教员、教授、文化人,以及一大群代表封建传统文化的老先生们,另外就是许多所大、中、小学,以及公园、图书馆、名胜古迹、琉璃厂的书肆、古玩铺等等,这些对中外人士、全国学子,还有强大的吸引力……凡此等等,这就是'文化古城'得名的特征。"①邓云乡的这段话可以从倪锡英1936年所写的文字中得到证明。倪锡英说:"故都北平虽然已不是一个政治上的首都,而却变成了一个游览上的名城了。每年,从全国各地和海外各国专任来拜访这个故都的游人,为数不下数十万。这正因为北平有前朝遗留下来的许多雄丽的建筑和清秀的景色,足供游人们去鉴赏和浏览的缘故。我们试在北平城头向著那内城的中央作一观瞰,那一片广大的金黄色的琉璃瓦的屋顶,在阳光下耀着异彩。四周衬着绿树的圆盖,在万绿丛中掩映着一片黄金,雄伟而美丽,令人禁不住会想起前朝的遗事,感叹着这座故都城的伟大。"②

就1928年至1937年间的北京来说,的确是文化的一个高潮期。由于物价低廉,政局相对稳定,北京的文化事业在此期间显示出旺盛的生命和活力,各个大学的学术水平迅速提升,报社、书局、沙龙、书肆、曲艺场所、电影院、琉璃厂、图书馆、公园等文化娱乐设施数量增加,再加上其由五四新文化运动所孕育的民主、自由的空气,因此吸引了大批的学者和文化人。邓云乡这样动情描述了北京作为文化古城所独有的魅力,他说:"文化古城在环境和气氛上为

---

① 邓云乡:《文化古城旧事》,河北教育出版社2004年版,第1页。版本下同。

② 倪锡英:《北平》,见许慧琦:《故都新貌:迁都后到抗战前的北平城市消费(1928—1937)》,台湾学生书局2008年版,第179页。版本下同。

人们提供了足够的条件,有各层次的最好的学校可供学习,有数不清的足以代表中国几千年文化的专家学者、能工巧匠可供师承,有上千年的古迹名胜,几百年的前朝宫苑文物可供凭吊、观摩、研究,有古木参天的著名公园可供休息、游览、思索,有大图书馆可供阅览,有数不清的书铺可供买书,有世界水平的大医院提供治疗,有极好的饭馆、烹饪可供饮馔,有极安静爽朗的四合院可供居住……这一切还不算,还有极和谐的人际关系,极敦厚的风俗人情,一声'您'、一声'劳驾'、一声'借光'……代表了无限的受文化熏陶过的人情味。"①可以想见,这种优雅、闲适、文化气息浓厚的氛围对人们的吸引力是很强烈的,不仅为学者的学术研究提供了便利的条件,也为文人之间的公共交往提供了很好的平台,许多青年人为此走上了人生新的开端。钱穆在他的回忆中曾经多次记载了这样的生活:

> 其时余寓南池子汤锡予家,距太庙最近。庙侧有参天古柏两百株,散布一大草坪上,景色幽茜。北部隔一御沟,即面对故宫之围墙。草坪上设有茶座,而游客甚稀。茶座侍者与余相稔,为余择一佳处,一藤椅,一小茶几,泡茶一壶。余去,或散步,或偃卧,发思古幽情,一若惟此最相宜,余于午后去,必薄暮始归。先于开学前在此四五日,反复思索,通史全部课程纲要始获写定。

> 余自民国十九年秋去北平,至二十六年冬离平南下,先后住北平凡八年。先三年生活稍定,后五年乃一意购藏旧籍,琉璃厂、隆福寺为余常至地,各书肆老板几无不相识。遇所欲书,两处各择一旧书肆,通一电话,彼肆中无有,即向同街其他书肆代询,何家有此书,即派车送来……余前后五年,购书逾五万册,当在二十万卷左右。②

显然,钱穆对此时北京的生活是极为满意的,除了物质上的便利,更主要

---

① 邓云乡:《文化古城旧事》,第175页。

② 钱穆:《八十忆双亲·师友杂忆》,生活·读书·新知三联书店1998年版,第172、187页。版本下同。

的是由于北京浓厚的文化氛围为其学术研究提供了良好的外在条件。其实，对于北京这种文化的吸引力，很多的文化人几乎都有同样的感受。那优雅、静谧的校园、参天的古木、红墙绿瓦的古典建筑、藏书丰富的图书馆、僻静而充满诗情的公园等等成了当时许多文人共同的记忆。卞之琳曾经回忆说，当年自己和朋友创办《水星》文学刊物就是源于在北海公园喝茶时产生的想法："一个夏晚，我们不限于名为编委的几个人，到北海五龙亭喝茶，记得亭上人满，只得也乐得在亭东占一张僻远而临湖的小桌子。看来像大有闲情逸兴，其实我们忧国忧时，只是无从谈起，眼前只是写作心热，工作心切。一壶两壶清茶之间，我们提出了一些刊物名字。因为不是月夜，对岸白塔不显，白石长桥栏杆间只偶现车灯的星火，面前星水微茫，不记得是谁提出了《水星》这个名字，虽然当时也不是见到这颗旧称'辰星'的时候。"[1]而沈从文担任《大公报》文艺副刊主编期间，也大多是利用中山公园作为和青年作家聚谈、约稿的场所。稍后萧乾接手主编《大公报》文艺副刊，仍然延续了沈从文的这种做法："1935 年我接手编《大公报·文艺》后，每个月必从天津来北京，到来今雨轩请一次茶会，由杨振声、沈从文二位主持。如果把与会者名单开列一下，每次 30 至 40 人，倒真像个京派文人俱乐部。"[2]对于居住在古都北京的文人来说，逛书肆、琉璃厂、听戏等也是他们精神生活的一部分，而北京在这方面的便利是无与伦比的。谭其骧 1930 年至 1940 年在故都北京生活了近 10 年，他很大的乐趣就是逛旧书店："阴历新年里要逛几次厂甸，不用说了。平常日子隔一阵子要逛一次琉璃厂书铺，宣武门内西单商场书摊也逛，最经常逛的是东安市场内的书铺书肆。逛不一定买，为财力所限，买的不多……但逛本身就是乐趣。虽不常买，几年下来也就不很少了。"[3]北平在这些方面独占鳌头，是其他城市所望尘

---

① 卞之琳：《星水微茫忆〈水星〉》，《卞之琳文集》中卷，安徽教育出版社 2002 年版，第 76 页。版本下同。

② 萧乾：《致严家炎》，《萧乾文集》第 10 卷，浙江文艺出版社 1998 年版，第 406 页。版本下同。

③ 谭其骧：《〈文化古城旧事〉代序》，见邓云乡：《文化古城旧事》，第 5 页。

莫及的,对文人也格外充满了诱惑力。蒋廷黻曾说:"任何一位学者,一旦到了北平,就会染上搜集旧书的癖好。这种癖好很有传染性。""起初,我常去琉璃厂旧书店去找我所需要的资料。渐渐的,书店老板把我当作好顾客,开始到清华来找我。在这段时期,我按计划购买书籍。每届周三,从上午九时至十二时,我接待琉璃厂的书商。他们到图书馆中我的书房来,每人先给我一张作者及书名的目录,我可以从目录中找出我有兴趣的书籍。"①周作人、钱玄同、顾颉刚等多位在北京生活的学者的日记中也多次记载了这方面的活动情况,北京文化的独特地位是任何其他一座城市无法替代的。

二

除了上面的因素之外,当时北京的文化设施和学术资源在全国也首屈一指。当时北京的图书馆数量众多,藏书非常丰富,堪称当时北京最为重要的文化资源之一。国立北平图书馆是当年远东地区首屈一指的现代化图书馆,堪与美国国会图书馆相媲美。它由京师图书馆和北海图书馆合并而成,后又在文津街建设新馆,1931年国立北平图书馆新馆正式开馆。"建筑在北海西岸的这座国立北平图书馆大厦,是三十年代初北京文化史上的一件大事。这座华丽而庞大的建筑物,即使在现在,也不失为一座十分讲究的建筑"。"其建筑布局之好,还在于它有极开阔的庭院。在大楼前面有一对汉白玉华表,极为典雅地立在左右两边,这是圆明园鸿慈永祜门前的旧物,大门外一对石狮,也是圆明园旧物……而其设计更为成功的是,华表的四周,用极为修整、苍翠的刺柏围绕着。一尘不染的引路上的青色沥青路面,苍翠的柏树短墙,雪白的挺立的华表,衬着正面远处的,画栋雕梁、白石栏杆的重檐大楼,阁道曲折,绮窗高爽,显示了中国宫殿建筑的庄严华贵、深邃缥缈之感……当时能够在这里读读书,真是三生有幸啊"。② 除了国立北平图书馆,还有中山公园图书馆、头发

---

① 《蒋廷黻回忆录》,中华书局2014年版,第170页。版本下同。
② 邓云乡:《文化古城旧事》,第183、185页。

胡同图书馆、松坡图书馆、慈航图书馆等。另外各大学的图书馆如清华、北大、燕京、辅仁等都非常著名。清华大学因为经费较为充足，因此其图书馆收藏的中外名贵图书很多，对人们有着强烈的吸引力。而北京大学图书馆的情形与此类似，书籍和报刊的数量相当丰富，许多求知欲很强的青年人把这里视为精神家园，有人回忆说："在新图书馆的旁边，有一座较旧的屋宇的一角，那就是旧图书馆的一部分的轮廓……在它的下面是黑压压的挤满了一屋的充满着热烈的求知欲和爱知天下事的读报的青年们……在阅报室里面所读到的报纸，除了北平当天各大报——《世界日报》，《北平晨报》，《华北日报》，《益世报》，法文的《政闻报》，英文的 *Peiping Chronicle*，和小型版的《实报》而外，还有天津的《大公报》，《益世报》，《庸报》，《华北明星日报》等，都可以当天看到，此外像上海，南京，汉口各大城市的报纸，也不过隔几天就可以寄来。"①此时的北京不仅图书馆的事业取得长足进步，它的出版业同样也引人注目。尽管人们在谈论中国近现代出版时总是把其与上海联系在一起，上海成为公认的全国出版中心，这当然没有问题。李欧梵先生认为上海的出版业为传播现代性观念提供了独特的资源："上海则无疑是创制这种具现代性观念的'文化产品'的中心，一个集中了中国最大多数报纸和出版社的城市——事实上，这些报社、出版社都聚集在福州路一带不大的一块地方。"②但同样应该给予关注的是，北京也是民国时期全国的出版中心之一，尤其是作为五四新文化运动的发源地，它也留下了很多精神遗产，其中就包括各种出版机构。诸如20世纪20年代的北新书局、平民书局、文化学社、新社、平社、未名社等。到了20世纪二三十年代，出版机构的数量有了很大的增加。新增的书局包括世界编译馆、震东印书馆、传信印书局、海音书店、立达书局、良友书局、人文书店、好望书店、

① 柳存仁：《记北京大学的图书馆》，陈平原、夏晓虹编：《北大旧事》，北京大学出版社2009年版，第382、383页。

② 李欧梵：《上海摩登：一种新都市文化在中国（1930—1945）》，毛尖译，北京大学出版社2001年版，第55页。版本下同。

著者书店、文殿阁书庄、平民书局等等,另外很多著名高校和学术机构也纷纷成立了自己的出版机构,如哈佛燕京学社、中央研究院历史语言研究所、中国地质学会、禹贡学会等。与此同时,北京的不少报纸杂志在全国都产生了重要影响,如《大公报》虽然在天津创刊,但它所依托的主要知识分子阵营则大都住在北京,因此和北京的关系极为密切,其主编经常到北京参与各种编务活动,邀请名人提供稿件。如 1933 年年底,《大公报》的主笔张季鸾与胡政之一起到北京的东兴楼宴请北京文化教育界人士数十人,其主要目的在于为即将出刊的"星期论文"约稿,而主要的撰稿人很多都在北京各文化教育机构任职。而《大公报》著名的文艺副刊刚刚创立时,其主编杨振声和沈从文也主要在北京参与编辑工作。而稍早吴宓在主编《大公报》文学副刊的时候,其编辑部就设在吴宓任教的清华大学,而撰稿成员中的赵万里、张荫麟、浦江清、朱自清等也都在清华。得益于北京知识界的鼎力支持,《大公报》也迅速在全国赢得了声誉。陶希圣回忆说:"我们了解当时华北和北平的实际的特殊情形,我们才能了解《大公报》所以风光的机运。《大公报》在张季鸾先生的主持之下,不但提供园地供平津学界发表东西,而季鸾先生对于学界的人,周旋交往,亲切诚实……他对于高阶层的政情通达,对于北方学术界的情形他也通达,他和《大公报》站在两方面的中间,尽力联系,这是他所以成功的原因。"①但不应忽视的是,平津两地的知识分子群体在这中间的角色是极为关键的,离开了这些文化资源,《大公报》也会变成无源之水、无本之木。

就文学期刊而言,北京这一时期的文学期刊数量也多达数十种。包括《骆驼草》《文学季刊》《水星》《学文》《文学杂志》《大学艺文》《小雅》《无名作家月刊》《今日文学》《风雨》《文艺之家》《文艺月报》《文艺旬刊》《文风》《文学月刊》《文学导报》《文学评论》《火星》《孔德文艺》《未名》《正风》《北大周刊》《北方文艺》《北平半月季刊》《北平剧世界》《白水》《令丁》《民间》《台风》

---

① 陶希圣:《遨游于公卿之间的张季鸾先生》,台北《传记文学》1977 年第 30 卷第 6 期。

《光明文学》《华北月刊》《华北艺术》《戏世界月刊》《戏剧与文艺》《戏剧丛刊》《青年作家》《时代文艺》《青年作家》《明天》《春芽》《春笋》《草原月刊》《流萤》《黄沙诗刊》《绿洲》《联合文学》《新苗》《新诗歌》《榴火文艺》等。这里面的大多数期刊虽然存在的时间较短,影响也不大,但也成为当时北京文化繁荣的见证者。而像《文学季刊》《文学杂志》《水星》等著名刊物则在全国的文学界都有较高的地位。《文学季刊》是巴金、郑振铎、靳以等主办的大型文学刊物,它把"新文学的建设"作为刊物的职责,声称:"我们不再被囚禁于传统文学的'狭的笼'之中,我们不再以游戏的态度去写作什么无聊的文字。""在这大时代里,我们也将要尽我们的心力,以更健壮勇猛的精神,从事于新文学的建设。""以忠实恳挚的态度为新文学的建设而努力着。"①《文学季刊》在当时的北京存在了整整两年的时间,发表了许多重要文学作品,其中最为人们所称道的就是它发表曹禺的成名作《雷雨》。巴金读到《雷雨》后决定把这个四幕剧一次刊登在《文学季刊》上,而曹禺从此顺利走上了文学的道路。这些文学期刊为很多文学青年提供了宝贵的阵地,极大改变了 20 世纪 30 年代北京文坛的面貌,也使北京成为北方乃至全国文学的重镇。

三

在闲适、淡然而文化风味却很浓重的环境熏染下,一些大学的教授纷纷自发创办了各种文艺社团,利用业余时间投身其中,进一步活跃了古都的文化气氛。如清华大学的一些爱好昆曲的教授就创办了"谷音社",由俞平伯牵头成立,还特别聘请著名古典戏曲家、表演家溥侗担任指导教师,对于"谷音社"的活动,浦江清在其日记中记载甚详:

1936 年 1 月 5 日,下午共笛师陈延甫进城至东四牌楼后拐棒胡
同一号华宅赴曲集,唱《望乡》二支……谷音社同人到者有俞平伯、

---

① 《〈文学季刊〉发刊词》,原载 1934 年 1 月 1 日《文学季刊》第 1 卷第 1 期。

许宝骙、汪健君、陈盛可、陶光共主人及余而七。

1月8日,晚间俞平伯来邀往商议关于谷音社及城内言咏社联合曲会事。与汪健君同往。汪君吹箫,许宝骙唱《题曲》,依《纳书楹谱》,声韵凄绝,胜于今伶工谱也。

1月18日,晚共许闲若、俞平伯夫妇至东安市场吉祥戏院听昆弋班戏,戏目有《打子》《借扇》《嫁妹》《夜奔》《金雀记》之庵会、《乔醋》《醉圆》。韩世昌之《金雀记》尚可听,候益隆之《嫁妹》工夫好。

1月22日。下午整理书桌,陈延甫来,理《北樵》,续拍《女弹》。今《弹词》俗唱均略,《女弹》有之,声音甚美。《女弹》一曲,习者已鲜,陈公此谱,从黄稼寿处抄来。黄,昆曲老辈也。①

而当时的北大、燕京等亦有类似的情形。至于以周作人、金岳霖、林徽因、朱光潜、沈从文、萧乾等为中心而定期举行的各种活动已经和西方现代社会的沙龙形式相当接近,其意义已经被越来越多的学者所注意,并产生了相当一批学术成果。有学者在谈到林徽因"太太的客厅"时认为这种沙龙带有公共空间的性质,对城市的人文精神起着极大的推动作用:"在1930年代的北平,林徽因家所在的东城总布胡同是一个富有吸引力的'公共空间',聚集了当时北平一大批对文学、艺术和学术有兴趣的文人、学者,其'太太的客厅'也成为现代文学史的经典记忆,在时人与历史书写、记忆中洋溢着诙谐、机智、博学与感性的神性光泽,也灌注着那个时代的最高贵的灵魂碰撞出的灵感与情趣。"②这种沙龙的出现是和宽松、自由以及浓郁的文化氛围紧密联系在一起的,而后来中国文坛再没有出现类似的沙龙,也从反面证明了当时北京在文化上所达到的繁盛程度是无法复制的。

当然,在诸多的文化要素之中,当时北京所拥有的高等教育资源和学术资

---

① 浦江清:《清华园日记　西行日记》,生活·读书·新知三联书店1987年版,第129、130、131、132页。版本下同。
② 许纪霖等:《近代中国知识分子的公共交往:1895—1949》,第319页。

源或许是最重要的,无论就其数量还是学术水准而言是当时中国任何一座城市都无法相比的。如1931年,当时北京的高等学校26所,几乎占了全国的一半;像北大、清华、北京师范大学、燕京大学、辅仁大学、协和医学院等都是全国著名学府。这些大学和学术机构对吸引知识分子、建构城市精英文化气质都起着无可替代的作用。从事城市文化研究的学者杨东平说:"形成北京有别于上海,成为精英文化大本营的最主要因素,一是高级学术机构……其中最重要的,是优秀的文理科综合性大学。"他认为上海在这方面和北京相比就差距很大:"上海有别于北京之处在于,它最有影响的综合性大学多为教会大学……在总体上难以担当为变革中的中国提供具有革命性的新思想新文化的功能。"①而研究民国大学教育的叶文心把民国时期的大学分成了几类,只有北京的几所大学属于全国性的精英学校,其影响力超过任何一所外地的大学。他说:"有人可能会提到,民国的高等院校彼此之间在质量上和名望上无疑存在水平上的差异,这区分了全国性和地区性高校,也区分了地区性和纯粹省级高校。北方的北京大学、清华大学和燕京大学,属于全国性精英学校,吸引了全国各地的学生。"②除了这些高等学府,当时北京还拥有一流的学术研究机构,诸如中华教育基金董事会、北平研究院、中央研究院历史语言所、中国营造学社、北平社会调查研究所、北平地质研究所、中国地理学会、中国生理学会等等。北平研究院是现代中国重要的学术机构,成立于1929年,初期设有物理、化学、生物、动物、植物、地质等六个研究所,后又增设镭学与药物学两个研究所,为现代中国培养了大批人才。而梁思成所主持的"中国营造学社"则在中国建筑的研究上成就斐然,产生了一批具有里程碑意义的学术成果。由此可见,尽管国民政府首都南迁,但北京在高等教育和学术上的地位则几乎没有受到影响。相反,它凭借着深厚的历史文化底蕴吸引着更多的学者和学生聚集

---

① 　杨东平:《城市季风》,第143、144页。

② 　[美]叶文心:《民国时期大学校园文化:1919—1937》,冯夏根等译,中国人民大学出版社2012年版,第3页。

于此。如胡适、梁思成、林徽因、金岳霖、叶公超、朱光潜、李健吾、梁宗岱、闻一多、冯友兰、陈寅恪、梁实秋、朱自清、杨振声、沈从文等大批学者纷纷从外地甚至国外来到北京,这里面有不少一度因为各种原因南下的学者也纷纷再次回到故都。如闻一多、梁实秋、杨振声、沈从文等当时曾一度在青岛大学任教,但很快他们就返回北京,主要的原因就是北京文化和学术的吸引力。梁实秋说:"青岛虽然是一个摩登都市,究竟是个海陬小邑,这里没有南京的夫子庙,更没有北京的琉璃厂,一多形容之为'没有文化'。"①蒋廷黻说:"对我个人说,北平还有一个吸引我的地方:故宫博物院有数以吨计的历史文献,大部分都是清代资料,也有明代的。"②李长之也有类似的看法:"其次叫人高兴的,是这个地方有文化,而且是偏于艺术,而不偏于工业或者技术的文化。假若用尼采的说法,这里确是阿波罗式的文化,而不是地奥尼细斯式的。假若用施贲格勒的说法,这里所有的确乎是'文化'而不是'文明'。"③可见真正吸引文人的并不是青山秀水,而是文化和学术的风景。1933 年傅斯年在致丁文江的信中说:"'北平为中国文化中心'一说,是非且不论,北平之有学术空气,他处无之,乃是实在。"④而鲁迅在一些文章中也以仰慕的心情谈到北京在文化和学术的吸引力:"北平究竟还有古物,且有古书,且有古都的人民。在北平的学者文人们,又大抵有着讲师或教授的本业,论理,研究或创作的环境,实在是比'海派'来得优越的,我希望着能够看见学术上,或文艺上的大著作。"⑤他在给郑振铎的信中也说:"先生如离开北平,亦大可惜,因北平究为文化旧都,继古开今之事,尚大有可为者在也。"⑥而与此同时他却对同一时期上海的文化学术

---

① 梁实秋:《谈闻一多》,《梁实秋文集》第 2 卷,鹭江出版社 2002 年版,第 549 页。
② 《蒋廷黻回忆录》,第 141 页。
③ 李长之:《北平风光》,原载 1947 年《世纪评论》第 1 卷第 1 期。
④ 转引自桑兵:《抗战时期国民党对北平文教界的组织活动》,《中国文化》第 24 期。
⑤ 鲁迅:《"京派"与"海派"》,《申报·自由谈》1934 年 2 月 3 日。
⑥ 鲁迅:《致郑振铎信,1935 年 1 月 9 日》,《鲁迅全集》第 13 卷,人民文学出版社 1981 年版,第 13 页。版本下同。

生态提出严厉的批评:"上海所谓'文人'之堕落无赖,他处似乎未见其比,善造谣者,此地亦称为'文人';而且自署为'文探',不觉可耻,真奇。《季刊》中多有关于旧文学之论文,亦很好,此种论文,上海是不会有的,因为非读书之地。我居此五年,亦自觉心粗气浮,颇难救药。"①民国时期北京在文化上和学术上所保持的中心地位一直延续到1937年抗战爆发。

城市之所以能够成为现代社会的中心和人们聚集之地,很大程度上在于其各种功能的完备,为社会的协作、交往、管理等提供便捷的条件。而这其中,文化功能又是格外突出,正是城市凝聚和辐射文化的功能使人们的交往和交流变得频繁而紧密,促成了不同层级人们之间的对话和沟通:"对话是城市生活的最高表现形式之一,是长长的青藤上的一朵鲜花……城市这个演戏场内包容的人物的多样性使对话成为可能……城市发展的一个关键因素在于社交圈子的扩大,以至最终使所有的人都能参加对话……不止一座历史名城都在一次总结其全部生活经验的对话中达到了自己发展的顶极。"②而故都北京在20世纪二三十年代所展示的文化魅力为这段话做了精彩而准确的注释。

第二节　民国时期北京的物质文化空间(1912—1937)

在现代城市的格局中,空间的重要性是不言而喻的。亨利·列斐伏尔说:"如果未曾生产一个合适的空间,那么'改变生活方式'、'改变社会'等都是空话。"③空间既包括实体性意义上的物质性空间,也包括象征性的精神空间。

---

① 鲁迅:《致郑振铎信,1933年10月27日》,《鲁迅全集》第12卷,第247页,

② [美]刘易斯·芒福德:《城市发展史:起源、演变和前景》,宋俊岭、倪文彦译,中国建筑工业出版社2005年版,第123、124页。版本下同。

③ [法]亨利·列斐伏尔:《空间:社会产物与使用价值》,王志弘译,见薛毅主编:《西方都市文化研究读本》第3卷,广西师范大学出版社2008年版,第24页。

民国时期的北京在物质性文化空间的设计和建造中既继承了几百年作为帝都的文化遗产,同时又在新的历史环境中重新建构起北京城的空间秩序。"在很多重要方面,北京城都经历了一场剧变,其中既包括发展市区的要求和创建中的新空间秩序之间关系的调整,也包括城市和乡村之间关系的变化。"①特别是到了1928年国民政府迁都后,随着北京开始被定位于中国传统的文化之城,北京致力于将城市打造成"游览区",尽力展现北京的历史古迹和文化名胜。应当说,当时北京市政府的做法是极有远见的,这些历史文物和名胜正是故都北京的灵魂和生命,从事城市史研究的著名学者刘易斯·芒福德曾反复强调过历史城市保存历史遗迹的重要性:"历史性城市,凭它本身的条件,由于它历史悠久,巨大而丰富,比任何别的地方保留着更多更大的文化标本珍品。""那种巨大浩瀚,那种对历史和珍品的保持力,也是大城市的最大价值之一。能动有力的仍然健康的大都市所提供的人类经验的广度是与城市的密度和深度,及其提供层层研究人类历史和传记的能力两者是竞相增长的,这种研究不仅通过它自己的记载和纪念性建筑物,而且还通过它雄厚的资源得以吸引遥远地区。"②虽然北京的一批古文物被搬迁,但作为建筑的宫殿、园林、庙宇等是无法移走的,因此当时的北京当局推出的文化游览区建设计划重点就指向了建筑,因为这是北京文化的核心要素之一:"其重要之点,不外古物与建筑。自古物南迁,已失去一半价值,则残留者仅此古代帝王之建筑耳。"③在当时出版的一本《北京指南》中,其向外国客人推荐的名胜主要是北京的古建筑,如天坛、鼓楼、雍和宫、故宫、中南海、北海、颐和园等。有人曾说:"中国的建筑、中国的文化、中国的社会,北平可作一个代表在世界屹立着。中国人对北平的赞仰与留恋,固不必论;凡外来人来华游历者,亦以进谒北平为快,其雄

---

① 董玥:《民国北京城:历史与怀旧》,第39页。
② [美]刘易斯·芒福德:《城市发展史:起源、演变和前景》,第573页。
③ 韬园:《平市文化游览区建设计划之商榷》,《北平晨报》1934年11月23日。

壮伟大,非任何都市所能比拟。"①另一方面,随着西方殖民势力的进入和商业社会的发展,中国建筑自清朝末年开始较多受到西洋建筑影响。梁思成说:"自清末季,外侮凌夷,民气沮丧,国人鄙视国粹,万事以洋式为尚,其影响遂立即反映于建筑。凡公私营造,莫不趋向洋式。"②在这种历史背景下,北京在近代也建筑了一些西式的建筑。如1860年随着第二次鸦片战争结束,北京开始兴建外国的使馆区,到了1900年以后,外国的使馆集中在东交民巷一带,而其他如国会、外交部大楼、陆军部、交通银行、大陆银行、公理会教堂、亚斯立堂、救世军教堂、圣经公会、天主堂以及新型的商场等则较多具有西方以及现代的风格,体现出这一时期北京新的变化。这些古今中外众多的建筑中,城墙与城门、四合院、钟鼓楼、东交民巷使馆区、北大红楼、未名湖建筑群还有故宫、雍和宫、日坛、月坛、天坛、地坛、圆明园、颐和园等是比较有代表性的,各自代表了北京历史文化的不同侧面,是北京历史文化的高度凝缩。

一

作为北京最重要、最具代表性的建筑之一,北京的城墙和城门在相当长的时间都是其作为帝都巍峨、庄严的皇权象征。"对皇权之威严的空间表达也展现在那层层城墙上,城墙之高大令人却步,城门之开蕴含着权力。它们划分隔离着皇族与平民、满人与汉人、政治与商业、城市与乡村"③。由内向外,城墙共有三层,依次为紫禁城、皇城和外城。皇城的城墙周长有18里,共四座城门:天安门、地安门、东安门和西安门。皇城的外面则是内城,共有九座城门,包括崇文门、宣武门、阜成门、西直门等。而外城主要是汉人和商人居住之地,也包括永定门等多座城门。这些城门、城楼以及角楼的数量达到几十座。像内城的九门都是由箭楼和城门楼构成的双重城楼,再加上周围金碧辉煌的建

---

①　魏树东:《北平市之地价、地租、房租与税收》,(台湾)成文出版社1977年版,第403页。

②　梁思成:《中国建筑史》,百花文艺出版社1998年版,第353页。版本下同。

③　董玥:《民国北京城:历史与怀旧》,第10页。

筑群,其雄伟、恢宏的气势让人惊叹。这些建筑代表着中国传统建筑的最高水平,凡到过北京的人们对这些古老城墙、城门的庄严、神圣感都油然而生。瑞典学者喜仁龙曾经在 1920 年至 1921 年旅居北京,他实地考察了北京当时遗存的城墙和城门,深深为东方的建筑魅力所震撼,为此写作了《北京的城墙与城门》,后在英国伦敦出版。他在此书的序言中这样说:"这本书的缘起是北京的城门之美,是中国都城所展现的举世无双的壮美特征,是秀美环境中的古建筑、新生的树木和衰败的护城河,是建筑的装饰风格。从历史和地形看,有些城门可能至今仍是北京的标志性建筑,与相连的城墙一道,记载了这座伟大城市的早期历史,加之城内的街道和园林,构成了最具特色的美丽景致。"①喜仁龙在书中对北京的城墙、城门做了详细的考察,并配制了大量的图片和手绘的图纸,充分表达出对中国历史建筑的敬仰之情。他说:"在北京城的所有伟大建筑中,没有能与那壮丽恢宏的内城城墙相媲美的。乍一看,它们可能不如宫殿、庙宇或商铺那样吸引眼球……不过,当你逐渐熟悉这座大城市以后,就会觉得这些城墙是最动人心魄的建筑,幅员辽阔,沉稳雄壮,有一种睥睨四邻的气魄和韵律。""你可以从南边看到永定门最美丽完整的画面。宽阔的护城河边,芦苇蓬松,垂柳婆娑。城楼和弧形瓮城带有雉堞的墙,在碧空之下形成黑暗的剪影。耸立的城楼将城墙和瓮城的轮廓线引向高处,远挑的屋檐就像伸出了宽大的双翼,凌空欲飞。护城河中,城门的倒映清晰可见;不过,当习习清风拂过垂柳柔软枝叶时,城楼的翅膀便在水中颤动起来,而雉堞的城墙也开始破碎摇晃……"②另一位西方妇女也说:"从天津发来北京的列车穿过内城城墙,停在通往市中心紫禁城的正阳门附近。有一次从北戴河归来,当我再一次看到那些城墙的时候,兴奋得流下了眼泪。无论是在这之前还是之后,都没

---

① [瑞典]喜仁龙:《北京的城墙与城门》,邓可译,北京联合出版公司 2017 年版,"英文版序",第 11 页。版本下同。

② [瑞典]喜仁龙:《北京的城墙与城门》,第 27、182 页。

有哪座别的城市给过我这样的感受。"①民国时期由于市政建设的需要,一些城墙和城门开始被陆续拆除,如由于修建铁路,崇文门的瓮城、宣武门的瓮城被推倒,箭楼被拆除,一些城墙也被毁弃。但与此同时,当时的北京地方当局也意识到保护城墙、城楼等古建筑的重要性,1935年成立的旧都文物整理委员会把保护古城墙、城楼等建筑列入议事日程,由当时北平市文物整理实施事务处具体负责。"事务处聘请中国营造学社为技术顾问,制订了第一期工程计划,自1935年5月起陆续开工,包括天坛、东南角楼、西直门箭楼、正阳门五牌楼、东西长安牌楼、东四牌楼、西四牌楼、东交民巷牌楼、西安门、地安门、颐和园内桥梁、先农坛西墙、明长陵等项目,至1936年9月,大多都已完工"②。从中不难看出,修缮古城墙、城楼在其中占了很大比重。因此,总体而言,民国时期北京的城墙和城门大体上仍然是完整的,作为古都的风貌得以保存和延续。

钟鼓楼:北京钟楼和鼓楼的合称。此楼翘角飞檐,气势不凡。它们均位于北京中轴线的终点,一前一后两座高耸的建筑物。钟楼和鼓楼均建于元代1272年,历史上曾经两次遭遇火灾,两次得以重建。元、明、清时期,它是皇家的报时中心,据记载:鼓楼每在冬日夜深之时,寒星闪烁,万籁俱寂。此时高楼鼓声,响彻云霄,给古都更增添了几分神圣和庄严。八国联军进入北京时它是民族耻辱的见证者,因此民国时期一度被改名为"京兆通俗教育馆""齐正楼"等,此时它成了不折不扣的历史文物。作为物质文化的遗产,钟鼓楼实际上更多的时候表达的是人们的一种历史怀旧的情绪,一种美感和文化意蕴。苏珊·朗格说过:"建筑家创造了它的意象:一个有形呈现的人类环境,它表现了组成某种文化的特定节奏的功能样式。这种样式是沉睡与苏醒、冒险与稳妥、激励与宽慰、约束与放任的交替;是发展速度,是平静或跌宕起伏的生

---

① 见董玥:《民国北京城:历史与怀旧》,第20页。
② 见季剑青:《重写旧京:民国北京书写中的历史与记忆》,第40页。

命过程;是童年时的简单形式和道德境界充满时的复杂形式,标志着社会秩序神圣和变化莫测的基调与虽然进行了一定选择却依然被来自这种社会秩序的个人生活所重复的基调的交替。"①因而,在民国时代人们的心中对它充满了留恋,直到共和国成立后,人们对它仍然难以忘怀。周汝昌的一段文字很有代表性:

> 我忽然眼中似乎看到整齐一新的钟楼,重阳佳节,居民游客,在上面凭栏远眺,按照人民喜爱的传统民族风俗来欢度节序(这也是人民幸福生活中不可少的一部分),耳中似乎听到一种响亮、沉雄、醇厚的钟声从钟楼传出,悠扬地播散开去。我仿佛看到全城无数劳动人民、家庭妇女、儿童学生……都在倾听着这声响,生气勃勃地上班下班、安排工作、调度家务。又忽然似乎看到"五一"、国庆等大节日的天安门前的壮丽场面,这钟楼上发出比平日格外响亮优美的声音,和不同的节奏,忽紧忽慢,连续撞击,为祖国敬礼、祝福;不在天安门前的人们,也都耳听着这钟声,心中激动,沸腾……②

而到了当代作家刘心武那里,钟鼓楼则直接被他作为主要小说的名称而命名,并且以钟鼓楼地区的民俗风情为线索,演绎出时代的风云画卷。

北京东交民巷使馆区:近代以来,西方列强纷纷踏入中国。为了保护其特殊的政治、经济等利益,他们在北京陆续建立了一些使馆。1900 年左右,更在东交民巷一带划定"使馆区"。这些使馆区不许中国人居住,而且还驻有外国军队,形成了独特的管制机构,对中国当时政府的政治和权威构成了极大的挑战。这里面主要的使馆有美、俄、英、法、德、意、日、比、荷等,此外还有医院、银行、邮局、教堂等建筑物,完全是一块独立的区域。这些建筑一般都采用各国的建筑风格,如比利时的使馆:"仿北欧的文艺复兴式,用红砖加花岗石隅石,

---

① [美]苏珊·朗格:《情感与形式》,刘大基等译,中国社会科学出版社 1986 年版,第114 页。
② 周汝昌:《关于"北京钟楼的钟声"》,《北斗京华》,中华书局 2007 年版,第 110 页。

主要平面作十字形,高两层,有复杂的山墙,是使馆建筑中比较精致的一座,左面有小礼拜堂,庭院中有大片的绿地。"①不用说,这样的建筑与中国传统建筑风格是迥异的,一位西方学者描述说:"一旦安全地步入使馆区的大门,整个世界忽然再次变得熟悉起来——大楼和银行、保养良好的草坪、铺了碎石子儿的整洁的街道和社会习俗,全都散发着欧洲资产阶级的味道。"②东交民巷使馆区还有俱乐部、六国饭店等西式建筑。这块使馆区在辛亥革命后一直保留,直到1937年抗战爆发,使馆区才移交给国民政府。

未名湖建筑群:这些建筑是燕京大学校址所在地。司徒雷登1919年走马上任就任燕京大学校长不久,就开始为燕京大学选择新的校址,后来终于在北京城的西北近郊选取了一处地址。其后经过6年左右的建设,一座美丽的校园呈现在世人面前。其秀丽的风景、典雅的建筑、清幽的环境为人们所津津乐道。司徒雷登得意地说:"后来,进入燕京大学的来访者都会称赞说,这是他们见过的全世界最美丽的校园。时间长了,我们也被他们的说法感染,觉得确实如此。"③历史地理学家侯仁之当年曾在燕京大学求学,燕京的校舍和环境一下子就吸引了他。他说:"中国古典建筑形式的大楼,三面环列,中间场地开阔,绿草如茵。从教学中心深入校园腹地,岗阜逶迤,林木丛茂……突然展现在眼前的是一片微波荡漾的湖泊,水光天色,视野开阔,这就是享有盛誉的未名湖……燕京大学正是在这两处名园的旧址上,经过独出心裁的规划设计,充分利用其自然条件,建造起一座独具特色的大学校园。""需要补充说明的是在燕京大学校园里,还有一些类似景点的建筑物,如小山上古松下的钟亭、俯视水面的临湖轩、湖中小岛上的思义亭和湖边上凌空而立的博雅塔,都是十

① 中国建筑设计院建筑历史研究所编:《北京近代建筑》,中国建筑工业出版社2008年版,第17页,版本下同。
② [英]朱莉娅·博伊德:《消逝在东交民巷的那些日子》,向丽娟译,商务印书馆2016年版,第8页。
③ [美]司徒雷登:《在华五十年》,李晶译,译林出版社2015年版,第45页。版本下同。

分引人注目的,而'湖光塔影'更成为校园风景中颇负盛名的写照。"①这些建筑群完美地把中国建筑和西方建筑风格融合在一起,体现出中西文化的结晶。燕京大学如此别致的设计和司徒雷登密不可分。在刚刚设计之时,司徒雷登就提出明确的要求:"我们一早就决定了要采用中国的建筑风格——线条流畅的飞檐,鲜亮明丽的颜色,采用钢筋水泥来构筑房屋的主体结构,再配以现代化的照明、取暖和管道设施。从学校的建筑就能看出我们所希望的教学目的:为保护中国优秀的文化遗产而努力。"②燕京大学校园的规划和设计者是美国的建筑师 Henry K.Murphy(亨利·墨菲)。墨菲早年毕业于耶鲁大学建筑系,曾经在中国多地有主持和设计大学校园建筑的经验,他对中国宫殿亭园极为欣赏,深知园林等在中国建筑中的重要性,他第一次来到燕京校址时,看到了远方耸立的玉峰塔,不禁感叹说:"那就是我想找的端点,我们校园的主轴线应该指向玉泉山上的那座塔。"③因此他设计的燕京大学建筑也都采取了这种形式。对于墨菲的贡献,梁思成也给予较高评价:"至如燕京大学,则颇能表现我国建筑之特征,其建筑师 Murphy,以外人而臻此,亦堪称道。"④燕京大学落成的第一座建筑是宗教楼(宁德楼),而博雅塔则是一座水塔,和燕京大学哲学系的美籍教授博晨光(Lucius C.Porter)有着密切的关系。临湖轩完全是中国古典建筑的特色,1931 由当时燕京青年教师冰心所命名的。其他如钟亭、岛亭、南北二阁、燕大新闻馆等都很有特色。燕大新闻馆也是燕京大学早期的建筑之一,是一幢古典式的二层楼,红墙灰瓦,雕梁画栋。燕京大学作为一所大学出现的历史算是比较晚的,但它在建筑的格局和布景上可以说是后来居上,"那里全部是琉璃瓦宫殿式的建筑,有湖、有桥、有塔,波光塔影,流

---

① 侯仁之:《我从燕京大学来》,生活·读书·新知三联书店 2009 年版,第 1—2 页。
② [美]司徒雷登:《在华五十年》,第 44 页。
③ 见[美]舒衡哲:《鸣鹤园》,张宏杰译,北京大学出版社 2009 年版,第 139 页。
④ 梁思成:《中国建筑史》,第 353—354 页。

水浮萍,的确是后来居上,较之水木清华,更为整齐典丽了"①。可以说燕京大学的建筑之美为世人所公认的。为此 1990 年 2 月 23 日北京市人民政府公布"原燕京大学未名湖区"为北京市文物保护单位,同年 10 月北京市文物管理局在未名湖畔立牌,碑文称:

> 该区主要建筑有:校门、科学实验楼、办公楼、外文楼、图书馆、体育馆、临湖轩、南北阁、男女生宿舍、水塔及附属园林小品等。整组建筑采用中国传统建筑布局手法,结合原有山形水系,注重空间围合及轴线对应关系,格局完整,区划分明。建筑造型比例严谨,尺度合宜,工艺精致,是中国近代建筑中传统形式与现代功能相结合的一项重要创作,具有很高的环境艺术价值。

二

在上述的建筑之外,北京的公园也构成了城市的主要景观。公园的概念缘起于西方,指的是人们都能去休闲和娱乐的地方,这个概念直到 19 世纪末、20 世纪初才从欧洲和日本传到中国。在西方,公园实际上最初也只是皇室人员和特权阶层才能够使用,随着共和政体的确立,公共空间开始出现,公园也逐步向民众开放,成为现代意义上的公园。而在近代中国,原本没有公园,有的只是大量的皇家园林,当然是不面向公众开放的。而到了晚清时期,在内外形势的压力之下,清政府被迫把部分的皇家园林和庙宇开放,如北京动物园本来是一个小型的皇家游乐场,1906 年被开辟为动物园,可以看作现代公园的前奏。光绪三十二年(1906 年),候选笔贴式彬熙、京城公益会陈升、京城内城巡警总厅等分别递交呈文,要求将什刹海改建为公园。如京城内城巡警总厅的呈文称:"职商等公同商酌,拟由商家筹办,招集股份银二十万两,择于地安门外什刹海地方,自银定桥沿岸至积水潭一带为止,修垫

---

① 邓云乡:《文化古城旧事》,第 395 页。

马路,砌筑围墙,建设北京公园一座。其中,清流湍激,林木茂美,天然佳胜,位置最宜,并拟于公园中多建美术馆、图书馆、博物馆、运动场等。"①北京真正大规模开始改造和开放现代意义上的公园还是在民国政府时期。当时的管理者强烈意识到在北京城建设公园的重要性,把公园视为社会文明和进步的象征,在各方的努力下,作为历史遗迹的皇家园林和庙宇逐步被改造成公园,中央公园、北海公园、颐和园、地坛公园、城南公园等陆续向民众开放。有学者充分注意到北京这一时期所发生的变化:"中国首都公共空间的变化是惊人的,从1914年到1926年这12年的时间里,差不多以前全部的御花园和皇家庙宇都向公众开放了。一位近代西方作家写道:'以前只有皇帝和皇后才能悠哉悠哉'的场所如今变成了普通市民的桃源仙境'"。②此时北京公园大量的出现不仅为普通民众提供闲适、优雅的休息娱乐场所,而且其作为社会公共空间和文学公共空间的角色对中国近现代的社会和文化转型发挥着积极的作用。

中央公园是北京有史以来第一个近代公园,是由原先的社稷坛所改建的,于1914年10月10日向公众开放。之所以首先考虑把其改建成公园主要的原因在于可以利用原先的资源减少开支,再则社稷坛位于北京城的中心,民众参观比较方便。"公园内种植了花草树木,修建了假山,铺设了大路小径;开设了餐厅茶馆;运动场、台球厅、射艺室都也投入了营运。原有大殿改造为教育部中央图书馆阅览室和内务部卫生知识展览室。几座新的大楼也修建起来了……中央公园成为城市居民放松自己,欣赏自然风景,彼此交流和接受教育的公共场所"③。与中央公园的兴建相类似,京兆公园所在地方地坛原来一直是由内务府奉宸苑管理的皇家禁地,是明清两朝皇帝祭祀皇地祇神的场所,普

---

① 见北京市档案馆编:《北京的名园名山》,新华出版社2013年版,第4页。版本下同。

② [美]史明正:《从御花园到公园:20世纪初北京城市空间的变迁》,见黄兴涛、陈鹏主编:《民国北京研究精粹》,第226页。

③ [美]史明正:《从御花园到公园:20世纪初北京城市空间的变迁》,见黄兴涛、陈鹏编:《民国北京研究精粹》,第215—216页。

通百姓根本无权进入。到了辛亥革命时期则成为荒地被闲置。为了将其开辟为现代公园,1925 年春,京兆尹薛笃弼呈请内务部,要求在地坛开辟京兆公园。他在呈文中说:"查建设公园为东西各国所重视,京兆风气闭塞,尚沿旧习,化民成俗,责在有司。京兆尹到任后曾分令各县酌量建设公园,以期新民耳目。至京城地面地广人稠,此类公园场所尤应多设。正拟就安定门外地坛地方改建北郊公园……"①在各方支持下,这个公园仅仅用了 3 个月就完成了,1925 年 8 月 2 日正式对外开放。

对于知识分子而言,北海公园和陶然亭公园等显然更具特别的意义,它们因为环境的优雅和历史文化的原因更容易得到知识分子的青睐。北海与中海、南海合称三海。1913 年,部分士绅就曾经试图在北海建立一个公园,遭到拒绝。1922 年,北京政府曾经一度有开放三海的想法,但没有付诸实行,决定先行开放北海公园。为了管理北海公园,专门成立了北海公园董事会,制定了较为详尽的董事会章程和管理条例。公园添置了很多健康娱乐的设备,如游船、公共体育场、儿童游乐场、溜冰场、照相馆等,满足了不同人群的需要。与此同时,北海公园也承担了多次的群众集会和知识分子的聚会活动。从当时公园提供的一份资料可以看出,单是 1925 年 11 月至 1926 年 10 月,北海公园的聚会活动就有:1925 年 11 月 8 日,松坡图书馆蔡公九周年公祭;15 日,平民大学湖南同乡会、南中同学会、留日商科大学都假座漪澜堂聚会。1926 年元旦,北京大学在漪澜堂开元旦茶会。3 月 7 日,中国大学大通学院在漪澜堂茶会;4 月 6 日,福建大学假仿膳茶点社开 15 周年纪念会;5 月 16 日,燕京大学假五龙亭开鲁籍同学会;29 日,燕京大学假漪澜堂开浙江同乡会;6 月 26 日,北京基督教青年会财政商业专门学校假漪澜堂开毕业同学会……在参观的人群中,文化教育机构前后共有 66 批次,人数为 4437 人。② 这种繁荣的景象一直延续到抗战爆发。陶然亭公园因陶然亭建筑而得名,其实它并不是真正的

①　见北京市档案馆编:《北京的名园名山》,第 11 页。
②　参见北京市档案馆编:《北京的名园名山》,第 211—215 页。

亭子,而是一大排房子,清朝康熙年间工部郎中江藻在这里修了几间有轩窗的房子,起了个名字叫"陶然",因而得名。陶然亭位于北京的外城,附近有不少私家园林,精致优美,再加上此地地理上的优势明显:"距离清朝汉族士大夫和来京赶考的科举士子聚居的宣南地区很近,前来觞咏宴集极为方便。"①陶然亭的秋景优美,邓云乡说:"当年陶然亭的景物最宜于秋天。一过窑台,小路两旁都是密密层层的芦苇,呈现一片绿色生意,春天因为苇牙刚出水,遮不住高处杂布的荒坟,徒使人感荒凉而已。夏天芦苇葱茂,穿行在小路上,密不透风,又太闷气。只有秋天,凉风送爽,芦花摇曳,穿行在这芦苇丛中,极为寥廓萧疏,照过去的说法,便有无限的江湖之思了。"②因而一直为文人雅士所喜爱,留下了不少吟诵陶然亭的文章。如小说《花月痕》开头就描写了陶然亭,陈寅恪先生也曾写下这样的诗句:"故国遥山入梦青,江关客感到江亭。不须更写丁香句,转怕流莺隔世听。"这其中最著名的当是俞平伯的《陶然亭的雪》。当然,慕陶然亭的名而来的名流不在少数,陶然亭更多的是作为一种文化符号出现在他们面前的,这与扮演着健康、娱乐、休闲、交友等众多角色的现代公园不尽完全相同。

三

相对于典雅、宏伟的建筑和风景优美、逶迤的公园,北京的游乐场也一样在知识分子和普通市民的生活中扮演着不可或缺的角色。由于北京长期作为帝都的存在,政治中心和文化中心的双重角色使得北京市民的消费和娱乐方式也有独特之处。民国时期,北京作为新旧文化并重的地方,情形也更为复杂,一方面是传统的消费和娱乐方式得以延续,如庙会、戏院等,另一方面随着中国社会的发展也出现了新兴的消费群体和娱乐方式,明显朝着时尚的方向在发展,如电影院、溜冰场和舞厅等开始出现,而这些文化娱乐活动对于城市

---

① 季剑青:《重写旧京:民国北京书写中的历史与记忆》,第160页。
② 邓云乡:《燕京乡土记》下,中华书局2015年版,第335页。版本下同。

形态的影响也是显而易见的。在传统的民间娱乐场所，北京的天桥无疑是最有代表性的。天桥本来是明代建筑的一座桥的名称，后来演绎成为地名。"这个区域在外城共占地 2.5 平方公里左右，位于皇宫正南，与之有城墙和前门商业区相隔，北起东、西珠市口大街，南至永定门，西起东经路，东至天坛"①。一直到清朝中晚期，这里仍然是尊贵、闲暇的内城人骑射、赛马跑车、赏花、观鱼、踏青游玩之地。② 在 20 世纪二三十年代，天桥和古塔、宫殿和公园等一起被列入景点，有的导游书甚至说："凡远方来平旅行者，若不至天桥一睹，实为最大遗憾。"③晚清时期，天桥开始逐渐成为商业中心，但随后民国政府大规模的城市规划和建设使得天桥逐渐成为一个民间的演艺中心，汇聚了各色人等。如 1912 年演员俞振庭表演连本大戏，后来就把戏台移到了天桥，随后别的戏班子也纷纷跟进。在商业繁荣的带动下，天桥也成为各种民间艺人的汇聚场所，表演各地的民间艺术，如河南坠子、大鼓书、秦腔、皮影戏、落子、评书、杂技、摔跤等。"惯跤是典型的天桥娱乐。正式的跤手原来是分在善扑营两翼服务清廷的……跤手都是旗人……民国初年，善扑营解散。过惯了特权生活的跤手们没什么别的养家糊口的本事，于是自发组织起来卖艺，把摔跤从宫廷礼仪变成了商业娱乐"④。虽然民国政府一度想把天桥地区改造成一个比较高级的休闲场所，但并不成功，作家姚克这样描述他所看见的天桥："高低不平的土道旁，连绵地都是'地摊'，穿的，用的，甚至于旧书和古董，色色都有。我跟着蚂蚁似的群众在这土道上挤向前去；前面密密层层排着小店铺，露天的小食摊、茶店、小戏馆、芦席棚、木架和医卜星相的小摊，胡琴、锣鼓、歌唱、吆喝的声音，在我耳鼓上交响着；一阵葱蒜和油的气息向我鼻子里直

---

① 董玥：《民国北京城：历史与怀旧》，第 185 页。
② 见张次溪：《人民首都的天桥》，北京修绠堂书店 1951 年版，第 44—58 页。
③ 田蕴瑾：《最新北平指南》，自强书局 1935 年版，第 7 页。
④ 董玥：《民国北京城：历史与怀旧》，第 194 页。

钻。"①显然天桥在他眼中仍然是肮脏和杂乱的代名词,然而天桥的生命力很大程度上却正是源于这种民间的狂欢仪式:"天桥的魅力在于它的实物商品交易和以身体技艺表演为主的民间娱乐……二手商品的交易带给消费者一种权力感。以这种权力感为基础,形成了一个可以无限度匿名的、流动而富于创造力的消费者群体。尽管天桥在地理位置上处于京城的边缘,在经济和文化生活,以及民国北京身份的成形过程中,它却都处在核心地位,充满了活力。"②天桥这种民间的生命力同样可以在当时的学者文章中得到证明,张次溪和赵羡渔曾经写了《天桥一览》,其中有这样的话:"很少有绅士气度的大人先生在此高瞻阔步,到这里来玩的人,多半是以体力和血汗换得食料的劳苦的人们。他们在每天疲倦以后,因为这里不需要高贵的费用,便可以到这里来,做一个暂时的有闲阶级,听听玩意儿,看看杂耍,忘却了终日的疲劳。精神上得受了些无限的慰藉。"③即使在民国政府迁都、经济低迷的环境下,天桥的热闹和繁华也并未受到太多的影响。

由于长期处于政治和文化的中心,北京的戏曲、曲艺等艺术也具有得天独厚的优势,如京剧、昆曲、评剧、单弦、相声等艺术形式适应了不同群体的文化消费需求,市场也相当可观。到了晚清末年,各种新兴的戏院、剧场等也应运而生。"1906 年,位于东安市场北门东侧的吉祥茶园开业,名为'茶园',但园内设有舞台,演出活动众多,观众踊跃。不久后又在东安市场建起丹桂茶园和中华舞台。久负盛名的广和楼也扩建舞台,已经能够容纳 900 名观众,开明戏院、新明戏院也都是能够容纳千人的大戏院"④。除此之外还新建了青年会礼堂、第一舞台、真光大戏院、新世界等。到了 20 世纪二三十年代,受到民国政

---

① 姚克:《天桥风景线》,姜德明编:《北京乎:现代作家笔下的北京》上册,生活·读书·新知三联书店 2005 年版。第 353—357 页。版本下同。

② 董玥:《民国北京城:历史与怀旧》,第 212、213 页。

③ 张次溪、赵羡渔:《天桥一览》,中华书局 1936 年版,第 12 页。

④ 张艳丽主编:《北京城市生活史》,人民出版社 2016 年版,第 309 页。版本下同。

府迁都影响,北京的经济遭受很大的打击,地方政府更是把娱乐业作为振兴城市的主业,又陆续建成了一批剧场,包括哈儿飞戏院、瀛寰戏院、长安戏院、新新戏院等。邓云乡回忆说:"西城有新建的新式戏园子,是 30 年代中期的事,先落成的是西长安街西面路南的长安大戏院,紧邻西黔阳贵州菜馆,再过来是和兰号糖果店,已经到马路转弯处了。后落成的'新新大戏院',也在路南。"①1930 年代初期,北平市政府社会局调查了当时全市的剧场分布情况:"现时市内所有剧场,凡十余家,曰吉祥、曰广德楼、曰庆乐、曰同乐、曰三庆、曰中和、曰华乐、曰广和、曰第一舞台、曰开明、曰城南游艺园、西单游艺场、曰哈儿飞。外此则有天桥之各戏棚,凡六七家,以其为低级娱乐场,尚未兴于剧场之列。"②而当时出版的《北平旅行指南》则列举了当时剧场的分布情况:

剧场分布附表

名称	地址	名称	地址
吉祥戏院	东安市场	华乐园	鲜鱼口小桥
第一舞台	西柳树井	广和楼	肉市
开明戏院	西珠市口	哈儿飞戏院	旧刑部街
中和戏院	粮食店	华北戏院	西珠市口
庆乐园	大栅栏	魁华舞台	天桥
三庆园	大栅栏	吉祥园	天桥
广德楼	大栅栏		

(资料来源:马芷庠编著、张恨水审定:《北平旅行指南》,经济新闻社 1937 年版。)

　　在传统的戏院还在维系的同时,更有现代气息的娱乐场所此时在民国时

---

① 邓云乡:《燕京乡土记》,第 674 页。
② 张艳丽主编:《北京城市生活史》,第 310 页。

期的北京也不断涌现出来,并且对传统的娱乐方式构成了强有力的挑战,大有超越之势。这其中主要包括电影院、舞厅、溜冰场等。电影完全是舶来品,最早诞生于法国,晚清时期传入中国。1902 年,一位西班牙人雷玛斯在北京放映了三部滑稽片《黑人吃西瓜》《脚踏车赛跑》《马由墙壁直上屋顶》,被认为是北京放映电影的开端,1906 年起,北京电影放映的场所和场次逐渐增加,后来陆续兴建了初具现代形式的电影院。"1916 年,华北电影公司在东长安街开设了北京电影院。1917 年,中央公园电影院开业。1918 年,又有前门外香厂路新世界电影场、东方饭店屋顶花园电影场和城南游艺园电影场开业。1919 年,北京大学毕业生罗明佑集巨资租赁东安市场丹桂茶园开映电影。1920 年,从法国电影专门学校毕业的四川人季叔平、吴铁生,携带大批影片、摄影机、试片机及各种零星用具,在吉祥茶园开映电影,这就是开明电影院的前身,一时观众踊跃"①。民国政府迁都以后,北平城市的消费能力减弱,电影业受到一定影响。但此时有声电影出现,因而电影对普通市民的吸引力反而更加强烈,诸如光陆有声电影院、荣华电影院、光明电影社、大观楼电影院等纷纷建立。根据 1937 年出版的《北平旅游指南》提供的资料,当时共有 11 家电影院:中央、平安、社交堂、钟楼、光陆、哈佩、真光、中天、大观楼、市民、吉祥。但当时也有人的文章中提及北京的电影院有 20 余家。这些电影院由于彼此定位不同,因此都形成了各自的特色。"平安电影院由外国人营业,放映的是西洋片,顾客以北平的侨民及外交人员的随从兵役为主。光陆大影院则最先放映有声片,且有播放美国派拉蒙影片的优先权,容易吸引喜爱趋新好洋的中国人与阔绰的男女学生前往观赏。另有真光与中天影院,也放映有声片,西片兼国片都有,主要消费群便是文人学者与学生"②。虽然在数量上远不及同时期的上海,但这些电影院作为新式的娱乐场所却受到大众的欢迎,因为它具有了为传统娱乐业所不及的优点,因此青年学生和文人特别偏好此类娱乐方式。

---

① 张艳丽主编:《北京城市生活史》,第 313 页。
② 菁如:《北平的电影院(二)》,天津《大公报》1933 年 10 月 5 日。

至于电影的票价情况,有学者分析:"像平安与光陆这类规模较大的首轮外片电影院,票价最高时要 2 元,不太好的场次是 5 或 6 角;次之为以播放联华影业公司影片为主的真光电影院,一般是 4 角到 1 块半。"①电影在市民阶层的普及,对于城市文化风气的开化也起到了推动的作用。

同样在晚清时期的北京,西方的交谊舞开始出现。北京最初的交谊舞会出现在东交民巷使馆区,更多的具有私人性质。随着外籍人员的不断增加,原先的私人舞会不能满足人们的需求,于是各种带有公共性质的舞厅应运而生。当然,此时北京舞厅的规模和数量远不能和上海相比。到了 20 世纪 30 年代,交谊舞在北京已经成为相当普及的娱乐方式。光是 1930 年春天到 1931 年 5 月,在一年左右的时间就出现了 30 多家跳舞厅,舞女的数量达到 500 多人。"国都南迁之后,引发北京大量社会上层外迁,舞场原有客源流失,于是降低门槛,吸引更多群体加入进来,跳舞普及程度提升,参与范围进一步扩展,成为北京中上层社会娱乐生活的新兴时尚选项。交通舞场,'桌椅'是纯粹洋式的,欧仆是白色制服,供应的饮料是咖啡、牛奶'。中国饭店的舞场则在《北京画报》上连续刊登广告,跳舞每晚九时起,广告语为:'舞厅:精雅清洁;舞女:明眸艳丽;乐声:悠扬曼妙;灯光:美丽柔和;地板:平滑如镜;茶酒:精美价廉;侍役:招待周到。'至 1930 年代初形成'舞业全盛'景象"②。尤其是在 20 世纪 30 年代,随着社会风气的进一步开放,交谊舞已经成为深受青年学生喜欢的活动,场面相当热闹。钱歌川的文章对当时北京的交谊舞曾有这样的描写:"北平虽然古朴得很,他们却欧化得厉害……学生多半著的是洋服,讲的是洋话,不咳嗽,不吐痰,但不能不跳舞。所以当北平城内的跳舞场被封以后,他们便把学校中的食堂暂辟为跳舞场,晚饭以后,将唱片向话匣子上一搁,十几对

---

① 李微:《娱乐场所与市民生活——以近代北京电影院为主要考察对象》,《北京社会科学》2005 年第 4 期。
② 张艳丽主编:《北京城市生活史》,第 316 页。

青年男女便乘着音乐的波浪在电光下搂着腰儿跳舞起来。"①当时的报纸《新晨报》也报道说:"北平市内,近来舞风甚炽,举市若狂,各饭店之舞场,相继而起。近闻王府井交通大饭店内,亦将开设跳舞场,以为竞争。该场闻系学界中人承办,设备方面,颇为新颖,并不售门票,添设宵夜,以为号召。该场紧邻东安市场,地点之佳,无出其右。今日开张,定有一番盛况也。"②当时较知名的舞厅有白宫舞场、交通舞场、中央饭店舞场、正昌饭店舞场等。由于交谊舞完全是源自西方的娱乐方式,其在中国城市出现时常常引发伦理上的争论,当20世纪30年代交谊舞受到青年人的追捧逐渐风靡一时的时候,也经常出现质疑的声音,主要批评其有伤风化,容易使人堕入肉欲享受之中,荒废青春和学业。"中国男女,界限素严,一般青年,遣兴无从,而妓寨曲院,又为一般自爱者所不愿往,于是舞场遂成为一般青年流连之所。前者青年所认为不易接近之少女,今竟得以些微代价,相抱而舞,且江南佳丽,北国美人,燕瘦环肥,听任选择,无怪入其中者,有欲罢而不能之感。"③当时北京地方政府在所谓"新生活运动"的背景下也曾下令关闭中国人经营的舞场,但效果不佳,"舞业在北平的发展,充分显露故都社会中上阶层趋新尚洋的充沛活力、不容小觑的消费能量,以及向往男欢女爱的两性欲望"④。

与南方的城市相比,民国时期的北京还有一项比较特殊的娱乐场所,这就是溜冰场。到了隆冬时节,溜冰便成为青年男女最喜欢的运动方式。溜冰的主要场地有北海公园、中山公园、太庙、中南海公园等,甚至于在清华、燕京等大学的里面,都有溜冰场。"在当年,如果嫌城里北海漪澜堂冰场、公园筒子河冰场冰不平,或者嫌人太多、太乱,那就请到清华园荷塘边上,或者到燕园未名湖。尤其是燕园未名湖的冰场,那是当年北京最高级的、最美丽的冰场。且

① 钱歌川:《北平夜话》,(台湾)新文丰出版公司1978年版,第75页。
② 《新晨报》1930年4月1日。
③ 《北平舞女生活》,天津《大公报》1933年2月3日。
④ 许慧琦:《故都新貌:迁都后到抗战前的北平城市消费(1928—1937)》,第328、329页。

不说那西山的雪影多么妩媚,万寿山佛香阁的朦胧多么痴情,燕园水塔的重檐多么典丽;也且不说那滑冰的人多么欢欣,多么彬彬有礼,风度翩翩,单止那冰,就是北京任何冰场都比不了的"[1]。据报道,光是 1935 年除夕北海公园售出的门票有 3000 多张,中山公园也售出 500 多张,由此可见溜冰的盛况。当时北京的媒体有大量关于溜冰的报道,诸如《北京的溜冰场》(天津《大公报》1928 年 1 月 6 日)、《溜冰场先后成立摩登青年消遣多》(北平《晨报》1932 年 12 月 19 日)、《北海公园化妆溜冰会》(北平《晨报》1932 年 1 月 17 日、《穿冰鞋的姿势:南海溜冰场所见》,北平《晨报》1932 年 1 月 19 日)、《中南海元旦化妆溜冰会》(北平《晨报》1932 年 12 月 28 日)、《从北海滑冰上人扯到滑冰》(北平《晨报》1934 年 12 月 7 日)、《冬日妇女生活与户外运动的关系:滑冰场上的交际》(北平《晨报》1936 年 12 月 20 日)[2]其实,对于当时北京的溜冰场上的情形,张恨水和瞿宣颖都有很详细的描写。张恨水说:"走过这整个北海,在琼岛前面,又有一湾湖冰。北国的青年,男女成群结队的,在冰面上溜冰。男子是单薄的西装,女子穿了细条儿的旗袍,各人肩上,搭了一条围脖,风飘飘的吹了多长。他们在冰上歪斜驰骋,作出各种姿势,忘了是在冰点以下的温度过活了。在北海公园门口,你可以看到穿戴整齐的摩登男女,各人肩上像搭梢马褡子似的,挂了一双有冰刀的皮鞋,这是上海香港摩登世界所没有的。"[3]不难见出,溜冰在当时的北京是一项既时髦又很普及的娱乐方式。

四

　　如果说北京的娱乐场所和娱乐方式在其他城市也一样能见到的话,那么北京的琉璃厂和书肆则几乎是这个城市最为独特和值得骄傲的地方了,它像

① 邓云乡:《文化古城旧事》,第 398 页。
② 以上资料见许慧琦:《故都新貌:迁都后到抗战前的北平城市消费(1928—1937)》,第 143 页。
③ 张艳丽主编:《北京城市生活史》,第 320 页。

磁铁一样吸引着北京的文化人,成为其精神上很大的慰藉。琉璃厂是举世闻名的文化街市,这个地方最初叫海王村,存在的历史相当悠久,是烧制琉璃的窑厂,后来逐渐成为街市,便叫"琉璃厂"了。清朝乾隆中期潘荣陛写的《帝京岁时记胜》中有"琉璃厂"的条文:"琉璃厂在正阳门外之西,厂制:东三门,西一门,街厂里许,中有石桥。桥西北为公廨,东北楼门上为瞻云阁,即窑厂之正门也。厂内官署、作坊、神祠之外,地基宏敞,树林茂密,浓荫万态,烟水一泓。度石梁而西,有土阜高数十仞,可以登临眺远。"①可见在明末清初时期琉璃厂尚未形成街市的规模。琉璃厂形成古玩街市当在乾隆年间编撰《四库全书》的时候,"琉璃厂西段的旧书业空前繁荣起来,带动了笔墨纸砚、碑帖、书画和金石等文化用具和古玩业的兴起,逐渐发展成为文化街市。书中记载:'清代乾隆中期以来,上至公卿,下至士子,莫不以此地为雅游,而消遣岁月。'"②据统计,自1860年英法联军火烧圆明园至1948年北京和平解放前夕,琉璃厂街上先后开设有123家古玩店。在民国政府初年至民国政府迁都南京之前,是北京古玩行业的黄金时代,琉璃厂也达到鼎盛期。"琉璃厂街上人来人往,古玩铺里迎来送往。每年春节正月初六开市至正月十六,琉璃厂、厂甸、火神庙等地,游人摩肩接踵,熙熙攘攘;街上马车、洋车、四人抬的轿子排列成行。达官贵人、文人学者出没于火神庙和古玩、书铺之店堂。火神庙里珠宝玉器、翡翠钻石、书画文玩摊一个挨一个,珠宝商展出高档货品,珠光宝气,吸引游人。"③这里成为中国文物的集散地。这一期间许多外国人也经常到琉璃厂买古玩、字画、铜器、玉器、陶瓷、石刻、壁画等,琉璃厂古玩街的名声传遍了世界。1928年,民国政府迁都,琉璃厂的古玩行业受到一定的影响,但仍然有许多的文人雅士经常光顾这里。

---

① 见陈重远:《琉璃厂文物地图》,北京出版社2015年版,第4页。
② 陈重远:《琉璃厂文物地图》,第6页。
③ 陈重远:《京城古玩行》,北京出版社2015年版,第6、7页。

民国时期在琉璃厂新开设的古玩铺简况表（1912—1937）

字号	经理人	开业时间	备考
晋雅斋	康竹亭	1912 年	鉴定、经营金石
博韫斋	杨伯衡 萧虎臣	1912 年	鉴定、经营书画和瓷器
商旧阁	董兰池	1913 年	鉴定、经营瓷器和铜器、杂项
延古斋	赵鹤舫 陈养泉	1913 年	鉴定、经营金石、陶瓦器
清逸阁	程瑞卿	1913 年	鉴定、经营瓷器和杂项
绮盦	张伯翔	1913 年	鉴定、经营书画
古欢阁	姚栋臣	1916 年	鉴定、经营书画和杂项
敬古斋	萧敬斋	1916 年	鉴定、经营书画、古玩杂物
贞古斋	苏惕夫	1917 年	鉴定、经营书画
宛委山房	吴寿亭	1917 年	鉴定书画、裱画
聚古斋	袁质彬	1917 年	鉴定、经营书画
学古斋	贾平斋	1918 年	鉴定、经营图章和砚墨
问古斋	郭彬生	1918 年	鉴定、经营法帖、书画
清和斋	夏锡忠	1918 年	鉴定、经营金石、陶瓦、瓷器。后迁南池子
玉池书房	马霁川	1918 年	鉴定、经营书画
古光阁	周希丁	1918 年	鉴定、经营书画、金石、篆刻
雅韵阁	张德鹤 苏凤山	1918 年	鉴定、经营杂项和宣德炉
鉴古斋	周杰臣	1918 年	鉴定、经营缂丝和书画、瓷器
鉴光阁	张效禹 傅凯臣	1919 年	鉴定、经营书画和瓷器
蕴辉阁	朱仲超	1920 年	鉴定、经营书画
振雅斋	卢月舟	1920 年	鉴定、经营书画
话古斋	李允升	1920 年	鉴定、经营书画
证古精舍	张治平	1922 年	鉴定、经营书画
虹光阁	杜华亭 杜少亭	1923 年	鉴定、经营书画和杂项、瓷、铜、玉器
博雅斋	张君翔	1923 年	鉴定、经营书画
文燕斋	张寿卿	1923 年	

续表

字号	经理人	开业时间	备考
渊识斋	毛子恒	1923 年	鉴定、经营字画和铜器、杂项
澂观阁	孙仲三	1924 年	
师古斋	孙秋江	1924 年	
静观阁	安溪亭	1925 年	鉴定、经营宋元瓷器和明清官窑瓷器
文芳阁	路仲芳	1925 年	
蕴古斋	汪筱舫 刘竹坡	1925 年	鉴定、经营金石和瓷器、陶器
博闻簃	韩醒华 郝葆初	1926 年	鉴定、经营铜器和瓷器、书画
蕴竹斋	阎德民	1927 年	鉴定、经营字画和杂项
珍古斋	张兴府	1928 年	
晋秀斋	贾济川	1928 年	鉴定、经营书画和印章、金石
雅文斋	萧书农	1928 年	鉴定、经营瓷器和杂项、铜器
德润兴	何玉堂	1928 年	鉴定、经营瓷器和杂项
杭希阁	田健秋	1929 年	
国华堂	萧程云	1929 年	鉴定、经营书画
静寄山房	萧静亭	1931 年	鉴定、经营书画
惠古斋	柳春农	1931 年	鉴定、经营书画和杂项
集粹山房	周殿候	1931 年	鉴定、经营书画和杂项
永誉斋	李健平 李欣木	1931 年	鉴定、经营印章和砚、墨
通古斋	乔有声 黄镜涵	1931 年	鉴定、经营金石
博鉴斋	孙少虞 刘润之	1933 年	鉴定、经营书画和古玩
推古斋	刘廉泉	1935 年	
大雅斋	王幼田	1935 年	鉴定、经营瓷器和杂项
陶古斋	曹旭深	1935 年	鉴定、经营金石和陶瓦
玉纲斋	马振卯	1937 年	鉴定、经营古墨和书画
韫玉斋	范岐周	1937 年	鉴定、经营瓷器和金石

（资料来源：陈重远：《京城古玩行》，北京出版社 2015 年版，第 432—434 页。）

单就图书业而论,故都北京的书市和书摊星罗棋布,为知识分子的学术研究提供了极大的便利。"文化古城时的文化环境,除去各种图书馆之外,还有不是图书馆而更为自由的'图书馆',那就是正月里厂甸的书市,平时琉璃厂、隆福寺街、东安市场中的丹桂商场书铺、西单商场的书铺。以及东安市场、西单商场的大小书摊,宣武门里甘石桥马路边上的破书地摊,这些地方是最自由的读书天地。是文化环境、文化气氛最重要的成分"①。在当时,逛厂甸的书市也几乎是古城北京文化人的必修课,如鲁迅一到北京就成了这里的常客。胡适也同样如此。此外,当时上海著名的书局也都在北京设立了分部,如商务、中华、世界、开明、北新等书局。"另外有正书局、广益书局、大东书局、会文堂这些都是专卖上海出版新书的书店。有专卖西文书的王府井秀鹤图书馆分店、西单商场的华英书店;专卖日文书的人人书局,后去台湾的名教授张我军的日语语法书,就是人人书店出版的;有专卖西文医学书的郭则云图书馆,在灯市口;有专卖翻译教材的新华街文化学社、景山东街大学出版社;有专卖全国杂志的东安市场岐山书社,西单商场有分号……除此之外,就是琉璃厂、隆福寺,以及散处在西单一带的专卖线装书的旧书铺了"②。书肆的繁荣发达是一个城市文化生活丰富、学术风气浓厚的标志之一,民国时期北京的书肆与图书馆、博物馆、大学等连接在一切,对于知识的传播起到了极大的推进作用,也有力提升了城市的文化品位。

五

最后谈谈北京物质文化的重要载体图书馆和博物馆,这些也是城市文明、精神的见证者、体现者,属于美国社会学家奥登伯格所说的"第三空间",是一个更加充满人文关怀与温情的公共空间,它是城市精神的凝聚。图书馆是专门收集、整理、保存和传播知识的机构。它在我国经历了漫长的

---

① 邓云乡:《文化古城旧事》,第192页。
② 邓云乡:《文化古城旧事》,第194页。

"藏书楼"阶段,至今已有数千年的历史。而现代意义的图书馆则产生在西方,和资本主义工业化时代相联系。我国近现代图书馆是在西方文化传入中国后逐渐发展起来的。20世纪初期,一群有识之士奏请清政府兴办图书馆,1909年,"京师图书馆"被批准兴建,民国后改为国立北平图书馆,直属国民政府教育部。1929年"国立北平图书馆"在文津街开建新馆,于1931年建成投入使用。这是当时中国乃至远东地区最现代化的图书馆,规模恢宏,布局合理,地址适中,藏书十分丰富。"国立北平图书馆的外观是十分华美的,它的内部更为精美。外部完全是中国宫殿式的,而内部则完全是西方式的。""这座图书馆大楼,是钢筋混凝土建造的宫殿式建筑。它的造型吸取唐代长安宫殿、南内大明宫的规模设计的……主楼两层重檐琉璃瓦、左右两翼有东西向重檐庑殿、主楼背后连接高大的书库,也是绿琉璃瓦宫殿式的……整个建筑物又在很高的崇阶丹墀上,由汉白玉的石栏围绕着,远远望去,极为华美"①。当然,国立北平图书馆更让人惊叹的是其藏书的丰富、完备。据1935年出版的《旧都文物略》提供的资料,当时原藏的普通书:中文、满蒙文、西文约100万册左右,善本书宋金元明清刊本、写本、旧抄本2200多部28000多册。文津阁四库全书6144函,36300册。旧藏地图绫娟抄纸本6378帧,147册。金石拓本唐开成石经178卷,近代金石拓本3300种。新增中、外文书籍10余万册,舆图8000多幅,金石拓本3929幅。寄存书6059种、32792册,另有藏文甘珠尔经600余件,版片500余块。殷墟龟甲兽骨、秦汉瓦当、汉唐铜鼓铜镜800余件。② 国立北平图书馆所藏的珍本、善本等类型的图书是其他任何图书馆无法比拟的。此外,故宫博物院、北京大学、清华大学、燕京大学、北平师范大学、辅仁大学等图书馆的藏书数量也相当可观,再加上市立第一、第二图书馆、地质调查所图书馆、民众图书馆、博物学会图书馆等等,使得故都北京的图书馆数量有数十所之多,为学者的研究和一般民众的文

---

① 邓云乡:《文化古城旧事》,第179、184—185页。
② 见原北平市政府秘书处编:《旧都文物略》,中国建筑工业出版社2005年版,第106页。

化需求提供了优越的条件。

关于博物馆在城市中的地位和作用,刘易斯·芒福德说过:"一个形式和规模合理的博物馆,不仅是相当于一个实实在在的图书馆,而且可以通过有选择的标本和样品,用作了解世界的一种方法,这个世界是如此庞大而复杂,不这样的话人类的力量将远远不能了解它。这样一个合理的博物馆,作为了解的一种工具手段,将是对城市文化的不可缺少的贡献。"①故都北京当时的博物馆主要有故宫博物院、历史博物馆、古物陈列所等。故宫博物院正式成立于1925年。民国政府在辛亥革命后曾经在紫禁城前半部先成立了古物陈列所,1924年溥仪出宫后,"清室善后委员会"经过近一年的努力终于成立了"故宫博物院"。1928年国民政府北伐成功后正式接管了故宫博物院,使得博物院走上正轨的道路。1929年,故宫博物院成立了铜器、瓷器、书画、图书、文献等各类专门委员会,专门委员包括容庚、叶恭绰、沈尹默、傅斯年、刘半农等著名学者。不久,由于华北局势紧张,故宫博物院的部分文物开始南迁,南迁的文物总计达到13427箱。还应该提及的是,当时北京故宫博物院古物陈列所还曾经组织大批文物赴海外参加国际艺术展览会,对于弘扬中国文化、提升中国文化影响力产生了积极的作用。1935年,故宫博物院选大批艺术精品赴英国伦敦参加"伦敦中国艺术博览会",选送的文物有1022件:"展品共分九大类,计有铜器、瓷器、书画、玉器、剔红、景泰蓝、织绣、折扇、珍本书籍等项目。铜器有108件,瓷器314种(其中成对的很多,实际件数超过此数),书画173件,玉器等61件,剔红漆器5件,景泰蓝13件,织绣29件,折扇20柄,珍本图书30种。"②其中瓷器、书画为展出的重头戏,300多件瓷器涵盖了自宋朱定窑到清初的珍贵瓷器,窑口的选择也很有代表性。这次展览时间长达数周,观众反响热烈。在现代文明的进程中,图书馆和博物馆都承载了相当重要的文化功能,甚至成为现代文明的标杆。博尔赫斯所说的那句名言"天堂应该是图书馆的

---

① 见[美]刘易斯·芒福德:《城市发展史:起源、演变和前景》,第573页。
② 邓云乡:《文化古城旧事》,第222页。

模样"更为人们所熟知。民国时期北京图书馆和博物馆的繁盛奠定了这座城市特殊的精英文化气质。

斯宾格勒曾说:"人类所有伟大文化都是由城市产生的,第二代优秀人类是擅长建造城市的动物。这是世界史的实际标准,这个标准不同于人类史的标准;世界史就是人类的城市时代史。国家、政府、政治、宗教等等,无不是从人类生存的这一基本形式——城市——中发展起来并附着其上的。"①法国学者费尔南·布罗代尔也高度肯定城市在推进现代化过程中的巨大作用,他说:"这些城市起到什么作用呢? 它们负有建立现代国家的艰巨使命。它们标志着世界历史的一个转折点。它们形成民族市场,没有这个市场现代国家只能是在纸上谈兵……此外,大城市好比温室,它们在发扬文化、推动学术以及传播革命方面起着巨大作用。"②民国时期的北京虽然在经济上并不十分发达,但不可否认它已经是一座具有现代感的城市,其城市的文化功能十分突出,特别是迁都后的一段时期比过去更加重视文化资源的开发,更加朝着文化中心的目标迈进。它的生态环境、城市布局、风格迥异的建筑以及公园、剧院、电影院、大学、图书馆、博物馆、书局、公共娱乐场所等一系列的物质文化设施构成了城市的人文景观,使得这一时期的北京呈现出有别于上海的另一种风貌。这也印证了城市学家刘易斯·芒福德对城市功能的表述:"通过它的纪念性建筑、文字记载、有秩的风俗和交往联系,城市扩大了所有人类活动的范围,并使这些活动承上启下,继往开来。城市通过它的许多储存设施(建筑物,保管库,档案,纪念性建筑,石碑,书籍),能够把它复杂的文化一代一代地往下传,因为它不但集中了传递和扩大这一遗产所需的物质手段,而且也集中了人的智慧和力量。"③

---

① [德]斯宾格勒:《西方的没落》,齐世荣等译,商务印书馆1995年版,第11页。
② [法]费尔南·布罗代尔:《十五至十八世纪的物质文明、经济和资本主义》第1卷,顾良等译,商务印书馆2017年版,第653、654页。版本下同。
③ [美]刘易斯·芒福德:《城市发展史:起源、演变和前景》,第580页。

第三节　民国时期北京知识分子的物质和
精神生活（1912—1937）

　　民国时期的北京是一座名副其实的"文化城"，大学和研究机构林立，吸引了众多的学者和学生。相比较其他的阶层而言，作为知识传播者和精英阶层的大学教授、作家等的收入远高于普通的人群。尤其是在20世纪二三十年代，由于政局相对比较稳定，各大学的经费相对充裕，再加上首都南迁后北京的很多功能丧失，大量人员迁走，变成了一座休闲城市，物价总体而言不高。当然很重要的是此时学术相对自由、人文气息浓郁，因此这段时间无论从物质生活还是精神生活来看都可以视为民国以来的黄金时期。"当时北平各级学校教育事业陆续发展，学术研究卓有成绩，文人学者广受尊崇，月薪收入相对稳定且有所提升。在城市生活机能方面，原为国都的北平，电灯、电话、电车与自来水各项公用事业无一不全，生活机能良好，尤其1930年后物价普遍由高转低，城市书香浓厚、绿地遍布、环境清幽，实为读书人向往的生活天地"①。这一时期知识分子的日常生活是时代的一面镜子，可以更清楚地还原当时知识分子生活的原貌和精神特征，体现个体与时代、社会的关系，绝非可有可无。正如法国年鉴派学者费尔南·布罗代尔所说："日常生活无非是些琐事，在时空范围内微不足道。你愈是缩小观察范围，就愈有机会置身物质生活的环境之中……它侵入社会的每个层次，在世代相传的生存方式和行为方式上刻下印记。有时候，几桩传闻轶事足以使某盏信号灯点亮，为我们展示某些生活方式……我们发掘琐闻轶事和游记，便能显露社会的面目。社会各层次的衣、食、住方式绝不是无关紧要的。"②

---

①　许慧琦：《故都新貌：迁都后到抗战前的北平城市消费（1928—1937）》，第202、203页。
②　［法］费尔南·布罗代尔：《十五至十八世纪的物质文明、经济和资本主义》第1卷，第10—11页。

一

关于民国时期大学教师的收入状况,有不少学者都曾有专著或专文论述。邓云乡说:"文化古城时代大学的教学和研究人员是当时的天之骄子。那时清华、北大等国立大学的'部聘教授'(由教育部下聘书),高的月薪五百元。一般都在四百来元……由学校发聘书的教授,月薪也均在三百元以上。自然私立大学,经费不足,那就另当别论。"①梁实秋回忆说,北京大学还有研究教授和名誉教授之分,而研究教授则是由基金会另外提供一笔资助,待遇比一般教授要高出四分之一。②谭其骧先生在一篇文章中对当时自己在北京工作时的经济收入也有较为详细的记录:"那时我除开头一年半还在当研究生没有收入靠家里人供养外,从1932年年初起,在北平图书馆当了三年馆员,每月薪水60元;同时又在辅仁北大燕京等大学当兼任讲师……教零钟点每课时5元,一门课若每周2小时,每月得40元,3小时的话就是60元……我在北平图书馆待了三年,嫌当馆员要按时上下班不自由,就辞职不干,专教零钟点。我可从不教许多,钟点费不够用,靠不定期的稿费收入补充。稿费每千字5元,与上一堂课等价。"③而台湾学者李书华对于自己当时在北京大学1922年至1929年执教7年的待遇和日常生活消费情况也提供了具体的数字:"北大教授待遇最高薪每月大洋280元,也有每月260或240元者。讲师待遇按每小时五元计算。助教薪水大约每月五六十元至100多元之间。我初到北大时,即领教授最高薪。彼时一年可以领到八、九个月的薪水。北京生活便宜,一个小家庭的用费,每月大洋几十元即可维持。如每月用一百元,便是很好的生活,可以租一所四合院的房子,约有房屋20余间,租金每月不过二、三十元,每间房平均每月租金约大洋一元,可以雇用一个厨子,一个男仆或女仆,一个

① 邓云乡:《文化古城旧事》,第449页。
② 见梁实秋:《怀念胡适先生》,《梁实秋文集》第3卷,鹭江出版社2002年版,第435页。
③ 见邓云乡:《文化古城旧事·代序》,第3页。

人力车的车夫;每日饭菜钱在一元以内,便可吃得很好。有的教授省吃俭用,节省出钱来购置几千元一所房屋居住;甚至有能自购几所房子以备出租者。"①民国政府成立之时,政府就在宏观层面上对大学教师的薪水有明确的规定,随后则不断加以细化、完善。1917 年颁布的《国立大学职员任用及薪俸规定》中,教授分为六级,最高达 400 元。国民政府 1927 年颁布修正后的《大学教员薪俸表》,教授分为三级,大学教师的薪水有了进一步的提高。如一级教授为 500 元。下面的表格列出的是 20 世纪 30 年代北京大学、清华大学和燕京大学的教师薪金情况。

1931—1934 年北京大学教师月薪收入统计表　　　　（单位:元）

工资 / 年份	教授			副教授			专任讲师			助教		
	平均	最高	最低	平均	最高	最低	平均	最高	最低	平均	最高	最低
1931	446.72	—	—	285	300	280	250	280	200	85	130	40
1932	425.16	500	360	302	360	280	240	280	200	78.38	130	40
1933	421.11	500	360	290	360	240	—	—	—	92	192	80
1934	429.83	700	250	300	320	280	160	200	100	87.04	160	40

（资料来源:李向群:《1931 年至 1934 年北大教员工工资收入与当时物价情况简介》,《北京档案史料》1998 年第 1 期。）

清华大学教员月薪表　　　　（单位:元）

职别	初聘	最高	备注
教授	300	400	教授于所任学科有特殊贡献,可加至 500 元,名额为教授总数 1/5
讲师	160	280	
教员	120	200	
助教	80	140	

（资料来源:《教师服务及待遇规程》(民国二十一年五月二十六日起施行),《清华大学一览》,清华大学 1932 年印制。）

---

①　李书华:《七年北大》,台湾《传纪文学》第 6 卷第 2 期,1965 年。

表3:燕京大学教员薪金表　　　（单位:元）

等级	薪额	加薪最低年限	每次加薪最高数目
教授	360—460	每两年	20
副教授	270—350	每两年	20
讲师	205—265	每两年	15
助教	140—200	每两年	15
助理	75—135	每两年	10

（资料来源:《修正教职员待遇通则》,张玮瑛、王百强:《燕京大学史稿》,中国人民大学出版社1999年版,第1396页）

可见,无论是从当时收入的绝对数还是整个社会的物价水平来看,以大学教师为主体的知识分子的经济状况在整个社会中无疑处在让人十分羡慕的地位。这种经济生活的优越既让他们能无忧无虑地从事教学和学术研究,而且还使得他们的精神生活十分丰富。当时他们日常生活中最典型的方式就是下馆子、品茗、听戏、看电影、逛公园、打桥牌、逛书肆、游名胜、写诗唱和、沙龙以及学术研究等,既有世俗化的生活,也有对日常生活的超越而进入到精神审美的世界。

二

食是人类最基本的物质生活需求之一,所谓"民以食为天"。恩格斯指出马克思的功绩在于:"历史破天荒第一次被置于它的真正基础上:一个很明显的而以前完全被人忽略的事实,即人们首先必须吃、喝、住、穿,就是说首先必须劳动,然后才能争取统治,从事政治、宗教和哲学等等。"①费尔南·布罗代尔也有相似的观点,他说:"在传统历史的书本上,人是从来不吃不喝的……我以为不应该把糖、咖啡、茶、烧酒等许多食品的出现贬低为生活细节。它们

① 《马克思恩格斯选集》第3卷,人民出版社2012年版,第723页。

分别体现着无休止的重大历史浪潮。"①北京由于长期作为帝都的历史，其饮食自然有着独具魅力的特色，各式饭馆林立，汇聚了天下的美食。"北平在清末民初最盛的时代，各界互相酬应，交际至忙，因之投机者兴起，中西饭馆林立，以供显宦巨商之酬酢，一时著名饭馆极多。"②据不完全统计，民国初年饭馆数量接近1000家。诸如东兴楼、福全馆、玉华台、同丰堂、同和堂、会贤堂、六国饭店、德昌饭店、长安饭店、丰泽园等都是较有名气的饭店，每个饭店也大都有自己的拿手菜。会贤堂最有名的菜是"什锦冰碗"："冰碗里除了鲜莲、鲜藕、鲜菱角、鲜鸡头米之外，还得配上鲜核桃仁、鲜杏仁、鲜榛子，最后配上几粒蜜饯温补，底下用嫩荷叶一托，红是红，白是白，绿是绿。"③这些饭店对于大多数普通的北京市民来说当然是极为奢侈的，很多人无缘光顾，但对于民国时期居住北京的知识分子来说，吃馆子成了他们日常生活的重要部分。谭其骧谈起自己当时在北京吃馆子的情形时说："长安八大春，前门外煤市街山西馆，西四同和居、沙锅居，东安市场森隆、润明楼、东来顺等，都是我们这等人常光顾的地方。通常鱼翅席12元一桌，若酒喝得较多加小费，吃下来将近20元，鱼唇席10元一桌，海参席8元一桌。"④其他周作人、俞平伯、胡适、浦江清、顾颉刚、钱玄同、金岳霖、杨振声、沈从文、梁实秋、吴宓、老舍、张恨水、朱自清等一批文人对于当年在北京下饭馆都有详细的描写。周作人作为京派文学早期的核心人物，其身边逐渐聚集了一批文化人，而他们重要的活动方式就是在饭馆聚餐。如俞平伯1926年6月8日致周作人的信中提道："启明师：我有一事要和您商量。拟于明日（星期三）下午七时半后邀您在崇内大街德国饭店吃

① ［法］费尔南・布罗代尔：《十五至十八世纪的物质文明、经济和资本主义》第1卷，第6页。

② 马芷庠：《老北京旅行指南》，北京燕山出版社1997年版，第255页。

③ 唐鲁孙：《吃在北平》，见季剑青编：《北平味儿》，生活・读书・新知三联书店2014年版，第6页。

④ 见邓云乡：《文化古城旧事・代序》，第4页。

饭。"①1930 年 1 月 8 日周作人致俞平伯:"耀辰同我拟于十九日招待几个城外的朋友,并请兄和陈迗,特先奉闻……时间在正午,地点系西四,同和居也。"②周作人在日记中对于此类聚餐的记载也较多。胡适是当时北京知识界最有影响的公众人物之一,堪称知识界的领袖,和政界、学界、新闻界等许多名人都有交往。许多人常常慕名拜访胡适,而胡适也是热心交际,其朋友之多、饭局之多也是常理之中,其日记中也多次记录了下饭馆的事情。以他 1931 年 3 月 21 日当天的活动为例,先到任叔永家吃饭,饭后到中山公园,欣赏中国营造学社的展览,晚上再到东兴楼赴古生物学家孙云铸约请的宴会。③ 类似的情形对于胡适几乎是一种常态,除了一部分是在朋友家用餐外,更多的则是在饭店进行的。钱玄同曾在北京大学、北京师范大学等高校任教,其日记中对于自己和家人下饭馆以及和同仁聚餐的情形记载也较多,如光是 1930 年 1 月,到饭店吃饭的次数就让人吃惊。1930 年 1 月 1 日:"午回家,与大、三儿同至森隆吃大菜,因其有放屁鸡也,但实不佳。"2 日:"午,孔德之马隅卿、李召贻、卢逮曾、张雪门、王淑周 5 人,请吃新年酒于中山公园之水榭,食毕摄影。"1 月 4 日:"午至中海,约邵西同至且宜午餐,毕至西交民巷。"1 月 6 日:"晚,邵西邀我至其家吃饭,涤洲、子书均在。"1 月 11 日:"晚七时至东兴楼,温源宁赏饭也。"1 月 15 日:"七时约邵西雅于西车站。"1 月 17 日:"晚与邵西同雅于且宜。"1 月 20 日:"晚约邵西至西车站吃饭。"1 月 22 日:"晚餐,隅卿约了邵西、建功与我去吃饭。"1 月 24 日:"晚叔平来,约至其家晚饭。"1 月 26 日:"午余季豫赏饭于厚德福。"1 月 28 日:"晚约邵西'雅'于东亚春。"1 月 30 日:"晚至森隆吃饭。"1 月 31 日:"晚与邵西雅于梦林春。"④总共 31 天中,钱玄同参与饭局的次数达到十几次之多,不难看出:下饭馆对于民国时期经济条件优越的

---

① 《周作人俞平伯往来通信集》,上海译文出版社 2014 年版,第 31 页。版本下同。
② 《周作人俞平伯往来通信集》,第 124 页。
③ 《胡适全集》第 32 卷,安徽教育出版社 2003 年版,第 92 页。
④ 《钱玄同日记》(中),北京大学出版社 2014 年版,第 742—748 页。

学者成了一种平常的生活方式。俞平伯可以算是美食家，这从他晚年发表在《中国烹饪》杂志的《略谈杭州北京的饮食》可以为证，他在清华大学、燕京大学任教时更是频繁出入于北京的餐馆。查孙玉蓉《俞平伯年谱》，其中关于俞平伯下饭馆的次数甚多，如1929年5月11日："晚，在东兴楼宴请傅斯年，周作人应邀出席。"1929年6月7日："晚，在福生宴请周作人。"1930年4月6日："午，往会贤堂参加凡社聚餐。"1930年5月25日："往北海仿膳饭庄赴凡社之会。"1930年8月16日："晚，在时昌食堂宴请周作人和朱自清。"①朱自清当时担任清华大学中文系主任，交际范围相对比较大，因为公和私两种关系，他也经常出现在各种宴会的场合。其日记记载：1933年1月22日："入城，在今甫处午饭，毕树棠君在座，酒系白干，以桂圆、枣子泡成，甚浓厚，菜亦佳。"1933年2月11日："午留江清便饭，竹烹调甚佳，至感其意。晚赴王了一宴，见伯希和。在座有罗莘田、王以中……多一时之彦。"2月12日："午赴石荪宴为二娃及曾觉之作介，空气尚佳。"2月19日："午宴慰堂于同和居，座有汇臣、斐云。"3月4日："晚公超宴客，座有寅恪。"3月5日："与慰堂饭于一亚一。"3月26日："赴今甫宴，座有黄晦闻先生，邓叔存、吴鸣岐、梅月涵诸先生。"3月27日："晚赴梅先生宴，座有周先庚夫妇、刘寿民夫妇、王文山、郑之蕃诸先生，余殊为失态。"②可见朱自清有时参加宴会是比较频繁的。丰泽园、广和饭店、临湖轩、美菜馆、东兴楼等都是当年居住北京的知识分子经常聚餐的地点，如《周作人日记》1934年1月21日记载："午，至中信堂应吴检斋、孙席珍二君之招，即出往丰泽园文艺副刊之会。"2月25日记载："午，至丰泽园应大公报文副之招。来者金甫、从文、平伯、振铎、公超、闻一多、陈登科、卞之琳、巴金诸君。"1934年3月17日记载："六时，往丰泽园应大公报胡政之君之招。来者金甫、从文、巴金、一多、上沅、公超、振铎等。十时返。"1934年4月

①　孙玉蓉编纂：《俞平伯年谱》，天津人民出版社2001年版，第117—126页。版本下同。
②　《朱自清日记》，《朱自清全集》第9卷，江苏教育出版社1997年版，第186、195、196、198、202、203、209、209页。版本下同。

13 日记载:"午,至广和饭庄。佩弦夫妇为主,来者柳亚子、郑桐苏夫妇、玄同、金甫、平伯等。"①从很多资料可以发现,当时的知识分子频繁参加聚餐活动,除了口腹之欲之外,更多地是以此为契机交友和晤谈学术等,但也足以证明他们经济地位和社会地位远远超越于一般的社会阶层之上。

三

20 世纪二三十年代故都北京知识分子的业余文化生活也是丰富多彩,甚至充满了诗情画意。如听戏就是一项很高雅的文娱活动,当时的很多知识分子对中国传统戏曲情有独钟,而北京剧种丰富、名角众多也是其他任何一处地方无法相提并论的,就京剧而言,那时北京著名的京剧演员就有梅兰芳、程砚秋、荀慧生、尚小云、筱翠花、杨小楼、马连良、尚和玉、余叔岩等。再加之戏院众多,因此听戏成为不少学者所喜欢的业余生活方式,如顾颉刚、吴小如等就是有名的戏迷。有的甚至有很高造诣,发起组织了剧社,亲自演唱,如俞平伯、浦江清、汪健君等发起的昆曲社团"谷音社"。谭其骧这样回忆当年看戏的情形:"最使我倾倒的是武生泰斗杨小楼,一出台那份气度,那份神情,一举手,一投足,念白唱腔都很有韵致,无不令人叫绝……任何名角能卖满座的日子很少……所以戏票可以不用预先买,往往吃晚饭时看当天报上登的各戏园戏报,饭后赶去,尽管戏已开场,还是买得到票,看得到中轴以下几出好戏。"②浦江清当时在清华任教,他在工作之余很喜欢听戏,因此他的《清华园日记》虽然文字不多,但关于听戏的场景却描述甚详。如 1929 年 2 月 2 日日记:"下午与竹人、旭之同往广德楼听韩世昌《烂柯山·痴梦》。是日韩演双出,《痴梦》后尚有《学舌》,但广德楼设备简陋,火炉不暖,旭之尤足冷不耐坐,遂出。韩年齿已大,饰小旦貌不能动人,但唱做自是当行。"2 月 10 日日记:"即乘汽车进城。至前门外北京旅馆,与旭之、舜若、增禄诸君会。共至华乐园听高伶庆奎

---

① 《周作人日记》下,大象出版社 1996 年版,第 557、576、587、601 页。
② 邓云乡:《文化古城旧事·代序》,第 5 页。

戏。"2月11日当天浦江清连看了两场,这天日记载:"午后,听韩世昌《佳期》《拷红》,做工之细腻,叹观止矣……晚聆听尚小云、朱素云、李寿山三人之《奇双会》(即《贩马记》),自'哭监'起至'团圆'止。朱伶年已耳顺,唱小生,声音清润自然,做工颇潇洒,真不愧第一小生之目……是剧李、朱、尚三人可称三绝。得聆听此种戏剧,今岁新年不虚度矣。"1930年12月31日记载:"是晚节目有国乐、国技、昆曲、皮簧等。昆剧共五出……身段以陆麟仲为最,唱以廖女士为最,天赋歌喉,高低皆擅其妙。"①俞平伯出生于传统的书香门第之家,对戏曲的痴迷更是出了名的,周作人在致江绍原的信中说:"平伯在京,一如曩昔,闻佩弦说他仍很热心于拍曲,可以想见他的兴趣不减于当初。"②《俞平伯年谱》中有不少对他听戏的记载。1935年3月17日,俞平伯召集浦江清、陈盛可等人在自己家召开了谷音社成立会,后来加入的人数有20余人,这是一个有名的昆曲社,形成了不小的影响。1946年2月,俞平伯专门写了《忆清华园谷音社旧事》,详细回忆了谷音社的缘起和演出:"庚午秋移居西郊清华园,癸酉夏(廿二年)集三五同好延何经海君拍曲,历时甚暂,而兴会弥佳,惜何旋病殁,犹忆其最后所授之曲为《双红记·青门》也……于春夏之交,发议结社,于某日夏晚在工字厅首次公开曲集,乙亥新正十四(廿四年)于同地二集,其时犹未有社之正式组织,而对外已用谷音社名义,以翼稍得学校之补助。二月十三日(廿四年三月十七日)在平寓所开成立会。""据社中记录,甲戌丁丑四年之间,在学校公开曲集凡七次,同期十八次,在公园水榭宴集一次,曲目凡九十三折,以《琵琶记》为最多,得十二折,《长生殿》十折次之,《还魂记》七折又次之。"③不难看出俞平伯在谷音社投入的巨大精力。周作人虽然很不喜欢京剧,但他第一次刚到北京,就连续看了几场戏。他回忆说:"我们在北京这几天里,一总看了三回戏,据日记里说:'十一月初九日下午,偕采

---

①　浦江清:《清华园日记　西行日记》,第29、34、35、48页。
②　孙玉蓉编纂:《俞平伯年谱》,第103页。
③　《俞平伯全集》第2卷,花山文艺出版社1997年版,第688—689页。版本下同。

卿公岐至中和园观剧,见小叫天演时,已昏黑矣。初十日下午,偕公岐椒如至广德楼观剧,朱素云演《黄鹤楼》,朱颇通文墨。'"①顾颉刚早年在北京大学预科读书时,因为时间很空闲,而学校旁边又都是戏院,因此几乎天天去看戏。他说:"我辈穷小子,别的钱花不起,这一点倒可以,所以那时上午十一时半吃了饭,十二时便进戏场,直到天快黑时才出来。"②"好戏子的吸引力,比好教员更大。""固然也有几个极爱看的伶人,但戒不掉好博的毛病,无论哪一种腔调,哪一个戏班子,都要去听上几次。"③顾颉刚对戏曲的痴迷程度的确让人吃惊。顾颉刚1929年来到北京的高校任教后,时间非常紧张,很大精力投入学术研究,但闲暇之余仍然光顾戏院,成为戏院中的常客。其日记中也多次记载了他看戏的情形。1929年12月30号:"饭毕又由校长招至大礼堂看演旧剧……燕大学生演旧剧,予见《六月雪》、《乌龙院》、《打渔杀家》、《得意缘》四出,颇不差。"1930年2月21号:"吃早夜饭,与履安到大礼堂看演剧,十二点归。今夜看的戏是《緑楼配》、《游龙戏凤》、《四郎探母》、《女起解》、《花田错》。《花田错》为朱琴心作,甚好。"5月28号:"与履安,艮男,冯先生到校,看旧剧股所演戏,十一时归。今晚所看戏:《卖马》、《南天门》、《拾玉镯》、《法门寺》、《红鸾禧》。"④至于青年学生,虽然无经济收入来源,难以在条件较好的戏院观看名角演出,但他们可以在条件较差的地方如天桥观看演出。季羡林当时在清华读书,虽然只是一个穷学生,但也经常去听戏。其当年日记曾记载他当时到天桥听戏:"戏是晚七点开演,演者有萧长华、尚和玉、王凤卿、程继仙等。因没有买到头排,在后排有时就仿佛看电影似的。但是这是我第一次在北京看旧剧,而北京旧剧又为全国之冠,所以特别觉得好。最末一出是梅

① 周作人:《知堂回想录》上,河北教育出版社2002年版,第186页。版本下同。
② 顾颉刚:《我在北大》,见顾潮:《顾颉刚年谱》(增订版),中华书局2011年版,第29页。
③ 顾颉刚:《古史辨第一册自序》,见顾潮:《顾颉刚年谱》,第31页。
④ 《顾颉刚日记》第2卷,中华书局2011年版,第356、377、405页。版本下同。

的黛玉,配角有姜妙香等。"①知识分子在欣赏传统戏曲的同时,有的还在新式剧场观看话剧以及观看电影等,业余生活的样式更趋多元。

四

如果说下饭馆和听戏也是普通市民较为常见的日常生活方式的话,那么逛琉璃厂和书肆则几乎是文化人所独有的休闲活动,更显高雅。正是由于北京拥有举世闻名的琉璃厂和书肆,大凡读书人一到北京则必定会去这些地方,特别是20世纪二三十年代民国北京致力于文化城的建设理念,当时琉璃厂和书铺格外繁荣、发达,"1930年代时,琉璃厂及周边的新旧书铺,几近百家。隆福寺附近及其余街道,约有85家书肆。即使不算西单一带专卖线装书的旧书铺,琉璃厂与隆福寺的书铺总数已近三百家,且在文化古城时期,一般营业都不差"②。知识分子大都嗜书如命,因此他们经常把逛琉璃厂和书肆当作自己的生命方式,为自己的专业研究搜集资料,顺便也成为紧张工作之余的消遣方式。在这些人群中,我们可以开列出一长串的名字:鲁迅、胡适、周作人、吴宓、闻一多、刘半农、黎锦熙、杨振声、沈从文……在著名学者的带动下,一些年轻学子也经常光顾这里,尽情享受着故都文化的盛宴。鲁迅1912年随民国政府到北京工作,很快就成为琉璃厂的常客,在他居住北京的10多年间,逛琉璃厂的次数有数百次之多,鲁迅在其日记中留下了很多关于逛琉璃厂的记载。1912年5月12日,鲁迅刚到北京没几天就到琉璃厂来购书:"下午与季茀、诗荃、协和至琉璃厂,历观古肆,购傅氏《纂喜庐丛书》一部七本,五元八角。"这是鲁迅第一次游琉璃厂,从此一发不可收拾。5月25日"下午至琉璃厂购《李太白全集》一部四册,二元;《观无量寿佛经》一册,三角一分二;《中国名画》第十五集一册,一元五角"。第二天也就是26日,鲁迅又去琉璃厂:"下午

---

① 季羡林:《清华园日记》,《季羡林全集》第4卷,外语教学与研究出版社2010年版,第101页。版本下同。

② 许慧琦:《故都新貌:迁都后到抗战前的北平城市消费(1928—1937)》,第209—210页。

同季市、诗荃至观音寺街青云阁啜茗,又游琉璃厂书肆及西河沿劝工场。"30日晚又游了琉璃厂:"晚游琉璃厂,购《史略》一部两册,八角……"①即便鲁迅后来离开北京到外地,只要一有机会回北京,那么必定会重游琉璃厂,如1929年和1932年两次回故都北京都是这样。而他的胞弟周作人亦有同好,在几十年常居北京的日子里,逛琉璃厂和书肆也几乎是一种常态。胡适20世纪30年代在北京工作时,经常自己或者和朋友一道去逛琉璃厂,其日记1937年1月8日记载:"与毛子水同去逛厂甸,天已晚了,买了几本书。"2月24日记载:"与子水同游厂甸,只到土地祠一处,买了一些杂书。朝鲜本《朱子百选》(朱子的书札)、《宋词钞》(山阳王宫寿选)、初刻本江永注《近思录》、《诸子文粹》、《左文襄公家书》、杨守敬《晦明轩稿》、刘蕺山《人谱类记》、《千唐志斋藏石目》、《历代法宝记》(金九经印)、广百宋斋《封神演义》。"②在经常光顾琉璃厂、书肆的人群中,还有浦江清、俞平伯、郑振铎、朱自清、钱穆、钱玄同、顾颉刚等大批文化人。朱自清日记记载,1932年10月22日,"下午金七嫂及二娃来。即同入城。在琉璃厂为圣陶、丐尊治印,又购书籍等"。1933年2月1日,"下午阅厂甸书摊,较往年殊有逊色。得《伦敦竹枝词》及阮嗣宗《咏怀》诗注文一册,甚喜"。9月13日,"早入城,至琉璃厂、隆福寺各书坊搜陶诗,所得不多也"。1934年2月11日,"至琉璃厂各书铺,在来熏阁停留最久"。③浦江清日记记载:1929年2月3日,"至琉璃厂,浏览各书铺。购得蒙坦(Montaigne,蒙田)之《随笔集》三册,为Florio译本"。1931年1月6日记:"晨八时半起,回斐云寓所,斐云已出,遂出独游厂甸。古董摊书摊零落,大不及旧历年,但比往年新历年为盛,是亦国民政府极力提倡新历年之功也。"1932年2月6日:"旧历元旦。晴。下午进城与以中、宾四同游厂甸,逛旧书字画摊。"④

① 《鲁迅全集》第14卷,第1—3页。
② 《胡适日记》,《胡适全集》第32卷,第605、626页。
③ 《朱自清日记》,见《朱自清全集》第9卷,第167、190、247、281页。
④ 浦江清:《清华园日记　西行日记》,第31、51、80、81页。

浦江清在日记中提及的钱宾四即钱穆先生,当年在燕京、北大等高校任教时,亦时常赴琉璃厂等地购书,五年之中购书达5万多册,20万卷,令人惊叹,也不难想见琉璃厂等对知识分子的巨大吸引力。这里不仅有图书,还有绘画、陶瓷、墨宝等众多艺术品。郑振铎在《访笺杂记》一文中谈到自己在琉璃厂有很多出其不意的收获,喜悦之情溢于言表:"二十年九月,我到北平教书,琉璃厂的书店断不了我的足迹……第三次到琉璃厂已是九月底,这一次是由清秘阁向东走。偏东路北是荣宝斋,一家不失先正典型的最大笺肆,仿古和新笺,他们都刻了不少。我在那里见到林琴南的山水笺,齐白石的花果笺,吴待秋的梅花笺,以及齐、王诸人合作的壬申笺,癸酉笺等等。"[1]而沈从文在这里除了经常寻觅书籍之外,还寻找字画等文物,他20世纪30年代眼中的琉璃厂还是热闹非凡、藏品相当丰富:"至于清邹一桂的天竹如意,金廷标的八骏马,唐岱拟赵千里的青绿小幅山水,画棚中十元八元作品,货色已极整齐。明清之际名头不大的扇面……海王村的货摊上,瓷漆杂器精美丰富,更触目惊人。"[2]特别是每年元旦、春节十几日的厂甸庙会,不仅吸引了无数的文化人,同样还引来无数的普通市民,"游人中则还可看见不少有发辫的逊清遗老,穿绛缎团花大袍,棉绒背心,带有荷包挂件的大烟管,携儿带女于画棚货摊边徘徊。有着旗装的王公旧族贵妇,长袍小袖,高髻粉面,点缀于珠宝货摊子边。海王村公园中部,还搭一临时茶台,许多人一面喝茶一面看热闹,保存庙市旧风"[3]。可见,逛厂甸已经成为全民参与的一场民间文化狂欢仪式了。

五

　　逛公园和游名胜也是居住在北京的知识分子普遍喜欢的休闲方式。民国时期的北平公园、名胜众多。颐和园、万寿山、天坛、故宫、三海、香山、卢沟桥、

---

① 见姜德明编:《北京乎》上,生活·读书·新知三联书店2005年版,第216、218页。
② 沈从文:《逛厂甸》,原载1948年《世纪评论》第3卷第17期。
③ 沈从文:《逛厂甸》,原载1948年《世纪评论》第3卷第17期。

圆明园、陶然亭等对于居住于此的知识分子同样有着强烈的吸引和诱惑。逛公园、游名胜既能放松心情，又能享受大自然的美景，历来是传统文人喜爱的方式。当时知识分子大多物质条件优越，闲适的时间也较多，因此很多人会利用假期和休息的时间去逛公园、游名胜。有的是携家带口、有的是呼朋引伴，也有独自游玩，不仅能使自己的身体、精神完全放松，更能在和朋友的交往中增进彼此感情。因此在故都的公园和名胜，时时可见文人的身影。邓云乡这样描述："北海茶座、公园茶座、太庙茶座、中南海茶座以及来今雨轩、上林春、漪澜堂、道宁斋……等，都是有名茶座、大茶座，还有多少小的、无名的，但都是文人学者构思、论学、写作、闲谈的最佳场所，那样自由，那样闲散，那样宁静，那样舒畅……"①萧公权曾回忆，自己在清华任教时，常和朋友出去游玩："周末或假日我们有时结伴去游卧佛、秀峰、碧云等寺以及颐和园，有时也去城内的名胜，如雍和宫、故宫、三海、陶然亭等处游览。"②梁从诫说自己的母亲林徽因在当时是物质条件最为优裕的时期，也经常和朋友一道出游："母亲活泼好动，和亲戚朋友一道骑毛驴游香山、西山，或到久已冷落的古寺中野餐，都是她最快乐的时光。"③在这群文人中，俞平伯就较有代表性，他有时和家人一块出游，有时和周作人等朋友一块出游，踏青、寻访名胜、赏花成为他日常生活的重要内容。如《俞平伯年谱》记载，1930 年 8 月 26 日，"偕夫人至北海公园观荷花。兴之所致，填《蝶恋花》词一首并作小序，后收入《古槐书屋词》"。1931年 5 月 5 日，"与陈寅恪同游万牲园，观雨后牡丹"。1932 年 7 月，"冒盛暑游戒坛"。8 月下旬，"与友人偕游青岛数日"。10 月 7 日，"陪父母亲游陶然亭，归后作《陶然亭追和雪珊女史题壁韵》三首附小序和《陶然亭文昌阁求签诗纪事》一首，发表在本年 10 月 17 日《大公报·文学副刊》第 250 期"。④ 而俞平

---

① 邓云乡：《文化古城旧事》，第 177 页。
② 萧公权：《问学谏往录：萧公权治学漫忆》，学林出版社 1997 年版，第 118 页。
③ 梁从诫：《倏忽人间四月天》，见陈钟英、陈宇编：《中国现代作家选集·林徽因》，人民文学出版社 1992 年版，第 302 页。版本下同。
④ 孙玉蓉编纂：《俞平伯年谱》，第 126、138、148、149、150 页。

伯在《秋荔亭日记》中多次记叙自己和游人游玩的情形。1931 年 3 月 8 日，"饭后偕许七、莹环并小儿游大钟寺"。4 月 4 日，"拟游玉泉，而有风。二时始往，到后风渐息，先至裂帛湖，后觅路登山巅，小憩半山一茶馆"。4 月 7 日，"九时寅恪来，略谈即同游万寿山，有玉兰三株着花颇茂。在长廊午食，入排云殿下观宝云阁，后至石舫。寅恪导游山后，殆旧日清漪园之前山。清溪长松，杂以桃杏，缓步殊适"。① 其中不难看出俞平伯春天出游的雅兴和喜悦之情。俞平伯发表过不少文辞优美的记游散文，这是和他的经历分不开的。盛成当时回国在北大等校任教，他有机会就跑到景山、北海、中山公园等地去玩："我最爱的，是爬上景山，并不是去凭吊明思宗殉国的古树，因为在这一座小山之巅，可以鸟瞰北平全景，并且可以看出整个中国都市的轮廓，那个井字形的九城。""社稷坛之左，南行为来今雨轩，向右南行为长美轩与春明馆，这些茶社而兼饭庄，都是士女消磨岁月之场。再前为水榭，宛在水中央。社稷坛北临紫禁城壕，夏季荷花盛开，花香与端门城楼的夕阳返照，极饶诗趣。"②钱穆曾经在北大任教 7 年，他也非常喜欢出去旅游，近处去了八达岭、卢沟桥等："而余与赞虞之来，国事方亟，两人坐桥上石狮两旁，纵谈史事，历时不倦。"③而远处则去了曲阜、泰山、济南大明湖、大同、包头、庐山、开封、洛阳等地。浦江清在日记中对于自己的出游活动也有记载。1932 年 1 月 9 日，"饭后同游南海。因刚主方草《张垣之建筑艺术》一文，徘徊瀛台八角亭等处假山石间久之"④。而 1933 年，浦江清更是赴南京、上海、杭州等多个名胜游玩。朱自清日记对于自己出游活动记载甚多，不难看出即使这位毕生刻苦治学的大学者也同样有着爱好大自然的天性和情趣，足迹几乎踏遍当时北京的名胜，并非人们印象中的书呆子。1933 年 1 月 26 日，"游东岳庙，庙广大巍峨，神道甚多，

---

① 《俞平伯全集》第 10 卷，第 218、222、223 页。
② 盛成：《故都的讴歌》，原载 1946 年《旅行杂志》第 20 卷第 1 期。
③ 钱穆：《八十忆双亲　师友杂忆》，生活·读书·新知三联书店 1998 年版，第 196 页。
④ 浦江清：《清华园日记　西行日记》，第 67 页。

殆极道教大成"。2月9日,"与竹赴大钟寺"。4月1日,"早游市场,下午游公园"。4月5日,"与竹游长城"。5月21日,"早同竹看太庙灰鹤,纡徐回翔,哺子尤可观"。10月31日,"至中山公园观溥心畬画,仿宋山水确佳"。1934年2月25日,"下午与石荪、竹隐同至树村,访欢喜老墓碑"。3月31日,"与中国文学系同学游潭柘寺,竹亦同往"。4月1日,"早至西观音洞"。4月17日,"与平伯、寅恪等同游大觉寺,骑驴上管家岭观杏花,极盛"。7月1日,"早至香山,先游见心斋……至碧云寺"。① 当时在燕京大学、北京大学等校任教的顾颉刚十分忙碌,但他在上课、编辑刊物、会友、研究学术的空闲时间,也常常出现在北京的众多名胜之中。他的日记记载:1930年1月26号,"与彦堂到清华园、朗润园、达园、燕东园游览"。1月30号,"与履安及二女同到大钟寺,徒步往返"。1930年2月2号,"六时许起,与艮男坐汽车进城,游南海、北海"。3月8号,"毅卿,兆瑾来,与他们及履安同到碧云寺游览……日来天气好极,西山在望,今日始得游之"。② 当年在清华读书的季羡林虽然学业繁重,但仍然利用课余的时间游览北京名胜,他在日记中对于自己逛公园、名胜记载也很详尽。1932年9月17日,"饭后先到碧云寺,到石塔上一望,平原无际……下塔至水泉院,清泉自石隙出,缓流而下,声潺潺。院内清幽可爱。来碧云寺已两次,皆未来此院,惜哉!"1932年10月16日,"早晨去赁自行车,已经没有了,只好坐洋车到西山。刚过了玉泉山,就隐约地看到山上,红红的一片,从山顶延长下来,似朝霞,然而又不像。朝霞是太炫眼了,这只是殷殷的一点红"。1933年2月12日,"过午一时与鸿高同赴天桥。游览一过,趣味不减上次"。1933年4月2日,"今天同武、王、左登金、蔡淳去逛颐和园。进了去,因为我去的次数比较多,我于是成了向导了。先上山,后逛排云殿,又坐船到龙王庙"。1933年5月13日,"早晨进城……先到崇效寺,牡丹早已谢了,只

———————————

① 《朱自清日记》,《朱自清全集》第9卷,第188、194、210、210、226、260、283、287、288、290、304页。

② 《顾颉刚日记》第2卷,第370、371、372、383页。

余残红满地,并不像传闻的那样好。又同长之到中山公园……又到太庙,主要目的仍在看灰鹤"。[①] 现代知识分子秉承了古代文人寄情于山水之间的风范,在游玩之间不仅大饱眼福,有的还写出了风格迥异的游记散文,甚至成为名作。

民国时期北京知识分子的日常消费和生活方式是整个时代的一个缩影,正是凭借着较为坚实、丰厚的物质基础,知识分子才得以从容地实现自己的人文理想和学术梦想,也使自己的精神生活呈现出高雅、恬淡和从容不迫的状态。"这群'中产知识阶层',在日常消费中展现的知性与文化内涵,与北平当时的'文化古城'形象相得益彰,并孕育出他们特有的消费新感受……简言之,他们俨然北平闲适生活的最佳代言人,以及故都浓厚书香氛围的主要受益者"[②]。

---

① 季羡林:《清华园日记》,《季羡林全集》第 4 卷,第 116、131、182、196、208 页。
② 许慧琦:《故都新貌:迁都到抗战前的北平城市消费(1928—1937)》,第 223 页。

第二章　京派文学与民国时期的报刊文化

　　大众媒介是近现代社会的产物,更在近现代社会发展的历史进程中担当了醒目的角色,西方学者一般认为它对现代民主国家的建构和公共空间的形成至关重要。它的便捷、快速以及覆盖能力完全颠覆了传统社会的舆论方式。据统计,1789 年的 2 月到 5 月法国资产阶级大革命时代爆发仅几个月内,就冒出了 200 多家报刊。"一份报刊是在公众的批判当中发展起来的,但它只是公众讨论的一个延伸,而且始终是公众的一个机制:其功能是传声筒和扩音机,而不再仅仅是信息的传递载体"[1]。对于知识分子来说,报刊等媒介不仅可以传达自己的价值取向和参与到社会进程中来,也提供了聚集同道的机遇,进而形成志同道合的文人集团。李欧梵认为在戊戌变法之后中国知识分子开始把注意力转向对社会舆论的影响:"这种论述方式,事实上已经在开创一种新的社会的空间,而从这种新的空间基础上建立'新民'和新国家的思想。"到了五四新文化运动时期,现代报刊等媒体的力量更为知识分子所看重,并以此参与社会理想的建构:"知识分子的精英心态更强,总觉得自己可以说大话、成大事,反而不能自安于社会边缘,像早期'游戏文章'的作者们一样,一方面以旁敲侧击的方式来作时政风尚的批评,一方面也籍游戏和幻想的文体来参

---

　　[1]　[德]哈贝马斯:《公共领域的结构转型》,曹卫东等译,第 220 页。

加'新中国'——一个新的民族群体——的想象缔造。"①京派作家所依赖的大众媒介主要集中在《大公报》文艺副刊、《骆驼草》《水星》《学文》《文学杂志》等刊物上,也有少量作品发表在《新月》《文学季刊》《语丝》《现代》《文艺月刊》《新诗》等刊物上。而这些刊物诞生在中国政治、文化环境相对宽松的时代背景下,在一定程度上能真实表达知识分子的声音和立场,在客观上也繁荣了文学的流派。

第一节　《大公报》文艺副刊的文学版图
（1933—1937）

在中国近现代社会的历史进程中,报刊的发展和繁荣也强烈刺激和催生了一批文学副刊的诞生。在这些文学副刊中,《大公报》文艺副刊以其鲜明的办刊方针和突出的文学实绩而格外引人注目。《大公报》文艺副刊创刊于1933 年 9 月 23 日,最初由沈从文和杨振声担任主编,其后又经历了萧乾担任主编的《小公园》和《文艺》两个纯文学副刊的阶段,它和鼎盛时期的京派文学处在同步状态。《大公报》文艺副刊所登载的小说、诗歌、散文和文学批评等在很大程度上体现出京派文学的审美特征,对京派文学的形成和发展起到了不可替代的作用,也生动展现出 20 世纪 30 年代中国文坛的文学图景。

一

在《大公报》文艺副刊的版图上,小说这种现代最重要的文类始终占据着相当突出位置。由于篇幅所限,《大公报》文艺副刊没有采用其他报纸副刊所常用的连载长篇小说的方式,它的版面几乎都提供给了短篇小说。1936 年,

---

① 李欧梵:《"批评空间"的开创——从《申报·自由谈》谈起》,原载香港《二十一世纪》1993 年第 10 期。

为了配合《大公报》文艺奖金的评选,也为了更好地总结小说创作方面的经验,林徽因应《大公报》之邀,编选了一本《大公报文艺丛刊小说选》。这在当时的文坛是一个很大的、有影响事件,基本上展现了《大公报》文艺副刊在小说方面的最高成就。

《大公报》文艺副刊的贡献之一就是凝聚起一支规模庞大、风格多样的小说家队伍,显示了其开放和包容的特征。这里面既有五四时期就蜚声文坛的有名望的作家,也有刚刚崭露头角的青年作家;既有占据显著位置的京派同人作家,也有文学理念和其迥异的左翼作家……这些名单可以开列出长长的一串:老舍、杨振声、沈从文、巴金、冰心、李健吾、李广田、林徽因、凌叔华、萧乾、芦焚、刘祖春、杨绛、张天翼、蹇先艾、萧红、沙汀、艾芜、靳以、刘呐鸥、丁玲、欧阳山、田涛、周文、荒煤、李辉英、蒋牧良、葛琴、罗洪、朱雯、草明等等。这个名单几乎囊括了当时文坛最优秀的小说家,更有不少无名的文学青年借助《大公报》文艺副刊的阵地而成为全国知名的作家。《大公报文艺丛刊小说选》出版的时候,《大公报》曾经连续为这本小说集做了宣传,其中特别提到报纸副刊在聚集文学队伍、扶植青年作家等方面的作用:"《大公报》的《文艺》对于一般爱好文学的朋友想来已不生疏了……读者也许奇怪居然有那么些位南北文坛先辈看重这个日报刊物,连久不执笔的也在这里露了面;其实,这正是老实的收获。同时读者还会带着不少惊讶,发见若干位正为人注目的'后起之秀',原来他们初露锋芒是在这个刊物上,这也不稀奇;一个老实刊物原应是一座桥梁,一个新作品的驮负者。"①在《大公报》文艺副刊所扶植的小说家中,京派作家当然分量较重,如京派的青年小说家芦焚、萧乾都是凭借《大公报》文艺副刊所发表的作品而迅速成长起来。芦焚在这里陆续发表了《过客》《卑微的巨人》《行脚人》《阴影》等小说,其中几篇后来收入他的重要小说集《里门拾记》中,初步显示出芦焚小说的特色。萧乾则发表了《蚕》《道旁》《栗

---

① 《大公报》1936 年 8 月 18 日,广告栏。

子》《小蒋》《花子与老黄》等小说,杨绛用"季康"的笔名发表了她的小说处女作《路路》,载 1935 年 8 月 25 日《大公报》文艺副刊。而林徽因不多的几篇小说中,《钟绿》《吉公》《文珍》《绣绣》这四篇也都发表在《大公报》文艺副刊。其他的几位京派小说家如沈从文、李健吾、刘祖春等也都有作品在这上面出现,他们构成了核心的小说家群体。

但《大公报》文艺副刊更为人们所称道的是它不分派别、兼容并包的胸襟以及对青年作家的提携。我们从长长的一串小说家名单不难发现,这里面也有不少左翼小说家和当时还默默无名的青年作家。左翼青年作家艾芜在这里发表了他的小说《偷马贼》,展现了其清新、独异的创作风格,后来收入他的著名小说集《南行记》中。悄吟(萧红)1936 年 3 月 15 日《大公报》文艺副刊发表了小说《桥》;丁玲 20 世纪 30 年代被国民党政府逮捕,她在囚禁中写的小说《松子》发表在 1936 年 4 月 19 日《大公报》文艺副刊,后来收入《意外集》中,从中不难想见《大公报》文艺副刊编辑的魄力和勇气。其他更多的是当时文坛上的无名小卒,然而《大公报》并没有排斥他们,反而热情鼓励,提供园地,使他们迅速成长起来。王西彦后来的回忆沈从文的文章对于人们理解《大公报》文艺副刊作为公共空间对青年人的意义很有说服力,他说:"除了去拜访他,当时还有另一种见面聚谈的方式,就是由从文先生发通知邀约我们一些年轻人到公园喝茶。我们常去的地方,是中山公园(即中央公园)的来今雨轩,还有北海公园的漪澜堂和五龙亭……大家先先后后地到了,就那么随随便便地坐下来,很自然地形成了一个以沈从文先生为中心的局面……完全是一种漫谈式的聚会,目的似乎只在联络感情、喝喝茶,吃吃点心,看看树木和潮水,呼吸呼吸新鲜空气。"①正是《大公报》文艺副刊编辑和作者之间平等的交流和沟通,使得它的空间呈现出开放和平民化的色彩,容纳和吸引了无数的青年作者。

---

① 王西彦:《宽厚的人,并非孤寂的作家——关于沈从文的为人和作品》,载《长河不尽流:怀念沈从文先生》,湖南文艺出版社 1989 年版,第 86 页。

　　虽然《大公报》文艺副刊所发表小说数量众多,分属不同的文学阵营和流派,风格多样,但总体来看却仍然有着某些趋同的地方。从作品的题材来看,大多描写乡村和都市的生活场景,在这种乡村和都市的二元对立中,表达对乡村美好人性的向往、对都市文明罪恶的批判主题,这也和京派文学所倡导的文学价值大体一致。尤其是在乡村生活的表达上,《大公报》文艺副刊小说的倾向就特别明显,当年林徽因曾评论说:"在这些作品中,在题材的选择上似乎有个很偏的趋向:那就是趋向农村或少受教育分子或劳力者的生活描写。这倾向并不偶然,说好一点,是我们这个时代对于他们——农人与劳力者——有浓重的同情和关心;说坏一点,是一种盲从趋时的现象。"虽然林徽因认为大家都拥挤在这样的题材上难免造成"创造力的缺乏或艺术性的不真纯",但她同时也指出,《大公报》文艺丛刊的小说"许多都写得好,还有些特别写得精彩的"。① 以芦焚为例,因为长期生活在中原农村的缘故,他一贯以"乡下人"自居。尽管乡村的破败和贫穷让他愤激,但对农村和农民却有着天然的感情:"眺望着大野上的村落和大野后面的荒烟,倾听着原野上的一派静寂,观赏着天空如山的红云,有时也谈一些不关重要的话。渐渐的树影长了,牛犊鸣了,砍草的孩子负着满满的荆篮在回家的路上走着了,直到黄昏,这叫做散步。"②他的作品在不少地方描写了中原农村的破败、荒凉,流露出作家真挚的同情和悲悯情怀。就像评论家李健吾指出的:"作者是从乡下来的,一个荒旱兵匪、土棍恶绅、孤寡老弱的凄惨世界,一切只是一种不谐和的拼凑:自然的美好,人事的丑陋。尤其可怕的是自然的冷静,人事的鼎沸。"③《大公报》文艺副刊小说乡土题材的集中展示,无疑是对 20 世纪 20 年代乡土文学内涵的丰富和发展,赋予了更为深刻的文化命题,这也是京派小说人文价值的核心所在。

---

① 林徽因:《〈大公报文艺丛刊小说选〉题记》,《大公报》1936 年 3 月 1 日《文艺副刊》。
② 芦焚:《里门拾记·序》,《师陀全集》第 1 卷,河南大学出版社 2004 年版,第 95 页。版本下同。
③ 李健吾:《读〈里门拾记〉》,《咀华集·咀华二集》,复旦大学出版社 2005 年版,第 106 页。版本下同。

就艺术而言,《大公报》文艺副刊的小说同样有着自己独特的追求,艺术风格成熟而多样,在中国现代小说史上占据一席之地。林徽因在《大公报》文艺副刊发表了《钟绿》《吉公》《文珍》《绣绣》四篇小说,在这些作品中,林徽因的才华发挥得淋漓尽致。与林徽因充满现代性的小说《九十九度中》不同,这几篇小说则完全是传统的,如《钟绿》在描写上采用了中国传统文学的手法,重视意境的营造,飘荡着浓郁的东方艺术神韵:"到井边去汲水,你懂得那滋味么? 天呀,我的衣裙让风吹得松散,红叶在我头上飞旋,这是秋天,不瞎说,我到井边去汲水去。回来时你看着我把水罐子扛在肩上回来。"这里,钟绿的美和大自然完美地融合在了一起,简洁而富有灵性的语言衬托出作者艺术的圆熟。艾芜发表在《大公报》文艺副刊的小说《偷马贼》虽然并不是他的代表作,却初步展示了作者在塑造人物、烘托环境上的个性,预示着作者未来更成熟的艺术生命。同样,萧红在这里发表的《桥》虽然并不是作者最重要的作品,然而这部小说在意象的营造、语言的表达上都有突破,是作者创作历程中的一次重要转变。芦焚在《大公报》文艺副刊上发表的小说数量是比较多的,一经发表后独特的风格便引起人们的关注。小说浓郁的地方风情、抒情诗般的叙述格调都显示出与众不同的艺术匠心,因而他获得《大公报》文艺奖金也并不让人意外。中国 20 世纪 30 年代的小说无论就题材的广度、深度还是艺术探索的多样性而言都超越了 20 年代的小说,形成较为繁荣的局面,这和《大公报》文艺副刊的努力是分不开的。

二

20 世纪 30 年代是中国新诗发展的关键时期,中国新诗无论是理论的建构还是创作都发生了重要的转折,而《大公报》文艺副刊在其中也扮演着举足轻重的角色,有研究者指出:"《大公报》从《文艺副刊》到《小公园》再到《文艺》,这三个副刊环环相扣,以它独特的角度记录了京派诗人在 20 世纪 30 年代的诗歌活动、他们的理论主张和创作实践以及作为一个群体的京派作家对现代主义诗潮在 20 世纪 30 年代的勃兴所做的自觉的努力。"①这样的判断是符合客观实际的。

《大公报》文艺副刊之所以注重诗歌的理论探讨和创作,是有一定的历史背景的,其中很大的一个原因就是 1933 年 6 月《新月》杂志的终刊使不少新月社的诗人失去了发表的园地。于是他们开始酝酿以《大公报》为依托继续完成诗歌的理想,在诗歌的旗帜下,不少诗人和批评家纷纷聚拢过来,如梁宗岱、孙大雨、陈梦家、林徽因、林庚、废名、孙毓堂、冯至、卞之琳、何其芳、曹葆华、李广田、朱自清、朱光潜、叶公超、闻一多等。沈从文曾说:"若没有个试验的场所,来发表创作,共同批评和讨论,中国新诗运动不会活泼起来,那个将来太渺茫了。所以我们在这个副刊上,从上期起出一个诗刊,每月预备发稿两次,由孙大雨、梁宗岱、罗瞙先生等集稿……这刊物篇幅虽不大,对中国新诗运动或许有点意义,因为这刊物的读者,是本报分布国内外十万读者。"②《大公报》文艺副刊对新诗给予了前所未有的关注,该专栏诗歌创作和理论水平达到了相当高的水准,构成了当时诗坛的一股重要力量。

中国新诗的走向问题是当时不少批评家关注的焦点,他们纷纷表达出自己的观点,其中也不乏焦虑和不安。沈从文说:"就目前状况说,新诗的命运恰如整个中国的命运,正陷入一个可悲的环境里。想出路,不容易得出路。困难处在背负一个'历史',面前是一条'事实'的河流。"③梁宗岱也认为中国新诗已经到了一个十字路口,许多重大的理论问题亟待解决:"新诗底造就和前途将先决于我们底选择和去就。"④梁宗岱提出要把发见新音节和创造新格律视为新诗的一个途径。除此之外,梁宗岱还在《诗特刊》里发表了不少关于新

---

① 刘淑玲:《〈大公报〉与中国现代文学》,河北教育出版社 2004 年版,第 82 页。版本下同。
② 沈从文:《新诗的旧账》,原载 1935 年 11 月 10 日天津《大公报》文艺副刊第 40 期。
③ 沈从文:《新诗的旧账》,原载 1935 年 11 月 10 日天津《大公报》文艺副刊第 40 期。
④ 梁宗岱:《新诗底纷歧路口》,原载《大公报》文艺副刊专栏《诗特刊》创刊号,见《梁宗岱文集》第 2 卷,中央编译出版社 2003 年版,第 160 页。版本下同。

诗的见解,如音节、韵律、节奏等。叶公超、孙大雨、朱光潜、罗念生、李健吾等在这方面的探讨中也都提出过很有价值的看法。如叶公超在谈到新诗的音乐性时反对把诗歌和音乐混为一谈,他说:"诗与音乐的性质根本不同,所以我们不能把字音看作曲谱上的音符。象征派的错误似乎就是从这种错觉上来的。"①他认为现代诗不能为了简单地追求音乐性而造成音节泛滥的情形,而这在西方的诗歌中是屡见不鲜的。叶公超还就音色问题有深入的研究,这些在无形中把中国新诗蕴含的若干理论问题深入推进了一步。《大公报》文艺副刊当时发表的关于诗歌理论的文章还有朱光潜的《从生理观点论诗的"气势"和"神韵"》《诗与谐隐》;罗念生的《音节》《节律与拍子》;林庚的《新诗中的轻重与平仄》;郭绍虞的《从永明体到律体》等,从题目中不难发现探讨的广度与深度。不仅如此,《大公报》文艺副刊的诗歌专栏对新诗现代性问题的关注也是前所未有的,不少文章在现代主义文学的潮流中对中国新诗的趋向展开热烈的讨论,如梁宗岱的不少文章引入了以瓦雷里为代表的西方象征主义诗学理论,叶公超大力向中国新诗推荐 T.S.艾略特为代表的先锋诗人。而李健吾也敏锐地觉察到中国新诗在一群青年诗人的努力下正在发生一场深刻的变革,现代主义的诗学理想越来越被人们所接受,诗坛的面貌焕然一新。他说:"从《尝试集》到现在,例如《鱼目集》,不过短短的年月,然而竟有一个绝然的距离。彼此的来源不尽同,彼此的见解不尽同,而彼此感觉的样式更不尽同。"李健吾认为以卞之琳、何其芳等为代表的诗人在创作上有不同于前人的特点:"他们要把文字和言语揉成一片,扩展他们想象的园地,根据独有的特殊感受,解释各自现时的生命。他们追求文字本身的瑰丽,而又不是文字本身所有的境界。他们属于传统,却又那样新奇,全然超出你平素的修养,你不禁把他们逐出正统的文学。"②他呼吁对这群年轻的诗人应该包容,允许他们能够大胆地探索。《大公报》文艺副刊有关新诗理论的探讨,对现代诗的繁荣起

---

① 叶公超:《音节与意义》,原载 1936 年 4 月 17 日天津《大公报》文艺副刊。
② 李健吾:《〈鱼目集〉——卞之琳作》,原载 1936 年 4 月 12 日《大公报》文艺副刊。

到了强烈刺激的作用。

《大公报》文艺副刊的诗人们确实没有辜负李健吾等人的期待,林庚、曹葆华、陈梦家、林徽因、卞之琳、何其芳、李广田、孙毓棠、陈敬容、南星、辛笛、方令孺、冯至、戴望舒、路易士等诗人的作品屡屡在这里出现。虽然其中不乏浪漫主义的作品,但最为引人注目的还是现代派倾向的诗歌占了主导地位,这也在客观上印证了不少研究者的看法,即 20 世纪 30 年代是中国现代派诗歌的黄金时期。如路易士(纪弦)曾说:"我称 1936—1937 年这一时期为中国新诗自五四以来一个不再的黄金时代。其时南北各地诗风颇盛,人才辈出,质佳量丰,呈一种嗅之馥郁的文化的景气。除了上海,其他如北京、武汉、广州、香港等各大都市,都出现有规模较小的诗刊及偏重诗的纯文学杂志。"①吴奔星在当年也把这一时期称为中国新文学运动以来诗歌的"狂飙期"②。《大公报》文艺副刊的这些诗作在情绪的哀婉、低沉、意象的繁复、诗意的朦胧、晦涩及语言上呈现出大致相同或相近的特征。李健吾曾总结说:"他们第一个需要的是自由的表现,然而表现却不就是形式。内在的繁复要求繁复的表现,而这内在,类似梦的进行,无声,然而有色;无形,然而朦胧;不可触摸,然而可以意会;是深致,是涵蓄,然而不是流放,不是一泄无余。他们所要表现的,是人生微妙的刹那……他们运用许多意象,给你一个复杂的感觉。一个,然而复杂。"③这样的概括相当准确。以卞之琳的诗作为例,他在《大公报》文艺上发表了《尺八》这首诗。"尺八"看似非常简单的中国传统音乐的意象,其表达的象征色彩具有多重的意义指向,既给了人们无限的想象空间,但由此也带来了人们不同的理解,造成诗意的朦胧。林庚也是当时北平诗坛活跃的年轻诗人,在《大公报》文艺副刊创刊前已经在诗坛产生一定影响,他的诗集《夜》出版时俞平

---

① 路易士:《三十自述》,见蓝棣之编选:《现代派诗选》,人民文学出版社 1986 年版,第 2 页。版本下同。
② 吴奔星:《社中人语》,1936 年 10 月《小雅》第 3 期。
③ 李健吾:《〈鱼目集〉—卞之琳作》,原载 1936 年 4 月 12 日《大公报》文艺副刊。

伯在序中称赞说:"他的诗自有他的独到所在,所谓'前期白话诗'固不在话下,即在同辈的伙伴看来也是异军突起……他在诗的意境上,音律上有过种种的尝试,成就一种清新的风裁。"①林庚在《大公报》文艺副刊发表诗作的数量也是比较多的,如《桥上》《窗》《残秋》《雨巷》《冬眠曲》《清溪曲》《小春吟》《伞》《雪》《诗三首》等,诗中频频呈现出秋风、落叶、黄昏、冬雨等孤寂、清冷的意象,反映的是现代人不可捉摸的复杂心绪。林徽因也是在《大公报》文艺副刊经常出现的作者,她此时的诗作和"新月社"浪漫的诗风有所差异,有的诗具有现代主义的特征。如《微光》《秋天,这秋天》《城楼上》《静院》《无题》等,已经没有了乐观、明媚的基调,常常流露出现代人落寞、迷茫的情感,具有较强的象征主义色彩。其他如辛笛的《航》、曹葆华的《无题》《初夏三章》、路易士的《黄昏情调》等等,都不同程度具有了李健吾所概括的那些特点。

就中国现代诗歌而言,孙毓棠发表在《大公报》文艺副刊上的长诗《宝马》是一个不应忽视的事件。海外学者司马长风曾评论说:"为中国新文学运动以来唯一的一首史诗。"②《宝马》发表于1937年4月11日,是一首长达700多行的历史叙事诗。该诗写的是汉朝的历史,取材汉武帝欲得汗血宝马而让李广利将军劳师远征西域的史实。该诗写作在中国民族矛盾空前激化、国家贫弱贫积、面临外敌入侵的历史环境,作者的取材显然有着更深的寓意,那就是从昔日历史的荣光中吸取振奋民族自信心的因素,反映出一种强烈的民族主义激情。作者在谈到这首诗的创作意图时说:"在今日萎靡的中国,一般人都需要静心回想一下我们古代祖先宏勋伟业的时候,我想以此为写诗的题材,应该不是完全无意义的。"③当时《大公报》文艺副刊的编辑萧乾敏锐发现了这首诗在文学史上的特殊价值,那就是弥补了现代长篇历史叙事诗的空白,因

---

① 《林庚诗集》,清华大学出版社2014年版,第3页。版本下同。
② 司马长风:《中国新文学史》中卷,第187页。
③ 孙毓棠:《我怎样写〈宝马〉》,原载1937年5月16日《大公报》文艺副刊。

而破例以一个整版的篇幅来刊发,而且还邀请作者和评论者写作相关的文章,因而《宝马》几乎成了现代诗歌史上的绝唱。

三

在散文领域,《大公报》文艺副刊的实绩同样不容小觑。它较为典型地反映了具有浓重学院派气息的文化气质,高雅而纯正,流露着作者独特的个人心迹,抒情意味浓厚;语言典雅、明丽,追求自然,同时它在文体上也有重要的创新,这些都使《大公报》文艺副刊的散文宛如一颗明珠,在中国现代散文史上熠熠生辉。

《大公报》文艺副刊由于篇幅的限制,不适合发表长篇大论,因而形式自由、可长可短的散文成为最适合的体裁。这里不仅名家荟萃,初出茅庐的青年人也受到重视,发表作品较多的作家有周作人、俞平伯、沈从文、林徽因、李健吾、杨振声、何其芳、李广田、芦焚、凌叔华、陈梦家、吴伯箫、萧乾、梁宗岱、方令孺、朱自清、废名、冯至、丽尼、方玮德、杨刚等。其他如胡适、季羡林、钱钟书、杨绛、巴金、萧红、方敬、陆蠡等亦有少量散文在此发表。既有京派前期以《骆驼草》杂志为中心的作者,也有京派的后起之秀,亦有无流派归属的自由撰稿人,甚至有少数左翼作家。散文也风格多样,很多成了文学史上的佳作,这种情况的出现和《大公报》编辑萧乾对散文的认识是分不开的。萧乾认为在中国新文学的体裁中,戏剧和小说在表现形式上都是从外国移植过来的,诗歌是中外传统的影子都有,"唯独写人写景叙事抒情的散文,是深深扎根于固有传统的。像绘画中的素描一样,它本身是艺术品,同时又是练文字基本功的一种理想方式。老作家偶有所感常使用这种体裁来抒发,新作家在动手写大型作品以前,更宜于用它来练练笔"①。在萧乾有意识的推动下,《大公报》文艺副刊的散文或悼亡忆旧,或独抒性灵,或山水游记,或域外风情,或学术随笔,融

---

① 萧乾:《鱼饵·论坛·阵地》,《萧乾选集》第3卷,四川人民出版社1984年版,第422页。版本下同。

古今中外的艺术传统为一体,大都达到了很高的艺术水准。

在《大公报》文艺副刊的散文中,以周作人、俞平伯等为代表的小品文占有重要的地位。周作人的散文成就在五四时期就为人们所公认,稍晚朱光潜的一篇评论在谈到周作人的《雨天的书》曾经说:"在现代中国作者中,周先生而外,很难找得到第二个人能够做得清淡的小品文字。"①在《大公报》文艺创刊之前,周作人的小品文主要发表在另一个京派刊物《骆驼草》杂志上,但随着《骆驼草》的停刊,周作人成为《大公报》文艺副刊出现频率很高的名字。《大公报》文艺副刊创刊号上,发表了周作人的散文《猪鹿狸》,其后陆续发表了《颜氏学记》《听儿草纸》《一岁货声》《清嘉录》《金枝上的叶子》《笠翁与随园》《文章的放荡》《关于禽言》《江州笔谈》《鬼的生长》《和尚与小僧》《苦竹杂记》《关于命运》《儿时的回忆》《两国烟火》《蔼理斯的时代》等多篇小品文,此外还有不少序跋文。据统计,在《大公报》文艺副刊创刊后一年多的时间,周作人就发表了20多篇小品文,名列所有作者中的第一。俞平伯也发表了《槐屋梦寻》《古槐梦遇》《牡丹亭赞》等小品文。这些小品文大都融知识性、趣味性于一体,体现出士大夫的一种雍容、恬淡的文化心态,风格也冲淡平和,具有较高的审美价值。如周作人此时在《大公报》发表的小品文一如既往地继承着他在《骆驼草》时期的特点,更多是"绅士鬼"的文化心理,注重文学的性灵,追求静穆悠远的审美境界,文字古朴、淡然,展示出作者深厚的中外文化学养。他的《鬼的生长》借助丰富的典籍资料和民俗知识,揭示了中国人传统文化中不为人们关注的一面;《蠕范》从清代的一本作品谈起,内容却涉及许多动物学的知识。光是"蜾蠃"这种寄生蜂,作者从《诗经》谈到《淮南子》;从杨雄谈到许慎;从陶弘景到李时珍,洋洋洒洒,大量知识典故的运用,增添了文章丰润、雅致的格调。

游记题材的散文也是《大公报》文艺副刊所悉心关注的,发表了杨振声的

---

① 朱光潜:《〈雨天的书〉》,载1926年《一般》第1卷第3期。

《苏州纪游》、苏雪林《崂山二日游》、常风的《欧游杂记》、方令孺《琅琊山游记》、沈从文的《湘行散记》等。尤其是沈从文发表的《箱子岩》《一九三四年一月八日》《一个戴水獭皮帽子的朋友》《一个多情水手和一个多情妇人》等文章构成了他散文集《湘西散记》的重要组成部分。他的这些散文以独有的审美方式描写了湘西的山光水色和风土人情，融入了自己的赤子情怀和对湘西民族命运的不倦叩问，充满着思辨和传奇的艺术神韵，对中国现代散文有重要的贡献。这些散文表面看起来是作者涉笔成趣不加剪裁的一般性游记，但实际上都蕴含着作者的感慨和更深的用意："内中写的尽管只是沅水流域各个水码头及一只小船上纤夫水手等等琐细平凡人事得失哀乐，其实对于他们的过去和当前，都怀着不易形诸笔墨的沉痛和隐忧，也预感到他们明天的命运——即这么一种平凡卑微生活，也不容易维持下去，终将受一种来自外部另一方面的巨大势能所摧毁。"①如沈从文的《箱子岩》写自己两次经过湘西箱子岩的情景，他敏锐地发现随着商品观念的渗透，湘西人的精神面貌发生了倾斜，为此沈从文非常焦虑，他强烈期盼着这个民族能重新焕发出生命的活力，再现昔日的荣光："听他们谈了许久，我心中有点忧郁起来了。这些不辜负自然的人，与自然妥协，对历史毫无担负，活在这无人知道的地方。另外尚有一批人，与自然毫不妥协，想出种种办法来支配自然，违反自然的习惯，同样也那么尽寒暑交替，看日月升降……我们用什么办法，就可以使这些人心中感觉一种'惶恐'，且放弃过去对自然和平的态度，重新来一股劲儿，用划龙船的精神活下去？"作者的拳拳、关切之心溢于言表。沈从文的这些散文在艺术上也独具匠心，他创造性地把日记、游记、报告文学和小说等文体因素融合在一起，如《一个戴水獭帽子的朋友》《箱子岩》和《一九三四年一月八日》这几篇都偏重人物形象的刻画，因而林徽因当年把它们都当作小说而编入了《大公报文艺丛刊小说选》中。

①　沈从文:《湘西散记·序》,《沈从文全集》第16卷,第390页。

　　或许是有感于当时散文中多有泛政治化、偏向杂感文的现象,《大公报》文艺副刊则致力追求着艺术散文的道路,精心培育了一批精致的美文,尤其以何其芳、李广田、丽尼等人为代表。副刊发表李广田的散文有《秋雨》《银狐》《柳叶桃》《野店》《看坡人》《扇子崖》《回声》《记问渠君》等;何其芳的散文有《扇上的烟云》《独语》《街》《乡下》;丽尼的《阳光》《病人》《岛上》《野草》《断片》;林徽因的《窗子以外》《蛛丝与梅花》;芦焚的《夜》《千里梦》《虹庙行》等。这些散文大都带有唯美的倾向,着重抒发的是自我的情绪和感受,对现实较为疏离,在艺术上讲究精雕细刻,带有浓重的抒情气息。如何其芳的散文《独语》吟唱的是青春的寂寞、哀怨,时代的气息是非常微弱的:"我的思想倒不是在荒野上奔驰。有一所落寞的古颓的屋子,画壁漫漶,阶石上铺着苔藓,像期待着最后的脚步:当我独自时我就神往了。"但这种唯美的境界和文字在当时的文坛是很有吸引力的,因而《画梦录》获得了"大公报"的文艺奖金,颁奖词引用李影心的评论说:"较之诗,他的散文似乎更充分适宜于刻描记述他的怀想。有如《画梦录》,它的造诣表面上看来仿佛在文字的光泽与绮丽,然而当我们对它作更深的索解,便知全般成就倒不完全在文字句间的锤炼推敲,反而更在那支配题材与文字相间一致的作者性情或气质,那种满是'透明的忧郁'诉说的超卓气氛,使他的文章生命丰蕴。"①李广田在副刊所发表的散文大多收在《画廊集》《银狐集》中,李健吾在评论李广田的散文时,认为李广田的散文具有诗的境界:"李广田先生的诗文正是大自然的一个角落,那类引起思维和忧郁的可喜的亲切之感⋯⋯没有诗的凝练,没有诗的真淳,散文却能具有诗的境界。"②从中不难看出评论家的喜爱之情。这些散文圆熟、丰赡的韵致、富有诗情的语言在无形中把中国 20 世纪 30 年代一度偏离的散文拉回到艺术的轨道。

---

① 见刘淑玲:《大公报与中国现代文学》,第 58 页。
② 李健吾:《〈画廊集〉——李广田先生作》,原载 1936 年 8 月 2 日《大公报》文艺副刊。

四

与一般报纸文学副刊有着较大不同的是,《大公报》文艺副刊在注重发表小说、诗歌、散文等文体的同时,也把很大的篇幅放在了文学批评上,通过运用书评、专题评论、作家创作谈等方式,对当时文坛涌现出的作家作品进行探讨。

在现代社会,文学批评作为文学体系中独立功能的特点日渐明显,甚至形成一套完备的机制,对文学的影响也越来越大,"艺术和文化批评杂志成为机制化的艺术批评工具,乃是18世纪的杰出创举……一方面,哲学越来越变成一种批判哲学,文学和艺术只有在文艺批评的语境中还有可能存在……另一方面,通过对哲学、文学和艺术的批评领悟,公众也达到了自我启蒙的目的,甚至将自身理解为充满活力的启蒙过程"①。《大公报》文艺副刊充分利用现代媒体传播信息速度快、覆盖面广的优势,往往把读者很少关注、专业性质很强的文学评论变为公共性的文学事件,其影响的程度远远超出的一般的专业刊物。

《大公报》文艺副刊的文学批评十分重视对刚刚出版的文学作品进行评论,对文坛动向的反应非常迅速,很有针对性和现实感。为此,《大公报》文艺副刊专门开设了"书评"专栏,组织了不少批评家对新书开展评论。当时的文艺副刊编辑是萧乾,他本人十分看重"书评"的作用。萧乾曾说:"我深感书评对于一个国家的文艺事业——对于整个文化事业的重要性。它是读者的顾问,出版界的御史,是好书的宣传员解说员,是坏书的闸门。它不一定高深,但很实际,是文艺批评或各科'原理'的应用。它既能推动,也能过滤。"②为《大公报》文艺副刊撰写书评的有李健吾、李长之、李影心、常风、杨刚等,先后对巴金的《雾》《雨》《电》《神·鬼·人》;丽尼的《黄昏之献》;鲁迅的《故事新

---

① [德]哈贝马斯:《公共领域的结构转型》,曹卫东等译,上海学术出版社1999年版,第46页。

② 萧乾:《鱼饵·论坛·阵地》,《萧乾选集》第3卷,四川人民出版社1984年版,第424页。

编》;曹禺的《雷雨》《日出》;老舍的《离婚》、朱自清的《欧游杂记》;卞之琳的《鱼目集》;林庚的《夜》《北平情歌》;施蛰存的《将军底头》;何其芳的《画梦录》;李广田的《画廊集》《银狐集》;芦焚的《里门拾记》;郁达夫的《出奔》等现代文学史上广有影响的优秀作品发表评论。除此之外,书评还涉及一些学术理论著作如朱光潜的《孟实文钞》《文艺心理学》;梁宗岱的《诗与真》和外国的优秀文艺作品。这些评论大多秉持了独立的文学批评原则,有好说好,有坏说坏,很好体现出现代批评健康、尊严的原则。为此,萧乾确立了两条原则:"不介绍沈从文和我的书——到上海后,也包括了巴金和靳以的书。二、为了保持评论的独立性,不接受书商赠书。"①经过努力,《大公报》文艺副刊的"书评"栏目发生了重要的影响,使读者及时感悟文学作品内涵,也成为沟通作者和批评家之间联系的纽带。如曹禺的《日出》发表后,《大公报》文艺副刊曾组织专题讨论,集中发表了茅盾、叶圣陶、朱光潜、李广田、沈从文、巴金等的多篇评论文章,既有对作品的褒扬,也不乏尖锐的批评。曹禺说:"我读了《大公报》文艺栏对于《日出》的集体批评,我想坦白地说几句话。一个作者自然喜欢别人称赞他的文章,可是他也并不一定就害怕人家责难他的作品。事实上最使一个作者(尤其是一个年青的作者)痛心的还是自己的文章投在水里,任它浮游四海,没有人来理睬。这事实最伤害一个作者的自尊心……读了这些批评文章,使我惊异而感佩的,是每篇文章的公允与诚挚。除了我一两位最好的友人给我无限的鼓励和兄弟般偏爱之外,我知道每篇文章几乎同样地燃烧着一副体贴的心肠……这是一座用同情和公正搭成的桥梁,作者不由得伸出一双手,接受通过来的教导。"②

《大公报》文艺副刊倡导的是一种严肃、独立的文学批评,它把批评看作有尊严的事业,就像李健吾所说:"他的自由是以尊重人之自由为自由……他

---

① 萧乾:《鱼饵·论坛·阵地》,《萧乾选集》第3卷,第424页。
② 曹禺:《我怎样写〈日出〉》,原载1937年2月28日《大公报》文艺副刊。

尊重个性。他不诽谤,他不攻讦;他不应征。属于社会,然而独立。"①它鼓励正常的学术争鸣,拒绝尖刻,也拒绝一团和气,因而《大公报》文艺副刊的文学批评常见到作者和批评者之间互相的辩驳,甚至往来几个回合,这不仅不会伤及批评者和作者的关系,反而促进了他们的了解和友谊,呈现出现代批评健康的一面。就像李健吾后来所说的:"有些很老的朋友,友谊应该发展,由于争论,反而得到了巩固……争论是走向真理的道路。读者从争论可以判断是非,而有所受益,有所认识。"②而当时作为批评家的李健吾和巴金、卞之琳等发生的争论就是这样生动的例证。巴金的小说《爱情三部曲》发表后,李健吾发表了评论,他一方面肯定了巴金作品的成功之处,但另一方面,过分的热情也导致了他作品情感的泛滥和文字的瑕疵。李健吾批评说:"你可以想象他行文的迅速。有的流畅是几经雕琢的效果,有的是自然而然的气势。在这二者之间,巴金先生的文笔似乎属于后者。他不用风格,热情就是他的风格。好时节,你一口读下去;坏时节,文章不等上口,便已滑了过去。这里未尝没有毛病,你正要注目,却已经卷进下文。"③他还批评巴金塑造的人物性格过于极端:非爱即憎。应当说,李健吾的批评有些道理,指出的问题也是很尖锐的。但巴金并不轻易接受这样的观点,他写了《〈爱情三部曲〉作者的自白》辩护文章,对李健吾的观点一一反驳,认为李健吾并没有真正把握自己作品的精髓。李健吾紧接着又写了《答巴金先生的自白》予以反驳,最后他在文章中说:"我无从用我的理解钳封巴金先生的'自白',巴金先生的'自白'同样不足以强我影从。"④虽然两个人各不相让,争论很激烈,但事后他们却仍然保持了友情。李健吾这篇评论文章刚写完,马上又写了评论巴金《神·鬼·人》的文章,对巴金的文学才能给予高度肯定;而巴金则在自己创办的生活出版社出版了李

---

① 《李健吾文学评论选》,宁夏人民出版社1983年版,第3页。版本下同。
② 《李健吾文学评论选》,第334页。
③ 李健吾:《爱情的三部曲——巴金先生作》,《李健吾文学评论选》,第17页。
④ 李健吾:《答巴金先生的自白》,《李健吾文学评论选》,第42页。

健吾的文学评论集《咀华集》。李健吾和卞之琳也曾经在《大公报》文艺副刊的批评专栏中就新诗问题发生争论。卞之琳的诗集《鱼目集》出版后,李健吾发表了评论,他在对卞之琳的诗作《圆宝盒》等的诠释中做了自己的理解。但他的观点很快遭到卞之琳的反驳,认为他的理解完全错了。然而李健吾坚持认为作为评论家应该有自己的见解。他说:"我的解释如若不和诗人的解释吻合,我的经验就算白了吗? 诗人的解释可以撵掉我的或者任何其他的解释吗? 不,一千个不! 幸福的人是我,因为我有双重的经验,而经验的交错,做成我生活的深厚。诗人挡不住读者。这正是这首诗美丽的地方,也正是象征主义高妙的地方。"①随后卞之琳又写了《关于'你'》作为回答。这种争鸣完全是正常的学术讨论,和所谓的意气之争有着本质的区别,正是在这样的探讨中,现代主义诗学的本质特征逐步得到厘清。此外,《大公报》文艺副刊上还有李健吾和梁宗岱围绕所谓"滥用名词"问题的争论,这些对于推动文学批评的健康发展起到了很好的作用,也几乎成为现代文学批评史上的绝唱。

在 20 世纪 30 年代的中国文学批评界,社会学的批评有着很大的市场。以左翼批评为代表的评论往往过分重视剖析作品的时代和阶级要素,剖析作家的阶级立场,这固然有着历史的合理性。但毋庸置疑,它普遍缺少美学分析的做法也在一定程度上带来了消极的影响。从《大公报》文艺副刊所发表的文学批评来看,它没有当时一度盛行的批评模式,始终忠实于生活,普遍重视作品的艺术性。林徽因就曾说:"作品最主要处是诚实。诚实的重要还在题材的新鲜、结构的完整、文字的流丽之上。即作品需诚实于作者客观所明了、主观所经验的生活。"②蹇先艾的作品集《城下集》出版后,李健吾在《大公报》文艺副刊发表评论时,就从作者朴实的人品出发去发现作品的成功之处:"这颗心灵,不贪得,不就易,不高蹈,不卑污,老实而又那样忠实,看似没有力量,待雨打风吹经年之后,不凋落,不褪色,人人花一般地残零,这颗心灵依然持有

---

① 李健吾:《答〈鱼目集〉作者》,《李健吾文学评论选》,第 111、112 页。
② 林徽因:《大公报文艺丛刊小说选题记》,原载 1936 年 3 月 1 日《大公报》文艺副刊。

他的本色。""所以他的文章不弄枪花,笔直戳进你的心窝,因为他晓得把文笔揉进他的性格。"①同样,在评论李广田的作品集《画廊集》时,李健吾也依然从这样的角度来分析:"李广田先生是山东人。我不晓得山东人的特性究竟如何,历来和朋友谈论,大多以为肝胆相照,朴实无华,浑厚可爱,是最好的山东人的写照。而李广田先生诗章里面流露的,正是这种质朴的气质……在这结实的地面上,诗人会种出《笑的种子》《生风尼》,和有时若干引起想象上喜悦的句子,而最浑厚有力,也最能表白诗人的,更是那首拙诗《地之子》。"②当然,无论是常风、李影心、李长之、萧乾、沈从文、朱光潜、梁宗岱还是李健吾等人的评论,他们更大的贡献还是在艺术本体上的诠释,李健吾这方面的成就最为突出。李健吾发表在《大公报》文艺副刊的评论不仅数量多,影响也最大,涉及许多重要作家和作品。在李健吾看来,艺术是一个有机的生命体,也理应是一个和谐的、完美的世界,一个批评家真正的指责和任务就是带领读者去做"心灵的探寻",把艺术最美的生命揭示出来。李健吾在评论何其芳、李广田、卞之琳、巴金、曹禺、骞先艾、林徽因等人的作品时也始终坚持这样的原则,把主要的精力用在了艺术的感悟和赏鉴。他评论李广田的《画廊集》时用了不少的篇幅探讨李广田与何其芳文风的差别:"这正是他和何其芳先生不同的地方,素朴和绚丽,何其芳先生要的是颜色,凸凹,深致,隽美。然而有一点,李广田先生却更其抓住读者的心弦:亲切之感。"③谈卞之琳的诗作,李健吾的重心始终是把其作品放在中国新诗现代性的历史坐标上,突出论述卞之琳诗歌在现代主义诗学体系上的独创性,正是这样的独创性,使中国现代新诗进入到新的境界。李健吾说:"从前我们把感伤当作诗的,如今诗人却在具体地描画。从正面来看,诗人好像雕绘一个故事的片段;然而从各面来看,光影那样

① 李健吾:《〈城下集〉——骞先艾先生作》,《李健吾文学评论选》,第79页。
② 李健吾:《〈画廊集〉——李广田先生作》,原载1936年8月2日《大公报》文艺副刊,《李健吾文学评论选》,第116、117、118页。
③ 李健吾:《〈画廊集〉——李广田先生作》,原载1936年8月2日《大公报》文艺副刊,《李健吾文学评论选》,第119页。

匀衬,却唤起你一个完美的想象的世界……这不仅仅是‘言近而旨远’;这更是余音绕梁。言语在这里的功效,初看是陈述,再看是暗示,暗示而且象征。”①谈林徽因的《九十九度中》,李健吾更是从多个艺术角度详尽解读,大胆地把这篇小说称之为最富有现代性的一篇。以李健吾为代表的《大公报》文艺副刊批评,出现在一个社会价值论、工具论占据主流的时代背景中,显然具有耐人寻味的另类意义。

《大公报》文艺副刊从 1933 年创刊到 1937 年因为抗战爆发而停刊,虽然只有短短的四年时间,但从文学的角度来衡量,无疑是大放光彩的一段历史。它以现代社会某种公共领域空间凝聚起大批作者,贡献出一大批优秀的文学作品,不仅深刻地影响到当时文学的格局,也对文学史的发展起到了积极作用,可以称为中国现代报业最为成功的文学副刊之一。

第二节　《骆驼草》与早期京派
文学的审美趣味

《骆驼草》是一份周刊,由周作人、废名、冯至等发起,于 1930 年 5 月 12 日在北平创刊,同年 11 月 3 日停刊。按照冯至的说法,该刊取名《骆驼草》的用意是:“骆驼在沙漠上行走,任重道远,有些人的工作也像骆驼那样辛苦,我们力量薄弱,不能当‘骆驼’,只能充作沙漠地区生长的骆驼草,给过路的骆驼提供一点饲料。”②《骆驼草》存在的时间虽然短暂,但它的确做到了像冯至所说的那样,默默地为中国现代文坛培育了一批作家,也奉献了一批具有独特个性和价值的文学作品。尤为值得关注的是,它和早期京派文学的关系密切,不仅高举文学独立、自由的旗帜,凝聚起一批早期京派作家,其审美理想和趣味也

---

① 李健吾:《〈鱼目集〉——卞之琳先生作》,原载 1936 年 4 月 12 日《大公报》文艺副刊,《李健吾文学评论选》,第 91、92 页。

② 见冯至:《〈骆驼草〉影印本序》,上海书店 1985 年版。

典型地体现了早期京派文学的若干特征,在当时的文坛上可谓独树一帜。

一

《骆驼草》创刊之际,正是北平文坛寂寞、冷清的时候。由于国民政府定都南京,大批文化机构和文化人士都纷纷南迁,而当年周作人、俞平伯、徐祖正、梁遇春等作者经常刊发文章的重要刊物《语丝》也先是被军阀张作霖查禁和封闭,后来迁至上海复刊。在这种情形中,以周作人的八道湾住所为中心,就逐渐聚集起了废名、俞平伯、徐祖正、沈启无、冯至、梁遇春、程鹤西等一批青年文人。他们显然并不满意当时文坛的状况,决心通过创办刊物的方式来表达自己的文学理想。1930 年 4 月 24 日,周作人在给俞平伯的信中就透露出《骆驼草》即将创刊的消息:"平伯兄:废名等所办周刊,拟于下月 5 日出版,嘱为转索尊稿,因今日家中有事不往丙楼,未得面谈,特为函催,祈即赐与一二文稿,由不佞转交最妥……"①不久,《骆驼草》就正式创刊,宣告了周作人、废名等酝酿已久的计划终于成为现实。

《骆驼草》的创刊者有意保持低调,一再声称他们并不是要造成一种文学流派或者建立一种文学理想。"我们开张这个刊物,倒也没有什么新的旗鼓可以整得起来,反正一晌都是于有闲之暇,多少做点事儿"②。后来周作人受到左翼青年的批评,俞平伯在为周作人辩护时也认为左翼青年的靶子错了,《骆驼草》并不存在所谓一致的派别或主张:"我之与《骆驼草》,只是被废名兄拉作文章而已,好比拉散车。不但此也,就是'语丝'的京师老店,开张时我在杭州,以后也没有正式加入过,只是投投稿,骗儿回饭吃而已。这有书为证,并非装死诱敌,合并声明。所以说到'某派','某集团','某种主义',啊呀完结!"③《骆驼草》编者在回答读者来信时也反复说:"《骆驼草》同人本来并不

---

① 《周作人俞平伯往来通信集》,第 136 页。
② 《〈骆驼草〉发刊词》,《骆驼草》第 1 期。
③ 平伯:《又是没落》,《骆驼草》第 7 期。

是有一个共同的信仰才来合办这一个刊物,最奇怪的是他们知道他们不是有一个共同的信仰而共同的来办这一个刊物。然则他们总有一个共同之点? 有的,他们的态度是同一个诚实。既然是这样一种集合,则其没有一个共同的'旗帜',是当然的。"①然而真实的情形并非这样简单,事实上,无论是从《骆驼草》的文学主张、作者群体以及刊发作品的倾向看,它明显有着自己的文学理想和追求,那就是倡导文学的独立、自由,流露的是自由主义的文学观念。《骆驼草》在发刊词中阐明了自己的几条原则:"不谈国事","不为无益之事","专门的学问这里没有"。但最应该注意的是下面的一条:"文艺方面,思想方面,或而至于讲闲话,玩古董,都是料不到的,笑骂由你笑骂,好文章我自为之,不好亦知其丑,如斯而已,如斯而已。"这其实是对他们自由主义理想的最好诠释。他们反对思想专制,希冀在当时中国动荡、恐怖的时局以及文学功利化的背景中维系思想和文学独立的尊严,从而实现自己的文学理想。因此,当鲁迅、郁达夫等发表《中国自由运动大同盟宣言》的时候,废名马上以"丁武"的笔名发表文章给予讽刺,说他们有点"丧心病狂"。真正的原因就在于废名认为鲁迅等文人介入到政治运动有"文士立功"的嫌疑,和他们的自由主义理念是格格不入的。

　　《骆驼草》杂志以刊发文学作品为主,专门论述其文学观点和主张的文章不多,但也集中刊发了徐祖正的一系列论及文学理论的文章,如《对话与独语》(《骆驼草》第 2 期)、《文学上的主张与理论》(《骆驼草》第 3 期)、《文学运动与政治的相关性》(《骆驼草》第 4 期)、《一个作家的基本理论》(《骆驼草》第 22 期)、《理性化与文学运动》(《骆驼草》第 23、24、25 期)。从徐祖正的这些文章中不难看出,其倡导的核心仍然是自由主义的文学思想。如他说:"我觉得只有文艺界思想界是不妨各有各的意见或竟是主张。因为文艺界思想界里只有个人。为要摆脱政治社会的束缚,维护个人主观的尊严因此才有文艺

---

① 《骆驼草》第 5 期。

思想的园地。这里不容许雷同,不需要服从。"①"然而文艺自有它独立的地位与准则。"②这种观点和周作人曾经主张的"各人的个性既然是各各不同,那么表现出来的文艺,当然是不相同。现在倘若拿了批评上的大道理要去强迫统一,即使这不可能的事情居然实现了,这样的文艺作品已经失去了唯一的条件,其实不能成为文艺了。因为文艺的生命是自由不是平等,是分离不是合并,所以宽容是文艺发达的必要的条件"③等观点可以说是一脉相承的。

当然,《骆驼草》的自由主义文艺倾向还表现在它的作者群基本上也都是由信奉文艺独立、自由的一批知识分子所构成。《骆驼草》的编辑者是废名和冯至,主要的作者群包括周作人、废名、冯至、俞平伯、梁遇春、徐祖正、程鹤西、沈启无等,他们大都在大学任教或读书,几乎是清一色的学院派人物。不可否认,周作人在这个圈子中居于最核心的地位,是《骆驼草》同人的精神领袖,对刊物的风格起着无可替代的作用。周作人和《骆驼草》的其他作者群基本上都是师生、弟子等关系,再加上其文学权威的地位,因而其影响力是可以想见的。周作人早年虽然倡导人道主义的文学,主张文学为人生的主张,但他很快就疏离了这种理论,转而主张文学"以个人为主人,表现情思而成艺术","有独立的艺术美与无形的功利"。④ 周作人还特别警惕思想和文学上的专制所可能带来的恶果,那就是窒息新思想和新文学的发生。他说:"主张自己的判断的权利而不承认他人中的自我,为一切不宽容的原则,文学家过于尊信自己的流别,以为是唯一的'道',至于蔑视别派为异端,虽然也无足怪,然而与文艺的本性实在很相违背了。"⑤为此他屡屡把宽容原则当作文学批评的最高原则,要求文学批评采用赏鉴的方式而非法官式的判决。此外,此时的周作人对

---

① 徐祖正:《对话与独语》,《骆驼草》第 2 期。
② 徐祖正:《一个作家的基本理论》,《骆驼草》第 22 期。
③ 周作人:《文艺上的宽容》,《自己的园地》,河北教育出版社 2002 年版,第 9 页。版本下同。
④ 周作人:《自己的园地》第 7 页。
⑤ 周作人:《文学上的宽容》,《自己的园地》,第 8 页。

于文学功利化弊端的反省也越来越深刻,主张文学的独立,反对文学为某种具体的目的服务,甚至走向极端,完全否定了文学的社会功用。他不止一次地表达出这样的观念。如他说:"但是我个人却的确是相信文学无用论的。我觉得文学好像是一个香炉,他的两旁边还有一对蜡烛台,左派和右派。"①"文学是无用的东西。因为我们所说的文学,只是以达出作者的思想感情为满足的,此外再无目的之可言。里面,没有多大鼓动的力量,也没有教训,只能令人聊以快意"。"欲使文学有用也可以,但那样已是变相的文学了"。② 而在周作人的影响下,废名、俞平伯等人也表现出类似的文学思想。俞平伯和废名都是周作人所最欣赏的弟子,早年都曾经信奉文学为人生的观点,创作了一些现实主义色彩的作品,但此时却都向周作人的自由主义文学观迅速靠拢。俞平伯对当时一些青年指责周作人的言论十分不满,认为文学的独立和尊严不应该被政治观念所左右。他在《又是没落》一文中说:"作家喜被人赞,没有例外,可是若把创作的重心完全放在读者身上,而把刹那间自己的实感丢开,这很不妥。我这么想,并世有几个人了解我,就很不少了,有一个人了解我,也就够了,甚至于戏台里喝彩也没甚要紧。创作欲是自足的,无求于外。"③俞平伯和废名都曾经对当时兴起的左翼文学保持一定的警惕甚至反感,要求文学远离现实,归根到底也正是他们自由主义文学理想的流露。

二

《骆驼草》创刊的时期,中国社会正面临着巨大的变化。尤其是伴随着国民党政府独裁专制政体的建立,周作人等所信奉的自由、宽容的政治和文化理想也无一例外地在严酷的现实面前碰了壁,期望的人权、平等、尊严也一一成

---

① 周作人:《草木虫鱼小引》,《周作人自编文集·苦雨斋序跋文》,河北教育出版社 2002 年版,第 64 页。版本下同。
② 周作人:《中国新文学的源流》,河北教育出版社 2002 年版,第 14—16 页。版本下同。
③ 俞平伯:《又是没落》,《骆驼草》第 7 期。

为泡影。在政治高压面前,以周作人等为代表的《骆驼草》杂志的同人被迫从对现实的关怀转向逃避,进而在隐逸和超脱的理想中寻求内心世界的平衡,普遍地经历了从叛徒到隐士的道路,如同曹聚仁分析周作人20世纪二三十年代思想变化所指出的那样:"但从那回以后,《闭户读书论》《哑吧礼赞》出来了,除了《在女子学院被囚记》以外,我们不再见浮躁凌厉之文字。周先生备历世变,甘于韬藏,以隐士生活自全,盖势所不得不然,周先生十余年间思想的变迁,正是从孔融到陶渊明二百年间思想变迁的缩影。"①阿英也说:"在新旧两种势力对立到尖锐的时候,就是正式冲突的时候,有一些人,不得不退而追寻另一条安全的路……也是周作人一流派的小品文获得存在的基本的道理。"②这种思想的变化必然在《骆驼草》杂志上投下浓重的阴影,表现雍容、超脱和隐逸的文化心理成为其最重要的特征。

由于不敢触碰严峻的现实,《骆驼草》的作者们便把笔触或伸向草木虫鱼;或谈掌故、谈古董、谈文学、谈人生,在娓娓而谈中尽显恬淡和闲适。这恰好也呼应了周作人曾经要求的"友朋间气味相投的闲话,上自生死兴哀,下至虫鱼神鬼,无不可谈,无不可听"③的主张。周作人是在《骆驼草》杂志发表文章最多的作者之一,数量有数十篇之多,除了一些译文之外,绝大部分是散文和小品文,而这些文章无一例外都是这种基调,即使偶尔有不能忘却现实的人间情怀,也都借助插科打诨式的戏谑来表达。周作人曾在一篇文章中表达过这种无奈的选择:"有些事情固然我本不要说,然而也有些是想说的,而现在实在无从说起。不必说到政治大事上去,即使偶然谈谈儿童或妇女身上的事情,也难保不被看出反动的痕迹,其次是落伍的证据来,得到古人所谓笔祸。"④于是周作人便把目光投向了遥远的故乡,从民俗学中找到了避风港。他在《骆驼草》的第1期

---

① 曹聚仁:《周作人先生的自寿诗——从孔融到陶渊明的路》,《申报·自由谈》1934年4月24日。
② 阿英:《夜航集》,上海良友图书印刷公司1935年版。第16页。版本下同。
③ 周作人:《杂拌儿之二序》,《周作人自编文集·苦雨斋序跋文》,第120页。
④ 周作人:《草木虫鱼小引》,《周作人自编文集·苦雨斋序跋文》,第63页。

便发表了《水里的东西》,描写了家乡关于"河水鬼"的传说,文章融知识与趣味于一体,把人们从现实吸引到另一个超然的世界,感受到所谓生活的艺术:

> 它是溺死的人的鬼魂……听说吊死鬼时常骗人从圆窗伸出头去,看外面的美景(还是美人?),倘若这人该死,头一伸时可就上当了,再也缩不回来了。河水鬼的法门也就差不多是这一类,它每幻化为种种物件,浮在岸边,人如伸手想去捞取,便会被拉下去。

河水鬼虽然是家乡所谓的鬼魂,然而周作人笔下的河水鬼并不恐怖,反而显得可爱:

> 河水鬼的样子也很有点爱娇……唯独河水鬼则不然,无论老的小的村的俊的,一掉到水里就都变成一个样子,据说是身体矮小,很像一个小孩子,平常三五成群,在岸上柳树下"顿铜钱",正如街头的野孩子一样,一被惊动便跳下水去,有如一群青蛙。

同样,周作人发表在《骆驼草》上的《村里的戏班子》也在平淡的叙述中写出了对童年生活的向往之情,童年的趣味、天真成了作者时时反顾、皈依的天堂。在周作人的带动下,《骆驼草》发表了不少描写民俗的作品,如沈启无的《却说一个乡间市集》(《骆驼草》第 6 期)、《关于蝙蝠》(《骆驼草》第 13 期),丁文的《故乡的蕨薇》(《骆驼草》第 8 期)、《河水鬼》(《骆驼草》第 10 期)等。这些文章大都具有较多的知识性和趣味性,呈现出雍容的绅士气度。

当然,《骆驼草》发表的一些谈论人生、文学的文章也都以抒发自己的性灵为主,袒露的是作者真实、自我的内心世界。他们虽然有不平,也有愤激,但一般都用平和的语调、舒缓的节奏来表现,呈现在读者面前的仍是一个和谐、恬淡的理想境界。俞平伯是《骆驼草》的主要作者之一,早年他先后参加过"新潮社""文学研究会""语丝社"等新文学团体,也曾经写过不少激进的文字,表现出反封建的姿态和与现实抗争的精神。但后来他的文学趣味与周作人日渐接近,因而作品风貌发生明显的变化,雍容、闲适的味道也越来越浓。阿英曾经说:"周作人的小品,虽是对黑暗之力的逃避,但这逃避是不得已的,不是他所甘心的……俞平伯呢？是不然的……除去初期还微微的表现了奋斗以外，是无往而不表现着他的完全逃避现实，只是谈谈书报，说说往事，考考故实的精神。周作人的倾向，只是说明奋斗的无力；俞平伯的倾向，则是根本不要奋斗。"①俞平伯在《骆驼草》上发表了《身后名》《又是没落》《性与不净》《贤明的聪明的父母》《从王渔洋讲到杨贵妃的坟》《冰雪小品跋》《标语》等文章。它们或偏重抒情，或偏重说理，或谈文学，或谈人生，用机智、俏皮甚至不乏幽默的语言表达的仍是远离现实的超脱甚至无奈。《贤明的聪明的父母》是一篇谈家庭伦理的文章，作者不乏机智地说："聪明的父母，以纯粹不杂功利的感情维系亲子的系属，不失之于薄；以缜密的思考决定什么该管什么恕不，不失之于厚。在儿女未成立以前最需要的是积极的帮助，在他们成立以后最需要的是积极的不妨碍。他们需要什么，我们就给他们什么，这是聪明，这也是贤明。他们有了健全的人格，能够恰好地应付一切，不见得特别乖张地应付他们的父母，所以不言孝而孝自在。"作者的意图虽然也是希望父母能和子女以平等的姿态交流，但基本上是从家庭伦理的角度来论述，语气温和、淡然。而当年鲁迅《我们现在怎样做父亲》则把批评的锋芒直接指向封建家庭的专制制度，充满强烈的斗争精神，两者的距离是非常大的。而《从王渔洋讲到杨贵妃的坟》则是谈论杨贵妃去向的种种传说，里面也有不少考据的文字，但在20世纪30年代峻急的社会中却难免给人一种"白头宫女在，闲坐说玄宗"的悠远之情。此外，其他如废名、冯至、秋心（梁遇春）等人的作品也大都有俞平伯类似的情况，多是自我的浅吟低唱，充满了士大夫的闲情逸趣，几乎看不到时代的痕迹。

《骆驼草》的作者们大都接受过良好的教育，与中国传统文化保持着千丝万缕的联系，传统文化中"入世"和"出世"的矛盾思想在他们身上都有体现。就如海外学者指出的那样：这种超然和介入的冲突始终是历代知识分子烦恼

---

① 阿英：《夜航集》，第18—19页。

乃至痛苦的根源,甚至很难完全解决①。在严酷的政治环境下,他们出世的一面往往占据了上风,总是自觉或不自觉地接受隐逸文化,有的干脆变成了远离尘嚣的隐士,这一点在废名身上和作品中特别明显。周作人这样谈及过废名:"从意见的异同上说,废名君似很赞同我所引的说蔼理斯是叛徒与隐逸合一的话,他现在隐居于西郊农家,但谈到有些问题他的思想似乎比我更为激烈。"②当时代风暴降临时,这位周作人赏识的弟子果然在隐逸的道路上比起老师来更为激烈,走得更远。废名不仅读老子庄子,还对佛经产生了浓厚兴趣,干脆搬到北京郊外隐居,整日打坐、悟道,真正过着中国传统意义上的隐士生活:"废名自云喜静坐深思,不知何时乃忽得特殊的经验,趺坐少顷,便两手自动,作种种姿态,有如体操,不能自已……假如是这样,那么这道便是于佛教之上又加了老庄以外的道教分子。"③虽然周作人并不完全认同废名的做法,但换一个角度来思考,废名痴迷于中国传统文化尤其是庄禅哲学的背景对他的创作产生了巨大的影响。周作人在为废名的文集写序时曾说:"我不知怎地总是有点'隐逸'的,有时候很想找一点温和的读,正如一个人喜欢在树阴下闲坐,虽然晒太阳也是一件快事。我读冯君的小说便是坐在树阴下的时候。"④作为《骆驼草》杂志的主要撰稿人,废名主要的两部长篇小说《莫须有先生传》和《桥》的大部分篇章都是在这个刊物连载的。这两部小说都带有隐逸的气息,尤以《桥》更为突出,处处充满着禅意。在《桥》中,小说叙述了主人公程小林和两个女性的微妙感情,传统作家所热衷的爱情悲剧和三角关系这些要素统统被淡化了,作者凸显的是一个桃花源的世界:人们无忧无虑地生活,平静淡泊,人与人的关系简单而又自然,呈现出高度的和谐统一。"作者对现实闭起眼睛,而在幻想里构造一个乌托邦……这里的田畴、山、水、树木、

---

① 见 Irwing Howe:《知识分子的定义和作用》,《文摘》1985 年第 9 期。
② 周作人:《桃园·跋》,《周作人自编文集·苦雨斋序跋文》,第 103 页。
③ 周作人:《怀废名》,《药堂杂文》,河北教育出版社 2002 年版,第 126 页。版本下同。
④ 周作人:《竹林的故事序》,《周作人自编文集·苦雨斋序跋文》,第 101 页。

村庄、阴、晴、朝、夕,都有一层缥渺朦胧的色彩,似梦境又似仙境。这本书引读者走入的世界是一个'世外桃源'"①。《桥》与其说是一部传统意义的意义的小说,倒不如当成一部表述废名人生哲学的著作更为恰当,这一点朱光潜看得很准确,他说:"《桥》里充满的是诗境,是画境,是禅趣……小林,琴子,细竹三个主要人物都没有明显的个性,他们都是参禅悟道的废名先生。"②废名笔下的史家奶奶、小林、琴子等淡泊从容的生活态度呼应了禅宗"不断不造,任运自在"的人生观。《桥》中大量日常生活的描写实际上是从庄禅文化的角度来观照的,在看似平淡自然的生活中超越了时空、因果、有无等界限,达到精神的超脱和愉悦,这正是中国隐逸文化的境界。这里面既蕴含着隐逸人格的精神美,也蕴含着自然美。

三

作为一份纯文学刊物,《骆驼草》在文体上的贡献则更值得关注。阿英当年认为周作人的小品文形成了一个权威的派别,"这流派的形成,不是由于作品形式上的冲淡平和的一致性,而是思想上的一个倾向。"③这固然有一定的道理,但是并不能完全解释这个派别形成的根本原因,他过分强调了思想上的因素,完全忽略了这个文学派别在文体上的独创性和趋同性。实际上,《骆驼草》杂志所发表的文学作品在文体上有着独到的价值,其作品的风格、语言、意境等美学层面的探索为中国新文学增添了新的元素,尤其是对稍后活跃在文坛的一些京派作家影响深远。

由于《骆驼草》杂志凝聚的作者群大多受过良好的教育,知识渊博,因而他们视野开阔,笔下的风物呈现出较为丰富的知识性,文笔纯正而雅致。周作人发表在《骆驼草》的文章有数十篇,题材涉及古今中外,几乎无所不包,传递

① 灌婴:《桥》,《新月》1932 年 2 月第 4 卷第 5 期。
② 朱光潜:《桥》,《文学杂志》1937 年 7 月第 1 卷第 3 期。
③ 阿英:《夜航集》,第 16 页。

出很大的知识信息。他的《水里的东西》《村里的戏班子》涉及民俗学和人类学的知识。《水里的东西》既有对家乡河水鬼的描写,也有日本类似的传说:"我在这里便联想到了在日本的它的同类。在那边称作'河童',读如 Kappa,说是 Kawawappa 之略,意思是川童二字,仿佛芥川有过这样名字的一部小说,中国有人译为'河伯',似乎不大妥贴。这与河水鬼有一个极大的不同,因为河童是一种生物,近于人鱼或海和尚。"读这样的文章,人们不能不佩服周作人的学识。甚至单单蝙蝠这样的平常动物,周作人也能赋予其丰富的知识,不但引述了北京的歌谣,也引述了日本多地的儿歌、民谣,甚至还把它引入到中国文学、日本文学的背景中,极大地拓展了人们的视野,也使其意义得到进一步的升华,具有了文学史的价值。周作人发表在《骆驼草》上的"专斋随笔"系列,透露的是作者对中国传统文化的认识,而《古希腊的古歌》《西班牙的古城》《蒙古故事集序》等则反映了周作人渊博的外国文学知识。《西班牙的古城》介绍了西班牙著名作家阿佐林的名作,他以特别称赞的语气说:"他的文章的确好而且特别,读他描写西班牙的小品,真令人对于那些古城小市不能不感到一种牵引了。"①周作人的这些话不仅打开了人们对于阿佐林文学世界的窗户,而且还直接影响到后来的沈从文、芦焚、汪曾祺等作家对阿佐林的借鉴。俞平伯出身书香门第,对中国传统文化的造诣尤为精深,其散文语言优雅,有浓厚的士大夫气质。他在为沈启无编选的《冰雪小品文》所写的跋,纵谈古今文学:"就文体上举些例罢,最初的楚辞是屈宋说自己的话,汉以后的楚辞是打着屈宋的腔调来说话。魏晋以前的骈文,有时还说说自己的话的,以后的四六文呢,都是官样文章了。韩柳倡为古文,本来想打倒四六文的滥调的,结果造出'桐城谬种'来,和'选学妖孽'配对。最好的例是八股,专为圣贤立言,一点不许瞎说,其实论语多半记载孔子的私房话。可笑千年来的文章道统,不过博得几种窠臼而已。"②这里面显露的是作者对中国传统文学精深的造诣。周

---

①　周作人:《西班牙的古城》,《骆驼草》第 3 期。
②　俞平伯:《冰雪小品跋》,《骆驼草》第 20 期。

作人认为俞平伯的小品题材虽然杂,但却有"文词气味的雅致"①。这句话放在梁遇春的作品中同样合适。梁遇春是一位早慧的文学天才,和废名、周作人等的关系都十分密切,同时也是《骆驼草》的主要撰稿人之一,他发表在该刊物上的散文如《破晓》《苦笑》《坟》《这么一回事》《黑暗》等,涉猎的范围也是很广的,无论外国文学名著还是中国古典文学作品往往信手拈来,不留痕迹。废名曾经慨叹:"我说秋心的散文是我们新文学当中的六朝文,这是一个自然的生长,我们所欣羡不来学不来的,在他写给朋友的书简里,或者更见他的特色,玲珑多态,繁华足媚,其芜杂亦相当,其深厚也正是六朝文章所特有。"②这样的特点正是《骆驼草》同人自觉的理论倡导。

从《骆驼草》杂志所发表的作品还可以看出,它们和五四新文学初期的文学语言有了很大的区别。那就是不再满足于平易自然的表达方式,而是普遍地具有苦与涩的特征,某种程度上这是作家文体意识自觉的表现。文体现象又是一种语言现象,离开了语言和符号,文化也将无法存在。文化学家莱斯利·怀特说:"全部文化或文明都依赖于符号。正是使用符号的能力使文化得以产生,也正是对符号的使用使文化延续成为可能。没有符号就不会有文化,人也只能是一种动物,而不是人类。"③罗兰·巴特也说:"文化,就其各个方面来说,是一种语言。"④五四初期的文学出于建设白话文的需要,极力倡导一种平易自然的语言风格固然有着历史合理性的一面,但处理不好的话也会陷入平淡无味的境地。为了避免这种情况,《骆驼草》的作者大都从古体的文言中吸收有益的成分,使文章摇曳多姿,多了一种值得反复咀嚼的风味。周作人曾经说过:"拙文貌似闲适,往往误人,唯一二旧友知其苦味,废名昔日文中

---

① 周作人:《杂拌儿之二序》,《周作人自编文集·苦雨斋序跋文》,第120页。
② 废名:《〈泪与笑〉序》,《冯文炳选集》,人民文学出版社1985年版,第327页。版本下同。
③ [美]L.A.怀特:《文化的科学——人类与文明的研究》,沈原等译,山东人民出版社1988年版,第33页。
④ 参见赵毅衡:《文学符号学》,中国文联出版公司1990年版,第89页。

曾约略说及,近见日本友人议论拙文,谓有时读之颇感苦闷,鄙人甚感其言。"①周作人在这里坦言,所谓的苦与涩才是他作品真正的本色,他也一直自觉地用苦和涩的标准要求自己和弟子的创作,他评俞平伯文章时说:"我想必须有涩味与简单味,这才耐读。所以他的文词还得变化一点。以口语为基本,再加上欧化语、古文、方言等分子,杂糅调和。"②其实周作人发表在《骆驼草》的文章也大都有这样的特点,如《杨柳风》《水里的东西》《草木虫鱼小引》《关于蝙蝠》等,恰当地吸入了一些文言、典故、古体诗词,文章显得丰腴、耐读。俞平伯的散文在这方面酷似周作人,他的散文力避平白的语言,文言和典故的成分越来越浓,以至于有时干脆全部用古文,这种涩味显然是对五四时期白话文学某些弊端的纠正。

当然,《骆驼草》同人刻意追求苦涩甚至趣味,也带来了一些作品的晦涩难懂,甚至引发争议和批评,废名就是一个典型。废名早期作品也有冲淡平和的风格,但他后期的一些作品却追求晦涩的风格,不少读者难以接受。"废名君的文章近一二年来很被人称为晦涩"。③ 废名当时在《骆驼草》连载了长篇小说《莫须有先生传》,这篇小说无疑对人们的传统审美心理造成了巨大的障碍,有的评论者对此给予了严厉的批评,如沈从文认为废名由于受到周作人、俞平伯等人趣味的影响,创作离开朴素的美越来越远。然而,当时的周作人却给予了《莫须有先生传》以很大的赞美,认为是"情生文,文生情","是从新的散文中间变化出来的一种新格式"④。沈从文和周作人对待废名评价的分歧,正是以周作人为代表的前期京派文学与后来以沈从文为核心的京派文学的重要分野。

《骆驼草》从创刊到终刊,虽然存在的时间很短,但毕竟对于当时北方寂

①　周作人:《药味集序》,《知堂序跋》,岳麓书社1987年版,第124页。
②　周作人:《〈燕知草〉跋》,《周作人自编文集·苦雨斋序跋文》,第123页。
③　周作人:《〈枣〉和〈桥〉的序》,《周作人自编文集·苦雨斋序跋文》,第107页。
④　周作人:《莫须有先生传序》,《周作人自编文集·苦雨斋序跋文》,第111、112页。

寞的文坛来说有着不容忽视的作用。它的实际编辑者冯至多年后回忆起这份刊物时,虽然一方面以严苛的语气检讨过自己发表在上面的作品,但对于这份刊物也多有肯定之处。他说:"《骆驼草》还是登载过一些值得一读的作品,如岂明(周作人)、秋心(梁遇春)的散文,废名的小说等。"①当然,它在文学史上真正的贡献或许并不仅仅在于此,它所表达的鲜明的审美倾向和风格典型地代表了早期京派作家的执着追求,也从一个特定角度表现了当时一群知识分子的真实心态。虽然它在文学的长河中很孤独,命运多蹇,如同李健吾感慨废名时所说的那样:"他永久是孤独的,简直是孤洁的。"②但其应有的历史地位是不应该被湮没的。

第三节　京派文学与《学文》杂志

在中国现代的文学期刊中,《学文》实在是一份并不起眼的刊物。它前后只存在了短短的几个月的时间,出版了薄薄的4期,以至于许多的专业研究者对这份刊物也并不十分了解。但从它所造成的文学影响来看却又是不应忽视的,它在一个风云际会的年代致力于艺术形式的追求,有意识地扶植了一批风格独特的诗人、作家,并把当时极具先锋色彩的西方现代派文学以及批评理论引入到中国,客观上刺激了中国文学的现代性意识。

一

《学文》杂志1934年5月1日创刊于清华大学。第1至第3期的编辑人是当时著名的批评家、清华大学外文系教授叶公超,到第4期的时候由于叶公超学术休假到了国外,由他的同事闻一多、余上沅和吴世昌共同编辑,发行人是余上沅。关于《学文》创刊的缘起,它的主要创刊者和负责人叶公超晚年曾

① 冯至:《〈骆驼草〉影印本序》,上海书店1985年版。
② 李健吾:《边城——沈从文先生作》,《咀华集·咀华二集》,第26页。

经这样回忆说:"当初一起办《新月》的一伙朋友,如胡适、徐志摩、饶梦侃、闻一多等人,由于《新月》杂志和新月书店因种种的原因已告停办,彼此都觉得非常可惜;1933 年底,大伙在胡适家聚会聊天,谈到在《新月》时期合作无间的朋友,为什么不能继续同心协力创办一份新杂志的问题……讨论到最后,达成一个协议,由大家凑钱,视将来凑到的钱多少做决定。能出多少期就出多少期。当时一起办《新月》的一群朋友,都还很年轻,写作和办杂志,谈不上有任何政治作用;但是,《学文》的创刊,可以说是继《新月》之后,代表了我们对文艺的主张和希望。"①可见,《学文》的创刊事实上和《新月》有着紧密的关系。《新月》1928 年刚刚创刊时曾经很有气势,但随着 1931 年徐志摩的去世,后期的《新月》刊物主要由罗隆基负责,大大增加了政治评论的成分,偏离了《新月》创刊的宗旨,而此时相当一批《新月》的撰稿人也大都流散到青岛、北平等地,《新月》就在这种情况下结束了自己的生命,《学文》的创刊在一定程度上可以看作对《新月》早期文学观念的承继。

_____

① 叶公超:《我与〈学文〉》,原载 1977 年 10 月 16 日《联合报》副刊。

正因为《学文》和《新月》的这种有形和无形的联系,它的撰稿人也主要由一批在北平的自由主义的作家和知识分子构成,主要是当时在北京大学、清华大学、燕京大学等高校工作和读书的师生,基本上都崇奉艺术独立、尊严的文学理想。主要的撰稿人有饶梦侃、林徽因、陈梦家、赵萝蕤、李健吾、沈从文、卞之琳、闻一多、叶公超、孙毓棠、杨振声、季羡林、废名、何其芳、梁实秋、陈西滢、胡适、方令孺、臧克家、钱钟书、曹葆华等等,这些人几乎囊括了当时平津一带最主要的诗人、作家和学者,相当一部分也曾经是《新月》的撰稿人。这里面既有当时已经很有影响的如胡适、梁实秋、闻一多、李健吾、沈从文、陈西滢等知名作家、学者,但更多的还是刚刚崭露头角的年轻人如钱钟书、季羡林、曹葆华、何其芳、卞之琳、臧克家、陈江帆、杨联陞等,他们此时以《学文》为依托,日后也取得了重要的成就,从培养文学青年上讲,《学文》可谓功不可没。如季羡林的散文《年》、钱钟书的文学批评《论不隔》、卞之琳、赵萝蕤、曹葆华等翻译西方文学的文章也都在这上面发表,成为日后他们文学和学术的起点。当时杨联陞曾经在清华读书,他回忆说:"《新月》停刊之后,叶师在清华园主编《学文》月刊,性质与《新月》相似。第二期居然登了我一篇小品《断思——躺在床上》,这篇文章没有什么好,可值得纪念的是曾经叶师逐句推敲改定……我以前的文字虽由《小公报》升入《大公报》,在《小公园》、《文学》周刊、《史地》周刊发表了几篇文字,能升入《学文》月刊颇有登龙门之感。记得先生颇赏识钱钟书(中书君)与吴世昌,两位都有文章在《学文》刊载。"[①]还有卞之琳,当时在北京大学英文系读书,叶公超也亲自鼓励、指导他翻译了英国大诗人艾略特的著名理论批评文章《传统与个人的才能》,并发表在《学文》的创刊号上。《学文》月刊在当时知识分子中的影响可见一斑。

---

① 杨联陞:《追怀叶师公超》,见叶崇德主编:《回忆叶公超》,学林出版社1993年版,第44页。版本下同。

二

与《新月》比较起来,《学文》是一份单纯的文学刊物,发表的内容包括诗歌、小说、戏剧、散文、文学批评等领域的文章,这其中,诗歌是重点,也是《学文》着力最多、较有成绩的地方。

《学文》的这种特点是和其创刊的理念分不开的。编辑负责人叶公超曾这样说:"有人说,《新月》最大的成就就是诗;《学文》对诗的重视程度也不亚于《新月》。诗的篇幅多不说,每期都将诗排在最前面,诗之后再有理论、小说、戏剧和散文,已成为《学文》特色之一。理由很简单,因为我们认为诗是文学中最重要的一部分。"①在出版的 4 期《学文》当中,诗歌占了相当的比重,这其中有陈梦家的长诗《往日》、林徽因的《你是人间的四月天》《忆》;饶梦侃的《懒》《和谐》;孙毓棠的《野狗》《我回来了》,何其芳的《初夏》;方令孺的《月夜在鸡鸣寺》、臧克家的《元宵》、孙洵侯的《太湖》等。这些诗作一个很大的共性就是非常注重语言的锤炼,也非常讲究诗歌的节奏和韵律,具有突出的形式美的追求。而这些正是中国现代诗歌发展进程中对五四以来白话诗的必要反思和纠正,也和当时闻一多、陈梦家、朱光潜、叶公超、梁宗岱等人的诗歌理论主张有着内在的关联。

众所周知,中国现代诗歌自从五四时期发轫以来,在胡适等的主张下走上了白话诗的道路,这期间当然取得了一些成就,但与其他的文学文体比较起来,新诗还有一定的差距。胡适等主张采用自由诗体的方式,要在新诗的形式上来一个彻底的大解放,这虽然在白话诗刚出现的时期有一定的合理性,但随着时间的推移其弊端就越来越显现出来,这种实践不可避免地带来了新诗的直白浅露、感情的宣泄和泛滥,缺乏艺术的锤炼和感染力量等。因此到了 20世纪 30 年代越来越多的理论家对新诗倾注了较多的精力,在学理上进行了严肃的思考。比如梁宗岱就以西方象征主义诗学理论对胡适的主张给予批评,

---

① 叶公超:《我与〈学文〉》,原载 1977 年 10 月 16 日《联合报》副刊。

他说:"新诗的发动和当时的理论或口号,——所谓'建设明了的通俗的社会文学',所谓'有什么话说什么话',——不仅是反旧诗的,简直是反诗的;不仅是对于旧诗和旧诗体的流弊之洗刷和革除,简直把一切纯粹永久的诗的真元全盘误解与抹杀了。"①梁宗岱更多地主张用纯诗来作为中国新诗的理想。另一位理论家朱光潜对胡适的主张也不以为然,他坚持维护诗歌的情趣、节奏和韵律,在他看来,如果取消了这些,所谓的诗也就不存在了。他说:"诗和音乐一样,生命全在节奏(rhythm)。""中文诗用韵以显出节奏,是中国文字的特殊构造所使然。""就一般诗来说,韵的最大功用在把涣散的声音联络贯串起来,成为一个完整的曲调。它好比贯珠的串子,在中国诗里这串子尤不可少。"②此外如闻一多、陈梦家等都主张诗歌要重视格律等要素,20世纪30年代人们对新诗理论形态的关注达到了前所未有的程度。《学文》的主编叶公超本人在这一时期也写下了《论新诗》的重要理论文章,更是强调格律对诗歌形式的重要性,因此《学文》对诗歌就给予了特别的关注,它发表的诗歌也基本呼应了上述批评家在诗歌理论上的主张。

如林徽因的《你是人间的四月天》(载《学文》第1卷第1期)这首诗作:

> 我说你是人间的四月天;
> 笑响点亮了四面风;
> 轻灵在春的光艳中交舞着变。
>
> 你是四月早天里的云烟,
> 黄昏吹着风的软,
> 星子在无意中闪,细雨点洒在花前。

---

① 梁宗岱:《诗与真二集·新诗的纷歧路口》,《梁宗岱文集》第2卷,第156页。
② 朱光潜:《诗论》,《朱光潜全集》第3卷,安徽教育出版社1987年版,第236、238、189页。版本下同。

那轻,那娉婷、你是,

鲜妍百花的冠冕你戴着,

你是天真,庄严,你是夜夜的月圆。

雪化后那片鹅黄,你像;

新鲜初放芽的绿,你是;

柔嫩喜悦,水光浮动着你梦期待中白莲。

你是一树一树的花开,是燕

在梁间呢喃,——你是爱,是暖,

是希望,你是人间的四月天。

这首诗诗行排列整齐,韵律和谐,注重节奏和韵脚的变化,读来确实有一种内在的美,和徐志摩的诗作有着相似的风格。同样,林徽因的另一首诗《忆》同样具有这样的特点:

新年等在窗外,一缕香,

枝上刚放出一半朵红。

心在转,你曾说过的

几句话,白鸽似的盘旋。

我不曾忘,也不能忘

那天的天澄清的透蓝,

太阳带点暖,斜照在

每棵树梢头,像凤凰,

是你在笑,仰脸望,

多少勇敢话那天,你我

全说了,——像张风筝

向蓝穹,凭一线力量。

此外如孙毓棠的《我回来了》、何其芳的《初夏》、包乾元的《春》等诗作也都是韵律和谐、节奏鲜明的诗作,为 20 世纪 30 年代的诗坛注入了新的活力。

三

与上面的特点比较起来,《学文》对中国新文学的贡献更在于它强烈的现代性意识和现代性的视野。它一方面放大了文学的视野,把目光转向西方,大力引进西方作品尤其是现代派的文学作品和文学理论;另一方面也积极扶植和推动中国新文学的现代化进程,发表了一批具有现代意识和现代技巧的文学作品。

《学文》杂志的创刊人叶公超本身就是一位知识渊博、具有很深西方文化背景的学者,他早年曾经跟随美国大诗人弗罗斯特学习,后来在英国剑桥大学学习时结识了大诗人兼批评家艾略特,他曾经回忆说:"我那时很受艾略特的影响,很希望自己也能写出一首像《荒原》(The Waste Land)这样的诗,可以表现出我国从诗经时代到现在的生活,但始终没写成功。"①当叶公超着手主编《学文》月刊的时候,他就很努力地来实践自己的文学理想,因此介绍西方的作品和文学理论在《学文》就占据了重要的格局,这在《学文》第 2 卷第 2 期叶公超撰写的编后记中可以清楚地看出来:"本刊决定将最近欧美文艺批评的理论,择其比较重要的,翻译出来,按期披载。第一期所译的 T.S.Eliot《传统与个人的才能》、本期的 Edmund《诗的法典》都是极重要的文字。另有老诗人 A.E.Housman《诗的名与质》译文一篇,拟在下期登载。"除此之外,《学文》还刊登了闻家驷介绍波德莱尔的论文《波德莱尔——几种颜色不同的爱》(第 1 卷第 3 期)、《波德莱尔与女人》(第 1 卷第 4 期);李健吾介绍福楼拜的论文《萨

---

① 叶公超:《文学·艺术·永不退休》,见陈子善编:《叶公超批评文集》,珠海出版社 1998 年版,第 266 页。版本下同。

朗宝与种族》(第 1 卷第 1 期)、《布法与白居谢》(第 1 卷第 4 期);余上沅介绍英国剧作家高尔斯华绥的剧作《高菶德》(第 1 卷第 4 期)梁实秋翻译的莎士比亚作品《雅典的提蒙》(第 1 卷第 2 期)、陈梦家翻译的英国诗人勃莱克的诗(第 1 卷第 4 期);陈西滢翻译德国剧作家赫伯尔的剧作《父亲的誓言》(第 1 卷第 4 期)等。

在这些文章中,有相当一部分是展示了当时西方现代派文学的精神特征和现代艺术特征的,如叶公超指导卞之琳翻译的艾略特的重要文学批评文章《传统与个人的才能》就是突出的例证。艾略特是 20 世纪初期西方现代主义的代表诗人和批评家,其创作和理论集中体现了现代主义的精神,对世界文学的影响力很少有人能够与之匹敌,他的《传统与个人的才能》也对 20 世纪三四十年代的中国诗歌及其理论产生了深远的影响,后来西南联大的诗人周珏良特别提到穆旦对艾略特著名文章《传统和个人才能》有兴趣,很推崇里面表现的思想。周珏良说:"记得我们两人(另一人指穆旦——引者)都喜欢叶芝的诗,他当时的创作很受叶芝的影响。我也记得我们从燕卜荪先生处借到威尔逊(Edmund Wilson)的《爱克斯尔的城堡》和艾略特的文集《圣木》(The Sacred Wood),才知道什么叫现代派,大开眼界,时常一起谈论。他特别对艾略特著名文章《传统和个人才能》有兴趣,很推崇里面表现的思想。当时他的诗创作已表现出现代派的影响。"[1]艾略特的这篇诗论肯定了艺术创造的重要性,要求打破传统的羁绊和束缚,他说:"如果传统的方式仅限于追随前一代,或仅限于盲目地或胆怯地墨守前一代成功的方法,'传统'自然是不足称道了。我们见过许多这样单纯的潮流很快便在沙里消失了;新奇却总比重复好。传统的意义实在要广大得多。它不是继承得到的,你如要得到它,你必须用很大的劳力。"在这篇文论中,艾略特还把批评的重点放在文本本身而不是作者身上,这实际上也开启了新批评理论的先河,他说:"诚实的批评和敏感的赏

---

① 　周珏良:《穆旦的诗和译诗》,见杜运燮、袁可嘉编:《一个民族已经起来:怀念诗人翻译家穆旦》,江苏人民出版社 1987 年版,第 20 页。

鉴,并不注意诗人,而注意诗。"①曹葆华翻译的 Edmund Wilson 的《诗的法典》(*The Canons of Poetry*)、赵萝蕤翻译的 A.E.Housman《诗的名与质》(*The Name and Nature of Poetry*)也都是充满现代感的批评文章。Edmund Wilson 的《诗的法典》详细考证了韵文、散文等文体的边界,并且呼吁人们打破传统的观念,以一种开放的心态来看待新的文学样式,他说:"我觉得现在是我们抛弃'诗'这个名词的时候了……我们所想象得到的将来的社会会引起文学上的一种新趋势,而这种趋势却不一定是韵文的复活。大概'未来'总会创造出它自己的新节奏,它自己的新技巧。"《学文》月刊上刊登的这些西方重要诗学理论的文章不仅为 20 世纪三四十年代的中国诗人打开了一扇窗户,拓展了他们的文化视野,而且也客观上对这一时期中国的现代主义文学发展起到了推波助澜的作用,当时以卞之琳、何其芳、林庚等为代表的现代派以及后来的西南联大诗人群的创作都能看出这种痕迹。

同样,在《学文》月刊上发表的中国作家的作品也能看出编辑们的这种现代性追求。像孙毓棠的诗歌《野狗》(第 1 卷第 1 期)、陈江帆的《台钟》(第 1 卷第 3 期)、废名的长篇小说《桥》(第 1 卷第 2 期)的片段以及林徽因的小说《九十九度中》(第 1 卷第 1 期)等都借鉴了现代派的表达方式,与传统文学有着很大的差别。如孙毓棠的《野狗》(第 1 卷第 1 期)一诗:

> 我是深山里的一条野狗
>
> 颤抖着舌苔来添钢牙的血腥
>
> 躲在山腰,竖起两只尖耳,
>
> 往昏夜遍山的草莽里听。
>
> 等迷路的兔子在乱草里跑,
>
> 或是有黑狐狸从山脚下掠过:

---

① [英]T.S.艾略特:《传统与个人的才能》,卞之琳译,上海译文出版社 2012 年版,第 2、6 页。

　　　　山风勾勒起我满腹的饥饿

　　　　…………

　　诗作中出现的"深山里野狗"的意象会让人很自然地想起艾略特笔下的"荒原",其实它们都在某种程度上表现了现代人的精神世界的茫然和困惑,具有很深的象征含义,这是典型的现代主义特征。林徽因的小说《九十九度中》是一篇颇具现代感的小说,正是它艺术上的前卫,以至于这篇小说很多学者都无法接受和理解。然而当时的评论家李健吾为女作家进行了辩护:"《九十九度中》在我们过去短篇小说的制作中,尽有气质更伟大的,材料更事实的,然而却只有这样一篇,最富有现代性。"①李健吾在这里实际指出了《九十九度中》受到英国女小说家伍尔夫意识流手法的影响。废名的《桥》也在手法上和《九十九度中》有着惊人的相似,它同样消解了情节,也放弃了对人物的典型塑造,语言上大都是飘忽朦胧。无疑,这些带有强烈现代性的作品正是《学文》的主编叶公超所极力推崇的,是其文学理念的一次大胆实验。

　　叶公超开始创办《学文》的时候,是怀抱着很大的雄心,希望把其办成像鼎盛期的《新月》杂志。但在现实的处境中,它遭遇到很大的困难,诸如经费等问题。但更重要的如叶公超自己所说,创办刊物需要全身心的投入,需要一个灵魂人物。而《学文》的灵魂人物则是叶公超。编辑到第 3 期的时候,由于叶公超学术休假到海外游学,把编辑《学文》的工作交给了闻一多等人共同主持。在勉强出版了第 4 期后,随着叶公超的离开,这个刊物也就寿终正寝了,但它的贡献是不应被湮没和遗忘的。

第四节　京派文学视域中的《文学杂志》

　　京派文学在其发展历程中曾经和不少刊物都有着密切的关系,如《新月》

---

　　①　李健吾:《九十九度中——林徽因女士作》,《咀华集·咀华二集》,复旦大学出版社 2005 年版,第 35 页。

《骆驼草》《学文》《水星》《文学季刊》等刊物。但公开明确说明和京派有直接渊源，完全属于京派阵营的刊物的却非朱光潜先生主编的《文学杂志》莫属。朱光潜晚年曾回忆说，这份刊物的创办完全是出于重振京派文学的考虑："京派在'新月'时期最盛，自从诗人徐志摩死于飞机失事之后，就日渐衰落。胡适和杨振声等人想使京派再振作一下，就组织一个八人编委会，筹办一种《文学杂志》。编委会之中有杨振声、沈从文、周作人、俞平伯、朱自清、林徽音等人和我。他们看到我初出茅庐，不大为人所注目或容易成为靶子，就推我当主编。"①《文学杂志》虽然由于时局的变化只出版了第 1 卷总共 4 期，存在的时间很短，但它的确在京派文学中扮演了重要角色。它标榜文学独立、自由的原则，鲜明呈现出京派文学的理想和追求，凝聚起了一大批京派作家，发表的不少作品更是堪称京派文学的精华。因而，就像有学者所说的那样："《文学杂志》不仅是一个完全意义上的'京派'杂志，而且是集合了'京派'各方面人物的第一个杂志。"②

一

作为一个较为成熟的流派，京派文学除了它独特的审美理想和艺术个性之外，在很大程度上它的文学观念也是非常明晰的，那就是自由主义的文艺观。周作人、沈从文、李健吾等人的一些文章曾经不同程度地涉及文学与人生、文学的本质等话题，并倡导独立、自由的文学观念，如周作人早在 1923 年出版的《自己的园地》中就公开亮出了自由、宽容的口号："文艺的生命是自由不是平等。是分离不是合并，所以宽容是文艺发达的必要的条件。"③但他们的这些主张往往比较零散，而且有的随着时代进程也出现过变化。应当说，最

---

① 朱光潜：《作者自传》，《朱光潜全集》第 1 卷，第 5 页。
② 吴福辉主编：《中国现代文学编年史：以文学广告为中心（1928—1937）》，北京大学出版社 2013 年版，第 692 页。
③ 周作人：《文艺上的宽容》，《自己的园地》，第 9 页。

能代表京派文学观的是朱光潜发表在《文学杂志》第 1 卷第 1 期的《我对本刊的希望》。这篇文章虽然是朱光潜独立署名,却可以看作京派的集体宣言,它完备的理论体系、深刻的思想、鲜明的倾向等都无一例外地体现出京派同人的理论追求,也充分显示出朱光潜作为文学理论家高屋建瓴的气质特征。

在这篇发刊词中,朱光潜一以贯之地高举文学独立、自由的旗帜,完整阐释了自由主义文艺观念,并把它作为京派文学的灵魂。对于这一点,朱光潜在多年后的回忆中也没有避讳,他说:"在第一期我写了一篇发刊词,大意说在诞生中的中国新文化要走的路宜于广阔些,丰富多彩些,不宜过早地窄狭化到只准走一条路。这是我的文艺独立自由的老调。"①由于朱光潜经历过五四新文化运动的洗礼,亲身感受过思想自由给文学艺术所带来的巨大活力,因而他对于这样的时代非常留恋。而对于思想、学术上各种专制和蛮横的做法,都非常反感,主张各种不同的思想开展自由、平等竞争。朱光潜说:"我们不妨让许多不同的学派思想同时在酝酿、骚动、生展,甚至于冲突斗争……冲突斗争是思想生发所必需的刺激剂。不过你如果爱自由,就得尊重旁人的自由。"正是基于这种自由主义的思想,朱光潜的文艺观很自然地走进了自由主义文艺观,主张让文学在自由、宽容的空气中健康发展,平等竞争,反对某一种文学成为权威。朱光潜的这些论点正是自由主义文艺最为核心的内容,代表着 20 世纪 30 年代自由知识分子对文艺理想的纯正追求,在当时的文化环境中有着异乎寻常的意义。

然而朱光潜并不满足于对自由主义文艺实质的阐释,他更希望寻找出这种理论的渊源和合理性。为此,朱光潜跳出了中国思想文化疆域的局限,而是把目光放大到整个人类思想史、文明史的进程中去思考,显示出自己宏阔的理论视野。朱光潜宏观地把人类文化思想的进程划分为两期,即生发期和凝固期,而思想的进程正是随着这两期的互相交替而呈现出完全不同的景象。生发期意味着思想的自由和文化思潮的兴盛,而凝固期则意味着思想重新定于

---

① 朱光潜:《作者自传》,《朱光潜全集》第 1 卷,第 5 页。

一尊,失去活力。朱光潜这样描述:"在生发期中,一种剧烈的社会变动或是一种崭新的外来影响给思想家以精神上的刺激与启发,扩大他们的视野,使他们对于事物取新颖的看法,对于旧有文化制度取怀疑、攻击或重新估价的态度。""这种生发期愈延长,则思想所达到的方面愈众多,所吸收的营养愈丰富,所经过的摩擦锻炼愈彻底,所树立的基础也就愈坚实稳固。"①这种权威解体所带来的思想解放必然出现文艺复兴的局面。然而一旦文化成熟,这种生机勃勃的自由情形就会消失,又必然进入到思想的凝固期,"在凝固期中,新传统已成立,前一期的兴奋、热诚与活力已锐减。"于是异端思想受到压制,因而必然造成文化活力的衰退,预示着衰落期的到来:"所以一种文化思想的凝固期同时也就预兆着它的衰落期"②。朱光潜对于百家争鸣、思想活跃的文化生发期十分向往,而对于文化的凝固期十分反感和恐惧。在他看来,虽然中国思想界经历了五四运动的黄金时期,但这个时期还非常短暂,到了 20 世纪 30 年代只有十几年的历史,仍然属于文化的生发期,因此思想界最需要做的事情是尽量延长生发期的时间,避免文化凝固期过早出现,"我们现在所急需的不是统一而是繁复,是深入,是尽量地吸收融化,是树立广大深厚的基础"③。应当说,朱光潜的这些观点虽然理论色彩很浓,但却有着很强的现实针对性。因为 20 世纪 30 年代的中国,国民党的政权越来越显示出它独裁、专制的面目。它一方面严厉镇压进步知识分子,动辄拘禁、逮捕甚至杀戮;另一方面,为了加强在文化领域的控制力,接连颁布多项法令,对图书杂志出版采取严格的审查制度,查禁大批进步书籍。例如单是 1934 年 2 月 19 日,国民党上海市党部奉中央党部命令,就查禁了 149 种书籍。在作为自由知识分子的朱光潜看来,这不可避免地带来思想上的专制和禁锢,从而窒息了学术思想的生命,进入文化凝固期,进而与五四时代的文化理想背道而驰。无独有偶,几乎在朱光潜发表

---

① 朱光潜:《我对于本刊的希望》,原载 1937 年《文学杂志》第 1 卷第 1 期。
② 朱光潜:《我对于本刊的希望》,原载 1937 年《文学杂志》第 1 卷第 1 期。
③ 朱光潜:《我对于本刊的希望》,原载 1937 年《文学杂志》第 1 卷第 1 期。

这些意见的同时,沈从文也表示出同样的意见,他说:"我赞同文艺的自由发展,正因为在目前的中国,它要从政府的裁判和另一种'独尊独占'的趋势里解放出来,它才能够向各方面滋长,繁荣,拘束越少,可试验的路也越多。"①朱光潜的这些论述为自由主义文艺奠定了坚实的理论的基础。

京派的出现本身就有和当时开始兴起的左翼文艺运动相抗衡的意味,胡适力挺朱光潜创办《文学杂志》,希望重振京派,在很大程度上也是对左翼文艺的恐惧和不满。众所周知,京派在政治理想上致力追求法治和秩序,呼吁保障公民权利,但在文学上追求宽容和自由,倡导文学的独立和超脱,反对文学的种种工具化行为,这和公开宣称文学的社会功用的左翼文艺有着巨大的鸿沟。朱光潜在《文学杂志》的发刊词中虽然没有直接点名当时的左翼文艺运动,但他对文艺本质的看法却和左翼文艺的观念格格不入,在许多文艺的见解上对左翼文艺也持批评、否定的态度。尽管朱光潜某种程度上也认同文学与人生、时代的关系,比如他说:"在任何时代,文艺多少都要反映作者对于人生的态度和他特殊时代的影响。各时代的文艺成就大小,也往往以它从文化思想背景所吸收的滋养料的多寡深浅为准。"表面上看,这似乎和左翼文艺有某种趋同之处。但实际上,朱光潜反对对文艺和人生的关系做关于狭隘和功利的理解,在他看来,如果这样的话,就会重新陷入"文以载道"的老路,而左翼文艺就是一个突出的例证。朱光潜特别提醒人们把握两者关系的分寸,他说:"着重文艺与文化思想的密切关联,并不一定走到'文以载道'的窄路。从文化思想背景吸收滋养,使文艺植根于人生沃壤,是一回事;取教训的态度,拿文艺做工具去宣传某一种道德的、宗教的或政治的信条,又另是一回事。这个分别似微妙而实明显。"②他进而批评当时的中国文艺界对这种关系的理解陷入误区,朱光潜特别批评了当时文坛中的'文以载道'的现象。他说:"在现时的中国文艺界,我们无论是右是左,似乎都已不期而遇地走上这条死路。一方

---

① 沈从文:《一封信》,原载 1937 年 2 月 21 日《大公报》文艺副刊。
② 朱光潜:《我对于本刊的希望》,原载 1937 年《文学杂志》第 1 卷第 1 期。

面,中国所旧有的'文以载道'一个传统观念很奇怪地在一般自命为'前进'作家的手里,换些新奇的花样儿安然复活着。文艺据说是'为大众'、'为革命'、'为阶级意识'。"①不用说,这些所提到的"为大众""为革命""为阶级意识"正是当时左翼文学的主张和特征,朱光潜认为这样的文学从根本上违反文学的本性,是传统载道文艺思想的复活。在这一点上,朱光潜的看法完全附和了周作人的意见。周作人曾经以"言志"和"赋得"来概括中国文学的发展线索,他特别反感"文以载道"的观点而推崇"言志"和"即兴"的文学,认为"言志"和"即兴"派文学是真正独立、自由地表达出了自我的想法,是性灵的文学。同时周作人把左翼文学归入"载道主义""集团主义"的范畴,并多次批评。朱光潜不仅在《文学杂志》发刊词中表达了对于文学功利化的不满,而且在他所撰写的编辑后记中也曾重申过类似的意见,如他在第 1 期的后记中说:"周煦良先生趁评《赛金花》的机会,很清楚地指出借文学为宣传工具而忽略艺术技巧的危险。"②可见,在对待左翼文学的态度上,朱光潜的意见实际上也代表了京派同人共同的看法,是忠实于自由主义文艺的必然选择。

二

在京派文学所取得的成就中,文学批评占据着非同寻常的地位。除了涌现出诸如周作人、朱光潜、李健吾、梁宗岱、李长之、沈从文等一批重要批评家之外,还产生了一大批优秀文学批评著作,这种现象的产生是和京派对批评的倡导、重视分不开的,从朱光潜主编的《文学杂志》中就能清楚地看出这一点。《文学杂志》所刊发的文章中,除了传统的小说、诗歌、散文等文体外,文学批评和评论的文章所占分量很大,这和传统文学刊物只刊发文学作品的做法有很大不同。朱光潜说:"比一般流行的文艺刊物,本刊似较看重论文和书评,但是这不一定就是看轻创作。论文不仅限于文学,有时也涉及文化思想问题。

---

① 朱光潜:《我对于本刊的希望》,原载 1937 年《文学杂志》第 1 卷第 1 期。
② 朱光潜:《编辑后记(一)》,原载 1937 年《文学杂志》第 1 卷第 1 期。

这种分配将来也许成为本刊的一个特色。"①虽然《文学杂志》第 1 卷只有 4 期，但刊登的文学批评不仅数量多，质量也厚重，有不少理论文章都曾产生过较大的影响，如叶公超的《论新诗》、钱钟书的《中国固有的文学批评的一个特点》、沈从文的《再谈差不多》等，在京派批评中很有代表性。

在《文学杂志》所发表的文学理论和文学批评中，有不少是对于诗歌理论问题的探讨，涉及旧诗、新诗、外国诗等，提出的问题大多具有很强的现实感和前瞻性，尤其对于新诗的发展起到了很好的推动作用。朱光潜本人多年来对于诗歌理论问题曾发表过许多见解，如他的《论节奏》《诗的格律》等在诗歌形式上用力尤多，沈从文、梁宗岱、孙大雨、陈梦家、林庚、罗念生、李健吾等都有所贡献。因此朱光潜在主编《文学杂志》时延续了京派作家和理论家在这个领域持续的关注，陆续发表了叶公超的《论新诗》、陆志韦的《论节奏》、孟实（朱光潜）的《望舒诗稿》、周煦良的《〈北平情歌〉书评》等。叶公超的《论新诗》是一篇很有分量的诗论，他把问题的重心始终放在中国新诗走向的历史背景下去思考。在叶公超看来，当时中国新诗面临着何去何从的历史关口，有的诗人急于抛弃历史传统，而有的诗人则又重新复归传统，他认为这两种态度都有偏激之处，主要原因在于没有搞清楚新诗和旧诗的根本差别。针对当时出现的主张以自由诗为发展目标、否定诗歌格律化，甚至把格律视为守旧、传统的观点，叶公超明确反对，他认为新诗同样应有自己的格律。叶公超说："格律是任何诗的必需条件，惟有在适合的格律里我们的情绪才能得到一种最有力量的传达形式；没有格律，我们的情绪只是散漫的、单调的、无组织的，所以格律根本不是束缚情绪的东西，而是根据诗人内在的要求而形成的……只有格律能给我们自由。"当然，叶公超提出这样的见解并非空发奇想，而是建立在他对东西方诗歌历史以及现状的了解、比较的基础上。正因为如此，叶公超坚定地把新诗格律化作为新诗的目标，"我们现在的诗人都负着特别重

① 朱光潜:《编辑后记（一）》，原载 1937 年《文学杂志》第 1 卷第 1 期。

要的责任：他们要为将来的诗人创设一种格律的传统，不要一味羡慕人家的新花样。一种文字要产生伟大的诗，非先经过一个严格的格律时期不可……对于诗人自己，格律是变化的起点，也是变化的归宿"[1]。叶公超的这些观点和林庚、梁宗岱在诗歌格律化的观点有相似的地方。当然，叶公超《论新诗》的贡献还在于他在诸多诗歌形式的元素上做了深入细致的研究，学理色彩相当浓厚。如叶公超对于诗歌的节奏、韵律、音步、音组等都有详尽的辨析，很有说服力。他认为因为中国的语言中缺少铿锵脆亮的重音和高音，因而不能简单照搬西方诗歌的音步，比较好的办法是用音组来替代。叶公超良好的理论素养以及对中西诗歌开阔的比较视野使得这篇文章的价值格外珍贵，卞之琳后来曾说："现在读公超1937年发表在孟实主编的《文学杂志》创刊号上的《论新诗》一文，发现更多深获我心的见解。例如新诗建行单位不应计单字数而计语言'音组'，比孙大雨先生通过长时期实践到30年代开始译莎士比亚才提出'音组'的说法似还早一步。"[2]此外，陆志韦的《论节奏》和周煦良的《〈北平情歌〉书评》也对诗歌的音律问题作了进一步的探究。陆志韦的《论节奏》结合了语言学、心理学、物理学等现代学科知识背景，力图在科学的层面上对新诗的节奏作出分析，他说："诗的节奏在美的经验上占有很特殊的地位，不妨说是介乎音乐和跳舞之间而不像它们的死劲发挥。"[3]他主张中国白话诗要根据语调轻重来建设音律。周煦良的《〈北平情歌〉书评》虽然是对当时出版的林庚诗集《北平情歌》的评论，但实际上对于林庚诗歌本身的评论并不多，大多是谈作者自己对于诗歌音律问题的思考。如周煦良批评孙大雨、梁宗岱等提出的以"字组法"创设音律的方法，认为这种生硬地用字数来凑足音组的做法只是为了取得视觉上的整齐划一，完全忽略了字音上的质和量，人们无法在阅读新诗时得到音律上的愉快。他说："所谓字组法的音律，所谓就文字的

---

① 叶公超：《论新诗》，原载1937年《文学杂志》第1卷第1期。
② 卞之琳：《纪念叶公超先生》，见叶崇德主编：《回忆叶公超》，第21页。
③ 陆志韦：《论节奏》，原载1937年《文学杂志》第1卷第3期。

意义结成的字组以制定节拍的办法,根本就不是直接建筑在文字的声量或声质上。如果音律是诉诸听觉的,并且如果我们充分了解了什么叫'诉诸听觉',那么字组法便不是音律;便是我们语言的声调也不是遵照字组法。不过就算字组法是音律,就算每一字组的意义有同量的完整性,它还是抵抗不了平仄音律的侵蚀;它没有找到什么东西来满足两种相反相成声质的进一步要求。这一点不但是字组法的缺乏,也是整个新诗的缺乏。要找一个固定的声量,因为中国文字全是单音,最简当的方法便是用一定字数,这而且并不如有些人设想的那样要不得。但是要找两种相反相成的声质,在目前语文合一而语言不一致的时代简直没有法办。"①对此,朱光潜并不完全同意周煦良的看法,但对于他提出的一些富有建设性的论点则给予肯定:"在我们看,理想的诗应能调和语言节奏与音乐节奏的冲突,意义的停顿应与声音的停顿一致,'字组法'与'音组法'的悬殊或不如周先生所想像的那么大。不过周先生的音组代替平仄之说确有特见。从前人似还没有提到这一点的。"②很显然,20 世纪 30 年代的京派作家在《文学杂志》围绕诗歌的一些理论问题进行了深入的探讨,尽管人们的意见并不一致,但对于新诗的发展无疑起到了积极作用。

在致力于新诗理论问题探讨的同时,《文学杂志》也对当时文坛涌现出的新作家和作品给予及时的关注,通过文学批评总结其创作经验和得失,倡导一种独立、自足的审美理想,这和京派文学整体上的审美理想也是吻合的。在《文学杂志》第 1 卷 4 期中,所发表的文学评论有周煦良的《〈北平情歌〉书评》《〈赛金花〉剧本的写实性》;孟实(朱光潜)的《望舒诗稿》《桥》《〈谷〉和〈落日光〉》;刘西渭(李健吾)的《读〈里门拾记〉》;程鹤西的《谈〈桥〉和〈莫须有先生传〉》;常风的《活的中国》《近出小说四种》《春风秋雨》《天下太平》等。另外,朱光潜为每一期所撰写的《编辑后记》中也有不少涉及文学批评的文字。在这些京派批评家看来,以沈从文、林庚、废名、芦焚、何其芳等为代表的京派

---

①　周煦良:《〈北平情歌〉书评》,原载 1937 年《文学杂志》第 1 卷第 2 期。

②　朱光潜:《编辑后记(二)》,《文学杂志》第 1 卷第 2 期。

作家坚守文学理想,排斥文学的功利行为,建构的是一个让人神往、充满美感的艺术世界。废名的长篇小说《桥》是作者花费 10 年心血所写的作品,在田园牧歌式的情调中寄寓着作者对美好人性的留恋。作品充溢着浓重的乌托邦色彩,它的现实感相当单薄,内容也很平淡,同时它在形式上也打破了小说和散文等文体的分野,结构上呈现出很大的跳跃性,这对于大多数的批评家来说都是一种观念上的挑战。因而不少批评家对于这部作品不以为然,甚至严厉指责。然而朱光潜却以宽容的态度对待这部作品,看出了它独有的价值,指出了它与现代主义相通的地方。朱光潜的这些观点对于文学批评而言有着重要的启迪意义,那就是一个批评家不能执拗于自己的独断,对于那些带有前瞻和先锋性质的作品,尤其应该以包容的心态对待。由于朱光潜长期从事美学理论研究,因此他的文学批评常能显出高屋建瓴的特点,他对废名、戴望舒、芦焚等人的作品很多时候把重点放在艺术美学的角度去观察,发现他们的美学风格和审美价值。如他认为废名的小说《桥》隐含着禅宗文化的影响:"'理趣'没有使《桥》倾颓,因为它幸好没有成为'理障'。它没有成为'理障',因为它融化在美妙的意象与高华简练的文字里面。"①无独有偶,另一个批评家程鹤西对废名的《桥》也一样推崇,他说:"一本小说而这样写,在我看来是一种创格。"②朱光潜评论芦焚的作品《谷》和《落日光》时注意到作者由于追求小说抒情化所造成艺术风格上的与众不同:"读《谷》和《落日光》不是一件轻快的事。一泻直下,流利轻便,这不是卢焚先生的当行本色。他爱描写风景人物甚于爱说故事。在写短篇小说时,他仍不免没有脱除写游记和描写类散文的积习。"③与朱光潜的观点相近,李健吾的文学批评也对那种把批评当作裁判和法官的做法极为不满,主张把文学批评当作美的领悟和鉴赏,他在评论芦焚的作品时也是侧重在风格的鉴赏:"他有一颗自觉的心灵,一个不愿与人为伍的艺术的风

---

① 朱光潜:《桥》,原载 1937 年《文学杂志》1 卷 3 期。
② 程鹤西:《谈〈桥〉和〈莫须有先生传〉》,原载 1937 年《文学杂志》第 1 卷第 4 期。
③ 朱光潜:《〈谷〉和〈落日光〉》,原载 1937 年《文学杂志》第 1 卷第 4 期。

格,在拼凑、渲染、编织他的景色,作为人物活动的场所"①。

《文学杂志》的批评家又是开放的,并无门户之见。他们虽然非常关注和推崇京派作家,但它对于其他派别的作家绝不排斥,秉承着客观、公正的原则。比如对于当时在诗坛很有影响的现代派诗人戴望舒,朱光潜一方面细心发现他的成功之处,称赞戴望舒的诗作:"他的诗在华贵之中仍能保持一种可爱的质朴自然的风味。像云雀的歌唱,他的声音是触兴即发,不假着意安排的。""戴望舒先生所以超过现在一般诗人的,我想第一就是他的缺陷——他的单纯,其次就是他的文字的优美。"而对于戴望舒诗作的缺点,朱光潜也不避讳,诚恳地加以指出,认为他的诗作反映的生活面有些狭窄,有些文字过于雕饰:"戴望舒先生对于文字的驾驭是非常驯熟自然,但是过量的富裕流于轻滑以至于散文化,也在所不免。"②其他如常风评论肖军的《第三代》、王统照的《春花》、阿英的《春风秋雨》、杜衡的《漩涡里外》以及周煦良评论夏衍的《赛金花》等,涉及的对象有的甚至是左翼作家,但大都能实事求是地评价,这些都能见出批评家态度的宽容和视野的开阔。

三

《文学杂志》第 1 卷的 4 期中,创作类的作品包含了诗歌、小说、散文、戏剧等文体。总体来看,诗歌的成就最高,散文次之。因为篇幅的限制,《文学杂志》所登载的小说基本上以短篇为主,但也发表了废名长篇小说《桥》的两个章节《萤火》《牵牛花》。戏剧作品最少,只发表了两部:李健吾的独幕剧《一个未登记的同志》和林徽因的多幕剧《梅真与他们》。这些作品中京派作家所占比例非常突出,因而很能够代表京派文学的审美倾向和特征。

《文学杂志》在关注新诗理论的同时,也以很大的篇幅来刊登新诗,所发

---

①　李健吾:《读〈里门拾记〉》,原载 1937 年《文学杂志》第 1 卷第 2 期。
②　朱光潜《〈望舒诗稿〉》,原载 1937 年《文学杂志》第 1 卷第 1 期。

表新诗的作者包括了卞之琳、陆志韦、戴望舒、林庚、废名、林徽因、路易士、曹葆华、冯至、孙毓棠、方令孺等。这些诗人可以说是当时中国诗坛涌现出来的最有冲击力的诗人,其作品呈现出浓重的现代主义诗风,《文学杂志》的这些举动明白表示了其对中国新诗现代性的敏感和支持。京派批评家李健吾曾经对卞之琳、何其芳、李广田等为代表的青年诗人给以很高的评价,尤其称赞他们顺应现代社会的变化,创造出全新的诗歌境界。卞之琳是当时诗坛备受瞩目的青年诗人,也是京派的后起之秀,他的诗作在很多方面都冲击了人们传统的诗学观念,呈现出新鲜、繁复的意象。卞之琳发表在《文学杂志》上诗作有《白螺壳》《第一盏灯》《多少个院落》《足迹》《半岛》等,《白螺壳》是卞之琳的名作,以新奇的意象和艺术构思表达出复杂而幽深的人生哲理:

> 空灵的白螺壳,你,
>
> 孔眼里不留纤尘,
>
> 漏到了我的手里
>
> 却有一千种感情:
>
> 掌心里波涛汹涌,
>
> 我感叹你的神工,
>
> 你的慧心啊,大海,
>
> 你细到可以穿珠!
>
> 我也不禁要惊呼:
>
> "你这个洁癖啊,唉!

诗中的"你""我"等人称代词常常转换,指代的意义也多有不同,表现出哲学上的相对性哲理,这也恰和当时现代派诗歌追求哲理的目标一致。废名虽然以小说见长,但20世纪30年代废名在新诗创作上也有一定成绩,他在《文学杂志》上发表了《十二月十九日夜》《宇宙的衣裳》《喜悦是美》等三首诗,诗作的晦涩与朦胧在现代派诗人中也是特别突出的。如《十二月十九日夜》:

深夜一枝灯，

若高山流水，

有身外之海。

星之空是鸟林，

是花，

是鱼，

是天上的梦，

海是夜的镜子。

思想是一个美人，

是家，

是日，

是月，

是灯，

是炉火，

炉火是墙上的树影，

是冬夜的声音。

这里的文字和思维都呈现出大幅度的跳跃，完全打破了传统意义上人们对于诗歌的理解。他的《宇宙的衣裳》在这方面的想象就更加奇特了，带有明显的禅的哲学色彩：

灯光里我看见宇宙的衣裳，

于是我离开一幅面目不去认识它，

我认得是人类的寂寞，

犹之乎慈母手中线，

游子身上衣，——

宇宙的衣裳，

你就做一盏灯罢，

　　做诞生的玩具送给一个小孩子，

　　且莫说这许多影子。

　　对于废名的诗，朱光潜这样评论："废名先生的诗不容易懂，但是懂得之后，你也许要惊叹它真好。有些诗可以从文字本身去了解，有些诗非先了解作者不可。废名先生富敏感而好苦思，有禅家与道人的风味。他的诗有一个深玄的背景，难懂的是这背景。"①诗人林庚早年的诗作大都是自由诗，并不追求形式的统一，然而后来他的诗作却有了比较大的变化，开始要为诗歌寻求更佳的形式，致力于借鉴中国诗歌传统并进行格律诗体的实验。他发表在《文学杂志》上两首诗《柳下》和《斗室》形式整齐，韵律和谐，语言洗练，形式上是传统的，但表达的情绪却是现代的，某种程度上可以看作他对诗歌深层次问题的探索。与林庚这种新诗实验相仿的是，诗人陆志韦在《文学杂志》发表的《杂样的五拍诗》也是作者长久实验后的收获，内容上立体繁复，富有现代气息，形式上融合中西诗歌的特点，在诗歌节奏使用上有新的贡献。

　　《文学杂志》发表的散文作品最能反映出京派文人温文典雅、闲适的文化心态和纯正、唯美的艺术品位。京派文人虽然大都具有留学海外的阅历和汇通中西的知识结构，但他们在内心深处对中国传统文化精神仍然有着很强的认同感，其作品中往往会表现出儒释道精神的痕迹。周作人此时已经彻底完成了由"叛徒"到"隐士"的角色转变，有大量小品文面世，但他在《文学杂志》上发表的较少，只有《谈笔记》《谈俳文》《再谈俳文》等几篇。这些文章引经据典，有较丰富的知识背景，文笔洒脱老练，流露出恬淡和避世的心理。周作人20世纪30年代写了大量笔记体的文章，他的《谈笔记》一文就从笔记体的历史谈起，对各种笔记进行评点，接着谈到了自己心目中理想的笔记："简单的说，要在文词可观之外再加思想宏大，见识明达，趣味渊雅，懂得人情物理，对于人生与自然能巨细都谈，虫鱼之微小，谣俗之琐屑，与生死大事同样的看

---

①　朱光潜：《编辑后记（二）》，原载1937年《文学杂志》第1卷第2期。

待,却又当作家常话的说给大家听,庶乎其可矣。"①这样的观点对当时林语堂倡导的性灵文学显然是一种应和。其他如俞平伯的《无题》、废名的《随笔》、程鹤西的《灯》《落叶》等在审美心理和情调上与周作人的小品文类似,有较为浓重的隐逸倾向,在一定程度上折射出当时的一些知识分子在暴政和强权高压下多少无奈的人生选择。其他重要的散文还有何其芳的《老人》《树阴下的默想》;钱钟书的《谈交友》、杨季康(杨绛)的《阴》;朱自清的《房东太太》等。何其芳是当时很引人瞩目的诗人和散文家,他的散文集《画梦录》1936年获得了《大公报》文艺奖金,评委会称:"在过去,混杂于幽默小品中间,散文一向给我们的印象多是顺手拈来的即景文章而已。在市场上虽走过红运,在文学部门中,却常为人轻视。《画梦录》的出版雄辩地说明了散文本身怎样是一种独立的艺术制作,有它超达深渊的情趣。"对于散文,朱光潜把它理解为小说戏剧之外带有纯文学意味的文章,而何其芳的散文则完全符合这样的定义。《画梦录》时期的何其芳艺术精致,语言瑰丽,稍后的作品虽然风格有所变化,但艺术上仍然有较高的水准。当何其芳散文集《还乡杂记》的一些篇目在《文学杂志》发表后就引起了朱光潜的兴趣。他评论说:"读何其芳先生的《还乡杂记》常使我们联想到佛朗司的《友人之书》。它们同样留恋于过去的记忆,同样地富于清思敏感,文笔也同样地轻淡新颖,所不同者法朗士浑身是幽默,何其芳先生浑身是严肃。"②值得注意的是,《文学杂志》还意外发现了钱钟书、杨绛的文学才能。除了发表钱钟书的重要文论《中国固有的文学批评的一个特点》之外,还推出了钱钟书的散文《谈交友》和杨绛的《阴》,使得散文的风格更加摇曳多姿。

《文学杂志》的小说虽然稍显逊色,但不多的篇幅中仍可看出编辑者独具匠心的追求。发表的沈从文的《贵生》《大小阮》;杨振声的《抛锚》;废名的《桥》;凌叔华的《八月节》等既各有特色,但在总体上又体现出京派小说的风

---

① 周作人:《谈笔记》,原载1937年《文学杂志》第1卷第1期。
② 朱光潜:《编辑后记(二)》,原载1937年《文学杂志》第1卷第2期。

貌和意蕴。废名小说《桥》的重要性不言而喻,它在很多艺术要素上都对传统的小说观念形成了冲击,朱光潜除了专门撰写评论《桥》的文章外,在所写编辑后记中还提到它在艺术结构上的独创性,即每个章节都可以独立成篇,自成一体。沈从文的《贵生》描写的是作者钟情的湘西风情,赞颂了边地人民人性的淳朴和生命力的强悍,延续了作者多年来对人性的探求,朱光潜称赞说:"他描写一个人或一个情境,看来很细微而实在很简要;他不用修词而文笔却很隽永;他所创造的世界是很真实的而同时也是很理想的。"[1]而他的《大小阮》则表现了作者对现实的关注,通过五四后两个青年的不同命运揭示了人性恶的一面,和以前的作品相比有了较大的转变,作品讽刺的力量也逐渐增强,无疑在沈从文的创作历程中应该占有一定的位置。

朱光潜当年在创办《文学杂志》时,无疑是怀抱着改造中国文化和中国文学的宏大历史使命。他在发刊词中曾踌躇满志地说:"一种宽大自由而严肃的文艺刊物对于现代中国新文艺运动应该负有什么样的使命呢?它应该认清时代的弊病和需要,尽一部分纠正和向导的责任;它应该集合全国作家作分途探险的工作,使人人在自由发展个性之中,仍意识到彼此都望着开发新文艺一个共同目标……"[2]这样的目标的确激动人心。事实上《文学杂志》刚刚创刊就产生了重要影响,发行量达到很可观的数字。虽然刊物生不逢时,稍后爆发的抗战迫使它停刊,使得它宏大的理想没有完全实现,但它埋下的文化种子却仍然在发芽,乃至在抗战结束后重新以新的面貌呈现在人们面前。

第五节 《水星》杂志与中国现代
文学空间的开创

1934 年 10 月,一份并不太起眼的文学刊物在当时的北平诞生了。它封

---

[1] 朱光潜:《编辑后记(一)》,原载 1937 年《文学杂志》第 1 卷第 1 期。
[2] 朱光潜:《我对于本刊的希望》,原载 1937 年《文学杂志》第 1 卷第 1 期。

面简朴而又雅致,就像其所宣称的那样:"开场无白,编后无记,封面无画,正文前无插图,正文中无广告,这个刊物初次露面就不像一本杂志吧,可是我们倒想能这样老老实实的办就这样办下去。"这就是由卞之琳、巴金、靳以等主编的纯文学期刊《水星》。虽然它只出版了2卷9期,持续了不到了一年的时间,但仍然在20世纪二三十年代众多的文学刊物中显示了独特的个性。它孕育了一批优秀的作家和作品,拓展了中国现代文学的空间,在文学的星空中闪耀出光芒。

一

《水星》创办之时,正是中国现代文坛发生重要嬗变的时刻。各种文学思潮、流派此起彼伏,让人应接不暇,代表各种文学理念的刊物也应运而生。20世纪30年代,由于政治和文化环境的影响,一批文化人纷纷从全国各地汇聚到了当时的北平。靳以、巴金从上海来到北平后,充分利用北平学院派的文学力量,依托他们主编的大型文学刊物《文学季刊》,又创办一份小型的文学刊物,这就是《水星》。当时实际负责编辑《水星》的卞之琳先生回忆说:"当时北平的经售书商,见《季刊》销路好,眼红,商请出资另办一个小型纯登创作的文学月刊。《季刊》挂帅人郑振铎、巴金和主要负责人靳以,乐得有一个'副刊',因为有同一个菜源,只需一副炉灶、一副人手。"[①]然而,真正的办刊动机并非如此简单。

《水星》和其他刊物有着明显的不同。它并没有公开亮出自己的旗帜,也没有公开倡导某一种文学理想,但实际上它仍然有着自己清晰的办刊理念和艺术理想。卞之琳曾经在事后回忆说,当时为这个刊物起名时真是煞费苦心,花了不少心思:"我们不准备拟发刊词之类;刊物名字却总得想一个。一个夜晚,我们不限于名为编委的几个人,到北海五龙亭喝茶……一壶两壶清茶之

---

① 卞之琳:《星水微茫忆〈水星〉》,《读书》1983 年第 10 期。

间,我们提出了一些刊物名字。"①《水星》在类似编辑后记中的一段话,叙述了其为刊物命名的经过和动机,就在一定程度上表露了该刊的宗旨:"刊物名字太难取,我们那一晚在某处座谈,也许是举头见星,低头见水的缘故,有人提议叫作水星。大家觉得还来得别致,'水星'就'水星'吧。实在我们并不想学La Mercure de France,London Mercury, American Mercury,这几种刊物名字译作'水星'根本就不妥,虽然在中国大家都这么译下来了……总之,这个小刊物用了'水星'的名字,正如八大行星中这个小行星用了神使 Mercury 的名字,也正如人名字叫作阿狗阿猫——记号而已。"②它以行星水星来命名刊物,本身就暗示了其在喧嚣嘈杂的世界中寻找脱离尘俗的宁静和本真,也象征了其致力文学纯正性的艺术追求。它不登广告,不发表宣言,不发评论文章等诸多特点都表明它执着于澄澈明净艺术理想的努力,这和当时许多运用商业手段来办刊的文学期刊也是迥然不同的。寻求文学的独立性,这也许就是它最重要的个性。

除了这种纯正的文学理想之外,《水星》的创刊还肩负着另外一项重要的使命,那就是沟通"京派"和"海派"文人之间的联系,消除他们之间曾经的隔阂和争论。1933 年 10 月,京派文人沈从文在天津《大公报》文艺副刊发表了《文学者的态度》一文,批评了一些作家以"玩票白相"的态度来从事文学,玷污了文学的神圣和庄严。虽然沈从文这篇文章并非只针对上海的作家,但仍然招致了上海一些作家的激烈反应,杜衡在《文人在上海》一文中进行了回击。接着,沈从文则又写了《论"海派"》《关于"海派"》等文章对所谓海派作家进行了更为激烈的批评,他用颇为鄙夷的态度说:"'海派'这个名词,因为它承袭了一个带点儿历史性的恶意,一般人对于这个名词缺少尊敬是很显然的。过去的'海派'与'礼拜六派'不能分开。那是一样东西的两种称呼。'名

---

① 卞之琳:《星水微茫忆〈水星〉》,《读书》1983 年第 10 期。
② 原载 1934 年 11 月 10 日《水星》第 1 卷第 2 期。

士才情'与'商业竞卖'相结合,便成立了吾人今日对于海派这个名词的概念。"①虽然沈从文在文章中也曾经试图把大多数居住在上海的作家和他眼中的这种海派作家区分开来,但实际上的效果并不理想,他和杜衡打的这场笔墨官司远远超出了两人的范围。再加上沈从文一味苛求海派作家、对京派文人则相对宽容,因而也引起了不少上海作家的不满,甚至一些左翼作家也卷入到这场论争中,论争的主题也由文学而延伸到文人习气、作风等,很多时候不无意气的成分。由于这场广泛的争论,"京派文人"和"海派作家"之间无形之中出现了矛盾和对立,这对文坛的团结是非常不利的。而此时居住在上海的郑振铎、靳以、巴金等都先后来到了北平,他们深感有必要在京派和海派作家之间沟通,化解矛盾。卞之琳回忆说:"当时北平与上海,学院与文坛,两者之间,有一道无形的鸿沟。尽管一则主要是保守的,一则主要是进步的,一般说来,都是爱国的,正直的,所以搭桥不难。"②萧乾也回忆说:"巴金和郑振铎的北来打破了那时存在过的京、海二派的畛域。"③我们从《水星》列名的六位编委会名单就能清楚地看出这种倾向。这六位编者是:卞之琳、巴金、沈从文、李健吾、靳以、郑振铎。其中巴金、郑振铎、靳以以前较长时间待在上海,此时则都由上海来到北平;而李健吾、沈从文和卞之琳的文学活动主要在北平,此时他们共同组成编委会,本身就说明了京派和海派作家之间是可以摒弃前嫌,合作共事的,卞之琳后来的回忆更证明了这一点:"我们没有想拟发刊词,无言中一致想求同存异,各放异彩。不是要办同人刊物,却自有一种倾向性——团结多数,对外开放,造船搭桥。《文学季刊》先这样办了,也就给它的附属月刊定了调子。"④

---

① 沈从文:《论"海派"》,《沈从文全集》第 17 卷,第 54 页。
② 卞之琳:《星水微茫忆〈水星〉》,《读书》1983 年第 10 期。
③ 萧乾:《挚友、益友和畏友巴金》,《萧乾全集》第 4 卷,湖北人民出版社 2005 年版,第 252 页。
④ 卞之琳:《星水微茫忆〈水星〉》,《读书》1983 年第 10 期。

不仅《水星》编委会的成员实现了这样的团结,而且从它刊发作品的作者名单也都验证了这样的努力。综观《水星》的作者群,既有长期生活在北平、京派气味浓厚的周作人、废名、芦焚、梁宗岱、卞之琳、李健吾、沈从文、何其芳、李广田、孙毓堂、萧乾、程鹤西、杜南星、吴伯箫、林庚、曹葆华等人,也有茅盾、艾芜、陈荒煤、张天翼、臧克家、丽尼、丘东平、何家槐、蹇先艾等非京派的作家,其中不少是居住上海的左翼作家,这样的作家队伍显示了《水星》的包容和开放性:"从这个不全的名单就可以想见诗文内容和风格是形形色色的。也足见刊物自有并无排他性的特点。"①这种开放性的办刊方针最大程度地团结了作家,更形成了文学多彩多姿的风貌。

二

虽然《水星》编者反复声明他们所发表的稿件源自作者的自然投稿,但同时又承认它是一个同人刊物。既然是一个同人刊物,它当然有着自己的偏好和有意识的追求,甚至会有意识地扶持一批作者,这是无可厚非的。事实上,虽然在《水星》上发表的作者较多,但构成这个刊物核心作者的却主要是居住在北平的学者、作家和大学生,因而京派的色彩相当浓厚,在很大程度上聚集了当时主要的京派作家。比如在这个刊物上发表三篇以上的作者有巴金、靳以、沈从文、李健吾、郑振铎、卞之琳、李广田、何其芳、杜南星、萧乾、芦焚等,这里面的沈从文、卞之琳、李广田、何其芳、杜南星、李健吾、萧乾等基本上是北京大学、清华大学、燕京大学等几所高校的师生;其他在该刊物上发表文章相对较多的作者中,周作人、废名、程鹤西、吴伯箫、罗念生、老舍、朱自清、梁宗岱、辛笛、冰心、曹葆华等也同样具有这样学院派的背景。20 世纪 30 年代的北平虽然不再是政治中心,但它聚集的众多一流大学和文化机构使其成为重要的文化中心,这里是名流学者和教育机构的汇聚场所,很多对文学怀抱热情的作

---

① 卞之琳:《星水微茫忆〈水星〉》,《读书》1983 年第 10 期。

者通过大学、文学沙龙、文学期刊等知识场域实现了自己的理想。例如,由于郑振铎的影响,他所主编的《文学季刊》的很多作者来自燕京大学和清华大学;有一段时间,《文学季刊》和《水星》编辑部所在地北海三座门大街 14 号就成为青年学子向往的场所。萧乾的回忆也证明了这一点:"我经常去的是三座门十四号。那是《水星》和《文学季刊》的编辑部,住着巴金、靳以。在那里,不时地会遇到郑振铎、卞之琳和何其芳。"①其中诗人辛笛也是这样的一位青年,当时辛笛在清华大学读书,每逢周末就常到三座门大街来玩,认识了卞之琳等人,并开始向《水星》投稿。卞之琳因为发表诗作的关系认识了何其芳、李广田,随后何其芳、李广田也成了《水星》的重要作者。这种经由大学同学、师生之间的互相引见、介绍进一步扩大了《水星》学院派的作者圈子。与此同时,《水星》的编辑还主动出击,向当时已经有很大名声的京派作家约稿,卞之琳回忆当初向周作人约稿的情形时说:"当时我协助靳以执编《文学季刊》,主要分担附属创作月刊(即《水星》)的编务,找知堂老人约稿,由与他相识的李广田陪去八道湾,承老先生慨允供稿。"②周作人应约在《水星》上发表了《骨董小记》《论语小记》和《关于画廊》等小品文。主要由北平学院派构成的作者队伍,一方面保证了刊物纯正、高雅的艺术格调,同时也使《水星》刚一问世就得到了京派同人的关注和好评。京派作家的主要代表人物沈从文在《水星》创刊的当月就撰文在刊物上予以介绍,称其"在国内可谓一极理想刊物,内容以纯创作为主。第一期单是小说就有六篇……内容结实,为年来任何文学刊物所不及"③。欣喜和赞赏之情溢于言表。

《水星》不仅汇聚了当时京派阵营的主要作家,而且其发表的作品也在相当程度上体现出京派文学的艺术特征:如格调高雅、纯正;风格冲淡、平和,在温婉的笔调中挖掘出淳朴而原始的人性美,始终追寻着一种优美、健康、自然

---

① 萧乾:《萧乾回忆录》,中国工人出版社 2005 年版,第 53—54 页。版本下同。
② 卞之琳:《毕竟是文章误我,我误文章》,载《收获》1994 年第 2 期。
③ 沈从文:《新刊介绍》,载 1934 年 10 月 24 日《大公报·文艺》第 113 期。

的人性理想。这在《水星》所发表的京派作家的小说、散文中表现得最为明显。像萧乾的《俘虏》(第 1 卷第 1 期)、李广田的《种菜将军》(第 1 卷第 1 期)和《花鸟舅爷》(第 1 卷第 6 期)、沈从文的《虎雏再遇记》(第 1 卷第 1 期)、《湘行散记》(第 2 卷第 1、2 期)、李健吾的《看坟人》(第 1 卷第 2 期)等都是此类的作品。萧乾的《俘虏》以童年的生活为题材,赞颂了孩子之间纯洁、天真的友情,正如有的学者所指出的,京派作家喜欢以儿童生活为题材,这正是他们追求美好人性、抗拒都市文明的流露,因为这种淳朴、美好的人性往往在儿童身上表现得最为自然。沈从文的《虎雏再遇记》《湘行散记》一如既往延续着作家对生命和人性尊严的思考,在歌颂湘西原始文明所孕育的健康、充满活力生命的同时也融入了作家隐隐的担忧。实际上,京派作家所表现的这种原始文明更多地带有一种牧歌的情调,在现代文明的侵蚀和冲击下已经摇摇欲坠,悲剧不可避免地出现。李广田的《种菜将军》悲凉的结局就为它做了最好的注解。《种菜将军》中的"将军"曾经是一个受人尊重、风光无限的民团团长,他善良而富有人情味,然而在时代巨变的裹挟和冲击下,他不可避免地陷入悲剧的命运,晚景凄凉,穷困而死。《水星》中的这类作品和京派作家所孜孜以求的文学理想显然不谋而合。

《水星》中还有不少作品写得优雅、散淡,富有知识含量,在平淡的笔调中透露出一份超脱、闲适的文化心态。如吴伯箫的《天冬草》(第 1 卷第 1 期),周作人的《骨董小记》(第 1 卷第 2 期)、《论语小记》(第 1 卷第 4 期)、《关于画廊》(第 1 卷第 6 期),李广田的《画廊》(第 1 卷第 2 期),程鹤西的《小草》(第 1 卷第 2 期),卞之琳的《年画》(第 1 卷第 4 期),何其芳的《魔术草》(第 2 卷第 1 期)等等,这些作品和当时风云激荡的现实几乎没有任何的关涉,这恰巧是对京派文学审美理想的诠释。京派理论家坚持超功利、超现实的文学自由观,在文学的审美理想和境界上则倡导静穆、悠远、平淡的美学主张。京派理论家朱光潜曾经较为系统地阐释过这些观点,他说:"艺术的最高境界都不在热烈……'静穆'是一种豁然大悟,得到皈依的心情。它好比低眉默想的观音大士,超一切忧喜。同时你也可说它泯化一切忧喜。这种境界在中国诗里不多见……陶潜浑身是'静穆',所以他伟大。"①周作人也把"平淡自然"这种脱俗的境界视为艺术的最高理想:"我近来作文极慕平淡自然的景地。"②此时的周作人政治上的保守、调和,使得他的文化心态趋向中庸,周作人在《水星》上发表的《骨董小记》《论语小记》和《关于画廊》这三篇小品文都是这种心态的写照。卞之琳先生多年后还认为这些作品仍然是耐读的,并没有失去其应有的艺术价值。《水星》上所发表的这类作品,虽然少了一些剑拔弩张的气势,但在艺术的审美境界上却有独特的地方,不失为成功之作。

除了刊发大量的京派小说和散文之外,《水星》所发表的京派诗歌数量更多,艺术的成就更为突出,尤其是在新诗的现代性探索上贡献很大,这也可以视为《水星》杂志最重要的文学收获之一。中国新诗自从 20 世纪 20 年代开始,出现了一些受到西方现代派诗歌影响的诗作,而到了 20 世纪 30 年代,这种努力就更为自觉和明显,当时的不少学者都曾经指出这种现代性追求对于中国新诗的重要意义和历史必然性。在这种理论背景下,京派诗人卞之琳、废名、林庚、何其芳、李广田、孙毓棠、杜南星、程鹤西等人的作品都致力于新诗现代性的实践,与中国新诗开创期的面貌有着天壤之别。如卞之琳发表在《水星》上的《道旁》(第 1 卷第 2 期)、《水成岩》(第 1 卷第 5 期),林庚的《都市的楼》(第 1 卷第 1 期)、《炉旁梦语》(第 1 卷第 6 期),何其芳的《砌虫》(第 1 卷第 1 期)、《扇》(第 1 卷第 6 期)、《箜篌引》(第 2 卷第 3 期),废名的《花盆》(第 1 卷第 2 期),(杜)南星《石像辞》(第 1 卷第 2 期)、《庭院》(第 1 卷第 3 期),孙毓堂的《河》(第 1 卷第 5 期),梁宗岱的《夜与昼之交》(第 1 卷第 5 期),辛笛的《冬夜在西山》(第 1 卷第 5 期),李广田的《笑的种子》(第 1 卷第 6 期)、曹葆华的《火车上》(第 2 卷第 1 期)《石阶》(第 2 卷第 1 期)等等。这

---

① 朱光潜:《说"曲终人不见,江上数峰青"》,《中学生》1935 年 12 月第 60 期。

② 周作人:《雨天的书·序二》,《周作人自编文集·苦雨斋序跋文》,河北教育出版社 2002 年版,第 26 页。

些诗作多半不再采用传统的抒情方式,而是运用暗示和繁复的意象来表达现代人的复杂情绪,以客观象征主观,具有知性的特点。像林庚的《炉旁梦语》:

冬天黄昏里的炉旁

燃着若青春之火焰的

谁是冥想者的过客

轻轻的若在窗外了

孤寂是一点罪过,开着地狱的门

与天堂的门相遥对着

冬天的黄昏里且有着睡意

惊醒在无色的喧哗里

这首诗是很难确切回答它的意思,但人们在飘忽的语句、朦胧的诗意中还是可以体会出现代人的迷茫和孤寂心理。还有废名的《花盆》这首诗:

池塘生春草,

池上一棵树,

树言,

"我以前是一颗种子。"

草言,

"我们都是一个生命。"

植树的人走了来,

看树道,

"我的树真长得高,——

"我不知哪里是我的墓?"

他仿佛想将一钵花端进去。

废名的这首诗在语言上看似没有特别的新奇,但它实际上是用极俗的文字表现了极为玄妙、富有哲学意味的命题,是作者对宇宙、生命的参悟和体验,是现代人的困惑和思考,和20世纪30年代现代诗的内涵是吻合的。反之,

《水星》在其出版的 9 期中,几乎没有刊登过较为传统的诗歌作品,从中不难看出编委们志在新诗现代性的探索。正是由于《水星》编委们的努力,京派的诗歌呈现出很高的艺术水准,有了一种穿越时空的恒定艺术之美。

三

《水星》是一个同人刊物,但并不是一个宗派刊物,它办刊的方针是开放性的。它在致力于展现京派文学的学院派特点之外,也对其他文学流派和风格的作品表现出兴趣,尤其是对具有强烈社会现实性的作品以不小的扶持,使其在纯正文学理想的追寻中增添了现实因素,具有了深广的人间情怀。

在 20 世纪中国文学的格局中,具有左翼文学背景的现实主义文学产生了广泛而深远的影响。周起应(周扬)大力倡导文学的真实性:"对于社会的现实取着客观的,唯物论的态度,大胆地赤裸地暴露社会发展的内在矛盾,揭穿所有的假面,这就是到文学的真实之路。"[1]茅盾则要求作家们在创作时应该把握作品的时代性,使自己的作品反映出时代运动的趋势和规律:"一篇小说之有无时代性,并不能仅仅以是否描写到时代空气为满足;连时代空气都表现不出的作品,即使写得很美丽,只不过成为资产阶级文艺的玩意儿。所谓时代性,我以为,在表现了时代空气而外,还应该有两个要义:一是时代给与人们以怎样的影响,二是人们的集团的活力又怎样地将时代推进了新方向。"[2]这样的要求在《水星》上同样反映出来。《水星》的编委中,靳以、巴金和郑振铎都是深受左翼文学影响的作家;在《水星》的作者群中,除了京派作家之外,左翼作家和以表现社会真实为主旨的作家阵营也相当可观,如:茅盾、张天翼、塞先艾、何家槐、艾芜、老舍、邱东平、荒煤、臧克家、万迪鹤、朱雯等。难怪多年后卞之琳回忆这段经历时认为《水星》上发表作品的大多数作家思想都有进步倾向,后来纷纷走上了革命道路,邱东平更是走上战场,一腔热血洒在了抗日的

---

① 周起应:《文学的真实性》,载 1933 年 5 月《现代》第 3 卷第 1 期。
② 茅盾:《读〈倪焕之〉》,载 1929 年《文学周报》第 8 卷第 20 号。

最前线。

《水星》发表的这类作品中,描写底层民众疾苦的题材占了很大的比重,从一个侧面揭示了当时中国黑暗的社会现实,对统治阶级的罪恶进行了无形的控诉,也客观展示了中国社会尖锐的阶级矛盾和阶级对立。万迪鹤的《劈刺》(第1卷第2期)描写了军队底层士兵的生活。一个被拉夫到军队当兵的人,到了军队后慢慢泯灭了人性,竟然在战场上无情地杀掉了自己的叔叔,即使面对叔叔的百般求饶也不放过,堕落的人性让人震惊;蹇先艾的《灯捐》(第1卷第5期)则描写贵州穷苦的人民被无休无止的捐税榨干了最后一滴血;张天翼的《呈报》(第1卷第4期)则写出了官吏面对人民的灾难无动于衷,丝毫也不因灾荒而免除他们的赋税。此类的作品还有很多,像何家槐描写监狱犯人生活的《木匠》(第1卷第1期),荒煤描写底层水手生活的《刘麻木》(第1卷第3期)、沈着的《失业》(第2卷第3期)、蹇先艾《看守韩通》(第1卷第3期)、《两个不幸的人》(第2卷第3期)、邱东平的《赌徒》(第1卷第5期)等等。与此同时,还有一些作家在描写底层人物生活悲剧的时候,并没有忽略他们身上存在的种种弱点,尤其是精神上的愚昧、麻木,缺乏抗争精神等,把社会批判和国民性的改造结合在了一起。老舍的《毛毛虫》(第1卷第4期)、《邻居们》(第2卷第1期)在不乏幽默的笔调中讽刺了小市民的短视、庸俗;张天的《二磨》(第1卷第6期)中的主人公二磨是一个穷苦然又麻木的农民,他有句口头禅:"管他娘嫁谁,咱跟着喝喜酒。"实际上是逃避现实、自我麻木的心态,然而这样的逃避并不能保护自己,最终还是被抓走,实际上也宣告了这种阿Q式生存方式的破产,读来让人深思。

特别值得一提的是,以前很少关注此类题材的作家如靳以、芦焚、萧乾等,在《水星》上也都发表了不少关注现实题材的作品。如萧乾的《篱下》(第1卷第2期),芦焚的《寒食节》(第1卷第5期),靳以的《泥路》(第1卷第2期)、《求乞者》(第1卷第3期)、《茫雾》(第1卷第4期)等,都在较为开阔的时空背景下描写了社会底层小人物的辛酸、农村的凋敝和落后,增强了批判的色彩。这种情况的出现并非偶然,它是五四为人生派文学和当时兴起的普罗文学运动的延续和发展。《水星》在 1934 年 10 月的创刊号上刊载了几位作家的序言和题记很有代表性,明显反映出时代波动对作家创作发生的影响。郑振铎在《刀剑集》抨击文坛上存在的"腐化"和"恶化"的倾向;臧克家在诗集《罪恶的黑手》序言中也开始把笔触伸向乡村,"画出了一个破碎恐怖的乡村的面孔。"靳以则更清晰地表露了自己创作转向的原因:"现在我是走进社会的圈子里来了,这里,少男少女已经不是事件的核心。这里有各式各样活动着的人,在不同的生活方式之下,他们各有自己的苦痛,这种苦痛也是为我所习见的,为了想知道更多一点,我也曾更细心地观察……于是我深深地悟到展在我眼前的已不是那狭小的周遭,而是广大无垠的天地。只要我能张开我的眼睛,那将有无穷无尽的事物在我眼前涌现。"而且他断然宣布,《虫蚀》"将结束了我旧日的作品"。① 因而他发表在《水星》上的作品已经和早期重在人性解剖、描写知识分子个人心迹的作品有了很大的不同,在更深的社会层面展现悲剧的成因,调子苍凉而悲愤。

《水星》发表的作品还有不少洋溢着爱国主义情感,对帝国主义殖民侵略的痛恨,拓展了文学表达的领域,如靳以的《离群者》(第 1 卷第 1 期)、《亡乡人》(第 1 卷第 5 期)和萧乾的《皈依》(第 1 期第 6 期)等。靳以的这两部小说都以"九一八"事件为背景,着重表现了东北沦陷给人民带来的灾难和巨大精神冲击。萧乾的《皈依》则以文学史上较为少见的宗教为题材,揭露了西方传教士的虚伪、无耻,反抗的情绪是非常强烈的。

毫无疑问,20 世纪二三十年代的中国文学在审美形式上看更多的是一种"力"的文学,这是由当时特定的时空条件所决定的。李健吾曾说:"时代和政治不容我们具有艺术家的公平(不是人的公平)。我们处在一个神人共怒的时代,情感比理智旺,热比冷要容易。我们正义的感觉加强我们的情感,却没

---

① 靳以:《〈虫蚀〉题记》,《水星》第 1 卷第 1 期。

有增进一个艺术家所需要的平静的心境。"①这样的审美心态,必然带来不少作品没有顾及艺术的审美本质和规律,从而导致作品不同程度地充斥着概念化的倾向,影响了作品的价值。总的看来,《水星》所发表的此类作品同样存在这样的缺陷,如缺乏深度开掘,对社会现象的揭露大都停留在表面,只是浮光掠影地描写,很少给人以灵魂的震撼;有的作家受到当时流行的唯物辩证法创作方法的影响,用观念图解现实的痕迹相当明显。艺术手段大多较为粗糙,缺乏典型化的概括,没有能够奉献出像阿Q、闰土、祥林嫂、祥子等经典的人物形象。与《水星》上发表的圆熟、纯正的京派作品比较起来,艺术的差距也是较为明显的。

《水星》的编委们原本抱着极大的热情和信心来创办这个刊物,但后来却发生了种种变故,编委们也各奔东西。刊物主要的负责人之一卞之琳由于生活压力原因,在编了《水星》第1卷第6期后到了日本,而巴金也已经较早去了那里,主要的编委只剩下了靳以。后来靳以也离开北平到了上海,《水星》出版到第2卷第9期的时候正式停刊。《水星》存在的时间虽然短暂,但由于当时相对宽松的政治和文化氛围,它成为一个包容、风格多样而又有独特个性的刊物。不仅成为京派文学的重镇,也为不同政治信仰、不同艺术追求的人们提供了文学阵地,丰富了20世纪30年代中国的文学版图。

---

① 李健吾:《咀华集·八月的乡村》,《李健吾文学评论选》,第147页。

第三章　京派文学与民国时期的大学

　　作为现代知识分子的主要栖身之处,大学无疑在现代社会中扮演着极为重要的角色,其对社会的政治、文化、审美、心理乃至精神气质、价值尺度等都产生了巨大的影响。从某种意义上来说,也对文学的体制、机制、形态、气度都发挥着越来越明显的作用,文学和大学之间形成了密不可分的血肉联系。"一般说来,当文学处于变革、开创时期,常常从大学文化那里,获得打破旧文化的束缚的精神武器与力量,同时得到新的文化理想,新思维、新观念、新的想象与创造力,新的精神与学术的资源。而当文学发展到一定的阶段,又需要通过进入(大、中、小学)教育体制,转化为历史与知识,既积淀为传统,又形成新的规范,成为新一代继承传统文化,学习民族语言的范本"①。因此,考察中国现代文学,它与中国现代大学的关系是不可回避的课题。

　　世界的近现代大学起源于基督教修道院与城市行业工会的结合。"大学"是拉丁文"universitas"一词的译名,本意是传授知识技艺的联合体,现在专指 12 世纪末在欧洲出现的一种高等教育机构,后来逐步演化为现代意义上的大学。在大学的历史发展进程中,它逐渐形成了一整套严密的知识体系和价值体系。从其最本质的意义上来说,大学的精神在于它对世俗的超越,在于它

---

　　①　钱理群:《〈二十世纪中国文学与大学文化〉丛书序》,见王培元:《抗战时期的延安鲁艺》,广西师范大学出版社 1999 年版,第 19 页。

对真理的追求,即"为知识而知识",也就是古希腊最高科学"哲学"(phliosopaia)的本性。这种对知识、真理、独立、自由等价值的追求构成了大学精神中最核心的精髓、灵魂。学者艾伦·布鲁姆曾这样描述过他的母校芝加哥大学:"组成芝加哥大学的是一群仿哥特式的建筑物……它们指向一条路,这条路通向伟人会面的地方……这是一个最沉溺于实际生活的民族向沉思生活表达的敬意……由于这些殿堂被赋予了先知与圣人的精神。因而有别于其他的处所。如果不计其精神的话,这些殿堂具有与普通房舍相同的许多功能,然而由于信仰之故,它们至今还是圣殿。一旦信仰消失,先哲与圣人传播的经典成为无稽之谈时,即使房舍中活动不断,圣殿也不再成其为殿堂了。"①栖息在这片精神的乐土,无数知识分子创造出璀璨的学术成果;同样,大学也因知识分子的聚集变得灵动而富有生命的气息。

第一节　京派知识分子与大学校园文学

自从蔡元培先生执掌北京大学并进行大刀阔斧的改革后,北京大学成为中国新文化运动的大本营,也使得北京由旧文化的堡垒而变为新文化的中心,从而成为无数知识分子的梦想之地。正是北京大学、清华大学、燕京大学等一批现代意义上大学的建立,北京的学术文化在 20 世纪 30 年代迎来了一个黄金时期,成为精英文化的催生场所。有学者在谈到大学对于城市文化生态的意义时曾说:"具有现代意义的大学,是在社会结构变迁和功能分化过程中,取代传统的宗教或政治权威,更新发展思想文化,重建价值准则和意识形态的中心机构。以大学为中心,形成并确立知识权威于是成为社会现代化的重要指标。"②历史学家何炳棣晚年曾这样回忆自己当年在清华的校园生活:"如果

---

① [美]A.布鲁姆:《走向封闭的美国精神》,缪青译,中国社会科学出版社 1994 年版,第291 页。
② 杨东平:《城市季风》,第 143 页。

我今生曾进过'天堂',那'天堂'只可能是 1934—1937 年间的清华园。天堂不但必须具有优美的自然环境和充裕的物质资源,而且还须能供给一个精神环境,使寄居者能持续地提升他的自律意志和对前程的信心。几度政治风暴也不能抹杀这个事实:我最好的年华是在清华这人间'伊甸园'里度过的。"①何炳棣先生这里谈及的清华大学的情形正是大学精神魅力所在,也是 20 世纪 30 年代中国著名大学的真实写照。京派文人正是依托北京众多著名大学浓郁的人文氛围、宽松、自由的学术空气,精深的学术传统而成就了自己的学术理想和文学理想;而他们的存在也使得北方多少有些寂寞的文学焕发出新的生机,大学校园的文学社团层出不穷,大学校园文化日趋繁盛,大批文坛上的新秀开始崭露头角。

一

五四新文化运动之后,北京的文学空气是非常浓郁的,活跃着一大批的文学刊物和作家。沈从文在 1926 年所写的《北京之文艺刊物及作者》一文曾说当时的文学期刊不下 50 余种。他在文章中列举了《晨报副刊》《京报副刊》《民报副刊》《莽原》《现代评论》《猛进》《清华文艺季刊》《骆驼》《狂飙》《雨丝》《沉钟》《燕大周刊》《文学周刊》《艺林旬刊》《文学旬刊》等等;而活跃在北京文坛的作家更是举不胜举。但是,随着国民政府首都 1928 年南迁,南京取代北京而成为中国新的政治中心,再加上北方军阀的专制统治和经济凋敝,大批文人曾经一度纷纷离开北京,一大批的文学刊物也相继停刊。这方面比较典型的如《语丝》。《语丝》1924 年 11 月在北京创刊,前 3 年由周作人主编,曾经汇聚过鲁迅、林语堂、周作人、俞平伯、钱玄同、刘半农等一批有影响的作家,在当时的文坛很有影响。但 1927 年奉系军阀头子张作霖查禁和封闭了该刊物,使该刊物在北京无法继续出版。这种情况的出现直接导致北方的文坛

---

① 何炳棣:《读史阅世六十年》,广西师范大学出版社 2005 年版,第 91 页。

比起当时的上海文坛落寞了不少。

但是,到了 30 年代,北京的文坛出现了明显的变化,许多知识分子、作家又开始逐渐聚拢在北京,其中相当一部分是京派文人。比如作为京派文人集团灵魂人物之一的林徽因于 1930 年从沈阳的东北大学回到北京;诗人、批评家梁宗岱在法国留学多年后于 1931 年回国任北京大学教授;叶公超 1930 年开始担任清华大学教授,兼任北京大学讲师;1933 年,留学海外多年的朱光潜、李健吾开始回国,与此同时,杨振声、梁实秋、沈从文、闻一多等从山东青岛回到北京。再加上以前留在北京的周作人、俞平伯、废名等人,阵容已经相当可观。这些京派文人主要分布在北京的北京大学、清华大学和燕京大学等著名学府,他们的到来促使大学的校园文化呈现出全新的、充满生机的面貌,知识分子的启蒙精神和社会参与意识也得到空前的展示。

清华大学作为中国现代最著名的大学之一,其在中国大学的发展史上占据极为重要的位置,成为大师辈出、人文荟萃的摇篮。不仅如此,清华大学早年的校园文学十分发达,"无论是文艺社团、刊物还是文学创作,都在现代文学史上留下醒目的印痕,清华园为文学界输送了众多'大学才子'"①。清华大学创建于 1911 年,前身为"清华学堂",辛亥革命后改名为"清华学校",1928 年更名为"国立清华大学"。清华的创办具有"庚子赔款"的历史背景,因此带有较强的西方文化背景。"当年的学生大都有扎实的古典文学根底,进校后不但生活在西式的图书馆、大礼堂、实验室之中,而且任教的老师、阅读的书籍不少也都直接来自英美,西方最先锋的文学潮流和当红作品几乎同时在清华园流行着。早一步出国留学的同学更是不断地传回西方文化气息——《清华周刊》上有著名的'旅美通信'、'留法通信'、'海外文坛信息'等栏目。这使清华学生能够毫无障碍地感受与借鉴世界最新文学思潮,在保持传统文

① 张玲霞:《清华校园文学论稿(1911—1949)》,清华大学出版社 2002 年版,第 1 页。版本下同。

化的基础上吸收与消化西方文化的精华"①。特别是梅贻琦1931年至1937年就任清华大学校长期间,他进行了一系列的教育改革,如崇尚学术自由、重视人才培养、推行通才教育等。梅贻琦特别强调学术大师对大学至关重要的作用:"一个大学之所以为大学,全在于有没有好教授……'所谓大学者,非谓有大楼之谓也,有大师之谓也'。我们的知识,固赖于教授的指导指点,就是我们的精神修养,亦全赖有教授的 inspiration。"②在这些措施乃至梅贻琦个人人格魅力的感召下,20世纪30年代的清华大学进入学术最鼎盛的时期,大批知名教授云集于此,单是文科领域就有陈寅恪、朱自清、杨振声、俞平伯、浦江清、闻一多、金岳霖、梁思成、冯友兰、雷海宗、叶公超、吴宓、王文显、李健吾、梁实秋等,他们当中不少属于京派文人或与京派文人有着密切的关系。同时,清华的校园里也活跃着曹禺、罗念生、饶孟侃、罗皑岚、曹葆华、孙毓堂、林庚、季羡林、李长之、杨联陞、吴组缃、辛笛等大批青年作家、诗人的身影,清华的校园充满着诗意和青春的气息,让人神往。曹禺当年的一篇文章对清华的校园氛围有着这样动人的描述:"我怀念清华大学的图书馆,时常在我怎么想都是一片糊涂账的时候,感谢一位姓金的管理员,允许我进书库随意浏览看不尽的书籍和画册……我感谢水木清华这美妙无比的大花园里的花花草草。在想到头痛欲裂的时刻,我走出图书馆才觉出春风、杨柳、浅溪、白石、水波上浮荡的黄嘴雏鸭,感到韶华青春、自由的气息迎面而来。奇怪,有时写得太舒畅了,又要跑出图书馆,爬上不远的土坡,在清凉的绿草上躺着,呆望着蓝天白云,一回头又张望着暮霭中忽紫忽青忽而粉红的远山石塔,在迷雾中消失。"③清华的同学在20世纪30年代曾写了一组散文《清华风景线》,对清华的校园生活也有精彩的描写:

　　清华园里,没有夏天和冬天。

① 张玲霞:《清华校园文学论稿(1911—1949)》,第6页。
② 见1931年12月4日《国立清华大学校刊》第341号。
③ 田本相:《曹禺传》,北京十月文艺出版社1988年,第143页。

　　天上飞去的云彩,林中点点的灯光,似是造化神手在刻意地描写他的杰作,无论是山隈、水涯、马路上、花丛中,都会逗引行人的魂灵。听微风飘来了美妙的歌声,又怎会不轻轻地堕入幻梦之乡?

　　这儿有山野林间的风味,有 20 世纪炫目夺眼的文明,华丽壮伟的建筑,散落在绿茵深处,岂不是东西文化的浑融? 岂不是诗与真理的调和?①

　　在这种文化氛围的孕育和熏陶下,20 世纪 30 年代清华的校园文学刊物、社团、文学创作等都极为活跃,京派文人在其中的贡献也是有目共睹。

　　在五四新文化运动的影响下,清华先后涌现出不少文艺刊物,其中重要的有《清华文艺》《清华周刊》《文艺月刊》等。此外,由叶公超等发起创办的刊物《学文》杂志实际上也是依托于清华大学,核心成员都是清华的师生。这些刊物先后发表过不少优秀的文学作品,对新文学的发展有着切实的贡献,构成了清华校园文学的风景。

　　《清华文艺》是清华最早的文艺专刊,它实际上是由《清华周刊》上的《文艺增刊》改名而成的。《清华文艺》创刊于 1925 年,总编辑为清华的学生罗皑岚。1926 年一度停刊,1927 年又恢复出版。1925 年 9 月印行的第 1 卷第 1 号的发刊词谈到它的文学理想和追求:"第一,注重中国旧文艺的整理。""第二,注重西洋文艺的翻译和介绍。""第三,注重时下作品的批评。""第四,注重清华生活的描写……相信一个清华学生描写一段清华生活,一定比谈不知道不了解的事情,有趣得多。""第五,登载有趣的笔记笑谈。"②《清华文艺》上的栏目包括文艺批评和介绍、诗歌、小说、戏剧、杂谈等。值得注意的是,在 1927 年出版的《清华文艺》的 5 期来看,不少京派的作家开始在这个刊物上崭露头角,如李健吾、罗念生、罗皑岚等。李健吾在《清华文艺》上发表了《一个极小极小的老鼠》《一个兵和他的老婆》两篇小说;罗念生发表了《芙蓉城》《打猎》

---

　　①　九二等:《清华风景线》,1935 年 8 月《暑期周刊》10 卷 7、8 期。
　　②　1925 年 9 月《清华文艺》第 1 卷第 1 号。

等散文;罗皑岚发表了《老黄狗死了》《法雷寺的戏》《手把锄头后院去》等杂文。

《清华周刊》是当时清华影响最大、持续时间最长的刊物。"在它出版的655 期上(1914—1936 年出版 637 期,西南联大复原后出版 18 期),文学栏目始终占据着醒目的版面。从第 260 期开始,它又陆续出版了 11 期文艺增刊、6期文艺专号,加上校庆纪念号等,汇聚成相当可观的文学景象"①。20 世纪 30年代,随着京派文学达到高峰,清华校园文学也异常繁荣,其中的一个重要标志就是《清华周刊》接连在 1933、1934 年出版了 6 期"文艺专号",在上面发表文章的有俞平伯、叶公超、李长之、季羡林、孙毓棠、林庚、吴组缃、曹葆华、辛笛、方玮德、陈敬容等,这些人都是当时或后来在现代文坛比较活跃的作家。《清华周刊》文艺专号的栏目主要有诗歌、小说、散文、文学评论等。文学批评方面重要的文章有俞平伯的《诗的神秘》,郑振铎的《我们所需要的文学》,佩弦(朱自清)的《论白话——读〈南北极〉与〈小彼得〉的感想》,李长之的《张资平恋爱小说考察》《论茅盾的三部曲》《歌德及其童话》;小说方面更是成绩斐然。有学者评价说:"'文艺专号'上最突出的成绩是小说。6 期上共刊登了28 篇小说,可见其密度之大。与 20 年代校园小说最大的不同在于社会容量的增大,对于当前的政治动向的关注占据这些小说的主体。抗日题材、革命题材、工人题材和农民题材的挖掘超过了对学生的自我身边问题的倾诉。"②可见,虽然《清华周刊》的"文艺专号"只是一本校园刊物,但它的文学水准则达到了比较高的水平。

另一份清华校园文学刊物《文学月刊》是清华中文系成立的"清华中国文学会"的会刊。1928 年 12 月 7 日,"清华中国文学会"正式成立,朱自清、杨振声等在成立大会上做了演讲。经过一段时间的准备后,1931 年出版了《清华中国文学会会刊》,顾问包括朱自清、俞平伯、陈寅恪、徐祖正、浦江清、郭绍

---

① 张玲霞:《清华校园文学论稿(1911—1949)》,第 50 页。
② 张玲霞:《清华校园文学论稿(1911—1949)》,第 57 页。

虞、冯友兰、赵元任、赵万里等。该刊后来改名为《文艺月刊》,一直到 1932 年 5 月,前后共出版 9 期。"先后担任该刊的编辑有朱自清、郑振铎、俞平伯、浦江清、安文倬、李文瀛、赫崇学、林庚等"。[①] 刊物的栏目主要有诗歌、文学理论和批评、小说等,其中诗歌的成就最高、影响也最大。如第 1 卷第 1 期的目录中,诗歌占了绝大的部分,既有旧体诗,也有新诗。作者队伍有陈寅恪、杨树达、俞平伯、余冠英、李健吾、林庚等。林庚在这里发表的诗作数量很多,初步显示了诗人的现代主义诗风;李健吾发表了长诗《囚犯》、俞平伯发表了《呓语》等诗作。此外,《文学月刊》也比较重视文学批评,这方面发表的文章有熊佛西的《写剧的艺术》、余上沅的《摹仿与摹想》、余冠英的《新诗的前后两期》等,也都较有学术分量。

20 世纪 30 年代清华校园文学繁荣的另一个标志是校园的文艺社团众多、文学活动样式丰富多彩。清华校园比较活跃的文化社团包括终南社、中国文学会、清华文学社、清华文艺社、戏剧社等,这些社团大都有着明确的宗旨、组织机构、会刊以及文学活动。终南社成立于 1927 年,朱自清为顾问,该社团曾经邀请许多文艺界知名人物到清华演讲,其中包括王文显、许地山、吴宓、冰心、杨振声等。据季培刚著的《杨振声年谱》记载,1928 年作为清华中文系主任的杨振声曾经于 11 月 7 日做了《新文学将来》的演讲,对诗歌、小说、散文、戏剧等文体的创作情况进行了回顾和展望,此文刊载于《清华周刊》第 30 卷第 4 期。清华中国文学会成立于 1928 年 12 月 7 日,其宗旨主要在于增进师生之间的联系和交流,促进中文系学术水平的提高。朱自清、杨振声等出席了成立大会。当时的《国立清华大学校刊》曾经详细记载了此次会议成立的情形:"中国文学会于本月 17 日在前工字厅开成立大会,其消息已见前此本刊。是晚会员全体出席。教师五六人,旁听六七人……七时过,由主席霍世休君宣告开会如仪。次请系主任杨振声先生报告本系发展之计划……接着是朱佩弦

---

① 黄延复:《水木清华:二三十年代清华校园文化》,广西师范大学出版社 2001 年版,第 366 页。版本下同。

先生的演讲,题为杂体诗……最后游艺及茶点,两俱丰富。"①杨振声在此次演讲中初步报告了中文系的设想。该会成立后,专门出版了《清华中国文学会会刊》。清华文学社是清华校园中历史最为悠久的社团之一,在 1921 年刚刚成立的时候一度十分活跃,闻一多、梁实秋、朱湘、顾毓琇等曾组织过多种文学活动,也培育出一批文学人才。但后来趋于沉寂,不过人们从当时的资料中还是可以看到,直到 1930 年代,它的活动仍未停止。1933 年,李长之又发起组织了新的"清华文学社",其宗旨是"联络感情,交流心得"。清华文艺社成立于 1935 年,是当时在清华大学有着较大影响的文艺社团。该社组织较为严密,阵容也比较强大,下设理论、小说、散文、戏曲、诗歌、情报等组,还定期出版期刊和举行戏剧公演活动。清华文艺社成立时通过了正式的"社章":"一、名称:本社定名为'清华文艺社'。二、宗旨:本社以联络爱好文艺同人共同研究各种文艺并进行一切文艺范围内之活动为宗旨。"社章对组长机构和各自的指责有明确的规定,还规定社员要定期缴纳会费等。清华的戏剧活动有着悠久的历史,早在五四以前在全国就有着较大的影响,据《清华周刊》在建校十周年所做的统计,光是 1911 年到 1921 年公开演出的戏剧活动就有 77 场,②也培养出如洪深这样著名的戏剧家。到了 20 世纪 30 年代,随着一批戏剧活跃分子如李健吾、曹禺等人的加盟,清华的戏剧演出也达到十分兴盛的地步。当时清华的刊物这样记载:"戏剧在清华,不但有悠久的历史,还开过黄金灿烂的花,从《五奎桥》的序文里,你可以看到洪深先生在清华做学生时代演剧的情形。李健吾先生在清华时,便开始组织剧社,演出《少奶奶的扇子》。万家宝先生来校时,排练易卜生的娜拉,使清华戏剧的空气突形浓厚起来。"③1928 年 11 月 21 日,"清华戏剧社"召开全体会议,选举李健吾担任清华戏剧社的社长,社员的人数达到近 50 人,清华外文系主任王文显以及外籍教授温德(R.

---

① 1928 年 12 月 17 日《国立清华大学校刊》第 22 期。
② 1921 年 4 月 28 日《清华周刊·十周年纪念号》。
③ 见 1936 年《清华周刊》"向导专号"。

Winter)、毕树棠等为顾问。李健吾有着很好的戏剧文学天赋和很强的组织能力,在清华大学读书期间已经显示了自己的文学才能,公开发表了不少文学作品。在李健吾担任清华戏剧社社长期间,清华的学生排练和公演了许多剧目,如丁西林的《压迫》,王文显的《媒人》《白狼计》《委曲求全》,余上沅的《兵变》以及西方戏剧《少奶奶的扇子》等。这些公演在当时取得了很大的成功,李健吾回忆公演王文显的《白狼计》时说:"在一个限定的空间来表演近代的戏剧,比起愚公移山还要费力不讨好,有十万也好,却又一文莫名。然而,我们最后终于满意了,满意于一种不可能的压迫之下。"①尤其是《委曲求全》的公演,李健吾更是付出了很多的心血,他本人不仅亲自把这部英文作品翻译成中文,还指导学生排练,还在剧中饰演了重要角色,该剧在北平的剧场公演时引起很大的社会反响,媒体亦有大量报道。当然,清华戏剧社的这段经历对于李健吾来说也是非常关键的,初步奠定了他作为戏剧家的地位,为他日后更大的成就提供了一试身手的舞台。李健吾卸任清华戏剧社社长职务后不久,由曹禺担任社长。在此期间,清华戏剧社的活动甚多,进一步确立了在全国同行中的显赫位置,从当时学校刊物的记载中可见一斑:"清华戏剧社自新社长万家宝就职以来,工作进行甚力,十一月十四日,请王文显先生讲美国演剧情形,十一月五日曾介绍曦社来校演剧,结果皆甚圆满。据闻该社公开讲演,每月举行一次,计划中本年将再举行两次,拟请温德、赵元任两先生分别担任讲演。"②除了这些新文艺性质的社团外,清华校园当时的传统戏曲氛围也很浓厚。1929年,杨振声聘请了"红豆馆主"爱新觉罗·溥侗来校任教,俞平伯则联合了一批昆曲爱好者如叶公超、浦江清等人在1935年成立了"谷音社"。清华校园这些众多的文学艺术社团从一个侧面反映出一个时代文化的旺盛生命力。

① 李健吾:《戏剧社本届公演的前后》,1929年《清华周刊》第四至六期合刊号。
② 黄延复:《水木清华:二三十年代清华校园文化》,第425—426页。版本下同。

二

　　燕京大学是民国时期创办的一所著名的教会大学。它的创办过程相当复杂,多数学者认为它的正式创办应该是 1919 年。"燕京大学"这个中文名称是 1919 年通过的,司徒雷登也在这一年正式上任。关于燕京大学创办的缘起和目的,司徒雷登回忆说:"燕京大学是传教事业的一部分,这是它的辅助作用,为教会的成员接受教育的环境和设施,培养出更多的为教会工作的人员。这是它必须在中国创办的原因,也是它能够得到资金支持的唯一正当理由。它虽然在性质上是一所宗教学校,但我并不想让它牵涉到传教运动。我们不能强制学生非要去参加宗教活动、去做礼拜,也不能用宗教来衡量学生的好坏。"①由于充足的经费支持和特殊的地位,燕京大学成立后学术水平提升很快,吸引了大批优秀的学者,在中国的新文学上也留下了浓重的一笔,早期的冰心、许地山、熊佛西、焦菊隐、瞿世英、凌叔华,稍后的萧乾、杨刚、陈梦家等都曾经在此就读。司徒雷登说:"在学校,我的职责主要就是让教师更好地完成他们的工作,由于并不直接参与教学工作,因此,我可以毫不谦虚地说,燕京大学在教学和研究质量方面都是具有很高水平的。我已经提到过,由于霍尔遗产的捐赠和哈佛燕京学社的成立,我们的中文研究水平已经处于领先。"②20世纪 30 年代,郭绍虞担任燕京大学国文系主任,这里汇聚了一批有影响的学者:顾颉刚、陆侃如、郑振铎、周作人、冰心等。这一时期燕京大学的大学校园文化氛围异常活跃,"20 世纪 30 年代早期,燕京被公认在三个方面占有'数量上的优势':如云的美女,男生的西装以及校园里花样繁多的社交聚会。在这些相互关联的方面,燕京大学所具有的'优势'显示了男女同校何等深刻地改变了校园的社会氛围。招收女生使校园生活变得更为活跃,学生们共同参与其中诸多场合——宗教仪式、运动会、公共演讲、社团集会、编辑刊物、音乐会、

---

① 〔美〕司徒雷登:《在华五十年》,李晶译,第 52—53 页。
② 〔美〕司徒雷登:《在华五十年》,李晶译,第 54 页。

电影、戏剧表演等等。除了招待会和聚会，还有未名湖上夏日的划船，冬天的滑冰。"①燕京大学当时的文学氛围也是比较浓的，冰心在燕京大学任教时曾开设写作的课程，她回忆说："我还开了一班习作的课，是为一年级以上的同学所选修的。我要学生们练习写各种文学形式的文字，如小说、诗、书信，有时也有翻译——我发现汉文基础好的学生，译文也会通畅。期末考试是让他们每人交一本刊物，什么种类的都行，例如美术、体育等。"②同时，燕京大学外文系的教师也经常在课堂上介绍西方的文学作品，萧乾回忆说："我还去旁听了英文系的'英国小说'。包贵思也是一位极富有启发性的教授。她把重点摆在维多利亚时期的乔治·艾略特、勃朗特姐妹和狄更斯上，却也介绍了像乔伊斯和弗吉尼亚·伍尔夫那样的现代派作家。"③为了进一步活跃校园的文学氛围，燕京大学有时还从外校请来名家做讲座，如燕京大学曾经从清华大学请来杨振声来校做客座教授，给同学系统讲授文学课程。萧乾说："这一年，我为现代文学所吸引，讲者是清华来的客座教授杨振声。上半年讲的是本国文学，下半年讲外国文学。这位老师本人是'五四'运动中的闯将，写过长篇小说《玉君》。他身材颀长，讲话慢而有条理。也许是由于留学时专攻教育心理学的关系，他讲课娓娓动听，十分引人入胜。通过他的讲授，我对'五四'以后的文学创作获得了一个轮廓的印象。同时他还引导我去读俄国作家托尔斯泰、屠格涅夫、契诃夫以及英国的托马斯·哈代的作品。"④此外，一些外国教员也经常组织一些活动，这其中最著名的就是英文系的包贵思组织的诗歌朗读会。包贵思(Grace M.Boynton)是一位美籍女教授，从小就向往中国文化，长期在燕京大学英文系任教，和不少中国学生的关系十分密切，如女学生杨刚就是其中之一。包贵思爱好文学，她在燕京大学期间经常邀请学生来她的家里聚会，

---

① 〔美〕叶文心：《民国时期大学校园文化：1919—1937》，冯夏根等译，第 154 页。
② 见陈远：《燕京大学：1919—1952》，浙江人民出版社 2013 年版，第 103 页。
③ 《萧乾回忆录》，第 47 页。
④ 《萧乾回忆录》，第 47 页。

带有现代文艺沙龙的性质。萧乾曾经有生动的描写："她一直独身,那时住在校园北面的朗润园里,房外小桥流水,短篱曲径,具有中国古典园林建筑的幽静雅致;室内铺着地毯,沙发壁炉,又有着西洋客厅的舒适温暖。课余她除了从事中国园林艺术研究外,最喜欢组织朗读会,约同学们晚间去她家一道欣赏英国古典诗歌。我就是在她家里第一次见到杨刚的。那是 1929 年的冬天。接连几次,包贵思都在朗诵 19 世纪英国诗人田尼生为悼念他的挚友——也是他妹妹的未婚夫哈拉姆而写的那组挽诗。"①当时著名作家巴金也一度住在燕京大学,他和郑振铎等共同编辑《水星》和《文学季刊》,因此萧乾经常拜访他们,也开始在这些刊物上发表文学作品。此时美国记者斯诺正在燕京大学新闻系任教,萧乾和杨刚协助他翻译中国现代作家的作品。此外,燕京大学还有"大学文艺社"(会刊为《大学文艺》月刊),内容上偏重文艺与哲学、"一二九文艺社",(会刊为《火星》半月刊)等文艺社团,和北京其他大学的文艺社团有较多的互动、交流。可见,虽然作为一所教会大学,燕京大学的办学理念、课程设置、学生规模等和当时其他的大学有着较大差别,但它与中国新文学的联系仍然比较密切。

燕京大学最重要的学生刊物是《燕大周刊》。据王翠艳所著《燕京大学与"五四"新文学》一书的考证,燕京大学历史上曾经存在两份《燕大周刊》:"在燕京大学历史上曾经有过两份题名'燕大周刊'的刊物,二者分别创刊于 1923和 1930 年。前者由'燕大周刊社'编辑出版,以登载同人创作、评论与研究为主,文学色彩浓厚;后者由燕大学生会周刊部编辑出版,以登载政论、校务为主,文艺性淡薄。二者内容、风格、装帧、版式均不同,后者对前者亦无承继关系。"②本文所说的《燕大周刊》亦指前者,它存在的历史虽然不长(1923 年 2月 26 日创刊,1927 年 6 月 8 日停刊),但对于当时校园文化乃至文坛都产生

---

① 萧乾:《杨刚与包贵思》,《萧乾选集》第 3 卷,第 177 页。

② 王翠艳:《燕京大学与"五四"新文学》,文化艺术出版社 2015 年版,第 91 页。版本下同。

了一定影响。沈从文当年在评论北京文艺界现状的时候特别提到了这份刊物:"它已出版 80 多期,每期约 20 页……每期的发行数大约在 1000 左右。作稿是教员与学生。通信处是北京燕京大学燕大周刊社。"沈从文认为这个刊物发表的不少文学作品和翻译作品都有较高的水准,甚至超过了清华《文学周刊》:"一个对文学上在过去一时代中有过一点贡献的文学刊物。这刊物虽说是向外发展,但似乎是办事人不知怎样去宣传,所以几年来许多人还不知道有这样的一个刊物。《清华文学周刊》,近来比这刊物糟得多,但知道《清华文学周刊》的人要比知道《燕大周刊》的人为多。其实在先前,一些作者中,如冰心,如落花生,刘廷蔚、熊佛西、白序之,在创作诗歌戏剧方面,都能在艺术界立一只脚的。尤其冰心同落华生。"①该刊物的出版还引起徐志摩的关注,他特别在《晨报副刊》上为《燕大周刊》做广告:"《燕大周刊》自第八十二期起归焦菊隐编辑,单印成册,本期有刘大钧、周作人、俞平伯诸先生论文,特为介绍。"②虽然《燕大周刊》创刊时立志办成一份学术刊物,但从实际的情形来看,它更像一份文艺刊物,为燕大的师生提供了宝贵的文学园地。《燕大周刊》的主办者后来回忆说:"《燕大周刊》最初是几位研究文艺者发起来的,最显著者便是现在艺专教授熊佛西先生,他对于周刊亦犹之乎对于戏剧一样,可说是中了疯魔……熊先生压根儿好文艺,后来拨根儿还是他的文艺,所以当时周刊偏重文艺,执笔者有周作人、瞿世英、许地山、谢冰心、李勷刚、李天耀诸先生,当时在中国文坛上很有一部分势力,同时燕大的精神亦由他们的笔尖射耀出去了。"③《燕大周刊》上发表较多作品的有周作人、冰心、许地山、凌叔华、俞平伯、焦菊隐、陆志韦等,不少属于京派成员。在注重发表文学作品的同时,《燕大周刊》还发表了很多外国文学作品,展示了燕京大学融汇中西的文化气度。

---

① 沈从文:《北京文艺刊物及作者》,原载 1926 年《文社月刊》第 1 卷,《沈从文全集》第 17 卷,第 25 页。

② 徐志摩:《介绍〈燕大周刊〉》,原载 1925 年 11 月 11 日《晨报副刊》。

③ 见王翠艳:《燕京大学与"五四"新文学》,第 94 页。

三

北京大学一度是中国新文学的重镇,其思想的开放、文艺社团的兴盛以及文学上的成就是其他大学望尘莫及的。虽然20世纪20年代后期一度有所沉寂,无法和五四时期的影响相提并论,但是到了20世纪30年代,随着北方文坛的复苏,北京大学的校园文学也呈现出新的气象。单从文学社团的情况来看,据季剑青在《北平的大学教育与文学生产:1928—1937》一书中所作的统计,1928年到1937年间,北平各大学中的文学社团共有45个[①]其中北大也有一定的数量。北京大学这一时期较重要文艺社团有:1928年,北大学生李定中、傅浮沫、娄凝先等组织成立"谷风社",出版《谷风》杂志。对于这个社团的成立情况,娄凝先回忆说:"1928年……在中共北大支部的动员下,有几名党员,两名团员和部分进步学生,在北大红楼开了一次会,决定出版一个刊物,名称叫作'谷风',团体的名字也就叫谷风社。主要人物有李定中(英文系学生,曾在一些报章杂志发表翻译的现代小说)、傅浮沫、李信之、张海若等,刊物内容都是文艺创作。[②] 1929年,北京大学学生娄凝先、穆雨君等组织"展望社",出版《展望》杂志,"《展望》杂志是综合性的十六开大型刊物,每期有一篇政论性的短文、也有文艺作品、美术作品等"[③]。1929年4月28日,北大成立了国文学会,学会以"联络感情、研究学术"为宗旨,先后邀请许多名家如鲁迅、钱玄同等作报告;1931年,北京大学学生张香山、孟式钧等创办"开拓社";1933年,北京大学学生徐仑等创办"冰流社",出版《冰流》;1934年,北京大学国文系学生成立"未央社",把"从事于国学之探讨,及文艺之创作"作为宗旨;同年,北大话剧研究会成立;1935年,北大学生损宗江等发起成立昆曲社;同年,北大学生组织《台

---

① 季剑青:《北平的大学教育与文学生产:1928—1937》,北京大学出版社2011年版,第180—192页。版本下同。

② 娄凝先:《1928—1930年在北平出版的几个刊物》,《新文学史料》1985年第1期。

③ 娄凝先:《1928—1930年在北平出版的几个刊物》,《新文学史料》1985年第1期。

风》半月刊;1936年,北大学生杜文成等发起组织"新诗谈话会"……

20世纪二三十年代北京各大学中的这些文艺社团和文学活动,在很多地方都能看到相当一部分京派文人的身影。他们或者以导师的身份参与了一些文学社团或刊物的创办,如周作人、杨振声、叶公超等,或者以学生的身份活跃其中如李健吾、罗皑岚、林庚、萧乾、卞之琳等。浓厚的校园文化烘托出大学的文学、学术气氛,完美诠释出大学独立、自由、尊崇学术的精神,构成了中国大学史上最为辉煌的篇章。

第二节　京派知识分子与民国大学的文学教育

随着现代学术空间的不断拓展,新文学与民国大学教育乃至课程体系建设的关系也日渐受到重视,如陈平原的《作为学科的文学史:文学教育的方法、途径及境界》(北京大学出版社2016年版)、季剑青的《北平的大学教育及文学生产:1928—1937》(北京大学出版社2011年版)、沈卫威的《民国大学的文脉》(人民文学出版社2014年版)、张传敏的《民国时期的大学新文学课程研究》(人民出版社2010年版)、王翠艳的《燕京大学与"五四"新文学》(文化艺术出版社2015年版)等专著都属于此类研究。至于大学和文学教育关系的重要性,陈平原说:"在20世纪的中国,'新教育'与'新文学'往往结伴而行。最成功的例证,当属五四新文化运动。蔡元培、陈独秀、胡适之等人提倡新文化的巨大成功,很大程度上得益于其强大的学术背景——北京大学……教育改革与文学革命,二者不尽同步,但关系相当密切。大作家不一定出自名校,成功的文学运动也不一定起于大学,这里所要强调的是,'文学教育'作为一种知识生产途径,或直接或间接地影响了一个时代的文学走向。教育理念变了,知识体系不能不变;知识体系变了,文学史图景也不可能依然故我。"①海

---

① 陈平原:《作为学科的文学史:文学教育的方法、途径、境界》,北京大学出版社2016年版,第1页。版本下同。

外学者贺麦晓说:"新文学与新的教育制度息息相关,这种关系贯穿整个 20 年代……许多高校的学生(包括留学生)都极其崇拜包括外国文学在内的'新文学'。他们不仅敬慕歌德、拜伦、惠特曼、谢莱、泰戈尔等外国偶像,也同样钦佩胡适、周作人、鲁迅等国内新文学运动的先驱者。"①自从新文化运动地位确立之后,民国大学的教育体制也得以借助行政立法逐步建立,随之而来的是文学及学术制度都日渐趋于成熟。由于京派文人大都接受过较为系统、严格的教育,很多甚至有出国留学背景,是当时中国社会知识精英阶层的代表。因此他们在 20 世纪二三十年代纷纷进入中国知名学府担任教职,有的甚至担任中文系、外文系等行政领导职务。这些外在的环境使他们有机会参与到大学文学课程的讲授和改革当中,进而在中国大学的文学教育中留下深深的历史烙印。

一

20 世纪二三十年代,中国现代大学的体制已经完全确立,许多具有作家、批评家身份的学者开始在大学聚集,因此大学课程体系中新文学的因素不断凸显出来。1921 年,北京大学中国文学系课程指导书中就提出将来要开设"新诗歌之研究""新戏剧之研究""新小说之研究"等三门涉及新文学内容的课程②。但由于种种原因,这样的设想竟然在北京大学被搁置了十年之久才得以实施。北京大学国文系这种重视传统文学科目讲授的课程体系在全国的大学国文系中是很有代表性的。实际上,中国大学新文学课程的建设在 20 世纪 20 年代后期才有了实质性的突破,这在很大程度上与京派作家杨振声担任清华大学国文系主任期间的功绩是分不开的。杨振声早年与傅斯年、罗家伦等参与组织"新潮社",并发表了不少文学作品,是当时新文学阵营中的一名

---

① 贺麦晓:《二十年代中国"文学场"》,陈平原等主编:《学人》第 13 辑,江苏文艺出版社 1998 年版,第 303 页。版本下同。

② 《北京大学日刊》1921 年 10 月 13 日。

健将。后赴美国留学,回国后在多所大学任教。1928 年,杨振声应清华校长罗家伦的聘请来清华担任文学院院长和教务长。上任不久,杨振声就开始在中文课程的规划、设置上进行了大刀阔斧的改革,大大增加了大学课程中新文学所占的分量。1928 年 12 月 7 日,杨振声在清华大学"中国文学会"成立大会上发表讲话,对他的办学理念和设想进行了较为详细的阐释。他首先批评了当时国文系课程体系的不科学,没有充分显示文学的性质:"现在讲起办大学,国文学系是要算最难了。第一是宗旨的不易定,第二是教员人选的困难。我们参考国内各大学的国文系,然后再来定我们的宗旨与课程,那自然是最逻辑的步调了。不过,难说得很,譬如,有的注重于考订古籍,分别真赝,校核年月,搜求目录,这是校雠目录之学,非文学也。有的注重于文字的训诂,方言的阐释,音韵的转变,文法的结构,这是语言文字之学,非文学也。有的注重于年谱传状之核博,文章体裁之轫演,派别门户之分划,文章风气之流衍,这是文学史,非文学也。以上种种,不是研究文学之宗旨。"杨振声随后指出,研究文学真正的宗旨是"创造我们这个时代的新文学"。大学国文系课程设置的关键是研究新文学、创造新文学,培养更多的作家。他认为大学国文系的课程一方面要研究自己的旧文学,同时应该把眼光向外,吸收外国文学最新的东西:"我们国文学系的课程,一方面注重于研究中国各体文学,一方面也注重于外国文学各体的研究。"按照杨振声的设想,清华大学国文系的重头是各体文学的研究,"如上古文,汉魏六朝文,唐宋至近代文,诗、赋、词、曲、小说以至新文学等都于此二年中养成普通的知识。""到了第四年,大家对于文学的各体都经亲炙了,再贯之以中国文学批评史"。① 可见,杨振声主导下的清华国文系课程体系把文学(包含新文学)放在了相当重要的位置,这和当时中国其他大学国文系的课程有明显的区别,这当然和杨振声本身具有的新文学作家的背景有很大关系。1929 年 3 月 14 日,杨振声在参加中国文学会第一次常会上

---

① 《清华中国文学会有史之第一页》,1928 年 12 月 17 日《国立清华大学校刊》第 22 期。

做会务报告,对中文系的课程设定标准定下三个途径:一,注重中国课程之博观;二、注重西洋文学;三、创造新时代的文学。这几点都体现出杨振声国文课程改革的核心内容。当时清华国文系读书的林庚回忆说:"系里开设的重点课程,包括有古典文学和西洋文学两大类。古典文学方面,有俞平伯先生主讲的'词选',朱自清先生主讲的'诗选',这些课一面讲作品,一面也要同学写作。"①作为制度建设的重要环节,杨振声主持的国文系课程表规定:"大一大二英文,都是必修。三四年级有西洋文学概要,西洋文学各体研究,中国新文学研究,当代比较文学及新文学习作也都是必修。选修课程中又有西洋文学专集研究。这在当时的各大学中,清华实在是第一个把新旧文学,中外文学联合在一起的。"②在杨振声等的努力之下,清华国文系的课程建设的确焕然一新,初步奠定了现代大学中文系的课程基础,课程改革也取得了初步成效。不仅如此,杨振声还亲自在国文系开设"当代比较文学""新文学习作"的课程,并和朱自清合开"高级作文"等课程。虽然杨振声不久离开了清华大学到青岛大学任教,但清华国文系的继任者朱自清萧规曹随,在清华大学又开设了"中国新文学研究"课程,基本维持原来的格局。杨振声回忆说:"民国十九年秋季,我离开了清华,朱自清先生继任系主任。课程虽有损益,我们商定的中国文学的新方向始终未变。"③杨振声的这种说法在朱自清的回忆中同样可以得到佐证。朱自清说:"本系从民国十七年由杨振声先生主持,他提供一个新的目的:这就是'创造我们这个时代的新文学'……我们并不看轻旧文学研究考证的工夫,但在这个时代,这个青黄不接的时代,觉得还有更重大的使命:这就是创造我们的新文学……自然,人的才分不同,趋向各异;本系的同学也可以有不能或不愿从事新文学,却喜爱研究旧文学的人。我们当让他们自由地

---

① 《林庚教授自传》,燕大文史资料编委会编:《燕大文史资料》第3辑,北京大学出版社1990年版,第159—160页。

② 杨振声:《为追悼朱自清先生讲到中国文学系》,1948年《文学杂志》第3卷第5期。

③ 杨振声:《为追悼朱自清先生讲到中国文学系》,1948年《文学杂志》第3卷第5期。

发展;但希望大部分都向着我们目的走近便好。"①因此,清华文学院 1932 年底通过的《中国文学系改定必修选修科目案》中与新文学有关的课程还有"近代散文"(部分内容涉及现代白话文)、"习作"、"歌谣"等。清华国文系的这些加强新文学的举措直接影响到其他大学国文课程的改革进程。1931 年秋天,北京大学国文系的课程表开始出现"新文艺试作"的字样,在课程指导书有以下说明的文字:"凡有意于文艺创作者,每苦无练习之机会及指导之专家。本系此科之设,拟请新文艺作家负责指导。凡从事于试作者,庶能引起练习之兴趣,并得有所就正。现由周作人、胡适诸教授担任组织,俟有规定后再行发表。维新文艺作家派别至繁,不免为能力所限,恐一时不克完备。"②选课者分为散文、诗歌、小说、戏剧、小说四组,担任指导教师的有:胡适、周作人、俞平伯、徐志摩、孙大雨、冯文炳、余上沅等。这些授课教师都是活跃在新文学园地中的重要作家,而且很大一部分是京派的成员。陈平原经过对比研究北京大学中文系课程发现,到了 1935 年,北京大学中文系开设具有文学性质的课程多达 19 门,其中新文学内容的课程包括冯文炳的"散文选读""新文艺试作"胡适的"传记专题实习"、朱光潜的"诗论"、魏建功的"民间文艺"等。"这与 20 年前的总共四门文学课程相比,简直是天上人间"。③

二

在新文学进入大学教育的历史进程中,周作人也是一位有着重要贡献的人物。周作人早年在北京大学任教,曾经开设"欧洲文学史""希腊罗马文学史""六朝散文"等课程,涉及中外古今文学。虽然周作人在五四新文化运动中有很高的知名度,享誉中外的新文学作家,但他在北京大学的境况并不十分

---

① 朱自清:《清华大学中文系概况》,1931 年 6 月 1 日《清华周刊》第 35 卷第 11、12 期。
② 《中国文学系课程指导书摘要》,1931 年 9 月 14 日《北京大学日刊》,见陈平原:《作为学科的文学史:文学教育的方法、途径及境界》,第 37 页。
③ 陈平原:《作为学科的文学史:文学教育的方法、途径及境界》,第 35 页。

如意。他晚年曾经回忆："平心而论,我在北大的确可以算是一个不受欢迎的人,在各方面看来都是如此,所开的功课都是勉强凑数的,在某系中只可算得是个帮闲罢了,又因为没有力量办事,有许多事情都没有能够参加……我真实是一个屠介涅夫小说里所谓多余的人,在什么事情里都不成功。"①对于周作人的这种尴尬角色,胡适深为同情,他劝周作人离开北大,另立门户。当然,胡适的用意也包含了他让周作人在外校开设新文学课程、扩大白话文影响的用意。1921 年,胡适就给周作人写信,极力推荐燕京大学:"北京的燕京大学虽是个教会的学校,但这里的办事人——如校长 Dr.Stuart(司徒雷登)及教务长Porter(博晨光)都是很开通的人,他们很想把燕京大学办成一个于中国有贡献的学校。上星期他们决议要大大的整顿他们的'中国文'一门。他们要请一位懂得外国文学的中国学者去做国文门主任,给他全权做改革的计划与实行……这个学校的国文门若改良好了,一定可以影响全国的教会学校及非教会的学校。最要紧的是自由全权,不受干涉;这一层他们已答应我了。我想你若肯任此事,独当一面的去办一个'新的国文学门',岂不远胜于现在在大学的教课?"②当时的周作人曾经在燕京大学兼课,讲授过《圣经与中国文学》的课程,这正好和燕京大学教会性质相符合,于是胡适认为周作人是最合适的人选,极力推动此事,介绍周作人与燕京大学的司徒雷登、刘廷芳见面。"1922年 3 月 4 日我应了适之的邀约,到了他的住处,和燕京大学校长司徒雷登与刘廷芳相见,说定了从下学年起担任该校新文学系主任事,到了 6 日接到燕大来信,即签订了合同,从 7 月发生效力"③。燕京大学自从司徒雷登担任校长后发生了很多变化,中国人在这所大学所起的作用越来越明显。司徒雷登说:"我最初的想法是,让更多的中国人参与到学校的管理中来,包括它的教育、

①　周作人:《知堂回想录》下,第 468 页。
②　胡适:《致周作人》,见欧阳哲生编:《胡适书信集》上册,北京大学出版社 1996 年版,第274 页。
③　周作人:《知堂回想录》下,第 468 页。

宗教、财政等各个方面,使燕京大学成为一所真正的中国的大学。不考究历史的话,人们根本不会意识到它是由西方人创办的。现在看来,我的想法实现得很好,那些参与学校管理的中国人表现出来的能力和他们的工作态度都很令人满意。"①因此周作人来到燕京大学后很为校方所器重,能够比较顺利地按照自己的设想推进课程的建设。周作人负责燕京大学中国新文学部主任后,在燕京大学一共开设了四门课程:他和许地山共同开设"国语文学",此外还主讲了"文学通论""习作"和"讨论"。周作人亲自担纲的这些课程在性质上已经不属于传统国学的范畴,新文学的特征比较明显。周作人在燕京大学国文系担任新文学的课程长达 10 年之久(1922—1931),对燕京大学国文系的发展起到的作用不言而喻。周作人一方面广揽人才,使得不少新文学的作家直接加盟到燕京大学国文系,如沈尹默、俞平伯、冰心、许地山等,进一步巩固了新文学的地位。到了 20 世纪 20 年代后期和 30 年代,其声望已经达到和北京大学、清华大学并驾齐驱的地步。与之相伴的是,在周作人的主导下,燕京大学国文系所开课程中新文学的比重越来越大。据《燕京大学课程一览(1928—1929)》所提供的信息,燕京大学所开课程具有新文学属性的有"名著选读""近代文学之比较研究""新文学之背景""修辞学与作文""习作""近代文学"等②。如周作人担任主讲的"新文学之背景"课程的介绍是这样写的:"选录文章说明中国文学革命以前的文艺状态,并略述世界潮流,使学者明了新文学发生之原因,考察'新文学'上传统之因革,与外来影响之调和。"杨振声担任的"近代文学之比较研究"课程介绍则这样写:"此课纯粹系研究班性质就各种文辞中如戏剧、小说、诗歌散文等,择取欧洲各国之名著与中国之作品做比较之研究,其目的在参证外国文学作品以求中国新文学之创造。"冰心(谢婉莹)担任的"习作"更是把研究的对象限定在白话文:"每星期习作一次,以白话文为限,如日记诗歌小说戏剧等。其余两小时则选读中外优美文学作

---

① [美]司徒雷登:《在华五十年》,李晶译,第 57 页。
② 王翠艳:《燕京大学与"五四"新文学》,第 30—34 页。

品,以资模范。"由于周作人学贯中西的文化背景,他非常重视对外国文学的
介绍以及用比较的方法来研究文学,他自己担任了"日本文学史"课程的讲
授,许地山也主讲了"梵文选读"。另外,文学习作也占有较为重要的位置,这
些都是燕京大学国文课程的独创。如果对照此时北京大学国文系和清华大学
国文系的课程,可以说周作人在燕京大学的课程改革已经先行了一步,新文学
学科在大学国文系的地位初步得到明确的确认。对于这些课程的意义,有人
评价说:"这是中国新文学首次在中国取得学科建制并开设具体课程,其意义
非同凡响。"①

北京大学文学院中国文学系课程表(B 类,1931 年)

科目	单位	教员
毛诗续(三)	4	黄节
楚辞及赋	3	张煦
汉魏六朝诗	2	黄节
唐宋诗	3	林损
词	3	俞平伯
戏曲及作曲法	3	许之衡
先秦文	3	林损
汉魏六朝文	3	刘文典
唐宋文(暂停)		
近代散文	2	周作人
小说	2	俞平伯
修辞学(下学期每周二小时讲毕)	1	郑奠
中国文籍文辞史	2	傅斯年
词史	3	赵万里
戏曲史	2	许之衡
小说史(暂停)		
文学概论		徐祖正

---

① 王翠艳:《燕京大学与"五四"新文学》,第 25 页。

续表

科目	单位	教员
中国古代文学批评(暂停)		
文学讲演		
新文艺试作	单位未定	

(资料来源:张传敏:《民国时期的大学新文学课程研究》,人民出版社 2010 年版,第 199—120 页。)

1935 年北京大学文学院中国语言文学系所开文学课程一览

科目	任课教师	备注
中国文学史概要	胡适	
中国文学史(一)	傅斯年	本年停
中国文学史(二)	傅斯年	本年停
中国文学史(三)	罗庸	
中国文学史(四)	胡适	
诗史	/	
词史	/	
戏曲史	/	
中国小说史	/	
中国文学批评	郑奠	本年停
诗论	朱光潜	
民间文艺	魏建功	
日本文学及其背景	周作人	
诗经、楚辞	闻一多	
周汉文	罗庸	郑奠休假,罗庸代授
唐宋散文	余嘉锡	
魏晋六朝文	/	本年停
宋诗	/	
近代诗	/	本年停
汉魏六朝诗	/	本年停
近代文	沈启无	
唐诗	罗庸	
唐宋词	顾随	

续表

科目	任课教师	备注
元明散曲	顾随	
元明杂剧	/	本年停
明清传奇	/	本年停
小说	孙楷第	
传记文学	郑奠	本年停
作文一（附散文选读）	冯文炳	
作文二（散文实习）	顾随	
作文三（新文艺试作：散文、小说、诗）	冯文炳	
作文四（剧本）	/	本年停
作文五（古文）	/	本年停
中国文学史专题研究	胡适、傅斯年、罗庸	
传记专题实习	胡适	

（资料来源：陈平原：《作为学科的文学史》，北京大学出版社 2011 年版，第 33 页。）

清华大学中文系课程表（1930 年度）

科目	任课教师
大一国文	杨树达　张煦　刘文典　朱自清
音韵学	赵元任
赋	刘文典
文	刘文典
诗	朱自清
中国新文学研究	朱自清
歌谣	朱自清
高级作文	朱自清
文	杨树达
古书词例	杨树达
古书校读法	杨树达
目录学	杨树达
词	俞平伯
戏曲	俞平伯

科目	任课教师
小说	俞平伯
文学专家研究	黄节　张煦　杨树达
曹子建诗	黄节
阮嗣宗诗	黄节
乐府	黄节
中国文学批评史	郭绍虞
佛经翻译文学	陈寅恪
当代比较小说	杨振声

(资料来源:黄延复:《水木清华:二三十年代清华校园文化》,广西师范大学出版社2001年版,第330—
331页。)

燕京大学中文系课程表(1928—1929)

课程名称	授课教师
国故概要	甲组:马键　乙组:沈士远　丙组:吴雷川
国文(名著选读)	甲组:马键　乙组:马键　丙组:沈士远　丁组:沈士远
国文(国故概要)	/
国文(文字学)	容庚
国文(修辞学与作文)	杨振声
国文(文学史)	郭绍虞
国文(文学概论)	徐祖正
国文(先秦文学)	沈尹默
国文(汉魏六朝文学)	沈尹默
国文(唐宋文学)	/
国文(近代文学)	周作人
国文(诗名著选)	沈尹默
国文(词曲)	许之衡
国文(小说)	俞平伯
国文(剧本)	熊佛西
国文(习作)	谢婉莹
国文(诗的比较研究)	黄子通

续表

课程名称	授课教师
国文(新文学之背景)	周作人
国文(文学批评史)	郭绍虞
国文(近代文学之比较研究)	杨振声
国文(经学史)	马裕藻
国文(经学通论)	/
国文(音韵学)	钱玄同
国文(形义学)	郭绍虞
国文(中学国文教学法)	马鉴
国文(说文研究)	容庚
国文(考古文字)	容庚
国文(苏诗研究)	沈尹默
国文(陶诗研究)	沈尹默
国文(语录文研究)	黄子通
国文(校勘学)	/
国文(佛教文学)	许地山
初级日文	周作人
高级日文	徐祖正
日本文学史	周作人
预习日文	周作人
梵文初步	许地山
梵文选读	许地山

（资料来源：《燕京大学课程一览(1928—1929)》，王翠艳：《燕京大学与"五四"新文学》，文化艺术出版社 2015 年版，第 30—34 页。）

三

京派文人不仅在一些大学国文课程体系的建设中扮演领导角色、发挥了主导作用，使得新文学能够合法地进入大学体系之中，而且他们更多地在大学担任文学主讲的工作，切实推进了的大学文学教育，提升了学生的文学兴趣和水平。如朱光潜主讲的"诗论""文艺心理学"；周作人主讲的"近代文学""欧洲文学史""日本文学史";徐祖正主讲的"文学概论";杨振声主讲的"新文学习作";俞平伯主讲的"词""小说";沈从文主讲的"新文学研究""各体文习作""现代中国文学";梁宗岱主讲的"西洋文学名著选";李健吾主讲的"法国小说和戏剧";叶公超主讲的"英美现代诗""十九世纪浪漫运动""文艺理论和翻译史";李长之主讲的"文艺批评";废名主讲的"新文艺试作""现代文艺"等课程,内容纵贯古今中外文学历史,具有很高的学术水准,对于中国文学的发展起到了很好的推进作用。由于大多具有新文学作家的身份,京派文人非常关注中国现代文坛的动态,把中国新文学作家作品的评价放在了很重要的位置,这方面比较突出的是沈从文。沈从文虽然没有经过严格系统的高等教育训练,但是他的文学才能得到了很多人的欣赏,曾受邀在上海中国公学、武汉大学、青岛大学、国立西南联合大学任教,主讲新文学的有关课程,他的这些讲义内容涉及对许多现代作家作品的评价。如作者早年在中国公学主讲的"新文学研究"的课程,重点放置在新诗的评论。他在1930年11月5日曾写信告诉王际真说:"今天为你寄了一点书来,另外是一点论文讲义,那个讲义若是你用他教书倒很好,因为关于论中国新诗的,我做得比他们公平一点。"①可见,沈从文对自己的这些新诗讲义还是比较满意的。沈从文这些讲义涉及中国新文学初期不少诗人如闻一多、徐志摩、汪静之、焦菊隐、刘半农、朱湘等,有些诗人在当时还颇受争议。对于汪静之的诗集《蕙的风》,沈从文大体上给予正面的肯定。他评论说:"《蕙的风》出版于十一年八月,较俞平伯《西还》迟至五月,较康白情《草儿》约迟一年,较《尝试集》同《女神》则更迟了。但使诗,位置在纯男女关系上,作虔诚的歌颂,这出世较迟的诗集,是因为他的内在的热情,一面摆脱了其他生活体念与感触机会,整个的为少年男女所永远不至于厌烦的好奇心情加以溢美,虽是幼稚仍不失其为纯粹的意义上,得到极大的成功。"②对于徐志摩,沈从文则给了极高的评价:"作者所长是使一

① 沈从文:《书信·复王际真》,《沈从文全集》第18卷,第114页。
② 沈从文:《论汪静之的〈蕙的风〉》,《沈从文全集》第16卷,第88页。

切诗的形式,使一切由文中不习惯的诗式,嵌入自己作品,皆能在试验中楔合
无间。""文字中糅合有诗的灵魂,华丽与流畅,在中国,作者散文所达到的高
点,一般作者中,是还无一个人能与并肩的。"①他对于闻一多的贡献也是充分
肯定:"《死水》一集,在文字和组织上所达到的纯粹处,那摆脱《草莽集》为词
所支配的气息,而另外重新为中国建立一种新诗完整风格的成就处,实较之国
内任何诗人皆多。"②这些评价即使放在今天来看也是比较公允的。由于沈从
文本身兼有作家的身份,他的这些讲稿不同于那些高头讲章,不玩弄名词,不
故作高深,而是把重点放在对作品的欣赏和感悟上,因此也较容易被学生所接
受。如他评论闻一多的诗更多地从诗歌风格入手:"作者是画家,使《死水》集
中具备刚劲的朴素线条的美丽。同样在画中,必需的色的错综的美,《死水》
诗中也不缺少。作者是用一个画家的观察,去注意一切事物的外表,又用一个
画家的手腕,在那些俨然具不同颜色的文字上,使诗的生命充溢的。"③难得的
是,沈从文的这些评论大多具有文学史的意识,常常把作家放在更宽广的文学
史的背景中去理解,增加了它的学术含量。沈从文在评论徐志摩的时候,首先
就从五四新文学初期的诗歌谈起,进而突出了徐志摩的独特成就;在评刘半农
的时候,则用了很大的篇幅谈到中国新诗最初的运动和成就。越到后来,沈从
文这种文学史的意识越强烈。到了 20 世纪 40 年代,沈从文在西南联大担任
"各体文习作"的课程时,所写的讲义也大都涉及对新文学的评价。他的《从
徐志摩作品学习"抒情"》《从周作人鲁迅作品学习抒情》《由冰心到废名》等
文章在谈到中国新文学作品抒情化重要特征的时候,基本上从文学史的角度
出发,比较详尽地论述了由鲁迅、周作人、徐志摩、冰心、朱自清、俞平伯、许地
山、废名等努力实践的抒情化道路。因而沈从文在评论废名的时候,就很自然
地把废名纳入这样的文学格局中去评论:"继承这种传统,来从事写作,成就

① 沈从文:《论徐志摩的诗》,《沈从文全集》第 16 卷,第 106、97 页。
② 沈从文:《论闻一多的〈死水〉》,《沈从文全集》第 16 卷,第 110 页。
③ 沈从文:《论闻一多的〈死水〉》,《沈从文全集》第 16 卷,第 111 页

特别好,尤以记言记行,用俭朴文字,如白描法绘画人生,一点一角的人生,笔下明丽而不纤细,温暖而不粗俗,风格独具,应推废名。"①这对于扩大学生的学术视野无疑很有帮助。

四

在关注新文学作家作品的同时,京派文人的文学课程更为关注文学的理论建设,他们试图从更高的层次和更宽的视野上来探讨新文学的成败得失,回答新文学发展中所面临的许多紧迫的问题并作出理论的概括和升华。朱光潜开设的"诗论""文艺心理学";周作人所讲授的"新文学的源流"、废名主讲的"谈新诗"等课程都较有理论深度,学术的成分也更为持重。朱光潜从海外回国后一直在北京大学等校讲课,"我除在北大西语系讲授西方名著选读和文学批评史之外,还拿《文艺心理学》和《诗论》在北大中文系和由朱自清任主任的清华大学中文系研究班开过课。后来我的留法老友徐悲鸿又约我到中央艺术学院讲了一年的《文艺心理学》"②。作者在《文艺心理学》一书的后记中也说:"这部书印行之后,承许多读者给以好评,有些学校哲学系和艺术系专修科已采用它为课本。这些鼓励引起我让它出再版的意思。"③此外,朱光潜也曾经在武汉大学讲过一年的《诗论》。可见,朱光潜对于这两门作为大学教材的讲稿用力甚多。朱光潜长期从事文艺理论的研究和翻译工作,这两部著作集中体现了他早年对于文艺理论有关问题的思考,在当时的学术界有很大影响。《文艺心理学》是朱光潜采用心理学的方法来研究文学的一次尝试,作者说:"它丢开一切哲学的成见,把文艺的创造和欣赏当作心理的事实去研究,从事实中归纳得一些可适用于文艺批评的原理。它的对象是文艺创造和欣赏,它的观点大致是心理学的,所以我不用《美学》的名目,把它叫作《文艺

---

① 沈从文:《由冰心到废名》,《沈从文全集》第16卷,第285页。
② 朱光潜:《作者自传》,《朱光潜全集》第1卷,第5页。
③ 朱光潜:《文艺心理学·再版附记》,《朱光潜全集》第1卷,第203页。

心理学》。"①朱光潜的《文艺心理学》借助西方美学理论,对美感经验中的"形象的直觉""心理的距离""物我同一""移情""内模仿"等现象都进行了分析。虽然作者的创见并不是太多,基本上是对西方美学观点的介绍和阐释,但该讲稿作为教材在大学课堂上使用却拓宽了学生的知识面和思维方法,难怪得到了朱自清高度的评价。朱自清说:"何况这部《文艺心理学》写来自具一种'美',不是'高头讲章',不是教科书,不是咬文嚼字或繁征博引的推理与考据;它步步引你入胜,断不会教你索然释手。""他不想在这里建立自己的系统,只简截了当地分析重要的纲领,公公道道地指出一些比较平坦的大路。这正是眼前需要的基础工作。""全书文字像行云流水,自在极了。他像谈话似的,一层层领着你走进高深和复杂里去。他这里给你来一个比喻,那里给你来一段故事,有时正经,有时诙谐;你不知不觉地跟着他走……这种'能近取譬'、'深入显出'的本领是孟实先生的特长。"②如果说《文艺心理学》重在介绍西方美学理论的话,那么朱光潜另一部的讲稿《诗论》中则更多表现出朱光潜理论的独创性,因此学术价值更高。《诗论》是朱光潜多年对于诗歌理论的结晶,他本人对于这部书稿也极为珍视。朱光潜说:"在我过去的写作中,自认为用功较多,比较有点独到见解的,还是这本《诗论》。我在这里试图用西方诗论来解释古典诗歌,用中国诗论来印证西方诗论;对中国诗的音律、为什么后来走上律诗的道路,也做了探索分析。"③《诗论》作为讲稿最早出现在20世纪30年代,当时正是中国新诗发展面临重要的一个十字路口,许多新诗的理论问题没有得到廓清,诸如新诗与古典诗歌的关系、新诗与西方诗歌的关系、新诗的格律化问题、新诗的节奏、音韵等等。同时一些白话诗也流于平庸、浅薄,缺乏生命力等。作为一个有深厚理论修养和丰富艺术感知的美学家,朱光潜立志在自己的著作中回答这些问题,他认为非常有必要对诗歌的发展规

① 朱光潜:《文艺心理学·作者自白》,《朱光潜全集》第1卷,第197页。
② 朱自清:《文艺心理学·序》,《朱光潜全集》第1卷,第523—525页。
③ 朱光潜:《诗论·后记》,《朱光潜全集》第3卷,第331页。

律和艺术特点上升到理论的高度进行总结,从而在现代文学的语境中重新阐释和发现它的生命所在。他说:"当前有两大问题须特别研究,一是固有的传统究竟有几分可以沿袭,一是外来影响究竟有几分可以接收。"①朱光潜的《诗论》是一部结构严密、逻辑性也很强的理论著作,同时也始终在比较文学的视野中审视中国诗歌的理论问题,具有开放型、跨学科的学术意识,与同时代的诗歌理论著作比较起来,有其自身独到之处。该书作为讲稿曾经不止一次地再版,也反映出它受欢迎的状况。与朱光潜类似,周作人在北京大学、燕京大学和辅仁大学的文学课程中也经常关注中国文学发展的理论问题,尤其是中国新文学与旧文学的关系,周作人后来的这些讲义取名为《中国新文学的源流》出版。周作人说:"我本不是研究中国文学史的,这只是临时随便说的闲话,意见的谬误不必说了,就是叙述上不完不备草率笼统的地方也到处皆是,当作谈天的资料对朋友们谈谈也还不妨,若是算它是学术论文那样去办,那实是不敢当的。"②周作人这里所说当然是谦虚之词。虽然这部讲稿是在辅仁大学当作讲义后于1932年由北京人文书店印行,但书稿内容的酝酿已经很久了,在燕京大学讲课的时候周作人就讲述过相关的内容。他曾回忆:"十一年夏天承胡适之先生的介绍,叫我到燕京大学去教书,所担任的是中国文学系的新文学组……我最初的教案便是如此,从现代起手,先讲胡适之的《建设的文学革命论》,其次是俞平伯的《西湖六月十八夜》,底下就没有什么了……大概在这三数年内,资料逐渐收集,意见亦由假定而渐确实,后来因沈兼士先生招赴辅仁大学讲演,便约略说一过,也别无什么新鲜意思,只是看出所谓新文学在中国的土里原有他的根,只要着力培养,自然会长出新芽来,大家的努力决不白费,这是民国二十一年的事。"③在周作人看来:"中国的文学,在过去所走并不是一条直路,而是像一道弯曲的河流,从甲处流到乙处,又从乙处流到甲

---

① 朱光潜:《诗论·抗战版序》,《朱光潜全集》第3卷,第4页。
② 周作人:《中国新文学的源流·小引》,《中国新文学的源流》,第2页。
③ 周作人:《关于近代散文》,《知堂乙酉文编》,河北教育出版社2002年版,第56—57页。

处。遇到一次抵抗,其方向即起一次转变。"①周作人认为在中国文学史中存在两种不同的潮流,即"言志派"和"载道派":"这两种潮流的起伏,便造成了中国的文学史。我们以这样的观点去看中国的新文学运动,自然也比较容易看得清楚。"②由于崇尚自由主义的文学理想,周作人本能地排斥一切阻碍文学独立的外在因素,他极力推崇"言志"或"即兴"的文学。在他看来,明代以公安派为代表的文学潮流正是对于"载道派"的反动,具有进步的意义,而中国新文学运动可以看作这场运动的复活。周作人把这两次运动做了比较:"那一次的文学运动,和民国以来的这次文学革命运动,很有些相像的地方。两次的主张和趋势,几乎都很相同。更奇怪的是,有许多作品也很相似。胡适之、冰心和徐志摩的作品,很像公安派的,清新透明而味道不甚深厚……和竟陵派相似的是俞平伯和废名两人,他们的作品有时很难懂,而这难懂却正是他们的好处……从此,也更可见出明末和现今两次文学运动的趋向是怎样相同的了。"③显然,周作人认为五四新文学运动并不是彻底地要和传统决裂,相反,传统文学中的某些成分可以转化为新文学的资源,最大限度地凸显新文学的合法性,周作人转向传统去"寻根"的努力其实也是一条极其重要的路径。

五

　　京派文人大多具有海外学习的背景,他们在大学的文学课程中更加注重对外国文学的介绍,以此来拓宽学生的文化视野,并作为参照来寻找中国新文学的方向,诸如叶公超、梁宗岱、李健吾、李长之、朱光潜甚至周作人等人的讲稿都有这方面的强烈意识。叶公超早年在美国爱默思、英国剑桥等大学学习,结识了艾略特等知名作家。他回国后曾经在清华大学、北京大学、暨南大学、西南联大等校任教,开设了多门介绍西方文学及其理论的课程。诗人辛笛当

①　周作人:《中国新文学的源流》,第18页。
②　周作人:《中国新文学的源流》,第18页。
③　周作人:《中国新文学的源流》,第26—27页。

年在清华大学读书,他回忆说:"回顾30年代之初,公超先生在清华大学任教,我系外国语文系学生,曾上过他教的'英美现代诗'课程,听他侃侃而谈,酣畅淋漓,恰是一种享受,同学们听得入神,都忘记下课铃响了。他天分聪颖过人,兼以学贯中西,因之平时对学生也要求很严,往往出之以机智的讥讽口吻,使人手足无措;更有些人对他的绅士风度和名士派头也有不同看法。"①闻家驷也说:"公超先生在清华执教,以讲授《西方文学理论》和《英美当代诗人》名重一时。他知识渊博,趣味广泛,不但在中国诗词和文论方面下过功夫,善于将中西诗歌佳句和理论予以比较,而且对法国象征派诗人也很熟悉。"②叶公超在课堂上把西方许多著名的诗人、作家如庞德、朱儿·拉佛格(Jules Laforgue)、叶芝、哈代、瑞恰兹、爱伦·坡、弗吉尼亚·伍尔夫、艾略特等介绍给学生。叶公超在西方接受的长期、系统的文化教育使得他能较为直接、清晰地接触西方现代文学尤其是先锋文学思潮;另一方面使得他能够突破单一文化模式的限制,进而借助于西方的异质文化对中国文学走向进行深刻的观察和反思。海外比较文学学者李达三曾说:"人的思维习惯必须是'关联'的。一种对孤立概念的思维习惯是不够的……简而言之,我们不应再闭关自守、囿于己见;相反地,应该具有文学无国境的胸怀,开辟知识的新途径。"③叶公超在大学课堂上的介绍不仅使学生眼界大开,而且进一步推动了他们的研究兴趣。如叶公超当时花了不少精力向学生介绍以瑞恰兹为代表的"新批评"理论,认为这样的文学理论对于中国的文学尤为迫切,结果曹葆华等就翻译了瑞恰兹的著作;叶公超推崇艾略特的诗歌和理论,也直接促使卞之琳、赵萝蕤、曹葆华等对艾略特的翻译和研究。叶公超不遗余力地在大学课堂中译介和诠释西方的文学理论,为中国的读者打开了一扇全新的窗户,对中国20世纪30年代现代诗的繁荣起到推波助澜的作用。

---

① 辛笛:《叶公超先生十年祭》,叶崇德主编:《回忆叶公超》,第31页。
② 闻家驷:《怀念叶公超先生》,叶崇德主编:《回忆叶公超》,第14页
③ [美]李达三:《比较文学研究之新方向》,台湾联经出版事业公司1986年版,第173页。

　　与叶公超较多关注英美文学有所不同的是,梁宗岱关注的重心则是法国文学尤其是法国的象征派诗歌。梁宗岱 1931 年回国,应北大校长蒋梦麟和文学院长胡适的聘请,任法文系主任兼教授,同时还在清华大学兼课,后曾在南开大学、复旦大学任教,长期讲授"西洋文学名著"等课程。梁宗岱学识渊博、个性鲜明,在大学校园里是一个很受瞩目的诗人、学者。柳无忌回忆梁宗岱在南开大学授课的情形说:"宗岱自视甚高,一身嶙峋的傲骨……为了这位法、德、英三国文学都精通的教授,系里增设一门新的功课,西洋文学名著选读……在宗岱的主持下,系中教授轮流主讲自己所喜欢介绍的西洋名著,但讲演最多的还是宗岱,对这门功课的贡献也最大。我还记得,《浮士德》是宗岱所选的名著之一,也许即由此引起他后来从事翻译这部歌德杰作的兴趣。"①卞之琳回忆:"我当时还在北京大学英文系读书,也就偶尔到法文系班上旁听过他几堂课。纪德也是由于他的介绍才开始受到我注意,进而翻译了几部他的作品。"②梁宗岱在法国留学期间对以法国为中心的象征派产生了较大的兴趣,很早就撰文介绍波德莱尔、兰波、马拉美、瓦雷里等人的象征诗,并试图以此为参照改变中国新诗的贫弱局面。1933 年梁宗岱在北京大学国文学会上发表的演讲《象征主义》可以视作他这方面的理论代表作。在梁宗岱看来,象征主义是当时世界诗歌最具现代性的思潮,也代表了文学的最高境界和理想,具有强大的艺术生命力和发展前途。如果要在根本上改变中国新诗苍白、贫乏的面貌,就必须全面引入西方的象征主义。梁宗岱说:"我可以毫不过分地说,一切最上乘的文艺品,无论是一首小诗或高耸入云的殿宇,都是象征到一个极高的程度的。"③除了全面、系统地阐释西方象征主义,梁宗岱还重点介绍瓦雷里的纯诗理论,以此来矫正中国新诗的某些流弊,梁宗岱的这些工作同样开阔了学生们的视野。

---

①　柳无忌:《梁宗岱在南开》,《散文世界》1985 年第 5 期。

②　卞之琳:《人事固多乖》,《新文学史料》1990 年第 1 期。

③　梁宗岱:《象征主义》,《梁宗岱文集》第 2 卷,第 60 页。

　　朱光潜的文学课程则是把对西方文学理论尤其是美学理论的介绍放在重要的位置,这很大的原因在于中国长期缺乏这方面的理论自觉以及对理论的轻视。朱光潜说:"现在一般人对于研究文艺理论,似乎还存有一种不应有的轻视……一切事物都有研究的价值……文艺创作者和欣赏者没有理由菲薄旁人对于文艺作科学的活动,这就是说,根据创作和欣赏的事实,寻求关于文艺的原理。""我现在相信:研究文学、艺术、心理学和哲学的人们如果忽略美学,那是一个很大的欠缺。"①在《文艺心理学》的课程中,朱光潜比较系统地把西方美学中克罗齐的"直觉美学"、布洛的"距离说"、立普斯的"移情说"、谷鲁斯的"模仿说"等介绍给中国的学生。此外,该书还附录了三篇《近代实验美学》,对西方近代心理学家的美学成就和历史进行介绍,所收录的资料十分相近,对于增加学生的文艺心理学的知识背景起到了很好的作用。由于考虑到授课对象,朱光潜的这些介绍文字大都深入浅出,让人在愉快的阅读、学习中领悟到美的世界。如朱光潜在谈到移情的现象时说:"在聚精会神的观照中,我的情趣和物的情趣往复回流。有时物的情趣随我的情趣而定……有时我的情趣也随物的姿态而定,例如睹鱼跃鸢飞而欣然自得,对高峰大海而肃然起敬,心情浊劣时对修竹清泉即洗刷净尽,意绪颓唐时读《刺客传》或听贝多芬的《第五交响曲》便觉慷慨淋漓。物我交感,人的生命和宇宙的生命互相回环震荡,全赖移情作用。"②京派文人在大学文学教育中的这些做法,较为充分地彰显出那一代学人的文化气度和开放的胸襟,对青年一代的文学生涯和学术生涯也奠定了坚实的基石。

第三节　京派知识分子学院派
批评的视野和风范

　　在现代社会,文学批评作为文学体系中独立功能的特点日渐明显,甚至形

---

① 朱光潜:《文艺心理学·作者自白》,《朱光潜全集》第1卷,第198、200页。
② 朱光潜:《文艺心理学》,《朱光潜全集》第1卷,第237页。

成一套完备的机制,对文学的影响也越来越大,文学和艺术批评日益成为专业化很强的文学活动方式。正因为如此,京派文人在大学担任教职,并不仅仅满足于传道、授业、解惑这些传统知识分子的角色,他们大都还从事文学批评的工作,如周作人、朱光潜、梁宗岱、李长之、李健吾、叶公超等的文学批评都有较大的成就和影响。由于身处大学之中,现代大学体制化的特征使得他们所从事的文学批评带有典型的学院派特征,诸如批评的程序和话语越来越呈现现代批评的模式,对文学发展中面临的焦点问题展开学理性的辨析和探讨,学术性和学理性较强。他们还对大学中涌现的后起之秀着力评价和推荐,扩大其在文学公共性领域的知名度和影响力;他们的文学批评追求独立、自由的文学思想,极力维护文学的纯正和健康,与大学的精神相吻合。

一

在长期的文学演进过程中,由于东方文化和思维方式的独特性,中国文学批评形成了一套以印象和感悟为特征的批评方法与话语体系。叶维廉曾把其概括为:"中国传统的批评是属于'点悟'式的批评,以不破坏诗的'机心'为理想,在结构上,用'言简而意繁'及'点到而止'去激起读者意识中诗的活动,使诗的意境重现,是一种近乎诗的结构。"①叶嘉莹则说:"中国文学批评的特色乃是印象的而不是思辨的,是直觉的而不是理论的,是诗歌的而不是散文的,是重点式的而不是整体式的。"②这种批评在审美感悟和体验上固然有其优越性,但它的缺点也是十分明显的,那就是仅仅停留在印象式的层面,更缺乏体系的理论性、系统性和思辨性,与当时兴起的现代批评相距甚远。即使到了五四新文学运动之后,这种惰性的批评方式也没有得到很大的改观,印象式批评仍然居于主流的地位,导致学理性的匮乏。"在 20 世纪 20 年代,这种以作品为对象的'实际批评',由于缺乏足够的自觉,往往流于泛泛的印象批评,文体

---

① 叶维廉:《中国诗学》(增订版),人民文学出版社 2006 年版,第 8 页。版本下同。

② 叶嘉莹:《王国维及其文学批评》,河北教育出版社 1997 年版,第 116 页。

模糊散漫,多为'读后感'一类的文字,当时批评家对于印象批评的贬低,确实也与印象批评自身的不成熟有关"①。到了 20 世纪 30 年代,这种文学批评模式的局限性开始逐渐得到反思,人们越来越认识到,单纯停留在印象层面的作品分析难以准确揭示作品的价值,要完成这样的工作,还必须借助于理论层面的升华,进而获得科学的认知。叶公超说:"所谓'印象派'批评最大的毛病并不在它主张的本身,而在它不能防止这种切线式的行动……它的重要功用还是能领我们走到评价的道上去,使我们对于作品能达到一个价格的结论。"②正是带着这种强烈的理论反思和自觉意识,朱光潜、叶公超、李长之等人的文学批评的理论性、思辨性和逻辑性都超越了不少同时代的批评家,即使像李健吾、梁宗岱、沈从文等以印象批评见长的文学批评也都逐渐渗透出理性的思维方式,带有了学院派的批评色彩。

无疑,朱光潜的文学批评在京派文人中是最具有学理性的,无论是他的《诗论》《文艺心理学》等著作还是某些文学批评文章都能看出他对理论的自觉追求。在广泛接触西方文论后朱光潜发现,虽然中国传统文论有其所长,但与西方文论比较起来,其最大的不足就是缺乏科学性和系统性。他说:"中国向来只有诗话而无诗学,刘彦和的《文心雕龙》条理虽缜密,所谈的不限于诗。诗话大半是偶感随笔,信手拈来,片言中肯,简练亲切,是其所长;但是它的短处零乱琐碎,不成系统,有时偏重主观,有时过信传统,缺乏科学的精神和方法。"③显然,这种情况如果不加以改变,那么中国文学批评就永远停留在只能意会不能言传的感悟阶段,无法上升到学理的层面。为此,朱光潜在他的《诗论》等著作中进行了开拓性的实践,赋予中国文学批评新的生机。"朱光潜的《诗论》更注重学术的周密系统,把实际批评与一般创作经验的探讨引申归纳

---

① 季剑青:《北平的文学教育与大学生产:1928—1937》,北京大学出版社 2011 年版,第 69 页。

② 叶公超:《从印象到评价》,原载 1934 年《学文》第 1 卷第 2 期。

③ 朱光潜:《诗论·抗战版序》,《朱光潜全集》第 3 卷,第 3 页。

到其美学研究的构架之内。比起其他诗论来,朱光潜的这本《诗论》有更多的理论自觉,他是自王国维以来最热诚也最认真地把诗歌理论作为一门专门学科来研究的学者"①。《诗论》这部专著共分为十三章。在第一章先谈诗歌的起源,然后在后面的章节中依次分析了诗歌与其他艺术形式的分别以及它自身所独有的文体要素,在最后又分析了中国诗歌走上格律化的历史原因和启示意义。从这里可以看出,作者在写作上具有明确的理论自觉意识,由此带来了全书严密的理论框架和结构。虽然它大量引用了古今中外的文学事实,但正是由于最高逻辑力量的统帅它们之间形成了有机联系。而全书的各个章节之间也同样是不可分割的有机体,彼此互相呼应,互为补充,在整体上形成了网状结构。它始终严格地遵守了现代学术的规范,始、叙、证、辩、结几个部分都很清晰,根本没有中国传统文论散漫、随心所欲的架构。至于最后一章论陶渊明的部分,表面看起来似乎游离于全书的框架之外,为此不少学者曾对这种逻辑结构十分困惑,认为其和全书很强的理论体系不尽吻合。事实上这正是朱光潜的独具匠心之处,他以中国古典文学最具有代表性诗人之一的陶渊明为个案研究,成功地把诗学理论运用到实际的文学批评之中,带有方法论的总结性质。最后第十三章陶渊明,虽属个别诗人研究,但在这里却有统括全书的意义。它表面上讲的是陶渊明,实际上却说诗的理想。至于研究的科学精神在许多地方都有呈现,尤其是在分析中国古典诗歌的节奏和声韵上,朱光潜借鉴了西方的现代物理学和音律学的知识,得出了有说服力的结论。比如他对韩愈的《听颖师弹琴歌》的分析就极具科学性,他是这样分析的:

　　"昵昵儿女语,恩怨相尔汝;划然变轩昂,猛士赴战场。"

　　"昵昵"、"儿"、"尔"以及"女"、"语"、"汝"、"怨"诸字,或双声,或叠韵,或叹声而兼叠韵,读起来非常和谐;各字音都很圆滑轻柔,子音没有夹杂一个硬音、摩擦音或爆发音;除'相'字以外没有一个字

---

① 温儒敏:《中国现代文学批评史》,北京大学出版社 1993 年,第 201、202 页。

是开口呼的。所以头两句恰能传出儿女私语的情致。后二句情景转
变,声韵也就随之转变。第一个'划'字音来得非常突兀斩截,恰能
传出一幕温柔戏转到一幕猛烈戏的突变。韵脚转到开口阳平声,与
首二句闭口上声韵成一强烈的反衬,也恰能传出'猛士赴战场'的豪
情胜概。

最后朱光潜总结出了汉语四声的功用在于调质的结论。可以看出,这样
的结论是完全建立在谨严有据的科学实证基础上的,经得起历史的检验。同
样,他的专著《文艺心理学》以及《诗的隐与显》《诗的主观与客观》《从生理学
观点谈诗的"气势"与"神韵"》《从"距离说"辩护中国艺术》等论文都有这样
的追求。

与朱光潜比较起来,李长之这方面的追求也同样自觉。李长之曾经十分
仰慕德国古典文化的精神,德国思想家博大精深的知识体系和缜密的逻辑思
维对李长之也有着很强的吸引力,这和他的老师杨丙辰的影响有关。李长之
回忆说:"今夏,和杨丙辰先生初识,他拿出在北大德文系的课程指导书出来
指给我们看,他非常郑重的把说着学德文的目的的几句话念给我们听,大意似
乎是学德文在从作品里得到作者伟大的人格的感印,以创造我们的新生
命。"①李长之自己也翻译了《德国的古典精神》《文艺史学与文艺科学》等有
关德国哲学、文化的著作,因此李长之的批评也带有学院派的色彩,他1935年
完成的《鲁迅批判》初步显示出这方面的特长。虽然在李长之之前,把鲁迅作
为评论对象的文章已经层出不穷,但毋庸讳言,很多文章感性的成分多,学理
性的分析明显不足。李长之的《鲁迅批判》作为第一部研究鲁迅的专著,在系
统性和学术性上都独树一帜。全书共分成五个部分,第一部分带有总论性质,
其余的几章分别从鲁迅精神历程、鲁迅作品的艺术性、鲁迅的杂文以及鲁迅的
精神特征几个方面展开了深入的论述,体系非常完整、严密。不仅如此,李长

---

① 李长之:《从陈桢普通生物学说到中国一般的科学课本》,1931年12月26日《清华周
刊》第36卷第8期。

之的眼光超越了具体的作品分析,而是力图从文学史的角度来阐释鲁迅的文学世界,眼光的独到和开阔让人叹服,他说:"单以文字的技巧论,在十七年来(1918—1935)的新文学的历史中,实在找不出第二个可以与之比肩的人。""鲁迅文艺创作之出,意义是大而且多的,从此白话文的表现能力,得到一种信赖;从此反封建的奋战,得到一种号召;从此新文学史上开始有了真正的创作,从此中国小说的变迁上开始有了真正的短篇。"①李长之后来的《道教徒的诗人李白及其痛苦》《司马迁之人格与风格》和其他一些评论文章也基本上延续着学院派的这些特点。

学院派批评还影响到了梁宗岱、李健吾、沈从文等这样的批评家。他们的批评大都带有印象式的批评特征,但是也和中国传统文学的印象式批评有了不小的距离。如梁宗岱的《象征主义》就是一篇学理性较强的文章,文章先是举例说明文学的最上乘的作品都是象征,然后通过辨析论证了到底何谓象征主义,它和人们经常使用的象征手法有何不同,然后概括出象征主义的特征,最后探讨达到象征主义的方法。文章的整个论证过程较为严密,学术性的分析也较为充分。李健吾的文章如果从表面看当然是印象式的批评居于主体,但应当注意的是,他的有些文章还是具有逻辑的线索,只不过不太明显罢了,"刘西渭的印象主义批评,还是渗入理性,他不过以感情和审美作为经线,以西方文学的宏博知识,以他所了解的中国作家与具体批评对象作为纬线展开他的框架结构"②。京派文人文学批评的这种学院化倾向,实际上既是对现代大学强调学术规范、学术精神的呼应,也是研究方法自觉意识越来越强的客观呈现。

二

在新文学的影响和推动下,民国文学的生态也发生了明显的改变。随着

---

① 李长之:《鲁迅批判》,北京出版社 2003 年版,第 158 页。版本下同。

② 陈鸣树:《文艺学方法论》,第 357 页。

越来越多的作家进入现代大学的体系之中,他们在讲授新文学课程、完成从作家到教授角色转换的同时,还把相当一部分精力转向对文学新人的发现、培养,其中通过文学批评的方式来评价作家作品成为重要途径。为此,京派的批评家进行了卓有成效的工作,通过文学批评的方式扶植了一大批当时还在大学校园生活的青年作家、诗人,使他们很快在文坛脱颖而出。

作为经历过五四新文化运动的一代健将,周作人在不少青年学子的心目中享有很高的威望和地位,被尊为精神导师。而周作人也尽量地利用自己的地位和影响及时通过文学评价活动来提高他们的知名度,他对废名、俞平伯、沈启无等人的文学成长悉心呵护,写下了大量评论的文章。周作人在北京大学任教时,废名曾是北京大学的学生,两人有师生之谊,废名就在此时开始了自己的文学创作道路。在20世纪20年代到30年代,废名接连出版了小说集《桃园》《枣》《桥》《莫须有先生传》等,而作为导师的周作人则不吝笔墨,打破自己从不为别人写序的诺言,对废名的每一部作品都热情鼓励,写下了一段文坛佳话。1925年,废名(冯文炳)的《竹林的故事》出版,周作人很快就写了一篇序言,对废名的成就大加赞赏。他说:"冯文炳君的小说是我所喜欢的一种。我不是批评家,不能说他是否水平线以上的文艺作品,也不知道是哪一派的文学,但是我喜欢读他,这就表示我觉得他好。""冯君著作的独立精神也是我所佩服的一点。他三四年来专心创作,沿着一条路前进,发展他平淡朴讷的作风,这是很可喜的。"[1]1928年,废名的小说集《桃园》问世后不久,周作人马上又为其写了一篇序文,对废名作品艺术上表现出来的趣味颇为欣赏。他说:"文艺之美,据我想形式与内容要各占一半。近来创作不大讲究文章,也是新文学的一个缺陷。的确,文坛上也有做得流畅或华丽的文章的小说家,但废名君那样简练的却很不多见。"[2]废名的小说创作经历过一段探索后风格出现了明显的变化,由平淡转向晦涩,他的《枣》《桥》和《莫须有先生传》都能看出这

---

[1] 周作人:《〈竹林的故事序〉序》,《周作人自编文集·苦雨斋序跋文》,第102页。
[2] 周作人:《〈桃园〉跋》,《周作人自编文集·苦雨斋序跋文》,第104页。

些变化。对于这种变化，不少评论家持怀疑甚至批评的态度，鲁迅就曾说："在 1925 年出版的《竹林的故事》里，才见以冲淡为衣……可惜的是大约作者过于珍惜他有限的'哀愁'，不久就更加不欲像先前一般的闪露，于是从率直的读者看来，就只见其有意低徊，顾影自怜之态了。"①沈从文的批评还要激烈，他说："这'趣味的相同'，使冯文炳君以废名笔名发表了他的新作，在我觉得是可惜的。这趣味将使中国散文发展到较新情形中，却离了'朴素的美'越远。"②而周作人的观点却和他们迥异，不遗余力地为废名辩护："废名君用了他简练的文章写所独有的意境，固然是很可喜，再从近来文体的变迁上着眼看去，更觉得有意义。"③直到 20 世纪 40 年代，周作人还在关注废名的创作。对于俞平伯，周作人也是极力扶持，当俞平伯的《杂拌儿》《燕知草》《杂拌儿之二》《古槐梦遇》等作品出版的时候，周作人也都及时给予评论，如他为《燕知草》所写的跋中说："我平常称平伯为近来的一派新散文的代表，是最有文学意味的一种，这文章在《燕知草》中特别地多。"④他对俞平伯散文中表现出的知识性、趣味性和旧文学传统的功力极为欣赏，认为他的文章具有一种独特的风致，把文学中新和旧的因素结合在一起。

比起周作人来，虽然李健吾、叶公超、梁宗岱、朱光潜等人从事文学批评要晚一些，但他们在 20 世纪 30 年代也都热心以文学批评等方式发现和提携了一大批文学青年，扩大了京派文学阵营的队伍和影响。李健吾 1920 年代后期曾在清华读书，毕业后曾经短暂担任过外文系主任王文显的助教，后在海外留学，1930 年代又回到北京。虽然他此时并未在大学教书，但是由于参与到大型文学刊物《文学季刊》以及《水星》等的编辑工作，他和当时平津两地的作家和文学爱好者关系十分密切，这其中不乏平津等地的高校学生。李健吾写过

---

① 　鲁迅:《〈中国新文学大系〉小说二集·序》，《鲁迅全集》第 6 卷，第 244 页。
② 　沈从文:《论冯文炳》，《沈从文全集》第 16 卷，第 148 页。
③ 　周作人:《〈枣〉和〈桥〉的序》，《周作人自编文集·苦雨斋序跋文》，第 107 页。
④ 　周作人:《燕知草跋》，《周作人自编文集·苦雨斋序跋文》，第 123 页。

的文学评论中有不少是把正在校园读书或刚刚从学校毕业的学生作为对象，如曹禺、何其芳、卞之琳、李广田、罗皑岚、萧乾等都是。李健吾在文学批评中一方面对于他们的文学成就给以充分的肯定，另一方面也能指出不足，指出应该努力的方向，尽可能做到客观、公正，有好说好，有坏说坏。萧乾当时刚刚踏上文学的道路，但他的作品很快就引起了李健吾的注意，李健吾说："看过《篱下集》，虽说这是他第一部和世人见面的创作，我们会以十足的喜悦，发现他带着一颗艺术自觉心，处处用他的聪明，追求每篇各自的完美。""我们每年可以读到 50 部短篇小说集，然而即使把长篇小说全算上，我们难得遇见这样十部有光彩的文章。"①何其芳、李广田、卞之琳都是在北京大学就读的学生，也是李健吾特别欣赏的青年作家，他在文学评论中对于他们的文学才华高度肯定。他说："何其芳先生更是一位诗人。我爱他那首《花环》，除去'珠泪'那一行未能免俗之外，仿佛前清朝帽上亮晶晶的一颗大红宝石，比起项下一圈细碎的珍珠（我是说《画梦录》里的那篇《墓》）还要夺目。同样是《柏林》，读来启人哀思。"②李广田当时出版了散文集《画廊集》，其作品朴素的风格、浓郁的风土气息都让李健吾赞叹不已："有些好书帮人选择生活，有些好书帮人渡过生活，有些书——那最高贵的——两两都有帮助。《画廊集》正是属于第二类的人生的伴侣。"③卞之琳当时创作的诗歌具有浓重的现代主义诗风，一时还无法被人们所接受，然而李健吾却从现代诗歌嬗变的历史中发现卞之琳的诗作有着特殊的意义。李健吾认为卞之琳的《鱼目集》在中国现代诗歌中是一个具有重大意义的事件，是一个转变的开始："这种肇始也许只是少数人的事业，大多数人属于虚伪的传统（因为不是创造的），或者带着超人的企图，也许不同情，甚至于加以否认。但是在创作上，自来不就是少数而又少数者在领先吗？等到少数变成了多数，事业又须换番面目了。谁知道？创造是个莫测高

---

① 李健吾：《〈篱下集〉：萧乾先生作》，《李健吾文学评论选》，第 76、77 页。
② 李健吾：《〈画梦录〉：何其芳先生作》，《李健吾文学评论选》，第 127 页。
③ 李健吾：《〈画廊集〉：李广田先生作》，《李健吾文学评论选》，第 118 页。

深的神秘。"①即使对于在文坛上影响还不是很大的作家,李健吾也是尽可能发现他们,如罗皑岚就是一个例子。罗皑岚早年在清华大学读书,是清华文学社的中坚成员,一度在文坛比较活跃,著有短篇小说集《六月里的杜鹃》及长篇小说《苦果》等,但是由于创作和时代有一定的疏离,使得他的创作不大为人们注意。罗皑岚的长篇小说《苦果》创作于1928年,但迟至1935年才问世,因而李健吾认为这部作品的不少地方虽然有缺陷但应该谅解的:"专从历史的价值来看,《苦果》自然属于一部创作。它不幸迟来一步。然而唯其迟来,我们如今才敢接受这里的揭露——那最热闹那最精彩的中间一部。"②但是,出于对文学青年的爱护,李健吾有时也会对他们的作品要求甚严,对作品中的缺点也认真而严肃地指出,他对曹禺《雷雨》的批评就是一个典型例子。曹禺在清华大学读书期间创作的《雷雨》一夜走红,成为当时文坛一大热点,一时好评如潮。李健吾早年也在清华大学外文系读书,和曹禺堪称校友,而且当时两人也有交往。对于《雷雨》的成就,李健吾当然不会视而不见,他在评论中说:"说实话,在《雷雨》里最成功的性格,最深刻而完整的心理分析,不属于男子,而属于妇女。""《雷雨》虽有这种倾向,仍然不失其为一出动人的戏,一部具有伟大性质的长剧。"但是,出于对批评独立、公正和尊严的推崇,李健吾也毫不客气地对《雷雨》的种种不足提出批评。如他认为《雷雨》对于工人鲁大海的塑造并不成功,流于概念化倾向,缺乏真实的生活基础:"作者或许想把鲁大海写成一个新式的英雄,但是因为生活的关系,往往停留在表皮,打不进这类人物的内心存在。"即使繁漪,李健吾认为有些地方的处理也不太恰当:"我引为遗憾的就是,这样一个充实的戏剧性人物,作者却不把戏全给她。戏的结局不全由于她的过失和报复。"李健吾还认为《雷雨》的故事情节和西方的一些戏剧存在雷同,"容我乱问一句,作者隐隐中有没有受到两出戏的暗

---

① 李健吾:《〈鱼目集〉:卞之琳先生作》,《李健吾文学评论选》,第88页。
② 李健吾:《〈苦果〉:罗皑岚先生作》,《李健吾文学评论选》,第59页。

示？一个是希腊欧里庇得斯（Euripides 的 Hippolytus），一个是法国拉辛（Racine）的 Phedre，二者用的全是同一的故事。"①虽然曹禺一时难以理解这样严厉的批评，但批评家这样的批评却能让作者更为冷静地反思，等曹禺的《日出》发表后，他就能够以谦虚、虔诚的心理来看待那些较为严苛的批评了。

叶公超当时在文学批评领域也是相当活跃的学院派教授，他对当时清华、北大的学生如下之琳、梁遇春、赵萝蕤、曹葆华等人的创作情况较为关注，也通过写序以及文学评论的方式鼓励他们。梁遇春是叶公超极为欣赏的学生，叶公超不止一次地为他的作品写序，对这位文学天才的才华给予很高的评价。1934 年，叶公超为梁遇春的作品集《泪与笑》写跋，他说："从他这集子里我们就可以看出他是个生气蓬勃的青年，他所要求于自己的只是一个有理解的生存，所以他处处才感觉矛盾。这感觉似乎就是他的生力所在。无论写的是什么，他的理智总是清醒沉着的，尤其在他那想象汹涌流转的时候。""他的文章与他的生活环境并不冲突；他从平淡温饱的生活里写出一种悲剧的幽默的情调本是不稀奇的事。"对于梁遇春的翻译作品，叶公超也评价甚高："驭聪的翻译共有二三十种。我听说他所译注的《小品文选》及《英美诗歌选》都已成为中学生的普通读物。我是不爱多看翻译的人，他的也只看过这两种，觉得它们倒很对得起原著人。"②20 世纪 30 年代，曹葆华翻译了英国新批评派代表人物瑞恰兹（I.A.Richards）的文艺理论著作《科学与诗》，叶公超十分推崇，认为瑞恰兹的文学理论体现出现代的知识结构，包含了心理学、语言学、逻辑学等学科的最新成果，中国非常需要这样的理论参照。为此他专门写文章进行介绍。叶公超说："我希望曹先生能继续翻译瑞恰慈的著作，因为我相信国内现在最缺乏的，不是浪漫主义，不是写实主义，不是象征主义，而是这种分析文学作品的理论。"③在叶公超的鼓励下，曹葆华后来又陆续翻译了不少西方文学

---

① 李健吾：《〈雷雨〉：曹禺先生作》，李健吾：《咀华集·咀华二集》，第 55 至 57 页。
② 叶公超：《〈泪与笑〉跋》，陈子善编：《叶公超批评文集》，第 91、93 页。
③ 叶公超：《曹葆华译〈科学与诗〉序》，陈子善编：《叶公超批评文集》，第 148 页。

理论著作。朱光潜虽然主要的精力在于建构美学和文学的理论体系,但他对文坛的现状也很关心,对于大学中涌出的文学新人极力通过文学批评来扶植。如钱钟书和杨绛当时都是刚刚在清华毕业然后留学英国,他们从海外寄来了文章,朱光潜安排在自己主编的《文学杂志》上发表之余,还不忘对他们的作品进行评价。他说:"钱钟书先生在牛津,远道寄来他的《谈交友》。他殷勤在书城众卉中吸取精英来酿出这一窝蜜,又参上兰姆与海兹尼特的风格的芬芳。他的夫人杨季康女士的《阴》以浓郁色调染出一种轻松细腻的情绪,与《谈交友》可谓异曲同工。"①特别是钱钟书的重要文章《中国固有的文学批评的一个特点》在《文学杂志》发表时,朱光潜介绍说:"钱钟书先生拿中国文学批评和西方文学批评相比较,指出它的特色在'人化',繁征博引,头头是道……看过钱先生的论文以后,我们想到如果用他的看法去看中国的文艺思想,可说的话还很多,希望他将来对于这问题能写一部专书。"②钱钟书后来专心于文学理论研究并完成《谈艺录》专著,未尝不是这种鼓励的结果。对于何其芳,朱光潜也赞誉有加,其他如林庚、孙毓棠、吴组缃等在文学成长的道路上也得到了学院派批评的指导。当林庚的诗集《夜》刚出版时,在清华任教的俞平伯即写序给予褒扬:"他的诗自有他的独到所在……于是他在诗的意境上,音律上,有过种种的尝试,成就一种清新的风裁。"③林庚的另一部诗集《冬眠曲及其他》出版后,身为北京大学讲师的冯文炳(废名)也为其写序。20 世纪 30 年代中国大学校园异常浓厚的文学氛围和大量文学青年脱颖而出,客观上和京派文人这种学院派的评论有着密不可分的关系。

三

对知识分子而言,现代大学最大的魅力在于其精神的独立、自由和超脱。

① 朱光潜:《编辑后记(一)》,原载 1937 年《文学杂志》第 1 卷第 1 期。
② 朱光潜:《编辑后记(四)》,原载 1937 年《文学杂志》第 1 卷第 4 期。
③ 俞平伯:《〈夜〉序》,《林庚诗集》,第 3 页。

清华校长梅贻琦1932年在一次讲话中曾说:"诸君要拿出恳求的精神,切实去研究。思想要独立,态度要谦虚,不要盲从,不要躁进。"①多年后他在与多位大学教授谈话时仍然慨叹:"余对政治无深研究……对于校局则以为应追随蔡孑民先生兼容并包之态度,以克尽学术自由之使命。昔日之所谓新旧,今日之所谓左右,其在学校均应予以自由探讨之机会,情况正同。此昔日北大之所以为北大,而将来清华之为清华,正应于此注意也。"②20世纪二三十年代中国大学校园呈现出的民主、自由的空气孕育了京派的文人,不但他们的作品充满着这种强烈的人文精神追求,而且作为学院派批评的代表,他们的文学批评中也无时不在渗透着这种独立、自由的精神。

20世纪二三十年代是中国文坛思潮、派别林立、各种主义碰撞、交锋的时代。以京派文人为代表的一群知识分子深受西方自由主义思潮的影响,多次呼吁保持文学的独立和尊严,同时他们也对各种文学上的政治化、功利主义倾向进行严肃的批评。1937年朱光潜主编《文学杂志》,他在创刊号所发表的文章《我对本刊的希望》完整阐发了自由主义的文化思想和文艺理想。朱光潜说:"在现代中国,我们一提到文艺,就要追问到思想。这是不可逃免的。""我们对于文化思想运动的基本态度,用八个字概括出来,就是'自由生发,自由讨论'"③。朱光潜的这段话可以看作这群学院派批评家的集体宣言。其实,早在20世纪20年代,周作人有感于提倡"人的文学"和"平民文学"所可能带来的对文学功利化的追求,因而提出要超越"为人生派"和"为艺术派"的分野,把文学的独立个性放在重要的位置。他说:"总之,艺术是独立的,却又原来是人性的,所以既不必使他隔离人生,又不必使他服侍人生,只任他成为浑然的人生的艺术便好了。'为艺术'派以个人为艺术的工匠,'为人生'派以艺

---

① 黄延复:《水木清华:二三十年代清华校园文化》,第58页。
② 黄延复、王小宁整理:《梅贻琦日记(1941—1946)》,清华大学出版社2001年版,第184页。
③ 朱光潜:《我对于本刊的希望》,原载1937年《文学杂志》第1卷第1期。

术为人生的仆役;现在却以个人为主人,表现情思而成艺术,即为其生活之一部……这是人生的艺术的要点,有独立的艺术美与无形的功利。"①后来周作人在不少场合对自己的这些观点做了进一步的阐释,反复强调文学批评的职能在于向读者提供一种分析而不是法官的判决。他说:"聪明的批评家自己不妨属于已成势力的一分子,但同时应有对于新兴潮流的理解与承认。他的批评是印象的鉴赏,不是法理的判决,是诗人的而非学者的批评。文学固然可以成为科学的研究,但只是已往事实的综合与分析,不能作为未来的无限发展的规范。"②对于周作人在文学批评上的这些见解,有学者给予了高度的评价:"周作人从文学艺术与批评自身发展规律出发,对于'批评自由与宽容'原则的深刻阐述,不仅是周作人批评理论中最有价值的部分,而且是五四思想解放运动与文学革命的可贵成果,表示着现代文学批评观念所达到的一个历史水平,一个重要阶段。"③正是基于对文学独立、自由和宽容精神的理解,周作人在自己的文学批评中对于各种超脱、甚至隐逸的文学作品评价甚高,而对于把社会性和阶级性作为文学属性的左翼文学批评则极为严苛,甚至把其视为文艺"自由"的大敌。这当然是一种偏见,但也反映出周作人文艺批评中对于核心价值的维护和珍视。

到了20世纪30年代,中国自由主义文艺迎来了一个短暂的高潮期,朱光潜、李健吾、沈从文、梁宗岱、李长之等京派文人继续通过文学批评来阐释和宣传自由、独立的文学观念,反对把文学视为政治和商业的附庸。朱光潜一贯坚持自由主义文艺观念,1937年他主编的《文学杂志》事实上成为重要的自由主义文艺阵地,在第一期的发刊词中,他明确提出在文艺上应该奉行宽容和自由的原则:"对于文艺本身,我们所抱的态度与对于文化思想相同。中国的新文艺也还是在幼稚的生发期,也应该有多方面的调和的自由发展。我们主张多

---

① 周作人:《自己的园地》,第6、7页。
② 周作人:《文学上的宽容》,《自己的园地》,第9页。
③ 钱理群:《周作人论》,上海人民出版社1991年版,第219页。版本下同。

探险,多尝试,不希望某一种特殊趣味或风格成为'正统'。这是我们的新文艺试验时期……别人的趣味和风格尽管和我们背道而驰,只要他们的态度诚恳严肃,我们仍应表示相当的敬意。"①朱光潜在文学批评中秉持独立、公正和宽容的批评精神,具体诠释了自由主义文艺的理念。朱光潜心目中的批评家不是一个法官和裁判,而是美的欣赏者,需要的是公平和自由,因而他推崇印象派的批评,而对于攻击和谩骂式的批评尤为反感。他说:"攻击唾骂在批评上固然有它的破坏的功用,它究竟是容易流于意气之争,酿成创作与批评中不应有的仇恨。""书评是一种艺术,像一切其它艺术一样,它的作者不但有权力,而且有义务,把自己摆进里面去,它应该是主观的;这就是说,它应该有独到见解。"②当年曹禺的《日出》发表后曾引起很大的轰动,好评如潮,但朱光潜却能站在批评家独立、超然的立场去对待这部作品。朱光潜认为《日出》在空气的渲染、剧情的构思和人物性格塑造上取得的成功,但他更多地谈到《日出》的不足:"《日出》所用的全是横断面的描写法,一切都在同时间之内摆在眼前,各部分都很生动痛快,而全局却不免平直板滞。"③此外朱光潜还批评了《日出》在主题、结构等方面存在的不足。同样,对于那些颇有争议的作家和作品,朱光潜也能尽可能站在公正、宽容的立场去理解,甚至超越文坛的门户之见。如他对废名的评价就是一个典型。废名在当时是一个很受争议的作家,尤其是他的小说《桥》发表后曾受到一些批评家较为严苛的批评。然而在朱光潜看来,《桥》是一部很有价值的作品,读者和批评家应该用另一种艺术思维去理解。朱光潜说:"如果以陈规绳《桥》,我们尽可以找到许多口实来断定它是一部坏小说;但是就它本身看,它虽然不免有缺点,仍可以说是'破天荒'的作品。它表面似有旧文章的气息,而中国以前实未曾有过这种文章。"④朱光潜甚至认为阅读

① 朱光潜:《我对于本刊的希望》,原载 1937 年《文学杂志》第 1 卷第 1 期

② 朱光潜:《谈书评》,原载 1936 年 8 月 2 日天津《大公报》文艺副刊。

③ 朱光潜:《"舍不得分手"》,原载 1937 年 1 月 1 日天津《大公报》文艺副刊。

④ 朱光潜:《桥》,原载 1937 年《文学杂志》第 1 卷第 3 期。

《桥》是一种很好的文学训练,可以改变人们的惰性思维习惯。对于废名那些极为晦涩、难懂的诗歌,朱光潜也希望人们能够多一些宽容,不要一味苛求。

而对于李健吾来说,坚守文学批评的独立、公正的立场一样是批评家必须具备的职责,他多次强调过这一立场:"批评不像我们通常想象的那样简单,更不是老板出钱收买的那类书评。它有它的尊严。犹如任何种艺术具有尊严;正因为批评不是别的,也只是一种独立的艺术,有它自己的宇宙,有它自己深厚的人性做根据。"①在李健吾的眼中,批评是自我价值的发现,是一种独立的、充满创造性的艺术,本身具有自己的独立和尊严。从这样的立场出发,李健吾对 20 世纪 30 年代常见的把文艺批评当作清查、斗争工具,甚至等而下之地对批评对象动辄进行人身攻击的粗暴做法十分不满。他说:"批评变成一种武器,或者等而下之,一种工具。句句落空,却又恨不得把人凌迟处死,谁也不想了解谁,可是谁都抓住对方的隐匿,把揭发私人的生活看做批评的根据。"②李健吾断然否认了批评者所扮演的判官式角色和所谓绝对真理的化身,而更多地把评论当作自我的一种心灵活动。从李健吾的文学批评文章中人们能够发现,虽然李健吾评论的对象很多,既有和自己审美情趣接近的京派同仁如沈从文、萧乾、林徽因、何其芳、李广田、芦焚等人,也有和自己审美理想迥异的左翼作家如茅盾、萧军、叶紫、夏衍等。但是一旦进入审美的过程,李健吾却能抛开一切外在因素的影响,完全持一种公平的姿态,对批评对象更多的是一种宽容和理解。"凡落在书本以外的条件,他尽可置诸不问。他的对象是书,是书里涵有的一切,是书里孕育这一切的心灵,是这心灵传达这一切的表现"③。如他对沈从文的批评就很好地体现出这样的特点。当时沈从文创作的一些作品由于和现实保持了一定的距离而遭到左翼批评家的激烈指责,然而李健吾却发现了沈从文独特的价值,对他的创作多次给予充分的肯定,称

---

① 李健吾:《答巴金先生的自白》,《李健吾文学评论选》,第 40 页。
② 《李健吾文学评论选》,第 2 页。
③ 李健吾:《答巴金先生的自白》,《李健吾文学评论选》,第 42 页。

赞沈从文是一个逐渐走向自觉的艺术家,更把沈从文的《边城》比喻为一颗千古不磨的"珠玉"。李健吾这种对作家宽容、同情的态度在其对左翼作家的批评中体现得也很充分。李健吾虽然推崇自由主义的文学理想,但对于当时正在兴起的左翼文学仍然十分关注,对不少左翼作家的文学成就都有积极的评价,认为他们强化了文学和现实的关系,拓展了文学表达的题材。如他认为萧军的小说固然有艺术粗糙的毛病,但在一个狂风暴雨的时代,这样的缺陷有时又是难以避免的,毕竟萧军为文学贡献了新鲜的东西:"《八月的乡村》来得正是时候,这里题旨的庄严和作者心情的严肃喝退我们的淫逸。它的野心(一种向上的意志)提高它的身份和地位。"①其他如叶紫、罗淑等都是当时崭露头角的左翼青年作家,影响还不太大,很少被评论家所关注,但李健吾却独具慧眼地揭示了他们的价值。在当时异常险恶的政治环境下,李健吾的这种评论无疑需要巨大的勇气,他坚守文学独立、自由立场的做法理应得到人们的尊重。

李长之早年曾就读于清华大学哲学系,后长期在高校任教,深受西方现代哲学精神的影响。从本质上讲,他也是一个尊崇自由主义文艺观的知识分子,因此他在文学批评中坚决反对各种功利主义和奴性思想。他说:"批评是反奴性的。凡是屈服于权威,屈服于时代,屈服于欲望(例如虚荣和金钱),屈服于舆论,屈服于传说,屈服于多数,屈服于偏见或成见(不论是得自他人,或自己创造),这都是奴性,这都是反批评的。千篇一律的文章,应景的文章,其中决不能有批评精神。""真正批评家,大都无所顾忌,无所屈服,理性之是者是之,理性之非者非之……这是批评家的真精神。"②他还说:"伟大的批评家的精神,在不盲从。他何以不盲从? 这是学识帮助他,勇气支持他,并且那为真理,为理性,为正义的种种责任主宰他,逼迫他。"③李长之不仅这样说,而且在

---

① 李健吾:《咀华集·八月的乡村》,《李健吾文学评论选》,第 150 页。
② 李长之:《产生批评文学的条件》,郜元宝等编:《李长之批评文集》,珠海出版社 1998 年版,第 377 页。
③ 李长之:《论伟大的批评家和文艺批评史》,《批评精神》,南方印书馆 1942 年版,第 39 页。

他的文学批评活动中也是这样做的,他的《鲁迅精神》一书就完整体现出这样的独立批评精神,正如他在这部著作的序言中所说的:"我的用意是简单的,只在尽力之所能,写出我一点自信的负责的观察,像科学上的研究似的,报告一个求真的结果而已,我信这是批评者的惟一态度。"①因此,虽然李长之写作《鲁迅批判》的时候还是一个名不见经传的青年学者,而鲁迅已是很多人心目中的文学界、思想界的权威,但李长之却仍然能够以一个独立批评家的身份对其进行深刻、坦诚的剖析,既能指出其在文学上的巨大贡献,也实事求是地指出其不足之处,并没有盲从和膜拜,表现出罕见的学术勇气。如李长之专门列入《鲁迅在文学创作上的失败之作》一节,认为鲁迅部分的小说属于失败之作,如《头发的故事》《一件小事》《端午节》《在酒楼上》等。粗粗算来,鲁迅《呐喊》、《彷徨》小说集中总共20多篇小说,有将近一半被李长之列为失败和平淡之作。对于鲁迅的杂文,李长之也不愿附和时论,认为鲁迅的杂文也有失败之处。他甚至还拒绝承认《野草》是一部散文诗集,认为它是不纯粹的,没有审美功能。更让人吃惊的是,李长之对《野草》的不少篇目提出了严厉的批评。他说:"《好的故事》和《失掉的好地狱》,就是十分肤浅的例;甚而有的无聊,《我的失恋》可算一个例子。至于那种'墙外有两株树,一株是枣树,还有一株也是枣树',我认为简直堕入恶趣。"②抛开这些观点的正误不谈,李长之恰恰在这里实践了他的不虚美、不隐恶的批评精神。正是周作人、朱光潜、李健吾、梁宗岱、李长之在文学批评中的可贵坚守,谱写出了那个年代知识分子最可珍视的人格和独立精神。

第四节　京派知识分子大学校园的公共交往

近年来,知识分子研究已经成为学界的热点,诸如知识分子在近现代社会

---

① 李长之:《鲁迅批判》,第 1 页。
② 李长之:《鲁迅批判》,第 108 页。

转型中的角色、知识分子的命运、知识分子人格精神等很多命题都得到了深入研究。在知识分子研究领域很有影响的学者许纪霖说,"1990 年代中期以后,知识分子研究开始呈现出一种学科化、多元化的趋势。"为此他呼吁开辟新的知识分子研究路径:"知识分子的社会文化史,特别从都市史的角度研究知识分子是一个全新的研究路径,特别值得我们重视。这一研究路径所重点考察的,是知识分子在特定的社会语境和关系网络中,如何产生知识分子共同体,如何相互交往,影响和建构社会公共空间和关系网络。"①进入现代社会以来,中国传统知识分子的身份发生了巨大的变化,他们纷纷聚集到都市,在一个更广阔的空间中寻找自身的价值。在这样的过程中,他们按照各自的意识形态、文化趣味、知识背景、生活习惯等多方面的因素交往,逐渐形成稳定的群体。西方学者布迪厄说:"在高度分化的社会里,社会世界是由大量具有相对自主性的社会小世界构成的,这些社会小世界就是具有自身逻辑和必然性的客观关系的空间。"②布迪厄把这些社会小世界定义为"场域"。布迪厄的场域理论如果用来分析京派知识分子 20 世纪二三十年代在大学校园的人际交往是很有价值的,这些知识分子以师生、同学、朋友等关系为线索,彼此互相欣赏、互相提携,无形中为大学增添了生命和活力。

在现代大学的人际关系中,师生的关系是最为重要的,这种关系更多体现出私人领域的交往,往往关系紧密。学生刚进入大学校园,其社会公共资源是极为匮乏的,因而如果有得力老师的大力推荐,对于他们后来的成长会起到至关重要的作用。正如贺麦晓所指出的那样,在现代中国的文学场域中,师生关系是一种重要的再生产的模式③。如周作人、叶公超、杨振声、闻一多、俞平伯

---

① 许纪霖等:《近代中国知识分子的公共交往(1895—1949)》,第 2 页。
② [法]布迪厄、[美]华康德:《实践与反思:反思社会学导引》,李猛、李康译,中央编译出版社 1998 年版,第 134 页。
③ 贺麦晓:《二十年代中国"文学场"》,陈平原等主编:《学人》第 13 辑,第 303—307 页。

等在当时的大学中都扮演着这样的关键角色。作为中国新文化运动的重要参与者之一，周作人很早就在青年人中享有较高的威望。周作人长期在北京大学、燕京大学等大学任教，因而得以结识一些很有才华的青年学子，如俞平伯、废名、冰心、冯至、梁遇春、沈启无、凌叔华等。1934 年周作人在回答日本记者提问时，说自己有几个在文坛崭露头角的得意门生，他列举出俞平伯、废名、冰心等。周作人不仅利用自己在文坛的巨大影响力鼎力扶植他们，而且在相当长的一段时间还把这种师生之情延伸为朋友之情，在日常生活中的关系也极为密切。从周作人 20 世纪二三十年代的日记、书信中可以发现，这些青年弟子的名字频频出现，如 1930 年 9 月 1 日周作人致俞平伯书信："冯君培君不久将往德国去，耀辰和我定于三日下午六时在苦雨斋请他小酌，请光临。此外来者大抵系废名、秋心（梁遇春）、惠修及弼猷，届时希早来闲话为幸。"①这里面提到的人物和周作人大都有着师生的情谊，平时交往很多。周作人自己曾著有《苦雨斋一周》，记录的是他平常生活中的情形，从中也同样可以发现这些弟子的名字。如 1932 年 7 月 28 日的记载："二十八日　阴。上午，启无来，幼渔、肇洛先后来，下午去。得半农赠《朝鲜民间故事》一册，其女小蕙所译，前曾为作序。嗣群来，以右文社影印《六子》二函见赠。平伯来。傍晚大雷雨，积水没街。十时顷，启无、平伯、嗣群共雇汽车回去，斋前水犹未退，由车夫负之出门。"②周作人对自己的学生很关心，对于他们所请托的事情也是热心帮助。如 1929 年 1 月 17 日赴燕京大学，"往燕京大学参加国文学会讨论会，冰心主持"③。1929 年 11 月 14 日，"往燕京大学，赴冰心邀便饭，许地山亦来"④。1930 年秋天，徐霞村由上海回北京，经周作人等介绍，到北京大学、北京师范大学等校担任讲师。在周作人所交往的青年人中，和周作人关系最为

---

① 孙玉蓉编：《周作人俞平伯往来通信集》，上海译文出版社 2014 年版，第 144—145 页。

② 周作人：《苦雨斋之一周》，1932 年《现代》第 1 卷第 5 期。

③ 张菊香、张铁荣编著：《周作人年谱（1885—1967）》，天津人民出版社 2000 年版，第 383 页。

④ 张菊香、张铁荣编著：《周作人年谱（1885—1967）》，第 391 页。

特殊的当为废名和俞平伯,周作人很长一段时间中都扮演着人生和文学导师兼朋友的角色。周作人和废名的相识是在废名进入北京大学读书的时候,周作人后来回忆:"认识废名的年代,当然是在他进了北京大学之后,推算起来应当是民国十一年考进预科,两年后升入本科,中间休学一年,至民国十八年才毕业。但是在他来北京之前,我早已接到他的几封信,其实当然只是简单的叫冯文炳,在武昌当小学教师,……推想起来这大概总是在民九民十之交吧。"①这是他们交往的开始。随着时间的推移,他们的联系日益紧密,废名成为出入周作人"苦雨斋"最多的人之一,有一段时间甚至朝夕相处,关系绝非寻常:"废名当初不知是住公寓还是寄宿舍,总之在那失学的时代也就失所寄托,有一天写信来说,近日几乎没得吃了……从西山下来的时候,也还寄住在我们家里,以后不知是哪一年,他从故乡把妻女接了出来,在地安门里租屋居住。"②1929年废名北京大学毕业后,经周作人介绍在北平大学中国文学系教书。1930年5月,在周作人大力帮助下,废名等创办《骆驼草》杂志,其间周作人为《骆驼草》撰写了多篇文章,对废名的工作给予支持。这时两人的审美情趣、文学思想也极为接近。到了后来,他们又一块主持《明珠》副刊,直到抗战爆发废名离开北平后,周作人还写文章表达对这位弟子的怀念:"废名曾撰联语见赠云,微言欣其知之为诲,道心侧于人不胜天。今日找出来抄录于此,废名所赞虽是过量,但他实在是知道我的意见之一人,现在想起来,不但有今昔之感,亦觉得至可怀念也。"③而废名也写了《知堂先生》的文章表达对周作人的敬重:"十年以来,他写给我辈的信札,从未有一句教训的调子,未有一句情热的话,后来将今日偶然所保存者再拿起来一看,字里行间,温良恭俭,我是一旦豁然贯通之,其乐

---

① 周作人:《药堂杂文·怀废名》,《周作人自编集》,北京十月文艺出版社2012年版,第133页。版本下同。
② 周作人:《药堂杂文·怀废名》,《周作人自编集》,第133页。
③ 周作人:《药堂杂文·怀废名》,《周作人自编集》,第138页。

等于所学也。在事过情迁之后,私人信札有如此耐观者,此非先生之大德乎?"①俞平伯和周作人的关系同样如此。俞平伯和周作人的交往最早是在 1920年 10 月,后来由于在新诗问题上的争论,两人通信日渐频繁,而俞平伯在很多问题上也都向周作人请教,显示两人的关系十分亲近。如 1924 年 8 月 26日俞平伯写信给周作人,希望周作人能为他在燕京大学谋一教职:"燕京有两小时的小说研究,能为生取得否? 彼处何时实行上课? 因此次北行,须移家同去,恐须阳历十月初方能到京。早些亦说不定,燕京向例,有请假扣薪之举否? 最好能告一月假,亦不取薪最为相宜。迄将情形约略示知。伏园前提进群之事,不知究竟如何? 何项功课,薪水多少? 欠不欠? 何时开学?请先生便中问他一声,以便决定此席之就与否。琐琐奉渎,殊为歉歉。"②信中所谈大都是工作、生活中的琐事,更能反映出俞平伯对周作人极度的信任。此后两人往来更多,俞平伯成为周作人寓所八道湾的常客。在《骆驼草》创办的这段时间,两人经常通信、见面,为《骆驼草》撰写的稿件交换意见。1930 年 7 月 2 日,周作人致信俞平伯:"平伯兄:启无附来小品文选目录,嘱转交,特寄去,请收。礼拜五如可去北海,何妨请下午先来弊斋闲谈乎?"③俞平伯应沈启无之嘱为沈编选的明清小品文集《冰雪小品选》写了一篇跋,发表在《骆驼草》第 20 期。周作人看后大为欣赏,马上致信俞平伯:"平伯兄:尊跋昨日下午见到,此文甚佳,似别无斟酌之必要。弊序因此想赶紧一写,而目下尚无头绪,不知明日能否交卷,能否登入二十一期也。"④两人这种交情保持了数十年之久。直到 1945 年周作人因汉奸罪被捕,俞平伯还给胡适写信,一方面自责自己没有起到劝阻作用,"以其初被伪命,平

---

①　废名:《知堂先生》,孙郁、黄乔生主编:《回望周作人:知堂先生》,河南大学出版社 2004年版,第 19 页。版本下同。

②　俞平伯:《俞平伯致周作人书信》,孙郁、黄乔生主编:《回望周作人:致周作人》,第191 页。

③　《周作人俞平伯往来通信集》,第 139 页。

④　《周作人俞平伯往来通信集》,第 148 页。

同在一城,不能出切直之谏言,尼其沾裳濡足之厄于万一,深愧友谊,心疚如何"①。另一方面也恳请胡适能够对周作人施以援手。足见两人的交往非同寻常。

周作人在和青年学生的交往中,注意发现学生在文学上的才能,并利用自己所掌握的资源诸如文学杂志、人脉关系等对他们进行扶植。周作人在晚年回忆中说:"燕大的女生中很有些才气的女子,为官立学校中所无。"②这里面就包括后来成为著名作家的凌叔华和冰心。凌叔华早年在燕京大学求学,在周作人到燕京大学任教期间,作为学生的凌叔华给周作人写信,既表明自己立志成为女作家的决心,也希望周作人能够多多关心、提携自己。周作人接到信后很快给凌叔华去信,答应了她的要求。其后凌叔华便把自己的习作寄给周作人,而周作人便把其中质量较高的一篇小说推荐到《晨报副刊》发表,这便是凌叔华的《女儿身世太凄凉》。从此凌叔华便开始了文学创作道路。对于凌叔华而言,说周作人对她有知遇之恩并不为过,因为在当时,自发向刊物投稿能够成功的毕竟不多。当时有位青年曾经向刊物主编抱怨:"你要不认识人,不结识名流,你便休想你的作品变成铅字。"③这是大多数无名小卒的遭遇。不仅如此,当凌叔华当时受到某些人的无端攻击时,周作人又挺身而出为自己的弟子辩护:"有女子做了一篇小说登在报上,不久就有一个男子投寄一篇'批评',寻求作者的身世,恶意的加上许多附会……不尊重别人的人格,在因袭的旧礼教容许之下,计划自己的安全,一面用了种种手段暗地里求达私利的目的,这便都是卑劣的人。"④因而凌叔华晚年在接受采访时对周作人当初的帮助仍然感念不已。对于冰心,周作人也是尽力帮助,当冰心的小说《爱的实现》发表遭到日本记者误解后,周作人不仅把这篇作品翻译成日文,而且还

---

① 钱理群:《周作人论》,第 405 页。
② 周作人:《几封信的回忆》,(香港)《文艺世纪》1963 年第 12 期。
③ 季剑青:《北平的大学教育与文学生产(1928—1937)》,第 156 页。
④ 周作人:《卑劣的男子》,《晨报副刊》1924 年 2 月 15 日。

撰文加以辩护:"今年春天得到在上海的一个友人的信,里边说起日本的一种
什么报上有一篇文章,对于中国的新文学大加嘲骂,还把《爱的实现》看作自
由恋爱的礼赞,特别加以讥笑。我想中国的新文学诚然还很幼稚,不能同别国
抗衡,但是这位记者误会了《爱的实现》,却是他自己不懂中国语的缘故。"①
其后周作人仍然不遗余力地提携冰心,如有的学者就说:"如果说周作人将冰
心《爱的实现》翻译成日文是由于该作品被误解而特意加以澄清,并不一定蕴
含欣赏、器重之意;那么他1923年5月主编新潮社《文艺丛书》时将冰心的
诗集《春水》列为第一种,而将鲁迅翻译的爱罗先诃的童话剧《桃色的云》和
小说集《呐喊》排在第二和第三,便足可见出他对冰心器重的程度。"②青年
作家梁遇春当时也曾得到周作人的帮助,梁遇春的不少文字发表在和周作
人有密切关系的《语丝》《骆驼草》等刊物上,此外周作人还热情鼓励梁遇春
翻译英国的小品文,梁遇春回忆说:"今年四五月的时候,心境沉闷,想做些
翻译解愁。到苦雨斋和岂明老人商量,他说若使用英汉对照地出版,读者会
感到更有趣味些。我觉得这法子很好,就每天伏案句斟字酌地把平时喜欢
的译出来。先译10篇,做个试验,译好承他看一遍,这些事我都要感谢他老
先生。"③

　　叶公超在当时大学校园的人际网络中也是一个引人注目的人物。叶公超
从海外留学回国后在北京大学、清华大学等校任教,虽然他的年龄并不大,但
在当时的大学中却是一位极为活跃的分子,风头十足。由于叶公超良好的家
庭、教育背景,再加上他交际广泛,热情好客,所以很多学生都愿意和他来往,
而且也得到他的很多指导。可以说,在当时北平的大学校园中,也形成了一个
以叶公超为中心的群体,很多清华、北大的学生如卞之琳、梁遇春、赵萝蕤、曹

　　①　周作人:《关于〈爱的实现〉的翻译》,《晨报副刊》1922年8月28日。
　　②　王翠艳:《燕京大学与"五四"新文学》,第77页。
　　③　梁遇春:《〈英国小品文选〉译者序》,梁遇春:《泪与笑》,华夏出版社2010年版,第130、
139页。

葆华、季羡林、王辛笛、吴世昌、孙毓堂、李长之等都是这个群体的成员。诗人卞之琳当时在北京大学求学,与叶公超来往较多,卞之琳回忆:"后来在二年级英诗课上和叶老师相熟了,我也就常出城去清华北院他家里看望他。他总热情接待,完全卸掉了无形的脸上粉墨、身上戏装、口里台白——只是我没有亲听过他在家里像对一位清华同学那样,还竟至于由畅谈老谭(鑫培)当年而字正腔圆、清唱《打渔杀家》的'昨夜晚,吃酒醉'之类。"①得益于这种交往,卞之琳后来的文学道路走得很顺利,他的不少译文在叶公超主编的《新月》杂志和《学文》杂志上发表:"我就在他经手下发表过从尼柯尔孙(Harold Nicolson)《魏尔伦》一书摘译出的一章,加题叫《魏尔伦与象征主义》;也发表过我的《恶之华拾零》(译诗10首)。后来他特嘱我为《学文》创刊号专译托·斯·艾略特著名论文《传统与个人的才能》,亲自为我校订,为我译出文前一句拉丁文motto。这些不仅多少影响了我自己在三十年代的诗风,而且大致对三四十年代一部分较能经得起时间考验的新诗篇的产生起过一定的作用。"②直到抗战中间,叶公超还把卞之琳的短篇小说《红裤子》译成英文推荐到英国的刊物发表。除了卞之琳,叶公超还热情帮助过赵萝蕤、梁遇春、曹葆华、李赋宁、杨联陞等。赵萝蕤有时会到叶公超家中去拜访,在她的眼中,叶公超不仅易于交往,而且是一个很有文化情调的人:"一所开间宽阔的平房,那摆设证明两位主人是深具中西两种文化素养的。书,还是书最显著的装饰品,浅浅的牛奶调在咖啡里的颜色,几个朴素、舒适的沙发、桌椅、书灯、窗帘,吃起饭来不多不少,两三个菜,一碗汤,精致,又不像有些地道的苏州人那样考究,而是色香味齐备,却又普普通通:说明两位主人追求的不是'享受'而是'文化';当然'文化'也是一种享受。"③随着交往增多,叶公超对赵萝蕤的学术成果十分关注。当时赵萝蕤应戴望舒之约翻译了艾略特的长诗《荒原》,叶公超特别为

---

① 卞之琳:《纪念叶公超先生》,见叶崇德主编:《回忆叶公超》,第20页。
② 卞之琳:《纪念叶公超先生》,见叶崇德主编:《回忆叶公超》,第21页。
③ 赵萝蕤:《怀念叶公超老师》,叶崇德主编:《回忆叶公超》,第70页

这部译作写了一篇长序,肯定了赵萝蕤的成就。青年诗人曹葆华当时在清华大学读书,叶公超对他的才华也颇为欣赏,极力加以提携。叶公超和英国著名批评家瑞恰慈(I.A.Richards)相熟,也非常推崇他的文学理论,为此鼓励曹葆华翻译瑞恰慈的文学理论。叶公超虽然是名教授,但在学生的眼中,他很容易交往,并没有什么架子,因此常常到他家中叙谈,谈话的内容很广,并不限于文学。杨联陞回忆:"叶师那时好像家在北院。我曾晋谒不止一次,大抵在夜间。叶师喜欢穿紫色丝绸的睡衣,颇为鲜艳。谈话山南海北,随兴所至。"①特别是在叶公超负责主编《新月》和《学文》杂志其间,很多清华、北大学生的大作被不断地刊发出来,包括清华的曹葆华、钱钟书、杨绛、李健吾、杨联陞、季羡林、孙毓棠;北大的卞之琳、何其芳、李广田、徐芳、闻家驷等,还包括赵萝蕤、杨周翰等,这些人借助于叶公超所执掌的刊物,日后都成为文坛的生力军。

其实,京派知识分子中类似周作人、叶公超的还有不少。杨振声当时在清华、燕京等大学任教,也发现扶植了一批青年学生,如萧乾。萧乾说:"1933 年至 1935 年间,除了去西斜街看望他,我还常同他一道参加在北平举行的文艺盛会、中山公园品茗或到朱光潜先生家听诗朗诵。对于我那时的每篇习作,他都曾给过鼓励。"②杨振声不仅在学业上帮助萧乾,而且还帮助他找工作:"那是一个星期天的下午,杨振声老师约我去来今雨轩吃茶,在座的有天津《大公报》的胡霖社长。当场就说定:六月十五日行完毕业典礼,七月一日我就将成为该馆的工作人员,编副刊。"③学生吴世昌对杨振声的热情帮助也感激不已:"我感谢金甫师,不仅是因为他给我写序,实在我有这点稿子,完全出于他一向对我诚恳的鼓励,他是最先读我稿子的人。若然这册子勉勉强强能算得是

---

① 杨联陞:《追怀叶师公超》,叶崇德主编:《回忆叶公超》,第 42 页。
② 萧乾:《我的启蒙老师杨振声》,见季培刚:《杨振声年谱》上册,学苑出版社 2015 年版,第 366 页。
③ 萧乾:《未带地图的旅人》,《萧乾选集》第 3 卷,第 361 页。

收获,那是他的赐与。"①当然,在师生的公共交往中,教师的角色除了这种帮助学生推荐发表文章之外,往往还会有着更深层次的文化意义,他们彼此互相影响,互相启发,共同推动着文学的繁荣。有学者把其称之为"师生文化资源的传递和分享"②。

在现代大学以学校、学院为纽带的公共交往中,同学之间无疑更容易形成稳固而持久的亲密关系,他们借助于大学的公共空间,基于共同的信仰、兴趣和爱好而互相认识、互相提携,在社会中编织了一个更加广泛、复杂的人际网络。"这种青年学生之间形成的人际网络,往往具有更大的规模和弹性"③。萧乾和杨刚是20世纪20年代末在燕京大学认识的,当时两人的交往很多,互相影响,互相帮助,写下了一段友情佳话。杨刚虽然出身于大地主家庭,但追求进步,很早就入了党,因而总是千方百计地在思想上劝导和影响萧乾。萧乾回忆说:"相识以后,我们就通起信来。那时学生会的交通部在办着一种校内邮政,一封封书信在男女宿舍之间来回穿梭着,里面装的无非是些罗密欧同朱丽叶式的对话。但是我同杨刚的信(保存了一大包,全部毁于1966年8月的一场火灾中),装的却是另外一种内容:从对人生观的探讨到各自读书笔记的摘录。她在信里总是引导和督促我学点革命理论,而我则满纸净是'漂泊'呀'流浪呀'的字眼,抄录的诗句不是出自苏曼殊、纳兰性德就是拜伦和雪莱。"④当然,除了这些政治性话题,他们也谈论文学,萧乾还特别提到杨刚对他生活上、学业上的关心:"1930年,当我表示了还是希望进大学本科,从头读起时,她就帮我进了天主教办的辅仁大学。"⑤在和杨刚的交往中,萧乾还是受到了杨刚思想的感染,他在自己的创作中明显地强化了文学题材的现实感,还

---

① 见季培刚:《杨振声年谱》上册,第373页。
② 季剑青:《北平的大学教育和文学生产:1928—1937》,第161页。
③ 季剑青:《北平的大学教育与文学生产:1928—1937》,第160页。
④ 萧乾:《未带地图的旅人》,《萧乾选集》第3卷,第355、356页。
⑤ 萧乾:《萧乾回忆录》,中国工人出版社2005年版,第49页。

有一些作品带有很强的反帝、反宗教的情绪。萧乾坦言,如果没有结识杨刚,他的一生会走更多的弯路。后来萧乾进入《大公报》工作,而杨刚则成为北方左联发起人之一,积极参加并领导北方的学生运动。1939 年,萧乾离开《大公报》赴英国学习,而他临走时则极力推荐杨刚接手他的工作。尔后在杨刚的劝说和影响下,萧乾又从海外回国,参加了新中国的建设。他们的这种友情一直维持到杨刚离开人世。1957 年,萧乾被打成"右派"分子后才得知杨刚去世的消息,悲痛之情溢于言表:"转年,也就是那难忘的 1957 年,在炎热的八月,我最后一次见到她。那一年十月里的一天早晨,我摊开《人民日报》,突然在头版头条看到她和冯雪峰被撤销人大代表资格的消息,而从杨刚名字后边的括弧里,我看到她已不在人间了。当时我个人正处于听候发落的炼狱中,但我早已忘记了自己面临的劫数。报纸从我手指间滑落下去。我先是浑身一阵麻木,随后好半天才哭出声来。"①萧乾复出后,不仅花费大量心血编辑《杨刚文集》,而且还写了多篇文章追念杨刚。

在 20 世纪 30 年代,许多京派青年作家分散在不同的大学读书,如何其芳、卞之琳、李广田等在北京大学,萧乾在燕京大学、林庚、曹葆华、李长之等在清华大学,但他们却能够打破校园的藩篱而互相引荐,经常往来,畅叙文学和友情,成为联系很密切的同人。季羡林等的日记中曾经颇为详尽介绍这些学生群体之间的密切交往。如 1931 年 10 月 11 日:"今天长之回来了,晚饭一块吃的。谈到我要作一篇文评周作人《文学的源流》时,我们讨论了多时。"②这里的长之即李长之。1933 年 3 月 29 日:"昨天同长之约定进城。早晨到他那里去……长之说,他要组织一个文学社。我赞成。"③京派作家中著名的"汉园三诗人"其实也是这种同学之间交往的典范。何其芳最先在清华大学读书,认识了曹葆华,后来又读北京大学哲学系,结识了正在北京大学读书的卞之琳

① 萧乾:《杨刚文集·编后记》,《杨刚文集》,人民文学出版社 1984 年版,第 594 页。
② 季羡林:《清华园日记》,《季羡林全集》第 4 卷,第 129 页。
③ 季羡林:《清华园日记》,《季羡林全集》第 4 卷,第 195 页。

和李广田。由于志同道合,何其芳、卞之琳、李广田共同开始了文学创作的道路。何其芳回忆说,自己当年相当寂寞,自己班上全是一些古怪的人:"我过着一种可怕的寂寞的生活。孤独使我更倾向孤独。如我那时给一个远方的朋友写信时所说,'我遗弃了人群而又感到被人群所遗弃的悲哀'。"然而此时他遇见了文学上的同道者,开始了交往:"我只和三个弄文学的同学有一点往还:卞之琳、李广田和朱企霞。"①由于何其芳、李广田、卞之琳出于对新诗的共同爱好,兴趣相投,因此当1934年郑振铎编"文学研究会创作丛书"并向卞之琳约稿时,卞之琳便把何其芳、李广田的诗歌放在一起,起名《汉园集》,计有何其芳《燕泥集》诗14首,李广田《行云集诗》17首和卞之琳《数行集》诗34首。《汉园集》既是他们三人以诗会友这种传统友情的象征,也是他们人生中第一次的文学合作,在现代文学史上产生了很大的反响。卞之琳曾说:"这是广田、其芳和我自己四五年来所作诗的结集。我们并不以为这些小玩意儿自成一派,只是平时接触的机会较多,所写的东西彼此感觉亲切,为自己和朋友们看起来方便起见,所以搁在一起了。我们一块儿读书的地方叫'汉花园'。记得自己在南方的时候,在这个名字上着实做过一些梦,哪知道日后来此一访,有名无园,独上高楼,不胜惆怅。可是我们始终对于这个名字有好感,又觉得书名字取得老气横秋一点倒也好玩,于是乎《汉园集》。"②相对于何其芳,卞之琳的人际网络关系则更为复杂一些,他和当时很多居住在北平的名流都有接触,特别是参与了文学杂志《水星》的创办,一时间《水星》所在的北海三座门大街十四号成了文学青年聚集的场所,卞之琳也得以认识更多的作家。他说:"门庭若市,不仅城外清华大学和燕京大学的一些青年文友常来驻足,沙滩北京大学内外的一些,也常来聚首……平时我和李广田、何其芳常去帮靳以看看诗文稿,推荐一些稿。《季刊》出了两期,巴金不大从上海来了,后来又

---

① 何其芳:《给艾青先生的一封信:谈〈画梦录〉和我的道路》,《何其芳全集》第6卷,河北人民出版社2000年版,第472、473页。版本下同。

② 卞之琳:《李广田诗选·序》,《卞之琳文集》中卷,第372页。

去了日本东京。我接替巴金……接着由余上沅介绍,在胡适主持的中华文化教育基金会编译会特约译稿。"①正是借助于北平大学校园的平台和无形资源,这群青年人编辑文学刊物,组织文学社团,互相切磋,构成了一个很有声势的文学群体,林庚、何其芳、卞之琳、萧乾、李广田、孙大雨、曹葆华、李健吾、孙毓堂、李长之等的身影常常活跃其中。更为重要的是,这种同学之间的文学交流和影响甚至超过了他们的老师和长辈的影响。

第五节　学院派的文学品位

大学既是知识分子守望精神和理想的灯塔,是他们安身立命所在,同时20世纪二三十年代中国的大学也孕育和造就了文学的学院派气息和品味,那就是高雅、纯正、青春和唯美,极富书卷气。这群知识分子凭借宽阔的文学视野和汇通中外的文化功力,融古典与现代于一体,创造出属于那个时代所特有的文学气魄和魅力。

纵观中外古今大学的历史,无论是什么时候和什么国家,凡是一所能够赢得世人尊重的大学,一定是她的文化气息和魅力征服了人们。20世纪二三十年代,是中国现代大学难得的一段黄金时期,北京大学、清华大学、燕京大学等在其中的地位格外重要,而这其中,京派知识分子的文学创作对于整个大学的文化品位有着举足轻重的影响。无论是作为师长的周作人、俞平伯、梁宗岱、废名,还是作为学生的凌叔华、林庚、何其芳、卞之琳、李广田、芦焚、梁遇春、孙大雨、李健吾、金克木,他们在创作中透露出的是贵族精神和精英文化气质,书卷气息极为浓厚,呈现出知识性、唯美性和哲理性的特征,这从他们的小说、诗歌、散文、戏剧等作品中都能显示出来。

---

① 卞之琳:《星水微茫忆〈水星〉》,《读书》1983年第10期。

一

京派文学学院派的知识性特点主要体现在以周作人、俞平伯和梁遇春等为代表的小品文创作中。小品文是五四时期在中国文坛十分盛行的体裁,鲁迅认为它受到英国随笔(Essay)的影响。这种文体一方面在形式上活泼自由,同时也要求作者必须拥有雍容的文化气质和修养,还必须保持闲适的文化心理。傅东华曾说:"Familiaressay 这文体是商人的自由主义和文人的个人主义结婚的产儿,而小品文这文体却是士大夫的真优裕和文人的假清高的产物。"①在当时涌现出的众多小品文作家中,周作人无疑影响是最大的一位,他的小品文在当时就引起过人们的关注。胡适曾说:"这几年来,散文方面最可注意的发展,乃是周作人等提倡的'小品散文'。这一类的小品,用平淡的谈话,包藏着深刻的意味;有时很像笨拙,其实却是滑稽。这一类的作品的成功,就可彻底打破那'美文不能用白话'的迷信了。"②阿英则认为周作人的小品文形成了一个流派,在文学史上的地位不容忽视:"1924 年后,他的努力与发展,却移向另一方面——小品文的写作,这以后周作人的名字,是和'小品文'不可分离的被记忆在读者们的心里,他的前期的诸姿态,遂为他的小品文的盛名所掩。"③正如阿英所说,随着周作人大学书斋生活的日趋安稳,他思想中"绅士鬼"的一面越来越占据上风,1926 年,周作人公开宣称不再写长篇论文,把全部精力用于随笔的写作:"我以后想只作随笔了。"④稍后他又说:"我本来是无信仰的,不过以前还凭了少年的客气,有时候要高谈阔论地讲话,亦无非是自骗自罢了,近几年来却有了进步,知道自己的真相,由信仰而归于怀疑,

①　傅东华:《为小品文祝福》,钱理群:《周作人论》,第 197 页。
②　胡适:《五十年来中国之文学》,《胡适文集》第 3 卷,北京大学出版社 1998 年版,第263 页。
③　阿英:《周作人的小品文》,见孙郁、黄乔生主编:《回望周作人:其文其书》,第 99 页。
④　周作人:《艺术与生活序一》,《周作人自编文集·苦雨斋序跋文》,第 45 页。

这是我的'转变方向'了。"①所谓转变方向,就是纯然作为小品文作家的面目出现在世人面前,而不是像以前的所谓文学理论家。在这种思想的支配下,他的小品文中追求知识趣味的倾向也更加明显,他自己说自己的理想是要达到颜之推《颜氏家训》的境界:"理性通达,感情温厚,气象冲和,文词渊雅。"②事实上,周作人小品文学识的渊博向来为人们所乐道,只有中西文化、古今文化素养兼备的大学者才能驾驭。赵景深说:"看了他的小品,仿佛看见一个博学的老前辈在那儿对你温煦的微笑。"③周作人的小品文内容涉及文学、民俗、历史、宗教、生物等多学科的知识,时间横亘数千年,空间上也旁及多个国家,读来让人惊叹。如他的《笠翁与随园》虽然只有短短的三千字,但却囊括了许多历史文献,如李渔的《闲情偶寄》、章学诚的《文史通义》、袁枚的《随园诗话》、徐时栋的《烟屿楼读书记》、屈大均的《广东新语》等,不少是鲜为人知的。《苍蝇》一文也很精练,但同样引出了古希腊、法国、日本以及中国的多种关于苍蝇的著述,有希腊路吉亚诺思(Lukianos)的《苍蝇颂》、诃美洛思(Homeros)的《史诗》、法布尔的《昆虫记》、日本小林一茶的《归庵》、中国的《诗经》、陆佃的《碑雅》等,知识的广博很少有人能够相比。周作人曾在《骆驼草》杂志发表过《关于蝙蝠》的一篇谈论草木虫鱼类的文章,题材虽小,却牵涉大量的生物和文学的知识。其提到的著作有格来亨的《杨柳风》、法国的 Charles Derenes 的《蝙蝠的生活》、韩愈的诗等,尤其是日本文学和蝙蝠的密切关系。周作人列举了众多日本民谣、俳句中关于蝙蝠的描写,如日本作家北原白秋《日本童谣》中的描写:"我们做儿童的时候,吃过晚饭就到外边去,叫蝙蝠或是追蝙蝠玩。我的家是酒坊,酒仓左近常有蝙蝠飞翔。而且蝙蝠喜欢喝酒,我们捉到蝙蝠,把酒倒在碟子里,拉住它的翅膀,伏在里边给它酒喝。蝙蝠就红了脸,醉了,或者老鼠似的吱吱地叫了。"类似的文章还有很多,如《法布耳昆虫记》。

---

① 周作人:《艺术与生活序二》,《周作人自编文集·苦雨斋序跋文》,第46、47页。
② 周作人:《文坛之外》,《周作人自编集·立春以前》,第183页。
③ 钱理群:《周作人论》,第202页。

周作人在这篇文章中在谈到这部科普名著时笔锋一转,写道:"小孩子没有不爱生物的。幼时玩弄小动物,随后翻阅《花镜》《格致镜原》和《事类赋》等书找寻故事,至今还约略记得。见到这个布罗凡斯(provence)的科学的诗人的著作,不禁引起旧事,羡慕有这样好书看的别国的少年,也希望中国有人来做这翻译编撰的事业,即使在现在的混乱秽恶之中。"这样从西方谈到东方,从科学谈到文学。周作人小品文对知识典故的大量运用并非都是炫耀自己的博学,有的还是含有鲜明的现实批判性,与五四时期的启蒙思想保持着千丝万缕的联系。如他的《裸体游行考订》《蔼理斯的话》《蔼理斯随感录抄》《猥亵论》《狗抓地毯》《与友人论性道德书》《上下身》《猥亵的歌谣》《论女袴》《"半春"》等无不透露出作者对封建传统伦理道德的批判和对女性权利的维护。如他的《论女袴》针对有人主张女生"应依章一律着用制服",至于制服则"袖必齐腕,裙必及胫"的言论,引用典故进行驳斥:"笠翁怕人家的窥见以致心荡神摇,诸公则怕窥见人家而心荡神摇,其用意不同而居心则一,都是一种野蛮思想的遗留。"《"半春"》一文批判了中国封建文人把裸体画混同于"春宫画"的愚昧和偏见,为了驳斥这样的观点,作者引用了法国作家果尔蒙(Remy de Gommont)所著《恋爱的物理学》的论述,从科学上来说明女性身体美的原因:"女性美之优越乃是事实。若强欲加说明,则在其唯一原因之线的匀整……若在女子,则线的谐调比较男子实几何学的更为完全也。"在文章末尾周作人感慨道:"中国人看裸体画乃与解剖书上之局部图等视,真可谓异于常人,目有 X 光也。"①嘲讽之情跃然纸上。

与周作人小品文知识渊博相关联的是其雅致的情趣,体现出作者闲适、恬淡、超脱的传统士大夫心理,这和周作人信奉的儒家中庸哲学有很大的关系。周作人曾说:"我的学问的根底是儒家的,后来又加上些佛教的影响,平常的理想是中庸。"②此外,日本文化中所保留的东方传统文化中的一些东西也让

---

① 周作人:《半春》,《周作人自编文集·谈虎集》,第238页。
② 周作人:《两个鬼的文章》,《周作人自编文集·过去的工作》,第90页。

周作人为之痴迷："他在日本民族的生活方式、习俗里,发现了'爱好天然'、'有礼、洒脱'与'人情美';他从日本的民间艺术与文人创作中,强烈地感受到'闲适'、'诙谐'中深藏着的'东洋人的悲哀。'"①周作人对于日本学者永井荷风在《江户艺术论》中表达的闲情和雅致十分欣赏,他不仅亲自翻译,而且在文章中多次引用。永井荷风在这篇文章中有这样的话:"我爱浮世绘。苦海十年为亲卖身的游女的绘姿使我泣。凭倚竹窗茫然看着流水的艺妓的姿态使我喜。卖宵夜面的纸灯,寂寞的停留着的河边的夜景使我醉。雨夜啼月的杜鹃,阵雨中散落的秋天木叶,落花飘风的钟声,途中日暮的山路的雪,凡是无常,无告,无望的,使人无端嗟叹此世只是一梦的,这样的一切东西,于我都是可亲,于我都是可怀。"②1924 年,周作人所写的《北京的茶食》是这样表达自己的生活情趣:"我们看夕阳,看秋河,看花,听雨,闻香,喝不求解渴的酒,吃不求饱的点心,都是生活上必要的——虽然是无用的装点,而且是愈精练愈好。"③人们从中不难发现两者之间惊人的相似。毋庸置疑,这当然是中国传统文人精致、高雅、淡泊等审美心理的集中反映,代表着知识分子精神世界的丰富和超脱。在周作人的小品文中,很多是关于草木虫鱼、品茗、饮食、民俗等日常生活中的题材,看似琐碎、平淡,带有较多的世俗气息,然而一经周作人的描述,则化俗为雅,充满了诗意的境界,甚至有人把其称为"精练的颓废":"周作人的小品文里,其实也未塑造什么'苦海十年为亲卖身的游女的绘姿'之类,他要塑造的美,还是他自己所宣言的'草木虫鱼'之美。这当然不是真的只限于草木虫鱼四类,凡是平凡、细小、质朴、亲切的东西,都是他进行美的塑造的原料和材料,贯穿其中的就是精练的颓废,或颓废的精练。"④如他对故乡野菜的描写中穿插了许多民歌、民谣和历史文献知识,还用淡雅的文字描写出

---

①　钱理群:《周作人论》,第 86、87 页。

②　周作人:《关于命运》,《周作人自编文集·苦茶随笔》,第 110 页。

③　周作人:《雨天的书》,人民文学出版社 2000 年版,第 27 页。版本下同。

④　舒芜:《周作人概观》,辽宁教育出版社 2000 年版,第 63 页。

乡间春天的美丽景色:"扫墓时候所常吃的还有一种野菜,俗名草紫,通称紫云英。农人在收获后,播种田内,用作肥料,是一种很被贱视的植物,但采取嫩茎叶瀹食,味颇鲜美,似豌豆苗。花紫红色,数十亩接连不断,一片锦绣,如铺着华美的地毯,非常好看,而且花朵状若蝴蝶,又如鸡雏,尤为小孩所喜。间有白色的花,相传可以治痢,很是珍重,但不易得。"①他写在乌篷船上听雨:"但卧在乌篷船里,静听打篷的雨声,加上欸乃的橹声以及'靠塘来,靠下去'的呼声,却是一种梦似的诗境。"②他写品茗:"喝茶当于瓦屋纸窗之下,清泉绿茶,用素雅的陶瓷茶具,同二三人共饮,得半日之闲,可抵十年的尘梦。喝茶之后,再去继续修各人的胜业,无论为名为利,都无不可,但偶然的片刻优游乃正亦断不可少。"③即使在常人看来再平凡不过的事物经过他的渲染就会呈现别样的情调和雅趣,如他写江南的一种食品"干丝":"江南茶馆中有一种'干丝',用豆腐干切成细丝,加姜丝酱油,重汤炖热,上浇麻油,出以供客,其利益为'堂倌'所独有。豆腐干中本有一种'茶干',今变而为丝,亦颇与茶相宜……学生们的习惯,平常'干丝'既出,大抵不即食,等到麻油再加,开水重换之后,始行举箸,最为合式,因为一到即馨,次碗继至,不遑应酬,否则麻油三浇,旋即撤去,怒形于色,未免使客不欢而散,茶意都消了。"④一道道制作'茶干'的工序娓娓道来,读来并不枯燥,只有对生活始终抱有诗情的人才会悉心地去经营这样的文字。

梁遇春是一位天赋很高的作家,他 1924 年入北京大学英文系学习,1928 年毕业后曾经在上海暨南大学任教,1932 年因染上猩红热猝然离世,年仅 26 岁。在短暂的一生中,梁遇春留下了《春醪集》和《泪与笑》两部散文集,展现出自己独特的个性。梁遇春曾经在《语丝》《骆驼草》等刊物以"秋心"的笔名

---

① 周作人:《故乡的野菜》,《雨天的书》,第 25 页。
② 周作人:《苦雨》,《雨天的书》,第 5 页。
③ 周作人:《喝茶》,《雨天的书》,第 29 页。
④ 周作人:《喝茶》,《雨天的书》,第 29 页。

发表文章,他的才华深得周作人、叶公超、废名等的赏识。废名评价他的散文说:"酝酿了一个好气势""将有一树好花开"①。由于较多接触西方文学特别是英国小品文的缘故,梁遇春的小品深得英国小品文的精髓。他自己曾经说:"在大学时候,除诗歌外,我最喜欢念的是 essay。对于小说,我看时自然也感到兴趣,可是翻过最后一页以后,我照例把它好好放在书架后面那一排,预备以后每星期用拂尘把书顶的灰尘扫一下,不敢再劳动它在我手里翻身打滚了……但是 Poe(坡)、Tennyson(丁尼生)、Christina Rossetti(克里斯蒂娜·罗塞蒂)、Keats(济慈)的诗集;Montaigne(蒙田),Lamb G(兰姆),Goldsmith(歌尔德斯密斯)的全集;Steele(斯梯尔),Addison(艾迪生),Hazlitt(黑兹利特),Leigh Hunt(亨特),DrBrown(布朗),DeQuincey(德·昆西),Smith(史密斯),Thackeray(萨克雷),Stevenson(斯蒂文森),Lowell(洛威尔),Gissing(吉辛),Belloc(贝洛克),Lewis(刘易斯),Lynd(林德)这些作家的小品集却总在我身边,轮流地占我枕头旁边的地方。心里烦闷的时候,顺手拿来看看,总可医好一些。"②虽然人生阅历的局限使得梁遇春的小品在思想深度上或许有所不足,但丰富的中西文化背景却使他能够纵横驰骋在小品文的世界:谈文学,谈人生,谈爱情,谈青春,呈现出开阔的知识视野。他的《春醪集》里大多属于知识小品,旁征博引,涵盖许多中西文学名著。如小品文《谈'流浪汉'》先列举了蔼理斯、狄更斯、杰克逊、罗素等人关于人生的议论,接着又列出一大串带有流浪汉气质的文学家:莎士比亚、马洛、拜伦、雪莱、华兹华斯、勃朗宁夫人等等,几乎囊括了半部英国文学史,其对英国文史典故的熟悉程度让人惊叹。《途中》与此类似,由旅行而联想到人与自然的关系,又联想到许多带有游记性质的文学作品,作者信手拈来的有《西游记》《镜花缘》《老残游记》、塞万提斯的《堂吉诃德》、斯威夫特的《格列佛游记》、班杨的《天路历程》、拜伦的《恰

---

①　废名:《〈泪与笑〉序一》,《冯文炳选集》,第 327 页。

②　梁遇春:《〈英国小品文选〉译者序》,[英]斯梯尔等:《英国小品文选》,梁遇春译,吉林出版集团有限公司 2015 年版,第 3 页。

尔德·哈罗尔德游记》、狄更斯的《匹克威克外传》、菲尔丁的《约瑟夫·安德鲁斯》、果戈里的《死魂灵》等一大批中外文学名著,不仅才情洋溢,知识性也非常强,凸显了学院派文学的超凡脱俗之处。

二

相对于周作人、俞平伯、梁遇春等以知识性、趣味性见长的特点,京派后起的一批青年作家则以青年人特有的对青春、爱情的执着、以及对艺术精雕细刻的追求,营造出纯美、灵动的氛围,极大地提升了校园文学乃至整个中国现代文学的艺术品格。这其中,何其芳、卞之琳、李广田为代表的三位青年作家尤为突出,他们无论在诗歌还是散文领域都有不小的影响。

何其芳、李广田和卞之琳同为北京大学读书期间的同学,出于对文学的共同爱好,他们成为亲密的朋友,是当时大学校园文学的生力军,他们共同出版的诗集《汉园集》就是这段友情的最好见证。他们的诗歌在青年人最为钟情和痴迷的青春、爱情题材中寻找灵感,表达出青年人所特有的情感心理,在诗歌艺术上追求典雅、纯正、婉丽的风格,在20世纪30年代的诗坛风靡一时,受到许多青年人的喜爱。何其芳校园时期的诗作大多收入他的第一部诗集《预言》中,这些诗歌展现出诗人青春期的生命印痕,清新纯美的诗境、明丽轻盈的语言,交织着晚唐诗词和法国晚期现代派的唯美诗风,都让人耳目一新。何其芳曾叙述自己当时写诗的情境:"当清晨,当星夜,我独自凭倚在长长的白石桥上,踯躅在槐阴下,或者瞑坐在幽暗的小窗前,常有一些微妙的感觉突然浮起又隐去。我又开始推敲吟哦了。这才算是我的真正的开始……这时我读着晚唐五代时期的那些精致的冶艳的诗词,蛊惑于那种憔悴的红颜上的妩媚,又在几位班纳斯派以后的法兰西诗人的篇什里找到了一种同样的迷醉。"[1]"我喜欢那种锤炼,那种彩色的配合,那种镜花

---

[1] 何其芳:《梦中道路》,《何其芳全集》第1卷,第189—190页。

水月。我喜欢读一些唐人的绝句……我自己的写作也带有这种倾向。我不是从一个概念的闪动去寻找它的形体,浮现在我心灵里的原来就是一些颜色,一些图案。"①这些都说明了诗人是在中外文学的纯正世界中寻找精致、典雅的表达方式和技巧,带有很强的艺术至上理想,在很多方面和法国象征派诗人瓦雷里所提出的"纯诗"概念有相近的地方。瓦雷里曾经在《骰子底一掷》中描述过自己听到马拉美朗读这首诗歌所产生的震撼:"那是些微语,暗示,对于眼睛的雷鸣,整个精神的风浪被引导从一页到一页以至思想的极端……全诗令我神往得仿佛一群新星被提示给天空;仿佛一个终于有意义的星座显现出来。"②瓦雷里在这篇文章中以诗性的语言已经描述出纯诗的某种内涵,比如追求音乐、视觉等效果。1920 年瓦雷里在为柳西恩・法布尔的诗集《认识女神》作序时明确提出了"纯诗"的概念,更在 1928 年以《纯诗》为题的一次演讲中进行了系统的阐释。瓦雷里首先认为"纯诗"是一种最理想的诗,独立于一切主题和感情之外,是一种"纯粹的形式":"我说的'纯'与物理学家说的纯水的'纯'是一个意思。我想说,我们要解决的问题是我们能否创作一部完全排除非诗情成分的作品。"③何其芳的诗歌极力排除诗歌因素以外的东西,反对直接抒情和叙事,在诗歌的意境和语言上精雕细刻,最大限度地以形象的创造和意象的呈现等方式来表现现代人隐秘而微妙的心理世界。如何其芳的《罗衫》:

> 我是,曾经装饰过你一夏季的罗衫,
>
> 如今柔柔地折叠着,和着幽怨。
>
> 襟上留着你嬉游时双桨打起的荷香,
>
> 袖间是你欢乐时的眼泪,慵困时的口脂,

---

① 何其芳:《梦中道路》,《何其芳全集》第 1 卷,第 191 页。

② 瓦雷里:《骰子的一掷》,《梁宗岱文集》第 2 卷,第 183 页。

③ [法]瓦雷里:《纯诗》,见黄晋凯等主编:《象征主义・意象派》,王忠琪译,中国人民大学出版社 1989 年版,第 67 页。版本下同。

还有一枝月下锦葵花的影子

是在你合眼时偷偷映到胸前的。

眉眉,当秋天暖暖的阳光照进你房里,

你不打开衣箱,检点你昔日的衣裳吗?

我想再听你的声音。再向我说

"日子又快要渐渐地暖和。"

我将忘记快来的是冰与雪的冬天,

永远不信你甜蜜的声音是欺骗。

　　诗中表达出青年人一段炽热的恋情,诉说自己对恋人无尽的思念,然而诗人将这种感情通过"罗衫"的意象来表达,包含着历史的典故和特定的寓意,浓艳、斑斓的色彩中显示出诗人对语言的驾驭能力。他的《季候病》《慨叹》《预言》《雨天》《秋天》《花环》《爱情》等诗篇回荡着青春和爱情的旋律,是青年人最真实的心理的折射,在艺术上成功地把中国晚唐五代的诗词和西方象征主义结合在一起,焕发出朦胧深邃的艺术气息。如《赠人》:

你青春的声音使我悲哀。

我忌妒它如流水声睡在绿草里,

如群星坠落到秋天的湖滨,

更忌妒它产生从你圆滑的嘴唇。

你这颗有成熟的香味的红色果实

不知将被啮于谁的幸福的嘴。

对于梦里的一枝花,

或者一角衣裳的爱恋是无希望的。

无希望的爱恋是温柔的。

我害着更温柔的怀念病,

自从你遗下明珠似的声音,

触惊到我忧郁的思想。

卞之琳、李广田的诗风虽然和何其芳的不尽相同，但他们的诗作也是以青年人所特有的青春、爱情、人生等为主题，把诗歌的纯粹性作为追求，去创造诗歌蕴藉、含蓄的完美境界。卞之琳曾经说过："亲切"与"含蓄"是中国古诗与西方象征诗完全相通的地方①。像他的《尺八》《鱼化石》《圆宝盒》等都借助中国传统的意象不仅表现了爱情的纯真和复杂，也烘托出朦胧的诗境。其他如李广田、林庚、孙大雨、孙毓棠、金克木等人在大学时代的诗作也大多致力于中西诗歌艺术的沟通和融合，摆脱了中国现代诗歌早期较为苍白、贫乏的局面，极大提升了诗歌的艺术含量。

京派唯美性的散文也主要体现在何其芳、李广田等的作品中。何其芳在大学时代开始散文创作，一边写一边发表，后来这些作品结集为《画梦录》出版，并获得1937年由《大公报》颁发的文艺奖金。何其芳的散文创作带有很强的自觉意识，他对中国现代散文的成就并不满意，力图为中国现代散文寻找到新的突破口。他自己曾说："在中国新文学的部门中，散文的生长不能说很荒芜，很孱弱，但除去那些说理的，讽刺的，或者说偏重智慧的之外，抒情的多半流入身边杂事的叙述和感伤的个人遭遇的告白。我愿意以微薄的努力来证明每篇散文应该是一种纯粹的独立的创作，不是一段未完篇的小说，也不是一首短诗的放大……我的工作是在为抒情的散文找出一个新的方向。"②在《画梦录》中，人们看到何其芳确实实现了自己的夙愿，创造出只属于自己的散文世界："我企图以很少的文字制造出一种情调：有时叙述着一个可以引起许多想象的小故事，有时是一阵伴着深思的情感的波动。正如以前我写诗时一样入迷，我追求着纯粹的柔和，纯粹的美丽。一篇两三千字的文章的完成往往耗费两三天的苦心经营，几乎其中每个字都经过我的精神的手指的抚摩。"③"我

---

① 哈罗德尼柯孙：《魏尔伦与象征主义译序》，朱之琳译，1932年《新月》第4卷第4期。
② 何其芳：《还乡杂记·代序》，《何其芳全集》第1卷，第238、240页。
③ 何其芳：《还乡杂记·代序》，《何其芳全集》第1卷，第241页。

惊讶,玩味,而且沉迷于文字的彩色,图案,典故的组织,含意的幽深与丰富。"①何其芳的散文完全打破了散文和诗歌的界限,像写诗一样地去经营散文的写作,赋予散文以诗所特有的情调和意境。如他的《墓》营造的是凄婉哀伤的氛围,是通过一系列的景物描写来烘托的:"晚秋的薄暮。田亩里的稻禾早已割下,枯黄的割茎在青天下说着荒凉。草虫的鸣声,野蜂的翅声都已无闻,原野被寂寥笼罩着,夕阳如一枝残忍的笔在溪边描出雪麟的影子,孤独的,瘦长的。"这种描写很自然地使人们想起马致远在《秋思》中的意境。他的《黄昏》《雨前》《秋海棠》等散文中也都侧重描写环境和精致,在意象的排列中建构出和谐的诗境。此外,何其芳在散文的表达上手法多样,尤其注重语言的营造,细腻和绮丽的文字中充满梦幻般的华美色彩,闪烁着不可重复的魅力。如《秋海棠》中的一段文字:

> 景泰蓝的天空给高耸的梧桐勾绘出团圆的大叶,新月如一只金色的小舟泊在疏疏的枝桠间。粒粒星,怀疑是白色的小花朵从天使的手指间洒出来,而遂宝石似的凝固的嵌在天空里了。但仍闪跳着,发射着晶莹的光,且从冰洋的天空里,它们的清芬无声的霰雪一样飘堕。

这里交替使用比喻、拟人的手法,而且文字色彩的都经过作者的精心雕琢,显得纯净、精致、飘逸,显示出作者较为深厚的文学功力。因而何其芳的《画梦录》出版后迅速引起评论界的注意,李健吾评论说:"他缺乏卞之琳先生的现代性,缺乏李广田先生的朴实,而气质上,却更其纯粹,更是诗的,更其接近于19世纪初叶。也就是这种诗人的气质,让我们读到他的散文,往往沉入多情的梦想。我们会忘记他是一个自觉的艺术家。"②这些评论都准确抓住了何其芳散文的特点,充分肯定其在现代散文体式上的贡献,这对于当时刚刚离

---

① 何其芳:《梦中道路》,《何其芳全集》第 1 卷,第 188 页。
② 李健吾:《咀华集·〈画梦录〉》,《李健吾文学评论选》,第 127 页。

开北京大学校园、走上文学道路的的何其芳来说,是相当高的评价。

李广田和何其芳同为北京大学同学,也是在外文系读书的时候开始文学创作,他的散文创作主要收入《画廊集》《银狐集》和《雀衰集》中。虽然李广田的散文不像何其芳那样唯美华丽,但朴实而清新的风格中仍然展露出作家良好的文学素养,他在中外文学的天地中广泛吸取各种养料,特别是西方的散文家对他的创作影响较大,而这一切和大学的教育背景是分不开的。李广田曾经说:"我喜欢 G.White,喜欢 W.H.Hudson,又喜欢写了《道旁的智慧》的Martin。"①他还特别说过对于英国作家玛尔廷(Martin)作品田园风味的欣赏:"在玛尔廷的书里找不出什么热闹来,也没有什么奇迹,叫做《道旁的智慧》者,只是些平常人的平常事物(然而又何尝不是奇迹呢,对于那些不平常的人)。似乎是从尘埃的道上,随手辍拾了来,也许是一朵野花,也许是一只草叶,也许只是从漂泊者的行囊上落下来的一粒细砂。然而我爱这些。这些都是和我很亲近的。在他的书里,没有什么戏剧的气氛,却只使人意味到醇朴的人生;他的文章也没有什么雕琢的词藻,却有着素朴的诗的精美。"②李广田的散文追求素朴淡雅的风格,在平淡朴实的语言中写出故土的风情和人生百态,有一股泥土的气味。他多次说过自己是一个"乡下人",对乡村的生活有一种天然的挚爱之情:"那里的风景人物,风俗人情,固然使我时常怀念,就是一草一木,也仿佛都系住了我的灵魂。"③如同沈从文的湘西世界一样,李广田的家乡同样成为作家创作的"不朽基地"。李广田的散文素朴中却别有一番情调。何其芳、李广田、季羡林、金克木、吴伯箫等一群刚刚进入大学校园的青年人怀抱远大的理想,立志把散文艺术推向成熟的天地,特别注重提高散文的独立艺术品格,使当时的散文创作出现了重大的转向。有学者评论说:"这些在中国

<hr>

① 李广田:《〈画廊集〉题记》,《李广田文学评论选》,云南人民出版社 1983 年版,第424 页。
② 李广田:《道旁的智慧》,《李广田全集》第1 卷,云南人民出版社 2010 年版,第81 页。
③ 李广田:《雀蓑记》,《李广田文学评论选》,第430 页。

现代散文发展史上,有里程碑的意义,自此以后,散文有了新的制度,絮语式的家常琐事散文日渐从散文的中心退出,代之以艺术性的抒情叙事散文。"①中国 20 世纪 30 年代散文创作中摇曳多姿的风格和这群年轻人的努力是分不开的。

三

由于受到学院派的知识体系训练和中外文化系统的熏陶,京派作家在看待世界和人生时往往更为敏感、理性,因而不少作品充满了哲理性的色彩和玄思成分,比起同时代的作品更具有智慧和艺术的才华。金克木在 1937 年首次提出"新智慧诗"的概念,"以智慧为头脑极力避免感情的发泄,而追求智慧的凝聚","新智慧诗"的特点就是"不使人动情而使人深思。"②这可以视为他们创作的一个趋向。如卞之琳、废名、林庚、曹葆华、孙毓堂、李长之等的作品常常表现人生微妙的刹那,带有玄学诗的机智品格,由此带来其作品内容的幽深和复杂,较深入地反映出现代人的现代情绪。

卞之琳是 20 世纪 30 年代现代派诗的代表人物,他的诗歌较多受到西方现代诗人艾略特、叶芝、奥登、里尔克、瓦雷里等人的影响,曾经翻译过艾略特的理论文章《传统与个人的才能》等,因此理论自觉意识更为明显,其创作刻意求新、求变,为当时的诗坛贡献了很多新鲜的元素。卞之琳不满意传统诗歌的抒情特征,强调节制感情,使诗歌由"主情"转向"主智",进而把感性形象与抽象的思想结合在一起。卞之琳曾经说:"我总喜欢表达我国旧说的'意境'或者西方所说的'戏剧性处境'……这时期的极大多数诗里的'我'也可以和'你'或'他'('她')互换,当然要随整首诗的局面互换,互换得合乎逻辑。"③"30 年代早、中期我写诗较趋成熟以后,我更最忌滥情发泄,更最喜用非个人

---

① 许道明:《京派文学的世界》,复旦大学出版社 2013 年版,第 203 页。
② 柯可(金克木):《论中国新诗的新途径》,《新诗》1937 年第 4 期。
③ 卞之琳:《雕虫纪历·自序》,《雕虫纪历》,人民文学出版社 1984 年版,第 3 页。

化手法设境构象。"①从卞之琳的这些话中可以看出,诗人和艾略特的诗学理想有相似之处。艾略特十分重视诗歌的机智与思想因素,他也公开说过:"诗歌不是感情的放纵,而是感情的脱离;诗歌不是个性的表现,而是个性的脱离。"②他还说:"用艺术形式表现情感的唯一方法是寻找一个'客观对应物';换句话说,是用一系列实物、场景,一连串事件来表现某种特定的情感;要做到最终形式必然是感觉经验的外部事实一旦出现,便能立刻唤起那种情感。"③此外,艾略特还推崇玄学诗人的机智和才能。卞之琳虽然是一位诗人,但在诗作中更多表现出哲学家的智慧和思考,更多时候像一位哲人,其诗作犹如饱满的石榴,留下思想者的思考足迹,哲学的气息十分浓重。他的名作《断章》长久以来为人们所称道,除了诗作构思的巧妙之外,其表现出的深层的哲学内涵更增添了诗歌的多重含义:"你站在桥上看风景,/看风景的人在楼上看你。/明月装饰了你的窗子,/你装饰了别人的梦。"诗作语言朴素平实,但短短的几句中表现从刹那感觉中升华出的人生感悟,包蕴着很深的哲学命题。在回答李健吾的质疑时,卞之琳对于《断章》也特别做了一番诠释:"正如在《断章》里的那一句'明月装饰了你的窗子,你装饰了别人的梦',我的意思也是着重在'相对'上。"④卞之琳在这里提出的"相对",实质上是一个哲学的名词,世间万事万物的区别和分割只是相对的,而相互的联系却是内在和永恒的。因此在理解卞之琳诗歌的时候,要充分考虑诗人所提供的哲学背景。卞之琳的《寂寞》《圆宝盒》《水成岩》《古镇的梦》《鱼化石》《白螺壳》等很多诗篇其实都蕴藏着诗人哲人般的智慧,像一粒粒饱满的石榴,闪烁着思想的火花,给人以探险的诱惑。《鱼化石》同样短小精炼:

---

① 卞之琳:《雕虫纪历·自序》,《雕虫纪历》,第 7 页。

② [英]:T.S.艾略特:《传统与个人才能》,《艾略特文学论文集》,李赋宁译,百花洲文艺出版社 1994 年,第 11 页。

③ [英]T.S.艾略特:《哈姆雷特》,《艾略特诗学文集》,王恩衷编译,国际文化出版公司1989 年,第 13 页。

④ 卞之琳:《关于〈鱼目集〉》,见《李健吾文学评论选》,第 97—98 页。

鱼化石（一条鱼或一个女子说）

　　我要有你的怀抱的形状，

　　我往往溶化于水的线条。

　　你真像镜子一样的爱我呢，

　　你我都远了乃有了鱼化石。

　　一般人多半理解为爱情诗,这当然很有道理,但同时应该看到,这首诗蕴含着双重的主题:爱情是它的表层的具象,而更深层次的仍然是诗人对于人生得与失、变化与永恒的"相对性"的思考:我们失去了自我,却获得了爱情;逝去了生命,却变化为永恒。世界的一切都是相对的,永远在变化之中。诗人巧妙地将爱情中的微妙变化升华为人生永恒的哲理,从而赋予这首诗更深邃久远的艺术生命。其实诗人自己在《鱼化石后记》中的文字中已经点出了这一点:"鱼成化石的时候,鱼非原来的鱼,石也非原来的石了。这也是'生生之谓易'。近一点说,往日之我已非今日之我,我们乃珍惜雪泥上的鸿爪,就是纪念。诗中的'你'就代表石吗? 就代表她的他吗? 似不仅如此。"①卞之琳反复强调过,他的不少诗不宜简单理解为爱情的主题,他谈起《圆宝盒》一诗时说:"这首诗里,我自己觉得,'人'与'物'的界限不算不清楚。这里所谓'物'不是物质,也包括精神的,抽象的东西,比如理想,希望。先明白了这一点,就不易误会诗中的'你'指'感情'了。"②

　　可见,卞之琳诗中明显受英国玄学派、艾略特及瓦雷里等的影响,在智性的沉思中去寻求人生的真谛和艺术的真谛,带有知性的成分,呈现出思辨之美、理性之美。这种特征他的不少同时代人都曾注意过。陈梦家曾说,卞之琳的诗"常常在平淡中出奇,像一盘沙子看不见底下包容的水量"③。而李广田

---

① 蓝棣之编选:《现代派诗选》,人民文学出版社 1986 年版,第 12 页。
② 卞之琳:《关于"你"》,见《李健吾文学评论选》,第 113 页。
③ 陈梦家:《新月诗选·序言》,原载 1931 年 9 月新月书店《新月诗选》。

对此也有类似的看法："作者最惯于先由某一点说起,然后渐渐地向前扩伸,进一步又由有限的推行到无限的。在这情形,作者仿佛只给读者开了一个窗子,一切境界都在那窗子后边,而那境界又仿佛是无尽的。"①卞之琳努力融合中西艺术的精华,在诗歌的王国里精心构思,大胆探索,把主体与客体、情感和理智、人生与哲学、诗与思等多种因素交织在一起,为现代诗歌的知性化道路奉献出自己的才智。

废名虽然以小说创作著称,但其不多的诗歌创作也不应该被忽视,这些诗作仍然为新诗的知性化作出了有益的探索。废名在本质上是一个内倾的作家,这样的气质使得他的小说和诗歌中都有较明显的玄学特点,以至人们往往不容易理解。李健吾说:"废名先生表现的方式,那样新颖,那样独特,于是拦住一般平易读者的接识。"②其实,废名诗歌的难懂不仅仅是其表达的方式,很多时候是由其深奥、玄学的哲学思维造成的。废名诗歌的玄学和哲理背景主要是受到禅宗的影响。废名出生在湖北省黄梅县,这是禅宗的圣地。青年时代的废名一度迷恋佛经,喜参禅论道,周作人回忆:"废名自云喜静坐深思,不知何时乃忽得特殊经验,趺坐少顷,便两手自动,作种种姿态,有如体操。不能自已,仿佛自成一套,演必乃复能活动。"③废名认为中国传统的人生观过于看重实际,缺少对生命的思考,进而造成文学思想的贫困,而佛教的渗透则有利于改变这一点。"我常想,中国后来如果不是受了一点佛教影响,文艺里的恐怕更要损失好些好看的字面"④。而作为印度佛教中国化的禅宗的出现正好就为中国文学的提供了新的思维方式。禅宗强调悟道,追求生命的自觉意识和"万古长空,一朝风月"的精神境界,因而带有较强的形而上的哲学观念。李泽厚概括说:"禅宗讲的是'顿'悟。它所触及的正是时间的短暂瞬刻与世

① 李广田:《诗的艺术——论卞之琳的〈十年诗草〉》,《李广田文学评论选》,第 234 页。
② 李健吾:《咀华集·画梦录》,《李健吾文学评论选》,第 122 页。
③ 周作人:《怀废名》,《药堂杂文》,第 138 页。
④ 废名:《中国文章》,原载 1936 年 11 月 6 日北平《世界日报·明珠》第 37 期。

界、宇宙、人生的永恒之间的关系问题。这问题不是逻辑性的,而是直接感受和体验领悟性的。"①废名诗歌不仅大量出现了"镜""灯""花""草""星""月""海"等禅宗常见的意象,而且赋予整个诗歌世界哲理的内涵。如废名的诗歌代表作之一的《灯》:

灯

深夜读书
释手一本老子道德经之后,
若抛却吉凶悔吝
相晤一室。
太疏远莫若拈花一笑了,
有鱼之与水,
猫不捕鱼,
又记起去年夕夜里地席上看见一只小耗子走路,
夜贩的叫卖声又做了宇宙的言语,
又想起一个年青诗人的诗句
鱼乃水花,
灯光好像写了一首诗,
他寂寞我不读他。
我笑曰,我敬重你的光明。
我的灯又叫我听街上敲梆人。

在这首诗中,除了"拈花一笑"这种佛教常见的意境外,诗人的思维呈现大幅度的跳跃,从古到今,从历史到现实,从中所真正要体现得却是世间万物之间各种有形无形的联系,这恰是禅宗思想和思维的表露。而诗人也在读了

---

① 李泽厚:《中国古代思想史论》,安徽文艺出版社 1994 年版,第 207 页。

老子的《道德经》获得一种心灵的顿悟和升华,进而进入到澄明的天地之中。他的《星》也有很深的寓意:

星

满天的星
颗颗说是永远的春花。
东墙上海棠花影,
簇簇说是永远的秋月。
清晨醒来是冬夜梦中的事了。
昨夜夜半的星,
清洁真如明丽的网,
疏而不失,
春花秋月也都是的,
子非鱼安知鱼。

满天的星斗、锦簇的花团,看似美好的景象,却在太阳升起的时候便消失了踪迹!诗人从眼前的景象中得到启迪:世间万物的原理正好与此类似,没有永恒的幸福和欢乐,转瞬间一切美好的事物可能就是昙花一现。此外诗中还借用了禅宗论辩的方式,显出浓厚的理趣。其他如金克木、林庚等人的诗作一定程度上也都具有非逻辑的知性特点,这群敏感的诗人虽然在严峻的现实面前有找不到人生出路的迷茫和困惑,但他们却以诗歌为心灵的依托,在智慧和哲学的殿堂中执着于自己的艺术信念,开辟着现代诗歌的未来之路。

第四章　现代性的诱惑

晚清以降,伴随着中国自身文化的衰微和危机,西方的现代文化观念长驱直入进入中国,一种现代性的意识开始在中国出现。对于现代性意识,人们的认识并不完全一致,英国学者吉登斯先是把其定义为一种"社会组织"或"组织模式":"社会生活或组织模式,大约 17 世纪出现在欧洲,并且在后来的岁月里,程度不同地在世界范围内产生着影响。"①后来他又进一步明确为"首先意指在后封建的欧洲所建立而在 20 世纪日益成为具有世界历史性影响的行为制度与模式"②。中国学者王一川部分采纳了吉登斯的这些观点并作了进一步的阐释,他认为现代性"主要是指中国社会自 1840 年鸦片战争以来,在古典性文化衰败而自身在新的世界格局中的地位急需重建的情势下,参照西方现代性指标而建立的一整套行为制度与模式"③。海外知名学者李欧梵则是这样诠释的:"在中国,'现代性'不仅含有一种对于当代的偏爱之情,而且还有一种向西方寻求'新'、寻求'新奇'这样的前瞻性。"④在《中国现代文学中

---

① [英]安东尼·吉登斯:《现代性的后果》,田禾译,译林出版社 2000 年版,第 1 页。

② [英]安东尼·吉登斯:《现代性与自我认同》,赵旭东等译,生活·读书·新知三联书店 1998 年版,第 16 页。

③ 王一川:《中国现代性体验的发生——清末民初文化转型与文学》,北京师范大学出版社 2001 年版,第 19 页。

④ 李欧梵:《现代性的追求(1895—1927)》,生活·读书·新知三联书店 2000 年版,第 236 页。

的现代主义》一文中,李欧梵引用"现代"一词的定义为"a temporal consciousness of present in reaction against the past",他把这个词翻译成"自现在以排斥过去的现时意识"①。突出"现代"与过去的对抗性。可见,现代性已经成为现代社会的关键词之一。

在西方现代文化意识和审美意识的冲击下,中国现代知识分子必须做出相应的回应,而其中的一点就是他们更多地把西方现代主义看作一种更新奇、更纯粹的文学实践来加以确认和推广,以此来确立中国文学的现代性要素。在这种大的文化背景下,20世纪二三十年代的中国文坛出现了寻求现代性的繁盛局面,一方面是大量西方现代主义文学思潮和作品被介绍到中国;另一方面,中国新文学中诗歌、小说乃至文学批评中都蕴含着现代性的审美气息,使得中国现代文学呈现前所未有的面貌。以往人们的研究往往把现代主义更多地与20世纪30年代出现在上海的新感觉派联系在一起,实际上几乎在同一时间,活跃在北京的作家们也在寻找文学现代性的历史进程中做出了独特的贡献。对此,海外学者史书美在她的专著《现代的诱惑:书写半殖民地中国的现代主义(1917—1937)》作了较多的论述,她说:"对京派和海派的两分倾向于将中国现代性问题归结为一系列具体化了的、简单化了的、过时的文化身份。这种解读并不能清楚表达问题的复杂性,更无法迎接这两个群体对文化历史学家所提出的挑战,因为这两个群体在文化意义上的区别远不像过去解释得那样显明清晰。可以说,他们代表了对中国现代性的两种想象方式。虽然他们接近现代性的道路相异,但他们都是全身心的世界主义者。"②京派作家们书写现代性的努力正被越来越多的人认识到。

---

① 转引自陈思和:《中国文学中的世界性因素》,复旦大学出版社2011年版,第17页。版本下同。
② [美]史书美:《现代的诱惑:书写半殖民地中国的现代主义(1917—1937)》,江苏人民出版社2007年版,第201页。版本下同。

第一节　京派诗歌中的现代性因素

中国现代主义诗歌发轫于五四时期。虽然当时的白话新诗取得了一些成就,但这种理论上的倡导和实践却并没有解决新诗诸多深层次问题,一些年轻诗人对于胡适倡导的白话诗提出了质疑和批评。他们转而以西方现代主义诗歌为参照,进而进行了一场带有现代主义性质的诗歌实践,也就是人们所熟悉的以李金发、冯乃超、穆木天等为代表的早期象征诗派。对于早期象征诗派的文学价值,李欧梵说:"李金发所实践的二度解放,至少曾暂时把中国的现代诗,从对自然与社会耿耿于怀的关注中解放出来,导向大胆、新鲜而反传统的美学境界的可能性。正如欧洲的现代主义一样,它可说是反叛庸俗现状的艺术性声明。"①然而,早期象征诗派确实在艺术的探索中存在不少问题,比如对西方现代派诗歌理解得过于肤浅,缺乏传统文化的修养,以模仿替代创造等。李健吾批评说:"李金发先生却太不能把握中国的语言文字,有时甚至于意象隔着一层,令人感到过分浓厚的法国象征派诗人的气息,渐渐为人厌弃。"②正是借鉴了象征诗派的经验和教训,中国现代主义诗歌在20世纪30年代到了一个成熟期,这也几乎为学界所公认。人们所提到的现代派重要诗人中,像何其芳、李广田、卞之琳、孙毓堂、曹葆华、林庚、金克木、废名、辛笛、赵萝蕤、梁宗岱等都属于京派或者和京派有密切的渊源。他们和其他现代派诗人一起,在对西方文化和传统文文化吸收中表现出更宽广的视野和更为强烈的现代意识,尤其是对西方现代派的艺术进行了很好的借鉴和创造性的转换,为中国现代主义诗歌开辟了一条崭新的道路。

---

① 李欧梵:《中国现代文学中的现代主义》,台湾《现代文学》副刊1981年6月第14期。
② 李健吾:《咀华集·〈鱼目集〉:卞之琳先生作》,《李健吾文学评论选》,第83页。

一

现代主义文学是随着西方现代哲学文化思潮影响而诞生的一种文学思潮。关于现代主义文学在西方世界起源的具体时间,至今尚存很大的争议,"法国批评家罗朗·巴托尔把现代主义从 1850 年算起,这是把上限划得早些的一种看法。美国有影响的批评家艾德蒙·威尔逊在其名著《阿克塞尔的城堡》(1931)中确实是把 1870 年作为象征派文学的起点的……有好些评论家把 1880 年看作现代派的起点。西利尔·康诺利在《现代主义运动——1880 至 1950 年英美法现代主义代表作 100 种》(1965)中声称:'1880 年是一个转折点。从这时起,可以确定,现代主义运动的确形成了'"①。现代主义文学作为盛行在 1890—1950 年间主要的一种带有世界性的文学潮流,大体涵盖了象征主义、未来主义、意象主义、表现主义、意识流和超现实文学等流派,这其中尤其以象征主义的影响为最大,几乎是对以往文学传统的颠覆。"也许这是历史上头一次,一个文学方面的运动竟然发展到遍及整个现代世界的地步。这个从 19 世纪欧洲的崇高愿望中诞生的象征主义,演化成为 20 世纪的文学界和美学界的世界性的憧憬"②。"不仅在法国,而且遍及西方世界,法国象征主义运动中所宣明的学说原理,已经主宰了 20 世纪的诗歌观念。这种支配力量,一定程度上显然归诸于波德莱尔、兰波、马拉梅以及步其后尘的诸家的诗歌成就:法国有克洛代尔和瓦莱里,德国有格奥尔格和里尔克,俄国有勃洛克和伊凡诺夫,意大利有翁家雷蒂和蒙塔莱,西班牙语世界有鲁本·达里奥和马查多,英语世界有叶芝和艾略特"③。

其实,在西方现代主义的各种文学思潮和派别中,象征主义无疑是最被中

①　袁可嘉:《欧美现代派文学概论》,上海文艺出版社 1993 年版,第 4、5 页。
②　《法国拉罗斯百科全书》,见黄晋凯等主编:《象征主义·意象派》,第 725 页。
③　[美]雷纳·韦勒克:《近代文学批评史》第 4 卷,杨自伍译,上海译文出版社 2009 年版,第 589 页。

国的翻译家和作者关注的,陈独秀、胡适、鲁迅、周作人、沈雁冰等都曾经撰文介绍过欧洲的象征主义文学。到了 20 世纪二三十年代,人们对象征主义的翻译和介绍更为深入,一度形成热潮。1933 年施蛰存在致戴望舒的信中说:"有一个南京的刊物说你以《现代》为大本营,提倡象征派诗,现在所有的大杂志,其中的诗大都是你的徒党。"①而京派的诗人群则普遍和西方象征主义有着源深的关系。梁宗岱早年在法国学习,和法国后期象征派诗人瓦雷里的关系极为密切,对瓦雷里的象征主义诗风给予过很高的评价。1928 年,梁宗岱在《小说月报》第 20 卷第 1 号发表了《保罗哇莱荔评传》,后收入《水仙辞》时改题《保罗梵乐希评传》,对瓦雷里的诗作较为详尽地作了介绍和评价,认为瓦雷里复活了西方象征主义传统:"当象征主义——瑰艳的,神秘的象征主义在法兰西诗园里仿佛继承了浮夸的浪漫派,客观的班拿斯(Parnasse)派而枯萎了三十年后,忽然在保罗·梵乐希底身上发了一枝迟暮的奇葩:它底颜色是妩媚的,它底姿态是招展的,它底温馨却是低微而清澈的钟声,带来深沉永久的意义。"②梁宗岱还认为瓦雷里的诗作完美体现出象征主义的精髓,比如重视音乐的境界、追求哲理性和文字的谨严等,这都表明梁宗岱对西方象征主义的理解是较为深刻的,绝非皮相之论,后来他更是写出了《象征主义》的长文做了系统的阐释。到了 20 世纪 30 年代,象征主义的浪潮已经在中国诗坛掀起了阵阵波澜,更多的年轻人被它吸引,如卞之琳、何其芳、李广田、林庚等。卞之琳在北京大学英文系学习期间广泛阅读西方现代主义作品,当然不乏象征主义的作品,曾经翻译过波德莱尔、魏尔伦、里尔克、马拉美、瓦雷里等多位象征派作家的作品。对于西方现代主义对自己的影响,卞之琳并不讳言,他曾说:"我前期最早阶段写北平街头灰色景物,显然指得出波德莱尔写巴黎街头穷人、老人以至盲人的启发。写《荒原》以及其前短作的托·斯·艾略特对于我前期中间阶段的写法不无关系;同样情况是在我前期第三阶段,还有

①　见蓝棣之编选:《现代派诗选》,第 2 页。
②　梁宗岱:《保罗·梵乐希先生》,《梁宗岱文集》第 2 卷,第 7 页。

叶慈(W.B.Yeats)、里尔克(R.M.Rilke)、瓦雷里(Paul Valery)的后期短诗之类……"①"恰巧因为读了一年法文,自己可以读法文书了,我就在1930年读起了波德莱尔,高蹈派诗人,魏尔伦,玛拉梅以及其他象征派诗人。"②卞之琳也曾经谈到他读梁宗岱翻译法国象征主义作品对自己的深刻影响:"直到从《小说月报》上读了梁宗岱翻译的梵乐希(瓦雷里)《水仙辞》以及介绍瓦雷里的文章《梵乐希先生》才感到耳目一新。我对瓦雷里这首早期作品的内容和梁译太多的文言辞藻(虽然远非李金发往往文白都欠通的语言所可企及)也并不倾倒,对梁阐释瓦雷里以至里尔克的创作精神却大受启发。"③何其芳青年时代也曾接触过法国象征派诗人的作品,他在迷恋中国晚唐五代作品的同时,"又在几位班纳斯派以后的法兰西诗人的篇什里找到了一种同样的迷醉"④。卞之琳晚年的回忆也提道:"现在事实清楚,何其芳早期写诗,除继承中国古典诗的某些传统以外,也受过西方诗影响,他首先(通过《新月》诗派)受19世纪英国浪漫派及其嫡系后继人的影响,然后才(通过《现代》诗风)受了19世纪后半期开始的法国象征派和后期象征派的影响。如果其芳也多少受过一点20年代英美现代派诗主将托·斯·艾略特的影响,那又是稍后一点的了。这条路我是熟悉的。"⑤曹葆华也经历过类似的转变。他早年的诗作主要模仿英国浪漫主义诗人,注重感情的抒发和格律的整齐,以至有人批评他现代气息不够。如余冠英就说:"曹君的诗少现代味,这大概是大家公认的罢。"⑥曹葆华后来受到卞之琳、方敬等人的影响,诗风开始变化。方敬说:"尔后,葆华逐渐爱上法国象征派和英美现代派的诗,受到波德莱尔、韩波、庞德、

① 卞之琳:《雕虫纪历·自序》,《卞之琳文集》中卷,第460页。
② 卞之琳:《开讲英国诗想到的一些体验》,1949年11月10日《文艺报》第1卷第4期。
③ 卞之琳:《人事固多乖——纪念梁宗岱》,《新文学史料》1990年第1期。
④ 何其芳:《梦中道路》,《何其芳全集》第1卷,第190页。
⑤ 卞之琳:《何其芳晚年译诗》,《何其芳全集》第6卷,第177页。
⑥ 见1933年3月27日《大公报·文艺副刊》第273期。

艾略特等诗人的影响,诗风起了变化。"①废名早年也在北京大学英文系学习,自然有机会阅读西方现代主义的作品,如他对象征派代表诗人波德莱尔就表现出较大的兴趣。他不仅翻译了波德莱尔的散文诗《窗》,而且在自己的第一部小说集《竹林的故事》出版时还把这篇译文放在书的后面作为"跋",到了1927年这部小说集再版时又把《窗户》移到书前作为序文。可见废名对这篇文章的看重。废名说:"波德莱尔题作'窗户'的那首诗,厨川白村拿来作赏鉴的解释,我却以为是我创作时的最好的说明了。"②不仅如此,废名在他的一篇《说梦》的文章中还提道:弗罗倍尔很欣赏波德莱尔的诗作,为此专门给波德莱尔写了一封信,废名亲自把这封信翻译出来,其中有这样的一段文字:"我把你的试卷吞下去了,从头到尾,我读了又读,一首一首的,一字一字的,我所能够说的是,它令我喜悦,令我迷醉。你以你的颜色压服了我。我所最倾倒的是你的著作的完美的艺术。你赞美了肉而没有爱他。"③这在某种意义上也可以视为废名对波德莱尔的态度。日本象征主义理论家厨川白村曾把文艺创作看作作家苦闷的象征:"生命力受了压抑而生的苦闷懊恼乃是文艺的根柢,而其表现法乃是广义的象征主义。""凡有一切文艺,古往今来,是无不在这样的意义上,用着象征主义的表现法的。"④而废名对于厨川白村的见解也是深表赞同的,他说:"我想,倘若我把我每篇文章之所以产生,写出来,——自然有些是不能够分明的写出来的,当是一件有意义的事,或者可以证明厨川白村氏的许多话。"⑤至于李健吾,不仅他本人在20世纪30年代罕见地写作了一些现代诗,而且从他发表的不少文学批评中可以看出,他对西方的象征主义是十分熟悉的。在和卞之琳的一些争论中,李健吾经常提到波德莱尔和瓦雷

---

① 方敬:《寄诗灵》,《方敬选集》,四川文艺出版社1991年版,第760页。
② 《废名集》第1卷,北京大学出版社2009年版,第10页。
③ 废名:《说梦》,《冯文炳选集》,第325页。
④ 见鲁迅:《〈苦闷的象征〉引言》,《鲁迅全集》第10卷,第232页。
⑤ 废名:《说梦》,《冯文炳选集》,第319页。

里(梵乐希)的名字,提到过瓦雷里的纯诗理论。对于象征主义的历史脉络和精神,李健吾说:"象征主义从巴尔纳斯诗派衍出,同样否认热情,因为热情不能制作,同样尊重想象,犹如考勒瑞几(Colerrdge),因为想象完成创造的奇迹。然而它不和巴尔纳斯诗派相同,唯其它不甘愿直然指出事物的名目。这就是说,诗是灵魂神秘作用的征象,而事物的名目,本身缺乏境界,多半落在朦胧的形象以外。"①其他如陈梦家、孙大雨、林徽因等诗人也都接触过象征诗。

除了法国的象征派,京派诗人也曾经在更开阔的文化视野中接触过西方现代主义。叶公超曾经在北京大学、清华大学等讲授"西方现代诗"的课程,重点介绍过后期象征派诗人艾略特、庞德等人的诗歌作品,也这在无形中影响到不少青年学生,如卞之琳、曹葆华、赵萝蕤等。卞之琳认为自己翻译的艾略特的文学理论对自己诗风的影响很大;曹葆华在叶公超的帮助下最早翻译过艾略特的文论《传统形态与个人才能》(见 1933 年 5 月 26 日和 29 日出版的《北晨学园》第 512、513 号),他本人的诗歌创作转向现代主义与此有很大关系。赵萝蕤翻译了艾略特的著名长诗《荒原》,而与此同时她也开始了诗歌的创作。这些都表明,西方现代主义的文学潮流对于京派诗人的创作产生过深远而持久的影响,他们的开放心态和创新精神极大地拓展了中国新诗的境界和多元化局面,使得 20 世纪 30 年代的中国新诗的天空闪烁出灿烂的星群。

二

现代主义在文学上的表现绝非简单的艺术技巧问题,它的出现具有深刻的社会和哲学基础,往往是和现代意识联系在一起的。"西方现代主义除了和帝国主义政治保持着某种形式和主题的联系,作为一种历史构成方式,西方

---

① 李健吾:《咀华集·答〈鱼目集〉作者》,《李健吾文学评论选》,第 109 页。

现代主义也同样离不开经济层面上的帝国主义"①。美国著名文化学者丹尼尔·贝尔曾把现代主义概括为三个特征,其中第一个特征是:"从理论上看,现代主义是一种对秩序,尤其是对资产阶级酷爱秩序心理的激烈反抗。它侧重个人,以及对经验无休止的追索。"②可见,这一点也是从社会意识的特征来谈的。西方社会的经济在19世纪后期得到了迅速的发展,由此带来西方社会20世纪初期的剧烈改变,城市化、工业化、机械化的社会特征呈现在人们面前的完全是一个陌生的世界。伴随着现代化的进程,人与社会、人与自然、人与人的关系却日渐疏离和紧张,时代精神的分裂使敏感的知识分子感到惶恐和不安,"进入了19世纪末(有的西方学者把现代主义产生的上限定于巴黎公社爆发的那一年),一部分敏锐的知识分子才真正感受到了'现代性'所含的分裂意义,是由现代社会与生俱来的内在矛盾所致,是难以克服的。他们不再像他们的前辈那样幻想有一种外在的力量,也不相信自己(作为人的个体)能够消除这些危机,他们在精神上表示了对现代社会的种种绝望"③。特别是1914年到1918年爆发的第一次世界大战更是在人们的心头长期投下浓重的阴影,绝望和恐怖情绪迅速蔓延,艾略特在《荒原》中流露出的焦虑和荒原意识就是这种情绪的真切表现,因而刚一问世就在知识分子中间引发巨大的轰动。可见,19世纪后期出现、在20世纪前半叶得到迅猛发展的现代主义文学潮流不是凭空出现的,这种反社会、重自我、悲观、彷徨、孤独的心理只能在复杂的历史背景中才能得到真实的揭示,而这些主题也构成了各种形形色色现代派文学的重要内容。

20世纪前半叶的中国社会是一个半殖民地半封建社会,经济形态和社会基础具有和西方现代社会不同的特征。但不可否认的是,在一些发达的都市

---

① [美]史书美:《现代的诱惑:书写半殖民地中国的现代主义(1917—1937)》,第9页。

② [美]丹尼尔·贝尔:《资本主义文化矛盾》,赵一凡等译,生活·读书·新知三联书店1989年版,第31页。版本下同。

③ 陈思和:《中国文学中的世界性因素》,第19页。

仍然有着现代主义文学存在的因素。特别是在 20 世纪 30 年代,一方面伴随着近代中国社会的发展,都市化的进展越来越快,大量人口聚集在城市,带有现代化特征的大都市开始出现,最典型的如上海。"在 20 世纪 30 年代,上海已和世界最先进的都市同步了。""因为受经济因素的决定,城市文化本身就是生产和消费过程的产物。在上海,这个过程同时还包括社会经济制度,以及因新的公共构造所产生的文化活动和表达方式的扩展,还有城市文化生产和消费空间的增长"①。"许多人已经忘记——或许根本不知道,在两次世界大战之间,上海乃是整个亚洲最繁华和国际化的大都会。上海的显赫不仅在于国际金融和贸易,在艺术和文化领域,上海也远居其他一切亚洲城市之上"②。对于天生敏感的知识分子而言,这种现代都市生活呈现出的完全是一种令人茫然和惶恐的倾向。有学者曾这样谈到本雅明对城市的感觉:"在本雅明看来,由于资本主义的高度发展,城市生活的整一化以及机械复制对人的感觉、记忆和下意识的侵占和控制,人为了保持一点点自我的经验内容,不得不日益从'公共'场所缩回到室内,把'外部世界'还原为'内部世界'。"③其实这种感觉对 20 世纪二三十年代的中国知识分子来说也是普遍存在的,如鲁迅就不止一次谈到他对于都市不安的感觉。京派诗人大多身处都市,就其所处的地位,基本上属于上层小资产阶级知识分子,畸形、紧张甚至带有变态的都市生活都让他们更多地退缩到内心世界去思索生存的价值。"他们离时代生活的激流太远而离自己生活的内心世界很近。他们在'梦中迷离的道路'中期冀着,思考着,吟哦着,批判着现实;或以冷静的心和眼凝视外部与内部的世界,成为一些寂寞的'荒街'上的沉思者"④。何其芳的一段文字也很能够反映当时寄寓在古都北平青年人的心态:"当我从一次出游回到这北方大城,天空在我眼里

① 李欧梵:《上海摩登:一种新都市文化在中国(1930—1945)》,毛尖译,第 7 页。
② [美]白鲁恂:《中国民族主义与现代化》,香港:《二十一世纪》1992 年 2 月第 9 期。
③ 张旭东:《本雅明的意义》,见[德]本雅明:《发达资本主义时代的抒情诗人》,张旭东等译,生活·读书·新知三联书店 1989 年版,第 12 页。
④ 孙玉石:《中国现代主义诗潮史论》,北京大学出版社 1999 年版,第 127 页。

变了颜色，它再不能引起我想像一些辽远的温柔的东西。我垂下了翅膀。我发出一些'绝望的姿势，绝望的叫喊'。我读着 T.S.爱里略忒。这古城也便是一片'荒地'。"①自然而然，城市开始在他们的诗中占据着较为重要的位置。虽然他们笔下的北平更多具有古都的特色，比如红墙、砖瓦、胡同、城墙、宫苑、驼铃、深秋等，呈现出的是一幅古都风情图。但不可否认的是，古都在被他们吟诵和描写的同时，也被赋予了现代人的复杂情绪：焦灼、孤独、陌生、冷漠、幻灭、虚无……这些无疑都暗合着西方现代主义的文化母题。如废名的不少诗作都描写了他生活多年的北平，其中有《北平街上》《理发店》《街头》等；这些诗作无一例外地都流露出作者寂寞而又无可奈何的心绪。《街头》一诗这样描写的：

> 行到街头乃有汽车驰过，
>
> 乃有邮筒寂寞。
>
> 邮筒 PO
>
> 乃记不起汽车号码 X
>
> 乃有阿拉伯数字寂寞，
>
> 汽车寂寞，
>
> 大街寂寞，
>
> 人类寂寞。

短短的几行诗，却四处出现了"寂寞"一词，无疑寂寞成为整首诗中最重要的主题词。诗人以寂寞的心理关照世界：街头是冷清的，周围的一切也是冷清的，连同整个的人类也与此相同，人与外在的世界是如此隔膜，反衬出诗人孤寂的内心。《北平街上》一诗是这样的：

> 诗人心中的巡警指挥汽车南行
>
> 出殡人家的马车拉车不走

---

① 何其芳：《梦中道路》,《何其芳全集》第 1 卷,第 190 页。

街上的寂静古人的诗句萧萧马鸣

木匠的棺材花轿的杠夫路人交谈着三天前死去了认识的人

是很可能的万一着了火呢

不记得号码巡警手下的汽车诗人茫然的纳闷

空中的飞机说是日本人的

万一扔下炸弹呢

人类的理智街上都很安心

木匠的棺材花轿的杠夫路人交谈着三天前死去了认识的人

马车在走年龄尚青蓬头泪面岂说着死人的亲人

炸弹搬到学生实验室里去罢

诗人的心中宇宙的愚蠢。

在诗人的笔下,都市无疑是冰冷而陌生的,毫无亲切感,呈现出的是赤裸裸丑陋的一面,像一堵墙压抑着人的心灵。而诗人行走在这样的城市,就像一个独行客,毫无目的地游荡,没有归宿感。何其芳的《古城》则写出了古都北平的荒凉、萧瑟:

但长城挡不住胡沙

和著塞外的大漠风

吹来这古城中,

吹湖水成冰,树木摇落,

摇落浪游人的心。

深夜踏过白石桥

去摸太液池边的白石碑。

以后逢人便问人字柳

到底在哪儿呢,无人理会。

悲这是古国遂欲走了,

又停留,想眼前有一座高楼,

> 在危阑上凭倚……
>
> 坠下地了
>
> 黄色的槐花,伤感的泪。
>
> ……

诗中明显流露着艾略特诗中的"荒原意识","古城"完全失去了历史的荣光,变成了冰冷的"荒原。"另外一首描写北平的诗作《风沙日》中,诗人也感慨"满天的晴朗变成了满天的黄沙,"表达的主旨和《古城》非常相似。

卞之琳的很多诗歌也有表现古都北京的荒凉和冷漠,如《寒夜》《一个闲人》《苦雨》《西长安街》《酸梅汤》《叫卖》《过节》《长途》《路过居》等都是。像《西长安街》中的描写:

> 长的是斜斜的淡淡的影子,
>
> 枯树的,树下走着的老人的
>
> 和老人撑着的手杖的影子,
>
> 都在墙上,晚照里的红墙上,
>
> 红墙也很长,墙外的蓝天,
>
> 北方的蓝天也很长,很长。
>
> 啊,老人! 这道儿你一定觉得是长的,这冬天的日子
>
> 也觉得长吧? 是的,我相信……

诗中的枯树、影子、老人与我等都是孤立的,缺乏融合和交流,主旨仍然是衬托现代社会人与人、人与物的异化关系。本雅明曾经谈到资本主义时代城市带给人们的压迫感:"害怕、厌恶和恐怖是大城市的大众在那些最早观察它的人心中引起的感觉……瓦雷里敏锐地看到了所谓的'文明'的一组征兆,并描绘出其中一桩有关的事情。他写道:'住在大城市中心的居民已经退化到野蛮状态中去了——也就是说,他们都是孤零零的。那种由于生存需要而保存着的赖依他人的感觉逐渐被社会机器主义磨平了。这种机器主义的每一点进展都排除掉某种行为和'情感的方式。'……波德莱尔说一个人扎进大众中

就像扎进蓄电池中。他给这种人下定义,称他为'一个装备着意识的 Kaleido-scope(万花筒)'"。① 京派诗人表现的情绪和本雅明所说的压迫感是有相通之处的。除此之外,京派诗人的不少诗作都反复通过秋天、夜、黄昏、落叶等这些带有感伤、衰弊、昏暗的意象呈现北平都市的冷漠。如林庚的《残秋》《深秋三首》《九秋行》《夜》《雨夜》《独夜》《风雨之夕》《秋深的落叶》《黄昏》;卞之琳的《寄流水》《傍晚》;林徽因的《给秋天》《秋天,这秋天》;陈梦家《一半红一半黄的叶子》;何其芳的《秋天》、李广田的《秋灯》;孙毓堂的《秋暮》等等。林庚的第一部诗集甚至就取名《夜》。这恐怕不是一种巧合,更多的是他们面对外部剧烈变化的世界种种青春易逝、无可奈何的慨叹和思索。因为秋天、黄昏、夜等带有时间症候的意象经过中外诗人的描写已经带有强烈的象征色彩。"就诗歌而言,对即将消逝的事物的意识要比对即将到来的事物的意识要敏锐得多。这是不言自明的;一天的终结和一年的终结可以产生难以忘怀的魅力。尤其在德国诗歌中,在霍夫曼斯塔儿、里尔克、特拉克尔和格奥尔格的诗歌中,秋天的意象似乎是无法摆脱的,而且很容易从自然扩展到文化"②。黄昏则无疑蕴含着人类对个体生命有限性的焦虑乃至虚无的生命体验,"日暮天晚,象征着岁月时日的匆迫。路远天阔,象征着理想的难以达成,这日暮与路远的象征,从先秦屈原《离骚》已成为中国诗人的一种象征原型"③。钱钟书也说:"以距离之不可至,拟时机之不能追……时间体验,难落言诠,故著语每假空间以示之。"④如林庚的《黄昏》:

> 我来在山头将半,
>
> 我望见明灭流霞;

　　① [德]本雅明:《发达资本主义时代的抒情诗人》,张旭东等译,生活·读书·新知三联书店 1989 年版,第 145、146 页。版本下同。

　　② [德]格雷厄姆·霍夫:《现代主义抒情诗》,见马·布雷德伯里、詹·麦克法兰主编:《现代主义》,胡家峦等译,上海外语教育出版社 1992 年版,第 289—290 页。

　　③ 黄永武:《中国诗学》,台湾巨流图书公司 1983 年版,第 82 页。

　　④ 钱钟书:《管锥编》第 1 册,中华书局 1979 年版,第 174 页。

一阵飞鸦忽然惊散，

散落在薄暮的天涯。

天涯吹动了喇叭声，

落日里寒烟几缕；

又到一日的黄昏，

多少人黯然无语！

……

　　这些萧瑟、残破的荒凉景象，融汇了历代文人骚客的人生失落的体验和感受，传达的是现代知识分子倦怠、孤寂的情绪。对于京派诗人题材上的特点，有学者说："虽然他们在 20 世纪 30 年代的个人生活相对稳定，但是大的时代氛围却是风雨飘摇，因而他们的心灵时常处于荒漠和悲凉中，以现代主义诗风传达出的北平意象恰好吻合了他们的心灵感受。"①

　　现代主义文学是西方现代哲学思潮的一种集中反映。随着现代社会工业化进程的日渐加快，人们对于自身的焦虑和绝望也越来越明显，被迫去思考个体人生存在的困境和意义，世界的虚无和荒诞感成为他们的普遍认识，诸如死亡、荒谬等主题经常出现在西方现代主义者的笔端。如存在主义认为人是偶然被抛到世界上来的，至于人为什么会存在，这一切都是不可解释的。换句话说，存在是没有理由、没有原因、没有必然性的，"我是偶然出现的，我的存在像一块石头，一株植物，一个细菌一样。我的生命胡乱地成长而且没有固定的方向"②。同样，世界也是被偶然性所统治，充满着荒诞，毫无意义可言。萨特认为："人的任何一个动作、一个事件，在人类的五光十色的小小世界里，永远

---

① 刘淑玲：《大公报与中国现代文学》，第 99 页。

② ［法］萨特：《恶心》，见夏基松等：《现代西方哲学流派评述》，上海人民出版社 1988 年版，第 130 页。版本下同。

只能是相对的荒谬。""无可救药的荒谬。"①可见,在存在主义者眼中,人生是荒谬和痛苦的。而死亡和出生一样,具有偶然性:"首先应该明确的是死的荒谬性。在这种意义上说,所有想把它看作一种旋律的结尾的最终的和弦的企图都应当严格地被排除。"②虽然20世纪二三十年代中国社会的哲学背景和西方存在主义并不相同,但不可否认的是,这样的情绪在当时不少作家中都有表现。尤其在新感觉派作品中是比较突出的,像穆时英的《上海狐步舞》开头就这样写道:"上海。造在地狱上面的天堂。"穆时英的另外一篇小说《夜》写一个水手在舞厅邂逅了一个摩登女郎,两人在酒桌聊天时是这样问答的:

"你住哪儿?"

"你问他干吗!"

"可以告诉我你的名字吗?"

"问他干吗! 我的名字太多了。"

"为什么全不肯告诉我?"

"过了今晚上我们还有会面的日子吗? 知道有我这么个人就得啦,何必一定要知道我是谁呢?"

这里面处处表现着人生的偶然、虚无、荒诞和绝望。这些关于生存的思考都起源于现代人内心世界的焦虑不安,在这里乐观主义的情绪完全消失了,人类被抛掷在一种完全不可知的世界中,惶恐找不到归宿。这些存在主义的哲学命题也得到了京派诗人的认同和共鸣。何其芳曾经感叹于现实世界的丑恶和荒谬,为了逃避这样的世界,他躲进文学艺术的象牙之塔。他后来回忆说:"当我是一个孩子的时候,我已完全习惯了那些阴暗、冷酷、卑微,我以为那些是人类惟一的粮食,虽然觉得粗粝,苦涩,难于吞咽,我也带着作为一个人所必需有的忍耐和勇敢,吞咽了很久很久。然而后来书籍给我开启了一扇金色的

---

① 　见夏基松等:《现代西方哲学流派评述》,第131页。
② 　[法]萨特:《存在与虚无》,陈宣良等译,生活·读书·新知三联书店1987年版,第663页。版本下同。

幻想的门,从此我极力忘掉并且忽视这地上的真实。我生活在书上的故事里,我生活在自己的白日梦里,我沉醉,留连于一个不存在的世界。"①"我承认我当时有一些虚无的悲观的倾向。"②何其芳的诗作中选取了一些荒凉、衰颓的题材表现着现实的荒诞和缥缈,体现诗人对于个体生命存在荒诞感的思想,如诗作《六月插曲》《风沙日》《古代人底情感》中都有这方面的内容。有学者分析说:"个人存在与现实的不谐调,和由此而产生的人生焦虑与对现实的反讽心境,常常以一种非理性的方法,传达出'自嘲'与'荒诞'的情境,成为这一类诗的共同的特征。"③废名的诗作虽然不多,但其现代感却是非常强烈的,处处都指向现代人的虚无和荒谬。在《梦之使者》的诗中,诗人自称是一个"厌世诗人"。在《小园》的诗中,诗人写道:

> 我靠我的小园一角栽了一株花,
>
> 花儿长得我心爱了。
>
> 我欣然有寄伊之情,
>
> 我哀于这不可寄,
>
> 我连我这花的名儿都不可说,——
>
> 难道是我的坟么?

多数学者认为这是一首情诗,甚至废名本人也这样看。但事实上诗作的内涵却复杂得多。诗人想把这朵花寄给情人,但却连花的名字都无从知晓,甚至比作自己的坟墓,这不正是世界荒谬不可知的象征吗。生命的全部意义都是在与世界的关系中得到体现,然而在这首诗中,"我"与"她"、"我"与"花"却都处在隔膜状态,彼此的关系是分裂的,"荒谬本质上是一种分裂。它不存在于对立的两种因素的任何一方。它产生于它们之间的对立"④。废名还有

---

① 何其芳:《街》,《何其芳全集》第1卷,第262页。

② 何其芳:《给艾青先生的一封信》,《何其芳全集》第6卷,第475页。

③ 孙玉石:《中国现代诗学丛论》,北京大学出版社2010年版,第140页。

④ [法]加缪:《西绪福斯神话》,《文艺理论译丛》第3期,中国文联出版公司1985年版,第333页。

一首诗《人类》也重点揭示人类的残忍和自私，映衬着现实世界的荒诞和虚无：

　　人类的残忍

　　正如人类的面孔

　　彼此都是相识的。

　　人类的残忍

　　正如人类的思想，

　　痛苦是不相关的。

与此类似的还有《理发店》：

　　理发匠的胰子沫

　　同宇宙不相干，

　　又好似鱼相忘于江湖。

　　匠人手下的剃刀

　　想起人类的理解，

　　划得许多痕迹。

　　墙上下等的无线电开了，

　　是灵魂之吐沫。

"胰子沫""剃刀""无线电"等作为现代文明的象征，其实是遭到废名的某种厌恶和排斥的，它们与人类之间彼此孤零零地存在，无法建立实质性的紧密联系。冰冷的"剃刀"给人们"画得许多痕迹"，写出的正是自我与他者的异化和对立关系。卞之琳的《寂寞》一诗虽然受到的关注度比较高，但对于该诗传达的存在主义命题则较少被人所提及：

　　乡下的孩子怕寂寞，

　　枕头边养一只蝈蝈；

　　长大了在城里操劳，

他买了一个夜明表。

小时候他常常羡艳

墓草做蝈蝈的家园；

如今他死了三小时

夜明表还不曾休止。

诗中,曾经作为主人公陪伴的"蝈蝈"最终有了自己的"归宿",仍然有"墓草"作伴。然而主人自己死后却无任何的陪伴,找不到归宿,置于茫然的孤独之中,从而也说明人的存在是多么的虚妄。

除了"寂寞""虚无""荒诞""绝望"等主题,存在主义也高度关注"死亡"的主题。海德格尔认为死亡是人的"最本己的、无关涉的、不可逃脱的可能性"①。生命的流逝即意味着青春的逝去、死亡的到来,生命无非是趋向死亡的存在。萨特认为死亡是荒谬的,实际是生的一种方式对自为存在方式的否定和虚无化。"死是一种纯粹的事实,就和出生一样;它从外面来到我们之中,它又将我们改造为外在的。""我不是'为着去死而是自由的',而是一个要死的自由人"②。正是由于有了死亡,人才能更加真切意识到有限生命的自我意识。在京派诗人群中,不少都富于哲学背景和敏感、深思的气质,因而诗作中对于"死亡"主题的表达屡见不鲜。何其芳早年在北京大学哲学系学习,西方哲学包括死亡的哲学观的影响是毋庸置疑的,他的诗作中经常感叹青春的凋零、死亡的到来,死亡不再是悲伤的节日,反而成为一种永恒的美丽。这里正是现代主义的诡论和违背常理的思维。其中如著名的《花环》:

开落在幽谷里的花最香。

无人记忆的朝露最有光。

我说你是幸福的,小玲玲,

---

① 见夏基松等:《现代西方哲学流派评述》,第 136 页。

② [法]萨特:《存在与虚无》,陈宣良等译,第 679、681 页。

没有照过影子的小溪最清亮。

你梦过绿藤缘进你窗里，

金色的小花坠落到你发上。

你为檐雨说出的故事感动，

你爱寂寞，寂寞的星光。

你有珍珠似的少女的泪，

常流着没有名字的悲伤。

你有美丽得使你忧愁的日子，

你有更美丽的夭亡。

诗人《古代人的情感》中更为集中地写到了死亡：

我折身归来

心里充满生底搏动

但走入我底屋子

四壁剥落

床上躺着我自己的尸首

七尺木棺是我底新居

再不说寂寞和黑暗了

坟头草年年的绿

坟侧的树又可作他人的棺材。

在何其芳诗中，死亡并不是真正的生命的终结，相反，它转换成为一种创造性的力量，继续实现着生命的方式和价值，正所谓"方生方死，方死方生"。废名是中国现代作家中死亡意识最为强烈的作家之一，他本人年幼多病，多次感受到死亡的直接威胁，也多次目睹过亲人和朋友的死亡，再加上他是一个爱玄想深思的文人,因而对死亡就更为敏感。他曾经说过:"中国人生在世,确乎是重实际,少理想,更不喜欢思索那'死',因此不但生活上就在文艺里也多是凝滞的空气,好像大家缺少一个公共的花园似的。"①他在评论冯至的诗集《十四行集》时多次称赞过冯至那些赞美死亡的诗,"诗人本来都是厌世的,'死'才是真正的诗人的故乡,他们以为那里才有美丽"②。为此废名在"死亡"这个所谓的"公共花园"里花了很大精力去耕耘,挖掘了死亡的内涵。死亡在废名笔下同样褪去了恐惧的色彩,反而是对琐碎、无聊人生的彻底解脱。"世界未必不可厌"③,如《掐花》:

> 我学一个摘花高处赌身轻
>
> 跑到桃花源岸攀手掐一瓣花儿,
>
> 于是我把它一口饮了。
>
> 我害怕我将是一个仙人,
>
> 大概就跳在水里埋死了。
>
> 明月出来吊我,
>
> 我欣喜我还是一个凡人,
>
> 此水不见尸首,
>
> 一天好月照澈一溪哀意。

这是废名本人较为喜欢的一首诗,还把它收入到作者的自选诗集《妆台及其他》。据作者说,此诗的确来源于小时候几乎被水淹死的经历,然而作者却将死亡美化,使死亡变得和梦幻一般的美丽,所谓"一天好月照澈一溪哀意"。废名笔下的死亡不再是一种"畏死"和"恐惧",而是在死亡的威胁中更加体会到自我选择的责任,把自己和芸芸众生区别开来,保持人的尊严。就像

---

① 废名:《中国文章》,《冯文炳选集》,第 344 页。

② 废名:《谈新诗·十四行集》,废名、朱英诞:《新诗讲稿》,北京大学出版社 2008 年版,第366 页。版本下同。

③ 废名:《谈新诗·十四行集》,废名、朱英诞:《新诗讲稿》,第 365 页。

海德格尔所说:"存在越是本真地下决心,越是毫不暧昧从内心的抉择坚决地就死,那么它的存在的抉择就越是鲜明而非偶然。只有死才能排除任何偶然的和暂时的抉择,只有自由地就死,才能赋予存在以至上的目标。"①京派诗人作品中渗透着的现代哲学意蕴在客观上也使中国现代诗歌的现代性成分得到更为充分的凸显,在对生命的很多非理性的体验中诸如焦虑、孤独、绝望、苦闷、彷徨、死亡使诗歌的现代性更趋复杂和丰满,而这些正是来源于他们对现代哲学智慧的借鉴。

三

中国新诗发轫于五四新文化运动时期,它在取得了不少引人注目成就的同时也面临着巨大的挑战,其中诗歌艺术形式上的表达就是一个严峻的课题。当时不少诗人和批评家都已经注意到写实手法给新诗所带来的困境,普遍有种焦虑的心理。周作人说:"新诗的手法我不很佩服白描,也不喜欢唠叨的叙事,不必说唠叨的说理,我只认抒情是诗的本分,而写法则觉得所谓'兴'最有意思,用新名词来讲或可以说是象征。"②梁实秋也说:"经过了许多时间,我们才渐渐觉醒,诗先要是诗,然后才能谈到什么白话不白话……新诗运动的起来,侧重白话一方面,而未曾注意到诗的艺术和原理一方面。"③为此穆木天提出:"我们要求的是纯粹诗歌(the pure poetry),我们要住的是诗的世界,我们要求诗与散文的清楚的分界,我们要求纯粹的诗的 Inspiration。"④这可以说相当程度上抓住了问题的关键。与此同时,以李金发、冯乃超、穆木天等为代表的诗人开始了艰辛的艺术探索,给中国新诗带来了不少有益的经验。李欧梵曾经评价李金发说:"李金发将波德莱尔和魏尔伦作品翻译并改编入自己的

---

① [德]海德格尔:《存在与时间》,见夏基松等:《现代西方哲学流派评述》。第137页。
② 周作人:《〈扬鞭集〉序》,原载《语丝》第82期。
③ 梁实秋:《新诗的格调及其他》,原载1931年1月20日《诗刊》创刊号。
④ 穆木天:《谭诗——寄沫若的一封信》,原载1926年3月《创造月刊》第1卷第1期。

作品,尽管出现了许多大大小小的错误,但他富有朝气的实验偶尔也能产生一些奇异而强有力的轰动。"①但总体而言早期象征诗的成就比较有限。到了20世纪30年代,伴随着新诗理论探讨的成熟,中国新诗也达到了一个前所未有的高度,这就是当时出现的现代派诗人,而京派中的卞之琳、何其芳、李广田、孙大雨、林庚、陈梦家、废名、曹葆华、赵萝蕤等都是其中耀眼的群星。他们的诗作充分体现了施蛰存在《现代》杂志上所说的一段话:"《现代》中的诗是诗,而且是纯然的现代的诗。它们是现代人在现代生活中所感受的现代的情绪,用现代的词藻排列成的现代的诗形。"②京派诗人通过繁复、朦胧的意象,奇特、晦涩的语言,非逻辑的诗体结构,创造了具有散文美的自由体诗歌,为新诗开辟了新的境界,拉近了中国新诗与世界先锋诗歌的距离。

京派诗人群在诗歌艺术上的重要探索之一就是抛弃了诗歌的直白抒情和议论的方式,取而代之地通过隐晦、曲折的方式来表达自己内心深层、复杂的世界,使诗人的主观情绪客观化。众所周知,中国早期的新诗较多地受到了西方浪漫主义诗风的影响,抒情的成分在诗歌中占据着重要的位置。但到了20年代30年代,随着时代的变化,中国诗人和理论家的审美意识经历着一次重大的变革。他们普遍感到浪漫主义诗歌的表现手法已经带有很大的局限性,要想使中国新诗不落后于世界的现代思潮,必须要抛弃浪漫主义陈旧的手法。如现代派诗人徐迟就敏感地意识到在欧洲浪漫主义已经被现代主义所取代了。他说:"在现代的欧美大陆,执掌着现世人最密切情绪的诗人已经不是莎士比亚,不是华兹华斯、雪莱与拜伦等人了。从20世纪的巨人之吐腹中,产生了新时代的20世纪的诗人。新的诗人的歌唱是对了现世人的情绪而发的。因为现世的诗是对了现世的世界的扰乱中歌唱的,是向了机械与贫困的世人的情绪的,旧式的抒情旧式的安慰是过去了。"③稍晚一些时间,徐迟更是发表

---

① 李欧梵:《探索"现代"》,《文艺理论研究》1998年第5期。
② 施蛰存:《关于本刊中的诗》,1933年11月1日《现代》第4卷第1号。
③ 徐迟:《诗人 Vachel Lindsay》,载1933年12月1日《现代》第4卷第2期。

了《抒情的放逐》一文，主张要从诗歌的领域中放逐"抒情"。徐迟的这些主张在当时是很有代表性的。戴望舒在《诗论》中说："诗当将自己的情绪表现出来，而使人感到一种东西，诗本身就像是一个生物，不是无生物。"①戴望舒这里所说的"情绪"显然不同于浪漫诗人笔下的情感："而这'情绪'已不是原初状态的情绪，诗所表现的也已不再是纯粹的情感和激情，而是经过心灵体验、淘洗后，最后升华而成的内在情绪。按照这种诗歌观念，象征主义内敛式的自我内省和开掘，取代了浪漫主义自我扩张式的夸张奔放的抒情。'现代诗派'将诗人的情感升华为更加隐秘复杂的情绪。"②显然，在他们看来，随着时代的变化，浪漫主义的传统手法全然无法表达出现代人的情绪和现代生活的特征，只有付诸象征、暗示、联想等象征主义的艺术形式才能最大限度地呈现诗歌的艺术生命。就像杜衡所说的那样："诗是一种吞吞吐吐的东西，术语地来说，它底动机是在于表现自己与隐藏自己之间。"③

人们如果放眼京派诗人的作品，可以清楚看见他们和浪漫主义诗人的明显区别。在他们那里，不再直率地把自己隐秘的内心世界和盘托出，也不再是激情四溢的表白和呐喊，更不是赤裸裸的宣泄，而是尽量地用隐喻和暗示来表现这一切。客观的象征替代了主观的传达，丰富而深邃的意象替代了想象和虚构，进而形成迤逦、朦胧、飘忽、只可意会不可言传的境界，在更深的层次上传达对宇宙、对生命的感悟。卞之琳在当时的诗坛具有重要的影响力，他青年时期有较长一段时间从事西方文学的翻译工作。卞之琳曾经翻译过艾略特的一篇重要论文《传统与个人才能》，而艾略特在该文中的重要观点之一就是反对诗歌中的主观自我表现，即诗的"非个性化"。他说："诗人的职务不是寻求新的感情。只是运用寻常的感情来化炼成诗，来表现实际感情中根本就没有

---

① 戴望舒:《望舒诗论》,载 1932 年 11 月《现代》第 2 卷第 1 期。
② 刘士杰:《现代主义诗歌在中国的命运》,社会科学文献出版社 2009 年版,第 98 页。
③ 杜衡:《〈望舒草〉序》,见刘士杰:《现代主义诗歌在中国的命运》,第 98 页。

的感觉……"①对于艾略特的这些见解,卞之琳无疑是认同的。因此,出于对当代西方艺术世界的洞察力,在很多人沉醉于自我的吟唱和感情抒发的时候,卞之琳却保持着内敛和节制,决心在诗歌抒情的天地中独辟蹊径。卞之琳曾说:"我写诗,而且一直是写的抒情诗,也总在不能自已的时候,却总倾向于克制,仿佛故意要做'冷血动物'。规格本来不大,我偏又喜爱淘洗,喜爱提炼,期待结晶,期待升华,结果当然只能出产一些小玩艺儿。"②说"只能出产一些小玩艺儿"当然是诗人的自谦,相反,这些"小玩艺儿"在艺术的世界中很多成为不朽之作。为了达到抒情的效果,卞之琳创造了一种新的策略,那就是诗歌的戏剧化与小说化。因此,人们能看到,卞之琳诗歌中有许多人称叙述的方式,有时候是第一人称"我",如《圆宝盒》《过节》《叫卖》《距离的组织》《音尘》《雨同我》《妆台》等。有时候又以第二人称的"你"或第三人称的"他"来叙述,如《古镇的梦》《断章》《寂寞》《对照》《半岛》《夜风》《寒夜》《航海》等。值得注意的是,卞之琳诗中的人称代词往往又是可以互相转换的,这样的目的就是借助于小说和戏剧的叙述角度来增强诗歌的小说化、典型化色彩。正如诗人所举例的:"写小说的往往用第一人称'我'来叙述故事,而这个'我'当然不必是作者自己,有时候就代表小说里的主人公。其所以这样用者,或者是为了方便,或者是为了求亲切,求戏剧的效力……写诗的亦然……我们平常写一个叙述句,譬如说'潮水涌来了',为的增加一点戏剧的效力,不是会加上一个'你看'吗?"③由于诗人对叙述人称的频繁转换,也容易给读者造成费解,但如果明白这是诗人的有意创造,也就可以理解了。在多种人称叙述之外,卞之琳还擅长把历史与现实、东方和西方的时空因素交织在一起,起到小说和戏剧的效果。如他的《距离的组织》:

---

① [英]T.S.艾略特:《传统与个人才能》,卞之琳、李赋宁等译,上海译文出版社2012年版,第10、11页。

② 卞之琳:《〈雕虫纪历〉自序》,《卞之琳文集》中卷,第444页。

③ 卞之琳:《关于"你"》,见《李健吾文学评论选》,第113、114页。

想独上高楼读一遍《罗马衰亡史》，

忽有罗马灭亡星出现在报上。

报纸落。地图开，因想起远人的嘱咐。

寄来的风景也暮色苍茫了。

（醒来天欲暮，无聊，一访友人吧。）

灰色的天。灰色的海。灰色的路。

哪儿了？我又不会向灯下验一把土。

忽听得一千重门外有自己的名字。

好累啊！我的盆舟没有人戏弄吗？

友人带来了雪意和五点钟。

此诗并不长，但其中诗人对于此诗所作的注释共有 7 条，从报上所登载的"罗马灭亡星"爆发的消息一直到中国的《聊斋志异·白莲教》，对时空和文化的背景都有清晰的叙述。在卞之琳的其他诗作中也都有这样戏剧化的情节安排，如《白螺壳》《道旁》《尺八》等，这种"非个人化"、"小说化"、戏剧化"等手段拓展了诗歌的视野，为新诗的现代性带来新的尝试。

20 世纪 30 年代京派诗歌的重要贡献还在于其对意象抒情诗的精心耕耘。它们一方面吸收了西方意象派的诗歌手法，同时也融合了中国古典诗歌取不尽之意于象外的风格，用丰富的意象来暗示幽深的心理和情绪，以有限来追求无限，呈现出完整、和谐、朦胧的境界。20 世纪 30 年代徐迟在翻译西方意象派主张之后特别指出，意象"是一件东西，是一串东西"，"意象是坚硬、鲜明。Concrete 本质的而不是 Abstract 那样的抽象的。是像。石膏像或铜像。众目共见。是感觉能觉得到的"[1]。对于意象派的影响，林庚在一篇文章中说："中国的诗坛如今正有意义的也加入了这个尝试。"[2]人们不难发现，在 20 世纪 30 年代中国的诗坛上，这样的追求已经是普遍的有意识行为。"现代派

---

[1]　徐迟：《意象派的七个诗人》，1934 年 4 月 1 日《现代》第 4 卷第 6 期。

[2]　林庚：《诗与自由诗》，1934 年 11 月 1 日《现代》第 6 卷第 1 期。

诗的特点便是诗人们欲抛弃诗的文字之美,或忽视文字之美,而求诗的意象之美"①。京派诗人中,卞之琳、何其芳、废名、林庚、孙大雨、陈梦家等在繁复意象的创造上同样有重要的实绩,其诗作通过意象营造出朦胧、虚幻的意境之美,具有跨越时空的艺术张力。不少学者都曾注意到,卞之琳的诗歌经常出现"镜""水""雨""雪""明月""窗"等意象,这些意象既积淀着中国古典诗歌的美学元素,也有对西方现代主义诗歌元素的借鉴,经过卞之琳神奇的点化和融合,焕发出新的生命力。如卞之琳的《寄流水》《秋窗》《鱼化石》《旧元夜遐思》《妆台》等诗作中都曾出现"镜子"的意象,像《寄流水》:

> 从秋街的败叶里,
>
> 清道夫扫出了
>
> 一张少女的小影;
>
> 是雨呢还是泪
>
> 朦胧了红颜
>
> 谁知道! 但令人想起
>
> 古屋中磨损的镜里
>
> 认不真的愁容;
>
> 背面却认得清
>
> "永远不许你丢掉!"
>
> "情用劳结,"唉,
>
> 别再想古代美女的情书
>
> 沦落在蒲昌海边的流沙里

---

① 孙作云:《论"现代派"诗》,原载 1935 年 5 月 15 日《清华周刊》第 43 卷第 1 期。

叫西洋的浪人捡起来

放到伦敦多少对碧眼前。

多少未发现的命运呢？

有人会忧愁。有人会说：

还是这样好——寄流水。

　　这首诗借一张少女照片被抛弃的背景感叹了爱情的朝生暮死，进而上升到人生虚幻无常的哲理层面，"镜"的意象出现在诗中给人的联想却是丰富、多重的。"镜"是中国古典诗歌中经常出现的意象，更多的是与女性、妆台等联系在一切，很容易让人联想到红颜易老、青春易逝。但不可否认的是，西方象征主义也常常出现"镜"的意象，与西方文化背景关联紧密。卞之琳在《鱼化石》后记中谈到，"我想起玛拉美的'镜子'，不是'Hero diade'里的'O miroir！……'而是《冬天的颤抖》里的'你那面威尼斯镜子'，那是'深得像一泓冷冷的清泉，围着渡过金的岸，里头映着什么呢？啊，我相信，一定不止一个女人在这一片止水里洗过她美的罪孽了；也许我还可以看见一个赤裸的幻象哩，如果多看一会儿'"①。这里的镜子同样关乎青春、女人。此外，"水"也是卞之琳最喜欢用的意象之一，它很多的时候与爱情有关，诗人往往用"水"来隐喻爱情的神秘、激动、欢欣、失望。如在《鱼化石》中，"水"就成为核心意象之一。离开了"水"的存在，"鱼化石"也就失去生命形态。如《隔江泪（无题四）》：

隔江泥衔到你梁上，

隔院泉挑到你怀里，

海外的奢侈品舶来你胸前：

我想要研究交通史。

---

① 卞之琳：《鱼化石后记》，蓝棣之编选：《现代派诗选》，第12页。

> 昨夜付一片轻唱，
>
> 今朝收两朵微笑，
>
> 付一枝镜花，收一轮水月……
>
> 我为你记下流水账。

诗中的"水"的意象所包含的意义是十分丰富的，当然首先是爱情，写出了主人公在相思中的煎熬和等待。诗中的"镜花""水月"的意象无疑是美好爱情的象征，然而"镜花""水月"又是朦胧、虚幻的，一定意义上是悲剧的呈现，犹如水过无痕的心灵历程。还有《白螺壳》《无题》（一）（二）中的"水"意象也都明确指向了爱情。因为此时的卞之琳曾经邂逅过一段美丽无果的爱情，在平静的内心世界掀起了感情的波澜。诗人自己并不讳言这一点，他说："由于我的矜持，由于对方的洒脱，看来一纵即逝的这一点，我以为值得珍惜而只能任其消失的一颗朝露罢了。不料事隔三年多，我们彼此有缘重逢，就发现这竟是彼此无心或有意共同栽培的一粒种子，突然萌发，甚至含苞了。我开始做起了好梦，开始私下深切感受这方面的悲欢，隐隐中我又在希望中预感到无望，预感到这还是不会开花结果。仿佛作为雪泥鸿爪，留个纪念，就写了《无题》等这种诗。"[1]而有的时候却又从"水"中延伸出超越爱情的意义，更多指向哲理的层面，让人想起时间的长河中生命的短暂和渺小。如《水成岩》从说话者"想在岩上刻一点字迹"开始，"大孩子"见"小孩子"可爱就问母亲："从前我也是这样吗？""母亲"想起自己年轻时的照片尘封在抽屉里。诗歌最后以"水"的意象结尾："古代人的感情像流水，/积下了层叠的悲哀。"读完此诗，人们很自然联想到孔子"逝者如斯夫"的感叹，一切自然的生命都难以逃出时间的销蚀，然而另外一种生命即人类的精神生命得到永恒的延续。

在诗歌运用意象方面，林庚和何其芳、废名等也都有自己的独创。林庚也是 20 世纪 30 年代异军突起的诗人，接连出版了《夜》《北平情歌》《春野与窗》

---

① 卞之琳：《〈雕虫纪历〉自序》，《卞之琳文集》中卷，第 450 页。

等诗集。他的诗作中经常出现"红日""夕阳""秋叶""影""黄昏""灯""梦"
"蝶""雨""夜"等意象。有学者指出:"古代诗歌,特别是盛唐与晚唐诗中的
意象,加上西方诗的'象征'和晚唐诗的朦胧,成为林庚新诗创作主要艺术借
鉴的源泉。"①废名说林庚的新诗里:"很自然的,同时也是突然的,来一分晚唐
的美丽"②,更多地也是从这个角度来谈的。如"影"的意象在林庚诗中的反
复出现,如《红影》《静眺》《东风之晨》《朦胧》《风沙之日》《月亮与黄沙上》
《春秋》等。《红影》一诗如下:

黄昏时翅膀的声息,
蝙蝠飞复于堂前……

红日落下山头了,
模糊,
美丽,
我独自有了影子!

我为什么不肯走开呢? 这里
咳! 我在等着谁吗?
我爱什么的美丽呢?
我忍住不想。

这里的"影子"是朦胧的,它和自然景物诸如"蝙蝠"、"黄昏"、"红日"等
结合在一起,抒发的是一个年轻诗人的惆怅和迷惘之情。废名与林庚很相似
的一点也是喜欢在中国古典诗词中寻找那些熟悉的意象,他的诗中出现最多
的意象是"镜"、"花"、"水"、"月"、"星"、"海"、"灯",有时诗人甚至直接用它

---

① 孙玉石:《也说林庚诗的"晚唐的美丽"》,《北京大学学报》(哲学社会科学版)2007 年第
4 期。

② 废名:《论新诗·林庚同朱英诞的新诗》,见废名、朱英诞:《新诗讲稿》,第 345 页。

们作为诗作的标题,如《海》《掐花》《点灯》《花盆》《灯》《星》《镜》《秋水》《莲花》等,这些带有超脱尘世的幽静清冷的意象,显然是作者受到中国古典文化尤其是佛教和禅宗文化的影响。这里仅以废名诗歌中的"灯"意象为例,"灯"在废名诗中有时继承了温庭筠、李商隐等诗人的手法,烘托凄清、朦胧的境界,同时这盏灯更是作者的心灯,隐喻着哲学世界中的智慧。"从儒家的'天不生仲尼,万古长如夜'到道家的'宇泰天光',从周易古老卦象的光明启示到佛家的'传心向一灯',灯与烛都是心灵与精神的象征,灯与烛给中国哲学与智慧以无穷的启示,增添了古典哲学丰富内涵"①。历史上中国道家常常是把"灯"与智慧联系在一起的,日本学者今道友信在《东方的美学》中把庄子的哲学概括为"光的形而上学"。而佛家也常把无法言说的东西立象征来比喻,最常用的就是"灯"。废名诗中大量出现的"灯"大都与此相关,"深夜一枝灯,/若高山流水,/有身外之海"。(《十二月十九日夜》)"病中我起来点灯,/仿佛起来挂镜子,/像挂画似的"。(《点灯》)"灯光好像写了一首诗,/他寂寞我不读他"。(《灯》)"灯光里我看见宇宙的衣裳,/于是我离开一幅面目不去认识它"。(《宇宙的衣裳》)"灯"意象的使用,反过来也使理趣的哲学世界变得清澈,充满了诗意和情感。可见,京派诗人在抒情诗的写作上有意识地建构起一系列独特而富有生命的意象群,进而通过意象的组合、叠加去呈现朦胧的美,最大限度地把现代人幽深细微的感情隐藏在其中,实质上是一种新的审美意识带来的必然。

为了最大程度地拉开与中国传统新诗的距离,京派诗人还努力去运用非逻辑的情感、诗体结构和晦涩难懂的语言尽最大可能实现陌生化的效果和艺术张力。由于现代社会的来临和剧烈变动,对人们的生活方式造成的影响越来越大,那种传统的、有秩序的生活已经成为遥远的历史,取而代之的是一种全新的现代生活形态。施蛰存这样来描述:"所谓现代生活,这里面包含着各

---

① 傅道彬:《晚唐钟声:中国文化的原型批评》,东方出版社1996年版,第290、291页。

式各样独特的形态:汇集着大船舶的港湾,轰响着嗓音的工厂,深入地下的矿坑,奏着 Jazz 乐的舞场,摩天楼的百货店,飞机的空中战,广大的竞马场……甚至连自然景物也与前代的不同了。"①现代的生活节奏越来越快,越来越复杂,人们对世界的感知也变得越来越模糊、越来越困难,"19 世纪下半叶,维持秩序井然的世界竟成了一种妄想……随着城市数目的增加和密度的增大,人与人之间的相互影响增强了。这是经验的融合,它提供了一条通向新生活方式的捷径,造成前所未有的社会流动性"②。在这样的时空背景下,人们丧失了传统的整体感和和谐感,世界不可认知的哲学观念充斥人们的脑海,与此同时带来了艺术观念的变革,"正是这种对于运动、空间和变化的反应,促成了艺术的新结构和传统形式的错位"③。面对这样的处境,现代主义者艺术摒弃了逻辑的情感线索,他们认为诗歌不必也不可能说出它所表达的意思,只是诗人对于宇宙和内心情感的感受而已,只能付诸于悖乎常理的非逻辑的情感和构思。在京派诗人中,卞之琳、废名、曹葆华的诗作在这一点的表现上最为突出。卞之琳创作的不少诗歌都是比较难懂的,其中很大的原因就是它的情感线索和思维呈现出大幅度的跳跃状态,让人无法明晰地把握,因而也无法通过惯常的思维方式来理解它,它们所表现出的复杂性远远超出了人们的认知范围,如《白螺壳》《距离的组织》《水成岩》《鱼化石》《寂寞》《断章》《尺八》《圆宝盒》等都是如此。如卞之琳的《妆台》:

> 世界丰富了我的妆台,
>
> 宛然水果店用水果包围我,
>
> 纵不费力气而俯拾即是,
>
> 可奈我睡起的胃口太弱?

---

① 施蛰存:《又关于本刊中的诗》,1933 年 11 月 1 日《现代》第 4 卷第 1 号。
② [美]丹尼尔·贝尔:《资本主义文化矛盾》,赵一凡等译,第 94 页。
③ [美]丹尼尔·贝尔:《资本主义文化矛盾》,赵一凡等译,第 95 页。

游丝该系上左边的檐角。

柳絮别掉下我的盆水。

镜子,镜子,你真是可憎,

让我先给你描两笔秀眉。

可是从每一片鸳瓦的欢喜

我了解了屋顶,我也明了

一张张绿叶一大棵碧梧——

看枝头一只弄喙的小鸟!

给那件新袍子一个风姿吧。

"装饰的意义在失却自己。"

谁写给我的话呢? 别想了——

讨厌!"我完成我以完成你。"

　　诗作从女性的妆台写到女性的懊恼,从窗外明媚的世界,再上升到哲学的层面思考"装饰"的意义,一切都是大幅度的跳跃,没有必然的联系,情感的线索是非常隐蔽的,诗歌表达出的意义也非单一的,每个人的理解都可以不同。就像有的学者所说的,卞之琳诗作难懂的原因关键就在于:"因为它们照日常生活的逻辑很难诠释;这几首诗的构思,是对一些新异的自然现象和理论,有所顿悟,以距离、对照、交易作为诗的组织法,试图从一粒砂窥见一世界,从一滴水观照大海,从一时一地启示无穷。在这些诗里,相对论、四度空间、新的时空观念与诗人蕴蓄既久的感情体验,一拍即合。其中蕴藏的哲理确实很难用常识逻辑去诠释。"[①]废名的诗作同样如此,一方面是由于禅宗思维方式的关系,另一方面也和废名对中国古典诗歌一些作品的推崇有关。比如废名在谈

---

　　①　蓝棣之编选:《现代派诗选·前言》,《现代派诗选》,第15页。

及新诗的时候往往把温庭筠、李商隐等晚唐诗词作为模仿的对象,他就曾说过自己对温庭筠词中不合逻辑的跳跃句式感兴趣:"温词无论一句里的一个字,一篇里的一两句,都不是上下文相生的,都是一个幻想,上天下地,东跳西跳,而他却写得文从字顺,最合绳墨不过,居花间之首……以前的诗是竖写的,温庭筠的词则是横写的。"①在废名的诗作里,这种思维方式的跳跃比比皆是,《灯》《理发店》《十二月十九日夜》等诗中,诗人以天马行空的联想和意识的流动在艺术世界中自由驰骋,打破了历史与现在、梦境与现实的界限。

为了适应这种非逻辑的结构,京派诗人在语言的选择上就不可避免地走上了新奇、诡论的道路,甚至是难懂、晦涩,其目的也是最大限度地显示自己的反叛精神,给人耳目一新的效果,带来新的审美体验。美国学者克·布鲁克斯说:"可以说,诡论正合诗歌的用途,并且是诗歌不可避免的语言。科学家的真理要求其语言清除诡论的一切痕迹;很明显,诗人要表达的真理只能用诡论语言。""科学的趋势必须是使其用语稳定,把它们冻结在严格的外延之中;诗人的趋势恰好相反,是破坏性的,他用的词不断地在互相修饰,从而互相破坏彼此的词典意义。"②在现代主义诗人看来,这正是科学与诗的语言分野,陈腐的语言只能带来审美的惰性,因此卞之琳、废名的诗歌语言翻陈出新,给读者带来视觉上的盛宴。废名诗作《灯》中,诗句之间的结构往往是断裂的,语言也大幅度地跳跃,而且用了很多中国文化的典故,语体上也带有文言和白话杂糅的痕迹,诗人通过拼贴、互文、碎片化的手段剪辑在一切,打破了诗歌和散文的界限,不用说难度是非常大的。废名在语言上的这种不拘一格的创造和他的诗歌观念是分不开的。他曾经在论述自由诗时提到,中国古典诗歌内容是散文的,文字则是诗的,而新诗内容是诗的,文字则是散文的,"我们的新诗应

---

① 废名:《谈新诗·已往的诗文学与新诗》,见废名、朱英诞:《新诗讲稿》,第19页。
② [美]克·布鲁克斯:《诡论语言》,见杨匡汉、刘福春编:《西方现代诗论》,花城出版社1988年版,第354、360页。

该是自由诗,只要有诗的内容然后诗该怎样作就怎样作,不怕旁人说我们不是诗了"①。卞之琳的诗歌语言较多受到西方现代诗的影响:"我自己着重含蓄,写起诗来,就和西方有一路诗的注重暗示性,也自然容易合拍。"②擅用新奇的比喻、象征、暗示,同时也吸收了一些文言语法,把具象词和抽象词融汇在一起,收到化腐朽为神奇的效果。像卞之琳诗中出现的"友人带来了雪意和五点钟"(《距离的组织》)、"想起了一架的瑰艳,藏在窗前干瘪的扁豆荚里。""'水哉,水哉'!沉思人叹息,古代人的感情像流水,积下了层叠的悲哀。"(《水成岩》)"一颗金黄的灯光,笼罩有一场华宴。"(《圆宝盒》)"我喝了一口街上的朦胧。"(《记录》)"华梦的开始吗? 烟蒂头,在绿苔地上冒一下蓝烟吧?"(《倦》)这些语言确实不太符合日常生活的逻辑,但恰是诗人致力追求陌生化的结果,给读者提供繁复的审美感受。正如李健吾所说的那样:"一行美丽的诗永久在读者心头重生。它所唤起的经验是多方面的,虽然它是短短的一句,有本领兜起全幅错综的意象:一座灵魂的海市蜃楼。"③

虽然 20 世纪 30 年代北平的都市现代化程度不及上海,但这里同样弥漫着现代主义文学的气息,无数青年学子对西方文学世界中的最新潮流充满着期待的心情,尤其是诗人们的创作在现代性的表达上达到了相当高的程度。有学者曾说:"卞之琳、何其芳和林庚的作品便是最好的例证,他们把自己生活于其中的这座城市,转化为了包含着复杂现代性经验和巨大张力的现代主义文本,就像乔伊斯把贫穷落后的都柏林表现为'世界上所有城市'的普遍象征一样。"④无论就诗歌现代性表达的深度和广度而言,无论就诗歌的哲学意蕴还是艺术生命体系而言,京派诗人所做出的成绩比起同时代的同行来说是

---

① 废名:《谈新诗·新诗应该是自由诗》,废名、朱英诞:《新诗讲稿》,第 14 页。
② 卞之琳:《雕虫纪历·自序》,《卞之琳文集》中卷,第 459 页。
③ 李健吾:《咀华集·答鱼目集作者》,《李健吾文学评论选》第 109 页。
④ 季剑青:《现代主义地图中的北平与中国》,见北京大学中文系、天津师范大学文学院编:《三四十年代平津文坛研究》,北京大学出版社 2013 年版,第 256 页。

一点都不逊色的。

第二节 京派小说中的现代性因素

西方现代主义除了在诗歌领域对中国文学产生广泛、深远的影响之外,它对中国现代小说的影响也是很明显的。早在五四新文化运动期间,鲁迅创作的中国第一篇白话小说《狂人日记》与众不同的创作手法就引起了人们的注意。如有人认为这篇小说"用写实笔法达寄托(symbolism)的旨趣,诚然是中国近来第一篇好小说"①。稍晚一些时候,茅盾更明确指出了它的象征主义特点:"这奇文中冷峻的句子,挺峭的文调,对照着那含蓄半吐的意义,和淡淡的象征主义的色彩。"②此外,弗洛伊德的心理分析理论对郭沫若、鲁迅等的小说也有影响。到了20世纪30年代,随着西方现代主义文学的发展和在世界范围内产生的巨大影响,福克纳、普鲁斯特、弗吉尼亚·伍尔夫、乔伊斯等现代主义文学巨匠已成为中国作家十分熟悉的名字,因而现代主义在小说中的影响更趋深入,欧美的心理小说和意识流小说都成为中国作家学习、借鉴的对象,如出现在上海的新感觉派在这方面的成就尤为突出,堪称中国现代主义小说的代表。当然,对于京派小说家,更多的研究者关心的是它所呈现出的东方艺术神韵,而对于其蕴含的现代主义色彩则关注较少。其实,京派小说在现代主义的精神特征和表现手法上也有自己的独创性,为中国小说寻求现代性提供了一份应该珍视的遗产。

一

京派作家虽然大都温文尔雅,对中国传统文化有很强的认同感,但他们毕竟生活在中西文化频繁交流、碰撞的时代,况且他们中的大部分人都曾有到海

---

① 见1919年2月《新潮》第1卷第2号"书报介绍"栏。
② 雁冰:《读〈呐喊〉》,1923年10月《文学旬刊》第91期。

外出国留学的经历,对西方文化相当熟悉,这都决定了他们能够对西方现代主义的文化思潮进行吸纳,因而和文化保守主义有着本质的区分。陈平原曾经慨叹过五四时代作家的知识结构及外文水平:"好多五四作家这一时期虽不曾翻译外国文学作品,但其外语水平足够阅读西洋小说名著,如留日的郁达夫、陶晶孙、成仿吾、张资平、滕固;留美的陈衡哲、张闻天;留苏的蒋光慈;留法的苏雪林;再加上国内大学外文系毕业的冯文炳、冯至、陈翔鹤、陈炜谟、林如稷、凌叔华、黎锦明等。即使国内大学国文系或中学、专科学校毕业的,也很可能掌握一门外语。五四这一代作家平均外语水平之高、对当代外国文学了解之深以及与世界文学同步的愿望之强烈,不单'新小说'家望尘莫及,就是30年代以后的中国作家也都很难匹敌。"①即使像废名、沈从文这样没有出国经历、容易被人误认为拒斥西方现代文化的作家,其实考察他们的言论、创作就会发现真实的情景并非如此,他们对西方的文学相当熟悉。废名说:"我记得我当时很爱契诃夫的短篇小说,我的这些小说,尤其是《毛儿爸爸》,是读了契诃夫写的俄国生活因而写我对中国生活的观察。""在艺术上我吸收了外国文学的一些长处,又变化了中国古典文学的诗,那是很显然的。就《桥》与《莫须有先生传》说,英国的哈代、艾略特,尤其是莎士比亚,都是我的老师,西班牙的伟大小说《吉诃德先生》我也呼吸了它的空气。总括一句,我从外国文学学会了写小说,我爱好美丽的祖国的语言,这算是我的经验。"②沈从文虽然一再声称自己是个"乡下人",他也没有像其他大多数京派作家那样有着完整的教育背景和出国留学的经历,但这并不能否定他对西方文化的接触、了解和借鉴。如他早期的作品《阿丽思中国游记》显然模仿了《阿丽思漫游奇境记》,他的《月下小景》取名为《新十日谈》,人们不难想象到它对《十日谈》的借鉴,他作品中呈现的旺盛的生命活力和自然人性更接近于西方浪漫主义的气质。因此苏雪林认为沈从文接受了西洋文化:"他很想将这份蛮野气质当作火炬,引

---

① 陈平原:《中国小说叙事模式的转变》,上海人民出版社 1988 年版,第 24 页。
② 冯健易主编:《废名小说选》,人民文学出版社 1985 年版,第 394、395 页。

燃整个民族青春之焰。"①

至于其他的京派小说家如林徽因、凌叔华、李健吾、萧乾、汪曾祺等人更是以自觉的心态看待西方文化,最终使其转化为建构中国现代文化的不可缺少的资源。李健吾、萧乾、凌叔华、林徽因都曾在西方学习,他们对西方现代文化尤其是现代主义文化有着更为直接的感受,萧乾的态度也许是最有代表性的。萧乾二战期间在英国剑桥学习时,正是意识流文学的巅峰,他的导师指导萧乾主要探索了三个英国小说家的作品:劳伦斯、弗吉尼亚·伍尔夫及爱·摩·福斯特,而他们大都属于现代派作家的范畴。在一篇文章中,他开出了自己创作效仿的作家名单,这里面有不少也是现代派的作家:"如今又加上福斯特的故事结构,劳伦斯描写风景的抒情笔触,伍尔夫夫人氛围心情的捕捉,乔艾思的联想,赫胥黎的聪明,斯坦贝克的戏剧力……环绕我的净是艺术珍品,各有其长,各有其短。"②这种开阔的艺术视野使得萧乾始终能用一种宽容的心态看待艺术上的不同派别,直到他20世纪80年代复出之后还主张对现代派作品要大力加以研究和翻译介绍。

京派小说家中,汪曾祺似乎是一个例外,他的经历和创作容易使人相信他是一个非常传统的作家,这其实也是一种误解。汪曾祺是1939年来到昆明以第一志愿考入西南联大中国语言文学系的。而那时的西南联大依然和世界现代性的文化保持密切的关系,叶芝、奥登、艾略特等都是青年学子追捧的对象。作为西南联大学生的王佐良曾这样回忆起西南联大:"联大的屋顶是低的,学者们的外表褴褛,有些人形同流民,然而却一直有着那点对于心智上事物的兴奋。在战争的初期,图书馆比后来的更小,然而仅有的几本书,尤其是从外国刚运来的珍宝似的新书,是用着一种无礼貌的饥饿吞下了的。这些书现在大概还躺在昆明师范学院的书架上吧。最后,纸边都卷起如狗耳,到处都绉折

① 苏雪林:《沈从文论》,原载《文学》1934年9月1日第3卷第2期。
② 萧乾:《〈创作四试〉·前记》,《萧乾选集》第4卷,第162页。

了,而且往往失去了封面。但是这些联大的青年诗人们并没有白读了他们的艾里奥脱与奥登。"①虽然地处偏远的西南一隅,但西南联大以开放的心态容纳、吸收外来文化,因而汪曾祺感慨地说:"我在大学里读的是中文系,但在课外所看的,主要是翻译的外国文学作品……法国文学里,最使当时的大学生着迷的是 A.纪德。在茶馆里,随时可以看到一个大学生捧着一本纪德的书在读,从优雅的、抒情诗一样的情节里思索其中哲学的底蕴……波德莱尔的《恶之花》《巴黎之烦恼》是一些人的袋中书——这两本书的开本都比较小。""英国文学里,我喜欢弗·伍尔夫。她的《到灯塔去》、《浪》写得很美。""我很喜欢西班牙的阿索林,阿索林的意识流是覆盖着阴影的,清凉的,安静透亮的溪流。"②在西南联大浓郁的现代主义气息里,不仅诞生了以冯至、穆旦、郑敏、杜运燮等人的现代主义诗作,也诞生了汪曾祺的《复仇》《待车》、沈从文的《看虹录》和《看虹摘星录》等尝试意识流手法的作品。因此,作为受到五四启蒙精神影响的一代知识分子,京派作家对待传统文化是有着清醒的重估意识的,并非简单地照搬,也不是简单地回归,而是一种新传统化的过程,也是中国文学现代化的组成部分:"据我们的观察,传统社会的'现代化'过程乃是一种'选择的变迁',在经验上,所有主张现代化的人自觉或不自觉地都是一综合主义者,亦即旨在将传统的文化特质与西方的文化特质变成一'运作的、功能的综合',这种过程即是'新传统化过程',由于'新传统化过程'不只在'西化',并且在使已丧失的传统价值得以回归到实际来,所以它不是单纯的'复古',而是对传统的'重估',因此,新传统化过程必须看作是现代化过程的一部分。"③正是基于这样的认识,京派作家普遍有着现代主体意识的追求和艺术思维方式的创新,从而为 20 世纪中国文学的现代化做出了一份切实的贡献。因此当人们提及 20 世纪中国现代主义文学的时候,不仅有李金发、戴望舒、穆

① 王佐良:《一个中国新诗人》,《文学杂志》1947 年 7 月第 2 卷第 2 期。
② 汪曾祺:《西窗雨》,《汪曾祺说我的世界》,中国青年出版社 2007 年版,第 197—198 页。
③ 金耀基:《从传统到现代》,中国人民大学出版社 1999 年版,第 115 页。

时英、刘呐鸥、冯至、穆旦等这些耳熟能详的名字,也应当包括废名、沈从文、萧乾、林徽因、李健吾、汪曾祺等这些容易被忽略的小说家。

二

京派小说家接受现代主义,这既有现代主义在全球广泛传播的强大外在因素,但同时还有着内在的因素,即中国社会和文学也存在输入现代主义的社会心理动因,而后一部分或许更为关键。从思想内容来说,现代主义几乎都是表现所谓"现代人的困惑",即生活中的人们的陌生感和孤独痛苦。从哲学思想来看,西方当时盛行的各种非理性的哲学思潮如弗洛伊德的精神分析、尼采的权利意志、柏格森的生命哲学和直觉主义等对现代派的文学起到直接的影响。当然,还有一点更重要的是,现代派文学对传统构成了强有力的挑战,要求打破既有的文学秩序,消解传统手法,从而建立起一个暗示、模糊和多义的文学世界。比如,对于象征主义来说,作为对文坛浪漫主义和巴纳斯派的反动,追求新奇和创造构成了象征主义的主要特征:"象征主义诗歌作为'教诲、朗读技巧,不真实的感受力和客观描述'的敌人,它所探索的是:赋予思想一种敏感的形式,但这形式又并非是探索的目的,它既有助于表达思想,又从属于思想。同时,就思想而言,决不能将它和与其外表雷同的华丽长袍剥离开来。"①作为意识流小说理论的代表,弗吉尼亚·伍尔夫则对那种讲故事、刻画人物性格的传统手法进行了颠覆和批评,把创新放在了首要的位置:"生活并不是一连串左右对称的马车车灯,生活是一圈光晕,一个始终包围着我们意识的半透明层。传达这变化万端的,这尚欠认识尚欠探讨的根本精神,不管它的表现会多么脱离常轨、错综复杂,而且如实传达,尽可能不羼入它本身之外的、非其固有的东西,难道不正是小说家的任务吗?"②现代性在这里被赋予了先

---

① [法]莫雷亚斯:《象征主义宣言》,见黄晋凯等主编:《象征主义·意象派》,第44页。
② [英]弗吉尼亚·伍尔夫:《现代小说》,伍蠡甫、胡经之主编:《西方文艺理论名著选编》下卷,北京大学出版社1987年版,第153页。版本下同。

锋和探索的特质。

而 20 世纪中国社会的现代化进程是和对传统的质疑、颠覆、反抗联系在一起的,因而现代主义反传统的姿态就受到了一些知识分子的欣赏,也就是在这一点上,像尼采、叔本华等的学说在五四时代获得了很多知识分子的认同。京派小说家作为被中国现代化进程所裹挟的知识分子群体,他们面临着同时代人所共有的文化困境和审美困境,这个文化困境就是 20 世纪二三十年代人们的都市体验和认同感。丹尼尔·贝尔在谈到美国社会 20 世纪初期的转型时说:"首先是人口分布的变化,导致了都市的发展和政治力量的转移。但更为广泛的变化是消费社会的出现,它强调花销和占有物质;并不断破坏着强调节约、俭朴、自我约束和谴责冲动的传统价值体系。同上述两种社会变化紧密相联的是技术革命,它借助汽车、电影和无线电,打破了农村的孤立状态,并且破天荒地把乡村纳入了共同文化和民族社会。这种变革的实现是由于清教主义——一套支撑传统价值体系的习俗——业已终结。"①丹尼尔·贝尔谈到的这种情景其实在 20 世纪二三十年代的中国同样发生,大批知识分子和农民流入城市,相对稳定的传统伦理道德受到强烈冲击并趋向于瓦解,眼花缭乱的都市生活像魔方一般展现在他们面前,或兴奋,或激动,或悲凉,或失望,这种建立在金钱关系上的标准已经取代了温情脉脉的人际关系,人和人之间处于紧张、疏离、隔绝的状态之中。瞿秋白曾把这样的一些流入城市的知识分子称之为"薄海民":"同样是被中国畸形的资本主义关系的发展过程所'挤出轨道'的孤儿。但是,他们的都市化和摩登化更深刻了,他们和农村的联系更稀薄了,他们没有前一辈的黎明期的清醒的现实主义,——也可以说是老实的农民的实事求是的精神——反而沾染了欧洲的世纪末的气质。"②沈从文在他的《长河·题记》中甚至写到了这种状况对湘西社会淳朴民风的瓦解:"最明显的事,即农村社会所保有那点正直素朴人情美,几几乎快要消失无余,代替而

---

① [美]丹尼尔·贝尔:《资本主义文化矛盾》,赵一凡等译,第 112 页。
② 瞿秋白:《〈鲁迅杂感选集〉序言》,何凝编:《鲁迅杂感选集》,青光书局 1933 年版。

来的却是近20年来实际社会培养成功的一种唯实唯利庸俗人生观……一面不满现状，一面用求学名分，向大都市里跑去，在上海或南京，武汉或长沙，从从容容住下来，挥霍家中前一辈的积蓄，享受现实，并用'时代轮子''帝国主义'一类空洞字句，写点现实论文和诗歌，情书或家信。"①在京派小说那里，城市不仅是催生现代文明的温床，更是造成人性堕落的魔窟，城市是作为人性的异己力量而存在，人们在那里体验到的只能是人性的恶和惊恐、焦虑的心理，在这一点上，京派小说所传达的正是一种现代性的意识。沈从文虽然是以描写湘西风情的小说而著称，但他还有一个数量相当庞大的都市题材系列，而这个都市题材系列处于和湘西系列小说相对立的位置，基本的出发点是建立在对都市文明的揭露和批判、对都市变态人性的讽刺。城市在他的眼中俨然是一口黑色的大染缸，无情地吞噬一切道德和良知。他的《泥涂》描写了工业文明给社会带来的环境污染和瘟疫流行；他的《腐烂》写都市化的畸形发展；《绅士的太太》揭露都市上流社会家庭中那些绅士淑女们在婚姻和恋爱问题上的堕落，他们即使是夫妻之间也充满了欺骗，玩弄的是爱情游戏，所谓感情、道德已经被金钱无情地撕裂开来，呈现的是一番触目惊心的景象。这种现代社会的病态现象在沈从文看来是一种现代文明病，"一切皆显得又庸俗又平凡，一切皆转成为商品形式"②。

　　但沈从文更为擅长刻画都市人物的变态性格和变态心理。沈从文很早接触过现代心理学，在散文《湘西·凤凰》中曾用变态心理学解释过当地发生的特殊情形。这方面，他的《八骏图》尤其具有代表性。这篇小说以青岛某大学的教授生活为背景，描写了八个教授的无聊、庸俗和变态心理，小说有明显的弗洛伊德学说的影响。这些所谓上流社会的正人君子、社会名流表面上个个是道德的化身、灵魂的高洁者，但实际上他们的潜意识中却处处充满了欲望。教授甲儿女成群，但"枕旁放了一个旧式扣花抱兜，一部《疑雨

---

① 沈从文：《长河·题记》，《沈从文全集》第10卷，第3、4页。
② 沈从文：《如蕤》，《沈从文全集》第7卷，第337页。

集》，一部《五百家香艳诗》。大白麻布蚊帐里挂一幅半裸体的香艳广告美女画"。教授乙到海边散步看到身着泳装的年轻女郎："其中一个穿着件红色浴衣，身材丰满高长，风度异常动人。赤着两只脚，经过处，湿沙上便留下一列美丽的脚印。教授乙低下头去，从女人一个脚印上拾起一枚闪放珍珠光泽的小小蚌螺壳，用手指轻轻的很情欲的拂试着壳上粘附的砂子。"而道德教授丙的心理更加变态，在看希腊爱神照片的时候，"好像想从那大理石胴体上凹下凸出处寻觅些什么，发现些什么"。弗洛伊德学说一个很重要的特点就是强调性欲的作用，甚至把它夸大到决定个人命运和社会进程的唯一力量："性的冲动，对人类心灵最高文化的、艺术的和社会的成就作出了最大的贡献。"①毫无疑问，性本能性追求具有合理性的一面，但在现实社会中，虚伪的道德文明却过分限制了性，由此导致了诸如《八骏图》中这些教授的变态性心理的产生。这种畸形的变态性心理无疑折射了丑恶畸形的社会现实，就像茅盾所说："性欲描写的目的在表现病的性欲——这是一种社会的心理的病，是值得研究的。"②

除了描写变态的性心理，京派小说还对人的生存意义进行哲学上的追问和反思，林徽因、沈从文、汪曾祺等人的小说均触及这个问题。林徽因的小说《九十九度中》是一篇不太为人们所注意的小说，但其通过一个个片段写出了各式各样的人生，或忙忙碌碌，或哀哀凄凄，他们之间的冷漠、互不关心映照出的是现代人的孤独感和紧张的人际关系，正所谓"他人就是地狱"。作者不动声色地在冷静观望，其实她要追问的核心问题就是现代人生存意义何在。沈从文在20世纪40年代的创作中更是罕见地思考人的生存和意义，探讨现代性社会中人们的生存危机和焦虑心理，和西方存在主义的命题有着精神上的联系。存在主义抛弃了传统的本体论，而把哲学最根本的问题放在对个体存在的探寻上，"与统治西方几百年的理性主义相比，它认为理性不能解决人生

---

① ［奥］弗洛伊德：《精神分析引论》，高觉敷译，商务印书馆1984年版，第9页。
② 茅盾：《中国文学内的性欲描写》，载1927年6月《小说月报》第17卷号外。

问题,只有非理性的情绪体验(如孤独、厌烦、绝望、恐惧等)、边缘处境(死亡、苦难、斗争和罪过)才能使人接近存在、体验大全。与乐观主义相比,存在主义描绘了一幅个人孤独、人与人不能相互理解,乃致于互相折磨的悲剧画面"①。20 世纪 40 年代,随着国民党的腐败在抗战中暴露无遗,知识分子面临着强大的经济压力和社会压力,大多数人也在精神上出现了苦闷和彷徨的状况。虽然沈从文孜孜以求地寻找人性的庄严和美好,但无情的现代文明早已把他的桃花源的理想世界击得粉碎。他不止一次地感叹地说:"一种极端困惑的固执,以及这种固执的延长,算是我体会到'生存'唯一事情,此外一切'知识'与'事实',都无助于当前,我完全活在一种观念当中,并非活在实际世界中。我似乎在用抽象虐待自己肉体和灵魂。"②"我目前俨然因一切官能都十分疲劳,心智神经失去灵明与弹性,只想休息。或如有所规避,即逃脱彼噬心啮齿之'抽象',由无数造物空间时间综合而成之一种美的抽象。然生命与抽象固不可分,真欲逃避,惟有死亡。是的,我的休息,便是多数人说的死。"③"我正在发疯。为抽象而发疯。我看到一些符号,一片形,一把线,一种无声的音乐,无文字的诗歌。我看到生命一种最完整的形式,这一切都在抽象中好好存在,在事实前反而消灭。"④在这种背景下,沈从文写作了《看虹录》和《摘星录》等让人十分困惑、主题抽象的作品,甚至一度被戴上了"色情作品"的帽子。假如从传统的角度来解读这两部作品确实是非常困难的,因为它们几乎没有情节,充满了抽象的思辨和晦涩的语言,这和沈从文以前的作品几乎是天壤之别。但这一切假如放置在存在主义的哲学语境中那就迎刃而解了,说到底,这就是沈从文在用抽象文学的方式来探讨现代人的困境和迷乱,对个体生命的存在价值进行追问。20 世纪 40 年代在中国出现了介绍存在主义哲学、

①　唐正序、陈厚诚等主编:《20 世纪中国文学与西方现代主义思潮》,四川人民出版社 1992 年版,第 403 页。

②　沈从文:《看虹录》,《沈从文全集》第 10 卷,第 341 页。

③　沈从文:《潜渊》,《沈从文全集》第 12 卷,第 34 页。

④　沈从文:《生命》,《沈从文全集》第 12 卷,第 43 页。

文学思潮的高峰,如盛澄华的《新法兰西杂志与法国现代文学》、罗大冈的《存在主义札记》、陈石湘的《法国唯在主义运动的哲学背景》等,而冯至创作的《十四行集》和散文集《山水》其中蕴涵的存在主义哲学思想是很明显的,当时的冯至正在西南联合大学任教。因此,沈从文接受存在主义影响并不是一件什么大惊小怪的事情。我们看沈从文在《看虹录》《摘星录》中的一些语言其实都闪烁着存在主义的印痕:

> 我面对着这个记载,热爱那个'抽象',向虚空凝眸来耗费这个时间。一种极端困惑的固执,以及这种固执的延长,算是我体会到'生存'唯一事情,此外一切'知识'与'事实',都无助于当前,我完全活在一种观念中,并非生活在实际世界中。我似乎在用抽象虐待自己肉体和灵魂,虽痛苦同时也是享受。时间便从生命中流过去了,什么都不留下而过去了。(《看虹录》)

> 人实在太可怕了,到我身边来的,都只想独占我的身心。都显得无比专制而自私,一到期望受了小小挫折,便充满妒和恨。实在可怕。(《摘星录》)

> 可是她并不清净。试温习温习过去共同印象中的瓦沟绿苔,在雨中绿得如一片翡翠玉,天边一条长虹,隐了又重现。秋风在疑嫉的想象中吹起时,虹霓不见了,那一片绿苔在这种情形中已枯萎得如一片泥草,颜色黄黄的:"让它燃烧,在记忆中燃烧个净尽"。她觉得有点痛苦,但也正是一种享受。她心想,"活的作孽,死的安静。"眼睛业已潮湿了。(《摘星录》)

> 诗和火同样使生命会燃烧起来。燃烧后,便将只剩下一个蓝焰的影子,一堆灰。(《摘星录》)

这里面反复感叹的孤独、死亡、生存等主题都是存在主义十分关注的问题,而这些问题的产生显然源于现代文明对于人性的挤压以及由此带来种种弊端,雅斯贝尔斯说:"最可怕的生活方式乃是通过人的精明及其所发明之物来使世界迷乱——意图解释整个自然界却不了解自己。"①沈从文通过这种晦涩、抽象的艺术表达的正是一种对现代文明的抗议,小说中的主人公面对荒原般的现代文明、人生产生的孤独、苦闷和对青春、生命的感喟实质上验证了世界的荒诞和存在的虚空。实际上这种深刻的哲学命题未必会被大多人所理解,沈从文对此有足够清醒的认识,他说:"我这本小书最好读者,应当是批评家刘西渭先生和音乐家马思聪先生,他们或者能超越世俗所要求的伦理道德价值,从篇章中看到一种'用人心人事作曲'的大胆尝试。因为在中国,这的确还是一种尝试的……时间流注,生命亦随之而动与变,作者与书中角色,二而一,或生命中永远若有光辉的几个小故事,用作曲方法为这晦涩名词重作诠释。"②可惜的是,沈从文20世纪40年代通过小说和一些散文表达出的现代主义观念至今仍然没有得到学界足够的重视,笔者所见到的只是在张新颖、贺桂梅等人的一些著述中涉及类似的命题。无独有偶,不仅沈从文,他的学生汪曾祺在20世纪40年代的一些作品也具有存在主义命题,如他的小说《复仇》写主人公寻找杀父的仇人,但在找到仇人时经过痛苦的思考却放弃了复仇的念头,最终实现和解,在一定程度上也表达了存在的荒诞、选择的自由、决断的艰难。"在决断里可以使用人的最高的自由,同时也使人感到这个最高的自由是多么难于使用"③。按照萨特的哲学,选择不仅赋予人生以意义,而且也是人的自由的标志。只有人才有这样的权利,通过选择获得"存在",也即真正获得了生存的意义。那个复仇青年的所作所为在不少地方都是在演绎着存在主义的哲学理念,这是需要认真加以辨析的。

三

　　现代主义对京派小说的影响不仅表现在观念和内容上,也体现在它的艺

---

① 参见[美]W.考夫曼:《存在主义》,陈鼓应等译,商务印书馆1987年版,第168页。
② 沈从文:《〈看虹摘星录〉后记》,《沈从文全集》第16卷,第343页。
③ 冯至:《决断》,《文学杂志》第2卷第3期。

术形式上,尤其是它在心理世界的开掘、意识流手法的表现以及隐喻、暗示手法的运用上都有成功的地方,为中国现代小说艺术手法的探索提供了较为丰富的审美经验。

一般而言,京派小说大都属于比较传统的套路。但是也应该注意到,像沈从文、废名、萧乾、汪曾祺、李健吾等作家对西方现代主义的技巧并不陌生,他们大都对心理分析表现出一定的兴趣,注重对微妙的、难以言传的感觉和无意识心理的捕捉,从而开拓出一个更为宽广的艺术世界。弗洛伊德心理分析学说对潜意识的开拓是他的一大学术贡献,虽然其偏颇之处自不待言,但不应该否认它为人们分析文学作品提供了一个较为独到的视角,也对作家的创作产生一定的启示,比如作家们可以通过潜意识和梦的描写进入一个比较深层的心理世界。在五四时期,鲁迅、郭沫若、郁达夫、叶灵凤、许杰等人在对梦境的描写和弗洛伊德的心理分析学说有着密切的关系,事实上一些京派小说家也常常在其创作中有意识地对梦境进行了深入的描写。废名曾在《语丝》上专门写了一篇文章《说梦》,把"梦"看作艺术成功的一个标志:"创作的时候应该是'反刍'。这样才能成为一个梦。是梦,所以与当初的实生活隔了模糊的界。艺术的成功也就在这里……莎士比亚的戏剧多包含可怖的事实,然而我们读着只觉得他是诗。这正因为他是一个梦。"[①]在他的小说《桥》中也经常出现诸如"我感不到人生如梦的真实,但感到梦的真实与美"的句子,可见,"梦"对废名来说是一个与现实相对的、更加真实的世界,它的飘忽、迷离却又给人带来如同"镜中花、水中月"般的朦胧美感,而这恰是在真实的情景下无法达到的艺术效果:

> 看她睡得十分安静,而他又忽然动了一个诗思,转身又来执笔了。他微笑着想画一幅画,等细竹醒来给他看,她能够猜得出他画的什么不能。此画应是一个梦,画得这个梦之美,又是一个梦之空白。

---

① 废名:《说梦》,《语丝》第 133 期。

他笑视着那个笔端,想到古人梦中的彩笔。又想到笑容可掬的那个掬字,若身在海岸,不可测其深,然而深亦可掬。又想到夜,夜亦可画,正是他所最爱的颜色。此梦何从着笔,那里头的光线首先就不可捉摸。(《窗》)

就在今年的一个晚上,其时天下雪,读唐人绝句,读到白居易的《木兰花》,'从此时时春梦里,应添一树女郎花',忽然忆得昨夜做了一梦,梦见老儿铺的这一口塘! 依然是欲言无语,虽则明明的一塘春水绿。大概是她的意思与诗意不一样,她是冬夜做的梦。(《茶铺》)

沈从文对弗洛伊德潜意识理论并不陌生,他在有关的文章中在对小说定义时认为,小说除了包括所谓的社会现象外还应"梦的现象,即是说人的心或意识的单独种种活动"①。只有把这两个方面结合起来才能创作好的作品。应当说沈从文在他的创作中是比较好地实现了这样的意图。仍以他的《边城》为例,这部作品始终是梦境与现实的交替,现实中往往象征着一种残酷、不可捉摸的命运,而梦境则多半是内心最隐秘、最真实的流露,代表着人性的本真和美好。小说写翠翠从爷爷那里听到自己父母的事情后做了一个梦:

翠翠不能忘记祖父所说的事情,梦中灵魂为一种美妙歌声浮起来了,仿佛轻轻的各处飘着,上了白塔,下了菜园,到了船上,又复飞窜过悬崖半腰——去作什么呢? 摘虎耳草! 白日里拉船时,她迎头望着崖上那些肥大的虎耳草已极熟悉。悬崖三五丈高,平时攀折不到手,这时节却可以选顶大的叶子作伞。

在现实中,翠翠作为一个情窦初开的少女,是不可能向任何人袒露自己的心扉的,实际上她依然对美好的爱情充满了憧憬。但在现实中被压抑、无法实现的愿望却可以通过梦境最真实地表露,因此她的梦境给人们展现的是另一个美丽斑驳的世界,纯真少女的情思被表现得淋漓尽致,而这些描写也只有在

---

① 沈从文:《小说作者和读者》,《沈从文全集》第12卷,第65页。

梦境中才会显得真实可信。

弗洛伊德学说偏好潜意识、无意识心理的描写必然带来作家叙述方式和角度的重大变化。正是由于现代心理学对文学艺术的不断渗透,一些敏感的作家开始从自然主义外在"真实性"、"科学性"的阴影中走出来,尝试以一种全新的方式来展现人们心理的立体结构和复杂多变,这就是意识流小说的兴起。它的出现同时也引发了艺术思维方式和语言手段的一次巨大的革命,它的代表人物之一的亨利·詹姆斯说:"经验从来是没有限度的,它也从来不是完全的;它是一种无边无际的感受性,一种用最纤细的丝线织成的巨大蜘蛛网,悬挂在意识之室里面,抓住每一个从空中落到它织物里的微粒。它就是脑子里富于想象力的时候——如果碰巧是一个有天才的人的脑子并且满脑子的空气那就更是如此——它接受生活的最隐约的暗示,它甚至把空气的脉动转化为新的启示。"[1]另一位意识流小说的代表弗吉尼亚·伍尔夫公开否认文学是对现实的模仿,而对以乔伊斯为代表的青年作家的探索给予了很高的评价。她说:"他们试图更接近生活,更真诚更准确地保存住那些使他们关切和触动的东西,即便这样做他们必须把小说家通常遵守的老规矩大半都抛弃也在所不惜。让我们在那万千微尘纷坠心田的时候,按照落下的顺序把它们记录下来,让我们描出每一事每一景给意识印上的(不管表面看来多么互无关系、全不连贯的)痕迹吧。"[2]应当承认,意识流小说理论的出现既是对传统文学模式的一个巨大挑战,也是对人们艺术思维惯性的一个巨大挑战,真正有志于艺术创新的作家纷纷向这个理论靠拢。因此,在向西方现代主义学习的热潮中,中国作家在对意识流手法的借鉴上兴趣较大,相对而言这方面的经验也较为成熟。

---

① [美]亨利·詹姆斯:《小说的艺术》,伍蠡甫、胡经之主编:《西方文艺理论名著选编》下卷,第145页。
② [英]弗吉尼亚·伍尔夫:《现代小说》,伍蠡甫、胡经之主编:《西方文艺理论名著选编》下卷,第154页。

　　在京派小说家中,他们普遍对西方意识流的小说抱有热情,在其创作中也或多或少地对意识流小说的很多技巧比如内心独白、自由联想、感官印象、淡化情节和主题甚至语言上的花样翻新等都有吸收,成就也很突出。如废名,如果以小说的结构以及语言的独特性而言,废名的小说堪称20世纪中国小说的经典,但因为它诞生在全面向西方小说观念靠拢的文化背景中,这样的实验明显具有先锋特征,因此它的价值和创造性一般人是难以认识到的,只有少数批评家才能体验到这一点。朱光潜和灌婴(余冠英)就是比较早做出这样判断的批评家。比如对于废名的《桥》,这是一部非常特别的小说,它消解了情节,也放弃了对人物的典型塑造,语言上大都是飘忽朦胧,以至于人们从传统的文学观念出发很难接受它,甚至指责它是一部坏作品。但事实上,这是一种狭隘阅读心理的观照,假如能从西方现代主义文学的角度去审视,就能看到废名的独创性。这篇小说由一系列的片段构成,整篇小说就是一幅完整的"卷轴式"的画卷,朱光潜认为这和弗吉尼亚·伍尔夫的小说有相似之处。史书美对于废名小说的这些特征十分欣赏,认为这在实际上是和西方现代主义相吻合。她说:"与之相似,在废名的作品中,我们也可找到与西方现代主义之多元视角主义(multiple-perspectivism)相似的精神,这种多元视角主义在塑形艺术中的代表是立体主义画派……《桥》的独特结构大多得自于废名对叙事角度的自觉掌控。"史书美还明确指出废名对意识流小说的借鉴:"虽然废名声称自己从未读过弗吉尼亚·伍尔夫和詹姆士·乔伊斯的作品,但在20年代末30年代初积极投身于文学创作之时,他已在文中经常用一种类似于西方意识流叙事手法来描绘人物的内在心理……不连贯性、断裂性、碎片化和非逻辑性是这种诗歌语言的固有特性,它与描述意识流自由联想之经验的语言十分相似。"[1]废名的小说如同其诗歌一样,晦涩的语言和技巧与大多数读者的阅读期待视角产生了不小的距离,以至其长期没有得到应有的肯定。

---

① [美]史书美:《现代的诱惑:书写半殖民地中国的现代主义(1917—1937)》,第218、222页。

李健吾主要是作为富有个性的批评家、翻译家、戏剧家为人们所津津乐道,其实早在1933年李健吾就创作了意识流倾向很明显的长篇小说《心病》,这部小说比较多地采用了自由联想的手段,比如在写到主人公陈蔚成得到他的汇款被舅母吞没的消息后所引发的复杂心理:

在那漆亮的黑丝的电门的凸圆面上,显出一个绰约的熟稔的模样:我想那是母亲——她在向我摇头,哀求我息住我的愤怒……最后我的雾蒙蒙的视线停在那个突出的电门上,我恐惧地期待着。

李健吾长期在法国留学,作为一个非常敏感的批评家他不可能对当时正在欧洲兴起的各种现代主义文学熟视无睹。而实际上他在评价废名、林徽因等人的作品时是经常从现代主义的角度来切入的,正因为如此,李健吾也才会在自己的作品对这些手法给以较为娴熟的运用。除了意识流,李健吾的《心病》还有爱伦·坡的影响,朱自清曾经提到这一点:"读完了这本书,真阴森森的有鬼气,似乎'运命'在这儿伸了一双手。但这个'运命'是有点神秘的,不是近代的'运命'观念,也许是爱伦·坡的影响。"①这也表明李健吾在对现代主义的接受上是多元的。

虽然是女性作家,但林徽因在借鉴意识流手法上却一点也不落后于那些男性作家。林徽因的小说《九十九度中》是一篇极具现代性意识的作品,这部小说在艺术表达上大量采用意识流的蒙太奇和片段叙事技巧,小说全篇由纠葛部分组成,出场的人物前后有数十个,讲述了发生在北平一个大热天的生活故事。小说没有常见的情节和人物描写,出场的人物像走马灯似的闪过,看似结构松散,毫无联系,实际上正是作者娴熟地采用了意识流的方式来组织小说。有研究者指出:"林徽因在小说中运用了多种技巧来组织过渡,例如,不相干的人物在地理位置上的邻近、主题上的关联、人物心理活动的关联,但她也常常从一个片段跳跃到另一个片段却不作任何的过渡。这就好似照相机捕

---

① 朱自清:《读〈心病〉》,《朱自清序跋书评集》,生活·读书·新知三联书店1983年版,第209页。

捉了多重的人生场景,而后用蒙太奇的手法将它们一一展现出来。林徽因不断移动着自己的叙事角度,不作任何的解释说明,也不加任何的旁白。她采用电影的语言捕捉着特定的人物形象。""正如通过转换角度使前景和背景的关系不断发生变化的照相机一样,小说也从多个视角出发来对一件事情进行多重描述。"①这里所指出的正是意识流小说常用的技巧。

相对于京派的这些前辈作家,萧乾和汪曾祺在文坛出现的时间要晚一些,但这也决定了他们在意识流手法的使用上却能够青出于蓝而胜于蓝,他们的意识更自觉,手法更纯熟,把中国的意识流小说推向了一个更高的水准。萧乾虽然是在第二次世界大战中间在剑桥大学专攻意识流文学专业,但他早期的一些创作上实际上已经有意识流的痕迹,在他的代表作《梦之谷》中表现得也更加显露。这部小说作者以第一人称的叙述方式交代了一段哀婉缠绵的爱情悲剧,但它其中的不少章节都采用了大段的内心独白、联想,从而把现实与梦境交融在一起,给人凄迷朦胧的艺术感觉。小说的开头写自己五年后又来到当年故事的发生地,触景生情,引发了自己内心种种的联想:

> 迎头,拦住去路的,正是那棵硕大的苦奈树。在它沁凉的遮阴下,我平生第一遭尝到了什么叫幸福;如今,又像悟了禅的释迦,明白原来它同时也交给了我什么叫苦恼……啊,我摸到什么了!一窝蒲虫寄生在树干一块挖深了的地方。也许借了回忆,我竟一眼认出那是一片手刻的字迹来了,而且是两个人的名字呢……啊,青春时期的'海誓山盟'!一棵木本植物比那个寿命长多了……踏着松软的土岗,我遥遥地望到了玉塘,池面光滑闪亮如水银。我又想起五年前那些黄昏,我坐在水滨为一个女孩子吹口琴的事,觉得好笑起来……

显然,在这里作者经常由眼前的情景引发出对 5 年前那段美好而又悲伤的往事的回忆,时空交错,主人公的意识在不经意间轻轻滑动,像一串绵密的

---

① [美]史书美:《现代的诱惑:书写半殖民地中国的现代主义(1917—1937)》,第 238 页。

水珠不可断开,让人很自然地想到意识流小说。

汪曾祺在刚刚从事文学创作的时候,正是西南联合大学盛行现代主义文学浪潮之时,因此汪曾祺对意识流手法的运用也主要体现在他的创作早期。应当说,早期的汪曾祺是一个技巧派的作家,非常讲究小说形式的新奇,他曾说:"我年轻时曾想打破小说、散文和诗的界限。《复仇》就是这种意图的一个实践。"①即使后来他越来越回到民族传统的时候,还能够宽容对待西方现代派的作用:"有些青年作家摹仿西方,这有什么不好呢? 我们年轻时还不都是这样过来的? 有些方法,不是那样容易过时的,比如意识流。意识流是对古典现实主义一次重大的突破。普鲁斯特的作品现在也还有人看。"②汪曾祺早期创作的小说《复仇》《小学校的钟声》《邂逅》《绿猫》等都采用了意识流的手法,这在当时的文坛显得格外耀眼,唐湜敏锐地注意到了这一点:"我知道现代欧洲文学,特别是'意识流'与心理分析派的小说对汪有过很大影响,他主要的是该归入现代主义者群里的。"③《复仇》写一个遗腹子为了替父亲复仇历经千辛万苦最终找到了杀父仇人,经过痛苦的思考最终放弃了这样的念头。小说开头写这个复仇青年住宿在寺庙看到周围的景物引发了自己的多重联想:蜂蜜、和尚、白发苍苍的母亲,最奇怪的是白发的母亲竟然又成了一头青发,在眼前幻化为自己的妹妹:

> 货郎的拨浪鼓在小石桥前摇,那是他的家。他知道,他想的是他的母亲。而投在母亲的线条里着了色的忽然又是他的妹妹。他真愿意有那么一个妹妹,像他在这个山村里刚才见到的。穿着银红色的衫子,在门前井边打水。青石的井栏。井边一架小红花……想起这个妹妹时,他母亲是一头乌青的头发……他的现在,母亲的过去。母

---

① 《〈汪曾祺短篇小说选〉·自序》,《汪曾祺文集·文论卷》,江苏文艺出版社 1993 年版,第 194 页。

② 汪曾祺:《〈捡石子儿〉·代序》,《汪曾祺文集·文论卷》,第 215 页。

③ 唐湜:《虔诚的纳蕤思》,见钱理群编:《20 世纪中国小说理论资料》第 4 卷,北京大学出版社 1997 年版,第 500 页。

亲在时间里停留。她还是那样年轻,就像那个摘花的小姑娘,像他的

妹妹。他可是老多了,他的脸上刻了很多岁月。

这里复仇青年的联想根本不是按照现实的、逻辑的方式来进行,而是大幅度、无规则的跳跃,是在人物的潜意识中得以实现的,最真实地逼近了人物的心理世界。和前辈废名、沈从文比较起来,汪曾祺早期的小说并不是在某个片段、局部的层面上来使用意识流的手法,他是把意识流作为艺术的一种重要的生命和美学原则来运用,也可以说中国现代的意识流小说在汪曾祺的作品中达到了比较成熟的境地。可惜的是,随着后来时代环境的变化,意识流等西方现代派的东西长期受到挤压,被强行中断,汪曾祺刚刚显露才华的艺术探索也就戛然而止了。

西方现代派大都反感所谓的"模仿说",他们更倾向于把文学视作一个独立自主的文学世界,俄国形式主义的代表人物什克洛夫斯基曾说过一句名言:"艺术永远是独立于生活的,它的颜色从不反映飘扬在城堡上空的旗帜的颜色。"①为了和传统文学拉开距离,表达自己的艺术反叛精神,他们不惜采用隐喻、通感、反讽、暗示、象征等一系列手法来达到所谓的艺术陌生化,由此也带来了作品的晦涩难懂。因此,如果采用惯常的文学标准来判断这些作品难免会出现很大的偏差。在京派作家中,废名是非常特殊的一个,他早年的作品清新朴实,但到后期几乎判若两人,作品一变而为奇崛、晦涩,周作人在相关的文章中曾提及当时废名的小说被列入最难懂的行列。显然,对待像废名后期的作品《桥》《莫须有先生传》和《莫须有先生坐飞机以后》就要换一个思路,这些作品的晦涩难懂更多的恐怕是作者的故意为之,卞之琳曾说"废名喜欢魏晋文士风度,人却不会像他们中一些人的狂放,所以就在笔下放肆"②。如废名在写作《莫须有先生传》时,实际上也是自己内心最苦闷的时期,他对当时

---

① [俄]什克洛夫斯基等著:《俄国形式主义文论选》,方珊等译,生活·读书·新知三联书店1989年版,第11页。

② 卞之琳:《〈冯文炳选集〉·序》,《冯文炳选集》,第8页。

的社会人生遂采取了嬉笑怒骂的态度,由此也使这部作品带有一定的荒诞感。晦涩难懂不应该被简单视为否定的代名词,甚至反过来可以说,正是因为废名的难懂才让它对我们既有的阅读经验和批评标准形成了挑战,才带来他作品的深层多重的意蕴。关于这一点周作人曾很有见地的说:"《莫须有先生传》的文章的好处,似乎可以旧式批语评之曰:情生文,文生情。这好像是一道流水,大约总是向东去朝宗于海。它流过的地方,凡有什么汊港弯曲,总得灌注漾洄一番,有什么岩石水草,总要披拂抚弄一下子,才再往前去,这都不是它的行程的主脑,但除去了这些也就别无行程了。"①废名为了达到陌生化的效果,有时采用了隐喻、转喻以及语言之间的大幅度跳跃,这些在《桥》中得到了充分的体现,比如《桥》中有这样的句子:"小林以为她是故意抿着嘴,于是一颗樱桃不在树上,世上自身完全之物,可以说是灵魂的画题之一笔画罢。"如果不从形式主义语言学的角度来分析就很难把握。形式主义文论强调要把诗学和语言学紧密结合起来加以研究,暗喻、换喻、夸张、讽刺都成为诗学的一部分,从而扩充了语言的意义。而吴晓东在他的《镜花水月的世界——废名〈桥〉的解读》著作中也侧重从这样的角度来考察,他对废名上面的一段语言做了如下的评论:"废名的隐喻正创造了一种新的现实,这种现实不妨说是一种隐喻的世界,于是对女儿的嘴的赞美就转向了对'樱桃'的拟喻,于是一颗樱桃便不在树上,作为喻体的樱桃仿佛自成世界,比喻的意义也转移到了樱桃的意象所承载的'隐喻'界中。"②在废名的作品中,类似于这样特征的句式还有很多,只有真正破除了偏见,静心冥思,才能进入废名用文字所精心营造的彼岸的世界,而这恰恰要依靠西方现代派诗学所提供的文化背景。

作为 20 世纪 30 年代现代派文学的代表作家之一,施蛰存曾经说:"我认为,20 世纪 30 年代的现代主义不是地区性的或是民族性的,而是国际性的。

---

① 周作人:《〈莫须有先生传〉序》,《周作人自编文集·苦雨斋序跋文》,第 111 页。
② 吴晓东:《镜花水月的世界——废名〈桥〉的诗学研读》,广西教育出版社 2003 年版,第 208、209 页。

它是文学中的一股普遍潮流。在每个国家,都有少数作家(以现代主义风格写作)……这些来自不同国家的众多作家共同形成了一股潮流。现代主义不(仅仅)是一个欧美现象……它更是一个为全球同步共享的文学潮流。"①如果人们细心地梳理 20 世纪 30 年代中国文学的地图,就不难理解施蛰存这句话的客观和真实。虽然没有新感觉派对现代都市生活魔幻般的感受和花样翻新的技术实验,但京派小说在现代性的表达上也显示了不俗的实力,这些对于今天的文学一样有着重要的参考价值。

第三节　京派文学批评理论的现代性因素

与中国现代文学中的很多社团、流派不同的是,京派文学作家在重视文学创作的同时特别重视文学批评和文学理论建设。这个文学社团和流派中的不少重要人物都对文学批评和理论投入了很大的精力,成果极为丰赡,有的堪称现代意义上的职业批评家,如周作人、朱光潜、梁宗岱、李健吾、叶公超、李长之、沈从文、废名等。他们的文学批评和理论在中国现代文学批评史上占有相当重要的位置,很多著作如《诗与真》《诗与真二集》《咀华集》《咀华二集》《诗论》《文艺心理学》《鲁迅批判》《司马迁之人格与风格》《沫沫集》《谈新诗》等也成为 20 世纪文学批评的经典。他们这些成就的取得,很大程度上在于他们的批评中具有宽阔的文化视野和现代性意识。他们既对世界范围内盛行的现代主义文学现象保持极大的兴趣和敏感,又能在批评的方法和理论中渗透现代批评的精神,呈现世界性、开放性、跨学科的眼光;此外他们对于当时一些带有现代主义倾向的文学给予了极大的关注和支持,在一定程度上促进了这些作家作品的健康发展。在中国文学批评理论的现代转型过程中,京派批评家扮演着举足轻重的角色。

---

① ［美］史书美:《现代的诱惑:书写半殖民地中国的现代主义(1917—1937)》,第 261 页。

一

中国现代意义上的文学批评是从五四新文学运动开始的。郭沫若说："文艺批评在我国的文学史中虽自有一定的系统和一定的方法,但我们所谓近代的文艺是世界近代潮流的派衍,因而所谓文艺批评也是同样。'批评'这个字是从 Criticism 译来的,而 Criticism 是从希腊文的 Kritike 演进的。语源的意义本是'分别而判断',译成'批评',可以说是恰如其义。'批评'的历史在欧洲古代,虽然有亚里士多德的《诗学》和 17 世纪之交在法国波亚罗的形式批评,但所谓近代的文艺批评是从法国的申图白吾开始的。"①这种批评意识的自觉很大程度上来源于人们对外来文学思潮的接受。晚清以降,一些有识之士开始在世界范围内去思考中国文化和文学所面临的巨大挑战,同时也意识到一个全新时代即将来临。王国维就说:"外界之势力之影响于学术岂不大哉……自汉以后儒家唯以抱残守缺为事……自宋以后以至本朝,思想之停滞略同于两汉,至今日而第二之佛教又见告矣,西洋之思想是也。"②西方文化的大举进入深刻地改变着中国文化的格局甚至人们的思维方式,对学术界的震动也非同凡响。"十年以前西洋学术之输入限于形而下学之方面,故虽有新字新语,于文学上尚未有显著之影响也,数年以来形上之学渐入中国……处今日而讲学已有不能不增新语之势"③。在这样的文化格局中,只有保持开放心态,热心拥抱一切外来文学批评理论和方法,才能创造性地实现中国文学批评的现代转型,使之不落后于世界文学批评潮流。凭借着深厚的中外文化素养和理论的自觉,京派批评家热情地向中国学界翻译介绍西方现代文学理论批评,并在中西文学的格局中进行阐释和总结,为中国文学积极寻找异域的现

---

① 郭沫若:《批评—欣赏—检察》,《创造周报》第 25 号。
② 王国维:《论近年之学术界》,见周锡山编校:《王国维集》第 2 册,中国社会科学出版社 2008 年版,第 301 页。
③ 王国维:《论新学语之输入》,见周锡山编校:《王国维集》第 2 册,第 306—307 页。

代性因素。

　　进入京派文学批评者视野中的西方文学思潮及流派虽然众多，如古典主义、浪漫主义、现实主义等，但是他们最感兴趣、最热衷的却是带有先锋性、现代性的文学潮流，如象征主义、意识流等。周作人、梁宗岱、李健吾、朱光潜、叶公超、卞之琳等的文学批评和理论中都曾经不同程度地涉及象征主义，而且有的还作出了系统、深入的阐释。这主要是由于在他们看来，象征主义是对浪漫主义和巴纳斯派的反动，无疑是当时世界文学潮流中最有生命力、最富有叛逆性、最具现代性的文学潮流，代表了未来文学的方向。但是由于象征主义本身所具有的晦涩、玄妙等，象征主义的诗学对于长期处在相对封闭环境中的批评家来说构成了全新的挑战，不少人是难以接受的。因此，能否敏锐地感觉到这种新的思潮和美学原则，是判断其是否具有开放和现代性审美意识的重要尺度。

　　京派大多数的批评家都曾经有在欧美等国留学的经历，他们对于西方的象征主义甚至有直接的接触，如梁宗岱在法国和后期象征派大师瓦雷里有紧密的联系，叶公超和艾略特的交往，朱光潜、李健吾在法国和英国的学习等。正因为如此，他们对象征主义的理解就超越了前辈。他们中的大多数人都认为，象征主义不等同于象征手法，并非仅仅是一种技术层面的手段，它在整体上代表着人类全新的审美意识，也代表着文学的最高境界，必须全面、准确地引入中国文坛。梁宗岱很早就意识到中国新诗一味跟在近代欧美自由诗的后面模仿是毫无前途的，必须跨越自由诗的阶段直接进入象征主义诗学体系。尽管在梁宗岱之前不少的学者都曾经对象征主义有所介绍和阐释，但应当说这些介绍和阐释大多是零散的，缺乏系统性。更重要的是对于象征主义的精神实质的把握上也不是很准确，没有站在世界文学潮流的高度来审视和关注，更缺少和中国新诗运动的互动、联系。而梁宗岱在 20 世纪 30 年代全力引入象征主义的出发点和落脚点都在于把象征主义视作文学艺术的最高境界，进而为中国新诗的现代性开辟道路。梁宗岱认为象征不同于拟人和托物，应该是从作品的整体来理解:"当一件外物,譬如,一片自然风景映进我们眼帘的时候,我们猛然感到它和我们当时或喜,或忧,或哀伤,或恬适的心情相仿佛,相逼肖,相会合。我们不摹拟我们底心情而把那片自然风景作传达心情的符号,或者,较准确一点,把我们底心情印上那片风景去,这就是象征。瑞士底思想家亚美尔(Amiel)说:一片自然风景是一个心灵底境界。'这话很可以概括这意思。"①为此梁宗岱进一步从学理上对于象征主义作了概括:"所谓象征是藉有形寓无形,藉有限表无限,藉刹那抓住永恒,使我们只在梦中或出神底瞬间瞥见的遥遥的宇宙变成近在咫尺的现实世界……所以它所赋形的,蕴藏的,不是兴味索然的抽象观念,而是丰富,复杂,深邃,真实的灵境。"②在阐释了何谓象征之后,梁宗岱把更多精力用在了对象征之道的寻找上,也就是象征意境的创造。"像一切普遍而且基本的真理一样,象征之道也可以一以贯之,曰,'契合'而已"③。梁宗岱在这里提出的"契合"实质上是全面、准确理解象征主义的一个关键,其最早就来源于象征主义鼻祖波德莱尔。波德莱尔说:"一切的形式、运动、数字、色彩、香味,不管是在精神状态中还是在自然状态中,都是有意义的,相互关联、互相交结的,具有契合性。"④其后在很多场合波德莱尔都阐释过他的"契合"理论。由于"契合"理论本身的复杂,甚至不少理论家的理解也各有不同,很多的解释在一定程度上带有神秘的成分,这一切都恰好说明了"契合"的现代性,它已经超出了人们传统的诗学范畴,即使在西方世界也未必能被人们所接受。与一般人把"契合"仅仅理解为一般的修辞手段如"通感"不同,梁宗岱是把它作为象征主义诗学的美学原则来看待。认为它实际上是一种"象征之道",既关乎创作,也关乎欣赏;既是一种诗学的范畴,更具有哲学的本体意义,它和莱布尼茨的"生存不过是一片大和谐"的哲学基

---

① 梁宗岱:《象征主义》,《梁宗岱文集》第2卷,第63页。
② 梁宗岱:《象征主义》,《梁宗岱文集》第2卷,第67页。
③ 梁宗岱:《象征主义》,《梁宗岱文集》第2卷,第68页。
④ 引自董强:《梁宗岱:穿越象征主义》,文津出版社2005年版,第99页。

础一脉相承。无疑,如果把这样的理论引入中国文坛,对于提高诗歌的艺术纯粹性、音乐性进而扭转当时诗坛上平庸、概念化甚至滥情的诗风有很大帮助。梁宗岱用富有诗情的文字来描述和介绍的"契合",这是一种让人痴迷、沉醉、完全忘却自我存在的状态:"我们开始放弃了动作,放弃了认识,而渐渐沉入一种恍惚非意识,近于空虚的境界,在那里我们底心灵是这般宁静,连我们自身底存在也不自觉了。""一种超越了灵与肉,梦与醒,生与死,过去与未来的同情韵律在中间充沛流动着。我们内在的真与外界底真调协了,混合了。我们消失,但是与万化冥合了。我们在宇宙里,宇宙也在我们里:宇宙和我们底自我只合成一体,反映着同一的荫影和反应着同的回声。"①从梁宗岱所阐释的观念看,他的"契合"范畴虽然也有东方哲学和诗学的影响,但其本质上是属于一种现代的诗学范畴。正因为梁宗岱在这篇文章中对象征主义投入了很大精力,提出了很多带有前沿意识的独特观点,因而经常被人们所称赞,卞之琳称:"至于1933年梁以宏观的高度,以中西比较文学的广角,论《象征主义》的这篇文章,我至今还认为是他在这方面的力作。这些译述论评无形中配合了戴望舒二三十年代之交已届成熟时期的一些诗创作实验,共为中国新诗通向现代化的正道推进了一步。"②这样的评价是相当公允的。

李健吾也曾经在象征主义的发源地法国学习。虽然他主要的精力在研究法国的传统文学,但对于象征主义仍然有相当的了解,李健吾曾准确地把象征主义乃至巴纳斯派等进行了区分。比如他认为象征主义的着眼点在暗示,以简洁的文字烘托幽远的意境,也即以有限追求无限,形式上追求严谨等。"象征主义不甘愿把部分的真理扔给我们,所以收拢情感,运用清醒的理智,就宇宙相对的微妙的关系,烘托出来人生和真理的庐山面目。是的,烘托出来;浪漫主义虽说描写,却是呼喊出来;古典主义虽说选择,却是平衍出来"③。正是

---

① 梁宗岱:《象征主义》,《梁宗岱文集》第2卷,第72页。
② 卞之琳:《人事固多乖:纪念梁宗岱》,《卞之琳文集》中卷,第168—169页。
③ 李健吾:《咀华集·答鱼目集作者》,《李健吾文学评论选》,第109—110页。

基于对象征主义实质的把握,李健吾认为李金发的诗作和郭沫若有着较大的分野:"一者要力,从中国自然的语气(短简)寻找所需要的形式;一者要深,从意象的联结,企望完成诗的使命。"①他总结出李金发的诗歌具有意象的联结、晦涩、含蓄等特点,这些都是象征主义的内涵。但李健吾也同时意识到,李金发的象征主义诗歌是很不成熟的,已经无法表达出繁复、现代的社会,在20世纪30年代的中国诗坛,需要更具有冲击性、现代性的象征主义诗作。因此,当戴望舒、卞之琳、曹葆华、何其芳等为代表的诗人刚刚出现时就受到他极大的关注,李健吾敏锐地觉察到这些诗人的创作已经超越了李金发的时代,因为他们的诗作现代意识更强,艺术的表达更加完美,也更有生命力,代表着中国新诗未来的走向和前途。李健吾在文章中称他们为"前线诗人"。李健吾说:"真正的诗已然离开传统的酬唱,用它新的形式,去感觉体味糅合它所需要的人生一致的真醇;或者悲壮,成为时代的讴歌;或者深邃,成为灵魂的震颤。在它所有的要求之中,对于少数诗人……不是前期浪子式的情感挥霍,而是诗的本身。"②可见,李健吾这里观察到的诸如注重诗歌形式实践、强调诗意的朦胧、意象的繁复,甚至抛弃所谓的音乐性正是后期象征主义的典型特征,不仅与中国传统的审美思维有着巨大的差别,就是与以波德莱尔、马拉美、魏尔伦等为代表的早期象征主义亦迥然不同。显然,只有具备了现代性的审美眼光和鉴赏能力才能对当时诗坛的新气象作出合理的判断和回应。凭借着对象征主义精神的深刻理解,李健吾对何其芳、卞之琳、李广田等诗人的评价往往是从诗歌的现代性角度来入手,积极肯定他们为中国新诗所带来的重大变化,对人们正确对待和理解当时的现代主义思潮起了很好的推动作用。

至于叶公超,在象征主义的阐释中同样有着重要的贡献,而他的关注点主要是后期象征主义代表人物艾略特。虽然叶公超没有像梁宗岱那样写有专论象征主义的著作,但他在介绍和评论艾略特以及美国意象派诗人庞德的文章

---

① 李健吾:《鱼目集·卞之琳先生作》,《李健吾文学评论选》,第83页。
② 李健吾:《咀华集·鱼目集》,《李健吾文学评论选》,第86页。

时,不同程度地涉及后期象征派的美学观点。叶公超先后写有《爱略特的诗》和《再论爱略特的诗》。他认为艾略特的技术特色并不在于他所说的"客观关联物",因为象征主义者早已经说过:"研究创作想象的人也都早已注意到这种内感与外物的契合,并且有更精确的分析。"而其真正的特色在于:"他在技术上的特色全在他所用的 metaphor 的象征功效。他不但能充分的运用metaphor 的衬托的力量,而且能从 metaphor 的意象中去暗示自己的态度与意境。要彻底地解释爱略特的诗,非分析他的 metaphor 不可,因为这才是他独到之处。"①而稍后他对艾略特"置观念于想象"的特点进行了论述,也再次涉及后期象征主义的实质:"诗的文字是隐喻的(metaphorical)、紧张的(intensified),不是平铺直叙的、解释的,所以它必然要凝缩,要格外的锋利。""诗人要把政治、哲理,以及生活的各方面圈入诗的范围。"②这里所提出的"metaphor"(暗示、隐喻)、"intensified"(紧张的)基本上是后期象征派所持有的观点,与前期象征主义有着不小的差别。从这些论述中可以看出,叶公超对象征主义尤其是后期象征主义的了解还是比较深入的。

在积极阐释象征主义的同时,京派批评家还对当时盛行的意识流文学保持着很强烈的兴趣,他们也都意识到这种意识流文学同样属于现代性的文学范畴。意识流(stream of consiousness)原是西方心理学上的术语,最早见于美国心理学家威廉·詹姆士的论文《论内省心理学所忽略的几个问题》。后来他又在《心理学原理》的文章中做了较为详细的阐释。詹姆斯把人类的意识活动比作一种连续不断的流程:"意识流并不是一点一滴零零碎碎地表现的。譬如,像'一连串',或者'一系列'等字样都不如原先说的那样合适。意识并不是片断的衔接,而是流动的。用一条'河',或者是一股'流水'的比喻来表达它是最自然的了。此后,我们再说起它的时候,就把它叫作思想流、意识流,

---

① 叶公超:《爱略特的诗》,原载 1934 年 4 月《清华学报》第 9 卷第 2 期。
② 叶公超:《再论爱略特的诗》,原载 1937 年 4 月 5 日《北平晨报·文艺》第 13 期。

或者是主观生活之流吧。"①意识流小说大胆突破了传统小说的模式,通过采用内心独白、内心分析、时间和空间的蒙太奇、诗化和音乐化等等手法为小说增添了新的生机和活力,与传统小说划下一道清晰的鸿沟。"意识流的一种显著的成就,是经过模仿其他艺术,特别是音乐来摒弃纯文学的标准,使得肌理和骨架密切结合起来。意识流小说的各节并不是以人物行动的进展连接起来,倒是凭着象征和形象不断的前后参照连接起来,而这些象征和形象只能在空间产生联系"②。由于意识流小说所独有的优势,这种小说很快在世界范围内流行开来。"第一次世界大战之后不久,一种新的文艺技巧受到了人们的极大欢迎。它几乎完全阻止了作家自己在作品中插手,使得模拟内心活动的片断在文学上成为可能,并且毋须加以解说。这种技巧曾恰当地被称作'内心独白'或者'意识流'"③。

意识流文学五四时期传入中国后很快盛行开来。对于中国的现代批评家来说,意识流文学同样是一个充满挑战性的话题,也仍然只有放置在现代性的审美视野下才能发现和评判其蕴含的价值,否则就会对这种复杂的文学现象束手无策甚至简单化地加以否定。作为京派批评家的李健吾、叶公超、李健吾、朱光潜以及萧乾都曾经对这种小说理论有所关注并从正面给予充分的肯定。叶公超很早就注意到著名意识流小说家弗吉尼亚·伍尔夫的创作成就以及意识流手法的娴熟运用,叶公超不仅亲自翻译了她的小说《墙上的一点痕迹》,而且还写了精当的评论文字。伍尔夫当时的创作由于充满了大胆的艺术反叛精神而遭到不少人的误解,甚至有人完全否认她的创作价值。然而叶公超却肯定了伍尔夫的创造性:"如画家中的马梯斯(今通译马蒂斯),她的作

---

① 引自梅尔文·弗拉德曼:《〈意识流〉导论》,伍蠡甫、胡经之主编:《西方文艺理论名著选编》下卷,第122页。

② 引自梅尔文·弗拉德曼:《〈意识流〉导论》,伍蠡甫、胡经之主编:《西方文艺理论名著选编》下卷,第140页。

③ 引自梅尔文·弗拉德曼:《〈意识流〉导论》,伍蠡甫、胡经之主编:《西方文艺理论名著选编》下卷,第121页

品往往超过一般读者的想像力。"①李健吾在对普鲁斯特、林徽因、废名、萧乾等人的评论中都曾经涉及意识流文学的特征。如他评论普鲁斯特："普鲁斯蒂(M.Proust),这伟大的现代小说家,不下于福楼拜,也在创造一份得心应手的言语。而且甚于福楼拜,同时带来了一个新的天地。他们给言语添了一种机能,或者,随你便,你把这叫做一种新的风格。"②可见,他已经注意到普鲁斯特作为意识流文学大师的独特性。他在评论林徽因的《九十九度中》提道："这样一位女作家,用最快利的明净的镜头(理智),摄来人生的一个断片,而且缩在这样短小的纸张(篇幅)上。"③萧乾虽然不以文学批评和理论见长,但他的不少文章都曾经涉及乔伊斯、弗吉尼亚·伍尔夫、亨利·詹姆士等意识流文学的代表人物。他评论詹姆士的小说时也曾对意识流小说的理论发表过看法,很清楚地指出意识流小说给文坛带来的现代性要素,如他说："在传统小说里,心理的矛盾和斗争场面也多得很;现代心理小说一面着重描写人物对现实生活所起的反应,其中,联想力占重大部分,特别在乔艾思作品里;另一面则是凭人物的敏感,冲破蒙蔽,由无知达到有知。"④同时他具体结合詹姆斯的作品指出其运用意识流手法的成就和不足："他以前和他以后的英国小说简直是两档子事。他向文坛盛极一时的自然主义揭起叛旗。他以作品表现出小说的内在写法,把主力放在人物对现实的反应上。""詹氏的作品,也可以说是心理小说一般所企图捕捉的,不是人生本相而是生活在人心灵上所投的倒影。这观点的限定,这内心探索的结果,达成了英国小说史上空前的统一和深度。这倾向,其可贵处是把小说这一散文创作抬到诗的境界,其可遗憾处,是因此而使小说脱离了血肉的人生,而变为抽象,形式化,纯智巧的文字游戏了。"⑤

---

① 叶公超:《〈墙上一点痕迹〉译者识》,原载 1932 年《新月》第 4 卷第 1 期。
② 李健吾:《咀华集·鱼目集》,《李健吾文学评论选》,第 91 页。
③ 李健吾:《咀华集·九十九度中》,《李健吾文学评论选》,第 62 页。
④ 萧乾:《詹姆士四杰作》,《萧乾选集》第 4 卷,第 218 页。
⑤ 萧乾:《詹姆士四杰作》,《萧乾选集》第 4 卷,第 219 页。

从这些观点中不难看出萧乾对意识流理论和创作的准确把握,显示出自己敏锐的审美现代性意识。在 20 世纪 30 年代中国意识流文学的批评阐释中,是不应该忽略京派文学批评家的这些成就的。

二

除了要具有审美现代性的观念之外,是否具备和运用现代批评方法也是判断一个批评家现代性意识的标准。黑格尔说:"我们可以用种种不同的方式去认识真理,而每一种认识的方式,只可认作一种思想的形式……认识真理最完善的方式,就是思维的纯粹形式。人采取纯思维方式时,也就最为自由。"①这种方法论的自觉意识在现代文学批评中同样应该占有重要的位置。

中国传统文学批评尽管也产生了足以骄人的成绩,但无可回避的是,在封建主义长期闭关锁国政策之下,这种文学批评终究缺乏现代科学的滋养。显然,中国的文学批评想要获得应有的尊重就必须以开放的姿态拥抱现代批评方法,这样才能形成批评的自觉。"以文学批评方法为例,中国古代虽有文学批评,但是,很少有自觉的文学批评家,特别很少有理性的思辨的文学批评。将文学批评建立在科学的基础上,思辨地而不是直观地进行,系统地而不是零碎地进行,标志着文学批评进入自觉的阶段"②。方法是主体和客体的中介,是客体的对应物,它在一切科学的研究中始终具有至关重要的作用,对于文学研究也同样如此。正是中国批评界有了这样强烈的方法论意识,到了 20 世纪 20 年代,西方各种研究文学的方法如社会学、心理学、阐释学、比较文学、形式主义、新批评等纷至沓来,有力地推动了中国传统批评的现代转型。在这些现代批评方法中,京派批评家对比较文学、文艺心理学、精神分析等方法最为关注,所做出的成就格外引人注目。

在现代诸多批评方法中,比较文学无疑是发展最为迅速、最受批评家瞩目

① [德]黑格尔:《小逻辑》,贺麟译,第 87 页。
② 陈鸣树:《文艺学方法论》,第 57 页。

的研究方法之一。这是由于全球化以及打开学科壁垒的客观需要,同时也和比较文学自身的学科特点有关。叶维廉曾经说,在一个封闭的文化圈中,由于受到自己"模子"的局限而无法获得对于外界事物的准确判断,因此人们必须放弃死守一个"模子"的固执:"我们必须要从两个'模子'同时进行,而且必须寻根探固,必须从其本身的文化立场去看,然后加以比较加以对比,始可得到两者的面貌。"①而比较文学则打破了这样的藩篱,给人们的研究打开了新的一扇窗户,使我们能够超越异域异地异代的限制而使文学对话变为可能。"比较文学是人文科学中最解放的一种,所以它颇能使我们从个人的心智型式与传统的思想模式中解放出来。比较的思维习惯使我们的心智更有弹性,它伸展了我们的才能,拓宽了我们的视野,使我们能够超越自己狭窄的地平线(文学及其他的)看到其他的关系"②。当然,由于比较文学涉及不同的文化背景、语言等,要求研究者必须具备跨学科的背景、渊博的学识、敏锐的意识。法国比较文学学者梵·第根在他的代表作《比较文学论》中曾经概括出从事比较研究具备的素养:"那些必备之具便是通许多种语言……他应该能够流利地读和他的研究有关系的许多国家的文学作品的原文……他能读的文字愈多,他便愈容易解决那些表面上的最狭窄的命题。"③而京派批评家和理论家的绝大多数有中西文化的背景,精通多种语言,这就为他们用比较文学方法提供了坚实的基础,朱光潜、周作人、梁宗岱、李健吾、叶公超、李长之等人在这些方面的成就尤为卓著。

　　京派批评家和理论家都具有把比较文学作为明确的方法论来运用的鲜明意识。因为对于一个出色的比较文学学者来说,仅仅具有多种文化知识和语言的背景是远远不够的,他必须意识到比较方法的运用对于现代研究具有的

---

　　①　叶维廉:《叶维廉文集》第1卷,安徽教育出版社2002年版,第38—39页。
　　②　[美]李达三:《比较文学研究之新方向》,见陈鸣树:《文艺学方法论》,第112页。
　　③　[法]梵·第根:《比较文学论》,戴望舒译,吉林出版集团有限责任公司2012年版,第43、44页。

重要性,能够时时在研究中把研究对象置身在不同文化的视域中观照和反思,在反复的比较中发现其相似或相异之处,从而寻找出某些内在规律。正如傅斯年所说的:"研治中国文学,而不解外国文学,撰述中国文学史,而未读外国文学史,将永无得真之一日。"①朱光潜在不少文章中都提出比较作为文学研究的方法论意义,甚至把它提到前所未有的高度,要求人们在中西文学的维度中寻找各民族文学的特点。在他看来,比较不是一种可有可无的手段,而是现代学者所必备的素质。他说:"一切价值都由比较得来,不比较无由见长短优劣。现在西方诗作品与诗理论开始流传到中国来,我们的比较材料比从前丰富得多,我们应该利用这个机会,研究我们以往在诗创作与理论两方面的长短究竟何在,西方人的成就究竟可否借鉴。"②李健吾强调世界各国之间的文学彼此互相影响的关系,他说:"我们没有一分一秒不是生活在影响的交流中。影响不是抄袭,而是一种吸收。"③"然而,物以类聚,有时提到这个作家,这部作品,或者这个时代和地域,我们不由想到另一作家,另一作品,或者另一时代和地域。"④梁宗岱认为虽然中西诗歌有着差异,但更多地也存在"英雄所见略同"的地方,而这些都必须依赖于通过比较去寻找。一个人如果没有高度自觉的诗学比较意识,恐怕对于大量的中外文学例证也会熟视无睹。他说:"我们泛览中外诗的时候,常常从某个中国诗人联想到某个外国诗人,或从某个外国诗人联想到某个中国诗人,因而在我们心中起了种种的比较——时代、社会、生活,或思想与风格。这比较或许全是主观的,但同时也出于自然而然。"⑤梁宗岱的这些观点和钱钟书所说的:"心之同然,本乎理之当然,而理之

---

① 傅斯年:《〈宋元戏曲史〉书评》,乐黛云编:《比较文学研究》,湖北教育出版社 2008 年版,第 16 页。
② 朱光潜:《诗论·抗战版序》,《朱光潜全集》第 3 卷,第 4 页。
③ 李健吾:《咀华集·八月的乡村》,《李健吾文学评论选》,第 142 页。
④ 李健吾:《咀华集·画梦录》,《李健吾文学评论选》,第 120 页。
⑤ 梁宗岱:《李白与歌德》,《梁宗岱文集》第 2 卷,第 101 页。

当然,本乎物之必然,亦即合乎物之本然也。"①很相似,其实这些都是文学比较方法意识的自然流露。

凭借着比较方法的意识,京派批评家往往跳出了一种文化模式的局限性,而在中外文化的坐标上对大量的文学现象进行比较和分析,寻找出它们共同或相异之处。朱光潜把很大的精力用在中西诗歌的比较上,他的《诗论》堪称运用比较文学方法的典范。朱光潜认为,中西诗歌的历史上都涌现出大量优秀之作,非常有必要对中西文学包括诗歌的发展规律和特点进行比较、归纳和总结,从而在现代文化的语境下重新诠释它们的价值。朱光潜的《诗论》既有宏观层面上对中西诗学发展的考察和比较研究,也有微观上对中西诗歌中的音律、节奏、情趣、意象等的比较研究,从而发现中西诗歌的异同点。比如,朱光潜认为,在诗歌发展中,诗歌与音乐、舞蹈是同源的,是三位一体的艺术。但后来这三者形式开始分化,各自形成了独立的艺术门类。这是中西中外诗歌相同的地方,但他这样的结论却是建立在比较的背景上。他首先从古希腊的艺术进行考察,最后又以中国的《诗经》、汉魏新乐府举例,从而总结说:"我们可以得到一个极重要的结论,就是:诗歌与音乐、舞蹈是同源的,而且在最初是一种三位一体的混合艺术。"②在关于诗歌的表达内容上,朱光潜从人伦、自然、宗教和哲学等几大题材经过深入的比较研究发现了中西诗歌很多的相同点和异点。梁宗岱更多的精力也是把中西两种不同的文化形态进行比较,进而发现他们的"共相"。如他对屈原和但丁的作品中发现了这两位在东方和西方深有影响的大作家竟有许多惊人相似的地方,不仅在生活、个人遭际、历史地位等方面,即使在艺术的手法上亦有相近之处。他在《诗经》中找到了象征主义精神,在中国古代诗人陈子昂、李白的诗中发现他们和歌德的诗作一样也存在着"宇宙意识";在陶渊明的诗中发现了其与瓦雷里作品一样的沉思和

---

① 钱钟书:《管锥编》第 1 册,中华书局 1979 年版,第 50 页。
② 朱光潜:《诗论》,《朱光潜全集》第 3 卷,第 13—14 页。

哲理。梁宗岱从这种平行比较中印证了跨文化诗学汇通的可能。叶公超虽然没有在文学的比较问题上发表专论，但从其从事的具体文学批评来看，却是无时无刻不在中西文化的主轴上来观察文学现象，呈现出开阔的视野，很少局限在一种单一的文化范畴来讨论。如他在谈论文学的"雅"和"俗"的问题时曾说，不仅中国传统的文学批评有着笼统的特性，其实西洋文学也同样如此："当代英国批评家墨瑞在他的《风格问题》里，开篇就说批评的名词，尤其是那些传统的名词，多半是浮泛笼统的，但'批评家的乐趣正在他使用的名词是流动不定的'。"①叶公超在谈论中国现代小品文的时候，坚持认为梁遇春是正宗的小品文作家，原因就在于他看到了梁遇春作品和英国 Essay 文体风格的相似；他在谈论鲁迅的时候认为鲁迅的文字像英国的斯威夫特（Swift）；他在谈论文学批评从印象到评价的形成过程时也多次引述了印象主义批评家德·古尔蒙以及墨瑞的论述。李健吾在评论作家作品的时候，多半也是在中西文化的坐标上寻找这些作家的相同或相异之处。他既从文学史和文化背景的线索中比较不同作家的创作，也从文学的审美风格、语言等美学层面来比较；既有不同的中国作家之间的比较，也有中西作家之间的比较。如他在评论李广田作品风格时便是在和何其芳的比较中得出的，这样的比较就把两位作家的风格展现得十分清晰。

对于 20 世纪 30 年代的中国批评家和文艺理论家来说，他们把很大的精力用在中西文学的比较，其根本的目的并不是为比较而比较，其深层的动因在于在对中西文学的比较中借鉴西方现代文学的经验，对古今中外的艺术现象进行阐释，最终为中国文学的现代化寻找出路。如朱光潜结合西方美学中的"移情说""距离说""直觉说"等理论对中国现代诗歌中的美学范畴作出了较为科学、让人信服的阐释。朱光潜具体运用"直觉说"的理论阐释了中国古典诗歌"意境"范畴的概念进行界定。他认为，"意境"必须能在读者心目中形成

---

① 叶公超：《文学的雅俗观》，原载 1934 年 3 月 7 日天津《大公报·文艺》。

一个完整而单纯的意象,在这样凝神的状态中,人们不但完全忘却欣赏对象以外的世界,而且也忘掉了自己的存在。"一个境界如果不能在直觉中成为一个独立自足的意象,那就还没有完整的形象,就还不成为诗的境界"①。梁宗岱在中外文学的比较中对诗歌中的"宇宙意识""崇高""纯诗""契合"等审美范畴也作了辨析和整合,给中国传统诗学增添了新的元素和活力。如梁宗岱发现中国新诗和西方的诗歌比较起来,还缺乏一种沉思和哲理的境界,也缺乏对现实的超越,这在根本上来说是因为中国诗歌较少具有"宇宙意识"。梁宗岱在《保罗·梵乐希》《李白与歌德》《谈诗》等文章中都涉及"宇宙意识",他眼中的所谓"宇宙意识"就是作品对自身审美层次的提升和超越因而具有了穿越时空的经典意义,能召唤千百年后的人们产生思想的共鸣:"这是因为一切伟大的作品必定具有一种超越原作者底意旨和境界的弹性与暗示力;也因为心灵活动底程序,无论表现于哪方面,都是一致的。掘到深处,就是说,穷源归根的时候,自然可以找着一种'基本的态度',从那里无论情感与理智,科学与艺术,事业与思想,一样可以融会贯通。"②他还曾借勃莱克《天真的预示》这首短诗形象描述了"宇宙意识":"一颗沙里看出一个世界,/一朵野花里一个天堂,/把无限放在你底手掌上,/永恒在一刹那里收藏。"但梁宗岱并没有过多纠结于宇宙意识学理的探究,他孜孜以求、反复提及的"宇宙意识"所针对的就是当时中国新诗感情泛滥、直白浅显的现状,他有意识地借助西方现代的这种审美范畴来扭转中国新诗的航道,使之能指向人类精神遥远的未来。而叶公超的努力在很大程度上与梁宗岱的这样的追求有着相似的地方,如叶公超以比较的眼光发现了艾略特的文学观念和中国的古典诗歌竟然有着高度的巧合。他说:"爱略特之主张用事与用旧句和中国宋人夺胎换骨之说颇有相似之点……'一个高明的诗人往往会从悠远的,另一文字的,或兴趣不同的作家们借取',这几句话假使译成诗话式的文言很可以冒充北宋人的论调。

---

① 朱光潜:《诗论》,《朱光潜全集》第3卷,第52页。
② 梁宗岱:《谈诗》,《梁宗岱文集》第2卷,第98页。

唐宋人的诗有用古人句律而不用其原句意义者。"①这就证明,以艾略特为代表的西方现代主义在中国文学的实践中有横向借鉴的价值。叶公超花了较多精力对中国新诗的音节、格律等问题和西方诗歌做比较,详尽分析了其与西方象征诗的关联;他在评论卞之琳、何其芳等人的诗作时也在节奏、韵律等方面进行比较,提出诗歌不仅要重视抒情的节奏,还要重视语言的节奏。叶公超还把当时中国诗坛的状况和美国 20 世纪初期的诗坛进行比较,他引用当时在美国诗坛广有影响的诗人庞德《内在形式的必要》一文的观点,论述了严苛的形式对于现代诗歌仍然是至关重要的。"对于诗人自己,格律是变化的起点,也是变化的归宿"②。而他这样做的用意也是出于对当时中国新诗形式过分自由、缺少韵律和节奏等的不满,试图在中西诗作的比较中为中国新诗的走向确定合适的方向。

另外,心理学、精神分析等具有跨学科特征的现代批评方法也在京派批评家和文艺理论家那里被广泛采用。由于近代科学的发展,实验心理学、机能主义心理学、行为主义心理学等方法在西方社会取得了长足的进展,文艺心理学、精神分析等方法也日渐盛行。有人甚至这样说:"现在,可以毫不夸大地说,弗洛伊德对文学艺术的影响已经达到了这样的程度,即如果不了解精神分析学的内容,简直无法把握现代文学艺术发展的趋势。"③的确,心理学的研究方法在揭示文学深层结构等方面有传统批评方法所不及的长处,朱光潜就认为,过去许多批评家之所以有缺陷,就在于缺少坚实的心理学的基础。为此朱光潜在 1936 年出版了《文艺心理学》的专著,这在中国文艺发展史上有里程碑的意义,他把西方大量的心理学成果介绍到中国,并努力把这种批评方法运用到批评实践中去。朱光潜用文艺心理学的方法对文学中的许多现象比如"气势"、"神韵"、诗的"隐"与"显"、诗歌的境界、诗歌的欣赏等都进行了别开

---

① 叶公超:《再论爱略特的诗》,原载 1937 年 4 月 5 日《北平晨报·文艺》第 13 期。
② 叶公超:《论新诗》,原载 1937 年 5 月《文学杂志》创刊号。
③ 《弗洛伊德论美文选》,张唤民等译,知识出版社 1987 年版,第 9 页。

生面的论述,证明了文艺心理学方法的生命。比如在论及诗歌的意境这一核心概念时,朱光潜对于诗歌欣赏中出现的凝神关注、物我两忘以及契合等的心理特点做了充分的论述。在谈及人们欣赏诗歌时出现的心理状态时,朱光潜特别提到灵感在其中起到的重要作用:"读一首诗和做一首诗都常须经过艰苦思索,思索之后,一旦豁然贯通,全诗的境界于是像灵光一现似的突然现在眼前,使人心旷神怡,忘怀一切,这种现象通常人称为'灵感'。诗的境界的突现都起于灵感。灵感亦并无若何神秘,它就是直觉;就是'想象'(imagination,原谓意象的形成),也就是禅家所谓'悟'。"①这就把长期以来带有神秘感的这种心理活动,做了较为妥当的解释。此外,对于王国维所提出的著名的"境界说"中所涉及的"隔"与"不隔"、"有我之境"与"无我之境"等重要的理论问题,朱光潜也运用西方美学的移情说进行心理学的解释。他认为王国维的"以我观物,故物我皆著我之色彩"实质上是一种移情作用。当然,朱光潜在关于诗歌境界的心理学解释以及他对王国维观点的辩驳曾在学界引起过不同的意见,甚至有人提出了质疑。但朱光潜毕竟用现代批评方法为中国诗歌的本质及内在规律做了有益的探讨,开辟了一条新的途径。而其作为方法论的运用,则表明了现代文学批评的跨学科趋势。而李长之的文学批评也较多受到弗洛伊德文艺观点的影响,十分关注作家主体的精神世界,而且将人格与创作风格互相阐释。如弗洛伊德认为,艺术家与其他人比起来,应该具有内倾的性格,敏感、多疑,和精神病患者有着相似的之处。他说:"事实上,有一条从幻想回到现实的道路,那就是艺术。艺术家也具有内倾的性格,与成为一个精神病患者相距并不太远……因此,像任何其他愿望没有得到满足的人一样,他从现实转开,并把他的全部兴趣,全部本能冲动转到他所希望的幻想生活的创造中去……一个真正的艺术家,懂得怎样将自己的白日梦加以苦心经营,从而使之失望的那种刺人耳朵的个人的音调,而变得对旁人来说也是可供欣赏

---

① 朱光潜:《诗论》,《朱光潜全集》第3卷,第52页。

的。"①而人们从李长之还在学生时代所写的专著《鲁迅批判》中不难看出很多地方都有弗洛伊德精神分析的痕迹。如他在《鲁迅批判》中详细探究了鲁迅精神世界的特点,认为鲁迅在性格上是内倾的。他说:"鲁迅在性格上是内倾的,他不善于如通常人之处理生活。他宁愿孤独,而不欢喜'群'。""他的锐感,他的深文周纳,他的寂寞的悲哀,他的忧郁和把事情看得过坏,以及他的脆弱,多疑,在在都见他情感上是有些过了,所以我认为这都是病态的。"②这当然只是李长之的一家之言,不过在李长之看来,鲁迅这种病态、多疑和内倾的性格对他的创作造成了重要影响,成就了他的伟大。如他认为鲁迅擅长农村题材而不擅长都市生活的原因就在于他的性格和气质上的特点,这显然触及了文学创作中的某些深层次问题,而解释这些现象,靠社会学、历史学等批评方法则鞭长莫及,精神分析在这方面却显示了它的长处和合理性。精神分析学派还特别重视对作品中的某些典型人物进行精神分析,或是通过对艺术家、作家的神经官能症的假设去解释作品及其中的人物,或是反过来通过作品中的人物去分析作家主体的心理。李长之在《鲁迅批判》中对此有成功的运用,如在对《阿Q正传》和《伤逝》的分析中都能见到这种痕迹。《阿Q正传》问世以来,许多研究者已从不同的侧面挖掘过其深刻、丰富的内涵,但像李长之这样能从作品与作者主体性互相映照的视角去研究,在当时并无二人。后来李长之的《道教徒的诗人李白及其痛苦》《司马迁之人格与风格》对此方法也都有着成功的运用,给人耳目一新的感觉。

方法是主体和客体的契合。人们在选择批评方法时并不是随心所欲地选择,而是要受到诸如知识阅历、人生经验、学术背景等因素的制约,烙上批评主体鲜明的痕迹。京派批评家和文艺理论家普遍所持有的现代批评方法正是中国现代批评走向开放、成熟的标志之一。

---

① [奥]弗洛伊德:《精神分析引论》,引自陈鸣树:《文艺学方法论》,第97页。
② 李长之:《鲁迅批判》,第139、150、157页。

三

京派批评家所处的时代,恰逢中国社会的现代转型,现代生活正以全新的面貌刺激着人们的神经和认知。诞生在这样环境中的现代主义文学自然具有了全新的文学形式和美学元素,与以前的文学有了很大的变化和不同。因此如何正确看待、评价这些作家的具体文学实践,也是判断其是否具有审美现代性的标准之一。

京派批评家并不是埋首书斋的学究,他们对当时文坛的状况十分关注,对现代主义倾向的作家都有不同程度的评论,如李健吾、废名、朱光潜、叶公超、梁宗岱等人的批评都涉及此类,他们的批评在一定程度上促进了这些作家、作品的健康发展。李健吾的文学批评视野极其开阔,他是全身心地把主要精力放在文学批评上,把文学批评当作人格的升华和创作的一部分。而他对当时的现代主义文学发表过不少评论,提出过许多有价值的意见。20世纪30年代,以卞之琳、何其芳、李广田、林庚、金克木、戴望舒等为代表的一群诗人,他们在创作上突破了李金发等对法国前期象征主义诗人的模仿,而是把目光放大到瓦雷里、古尔蒙、耶麦、艾吕雅、艾略特甚至19世纪末和20世纪初叶的西班牙现代派身上。他们在创作上多半追求繁复的意象、"纯粹的诗"和朦胧的美。这和中国传统的审美心理形成了巨大的反差,因此许多人指责、抱怨它们晦涩、难懂。对于出现的这种现象,李健吾并不是消极地回避和排斥,而是尽可能把它们纳入现代性语境中去分析和阐释,他也在对这些作家作品的分析中形成了一套自己独有的现代解诗学的方法。如他对卞之琳诗歌的解读就很有新意,认为以卞之琳为代表的诗人为新诗开辟了新的境界。李健吾特别对现代主义诗歌的"晦涩"问题谈了自己的看法:"晦涩是相对的,这个人以为晦涩的,另一个人也许以为美好。"①因此对于卞之琳特别晦涩的诗作如《圆宝

---

① 李健吾:《咀华集·答鱼目集作者》,《李健吾文学评论选》,第108页。

盒》《断章》《海愁》《新秋》等，李健吾也尽量从象征主义的美学范畴来理解，为这些诗作进行辩护："我的解释并不妨害我首肯作者的自白。作者的自白也绝不妨害我的解释。与其看做冲突，不如说做有相成之美。"①对于现代主义的小说、散文等文学体裁，李健吾也总是站在世界现代性审美的浪潮中做出自己的判断，很少人云亦云，如他对林徽因小说《九十九度中》的评论就很为人们称道。很多人对于这篇小说不理解，显然其蕴含的现代审美因素已经超出了人们惯常的思维和观念，只有那些最具有敏锐现代审美触角的批评家方能看出它的价值。李健吾就是这样的批评家，他为这篇奇异的小说作了辩护，而这样的辩护就是从现代性的角度来进行的。废名是中国现代作家中的一个异数，也是曾经受到很大争议的作家，沈从文曾经批评废名作品中所谓不健康的文体，把其视为病态的、失败的文学。可以看出，沈从文这样的评论事实上是他固执于传统批评模式的结果。李健吾对废名的看法却和沈从文有着很大的不同，虽然他没有把废名作为独立的作家专门论述过，但他在许多批评文章中都谈到废名。尽管李健吾也没有完全认同废名的小说，但他的评论更多了一分宽容，也大都从现代性的角度入手，尽量发现作家的独特之处，同情作家的艺术创造。他说："无论如何，一般人视为隐晦的，有时正相反，却是少数人的星光。""如若风格可以永生，废名先生的文笔将是后学者一种有趣的探险。""他从观念出发，每一个观念凝成一个结晶的句子。"②此外，李健吾在对何其芳、李广田等人的散文评价中也都没有固执地沿用传统的批评模式，而是着力发掘它们蕴含的现代价值和艺术的创造性，彰显了其批评对现代性精神的追寻。

朱光潜虽然是以研究西方美学和文艺理论而著称，但他同样密切关注着20世纪二三十年代的中国文坛，对戴望舒、废名等现代主义的作品都有过十分中肯的评价。戴望舒是20世纪30年代现代派诗歌的代表人物，其诗作和

---

① 李健吾：《咀华集·答鱼目集作者》，《李健吾文学评论选》，第110页。
② 李健吾：《咀华集·画梦录》，《李健吾文学评论选》，第122页。

法国象征主义文学有紧密关系,因此要想准确理解戴望舒的诗作,就必须对象征主义的内涵以及其对戴望舒的影响进行一番梳理。朱光潜对于象征主义并不陌生,他的一些著作曾经对这种全新的文学思潮和创作方法做过描述:"有一派诗人,像英国的斯温伯恩与法国的象征派,想把声音抬到主要的地位……一部分象征诗人有'着色的听觉'(colour-hearing)一种心理变态,听到声音,就见到颜色。他们根据这种现象发挥为'感通说'(correspondance,参看波德莱尔用这个字为题的十四行诗),以为自然界现象如声色嗅味触觉等所接触的在表面上虽似各不相谋,其实是遥相呼应、可相感通的,是互相象征的。"①朱光潜敏锐地发现戴望舒的诗歌和象征派诗歌的内在关联,诸如侧重内心自我表现、偏重通感、象征等手法:"戴望舒先生最擅长的是抒情诗,像一切抒情诗的作者,他的世界中心常是他自己……在感觉方面他偏重视觉……在情感方面他集中于'桃色的队伍'……在想象方面他欢喜搬弄记忆和驰骋幻想……一般诗人以至于普通诗人所眷恋的许多其他方面的人生世相似乎和戴望舒先生都漠不相关。"②对于废名非常晦涩的小说《桥》,朱光潜也看到了它的现代气息:"像普鲁斯特与吴尔夫诸人的作品一样,《桥》撇开浮面动作的平铺直叙而着重内心生活的揭露。"③对于废名那些极为晦涩的诗歌,朱光潜也为它辩护道:"无疑地,废名所走的是一条窄路,但是每人都各走各的窄路,结果必有许多新奇的发见。"④朱光潜虽然评论现代主义的作家作品数量不多,但由于其美学家的气质,这些文章大多高屋建瓴,理论分析的成分较多。

废名主要以小说家而出名,其诗人的身份和成就在近年来的研究中也开始受到人们的重视,但是废名作为批评家的角色却很少有人注意到,因此对他这方面的成就也就没有得到公正的评价。其实,废名早年在北京大学任教时

---

① 朱光潜:《诗论》,《朱光潜全集》第 3 卷,第 123 页。
② 朱光潜:《望舒诗稿》,原载 1937 年《文学杂志》第 1 卷第 1 期。
③ 朱光潜:《桥》,原载 1937 年《文学杂志》第 1 卷第 3 期。
④ 朱光潜:《编辑后记》(二),原载 1937 年《文学杂志》第 1 卷第 2 期。

就是讲授中国新诗,除了对新诗的不少理论问题发表看法外,他对当时活跃在中国诗坛的不少诗人都有评论,1944 年他在北平新民印书馆出版了《谈新诗》。1946 年废名重回北平后又陆续写作了《十年诗草》《林庚同朱英诞的新诗》《十四行集》《〈妆台〉及其他》等文章,这里面就涉及不少现代派色彩很强的诗人如卞之琳、冯至、朱英诞、林庚,也包括废名自己。废名对卞之琳的诗作很是欣赏,对他的不少名作都有较为详尽的解读,他这样评价卞之琳的诗:"卞之琳的新诗好比是古风,他的格调最新,他的风趣却是最古了,大凡'古'便解释不出。""卞之琳的诗又是观念跳得厉害,无题诗又真是悲哀得很美丽得很。""卞之琳跳动的诗而能文从字顺,跳动的思想而诗有普遍性,真是最好的诗了。"①他评论卞之琳的诗作《航海》:"这一首《航海》我也很喜欢……他的幻想好像是思想家,不,他是诗人了。"他评论卞之琳的《雨同我》:"'明朝看天下雨今夜落几寸。'这个句子真是神乎其神。这个思想真是具体得很,是大家都可以看得见的几寸雨了,然而谁能有这样的一份美丽呢?……新诗还不是美丽的溢露,是一座雕像,是整个的庄严。"②废名不仅发现卞之琳诗作哲理和隐喻等特征外,还发现了其和中国古典诗作相通之处。林庚和朱英诞也是 20 世纪 30 年代崭露头角的诗人,不少诗作也有较浓的现代派气息,废名曾撰写专论进行评论。他认为林庚的诗最有特色的地方是它有一份"晚唐的美丽"。冯至是 20 世纪 20 年代中国诗坛杰出的抒情诗人之一,但到了 20 世纪 40 年代,他的诗作多了一种沉思和玄想的色彩,他这一时期创作的《十四行集》堪称中国现代主义诗歌的典范之作,是一面中国现代主义的旗帜。袁可嘉曾回忆说:"1942 年我在昆明西南联大新校舍垒泥为墙、铁皮护顶的教室里读到《十四行集》,心情振奋,仿佛目睹了一颗彗星的突现。"③冯至的《十四行

---

① 废名:《十年诗草》,废名、朱英诞:《新诗讲稿》,第 332、333 页。
② 废名:《十年诗草》,废名、朱英诞:《新诗讲稿》,第 339 页。
③ 袁可嘉:《"给我狭窄的心,一个大的宇宙"——〈冯至诗文选序〉》,见张新颖:《20 世纪上半期中国文学的现代意识》(修订版),复旦大学出版社 2009 年版,第 186 页。

集》出版后引起了废名的注意,他对其中的不少诗篇都有解读。如他评论《十四行集》"其一":"我很懂得这首诗的好处,其运用十四行体的好处是使得事情不呆板,一方面是整齐,而又实在不整齐,好像奇巧的图案一样,一新耳目了。同样的诗情,如果用中国式的排偶写法,一定单调不见精神。"他赞美《十四行集》"其二":"这首诗的感情真是深厚得很,超逸得很。这首诗的技巧也极佳,我顶喜欢一至五行的句法有趣,接着五行的比兴也真是无以复加了。"①当然,废名出于自己对新诗观念的理解,也认为冯至的部分十四行诗也存在某种不足,如他说:"我们可以用十四行体写新诗,但最好的新诗或者无须乎十四行体。冯至我深知他是一个诗人,但他诗的力量不够,'智譬则巧也,圣譬则力也',因为力不够故求助于巧。新诗本不必致力于新式,新诗自然会有新式的。"②废名的这种观点未必很准确,但至少表明他的审美思维里有着现代性的敏感和直觉,能够对现代性的话题做出呼应。

吉登斯在其《现代性之后果》中曾经谈到,现代性所导致的变迁的绝对速度,其激烈程度是以前的变迁无可比拟的。对于 20 世纪二三十年代的文坛而言,这种现代性变迁造成的影响同样巨大,作为能够敏锐感受世界现代审美思潮的批评家,朱光潜、梁宗岱、李健吾、叶公超、废名等在他们的艺术思维中大胆赋予了现代性的审美意识,从而使其批评世界呈现出包容、开放的气魄,为中国文学批评的现代性转换做出了扎实的理论贡献。

---

① 废名:《十年诗草》,废名、朱英诞:《新诗讲稿》,第 362、366 页。
② 废名:《十年诗草》,废名、朱英诞:《新诗讲稿》,第 360 页。

第五章　城　与　人

第一节　京派文人的现代城市体验

在人类文明的历史进程中,城市所产生的巨大作用是毋庸置疑的,直接促成了人类由野蛮向文明的过渡。美国城市社会学家芒福德认为,城市形成的原动力是由于权力在世间和空间上的相对集中。城市通过在世间和空间上扩大人类联系的范围,在有限的地区迭加多种社会功能,为社会协作、交往、交流、控制提供了良好的基础,从而具有凝聚、加工、整合文化的功能。"在这里,人类的各族代表第一次在中立的场所面对面地相会。大都市错综复杂,它的文化包罗万象,这体现了整个世界的复杂性和多样化。世界上一些大的首都不知不觉地为人类准备着更广泛的联系和统一,现代对时间和空间的征服使这种联系和统一成为可能"①。城市的出现是人类生存方式的一场革命,也是人类文明的象征,正如恩格斯当年评价巴黎的那样:"在这个城市里,欧洲的文明达到了登峰造极的地步,在这里汇集了整个欧洲历史的神经纤维,每隔一定的时间,从这里发出震动全世界的电击。这个城市的居民和任何地方的人民不同,他们把追求享乐的热情同从事历史行动的热情结合起来了……这

---

① [美]刘易斯·芒福德:《城市发展史:起源、演变和前景》,宋俊岭等译,第573页。

个城市就像路易·勃朗所说的那样,它真的是世界的心脏和头脑。"①在世界历史上,巴黎、伦敦、纽约、罗马、东京等大城市起到的作用已为世人所公认。

一

在中国近现代社会的转型过程中,城市的兴起促进了大批知识分子由乡村到城市的集中,也完成了传统文人向社会知识人的转变。而知识分子不仅获得了前所未有的独立,还由此获得了更大的政治空间和文化空间,从此他们的命运和城市就紧密联系在了一起。比如晚清末年,大批知识分子涌入上海,进而在晚清和民初的政治生活中产生了重大的影响。而到了民国时期这一趋势更为明显,"在 1920—1930 年代的上海,上海的知识界与商界、青红帮联合,已经形成了一个有序的城市精英网络,知识分子的文化权力背后有经济和社会权力的支持"②。除了上海,天津、武汉、北京、南京、广州等城市也各自凭借自身的有利条件成为现代知识分子的聚集之地。较之于商业文明较为发达的上海,北京因为其长期的政治中心、文化中心地位同样容易获得知识分子的青睐,尤其是北京所蕴含的文化魅力更成为无形的精神浸染,深深烙印在知识分子的灵魂深处,它们对知识分子的吸引力更为明显,甚至成为精神的牵连。"如果说有哪一个城市,由于深厚的历史原因,本身拥有一种'精神品质',能施加无形然而重大的影响于居住、一度居住以至过往人们的,这就是北京。北京属于那种城市,它使人强烈地感受到它的文化吸引——正是那种浑然一体不能辨析不易描述的感受,那种只能以'情调'、'氛围'等等来作笼统描述的感受——从而全身心地体验到它无所不在的魅力"③。萧乾在文章中曾经描述过一位西方作家对民国时期北京的感情,他说:"著名英国作家哈罗德·艾克顿 30 年代在北大教过书,编译过《现代中国诗选》,还翻译过《醒世恒言》。1940 年他在

---

① 《马克思恩格斯全集》第 5 卷,人民出版社 1958 年版,第 550 页。
② 见许纪霖等:《近代中国知识分子的公共交往(1895—1949)》,第 27 页。
③ 赵园:《北京:城与人》,上海人民出版社 1991 年版,第 3 页。版本下同。

伦敦告诉我,离开北京后,他一直在交着北京寓所的房租。""使他迷恋的,不是某地某景,而是这座古城的整个气氛。"①20 世纪二三十年代大批知识分子聚集在北京,他们的个人生活、文学生命和学术生命从此和这个文化古城结下不解之缘,北京之于他们,不再是冰冷的文化符号,而成为鲜活的历史记忆。

在京派文人中,周作人是在北京生活时间最久的人之一。周作人是 1917 年由鲁迅向蔡元培推荐成功而赴北京担任北京大学教职的(周作人猜测是许寿裳),具体的时间是 1917 年 4 月 1 日达到北京。在来北京居住之前,周作人也曾经去过上海、南京乃至东京等大城市。对于当时中国最繁华的商业中心上海,周作人印象是比较糟糕的。他说自己一到上海:"所见到感到的只有那浑浊污黑的河水,烟雾昏沉的天空,和喧嚣杂乱的人声而已。"②"当时上海洋场上所特有的东西,第一是洋房和红头巡捕……其次多的便是'野鸡'。她们散居在各处衖堂里,但聚集最多的地方乃是四马路一带,而以青莲阁茶楼为总汇。"③由于是南方人,周作人刚到北京的时候并不是很适应,尤其是对于北京的茶食印象不佳。"平常吃茶一直不用茶壶,只在一只上大下小的茶盅内放一点茶叶,泡上开水,也没有盖,请客人吃的也只是这一种。饭托会馆长班代办,菜就叫长班的儿子随意去做,当然不会得好吃,客来的时候则到外边去叫了来。在胡同的口外有一家有名的饭馆,就是李越缦等有些名人都赏识过的广和居,有些拿手好菜,例如潘鱼、沙锅豆腐、三不粘等,我们大抵不叫,要的只是些炸丸子,酸辣汤"④。随着周作人在北京大学工作的安稳,他对北京的感情也发生着微妙的变化,北京的一切渐渐变得熟悉起来,其中感受颇深的就是北京作为政治中心的强大影响力。周作人感到北京就经历了中国现代史上的一次重大事件"张勋复辟"。周作人说:"当初在绍兴的时候,也曾遇见不少大

---

① 萧乾:《北京城杂忆》,人民日报出版社 1987 年版,第 44 页。版本下同。
② 周作人:《知堂回想录》上,第 90 页。
③ 周作人:《青莲阁》,《知堂回想录》上,第 93 页。
④ 周作人:《知堂回想录》下,第 358 页。

事件,如辛亥革命、洪宪帝制等,但因处在偏陬,'天高皇帝远',对于政治事件关心不够,所以似乎影响不很大,过后也就没有什么了。但是在北京情形就很不同,无论大小事情,都是在眼前演出,看得较近较真,影响也就要深远得多,所以复辟一案虽然时间不长,实际的害处也不及帝制的大,可是给人的刺激却大得多,这便是我在北京亲身经历的结果了。"①其后周作人又亲身经历了五四运动、女师大风潮、"三一八"惨案、卢沟桥事变等一系列的政治事件,也无一例外地卷入其中,最终成为被时代风暴碾压的悲剧人物。同时,周作人又依托于北京得天独厚的文化和教育资源,成为北京大学、燕京大学等校的教授,在其身边逐渐聚集起了废名、冯至、俞平伯、沈启无、徐祖正等一批青年弟子。可以说,周作人置身北京这座城市,利用城市所提供的学校、社团、媒介等传统社会所没有的空间,最大限度地展现出现代知识分子参与政治和学术的情怀。

在一地住的时间久远了,精神上难免会发生变化,而随着周作人在北京生活的安稳和久远,他对北京的好感也与日俱增,甚至把它作为自己的第二故乡。他说:"不佞住在北平已有二十个年头了。其间曾经回绍兴三次,往日本去三次,时间不过一两个月……因此北平于我的确可以算是第二故乡,与我很有些情分,虽然此外还有绍兴、南京,以及日本东京,我也住过颇久……归根结蒂在现今说来还是北平与我最有关系,从前我曾自称京兆人,盖非无故也,不过这已是十年前的事了,现在不但不是国都,而且还变了边塞,但是我们也能爱边塞,所以对于北京仍是喜欢。"周作人还概括出北京的几大优点:第一,气候好:"据人家说,北平的天色特别蓝,太阳特别猛,月亮特别亮。""第二,北平的人情也好,至少总可以说是大方。大方,这是很不容易的,因为这里边包含着宽容与自由。""总而言之,我对于北平大体上是很喜欢的,他的气候和人情比别处要好些,宜于居住,虽然也有缺点。"②周作人有几篇散文详尽写出了故

① 周作人:《复辟前后(二)》,《知堂回想录》下,第371页。
② 周作人:《北平的好坏》,原载1936年12月宇宙风社《北平一顾》,见姜德明编:《北京乎:现代作家笔下的北京》上册,第15—20页。

都北京的风土人情和自己的城市体验。他的《北京的茶食》一文写出了自己对日常精致生活的欣赏和追求以及对北京美食的失望："即以茶食而论,就不曾知道什么特殊的有滋味的东西……这也未必全是为贪口腹之欲,总觉得住在古老的京城里吃不到包含历史的精练的或颓废的点心是一个很大的缺陷。"① 周作人痛感 20 世纪中国很多东西因为粗恶的模仿而失去了生命,因而呼唤人们能以闲适的心态来尽情享受生活的乐趣："我们看夕阳,看秋河,看花,听雨,闻香,喝不求解渴的酒,吃不求饱的点心,都是生活上必要的——虽然是无用的装点,而且是愈精练愈好。"② 周作人把生活的趣味和文化的精神融合在了一起,不用说充满了传统士大夫的情趣。在《北京的春天》中,周作人慨叹北京的春天来去匆匆,缺少水的温润,和南方的体验大不相同。"我住在北京和北平已将二十年,不可谓不久矣,对于春游却并无什么经验。妙峰山虽热闹,尚无暇瞻仰,清明郊游只有野哭可听耳。北平缺少水气,使春光减了成色,而气候变化稍剧,春天似不曾独立存在"。"所以北平到底还是有它的春天,不过太慌张一点了,又欠腴润一点,叫人有时来不及尝它的味儿,有时尝了觉得稍枯燥了,虽然名字还叫作春天"。因为北京是一座内陆城市,缺水,而在周作人看来,这就等于城市缺少了某种灵秀之气,总让人遗憾。不过周作人对于北京的冬天倒是喜欢,因为这里没有南方冬天的酷寒,"我倒还是爱北平的冬天……在屋里不苦寒,冬天便有一种好处,可以让人家做事,手不僵冻,不必炙砚呵笔,于我们写文章的人大有利益"。③ 周作人漫长的一生中,在北京的生活、工作的时间几乎占了一半,这里不折不扣成为他的第二故乡,其描写故都北京的文字不仅写出自己真实的生命体验,艺术上也尽显风格上淡远、丰润的独特之处。

---

① 周作人:《北京的茶食》,《雨天的书》,第 26 页。
② 周作人:《北京的茶食》,《雨天的书》,第 27 页。
③ 周作人:《北平的春天》,原载 1936 年 12 月宇宙风社《北平一顾》,见姜德明编:《北京乎:现代作家笔下的北京》上册,第 11—14 页。

二

俞平伯一生和城市的结缘也很深。他 1900 年出生于苏州,1911 年随全家由苏州到上海,后又回到苏州读中学,1915 年考入北京大学文科国文门,从此开始了在古都北京的求学和工作。学习工作之余,俞平伯酷爱美食和旅游,在很多城市都留下了足迹,并用文字记录下自己的感受。如他和朱自清早年同游南京秦淮河就留下了《桨声灯影里的秦淮河》这篇美文。文章铺陈出这座历史名城的盛景,散发着浓郁的金粉气,实际上映衬的是自己的迷惘和孤寂。相比较而言,因为在故都北京工作、居住的时间更长,俞平伯对于北京的感情更深一些,他明确地把北京称为自己的第二故乡。俞平伯刚到清华任教,就写了始来清华园的诗《赋得早春》:

> 骀荡风回枯树林,疏烟微日隔遥岑。
>
> 慕怀欲与沉沉下,知负春前烂缦心。

稍后俞平伯又写了《清华早春》:

> 余寒疏雪杏花丛,三月燕郊尚有风。
>
> 随意明眸芳草绿,春痕一点小桥东。

从中不难看出俞平伯到清华时的愉悦心情。此外,俞平伯这一时期还写作了不少描写北京的古体诗词,抒发自己内心对故都风物的感受,如《郊原春望》《清华园春雪》《燕山春暮梦中》《偕游香山归题环画枫叶》《什刹后海观荷二律句》《京师看花》《齐化门城楼》《京师旧游杂记三首》《陶然亭杂咏》《陶然亭文昌阁求签诗纪事》等。俞平伯的《什刹后海观荷二律句》写什刹海的美景:

> 野塘十顷几荷田,一水含清出玉泉。
>
> 菱蒂无端牵旧恨,萍根难植况今年。
>
> 红妆飘粉谁怜藕,翠袖分珠不是圆。
>
> 莫怯荒闉归去早,西山娟碧晚来鲜。

对俞平伯来说,故都北京有赏不完的美景,有取之不尽的学术资源,有雍容、浓郁的文化情怀,有志趣相投的知己和朋友,因而俞平伯对这座城市有着很深的依恋。俞平伯在晚年还对故都北京的饮食艳羡不已,他说:"北京酒肆中有杨柳楼台的是会贤堂。其地在什刹前海的北岸。什刹海垂杨最盛,更有荷花。会贤堂乃山东馆子,是个大饭庄,房舍甚多,可办喜庆宴会,平时约友酒叙,菜亦至佳。"他还特别提到广和居著名的"南烹江腐又潘鱼"这道菜:"'江豆腐'传自江韵涛太守,用碎豆腐,八宝制法。潘鱼,传自潘耀如编修,福建人,以香菇、虾米、笋干作汤川鱼,其味清美。又有吴鱼片汤传自吴慎生中书,亦佳。"①俞平伯二三十年代在清华任教时住清华南院7号,他把自己所住的东屋取名秋荔亭,为此还写作了一篇《秋荔亭记》,记叙了自己怡然自得的心情:"若秋荔亭,则清华园南院之舍……其南有窗者一室,秋荔亭也……若侵晨即寤,初阳徐透玻璃,尚如玫瑰,而粉墙清浅,雨过天青,觉飞霞梳裹,犹多尘凡想耳。薜荔曲环亭,春绕活意,红新绿嫩;盛夏当窗而暗,几席生寒碧;秋晚饱霜,萧萧飒飒,锦绣飘零,古艳至莫名其宝;冬最寥寂,略可负暄耳。四时皆可,而人道宜秋,聊以秋专荔,以荔颜亭。东窗下一长案,嫁时物也,今十余年矣。"②当然,俞平伯描写故都北京最精妙的文章还是《陶然亭的雪》。陶然亭是北京名闻遐迩的一处景点,有数百年的历史,曾经是文人墨客必到之处,留下了不少文字。俞平伯的《陶然亭的雪》以回忆的口吻续写了自己当年游陶然亭的经过和感怀,可以发现作者和北京有着无形的精神牵连。作者说:"我虽生长于江南,而自曾北去以后,对于第二故乡的北京也真不能无所恋恋了。尤其是在那样一个冬晚,有银花纸糊裱的顶棚和新衣裳一样絑緂的纸窗,一半已烬一半还红着,可以照人须眉的泥炉火,还有墙外边三两声的担子吆喝。"俞平伯长期在北京生活和任教,与北京有着深厚的感情,虽然他写这篇的时候人并不在北京,但陶然亭作为传统文人审美的观照物早已融入他的情感世界,

---

① 俞平伯:《略谈杭州北京的饮食》,《俞平伯全集》第2卷,苑山文艺出版社1997年版,第802页。

② 俞平伯:《秋荔亭记》,《俞平伯全集》第2卷,苑山文艺出版社1997年版,第429、430页。

因而文章抒发出对人文景观和大自然的痴迷、陶醉,流露出较强的传统士大夫心理:"我们下了车,踏着雪,穿粉房琉璃街而南,眩眼的雪光愈白,栉比的人家渐寥落了。不久就远远望见清旷莹明的原野,这正是在城圈里耽腻了的我们所期待的。"虽然呈现在作者眼前的陶然亭并不如想象的那样富有诗情画意,"而今竟只见拙钝的几间老屋,为城圈之中所习见而不一见的,则已往的名流觞咏,想起来真不免黯然寡色了"。然而作者仍然为陶然亭清幽的环境所吸引:"书声正琅琅然呢。我们寻诗的闲趣被窥人的热念给岔开了。从回廊下踅过去,两明一暗的三间屋,玻璃窗上帷子亦未下。天色其时尚未近黄昏,惟云天密吻,酿雪意的浓酣,阡陌明胸,积雪痕的寒皎,似乎全与迟暮合缘;催着黄昏快些来罢。"①俞平伯是一个本分的书生,对于城市中的政治空间较少参与,但是对于文学空间的很多活动却很热心,诸如参加文学和文艺社团等,如他亲自参与发起组织的"谷音社"影响较大。他以大学为交际平台,和周作人、废名、陈寅恪、朱自清等都建立了密切的个人关系。

三

　　沈从文出生于湘西的偏僻之乡,1922 年来到北京。在这之前他对于现代都市没有任何经验可言,因此他一再声称自己是一个"乡下人"。他的经历和中国很多来自中国传统家庭的知识分子一样,在中国近现代社会剧烈的转型之中从乡村和小镇向大城市流动,以寻找人生的出路和价值。1922 年沈从文辗转多地后终于来到北京,"从湖南到汉口,从汉口到郑州,从郑州转徐州,从徐州又转天津,十九天后,提了一卷行李,出了北京前门的车站,呆头呆脑在车站前面广坪中站了一会……很可笑的让这运货排车把我拖进了北京西河沿一家小客店,在旅客簿上写下——'沈从文年二十岁学生湖南凤凰县人'便开始进到一个使我永远无从毕业的学校,来学那课永远学不尽的人生了"②。虽然

---

① 俞平伯:《陶然亭的雪》,《俞平伯全集》第 2 卷,第 30—35 页。
② 沈从文:《从文自传》,《沈从文全集》第 13 卷,第 365 页

北京对于这个湘西人有些陌生,但沈从文很快就适应了城市的生活,旁听功课、投稿、结交朋友、到香山游玩。北京给沈从文的第一印象就是它的厚重的历史、文化气息和商业的繁华。沈从文回忆说:"我是在 1922 年夏天到达北京的。照当时习惯,初来北京升学或找出路,一般多暂住在会馆中……出门向西走十五分钟,就可到达中国古代文化集中地之一,在世界上十分著名的琉璃厂。那里除了两条十字形街,两旁有几十家大小古董店,小胡同里还有更多不标店名,分门别类包罗万象的古董店,完全是一个中国文化博物馆的模样。""向东走约二十分钟,即可到前门大街,当时北京的繁华闹市,一切还保留明清六百年市容规模。"[1]沈从文刚到北京的几年间,对于北京的好感日益增多,甚至在这里发现了和自己家乡的关联。沈从文一度搬到北京郊外香山幼慈院工作,做一名图书管理员。这里的一切对于他不再陌生,不再冷漠,而是充满了诗情画意:"西山一切,小麻雀的声音,青绿色的天空,山谷中的溪流,晚风,牵牛花附着的露珠,萤火,群星,白云,山泉的水,红玫瑰都让我想起了梦中的美人。"[2]这里梦中的美人实际上是自己的家乡凤凰,可见沈从文对北京已经有了较深的感情。虽然沈从文这一时期在北京刚刚处于人生的起步阶段,但这座城市仍然为他日后的成功奠定了基础。在这里他的作品开始陆续在一些刊物发表,文学才能初步得到世人承认,还结交了陈翔鹤、胡也频、徐志摩、丁玲等一批挚友。到了 20 世纪 30 年代,沈从文再次回到故都北京时,这座城市为他对政治空间、媒介空间和文学空间的介入都提供了更为广阔的空间,成为京派阵营的活跃人物。1933 年,沈从文从青岛来北京,担任著名报纸《大公报》文艺副刊的主编工作,他立志把这份刊物打造成一份在国民最有影响的刊物。他在致沈云麓的信中说:"《大公报》弟编之副刊已印出,此刊物每星期两次,皆知名人士及大教授执笔,故将来希望殊大,若能支持一年,此刊物或将

① 沈从文:《二十年代的中国新文学》,《沈从文全集》第 12 卷,第 375 页。
② 《沈从文文集》第 10 卷,花城出版社 1984 年版,第 85 页。

大影响北方文学空气,亦意中事也。"①在担任《大公报》文艺副刊主编期间,沈从文发表了《文学者的态度》《论"海派"》《关于"海派"》等文章,对海派作家进行严厉的批评,进而引发"京派"和"海派"的论争。沈从文还利用《大公报》的资源参与组织文学的沙龙活动,经常在中山公园的来今雨轩举行茶会,聚集了一大批有才华的青年人。而且沈从文在北平的这一时期和胡适等建立了密切的关系,积极主动介入一些政治事件,如他针对丁玲被绑架的事件连续发表了《丁玲女士被捕》《丁玲女士失踪》等文章,抨击国民党的专制、独裁,呼吁保障作家的人身权利和创作自由,在社会上产生了较大的反响。城市社会便捷、迅速、发达的传播渠道和便利条件为沈从文这样的作家积极参与公共生活提供了最大的保障。相对于故都北京,上海对沈从文而言则完全是一个冷漠、商业化的城市,用他自己的话来说这个地方充满了无聊和生命的浪费。沈从文 1928 年来到上海这个中国现代最大的都市,虽然在这里生活了好几年,但他对上海的都市气息始终是排斥的,认为商业化的存在无论对于作家还是整个文坛来讲都是消极的。他在谈到上海的刊物时就批评一些刊物的游戏和追逐金钱的倾向:"至于《论语》,编者的努力,似乎只在给读者以幽默,作者存心扮小丑,随事打趣,读者却用游戏心情去看它。它目的在给人幽默,相去一间就是恶趣。""上海最多的是画报……这种刊物在物质上即或成功,在精神上却失败了。因为它的存在,除了给人趣味以外别无所有。"②沈从文认为,上海的现代都市气息直接酿成了刊物商业化的特点以及读者的低级趣味。在另一篇《上海作家》的文章中,他也激烈地批评一些久居上海的作家沾染了"礼拜六派"的风气,以游戏的态度对待文学创作:"一个旧'礼拜六派'没落了以后,一个新'礼拜六派'接替而兴起……大家聚集到租界上成一特殊阶级,全只是陶情怡性,写点文章,为国内腹地一切青年,制造出一种浓厚的海上趣味。"③

---

① 沈从文:《致沈云麓》,《沈从文全集》第 18 卷,第 187 页。
② 沈从文:《谈谈上海的刊物》,《沈从文全集》第 17 卷,第 90 页。
③ 沈从文:《上海作家》,《沈从文全集》第 17 卷,第 43 页

沈从文对于故都北京和上海这两个城市的体验是完全相反的。

四

与大多数从外地来到北京工作、学习的京派作家不同,萧乾是一个地地道道的北京人。

萧乾 1910 年出生在北京,自幼在北京长大,他对于北京的风土人情是再熟悉不过的,他说自己从出生一直到 18 岁几乎就没有离开过这座城市,堪称土生土长的北京人。萧乾回忆:"除了学校,我小时还上过另外一种课堂,那就是庙会。初一十五是东岳庙,七、八护国寺,逢九逢十隆福寺,以及天桥、鼓楼后身,都是举行庙会的场所,也就是我的课堂。那真是个五花八门、美不胜收的地方。走进庙门就像进入了童话世界。这里有三尺长的大风筝——沙雁或是龙睛鱼,有串成朝珠一般可以挂在脖子上的山里红;有香甜可口的'驴打滚',也有一个大子儿一碗的豆汁……还有算灵卦的,捏面人儿的……但是最吸引我的,还是蓝布篷底下围满一圈人的那些说书唱曲的。"①此外,北京的戏院、教堂等萧乾也都留下较深的印象。20 世纪 20 年代,萧乾在北新书局做实习生,而书局的出现正是知识的传播和消费方式之一,是知识人除了学校之外最大的公共网络。萧乾借助北京的北新书局初步对北京的文化氛围有了直观的感受,既接触到许多新文学作家,也接触到很多文学作品。"北新书局那时在翠花胡同路北一个院子里……如果把当时每天进出翠花胡同的文学界人物开列出来,也许会占那个时期半部文学史……经常来的有大嗓门、连续喷着香烟的刘半农;细长身材、总穿着府绸大褂的章衣萍;最早写爱情小说《兰生弟日记》的徐祖正,《性史》的作者张竞生和哲理小说家冯文炳;还有江绍原、钱玄同……""北新的门市部柜台上陈列的书籍也是五花八门的……北新可以说是我的又一个课堂。在这里,我接触到五四运动后出现的各种思潮,也浅尝

① 《萧乾回忆录》,第19页。

了一些文艺作品。"①稍后一些时间萧乾又先后进入辅仁大学和燕京大学学习,而这些经历对于萧乾进入知识人社会起到了重要作用。现代学校是知识人社会的中心,"大约在 1930 年代,以国立大学和教会大学为中心,中国社会之中渐渐形成了一个半封闭的学术贵族阶层,他们大都出身于文化世家,在海内外接受过良好的新式教育……这一新式知识贵族不必像过去那样依赖家族门阀或王朝官学,他们有了大学这一独立的生存空间和文化空间,在这块与世隔绝的象牙塔中,握有相当的自主权"②。萧乾在大学建立了更大的交际网络平台,认识了外国的包贵思、斯诺,也认识了沈从文、巴金、林徽因、杨振声等文化界名人。在他们的影响下,萧乾树立了文学创作的人生目标:"一有空闲,我就跑到未名湖畔的石船上,对着水塔和花神庙的倒影发呆。如有所得就把它誊在稿纸上。倘若自己读上一遍还觉可喜,天即使已擦黑,必也蹬上我那辆破车,沿着遍地荒冢的小道,赶到达子营沈家。"③北京都市空间的学校、沙龙、大众媒介等为萧乾的文学活动奠定了良好的基础。萧乾的小说《蚕》发表后引起了林徽因的注意,被沈从文引领到林徽因"太太的客厅",从此结识了更多的朋友。他通过认识巴金又认识了卞之琳、何其芳、郑振铎等一批作家,和《水星》《文学季刊》建立了联系。他认识斯诺等人后,思想上也开始了新的变化:"当时斯诺和佩格住在海甸军机处八号一所舒适的中国式平房里,那里很快就成为我们真正的课室,成为我们呼吸一点新鲜空气的窗口了。在他家,我们经常看到一些国外的新书,听到一些新的事物和观点,有时还见到有意思的客人。"④而萧乾后来进入《大公报》这家著名媒体后,更是把知识人的文化权力发挥得淋漓尽致。他一方面着手改造《大公报》的一个娱乐性刊物《小公园》,使其成为严肃的副刊;另外一方面主编《大公报》文艺副刊,经常在中山

① 《萧乾回忆录》,第 29 页。
② 见许纪霖主编:《近代中国知识分子的公共交往:1895—1949》,第 14—15 页。
③ 萧乾:《鱼饵·论坛·阵地》,《萧乾选集》第 3 卷,第 409 页。
④ 萧乾:《斯诺与中国新文艺运动》,《萧乾选集》第 3 卷,第 461 页。

公园的来今雨轩组织茶会,聚集一大批青年作家,同时又通过书评等方式组织对新文学作品的讨论,在当时产生了很大的影响力。而萧乾亲自策划的"大公报文艺奖金"事件更是轰动一时的文学公共性事件,在现代文学史上留下浓重的一笔,成为媒介和学院合作成功的典范。虽然萧乾后来离开故都北京去了上海、伦敦等城市,但他骨子里对北京仍然感情最深,直到晚年还写了《北京城杂忆》《一个北京人的呼吁》等文章,写出了他对故都那份难以忘怀的依恋,也向世人呼吁建立一座"北京市的博物馆"。他写北京人语言的优雅、礼貌:"就拿'文明语言'来说吧,本来世界上哪国也比不上咱北京人讲话文明。往日谁给帮点儿忙,得说声'劳驾';送点儿礼,得说'费心';向人打听个道儿,先说'借光';叫人花了钱,说声'破费'。光这一个'谢'字儿,就有多么丰富、讲究。"他怀念故都北京的文化:"我最怀念的,当然是旧书摊了。隆福寺、琉璃厂,特别是年下的厂甸。我卖过书、买过书,也站着看过不少书。那是知识分子互通有无的场所。50年代,巴金一到北京,我常陪他逛东安市场旧书店。他家那七十几架书(可能大都进了北图)有很大一部分是那么买的呢。"他写故都城市的布局和街名:"世界上像北京设计得这么方方正正、匀匀称称的城市,还没见过。因为住惯了这样布局齐整得几乎像棋盘似的地方,一去外省,老是迷路转向。瞧,这儿以紫禁城(故宫)为中心,九门对称,前有天安,后有地安,东西便门就相当于足球场上踢角球的位置。北城有钟鼓二楼,四面是天地日月四坛。街道则东单西单、南北池子。全城街道就没几条斜的,所以少数几条全叫出名来了:樱桃斜街,李铁拐斜街,鼓楼旁边儿有个烟袋斜街。"他写北京的民俗:"新正欢乐的高峰,无疑是上元佳节——也叫灯节。从初十就热闹起,一直到十五。花灯可是真正的艺术品,有圆的、方的、八角的;有谁都买得起的各色纸灯笼,也有绢的、纱的和玻璃的。有富丽堂皇的宫灯,也有仿各种动物的羊灯、狮子灯;羊灯通身糊得细白穗子,脑袋还会摇撼。"[1]因此萧乾

---

① 萧乾:《北京城杂忆》,第16—43页。

认为光是用"吸引"形容北京是远远不够的,它能"迷上人"。在现代作家中,对于故都北京这样的情感也许只有老舍能和萧乾相提并论。

五

除了上述的几位作家,其他的一些京派文人如朱光潜、凌叔华、林徽因、废名、林庚、何其芳、李健吾、芦焚等也和故都北京有着较深的联系。凌叔华1904 年出生在北京城史家胡同 24 号院,自幼在这里生活和学习,度过了愉快的青少年时光,这里的一切都给她留下了难忘的印象,也成为日后她魂牵梦绕的地方。"我出生以前,我家就在北平住了许多年。自打爸当上直隶布政使,我家就搬进一所大宅院,说不清到底有多少个套院,多少间住房,我只记得独自溜出院子的小孩儿经常迷路"①。这虽然是凌叔华一部小说中的话,但完全可以看成作者的自述。凌叔华童年时代对北京的西山有着很深的印象:"在我记忆里,最早看到山的,该是北京的西山吧……有一次蹲下来采了一大把草,站起来时忽然看见了对面绵延不绝的西山。北方的山本是岩石多,树木少,所以轮廓显得十分峻峭潇洒。山腰缠着层层的乳白色的云雾,更把山衬托出来了。过了一会儿,太阳下山了,有些山头的岩石似乎镀了金一般,配着由青变紫、由绿变蓝的群山,此时都浸在霞光里,这高高低低的西山,忽然变成透明体,是一座紫晶屏风。"②当然,北京淳朴的民俗、典雅的建筑、热闹的街市、浓郁的文化气息也都让凌叔华心动不已。凌叔华后来写作的《古韵》其实就是一部自传体的作品,从中不难看出凌叔华对故都的感情。如作品中写北京风景:"眺望远处,紫禁城宫殿辉煌庄严的琉璃瓦在阳光下熠熠生辉,黄色的屋顶好像用金子铺成,绿色的屋顶恰似美丽的翡翠,蓝色的屋顶变成了苍穹。橙红色的城墙宛如一缕丝带把它们美妙地缀结在一起。"③写北京旧式婚礼:

---

① 凌叔华:《古韵》,傅光明译,天津人民出版社 2016 年版,第 19 页。版本下同。
② 凌叔华:《爱山庐梦影》,《凌叔华文集》,天津人民出版社 2016 年版,第 20 页。
③ 凌叔华:《古韵》,第 86 页。

"八位乐手每人拿一件不同的民族器乐:锣、鼓、钹、笛子、唢呐等……接新娘的队伍晚上才到家。花轿停在门口,佣人进来说新娘子到了,新郎出去迎接。新郎冲花轿鞠三个躬,掀开轿帘,恭敬地站在一旁。然后,两位伴娘扶新娘子出轿,她的脸被红丝盖头遮着。"①凌叔华20世纪20年代入燕京大学学习,得到周作人等的帮助,逐渐成为当时北京文化圈的活跃人物,她所在史家胡同24号院成为很多名人出入之地,还接待过来华访问的大诗人泰戈尔。凌叔华早年的作品不少发表在《晨报》《现代评论》等报刊,是北京成就了她的文学梦想。后来凌叔华四处漂泊,旅居海外多年,但在生命的最后一刻她回到了养育她的这块故土,安眠在它的怀抱,实现了叶落归根的愿望。朱光潜是20世纪30年代从海外回到北京任教的,一到北京立刻成为当时文化界受关注的人物,他一方面利用在北京创办的《文学杂志》宣传自由主义的文学观念,积极介入当时的文学中;另一方面也在自己的住所"慈慧殿三号"经常组织读诗会,就新诗发展的一些理论问题展开讨论,极大地促进了新诗的发展。朱光潜对于当时北京的环境是十分惬意的,他在自己的院子里种上了芍药、丝瓜、玉蜀黍,显得安静而清幽。他也写自己对北京的观感,对北京的古建筑赞叹不已:"北平的精华可以说全在天安门大街。它的宽大,整洁,辉煌,立刻就会使你觉得它象征一个古国古城的伟大雍容的气象。"朱光潜对于北京文化的厚重和内在的生命也充满敬意,有些地方看起来很不起眼,但时间久了对于人们却有着难以抵挡的诱惑:"到后门大街我很少回来。它虽然破烂,虽然没有半里路长,却有十几家古玩店,一家旧书店。这一点缀可以见出后门大街也曾经过一个繁华的时代。""别说后门大街平凡,它有的是生命和变化!只要你有好奇心,肯乱窜,在这不满半里路长的街上和附近,你准可以不断地发现新世界……后门大街,对于一个怕周旋而又不甘寂寞的人,你是多么亲切的一个朋友!"②即使像芦焚、废名等来自乡村的青年在北京学习、生活一段时间后感情

---

① 凌叔华:《古韵》,第174页。
② 朱光潜:《后门大街》,《朱光潜全集》第8卷,第454—458页。

也不自觉地产生了变化,对这座古城变得亲切。芦焚出生在中原地区,但他来到北京后发现,北京对于外地人也有着类似乡土的情感,让人亲近,和中国其他城市完全不同:"在我曾经住居过和偶然从那边经过的城市中,我想不出更有比北平容易遇见熟人的了。中国的一切城市,不管因它本身所处的地位关系,方在繁盛或业已衰落,你总能将它们归入两类:一种是它居民的老家;另一种——一个大旅馆。在这些城市中,人们为着办理事务,匆匆从各方面来,然后又匆匆的去,居民一代一代慢慢生息,没有人再去想念他们,他们也没有在别人心灵上留下不能忘记的深刻印象。但北京是个例外,凡在那里住过的人,不管他怎样厌倦了北京人同他们灰土很深的街道,不管他日后离开它多远,他总觉得他们中间有根细丝维系着,隔的时间愈久,它愈明显。"①废名则把北京比喻为自己的"情人":"我大约是一个北平的情人,这情人却是不结婚的,因此对于北平可说一点也不知道,也因此知道北平的可爱,北平人自己反不知……北平之于北方,大约如美人之有眸子,没有她,我们大家都召集不过来了。"②虽然京派作家中不少都是非北京籍贯,但他们在本能地厌恶现代都市的同时却都自觉或不自觉地拥抱了故都北京,甚至当作自己的第二故乡,这种现象很有趣,令人深思。

城市和人、城市和文学在现代社会中越来越有着难以割舍的关系,三者之间的互动也更为频繁、复杂。本雅明在谈到波德莱尔和巴黎的关系时说:"在波德莱尔那里,巴黎第一次成为抒情诗的题材。他的诗不是地方民谣;这位寓言诗人以异化了的人的目光凝视着巴黎城。这是游手好闲者的凝视。他的生活方式依然给大城市人们与日俱增的贫穷洒上一抹抚慰的光彩。"③而美国的Richard Lehan 在其所著的《文学中的城市》中也说:"城市和文学文本共有着不可分割的历史,因而,阅读城市也就成了另一种方式的文本阅读。这种阅读

①　师陀:《马兰小引》,《师陀全集》第3卷,第279页。
②　废名:《北平通信》,见姜德明编:《北京乎:现代作家笔下的北京》下册,第429页。
③　[德]本雅明:《发达资本主义时代的抒情诗人》,张旭东译,第189页。

还关系到理智的以及文化的历史:它既丰富了城市本身,也丰富了城市被文学想象所描述的方式。"①城市影响着社会关系,规模越大的城市,人与人之间的接触和交往的机会会明显地增加,"城市中人口的职业、兴趣和观点不同会摩擦产生智慧的火花,进而产生更为广泛的、自由的判断,以及倾向于迸发甚至是偏爱新思想、新行为和新观点等⋯⋯城市代表着一个最高的政治、智慧和产业活动的成就"②。20世纪二三十年代的京派文人并不完全是流浪在城市中的波希米亚人,这座城市以宽容和自由的气度接纳了他们,让他们在这座城市中充分享受城市的闲适和便利,并寻找到自己的价值所在。另一方面,京派文人也在观察城市,思考城市,描写城市,进而以主人的姿态而不是旁观者的身份创造出北京独一无二的城市文化。

第二节　京派文学中的都市想象

传统的城市文学研究大多从社会学、历史学的理论探讨文学对城市社会和文化形态的表现。这种研究固然有一定的价值,但总体而言无疑把城市和文学的复杂关系简单化了。因而美国学者 Richard Lehan 在《文学中的城市》一书中明确提出了"文学中的城市"这一概念,认为随着物质城市的发展,其文学形态也会相应地发生变化。"随着物质城市的发展,她被用文学措辞再描述的方式(特别是在小说方面)也得到了不断的演进:喜剧的以及罗曼蒂克的现实主义带我们穿越商业城市;自然主义和现代主义则带我们进入工业城市;后现代主义则带我们洞察后工业城市"③。城市不但是一种物理意义的空间和社会性呈现,也是文化和文学的载体,从文学中城市的命题出发将使文学

①　陈平原:《北京记忆与记忆北京》,第86页。版本下同。
②　[美]布赖恩·贝利:《比较城市化》,顾朝林等译,商务印书馆2010年版,第9页。版本下同。
③　陈平原:《北京记忆与记忆北京》,第86页。

的文本和城市的历史更紧密地结合。正因为如此,陈平原呼吁在进行都市研究时把历史记忆和文学想象融合起来:"把人的主观情感以及想象力带入都市研究,这个时候,城市才有了喜怒哀乐,才可能既古老又新鲜。另一方面,当我们努力用文字、用图像、用文化记忆来表现或阐释这座城市的前世与今生时,这座城市的精灵,便得以生生不息地延续下去。"①显然,"文学中的城市"这一概念要比传统研究中的"城市的文学"内涵要丰满得多,更能够揭示城市与人的真实关系。

一

因为中国长期处于自给自足的小农经济状态,城市的现代化进程和文化意识一直欠发达,而文学中的城市描写也相对薄弱。"我们有馆阁诗人,山林诗人,花月诗人……没有都会诗人"②。而到了20世纪30年代,中国新文学中出现了较为成熟的城市小说,文学中对于城市的描写和想象都达到了较高的水平,尤其是对大都会上海的描写给人乱花渐欲迷人眼的感受。这里是一段穆时英《上海狐步舞》中的描写:

> 跑马厅的屋顶上,风针上的金马向着红月亮撒开了四蹄。在那片大草地的四周泛滥着光的海,罪恶的海浪,慕尔登浸在黑暗里,跪着,在替这些下地狱的男女祈祷,大世界的塔尖拒绝了忏悔,骄傲地瞧着这位迁牧师,放射着一圈圈的灯光。
>
> 蔚蓝的黄昏笼罩着全场,一只 saxophone 正伸长了脖子,张着大嘴,呜呜地冲着他们嚷。当中那片光滑的地板上,飘动的裙子,飘动的袍角,精致的鞋跟,鞋跟,鞋跟,鞋跟,鞋跟。蓬松的头发和男子的脸。男子的衬衫的白领和女子的笑脸。伸着的胳膊,翡翠坠子拖到肩上。整齐的圆桌的队伍,椅子却是凌乱的。暗角上站着白衣侍者。

---

① 陈平原:《北京记忆与记忆北京》,第87页。
② 鲁迅:《集外集拾遗·〈十二个〉后记》,《鲁迅全集》第7卷,第299页。

酒味,香水味,英腿蛋的气味,烟味……独身者坐在角隅里拿黑咖啡
刺激着自家儿的神经。

这座都市散发出的强烈的声、光、色等刺激在文学中得到了逼真的呈现。
左翼作家茅盾的《子夜》、楼适夷的《上海狂舞曲》等对都市也有大量的描写。
而值得注意的是,几乎在新感觉派和左翼作家的文学中大量出现城市意象的
时候,京派作家的作品中的城市描写也大量出现,构建出独特的文学城市风貌
和城市的想象共同体,这就对传统中人们把京派文学常常视为乡土文学的观
念形成了挑战,值得进行进一步的探讨。

在文学史上,很多作家都有自己钟情的城市,也都有自己最熟悉、最亲切
的表达,如波德莱尔笔下的巴黎,乔伊斯笔下的都柏林、卡夫卡笔下的布拉格、
狄更斯笔下的伦敦、白先勇笔下的台北等等。本雅明在谈到波德莱尔笔下的
巴黎时说:"他诗中的巴黎是一座沉陷的城市。与地下相比更似沉落到海底。
这座城市的地狱神因素——它的地貌,它的古老的被遗弃的河床——在他身
上找到了模式。然而,在波德莱尔那里,这座城市的'酷爱死亡的田园诗"中,
确定无疑地存在着社会的,现代的潜在层次。"①北京作为长达数百年的帝都
和政治文化中心,有数不清的故事和人物,有数不清的山川形胜和典雅建筑,
也有让人难以忘怀的故都风情和民俗,有散发着历史气味的四合院和胡
同……而这些都市的自然景观和人文景观在京派作品中都有大量的呈现,既
有辉煌的历史,也有现实的忧思。凌叔华出生于北京的官宦之家,她创作的不
少作品都以北京城为北京,写出了这座城市的风情和气质,弗吉尼亚·伍尔夫
对凌叔华这方面的才能很是钦佩,认为她写出了东方古老文明的神韵。凌叔
华早年的一些小说如《中秋晚》《绮霞》《花之寺》等故事的背景都是北京,《绮
霞》写主人公到中山公园看菊花,写到了人们在来今雨轩品茗:"公园虽然费
了许多心事开了个菊花会,然而游人并不因此增加多少,这一天又不是礼拜或

① 〔德〕本雅明:《发达资本主义时代的抒情诗人》,张旭东等译,第190页。

礼拜六,所以依旧是很清净的。绮霞进园时已将近四点了,太阳澹澹地横在西边,晒着已不觉得暖和了。她撑着伞缓缓地走,苍翠的古柏托着碧蓝高朗的天空,使人望着头目清快了许多。东边琉璃瓦的宫殿屋脊映着日光发出庄严静穆的颜色,更使人肃然赞美堂皇的工作。"晴空丽日、秋高云淡、琉璃瓦点缀着北京城的庄严宏伟。而她的《花之寺》直接以北京郊外的名寺花之寺而命名。花之寺从清朝开始成了不少名流的游览观光之地:"王士禛专门考察了花之寺寺名的由来,据当地人解释,'云以寺门多花卉,而径路窈折如'之'字形,故以为名。'经过周亮公、王士禛两位大家的揄扬宣传,花之寺便成为清初文人艳称的名胜,常常出现在他们的文字中。"①龚自珍、翁同龢等在诗文中都曾提到花之寺,而凌叔华的《花之寺》则把一段浪漫的故事穿插在这座名寺中,主人公的妻子冒充丈夫的女性崇拜者而约主人公到花之寺约会,主人公在好奇心的催促下而来到这里,然而盛名之下的花之寺已经败落,难免失望之情:"砖铺的院子,砖缝里满生乱草,正殿两旁的藏经阁已经被人抽去阁顶上许多瓦片,酱红墙的灰已成片的掉下了。"至于凌叔华后期写作的《古韵》用很多笔墨描写发生在北京大家庭日常纷繁的生活,房子、家具、民俗、服饰、后花园等演绎着这座古城的文化韵味,更成为西方读者富有异国情调的阅读和想象的典范之作。同样,北京也是沈从文早年文学梦想开始的地方,他当时的不少作品都以北京为叙述的背景,这里的一切对于这个异乡人来说都那么亲切,北海、二闸、白石桥、颐和园、西山、厂甸、西单牌楼等频繁在作品中出现,这些物质性的呈现其实也是作者情感的投射。沈从文《遥夜》中写石桥:"石桥美丽极了。我不曾看过大理石,但这时我一望便知道除了大理石以外再没有什么石头可以造成这样一座又高大,又庄严、又美丽的桥了。"②北京在其作品中基本上都是以充满奇幻色彩的古都形象而存在。

---

① 季剑青:《重写旧京:民国北京书写中的历史与记忆》,第 167 页。
② 《沈从文全集》第 1 卷,第 127 页。

二

1937 年 11 月,日本杂志《改造》刊登了林语堂的文章《古都北京》一文,把古都北京描述为中国知识分子心中的天堂和梦想之地:

> 北平和南京相比拟,正像西京和东京一样。北平和西京都是古代的京都,四周是环绕着一种芬芳和带历史性的神秘的魔力。那些在新都、南京和东京,是见不到的。南京(1938 年以前)和东京一样,代表了现代化的,代表进步,和工业主义、民族主义的象征;而北平呢,却代表旧中国的灵魂,文化和平静;代表和顺安适的生活,代表了生活的协调,使文化发展到最美丽、最和谐的顶点,同时含蓄着城市生活及乡村生活的协调。①

林语堂在这里所津津乐道的北京保存着中国传统文化的精髓,这里的一草一木、任何一处建筑都是一件完美的艺术品,就如同本雅明笔下的"光晕"。但是到了 20 世纪二三十年代,随着政治中心的南迁,北京的经济日渐萧条;再加上"九·一八"事变后,北京又处在战争的阴影之下,因此在不少京派作品中,古都北京涂上了一层浓浓的忧郁和悲情:面对现代资本主义的急剧扩张和日本帝国主义侵略,这座让无数人赞叹的古都是否像本雅明哀叹的复制时代艺术失去灵光一样而消失在历史的时光隧道之中? 有学者已经注意到,这一时期的描写北京的作品中屡屡出现"故都"、"古城"等意象:"于是与 20 年代新旧杂陈的北京不同,30 年代的北平在各类文字中,往往被称以'故都''旧都''古城'等情感内涵指向过去的名号,特别是'古城',成为一个具有笼罩性的意象,频频出现在新文学作家的笔下,'古城'不只是对这座拥有悠久历史的城市的概括性描述,更隐含了作者对它的现状与未来的关切,对历史与现实之间关系的思考。"②林庚的散文《北平的早晨》写北京的寂静和沉闷,完全失

---

① 姜德明编:《北京乎:现代作家笔下的北京》下册,第 451 页。
② 季剑青:《重写旧京:民国北京书写中的历史与记忆》,第 184 页。

去了昔日的活力,无疑是政府南迁后北京门市萧条的真实状况,隐约流露出作者迷茫的心绪:"北平近来的夜里,是九点钟便听见清晰的更声了,在街上一面锣陪着一个梆子,那带着原始可怕而洪亮的声音,遂弥漫了大街,小巷,与许多静悄的院落。九点,九点便连鬼也不出来了。""七点钟东安市场便已有几个摊子预备收起了……灯光则各地方的明暗不同,显示着勉强挣扎的繁华已在一些地方破灭了。人遂由七点渐少,渐少下来。"①无独有偶,萧乾直接以《古城》为名写了在日本铁蹄威胁下对北京城命运的担忧,把故都历史与现实的处境进行对照:"阳光融化了城角的雪,一些残破的疤痕露出来了。那是历史的赐予!历史产生过建筑它的伟人,又差遣捣毁它的霸主。在几番变乱中,它替居民挨过刀砍,受过炮轰。面前它又面临怎样一份命运。"②李健吾写故都北京的两篇文章则折射出北京的变迁。《北平》写古都的祥和、安宁和静美:"繁华平广的前门大街就从正阳门开始,笔直向南,好像通到中国的心脏。往东南望去,有一片阡陌,中间峙立着一座馆阁,便是过往诗人凭吊的陶然亭……住久了北平,风沙也是清净……每一个人有一个故乡。北平是你的第二故乡,你精神的归宿,所以是一个理想的故乡。"③然而后来写的《给北平》却写出了自己对这座古城的凭吊:"静静的,像每个夏天的中午。你的噩梦是悠长的,骆驼悄悄在走,宫殿摘掉了铃铛,什么都是沉沉的。我味到你的悲哀。因为那是游子的悲哀。"④在这样的氛围中,北京著名的古迹如紫禁城、颐和园、圆明园等更容易勾起文人敏感的神经,进而在文中生发出杜甫"国破山河在,城春草木深"或刘禹锡"山围故国周遭在,潮打空城寂寞回"的历史兴亡之慨,这在京派的诗歌中表现得特别突出。有学者注意到,这些诗人尤其喜欢用"古城"这一意象:"'古城'意象首先带有浓厚的感情色彩。它不仅是对北平

---

① 林庚:《北平的早晨》,见姜德明编:《北京乎:现代作家笔下的北京》下册,第356、357页。

② 萧乾:《古城》,见姜德明编:《北京乎:现代作家笔下的北京》上册,第200页。

③ 李健吾:《北平》,见姜德明编:《北京乎:现代作家笔下的北京》下册,第590页

④ 姜德明编:《北京乎:现代作家笔下的北京》下册,第592页。

历史地位的客观概括,同时也倾注着中国知识分子对历史民族和传统的深刻感情和思索。因此,这个意象带给人的感受首先是寂寞和忧愤,体现出一种无法挣脱陈旧历史的文化情结。"①作为接受过五四启蒙思潮影响的一代,京派诗人已经觉察到古都的沉闷、停滞甚至充满危机的状况,无形之中已经和现代社会的步伐脱了节,有可能被现实所抛弃。卞之琳后来谈到自己刚到北京的感受时说:"1930年的秋冬之际,我们在北平当时尽管有意无意的表面上逃开了革命叛徒集团统治下的残酷的现实,连表面上也总逃不脱半殖民地半封建社会没落中的凄凉的现实。北京大学民主广场北边一部分以及灰楼那一带当时是松公府的一片断垣废井。那时候在课余或从文学院图书馆阅览室中出来,在红楼上,从北窗瞥见那个景色,我总会起一种惘然的无可奈何的感觉。"②卞之琳这一时期有不少表现故都北京的诗篇,但大多是悲凉和孤寂的格调,如《春城》:

> 一炉千年的陈灰
>
> 飞,飞,飞,飞,飞,
>
> 飞出了马,飞出了狼,飞出了虎,
>
> 满街跑,满街滚,满街号
>
> 扑到你的窗口,喷你一口,
>
> 扑到你的五角,打落一角,
>
> 一角琉璃瓦吧?——
>
> ……
>
> 悲哉,听满城的古木
>
> 徒然的大呼,
>
> 呼啊,呼啊,呼啊,

---

① 张洁宇:《1930年代北平'前线诗人'的城市记忆与文化心态》,见陈平原、王德威编:《北京:都市想像与文化记忆》,第311页。

② 卞之琳:《开讲英国诗想到的一些体验》,《卞之琳文集》中卷,第420页。

归去也，归去也，

故都故都奈若何……

何其芳的《古城》写的故都北京也完全是一座失去生机和活力的城市：

有客从塞外归来

说长城像一大队奔马

正当举颈怒号时变成石头了，

（受了谁的魔法，谁底诅咒！），

蹄下的衰草年年抽新芽。

古代单于底灵魂

已安睡在胡沙里，

远戍的白骨也没有怨嗟……

但长城挡不住胡沙

和著塞外的大漠风

吹来这古城中，

吹湖水成冰，树木摇落……

摇落浪游人底心。

他的另外一首诗《风沙日》也是通过"风沙"这一特定的自然景物凸显故都的荒凉：

忽然狂风像狂浪卷来

满天的晴朗变成满天的黄沙

……

卷起我的窗帘子来：

看到底是黄昏了

还是一半天黄沙埋了这座巴比伦？

显然，这些诗人笔下致力呈现出故都荒凉、冷漠、凄清的一面在很大程度上是超越了自然的单纯性,在更大的实质上是他们敏感精神世界的象征。"北平诗人以'古城'寄托自己对人类历史的宏大反思和现代性焦虑,这与'荒原'精神的深层内涵非常一致。这'古城'也正是一片具有东方民族色彩和历史意识的现代'荒原'"①。

三

城市在历史进程中一方面聚集起大量的人口,促进人们之间的交流和文化的繁荣。但当它成为人们的一种生活方式而存在时,也产生了诸多的问题,如金钱至上观念的盛行以及人和人之间的陌生感。"没有共同的价值观和道德系统,金钱往往成为唯一的价值量度指标。""对那些在专门的职务或者亚区域无法寻求安全生活的人们来说,功能失调的几率以及非正常的、病态的行为可能性会增加"②。20世纪二三十年代,虽然中国的城市化水平普遍不高,但城市产生的问题仍然是触目惊心的。人与人之间彼此的不信任、与他人的关系只是一种类似商业往来的方式,以及由此带来人性的异化等等弊端在京派作家笔下都有不同程度地揭示,这也足以证明他们文学世界的敏感和创造性,他们与新感觉派一道为中国都市文学开创了新的格局。

在一些京派作家的笔下,城市代表了罪恶之源,成为道德堕落、人性丧失的温床,享乐主义盛行的场所。在这里一切传统道德的训诫和规范受到前所未有的冲击并趋于式微,人们普遍寻求物质和精神的刺激,禁欲主义被彻底地抛弃,物质主义的力量无处不在。就像德国思想家马克斯·韦伯描述的那样:"自从禁欲主义着手重新塑造尘世并树立起它在尘世的理想起,物质产品对人类的生存就开始获得了一种前所未有的控制力量,这力量不断增长,且不屈不挠。今天,宗教禁欲主义的精神虽已逃出这铁笼(有谁知道这是不是最终

---

① 张洁宇:《1930年代北平"前线诗人"的城市记忆与文化心态》,见陈平原、王德威编:《北京:都市想像与文化记忆》,第316页。

② [美]布赖恩·贝利:《比较城市化》,顾朝林等译,第16页。

的结局?),但是,大获全胜的资本主义,依赖于机器的基础,已不再需要这种精神的支持了。启蒙主义——宗教禁欲主义那大笑着的继承者——脸上的玫瑰色红晕似乎也在无可挽回地褪去。天职责任的观念,在我们的生活中也像死去的宗教一样,只是幽灵般地徘徊着。"①美国学者丹尼尔·贝尔在对资本主义后工业时代进行批判时也说:"放弃清教教义和新教伦理的结果,当然是使资本主义丧失道德或超验的伦理观念。这不仅突出体现了文化准则和社会结构准则的脱离,而且暴露出社会结构自身极其严重的矛盾。一方面,商业公司希望人们努力工作,树立职业忠诚,接受延期报偿理论——说穿了就是让人成为'组织人'。另一方面,公司的产品和广告却助长快乐、狂喜、放松和纵欲的风气。人们白天'正派规矩',晚上却'放浪形骸'。这就是自我完善和自我现实的实质!"②都市社会中的这些场景在沈从文、林徽因、萧乾、芦焚等的小说中都有较为充分的揭示。

　　沈从文有在都市生活多年的经历,对于都市中的种种扭曲的社会现象大都有亲身的体验,早期他的一些小说就开始对都市的病态现象进行揭露。但这一切大多处在感性的阶段,对都市的刻画是粗糙和印象式的。到了20世纪30年代,他的一些都市题材小说开始有意识地对都市进行系统的批判。他说:"请你试从我的作品里找出两个短篇对照看看,从《柏子》同《八骏图》看看,就可明白对于道德的态度,城市与乡村的好恶,知识分子与抹布阶级的爱憎,一个乡下人之所以为乡下人,如何显明具体反映在作品里。"③而沈从文都市小说对人性的批判恰恰和对乡村的颂扬构成了强烈的对照:"在沈从文笔下,都市上流社会是一片人性扭曲的昏天黑地,处处表现为对于'自然'的违

　　①　[德]马克斯·韦伯:《新教伦理与资本主义精神》,于晓、陈维纲等译,生活·读书·新知三联书店1987年版,第142页。
　　②　[美]丹尼尔·贝尔:《资本主义文化矛盾》,第119页。
　　③　《从文小说习作选集·代序》,《沈从文全集》第9卷,第4页。

反,见出社会的拙象与人的愚心。那里只有'生活'而无'生命'。"①沈从文的
《绅士的太太》《八骏图》《自杀》《大小阮》《若墨》《十四夜间》《有学问的人》
《王谢子弟》《自杀》《都市一妇人》等等都批判了都市社会的虚伪、荒唐、堕落
以及对纯真、善良人性的侵蚀。《大小阮》的大阮在都市的环境中逐渐丧失了
人性,追逐金钱和私欲,出卖良心,逐渐爬上社会的上层,成为所谓的"社会中
坚",而他则和小阮的形象构成了极大的反差。《绅士的太太》把笔触伸向所
谓的上流阶层。他们表面上有着诱人的光环和良好的背景,但骨子里则肮脏
透顶,把爱情视为儿戏,放纵自己的情欲。丈夫背着妻子会情人,妻子则背着
丈夫去偷情,夫妻之间毫无爱情可言,有的只是贪欲和卑鄙。《八骏图》是沈
从文都市小说的代表作,所谓"八骏"就是八位知名的学者,俨然是上层社会
的代表人物,但是他们的欲望潜藏在文明的外衣之下,一个个所谓灵魂高尚的
人物实则沾染了都市病态社会的流行病。小说对都市中的精英阶层知识分子
进行了毫不留情的批判,揭露他们的虚伪、怯懦、自私的人性,他们生命的萎
缩、人性的扭曲让人深思。沈从文的都市题材作品固然很多停留在表层的阶
段,缺乏典型化的塑造,在艺术上也相对粗糙,无法和他文学中的湘西世界相
媲美,但这表明作者的艺术视野还是比较开阔的,其文学的世界也是丰富多
彩、摇曳多姿的。

　　另一位京派作家芦焚的人生经历和沈从文有着相似之处,他也经常把自
己视为"乡下人"。他在散文集《黄花苔》序言中说:"我是从乡下来的人,说来
可怜,除却一点泥土气息,带到身边的真亦可谓空空如也。"②芦焚早期的小说
有很强的乡土气,但愈到后期,他的批判的锋芒却愈指向了都市,其长篇小说
《马兰》和《结婚》就是这方面的代表作。《马兰》中马兰是一位乡镇商人的女
儿,被一个所谓的知识分子带到了北京,然而这位知识分子却占有了她,对她

---

　　①　凌宇:《从边城走向世界》,生活·读书·新知三联书店 1985 年版,第 212 页。版本
下同。
　　②　芦焚:《黄花苔·序言》,刘增杰编:《师陀研究资料》,北京出版社 1984 年版,第 49 页。

并没有真正的爱情。在马兰生活在北京期间,耳闻目睹的所谓都市人生无疑是虚伪、狡诈的,和她倾心追求的美好生活格格不入,最终由都市返回到乡间,成为传奇女侠。而到了《结婚》,对都市罪恶的描写就更加惊心动魄。《结婚》故事的背景在大都市上海,作品中多处都渲染了上海的喧闹、嘈杂、充满罪恶的一面。小说中的主人公胡去恶从乡间漂泊到上海后,灵魂不自觉地陷入麻木并堕落,在金钱、欲望等诱惑下,他逐渐褪去人性中原本善良的一面,而恶则暴露无遗,最终被黑暗的都市所吞没。小说中的胡去恶经常出入跳舞场、电影院、交易所、咖啡馆等场所,这些都市文明的象征却成了毁灭他灵魂的麻醉剂。小说有一段描写胡去恶在都市中对未来生活的幻想:

> 我已经想过无数遍,简直超过幻想以上,在我的脑子里成了固定的形体,合上眼便能看见客厅的大吊灯,闻到院子里的香草。我们将有一座独立的带小花园的房子,书房里充满书,让你父亲阅读一生……我工作疲倦了,我们便在院子里看小孩——我们自然会有小孩,在草地上滚。春秋天旅行或夏天避暑,两位老人会替我们管家。

这种幻梦固然美好,但在现实面前注定碰壁,都市的复杂性远远超越了人们的想象,它在为人们提供极大便利的同时也在肆无忌惮地排斥人的精神个性,在这口巨大的物质陷阱面前胡去恶只有束手就范。"小说以胡去恶追求与林佩芳体面地结婚开始,中经在日本侵略下岌岌危殆的洋场社会的倾轧、导致以黄美洲和老处女的丑恶的结婚而告终……这种悲喜剧杂糅的情节,紧张刺激而又视角丰富地展现了一幅光色错综的洋场群小浮沉图,才华洋溢地勾勒出一群寄生者肮脏的灵魂状态、糜烂的生活作派和丑恶的行为方式"①。胡去恶的悲剧证明了贪欲对文明赤裸裸的挑战:"鄙俗的贪欲是文明时代从它存在的第一日起直至今日的起推动作用的灵魂;财富,财富,第三还是财富——

---

① 杨义:《中国现代小说史》第3卷,人民文学出版社1986年版,第435、436页。

不是社会的财富,而是这个微不足道的单个的个人的财富,这就是文明时代唯一的,具有决定意义的目的。"①

　　萧乾和林徽因的小说也都有对都市人生场景的刻画,其主题也无一例外地展现都市的冷漠和残酷无情。萧乾自幼虽然生活在城市,但属于城市中的平民阶层,生活艰辛,饱尝人世间的冷漠。他的《篱下》《矮檐》《昙》等无疑带有自传性质,相当真实地展现城市中人与人之间的疏离、隔膜。作者说:"《篱下》企图以乡下人衬托出都会生活。虽然你是地道的都市产物,我明白你的梦,你的想望却都寄托在乡村。"②相比较而言,林徽因的《九十九度中》对都市的表现则更加复杂,丰满得多,可惜这篇小说的价值人们普遍较少关注。小说中可以描写的一些场景如"美丰楼饭庄""义永居汤面""万花斋""东城""西城""四合院""东安市场""西四牌楼"等等明确地把北京作为故事的发生地。《九十九度中》以第三人称的旁观者的角度,描写了北京城中人们生活的世态,对都市文明的奇形怪状在无形中给予讽刺。在林徽因笔下都市就是一个万花筒,人们可以清楚地看到城市社会中形形色色的人被划分成若干阶层,上等人过着奢侈、无所事事的享乐生活,他们争风吃醋,矫揉造作;而另一方面,下等人却在高达华氏99度的酷暑中奔跑劳作,以至于丧命,都市在人们心理上不是一个温馨的港湾,而成了精神上的放逐之地。

　　进入现代社会以来,文学和城市的关系就像一对孪生兄弟。城市政治空间、文化空间等诸多新鲜而充满想象力的元素第一次在文学面前释放出巨大的魔力,而作家们也在以异样的眼光和心情来感受城市、阅读城市,书写城市。"像游手好闲者一样,知识分子走进了市场。他们自以为去观察它——但事实上,它已经准备抓住这个买主。在这一中间阶段,他们仍有文艺资助者,但

———————————

　　① 恩格斯:《家庭、私有制和国家的起源》,《马克思恩格斯选集》,第4卷,人民出版社2012年版,第194页。
　　② 萧乾:《给自己的信》,《萧乾选集》第3卷,第274页。

已经开始使自己熟悉市场"①。对京派作家来说,固然很多人的生活经验来自乡村,但当他们作为生活者或旁观者居住在城市的时候,人生无形中多了一份更为复杂、刺激的体验,因而文学中的城市意识也随之萌生。法国学者茱莉亚·克里斯蒂娃提出过"互文性"(intertextuality)的理论,认为一切文本都具有自我的投射性。显然,京派文学中出现大量的城市描写不是偶然的,正是他们心灵感受城市的折射。

第三节　京派、新感觉派、左翼文学中的城市描写比较

有学者认为,中国新文学对城市描写趋于成熟的时间是在 20 世纪 30 年代。赵园说:"新文学在三十年代就有了较为成熟的'城市小说',即使当时未标举名目,缺乏理论研究,此后也迟迟未得到文学史的总结。属于新文学的城市文学,包括了某些有定评的著名作品(如茅盾的《子夜》),另有一些作品也应置于这一流程中作这一种眼光的估量。上述城市文学,是现代史上城市的发展、异质文化的植入、人们城市感觉及感觉方式的丰富、城市美感的发现、城市表现艺术的引进、积累的自然结果。"②她主要列举了左翼文学和新感觉派。其实,在当时的文坛大量描写城市的还有京派文学,这三种不同形态的文学从不同的角度诠释城市,共同演绎了中国城市的荣辱浮沉,为中国现代都市美学谱写了新的篇章。

一

在对现代都市的描写中,新感觉派的表达无疑是最前卫、最丰满也最复杂的,历来的研究者都对新感觉派这方面的成就给予了高度的评价。如严家炎

---

① ［德］本雅明:《发达资本主义时代的抒情诗人》,张旭东等译,第 189 页。
② 赵园:《北京:城与人》,第 232 页。

认为:"中国新感觉派创作的第一个显著特色,是在快速的节奏中表现现代大都市的生活,尤其表现半殖民地都市的畸形和病态方面。可以说,新感觉派是中国现代都市文学开拓者中的重要一支。"①李欧梵在评论刘呐鸥和穆时英的创作时也说:"作为中国'新感觉派'的领袖,他们尝试用一种实验技巧来表达他们的都市情结,这种技巧既是和'五四'传统的现实主义大相径庭,也不同于施蛰存的风格。他们对中国文学的重要贡献——尤其是对于文学现代主义的发展——在被学界遗忘了半个世纪后,近来重新得到了关注。"②彭小妍也肯定新感觉派的美学贡献:"1980 年代末叶,久被埋没的新感觉派复苏,挑战五四以来位居主流的写实主义文学,刘呐鸥也从此被纳入中国现代文学的正典。呐鸥及其新感觉派文友写作的时代,正是中国面临再现危机之时——传统语言已无法有效表达追求自由恋爱、速度、及现代科技的现代世界的意义了。"③最近若干年来,对新感觉派的研究已经成为现代文学界的一个热点,新感觉派对现代文学的贡献得到充分的肯定。在新感觉派大量书写他们所熟悉的都市的同时,左翼文学也悄然进入了这一领域,如茅盾、丁玲、楼适夷、田汉、夏衍、魏金枝等都有描写城市题材的作品,这其中茅盾的成就最高,赵园说:"二三十年代写城市可以称之为'城市文学'的,决不止于新感觉派诸作。应当公正地说,茅盾《蚀》三部曲中的《幻灭》与《追求》(尤其是《追求》),他的《子夜》,在当时是更成熟更有功力的城市文学作品。茅盾比同代人更敏于感受都市活力(是如此富于感性魅力的都市!),以更强健有力的姿态接纳陌生的文化信息……他由人性深度所达到的都会文化深度,是穆时英辈无力企及的。"④那么,作为共时性存在的文学范式,新感觉派文学、左翼文学和京派文学中的城市有哪些共同之处和相异的地方呢?

---

① 严家炎:《中国现代小说流派史》,第 141 页。
② 李欧梵:《上海摩登:一种新都市文化在中国(1930—1945)》,毛尖译,第 203 页。
③ 彭小妍:《浪荡子美学与跨文化现代性:一九三〇年代上海、东京及巴黎的浪荡子、漫游者与译者》,(台湾)联经出版公司 2012 年版,第 102 页。
④ 赵园:《北京:城与人》,第 236 页。

诚然,新感觉派、左翼文学和京派文学都已经意识到中国现代城市的迅速发展以及这种发展对社会结构和人们生活方式、精神的强大冲击力。因此,它们都表现出了城市的空间结构和物质形态,流露出较强的城市意识。但它们在对城市表现的角度上有所差别,表现的强度和刻画的深度上也不尽一致。新感觉派的出现和上海这座中国最大、最现代化的都市是密不可分的,它们中的大多数作家都和这座城市有着很深的渊源,他们对现代都市的生活最为熟悉,都市中的外在场景以及代表性的生活方式在他们的作品中得到了最大限度的展示,充分显现出现代都市五光十色、快节奏的感性色彩和魔幻的魅力。新感觉派的嗅觉极为敏锐,他们发现工业化、城市化的进程成为不可逆转的趋势,作家只有顺应时代、表现出这时代的变化,文学才有新的生命。刘呐鸥 1926 年 11 月 10 日在致戴望舒的信中说:"我要 Faire des Romances,我要做梦,可是不能了。电车太躁闹了,本来是苍青色的天空,被工厂的炭烟布得黑濛濛了,云雀的声音也听不见了。缪塞们,拿着断弦的琴,不知道飞到哪儿去了。那么现代的生活里没有美吗? 哪里,有的,不过形式换了罢。我们没有 Romance,没有古城里吹着号角的声音,可是我们却有 thrill,Carnal intoxication,就是战栗和肉的沉醉。"①因此,新感觉派笔下,那些代表上海大都市外在景观的跑马场、舞厅、咖啡馆、大饭店、电影院、游乐场、夜总会、戏院、交易所、公园、商场、霓虹灯广告牌、跑车、烟囱等物质文明的象征得到了立体、全面的展示,向世人赤裸裸地显示这座城市的诱惑力。如穆时英《PIERROT》的一段描写:

　　街。

　　街有着无数都市的疯魔的眼:舞场的色情眼,百货公司的饕餮的蝇眼,"啤酒园"的乐天的醉眼,美容室欺诈的俗眼,旅邸的亲昵的荡眼,教堂伪善的法眼,电影院的奸猾的三角眼,饭店的朦胧的睡眼……

---

　　① 孔另境主编:《现代作家书简》,第 185 页,转引自严家炎:《中国现代小说流派史》,第 142 页。

　　而穆时英的另一部小说《上海狐步舞》更是从多个侧面写出了现代魔都的光影:

　　　　嘟的吼了一声儿,一道弧灯的光从水平线底下伸了出来。铁轨隆隆地响着,铁轨上的枕木像蜈蚣似地在光线里向前爬去,电杆木显了出来,马上又隐没在黑暗里边,一列"上海特别快"突着肚子,达达达,用着狐步舞的拍,含着颗夜明珠,龙似地跑了过去,绕着那条弧线。又张着嘴吼了一声儿,一道黑烟直拖到尾巴那儿,弧灯的光线钻到地平线下,一回儿便不见了。

　　　　……

　　　　上了白漆的街树的腿,电杆木的腿,一切静物的腿……revue 似地,把擦满了粉的大腿交叉地伸出来的姑娘们……白漆的腿的行列。沿着那条静悄的大路,从住宅的窗里,都会的眼珠子似地,透过了窗纱,偷溜了出来淡红的,紫的,绿的,处处的灯光。

穆时英《夜总会的五个人》对上海"皇后夜总会"的描写:

　　　　白的台布,白的台布,白的台布,白的台布……白的——

　　　　白的台布上面放着:黑的啤酒,黑的咖啡,……黑的,黑的……

　　　　……

　　　　白人的快乐,黑人的悲哀。非洲黑人吃人典礼的音乐,那大雷和小雷似的鼓声,一只大号角呜呀呜的,中间那片地板上,一排没落的斯拉夫公主们在跳着黑人的踔跶舞,一条条白的腿在黑缎裹着的身子下面弹着。

刘呐鸥《游戏》中对舞厅的描写:

　　　　在这"探戈宫"里的一切都在一种旋律的动摇中——男女的肢体,五彩的灯光,和光亮的酒杯,红绿的液体以及纤细的指头,石榴色的嘴唇,发焰的眼光。

这里的一切都深深打上了商业化和工业化的烙印,散发出现代都市最现代化、具有活力的一面,和传统文学中描写的田园风光不啻天差地别,在以前的文学中也从未出现过。就像当时有人评论刘呐鸥所说:"呐鸥先生是一位敏感的都市人,操着他的特殊的手腕,他把这飞机、电影、JAZZ、摩天楼、色情狂、长型汽车的高速度大量生产的现代生活,下着锐利的解剖刀。"①

上海自从 19 世纪中叶开埠以来,城市的工业化水平和商业化程度得到极大的提升,至 20 世纪 30 年代,已经成为一座耀眼的都市傲视东方,即使放眼世界,上海的现代化程度也并不落伍,足以媲美当时世界最现代的大都市。当时一个外国人记录了他对上海的印象:"大城市应该永远有世界大同之心,上海自然也不会例外……但令新来者吃惊的是,他们会看到最新款式的劳斯莱斯驶过南京路,停在堪与牛津大道、第五大街、巴黎大道上的百货公司媲美的商店门前! 游客一上埠,就会发现他们家乡的所有商品在上海的百货大楼里都有广告有销售……上海百货公司里的这种世界格局足以在中外商店前夸口它是'环球供货商'。"②因此许多人纷纷聚集在这里,进而弹奏出现代都市的繁华乐章。不仅城市的外观现代化了,更有许许多多不同身份的人影出现在这座城市,而这些人在以前的社会结构中也是非常罕见的,比如大亨、经理、舞女、流氓、城市流浪者、大学生、投机分子、工人、嫖客、掮客、操盘手、职员、妓女、巡捕、传教士、外国商人等等,而新感觉派对这些都市新型职业者的刻画也很深入。如穆时英的《Graven"A"》用浓重的笔墨和一系列的比喻展开了都市摩登女郎的身体想象,充满了情欲的特征,而这在以前的文学中也是无法想象的。新感觉派极大地拓展了文学的表现范围,在对现代都市外在形态和内涵的把握上都达到了中国现代文学的很高境界。

受到国际左翼文学运动的影响,中国左翼文学在 20 世纪二三十年代也逐渐把目光转向都市,不少作家文学中的都市描写也取得了较高的成就,茅盾、

---

① 《新文艺》2 卷 1 号,见严家炎:《中国现代小说流派史》,第 142、143 页。

② 欧大卫(David Au):《上海百货公司有其特殊创业史》,见李欧梵:《上海摩登:一种新都市文化在中国(1930—1945)》,毛尖译,第 18 页。

丁玲就是两位很有代表性的作家。茅盾相当一部分作品都是含有都市背景，如《蚀》三部曲、《虹》《子夜》《第一阶段的故事》《锻炼》等，这当然和茅盾对中国社会政治、经济等问题的思考有关系，他把上海作为解剖中国社会政治、经济等问题的窗口，以此来探讨中国社会的性质及出路。茅盾的《子夜》对上海的描写在很长一段时间都受到了人们的赞誉，这主要是因为茅盾笔下的上海作为半殖民地半封建社会的畸形城市代表，这种看法很长的时期都成为国家意识形态的主流，满足了国家民族主义者的想像。撇开这些不谈，茅盾在《子夜》中对上海现代都市的塑造也是颇为成功的，和新感觉派的描写可谓相得益彰。《子夜》以 20 世纪 30 年代的上海为故事主要发生地，全景式展现了这座都市的场景，这座都市所散发出的现代气息在作品中也是处处可见：十里洋场、华懋饭店、电车、霓虹灯广告、股票交易所、金融资本家、高级舞女等等。《子夜》的开头一段历来被人们所称赞：

> 太阳刚刚下了地平线。软风一阵一阵地吹上人面，怪痒痒的。苏州河的浊水幻成了金绿色，轻轻地，悄悄地，向西流去。黄浦的夕潮不知怎的已经涨上了，现在沿这苏州河两岸的各色船只都浮得高高地，舱面比码头还高了约莫半尺。风吹来外滩公园的音乐，却只有那炒豆似的铜鼓声最分明，也最叫人兴奋。暮霭挟着薄雾笼了外白渡桥的高耸的钢架，电车驶过时，这钢架下架挂的电车线时时爆发出几朵碧绿的火花。从桥上向东望，可以看见浦东的洋栈像巨大的怪兽，蹲在冥色中，闪着千百只小眼睛似的灯火。向西望，叫人猛一惊的，是高高地装在一所洋房顶上而且异常庞大的霓虹电管广告，射出火一样的赤光和青磷似的绿焰：Light，Heat，Power！

茅盾对上海现代感的把握还是比较到位的，他所使用的"Light"、"Hight"、"Power"这几个关键词正是现代都市的象征，隐含着机械工业时代所释放的强大生命力。这是和新感觉派笔下相似的一面。丁玲作品和都市的关系也很密切，她的《梦珂》《莎菲女士的日记》《一九三○年春上海》《韦护》《自杀日记》《庆云里中的一间小屋里》《日》等,其中很多故事的发生地在上海。《梦珂》中的上海一开始被赋予了现代文明的象征:一个乡下女孩怀揣梦想到都市去寻找现代的生活,成就自己的电影明星梦。然而都市在她的面前却逐渐露出了狰狞的一面,她处处掉进城市的陷阱,城市肆无忌惮地展示出贪欲和堕落。这种都市的病态在梦珂的眼中是这样呈现出来的:

> 无论是在会客室,办公室,餐厅,拍影场,化妆室……她所饱领的,便是那男女演员或导演间粗鄙的俏皮话……或是那大腿上被扭后发出的细小的叫声,以及种种互相传递的眼光,谁也是那样自如的,嬉笑的,快乐的谈着,玩着。

面对都市中的电影院、咖啡厅、摄影棚、学校、鬼混的男女、虚伪的人情等等,梦珂的诧异是可以想见的,这已经完全超出了她来自偏远地方的生活经验,而都市这个染缸最终也吞噬了梦珂。

丁玲的短篇小说《日》的开头写出了"她"眼中的上海:

> 天亮了。

> 这是一个热闹的都市,一块半殖民地,一个为一些帝国主义国家,许多人种共同管辖,共同生活的地方,所以在东方的海面上刚吐出第一线白光的时候,迥然不同的在一个青白的天空之下,放映出各种异彩。

除此之外,这篇作品中还出现了"林立的黑烟筒""高耸的楼房""艳冶的红灯""汽车的喇叭"等都市文明的景观,不同层次的人群被都市划分为不同的生活区域。有学者在肯定丁玲早期的成就时说:"作为现代中国的形象与幻象,1920 年代末的上海,带着那些被具体组织和区分开来的特征,第一次出现在丁玲早期作品中;这座城市引人注目的是一系列复杂的人类身体的形象,它们是权力阶层与其种种'下等阶层'及'社会混混'之间张力和矛盾的集合。"①可以

---

① 颜海平:《中国现代女作家与中国革命:1905—1948》,季剑青译,第 280 页,北京大学出版社 2011 年版。

看出,左翼文学虽然没有遗忘都市现代性的一面,但与新感觉派更多不同的是,左翼文学的不少都市描写也都写到了这个城市的另一面:贫民窟、下等妓院、度日如年的工人和城市贫民等,更完整地揭示出都市众生喧哗、天堂和地狱交织的真实面孔。

京派文学中的城市描写固然不少,但与新感觉派和左翼文学比较起来,其都市现代性的描写相对来说较弱,很少有灯红酒绿的都市风情,他们笔下的城市大多较为传统,城市的节奏比较慢,比较舒缓,尤其是在对故都北京的描写上,与新感觉派、左翼文学笔下的描写构成了文学上的两极。如吴伯箫的《话故都》:

> 我念着你西郊的山峦,那里我们若干无猜的男女,曾登临过,游览过,啸遨过:大家争着骑驴,挨了跌还是止不住的笑。我念着你城正中昂然屹立的白塔……我念着颐和园昆明湖畔的铜牛,最喜欢那夕阳里矫健的雄姿;我念着陶然亭四周的芦苇,爱它秋天一抹的萧索。

京派作家这种对待都市的情感无形之中强化了北京作为一种安详、传统甚至于守旧的文化模式,因此赵园总结新文学作品描写北京的特点时说:"新文学史上写北京的小说则相反,往往沉湎于古城悠然的日常节奏,冷落了现代史上以北京为舞台、凭藉这舞台而演出的大戏剧……较之刚刚谈过的上海形象诸作者,老舍及当代京味小说作者写北京,太留连于封闭中更其封闭、内向中更其内向的胡同,也太日常生活化了。文学的上海过于浮躁骚动,北京则又过于平和静谧。"①京派作家中的都市上空飘荡的是白云和风沙,呈现的建筑是四合院、胡同、古老的城墙、城楼、人物活动的场所是茶馆、戏院、公园、琉璃厂;垂柳、枫叶、古柏、海棠等点缀其间。即使京派作家有描写上海都市的作品,但他们的侧重点也都重在对都市人生的讽刺,对于所谓的喧嚣、嘈杂、动

---

① 赵园:《北京:城与人》,第 246 页。

感、炫目的现代生活方式并没有太大的兴趣。他们笔下的都市和新感觉派、左翼文学中的都市所呈现的差异恰恰验证了文学形态的多元。

二

尽管京派文学、左翼文学、新感觉派文学中都描写到了现代城市，但作为作家的立场和情感却也有着不同程度的区别。中国现代左翼文学本身就是国际左翼文学运动的组成部分，它把历史唯物论作为自己的理论基础，认为文学是一种社会意识，是对社会现实的客观反映。同时把唯物辩证法作为自己的创作方法，致力考察作家的创作倾向和背后的阶级立场，注重阶级分析。因此在看待城市尤其在看待上海时，他们无一例外地都从历史唯物主义的观点出发，把城市视为罪恶的化身和帝国主义殖民统治的大本营，以及民族屈辱和帝国主义侵略的代名词。李欧梵说："这种流行的负面形象在某种意义上又被中国左翼作家和后来的共产党学者强化了，他们同样把这个城市看成罪恶的渊薮，外国'治外法权'所辖治的极端荒淫又猖獗的帝国主义地盘，一个被全体爱国主义者所不齿的城市。"①白鲁恂认为爱国知识分子和作家对上海罪恶的渲染主要是"接受了半列宁主义的观点，把通商口岸看成国际资本主义的罪恶工程"，他们这样的鲜明倾向带有强烈的民族主义情绪②。由于所秉持的世界观和阶级立场，中国左翼作家对于城市的批判是非常严厉的。如茅盾就认为上海的繁荣是一种畸形的繁荣，它建立在大量农村经济破产的基础上，失去土地的农民和无产者源源不断地涌入城市，导致了城市的不健康发展。"上海是发展了，但发展的不是工业的生产的上海，而是百货商店的跳舞场电影院咖啡馆的娱乐的消费的上海"③。《子夜》中的赵伯韬被茅盾赋予了买办金融资本家的形象，他的背后有强大的帝国主义、殖民主义势力的支持，因此

---

① 李欧梵：《上海摩登：一种新都市文化在中国（1930—1945）》，毛尖译，第4页。
② ［美］白鲁恂：《中国民族主义与现代化》，香港《二十一世纪》第9期。
③ 茅盾：《"都市文学"的话》，原载《申报月刊》第2卷第5期。

在上海滩呼风唤雨,虚伪奸诈,挤兑和打压中国民族资本主义力量。同时他又追求奢侈腐烂的生活,可以说是一个从头坏到脚的人物。在他第一次出现在作品中时,作者就交待他是"公债场上的一位赌王"。茅盾写逃到上海做寓公的地主冯云卿时说他"在成千上万贫农的枯骨上""建筑起他饱暖荒淫的生活"。写交际花刘玉英从赵伯韬浴室走出的时候专门加上一句话:"是妖冶的化身,是近代都市文明的产物!"而写冯云卿为了挽回股票市场的损失而鼓动自己的女儿出卖色相接近赵伯韬,更让人想起《共产党宣言》中的那段名言:"资产阶级在它已经取得了统治的地方把一切封建的、宗法的和田园诗般的关系都破坏了。它无情地斩断了把人们束缚于天然尊长的形形色色的封建羁绊,它使人和人之间除了赤裸裸的利害关系,除了冷酷无情的'现金交易',就再也没有任何别的联系了。"①夏衍的《包身工》极力渲染上海作为工人的地狱和资本家天堂的双重性,"芦柴棒"们所生活和工作的环境异常恶劣:"这是杨树浦×路东洋纱厂的工房。长方形的,用红砖墙严密地封锁着的工房区域,被一条水门汀的弄堂马路化成狭长的两块。像鸽子笼一般的分得均匀,每边八排,每排五户,一共是八十户一楼一底的房屋。"②而这些"芦柴棒"们是由于帝国主义的入侵而导致中国农村经济的解体,她们被迫到都市寻找生活出路,却又陷入魔窟之中。丁玲的《庆云里的一间屋里》所描写的妓女实际上也是被迫流落到都市,进而遭受肉体和精神的双重蹂躏。殷夫诗中的上海更被直接贴上了铁面獠牙的标签:

呵,此地在溃烂,

名字叫着"上海"

——《无题》

---

① 马克思、恩格斯:《共产党宣言》,《马克思恩格斯选集》第 1 卷,人民出版社 2012 年版,第 403 页。

② 夏衍:《包身工》,《中国新文学大系(1927—1937)》第 13 卷,上海文艺出版社 1984 年版,第 61 页。

> 呵,吃人的上海市,
>
> 　铁的骨骼,白的牙齿。
>
> ——《梦中的龙华》

左翼文学的都市描写显然是站在阶级论的立场,都市更多的是作为帝国主义、殖民主义侵略的桥头堡和大本营,无论是对都市环境和人物的描写都带有明确的阶级意识成分和民族主义者的想象。

而新感觉派对于都市的情感则是很矛盾的。他们一方面也不喜欢上海这样的都市,都市快速紧张的节奏打破了人们传统的生活秩序,而更大的问题则是都市尔虞我诈、赤裸的商业交换原则对人们的信仰造成的前所未有的冲击,这些对于新感觉派作家而言也充满了惶恐和不安。穆时英的一段话就表明了这样的复杂心情:"我是在去年突然地被扔在铁轨上,一面回顾着从后面赶上来的一小时五十公里的急行列车,一面用不熟练的脚步奔逃着在生命的底线上游移着的旅人。二十三年来的精神上的储蓄猛然地崩坠了下来,失去了一切概念,一切信仰;一切标准、规律、价值全模糊了起来……"[1]穆时英的这段话实际上是谈到物质主义、消费主义压迫之下人的精神世界出现了危机,触及了现代社会的核心问题,而这是最可怕的。"现代主义的真正问题是信仰问题。用不时兴的语言来说,它就是一种精神危机,因为这种新生的稳定意识本身充满了空幻,而旧的信念又不复存在了。如此局势将我们带回到虚无。由于既无过去又无将来,我们正面临着一片空白"[2]。像穆时英的《夜总会里的五个人》《PIERROT》《被当作消遣品的男子》刘呐鸥的《两个时间的不感症者》《热情之骨》《礼仪与卫生》;徐霞村的《Modern Girl》等作品都触及了这样的主题。穆时英在《PIERROT》中借主人公之口宣布了人生的荒谬:"什么都是欺骗!友谊、恋情、艺术、文明……一切粗浮和精细的,拙劣的和深奥的欺骗,每个人都欺骗着自己,欺骗着别人。"他的《夜总会里的五个人》也写出了

---

① 穆时英:《白金的女体塑像》,上海现代书局1934年版,自序。
② [美]丹尼尔·贝尔:《资本主义文化矛盾》,赵一凡等译,第74页。

现代人彼此互为路人的陌生感。

新感觉派作家笔下有大量描写繁华嘈杂都市生活下现代人的焦虑和紧张情绪,这表明他们对于上海这座现代都市带有一定的反思和批判,但这种反思和批判主要是从个体的情感体验出发,表达的是自我的认知,毫不牵涉社会和政治原因。但同时,由于刘呐鸥、穆时英等长期生活在都市,对于现代都市有着很深的眷恋感,对现代都市生活的方式在很多时候是坦然接受的。刘呐鸥生活奢侈,对服装和仪表的细节十分讲究。如 1927 年他的日记记载,4 月 5日:"在王庆昌做了一套春服,两套夏天的白服。"12 月 8 日:"去王顺昌做套 Tuxedo(大礼服)。"12 月 12 日:"去王顺昌试衣。"① 而且他的生活追求也带有相当的西化色彩,是上海的富裕阶级才能享受的:"在 1930 年代中期的上海,他自制了一部影片,以英文命名为 The Man who has the Camera(手持摄像机的人)。影片中他身着白色西服及礼帽,在不同场合反复出现,这显然是他最喜爱的服饰。除此之外,他热衷于跳舞,并以'舞王'的名号纵横舞厅。他与友人经常切磋舞技,甚至研究舞蹈手册,以精进舞艺。"② 穆时英小说《黑牡丹》中人物的一段话其实也可以看作新感觉派对上海的依恋情感:

> 譬如我。我是在奢侈里生活着,脱离了爵士乐,狐步舞,混合酒,春季的流行色,八气缸的跑车,埃及烟……我便成了没有灵魂的人。
> 那么深深地浸在奢侈里,抓紧着生活,就在这奢侈里,我是疲倦了。

值得注意的是,新感觉派作品的消费品、消费方式和消费空间带有浓厚的异域情调,尤其是法国情调,他们在作品中丝毫也不掩饰对这种情调的膜拜。法国在世人的眼中是时髦、浪漫和现代艺术的大本营,其在建筑、文化、艺术、生活方式等很多方面带有前卫性质,往往成为世人追捧的对象。而新感觉派

---

① 见彭小妍:《浪荡子美学与跨文化现代性:一九三〇上海、东京及巴黎的浪荡子、漫游者与译者》,第 60 页。
② 彭小妍:《浪荡子美学与跨文化现代性:一九三〇年代上海、东京及巴黎的浪荡子、漫游者与译者》,第 60 页。

的刘呐鸥、施蛰存等人都在具有法国文化背景的震旦大学法文班读书,可以说对法国文化十分熟悉和欣赏。20世纪二三十年代,上海法租界的霞飞路在很多时候会被很多作品屡屡提及,如穆时英的《夜总会里的五个人》:"霞飞路,从欧洲移植过来的街道。在浸透了金黄色的太阳光和铺满了阔树叶影子的街道上走着。"这里营造的空间是很有浪漫情调的。李欧梵在谈到这种现象时说:"当英国统治的公共租界造着摩天大楼、豪华公寓和百货公司的时候,法租界的风光却完全不同。沿主干道,跟电车进入法租界,霞飞路显得越来越宁静而有气氛。道路两侧种了法国梧桐,你还会看到各种风格的精致的'市郊'住宅……当地的一个咖啡馆常客这样说,在霞飞路上,'没有摩天大楼,没有什么特别的大建筑',但'醉人的爵士乐夜夜从道路两侧的咖啡馆和酒吧里传出来,告诉你里面有女人和美酒,可以把你从一天的劳累里解放出来'。"①除此之外,其他如带有法国情调的咖啡馆、酒店、公园、舞厅、西式蛋糕店、照相馆、鲜花店、电影院、天主教堂等也总是出现在新感觉派的作品中。"太阳光从红的、蓝的、绿的玻璃透进来,大风琴把宗教的感情染上了她的眼珠子,纯洁的小手捧着本精装的厚《圣经》……塔顶上飞着白鸽和钟韵"。这是穆时英小说《五月》中对教堂的描写,透露着庄严、肃穆。这些描写实际上反映出他们在骨子里对都市现代性生活的诱惑难以抵挡的心态。"20世纪30年代海派作家在文本中构造出众多现代生活的消费场景,通过对消费品、消费空间和消费行为的描述来凸显消费性意义上的法国情调,在这种消费性表述的身上集中承载了海派作家对于现代生活的想象"②。正是这座城市飘荡的现代和异域浪漫气息,使得新感觉派在这里找到了最终的精神归宿。例如刘呐鸥喜欢上海的感情远远超过了他生活过的东京:"因为上海除了无知的摩登青年及摩登女郎,还有他的文学伙伴吧……在多国兵燹和战争威胁的动乱之间,呐鸥还是可以一派悠闲地在1927年的上海维持他的浪荡子生活。他对自己糜烂

---

① 李欧梵:《上海摩登:一种新都市文化在中国(1930—1945)》,第23、24页。
② 张鸿声:《文学中的上海想象》,人民出版社2011年版,第136、137页。

颓废的生活相当自觉,经常自我批判,但往往又堕入自我耽溺的生活。"①

　　京派作家虽然用了不少笔墨来描述他们所经历和想象的都市生活,但他们的感情和左翼文学、新感觉派也有着明显的不同。他们一方面并不认同现代都市所代表的生活方式,往往把都市文明的产物都看成了压抑人性、扭曲人性的物化形式,因此对都市的文明进行了尖锐的讽刺和反思;另一方面又对故都北京有着难以割舍的情绪,在不少文章中表达了对故都北京所代表的文化和生活方式的认同感,这两种感情常常纠结在一起。即使他们揭露和讽刺都市人生的作品,也主要是从人性的角度来观察的,认为都市文明所代表的物欲、卑鄙和贪婪对乡村文明起到了瓦解和破坏的作用,是造成人性堕落的罪魁祸首,而不是从社会、经济等更深的层面剖析现象产生的原因,因此他们也不认同左翼文学的社会反映论模式。沈从文的一段话很有代表性,清楚地表明他们和左翼文学的分野。他说:"你们多知道要作品有'思想',有'血',有'泪';且要求一个作品具体表现这些东西到故事发展上,人物言语上,甚至于一本书的封面上,目录上。你们要的事多容易办!可是我不能给你们这个。我存心放弃你们⋯⋯你们所要的'思想',我本人就完全不懂你说的是什么意义。"②相反,他明确表达出自己对人性的推崇:"这世界上或有想在沙基或水面上建造崇楼杰阁的人,那可不是我。我只想造希腊小庙。选山地作基础,用坚硬的石头堆砌它。精致、结实、匀称、形体虽小而不纤巧,是我理想的建筑。这神庙供奉的是'人性'。"③在沈从文的心目中,都市文明物质发达、繁荣的背后隐藏的是人性的深度沉沦,都市所盛行的大众消费主义和享乐主义对他心目中美好人性象征的乡村文明构成了极大的威胁。他的小说《长河》中的题记清楚地表达出他的担忧:

---

　　① 彭小妍:《浪荡子美学与跨文化现代性:20 世纪 30 年代上海、东京及巴黎的浪荡子、漫游者与译者》,第 95、96 页。

　　② 沈从文:《习作选集代序》,《沈从文全集》第 9 卷,第 6 页。

　　③ 沈从文:《习作选集代序》,《沈从文全集》第 9 卷,第 2 页

"现代"二字已到了湘西,可是具体的东西,不过是点缀都市文明的奢侈品,大量输入,上等纸烟和各样罐头,在各阶层作广泛的消费……所谓时髦青年,便只能给人痛苦印象,他若是个公子哥儿,衣襟上必插着两支自来水笔,手腕上戴个白金手表,稍有太阳,便赶忙戴上大黑眼镜,表示爱重目光,衣冠必十分入时,材料且异常讲究……

沈从文对于这种现象痛心疾首,直接把湘西淳朴人性的丧失归咎为物欲的享受。他的《丈夫》写湘西女性经受不住都市文明的诱惑而离开乡村从事妓女的职业,"做了生意,慢慢的变成城市里人,慢慢的与乡村离远,慢慢的学会了一些只有城市里才需要的恶德,于是妇人就毁了"①。芦焚的《结婚》、李健吾的《心病》等也都是把都市和乡村作为两种文明对立的世界,借此批判都市文明对人与人和谐关系的解构。京派作家这种把现代都市文明视为病态人性的观点虽然有助于深化人们对都市现代化进程的认识,使人们对人性保持敬畏,但从根本上来讲,他们的这种认识是片面和偏颇的,存在以道德评价替代科学、历史分析的简单化倾向。都市文明所释放出来的欲望并非都是罪恶的象征,有时正成为推动历史文明进步的杠杆,这是京派作家对现代都市文明认识的局限所在。

三

虽然京派文学、新感觉派和左翼文学中都呈现了复杂的现代都市生活面貌,但是它们在描写都市的叙述方式和美学手法上却有着重大的差异性,但这种彼此的差异有时起到了很好的互为补充的功效,把20世纪二三十年代中国城市的历史风貌完整地呈现在读者面前。

新感觉派艺术表现的方式在当时的中国文坛无疑是最带有叛逆性和现代

---

① 沈从文:《丈夫》,《沈从文全集》第9卷,第48页。

性的,他们为中国文学提供了一种崭新的都市美学元素。新感觉派和西方的象征主义及日本的新感觉主义有着密切的关系,其文学创作表现的新变化在当时就已经被人们注意到了。郁达夫说:"新的小说的技巧,似乎在竭力地把现代人的呼吸,现代生活的全景和拍子,缩入到文学里去。最浅近的例,譬如所谓新感觉派与表现主义以及心理分析派的技巧,就是如此的。"①楼适夷说:"《巴黎大戏院》与《魔道》无疑地是中国文学上一个新的展开,这样意识地重视着形式的作品,在我的记忆中似乎并不曾于创作文学里见到过。"②其实,在刘呐鸥早期创办的《无轨列车》《新文艺》这两份杂志就大力介绍瓦雷里、保尔·穆杭等人的作品以及日本新感觉派的一些小说,这可以看作他们对现代主义美学的迷恋。李欧梵特别谈到刘呐鸥、穆时英的特殊性:"因为对他们而言,城市是他们唯一的生存世界,是创作想象的关键资源。作为中国'新感觉派'的领袖,他们尝试用一种实验技巧来表达他们的都市情结,这种技巧是既和'五四'传统的现实主义大相径庭,也不同于施蛰存的风格。"③如新感觉派笔下出现的浪荡子形象和摩登女郎的形象就是他们在美学上的独创。按照有的学者的描述,摩登女郎的形象一般都是:"'摩登女'也是短发,着'薄袜、高跟鞋,经常穿美国电影偶像——像克拉拉·波(Glara Bow)、宝拉·南格(Paula Negri)、玛丽·璧克馥(Mary Pickford)和格罗丽娅·斯万森(Gloira Swanson)——所着的时髦浅色单衣';'她属于珠光宝气的、颓废的中产阶级消费者,在20年代后期的都会享乐背景里,她通过穿着、吸烟、喝酒对传统表示蔑视。'"④看刘呐鸥《两个时间的不感症者》中的摩登女郎:

忽然一阵 Cyclamen 的香味使他的头转过去了。不晓得几时背

① 1931年6月10日上海光华书局初版《文艺创作讲座》第1卷,见严家炎:《中国现代小说流派史》,第146、147页。
② 楼适夷:《施蛰存的新感觉主义》,1931年10月26日《文艺新闻》第33号。
③ 李欧梵:《上海摩登:一种新都市文化在中国(1930—1945)》,毛尖译,第203页。
④ [美]史书美:《性别、种族和半殖民主义:刘呐鸥的上海都会景观》,见李欧梵:《上海摩登:一种新都市文化在中国(1930—1945)》,毛尖译,第212页。

后来了这一个温柔的货色,当他回头时眼睛里便映入一位 Sportive 的近代型女性。透亮的法国绸下,有弹力的肌肉好像跟着轻微运动一块儿颤动着。视线容易地接触了。小的樱桃儿一绽裂,微笑便从碧湖里射出来。

穆时英《黑牡丹》中的摩登女郎:

> 她舞着,从我前面过去,一次,两次……在浆褶的衬衫上,贴着她的脸,低着脑袋,疲倦地,从康纳生旁边看着人。在蓝的灯光下,那双纤细的黑缎高跟鞋,跟着音符飘动着,那么梦幻地,像是天边一道虹下飞着的乌鸦似的。

摩登女郎在新感觉派中大量出现不是偶然的,这是现代都市症候的表现,代表着都市欲望和魅惑。而浪荡子形象则更为复杂,彭小妍阐释说:"在笔者的浪荡子美学概念中,浪荡子的定义,首先必须靠他与摩登女郎的关系来界定。浪荡子与摩登女郎是一体的两面:她是浪荡子的自我投射,是自恋的展现……身为品味及风雅的把关者,浪荡子以教导摩登女郎的行为举止及穿着品位为己任。他一方面执迷于她的风华容貌,一方面不信任她的智力及贞操,透露出根深蒂固的女性嫌恶症。"[1]在新感觉派笔端的浪荡子身上有着波德莱尔、保尔·穆航作品的影子,这是更深层的一种跨文化的旅行方式,即"浪荡子美学是跨文化现代性的精髓"[2]。

与此同时,新感觉派在艺术手法上追求花样翻新、繁复多变的技巧,刻意捕捉新奇意象和瞬间的感觉,大量借用电影中的剪贴、蒙太奇手段去表现现代都市的声音、节奏、色彩、气味等,造成强烈的视觉效果。穆时英《夜总会里的五个人》对色彩的描写:

---

[1] 彭小妍:《浪荡子美学与跨文化现代性:一九三〇年代上海、东京及巴黎的浪荡子、漫游者与译者》,第 37、38 页。

[2] 彭小妍:《浪荡子美学与跨文化现代性:一九三〇年代上海、东京及巴黎的浪荡子、漫游者与译者》,第 37 页

> 红的街,绿的街,蓝的街,……强烈的色调化妆着的都市啊! 霓
> 虹灯跳跃着——五色的光调,变化着的光潮,没有色的光潮——泛滥
> 着光潮的天空,天空中有了酒,有了烟,有了高跟鞋,也有了钟……

另外,他们还普遍淡化了现实主义的情节、结构,取而代之用一种心理化、片段化的联想,以此来表现出都市人的微妙的心理世界。新感觉派在这些方面的美学追求是和现代都市生活的流行色一致的,很大程度上也颠覆了传统语言的秩序和韵味,这种美学的转向是中国都市化所带来的必然结果。

与新感觉派中的摩登女郎、浪荡子等带有异域色彩和跨文化意义的形象不同,左翼文学人物形象塑造的重点是底层的工人、贫民等无产者以及和他们处在相对立位置的资本家,也有少量游荡在城市中的小知识分子,具有明显的阶级属性。有学者说:"在左翼作家如茅盾、丁玲笔下,人物的物质属性也是一个明显的事实,但物质造成的是人的经济利益,并导致利益关系的集团性呈现,最终为阶级性的一个注脚。"①即使在左翼文学中也出现过类似徐曼丽、刘玉英、玛丽等摩登女性的形象,然而从作者的态度可以看出明显的阶级论意识。茅盾《子夜》对高级交际花徐曼丽的描写:

> 交际花徐曼丽女士赤着一双脚,袅袅婷婷站在一张弹子台上跳舞哪! 她托开了两臂,提起一条腿——提得那么高;她用一个脚尖支持着全身的重量,在那平稳光软的弹子台的绿呢上飞快地旋转,她的衣服的下缘,平张开来,像一把伞,她的白嫩的大腿,她的紧裹着臀部的淡红印度绸的亵衣,全都露出来了。

虽然也是摩登女郎,但茅盾显然对此没有太多的好感,很多时候是把其和资本主义、殖民主义的罪恶联系起来。与此类似的还有丁玲的《一九三〇年春之上海》(之二)中出现的玛丽也是资产阶级生活方式的化身,她爱慕虚荣、追求享乐,喜欢华美的服装、爱看电影和流行杂志,"艳丽"、"荡佚的媚态",显

---

① 张鸿声:《文学中的上海想象》,第168页。

然是作为无产者对立面而出现的。在艺术手法上,左翼文学普遍接受了恩格斯的典型化理论,致力于描写环境中的典型人物,批判现实主义的格调成为主流。茅盾《子夜》中所着力塑造的民族资本家吴荪甫是置身在20世纪30年代特殊的社会背景中:资本主义经济危机、民族工业凋零,蒋、冯、阎大战、红军暴动等一系列重大的历史事件,吴荪甫的悲剧结局早就已经注定。茅盾用巴尔扎克、左拉等作家的手法紧紧把吴荪甫、赵伯韬、诗人、学者、交际花、大学生等一系列人物形象围绕20世纪30年代中国社会的典型环境展开,以此展现复杂的生活场景和广阔的生活画面。典型环境、典型人物成为作家创作所要达到的最高目标。夏衍的《包身工》、丁玲的《梦珂》《自杀日记》等也基本沿用了这样的创作手段。另外,他们在作品中的语言风格带有时代的特点,呈现对"力"和"质朴"美学形态的追求,这和五四文学传统有相近的地方。李健吾曾说:"没有比我们这个时代更其需要力的。假如中国新文学有什么高贵所在,假如艺术的价值有什么标志,我相信力是五四运动以来最中心的表征。"①但不无缺憾的是,这些作品大多时候缺乏独具匠心的雕琢,革命、暴力等美学元素往往以直白的语言方式出现。相对而言,他们使用的是一种较为传统的创作方法,在捕捉现代人的心理、情绪方面有时显得有些力不从心,在对世界现代主义文学的最新成果借鉴上也不够积极主动,都不同程度地制约了左翼文学的更大成就。

京派文学在都市描写的艺术手法和美学特征上介于新感觉派和左翼文学之间,既有新感觉派贴近世界现代主义文学潮流的一面,同时也有比较传统的现实主义的美学元素。由于京派作家大都具有汇通中西的文化背景和积极开放的文化心态,对于西方新的艺术潮流和手法能够很好地吸收、借鉴,诸如心理分析、意识流等手法经常在都市题材的作品中被运用。如林徽因的《九十九度中》这部描写北京的作品,就大量使用了类似新感觉派的蒙太奇的手段,

① 《李健吾创作评论选集》,人民文学出版社1984年版,第515页。

把人生中的若干断片拼贴在一起,组合成一幅都市的众生相。富有张力的艺术结构远远超出了传统文学的技巧,从而达到了陌生化的效果。而沈从文的一些描写都市的文学作品如《八骏图》《看虹录》《摘星录》等作品也融合了现代主义的技巧,呈现更为复杂的艺术倾向。夏志清曾经极力称赞沈从文的小说《主妇》在表达人物复杂心理上向西方艺术上的学习。该小说有这样的描写:

> 一朵眩目的金色葵花在眼边直是晃,花蕊紫油油的,老在变动,无从捕捉。她想起她的生活,也正仿佛是一个不可把握的幻影,时刻在那里变化,什么是真实的,什么是最可信的,说不清楚。她很快乐。想起今天是个稀奇古怪的日子,她笑了……

夏志清评论说:"以上的事,都是在女主角的脑海中发生的。为了要捕捉一个人在回忆时各种流荡飘忽的印象和感受,沈从文的句法显然受了西方现代小说家的影响。"①

另一方面,京派文学描写都市题材的作品还经常使用讽刺的手法,增强了作品的批判力量。凌宇特别称赞了京派小说这方面的贡献,他说:"作为中国现代小说的一个支脉,讽刺小说在 30 年代特定的历史环境中,发展成为左翼青年作家和京派作家两个区别明显的艺术流派。它们各自的独立发展与彼此间的相互影响,使中国现代讽刺小说走向初步成熟。"②芦焚早期描写乡土和小城镇市民生活的作品就已经显示出他讽刺的特长,朱光潜曾说:"作者似竭力求维持镇静,但他的同情、忿慨、讥刺和反抗的心情却处处脱颖而出。"③李健吾也认为芦焚的小说讽刺的特征越来越明显,颇近似张天翼:"那时他会成为一位大小说家,没有张天翼先生的风格的轻快和跳动,因而没有他所引起的

---

① 夏志清:《中国现代小说史》,刘绍铭等译,第 147 页。
② 凌宇:《从边城走向世界》,第 274 页。
③ 朱光潜《〈谷〉和〈落日光〉》,原载《文学杂志》第 1 卷第 4 期。

烦躁的感觉,却有他的讽刺。"①当芦焚把他的笔触伸向都市题材尤其是大都市上海的时候,他讽刺的才能发挥到了极致,他在《结婚》中对一系列都市中的人物都采用了讽刺的手法,揭露他们人性中丑恶的一面。夏志清对芦焚这方面的成就极为称道,夏志清说:"大多数讽刺小说的角色都有定型的弊病:人物一出场即性格全露,在以后亦无发展。《结婚》却有悬宕性。每一章都带来情节和角色的一些意外发展,而角色虽不脱讽刺本色,但每次出现,必比上次多透露一些性格上的特征,而引人入胜。"②这类作品在沈从文笔下同样相对比较集中和突出,如《都市一妇人》《大小阮》《绅士的太太》《八骏图》《自杀》《来客》《烟斗》《泥涂》《腐烂》《有学问的人》等,对都市生活的病态现象进行了有力的讽刺、批判。沈从文早期创作的反映都市生活的作品其基本的出发点就在于讽刺和批判都市文明,把都市文明和工业文明视作一种病态的文明。"一切皆显得又庸俗又平凡,一切皆转成为商品形式"③。沈从文的讽刺对象主要是上流社会的绅士和知识分子,沈从文认为他们的生活所表现出来的如对待金钱、爱情的态度正显示出所谓文明社会的畸形和变态。李健吾评论沈从文的《八骏图》时曾说:"环境和命运在嘲弄达士先生,而作者也在捉弄他这位知识阶级人物……就在他讥诮命运的时光,命运揭开他的瘢疤,让他重新发见他的伤口——一个永久治愈不了的伤口,灵魂的伤口。"④沈从文的讽刺一般都遵循着客观、真实的原则,无意进行夸张,也不将人物漫画化,力图呈现生活的原始面貌。如《大小阮》的结尾:

> 他很幸福,这就够了。这古怪时代,许多人为多数人找寻幸福,都在沉默里倒下,完事了。另外一种活着的人,都照例以为自己活得很幸福,生儿育女,还是社会中坚,社会上少不得他们。尤其是像大

---

① 《李健吾文学评论选》,第 135 页。
② 夏志清:《中国现代小说史》,第 295 页。
③ 《沈从文全集》第 7 卷,第 337 页。
④ 李健吾:《边城》,《李健吾文学评论选》,第 55 页。

阮这种人。

虽然作者极为鄙视大阮的肮脏道德,但这一切却是通过艺术形象的描写来间接呈现,而且在讽刺中还含有悲悯。有时为了突出讽刺的效果,他还会采用穿插自然环境描写、人物细节描写等手段,尽量避免说教的成分,把讽刺和抒情的充分融合起来。《八骏图》处处在讽刺所谓知识阶层的虚伪,但是这篇小说中有不少对青岛美丽海景的描写,借助大海增加作品的悲剧性,这些都显示出京派作家在都市美学中的独特性。

城市与文人、文学的关系绝非单线式的从属关系,就像赵园所说:"如果城只是如上所说的那样'支配'与'规定'着创作思维,并投影在作品的人物世界,那么不但人的审美活动,并且城的文化涵蕴都过于简单,以至将为我们关于古城魅力的说法作出反证。我们并没有真正进入'关系'的审美方面。""只有在文学发现了'人'的地方,才会有'城'的饱满充盈。"①城市以其丰富的物质条件、便捷的交通方式、博大而富有历史感的文化以及发达的印刷媒体打开了知识分子的视野,营造出知识分子公共交往的新空间,并为他们的文学表达源源不断提供灵感。而作为受过五四启蒙思想影响的一代知识分子,京派作家在居住的城市的同时又对城市以及城市中的人进行了清醒的反思,扮演着既是定居者又是反思者的双重身份,从而塑造着传统和现代兼备的都市形象,对于20世纪的中国文学而言,这也算是一份难得的遗产和经验。

---

① 赵园:《北京:城与人》,第 13、256 页。

第六章　京派文学与布鲁姆斯伯里文化圈的比较

中国的京派文人集团和英国的布鲁姆斯伯里文化圈同是 20 世纪上半叶的两个重要文化和文学社团,对各自国家的文化和文学形态均产生过深远的影响。这两个文化社团在社团的组织形式、精神特征、知识分子精神、精英文化品格等诸多方面有着很多相似之处,都和大学存在着紧密的联系,在文学的创作中也有相似的追求。更重要的是,京派文人集团中的不少成员和布鲁姆斯伯里文化圈有着直接的接触和联系,两个文化圈之间的某种互动和交织的关系深刻反映出跨文化交流所孕育的强大生命。

第一节　两个文化圈的形成轨迹

布鲁姆斯伯里文化圈(Bloomsbury Group or Bloomsbury set),又称布鲁姆斯伯里集团,是 20 世纪上半叶英国最著名的文化团体。布鲁姆斯伯里是英国伦敦的一个地名,周围分布着众多的广场、著名大学、博物馆、剧院、咖啡馆等,曾经聚集起一大批带有贵族精英气质的知识分子,布鲁姆斯伯里文化圈的命名也由此而来。"这个名字是《19 世纪的童年生活》的作者麦卡锡夫人(她和她丈夫与该文化圈保持着密切的关系)取的,因为当时该文化圈的大部分成员都住在伦敦布鲁姆斯伯里。这里有很多宽敞的广场,18世纪的时候还是贵族居住的地方……它正在取代切尔西(Chelsea)而成为画家和作家的集中地"①。即使在今天的伦敦,布鲁姆斯伯里在一定意义上仍然是文化的标志。

一

尽管人们对于布鲁姆斯伯里文化圈有着不同的看法,甚至有人怀疑它作为社团的存在,但大多数研究者普遍认为它曾经在20世纪英国文化和文学版图中扮演着特殊的角色,其影响力没有任何一个别的文化团体可以相比。有人曾经说:"布鲁姆斯伯里文化圈遭到了部分人的嘲弄,也吸引了其他一些人的势利的赞赏。不管怎么说,我还是认为它在两次世界大战期间对英国的文学趣味起到了最有建设性、最具创造性的影响……布鲁姆斯伯里文化圈代表着某些具有影响力的人物之间的相互交往,以及对某些几乎要被顶礼膜拜的观点的采纳。"②这个文化圈最有影响力的人物弗吉尼亚·伍尔夫也说:"它没有产生我们嘴皮子上逛来逛去的被称为才智的昏暗的电光,而是产生了更加深层的、微妙的、隐秘的光芒,也就是理性交流的炽热的黄色火焰。"③

一般认为,布鲁姆斯伯里文化圈最初形成于20世纪初期的剑桥,而更早的起源可以上溯到1899年的剑桥三一学院。当时,"使徒社"的成员伦纳德·伍尔夫、利顿·斯特雷奇、萨克逊、锡德尼—特纳和"午夜社"成员索比·斯蒂芬和克莱夫·贝尔交上了朋友,同学间的友谊和一些学生团体把他们中的大部分男性聚集到了一起,这实际上是布鲁姆斯伯里文化圈形成的萌芽。而1904年对于布鲁姆斯伯里文化圈来说是一个重要的年份,随着老绅士、文

---

① [英]雷蒙德·莫蒂默:《伦敦函件》,[加]S.P.罗森鲍姆:《回荡的沉默:布鲁姆斯伯里文化圈侧影》,杜争鸣等译,江苏教育出版社2006年版,第9页。版本下同。
② [英]斯蒂芬·斯彭德:《20世纪30年代的布鲁姆斯伯里》,见[加]S.P.罗森鲍姆:《回荡的沉默:布鲁姆斯伯里文化圈侧影》,第130、131页。
③ [英]昆汀·贝尔:《隐秘的火焰:布鲁姆斯伯里文化圈》,季进译,江苏教育出版社2006年版,第47页。版本下同。

艺评论家莱斯利·斯蒂芬的去世,原来的大家庭开始解体,他的几个孩子从当时位置非常好的海德公园门口搬迁到了位置相对较差的布鲁姆斯伯里的戈登广场46号。这次搬迁虽然被有的人认为是有失身份,但事后证明,正是由于这次搬迁使得布鲁姆斯伯里文化圈的联系日趋紧密和常态化,具有了文化沙龙的属性,成员也大体得到固定。随着他们的搬迁,索比·斯蒂芬的剑桥朋友开始来伦敦拜访索比和他的姐妹们,而且他们很快就被弗吉尼亚·斯蒂芬和瓦奈萨·斯蒂芬这两个年轻女性的魅力所吸引,为她们大胆、叛逆的精神所震动。"人们可能想更多地了解这种性别之间的对抗和交锋。每个星期四晚上10点到12点之间的聚会上,人们可以边品尝威士忌、小圆面包和可可饮料,边进行自由讨论"①。他们坚定地认为剑桥的自由应该在布鲁姆斯伯里继续,那种包裹的虚伪道德必须抛弃。重要当事人之一瓦奈萨·贝尔的回忆证实了这种聚会的生机和活力:"我们无所顾忌,无话不谈……这的的确确是真的,你可以说任何你喜欢的艺术、性或者宗教之类的话题;你可以自由地,也可能是非常无聊地谈论日常生活中的琐碎小事。我想在这些早期的聚会中,很少有什么自我意识……日子过得令人兴奋,充满惊奇和快乐。我们必须探询生活,欣慰的是,我们可以自由地做这一切。"②弗吉尼亚·伍尔夫的回忆也谈起到这里的喜悦:"我可以向你们保证:1904年10月,它(指戈登广场46号)是世界上最漂亮、最激动人心和最罗曼蒂克的地方。"③到了1906年,知识界已经出现"布鲁姆斯伯里派"的称呼。据克莱夫·贝尔(Glive Bell)说,大约是在1910年或1911年,是茉莉·麦卡锡(Molly MacCarthy)在按照地域整理友人的名单时,造出了"布鲁姆斯伯里文化圈"一词。从此,布鲁姆斯伯里文化圈成为一种文化符号的象征,具有了约定俗成的文化意义。

　　到了1914年第一次世界大战爆发前夕,布鲁姆斯伯里文化圈在短短的十

---

①　[英]昆汀·贝尔:《隐秘的火焰:布鲁姆斯伯里文化圈》,第31页。

②　[英]昆汀·贝尔:《隐秘的火焰:布鲁姆斯伯里文化圈》,第41页。

③　见杨莉馨:《伍尔夫小说美学与视觉艺术》,中国社会科学出版社2015年版,第2页。

多年间已经成为英国文化界瞩目的中心,这里所迸发出的思想和艺术、文学等思潮对社会产生了巨大的影响。其主要的成员在当时都是很有影响力的人物,如著名画家、评论家罗杰・弗莱、作家、评论家德斯蒙德・麦卡锡;著名作家 E.M.福斯特;心理学家詹姆斯・斯特雷奇;著名的艺术评论家、后印象派理论家克莱夫・贝尔;著名画家邓肯・格兰特;著名作家弗吉尼亚・伍尔夫;著名画家瓦奈萨・贝尔;著名出版家、文人、弗吉尼亚・伍尔夫的丈夫伦纳德・伍尔夫;著名经济学家梅纳德・凯恩斯;著名传记作家利顿・斯特雷奇;作家戴维・加尼特;经济学家杰拉尔德・肖夫等。此外著名哲学家罗素和布鲁姆斯伯里文化圈来往也十分密切,这大约 20 人左右的精英分子构成了布鲁姆斯伯里文化圈全盛时期的图景。"可以说这个小小的朋友圈子拥有一战后英国笔触最细腻的小说家、最著名的经济学家、最有影响力的画家、最杰出的历史学家和最活跃的批评家"[1]。就文化精神来说,此时布鲁姆斯伯里文化圈散发出的鄙视传统道德的反叛精神,对世俗社会构成了巨大的挑战,因而遭到的非议也就非常多。如有人抨击布鲁姆斯伯里由"一些左翼的无足轻重的文人组成","这些人缺乏头脑,再加上一些恶意捣乱的愿望,于是成为一种持续的扰乱社会的影响因素"[2]。但这样偏激的评论从一个侧面恰恰证明了布鲁姆斯伯里文化圈的影响。

1914 年爆发的第一次世界大战,不仅对当时世界的社会政治、经济等造成巨大的冲击,对于文化也产生了前所未有的影响。英国作为第一次世界大战的参战国,这种影响就更为直接和明显。对于布鲁姆斯伯里文化圈而言,几乎所有人都面临着同样的问题:那就是对待战争的态度。当时绝大多数的英国人都转向了民族主义信仰,和布鲁姆斯伯里文化圈关系密切的学者洛斯・

---

① ［英］雷蒙德・莫蒂默:《伦敦函件》,见［加］S.P.罗森鲍姆:《回荡的沉默:布鲁姆斯伯里文化圈侧影》,第 4 页。

② ［英］约翰・朱克斯(John Jewkes):《无法逃脱的磨难》,见［英］昆汀・贝尔:《隐秘的火焰:布鲁姆斯伯里文化圈》,第 4 页。

狄金森(Goldsworthy Dickinson)说:"我知道,学生的使命似乎应该是在暴风雨中仍能保持住真理之光的熊熊燃烧,而现在他们也像其他人一样,变得盲目地爱国,异常敏感……于是,那些年轻的大学教师,甚至那些上了年纪的教授,也都参与到了战时工作中。所有的讨论,所有对真理的追求,在这一刻戛然而止。"①布鲁姆斯伯里文化圈的人们对待战争的态度不尽一致,但大多数人则成为反战者,他们都绝对拒绝对于战争的信仰,甚至不少布鲁姆斯伯里文化圈的成员干脆搬到偏僻的乡村也不愿意卷入战争。当时乡间的苏塞克斯郡(Sussex)的查尔斯顿一度成为布鲁姆斯伯里成员聚会的场所,伦纳德·伍尔夫、弗吉尼亚·伍尔夫、邓肯·格兰特、凯恩斯等人经常出入其中。

第一次世界大战后,分散在全国各地的布鲁姆斯伯里文化圈的人们又纷纷聚拢在一起,这个文化圈一度达到兴盛。但与此同时,文化圈的个性开始逐渐丧失,就如昆汀·贝尔所说的那样:"战前固定而直接的交流已不复再现,对于瓦奈萨·贝尔来说,似乎布鲁姆斯伯里确实在1914年就结束了。原来的那些成员在战争中幸免于难,他们继续碰面聚会。有些可以被称为布鲁姆斯伯里的东西仍然存在,但是也有缺憾——很少看到锡德尼·沃特鲁、诺顿和阿德里安·斯蒂芬了。当然,又有了更多的新朋友,他们基本认同布鲁姆斯伯里,同时也很难与他们原来的圈子相区别。"②到了20世纪二三十年代,布鲁姆斯伯里文化圈的人们在物质生活上有了很大的改善,一些人开始过上了奢华的生活,并且和上流社会建立了广泛的联系。同时这一时期他们重要的成果不断出现,如弗吉尼亚·伍尔夫的《到灯塔去》(1927)、《奥兰多》(1928)、《一间自己的屋子》(1929)、《海浪》(1931)、《罗杰·弗莱传》(1941);E.M.福斯特的《印度之行》(1924)、《小说面面观》(1927)、《我的信念》(1939);罗

---

① 〔英〕E.M.福斯特:《戈兹沃西·洛斯·狄金森》,见〔英〕昆汀·贝尔:《隐秘的火焰:布鲁姆斯伯里文化圈》,江苏教育出版社2006年版,第68页。

② 〔英〕昆汀·贝尔:《隐秘的火焰:布鲁姆斯伯里文化圈》,江苏教育出版社2006年版,第92页。

杰·弗莱的《视觉与设计》(1920)、《邓肯·格兰特》(1922)、《变形》(1926)、《艺术与商业》(1926)、《亨利·马蒂斯》(1930)、《法国艺术的特征》、《绘画和雕塑艺术》(1932)、《最后的演讲》(1939);克莱夫·贝尔的《论英国的自由》(1922)、《文明》、《普鲁斯特》(1928)、《法国绘画简介》(1931)、《好战者》(1938);凯恩斯的《和平的经济后果》(1919)、《论货币》(1930);利顿·斯特雷奇《维多利亚女王传》(1921)、《伊丽莎白女王和埃塞克斯伯爵》(1929)等等,在英国文化史上留下了夺目璀璨的篇章。但与此同时,布鲁姆斯伯里文化圈也逐渐开始凋零:1931年,利顿·斯特雷奇去世,1934年罗杰·弗莱去世;1937年,朱利安·贝尔在西班牙内战中丧生;1941年,布鲁姆斯伯里文化圈的灵魂人物弗吉尼亚·伍尔夫饱受精神和肉体双重折磨后投水自尽……经过这样的巨变,虽然布鲁姆斯伯里文化圈的名声还在延续,但以老一代布鲁姆斯伯里文化圈为代表的真正的灵魂已经不存在了,从这样的意义来说,昆汀·贝尔如下的论断是颇为客观和中肯的:"正像我所说的,20世纪20年代创造了布鲁姆斯伯里,又砸碎了布鲁姆斯伯里;就是在那个年代,它蓬勃发展,在缓慢的壮丽辉煌中爆发,然后在依然散放着光芒的残骸中慢慢淡出。"①

二

和布鲁姆斯伯里文化圈一样,京派文学的形成也没有确定的年份,而是经历了从分散到慢慢聚合,最后形成一个成员大体固定的文化圈子的过程。而它的得名更多地源于1930年代中国文坛一场著名的"京派"和"海派"的争论,因此最早它被人们提起时也总是和海派联系在一起。京派文人集团早期的萌芽始于20世纪20年代,其早期的代表人物是周作人。周作人由于在五四新文化运动中所扮演的角色,在20世纪20年代就成为北京知识界的一个重要公众人物,说他是京派前期的盟主并不为过的,如萧乾就曾经说过:"我

---

① [英]昆汀·贝尔:《隐秘的火焰:布鲁姆斯伯里文化圈》,第109页。

始终认为 1933 年为京派的一个分界线,在那以前(也即是巴金、郑振铎、靳以北来之前),京派的特点是远离人生、远离社会、风花雪月,对国家和社会不关痛痒……"①此时周作人的文艺思想经历了一次重要的转变,逐渐从五四启蒙者的文学理想转向倡导文艺的自由和宽容,可以说有意识地和倡导现实主义的人生派文学拉开距离。在对待现实上,周作人也日渐超脱,沉醉在自己所营造的狭小天地,如同阿英所指出的那样:"读古书,看花,生病,问病……闲游,闲卧,闲适,约人闲谈,写楹联,买书,考古,印古色古香的信封信笺,刻印章,说印泥,说梦,宴会,延僧诵经,搜集邮票,刻木板书,坐萧萧南窗下。"②在左翼青年看来,周作人的这种生活态度无疑是消极的避世行为。然而,周作人这种闲适、雅趣的文学理想却颇吸引着一批青年,他们纷纷聚拢在周作人身边,其中主要有废名、俞平伯、沈启无、徐祖正、梁遇春、程鹤西、冯至等,他们无形中是把周作人视为师长和盟主,而周作人也自然把他们视为自己的弟子。而在俞平伯、废名的心目中,周作人也完全是自己文学和人生的导师,是任何人所无法替代的。废名就曾说:"我知道的西洋名字很少,用来比衬,怕难得与我眼中的周岂明相合——大家近来说左拉等等如生在这样的中国一定怎样怎样,我却立刻反问我自己,那么,周岂明不正是怎样怎样的吗?"③由于以师生等关系做基础,这个圈子与稍后形成的以林徽因、金岳霖为中心的文化圈差异还是很明显的:"周作人等的交往更带有传统文人的特性,通过聚餐、尺牍、唱和、听曲、逛旧书店等方式建立一种日常性的联系,这种联系又显得非常随意和自然,不像金、林等人的交往时间和沟通模式是相对固定的,而是性之所至而任意相往来。"④到了 1930 年,这个文学圈子开始酝酿创办同人刊物,这就是1930 年 5 月 13 日创办的《骆驼草》杂志。这本刊物虽然名义上由废名、冯至

---

① 萧乾:《致严家炎》,《萧乾文集》第 1 卷,第 406 页。

② 阿英:《夜航集·周作人书信》,《阿英文集》,生活·读书·新知三联书店 1981 年版,第201 页。

③ 冯文炳:《给陈通伯先生的一封信》,《京报副刊》1926 年 2 月 2 日。

④ 许纪霖等:《近代中国知识分子的公共交往(1895—1949)》,第 309 页。

等人具体负责编辑,但刊物真正的灵魂却是周作人。无论是从《骆驼草》的文学主张、作者群体以及刊发作品的倾向看,它明显有着自己的文学理想和追求,那就是倡导文学的独立、自由,流露的是自由主义的文学观念。他们反对思想专制,希冀在当时中国动荡、恐怖的时局以及文学功利化的背景中维系思想和文学独立的尊严,从而实现自己的文学理想。以周作人为中心聚集的这个文人社团一直持续到抗战爆发的前夕。

与此同时,北京又开始出现了另一个具有更大影响,也更具有浓厚西方公共空间属性的文人集团,这个集团主要由留学欧美的知识分子所组成,他们对文学、哲学、艺术等抱有浓厚的兴趣,具有典型的精神贵族气质。其中一部分与新月派有着紧密的关联,如胡适、闻一多、叶公超、陈西滢、凌叔华、梁实秋、沈从文等,还有一部分从海外和外地刚刚回到北京,如林徽因、梁思成、金岳霖、李健吾、梁宗岱、杨振声、沈从文、朱光潜等,更有一批当时在北京的几所著名大学求学的青年学生如何其芳、卞之琳、林庚、曹葆华、李广田、萧乾等源源不断的加入,这个文人集团的影响力逐渐超越了前期以周作人为中心的文人集团。如同20世纪20年代、30年代的布鲁姆斯伯里文化圈那样,20世纪30年代的京派文人的社会、文化和文学活动达到高潮,产生出一大批在中国文坛有广泛影响的作家及作品,这是京派文学的黄金时期。在小说领域,出现了沈从文的《边城》(1934);废名的《桥》(1932)、《莫须有先生传》(1932);萧乾的《梦之谷》(1938);芦焚的《谷》(1936);《里门拾记》(1937);凌叔华的小说集《女人》(1930)、《小哥儿俩》(1935);林徽因的《九十九度中》(1934)等。在散文领域,出现了周作人的《看云集》(1932)、《夜读抄》(1934)、《苦茶随笔》(1935)、《瓜豆集》(1937);沈从文的《湘行散记》(1936);何其芳的《画梦录》(1936);李广田的《画廊集》(1936);梁遇春的《春醪集》(1930)、《泪与笑》(1934);俞平伯的《燕知草》(1930)、《杂拌儿之二》(1933)、《古槐梦遇》(1936)等;在诗歌领域中更是涌现出卞之琳、何其芳、李广田、林庚、曹葆华、废名、孙大雨、孙毓棠等一大批富有活力的诗人。京派在文艺理论和批评的贡献尤其突出,出现了朱光潜的《文艺心理学》(1936)、《孟实文钞》(1936);梁宗岱的《诗与真》(1933)、《诗与真二集》(1936);李健吾的《咀华集》(1936);周作人的《中国新文学的源流》(1932);李长之的《鲁迅批判》(1935)等真知灼见的著作。

如果说战争只是迫使布鲁姆斯伯里文化圈的人们思考如何来对待战争,并没有对布鲁姆斯伯里文化圈的艺术活动产生太多影响的话,那么爆发在20世纪30年代的中日战争则对京派文学产生了致命的影响,也结束了它黄金的时代。1937年7月7日,日本侵略者全面发动侵华战争,卢沟桥事变爆发。随着日军占领平津地区,京派文人赖以生存、工作的文化空间如北京大学、清华大学等纷纷南迁,京派同人刊物《文学杂志》被迫停刊,个别如《大公报》文艺副刊辗转搬迁,得以保存,但也不复有抗战爆发前的阵势。以这些刊物凝聚起来的大批京派文人也风流云散,各自走上了不同的道路:周作人、俞平伯等留在北平,而废名则回到湖北老家;一部分随着高校迁徙到昆明,如沈从文、林徽因、梁思成、朱光潜、叶公超、孙毓棠等;还有少数人辗转去了延安,如何其芳、卞之琳等;还有一些到了上海,后来成为孤岛文学的中坚力量,如李健吾、芦焚;更有一些人如萧乾后来到了海外……在风云聚会的历史潮汐中,京派文人的阵营已经逐渐分崩离析,举办的文化沙龙影响力也越来越小,后来干脆中断。虽然抗战胜利后朱光潜重新创办了《文学杂志》,依然延续《文学杂志》最初创刊时的理想,"我们对于文学的看法,犹如我们对于文化的看法,认为它是一个国家民族的完整生命的表现"①。希望凝聚起一批志同道合的朋友,重塑京派文学的辉煌,也出现了如汪曾祺这样的后起之秀。但后来的历史证明,这只不过是中国自由知识分子一厢情愿的举动。到了1949年,随着共和国的成立,有着20余年历史的京派文学也结束了它的存在。

---

① 朱光潜:《复刊卷头语》,载1947年6月《文学杂志》第2卷第1期复刊号。

三

　　无论是布鲁姆斯伯里文化圈还是京派文学在作为严格意义的社团衡量时,都存在一定的争议,因为它们并没有严密的组织形式,也没有公开的纲领或宣言,成员的思想倾向也并非铁板一块。昆汀·贝尔在谈到布鲁姆斯伯里文化圈时说:"比起拉斐尔前派兄弟会、'灵魂派'甚至印象派,布鲁姆斯伯里几乎可以说是组织松散的,思想意识上也没有什么统一性。它没有会员资格的形式、没有规章、没有领导者,也很难说对艺术、文学、政治有什么一致的观点。尽管我相信他们有共同的生活态度,相互之间以友谊相联结,但它更像是一群朋友那样随意聚散的松散的团体。"①撰写过《弗吉尼亚·伍尔夫》的莫迪也认为布鲁姆斯伯里文化圈是知识精英的一个松散的团体,但其个性却是非常鲜明的:"他们具备一些残留下来的希伯来式的良心,对粗俗者、平庸者和平民百姓表现出理所当然的鄙视,所有的圈外人都属于被鄙视之列,这方面他们也继承了古希腊的遗产,他们只关心自己思想的教养,把所有关心政府统治与管理等现实问题的当局者都视为圈外人。"②而在很长的一段时间,布鲁姆斯伯里文化圈都一直遭到不少人的非议甚至无端攻击,也都从另一个侧面说明了这个文化圈思想的活跃。京派文人集团在某种意义上说也是一个较为松散的精英知识分子共同体,也从未发布过成立的宣言,每个成员的思想或文学见解也不是完全一致,如萧乾曾经批评过以周作人为代表的前期京派的消极和避世。但从总的情况来看,它作为文化和文学社团的属性是非常明确的,其文学的追求和审美趣味大体接近。如吴福辉就明确地把京派视为文学社团和流派:"强调发挥文学自己本来的功能,尽力试验文体的完美程度,并有意让它与政治、党派保持距离,充满一种诚朴、真挚、执着追求民族文学重造的理

---

　　① [英]昆汀·贝尔:《隐秘的火焰:布鲁姆斯伯里文化圈》,第6页。
　　② [英]莫迪(A.D.Moody):《弗吉尼亚·伍尔夫》,见[英]昆汀·贝尔:《隐秘的火焰:布鲁姆斯伯里文化圈》,第3页。

想主义态度。它不仅有队伍,有阵地,甚至专门有集会,有评奖,有编集等活动,作为一个文学流派的形态和各种特征,已经相当具备,我们不能不承认它的存在。"①正是在这样的坐标上,布鲁姆斯伯里文化圈和京派文人集团才有比较的价值和意义。

第二节　社团的精英化构成和沙龙组织

布鲁姆斯伯里文化圈和京派文人集团的成员都是以知识分子为主体而构成的精英性质的团体,在相当程度上是各自国家、各自民族中自由知识分子精神的代表。他们不仅忠实于自己的信仰,对权力不屑一顾,追求艺术的独立精神,而且他们在出身、文化背景以及教育背景、文化气质、性格等方面都有着较多相似之处,各自为人类的文化谱写出动人的一页。

一

人们在谈到英国布鲁姆斯伯里文化圈的时候,往往把它和英国的所谓"知识贵族"联系在一起的。伦纳德·伍尔夫曾说:"那个社交圈子是由职业中产阶级和乡绅中的上层人物构成的,中间还穿插着一些贵族……斯蒂芬、斯托拉奇、里奇、萨克雷以及达科沃斯等家族,门第古老,血脉流长,余泽遍及整个乡绅、贵族和上层阶级。"②昆汀·贝尔在谈到布鲁姆斯伯里文化圈最早的一批成员时也说:"就像那时大多数剑桥大学生一样,这些人出身于中产阶级家庭,有着各自不同的文化背景。其中索比·斯蒂芬和利顿·斯特雷奇两人,按出身是属于那种伦敦的'知识贵族'。考虑到'知识贵族'和剑桥的关系,还有和后来布鲁姆斯伯里涌现出的知名人物的关系,当人们讨论布鲁姆斯伯里

---

① 吴福辉编选:《京派小说选》,第 2 页。

② [英]Leonard Woolf. *An Autobiograh*:Volume2:1911-1969:Oxford:Oxford University Press,1980:50

有智性的先辈时,这个'知识贵族'的背景就显得颇为重要。"①如果仔细考察早期布鲁姆斯伯里文化圈成员的家庭出身以及他们家族之间的复杂关系,这一点就特别明显。如伦纳德·伍尔夫来自伦敦富有的犹太家庭,克莱夫·贝尔是威尔士一个矿主的后代;至于斯蒂芬和斯特雷奇的家族则更为复杂,他们通过通婚等形式形成了一个巨大的社会关系网络,很多带有贵族的血统。像布鲁姆斯伯里文化圈最核心的瓦奈萨姊妹兄弟四人,他们的父亲莱斯利·斯蒂芬(Leslie Stephen)本身就是一位在当时很有影响的文学家,他是《英国传记大词典》的首任编辑,著有《18 世纪英国思想史》《伦理科学》等学术著作,也是一位优秀的散文家,他的第一任妻子是英国著名作家萨克雷的女儿。布鲁姆斯伯里成员这种相对优越的经济条件和家庭背景无疑使他们能置身于当时社会的上层,从而获得进入剑桥、牛津这些著名学府接受精英教育的资历。其实,布鲁姆斯伯里文化圈的很多成员都和剑桥大学有着不解之缘,有的就读于剑桥,而有的则长期在剑桥任教,而当时的剑桥名人荟萃,聚集了许多一流的学者,"那个时候的剑桥,是一个巨大的思想与智性的宝库。诚如伦纳德·伍尔夫所说,这里有着'非凡的哲学智慧的爆发'"②。如著名的哲学家、数学家和教育家怀特海、著名哲学家罗素、哲学家 M.塔格特、G.E.穆尔当时都是剑桥三一学院的研究员,年轻的布鲁姆斯伯里文化圈成员在剑桥学习时深刻受到他们思想的影响。其他如哈利·诺顿、约翰·梅纳德·凯恩斯、E.M.福斯特、锡德尼·沃特鲁等等都和剑桥有着不解之缘。作为世界历史最悠久、知名度最高的大学之一,剑桥悠久的历史和人文传统、贵族精英的文化意识和属性对青年人的熏陶是无形而又巨大的,徐志摩在剑桥游学后曾经深情地说:"我不敢说说受了康桥的洗礼,一个人就会变气息,脱凡胎。我敢说的只是——就我个人说,我的眼是康桥教我睁的,我的求知欲是康桥给我拨动的,我的自我的

---

① [英]昆汀·贝尔:《隐秘的火焰:布鲁姆斯伯里文化圈》,第 20 页。
② [英]昆汀·贝尔:《隐秘的火焰:布鲁姆斯伯里文化圈》,第 20 页。

意识是康桥给我胚胎的。"①"春天(英国是几乎没有夏天的)是更荒谬的可爱,尤其是它那四五月间最渐缓最艳丽的黄昏,那才真是寸寸黄金。在康河边上过一个黄昏是一服灵魂的补剂。啊！我那时蜜甜的单独,那时蜜甜的闲暇。一晚又一晚的,只见我出神似的倚在桥阑上向西天凝望——看一回凝静的桥影,/数一数螺细的波纹;/我倚暖了石阑的青苔,/青苔凉透了我的心坎……"②当代学者金耀基笔下的剑桥呈现的是一种亦真亦幻的朦胧美、诗意美,让人遐想:"十月下旬,剑桥的秋叶就飞舞在家的门口了。剑桥的秋特别多风、多雨。在萧萧风雨的窗前,少不得多添几分旅次的惆怅。但在天晴的日子里,这个中古大学城的秋光艳色不只使你目不暇给,并且几乎完完全全地占据了你的心灵。站在举世著名的 Backs(剑大许多古老学院的后园)上,看一树树、一树树的金黄,在阳光下闪烁,在微风中跃动,把原来已经碧绿的草地衬得更绿,把原有王者气象的王家学院礼拜堂烘托得更加庄严堂皇,而三一学院的古雅纯朴的'雷恩图书馆',圣约翰学院'太息桥'头的紫红牵藤,也越发显得凝定与活泼了。至于徐志摩所说'最有灵性'的剑河,不论是夏绿或秋黄,总是那样徐徐自得,清逸出尘,总有那份特有的女性的柔情与秀致。噢！这是一幅多么醉人的图画！"③

在这种精神氛围熏陶下的布鲁姆斯伯里文化圈的精英们,一方面具有桀骜不驯、唯我独尊的贵族气质,崇拜艺术至上的精神;另一方面也接受了现代民主政治意识的浸染,具有对现实的批判精神。一些人在回忆布鲁姆斯伯里文化圈的文章中曾经谈起他们的这些个性:"才华与兴趣这种'血缘'让布鲁姆斯伯里文化圈成为一个家族。在这里,你可以通过写作、绘画或者音乐等艺术手法尽情抒发自己的情感。也许这才是生活的真正目的——在这里用到'目的'二字,可能有些不恰当吧。追求正直与完整的艺术则是这个圈子的信

---

① 徐志摩:《吸烟与文化》,载 1926 年 1 月 14 日《晨报副刊》。
② 徐志摩:《我所知道的康桥》,原载 1926 年 1 月 16 日《晨报副刊》。
③ 金耀基:《剑桥语丝·雾里的剑桥》(增订本),中华书局 2013 年版,第 9 页。

仰与灵魂。在它曾经辉煌的岁月里,这里没有人亵渎文字——既没有出卖声誉者,也没有劣等卖文者——这也是他们值得骄傲的地方。"①"而对于像布鲁姆斯伯里这样的文化群体而言,友谊重于爱情,审美创造重于爱情的结晶:它的和谐性不仅在于相似,更在于相互间的互补性与创造性。这个群体的成员,寥寥可数,他们对权力不屑一顾;他们忠于自己的信仰,但并不将其强加于人;他们聚集在一起,不为力量,只为找寻属于自己的快乐。或许这就是他们能够在这样一个恃强凌弱的世界里形成一方文明天地的原因吧。"②"该文化圈领袖人物的与众不同之处是他们能身体力行自己的信仰……这些个性鲜明的文化领军人物当然不可能让自己屈从于大众的胃口。他们颂扬各艺术领域的经典,拉辛(Jean Racine)、弥尔顿(John Milton)、普桑(Nicolas Poussin)、塞尚(Paul Cezanne)、莫扎特(Wolfgang Mozart)、简·奥斯丁(Jane Austen)是他们最为怀念的艺术家……他们都出淤泥而不染;再者,他们大多从容淡定,并不指望自己的价值观能为大众所接受……在它的光芒下,实用主义、柏格森主义和牛津理想主义都黯然失色。"③明白了这些,或许人们就可以理解当时英国著名作家 D.H.劳伦斯和布鲁姆斯伯里之间的矛盾和冲突了。劳伦斯出身于一个矿工的家庭,其低微贫寒的家世使他一直难以被布鲁姆斯伯里文化圈所接纳,好几次劳伦斯的朋友想把他引荐给布鲁姆斯伯里文化圈,结果每一次都以失败而告终,留下了极为不快的经历。劳伦斯曾经愤怒地说:"听着这些年轻人的谈话,真是让我怒火满腔:他们不停地讨论,没完没了——却从来说不出什么真正好的、实在的东西。他们吵吵嚷嚷,傲慢无礼……他们使我夜里梦

---

① [英]克里斯托夫·伊舍伍德:《摩根·福斯特和弗吉尼亚·伍尔夫》,见[加]S.P.罗森鲍姆:《回荡的沉默:布鲁姆斯伯里文化圈侧影》,第159页。
② [英]夏尔·莫隆:《我印象中的布鲁姆斯伯里》,见[加]S.P.罗森鲍姆:《回荡的沉默:布鲁姆斯伯里文化圈侧影》,第202页。
③ [英]雷蒙德·莫蒂默:《伦敦函件》,[加]S.P.罗森鲍姆:《回荡的沉默:布鲁姆斯伯里文化圈侧影》,第7、8页。

到像蝎子一样咬人的甲壳虫,我得弄死它,一个很大的甲壳虫。"①劳伦斯在不
少场合都把布鲁姆斯伯里的一些成员形容为"黑色的甲壳虫","可怕"、"肮
脏"。布鲁姆斯伯里文化圈的重要人物梅纳德·凯恩斯回应说:"假如我想象
一下,劳伦斯用他无知、嫉妒、敏感和充满敌意的目光注视着我们,我们的品质
却激起他强烈的厌恶……所有这些指责,对于可怜的、单纯的、善良的我们来
说,是不公平的。"②凯恩斯和利维斯把其归为劳伦斯对布鲁姆斯伯里智性品
格的反抗和蔑视,其实这场冲突的实质可以说是劳伦斯为代表的底层、草根文
化和剑桥—布鲁姆斯伯里贵族精神的一种对抗。

二

而京派文人集团的成员大都出身于官宦和士绅阶层,在社会中同样居于
较高的地位。"士绅社会是一个由获得功名的精英主宰的社会,它处于由地
方行政官代表的公共事务领域与个人及其家族的私人领域之间"③。"士绅与
士大夫,指的是同样一群人,他们在传统中国都是享有功名的读书人,有着共
同的儒家价值观,共同的文化趣味和社会地位。当说他们是士大夫时,更多指
的是他们在帝国内部的官僚职能,当说他们是士绅的时候,更多指的是他们在
乡村社会作为地方精英的公共职责"。"士绅是与地方政府共同管理"。④ 我
们来看一下京派文人集团中主要成员的家庭背景:周作人,出身于一个聚族而
居的封建士大夫家庭,祖父周福清,参加科考,曾入翰林院,任过地方的知县,
后在京城任内阁中书。俞平伯,出生于名门望族,他的曾祖父俞曲园,是晚清
著名学者,曾入翰林院。父亲俞陛云,中过进士,放过学政,担任过浙江图书馆

---

① [英]昆汀·贝尔:《隐秘的火焰:布鲁姆斯伯里文化圈》,第75页。
② [英]昆汀·贝尔:《隐秘的火焰:布鲁姆斯伯里文化圈》,第77页。
③ [加]卜正民:《为权力祈祷:佛教与晚明中国士绅社会的形成》,张华译,江苏人民出版社2005年版,第21页。
④ 见许纪霖等:《近代中国知识分子的公共交往(1895—1949)》,第4页。

馆长、北京清史馆提调等职务。林徽因,祖父林孝恂,系前清翰林,历任金华、石门等地的主官。父亲林长民毕业于日本早稻田大学,历任国务院参议、司法总长等职务。凌叔华,父亲凌福彭早年中进士,曾任顺天府尹、直隶布政使。叶公超,出生于书香之家,父亲虽然早逝,但他后来主要由叔叔叶恭绰抚养。叶恭绰曾任民国政府交通总长,也是著名的书画家。朱光潜,出生于一个逐渐破落的封建士绅家庭。林庚,父亲林宰平时任清华大学著名哲学教授。其他如孙毓棠、孙大雨、梁实秋、李健吾等的出身也大都在当时的社会中有一定的地位,可见,这样的家庭背景为他们后来能够接受精英化教育奠定了基础。

和布鲁姆斯集团成员相似之处还在于,京派文人集团的成员大都有良好的中外教育背景,和当时中国第一流的大学北京大学、清华大学、燕京大学等保持着紧密的联系。当时的周作人在北京大学任教,而他的弟子废名、俞平伯、冯至等也大多在北京大学和燕京大学读书、工作。叶公超、闻一多、金岳霖、孙大雨、孙毓棠、李健吾、罗念生等也大多在清华大学任教或求学。稍后加入的萧乾、何其芳、曹葆华、林庚、李广田、曹葆华等也都是这几所大学的学生。朱光潜、梁宗岱等回国后也在北京大学等任教。因此这个社团的知识分子在文化和人格上的贵族气质也是明显存在的。他们不仅大多社会地位优越,在经济上比起一般社会阶层来也有天壤之别,让人羡慕。他们在政治上崇尚西方的自由主义思想,渴望民主和人权,对现实的政治环境深感不满;在文学上追求独立、自由、宽容,批判各种功利化的倾向,特别是对文学的商业化和政治化不遗余力地抨击,致力探求人性的尊严。此外,还致力营造唯美、空灵、静穆的文学世界,因而具有超脱时代的清高、雅致。周作人在谈到文学时就毫不避讳这一点,他说:"贵族阶级在社会上凭借了自己的特殊权利,世间一切可能的幸福都得享受,更没有什么歆羡与留恋,因此引起一种超越的追求。""我相信真正的文学发达的时代必须多少含有贵族的精神。求生意志固然是生活的根据,但若没有求胜意志叫人努力,去求'全而善美'的生活,则适应的生存容易是退化而非进化的了。"①朱光潜则极力崇拜古希腊文学的贵族气质,倡导一种超功利、超现实的"静穆"美学理想。正是这些带有贵族、精英的文化色彩,当时的京派文人时常遭到海派作家以及左翼作家的批评。左翼青年有感于周作人倡导所谓"讲闲话"、"玩古董"的文学理想,撰文批评他为时代的"落伍者","命定地趋于死亡的没落"②。1934 年,周作人五十寿辰时颇有雅兴地写作了两首打油诗,诗中充溢着士大夫的闲适和幽默心理:

其　　一

前世出家今在家,不将袍子换袈裟。

街头终日听谈鬼,窗下通年学画蛇。

老去无端玩骨董,闲来随分种胡麻。

旁人若问其中意,且到寒斋吃苦茶。

其　　二

半是儒家半释家,光头更不着袈裟。

中年意趣窗前草,外道生涯洞里蛇。

徒羡低头咬大蒜,未妨拍桌拾芝麻。

谈狐说鬼寻常事,只欠工夫吃讲茶。

周作人的这两首打油诗几乎形成了一个公共性的文化事件,和他身份、审美情趣相似的人们纷纷附和,如胡适、林语堂、蔡元培等都写了应和的诗作。然而与此同时也引起了左翼青年的同声指责,他们纷纷批评周作人这种不食人间烟火的贵族气息。同样,朱光潜的观点也遭到左翼阵营的质疑,鲁迅批评朱光潜的静穆观点只不过是一种乌托邦的幻境,在现实中根本就不存在:"以现存的希腊诗歌而论,荷马的史诗,是雄大而活泼的,沙孚的恋歌,是明白而热

---

① 周作人:《贵族的与平民的》,《自己的园地》,第 16 页。

② 非白(傅非白):《鲁迅与周作人》,1930 年 6 月 12 日《新晨报》副刊。

烈的,都不静穆。我想,立'静穆'为诗的极境,而此境不见于诗,也许和立蛋形为人体的最高形式,而此形终不见于人一样。""凡论文艺,虚悬了一个'极境',是要陷入'绝境'的,在艺术,会迷惘于土花,在文学,则被拘迫而'摘句'。"①也同样因为京派文人身上的这些贵族气质,他们在中国的社会中长期处于不被理解乃至遭到严厉清算的命运,这一点比起布鲁姆斯伯里文化圈的人们有过之而无不及。

三

作为精英化分子为主体参与的社团,布鲁姆斯伯里文化圈和京派文人集团在社团的活动方式和运作上也有非常相似的地方,比如都采用了文化沙龙的聚会方式凝聚知识分子,谈论的中心紧紧围绕文学、艺术以及其他社会性话题;都重视创办出版社和同仁刊物;重视评奖、演戏等,都有各自的核心和灵魂人物等等,因此有人把中国这个以新月社和京派为主构建的社团称之为东方的"布鲁姆斯伯里文化圈"是颇有道理的。这在本质上是知识分子参与社会公共性领域的重要实践。

沙龙(Salon)是一个舶来名词,在西方的本意为"客厅",主要是一种空间意义,后来逐渐拓展到公共文化空间领域,多半指有知识、有身份的人以言谈为目的的经常性聚会。据考证,最早的文学沙龙由德·朗布依埃夫人创办,在当时影响很大:"1630—1648年是沙龙的最辉煌时期,每逢星期三,朗布伊耶公馆便成了社会风尚和文化生活的重要活动中心。"②沙龙在启蒙主义时代成为时髦的文化现象,西方很多国家如法国、俄国、英国、意大利、瑞士等都出现了著名的沙龙团体。主要原因是当时繁文缛节的贵族宫廷式聚会开始被人们抛弃。随着城市的崛起,公共领域的基础出现了新的变化,一个介于

① 鲁迅:《且介亭杂文二集·"题未定"草(七)》,《鲁迅全集》第6卷,第427、428页。
② [法]阿兰·克鲁瓦、让·凯利亚:《法国文化史》,傅绍梅、钱林森译,华东师范大学出版社2006年版,第237页。

贵族和市民阶级社会之间的有教养的中间阶层开始形成,宫廷开始逐渐让位于沙龙:"在17—18世纪的巴黎沙龙里,贵族与富有市民、艺术家与学者聚集在一起,形成了一种远离宫廷和教会的新的公共空间。与贵族世界不同,沙龙基本上是一个开放的社交圈子,社会成分是混杂的,但在观念上是平等的。"①哈贝马斯在考察沙龙的历史变迁中注意到:"尽管宴会、沙龙以及咖啡馆在其公众的组成、交往的方式、批判的氛围以及主题的趋向上有着悬殊,但是,它们总是组织私人进行一定的讨论;因此,在机制上,它们拥有一系列共同的范畴,首先要求具备一种社会交往方式。"②詹姆士·弥尔顿在谈到启蒙主义时期沙龙的特征和作用时也说:"沙龙和启蒙运动时期公共空间中的其他团体一样,与18世纪的出版文化有着紧密的联系。尽管交谈才是沙龙的中心,但沙龙文化却不仅限于口头。作家占据首要地位的沙龙,是书面文字产生和传播的地方。最后,沙龙为不同社会和职业背景的个人,在一个相对比较平等的条件下,共处一室提供了机会。"③西方的沙龙在一度辉煌之后在19世纪逐渐衰落,而以弗吉尼亚·伍尔夫为核心形成的布鲁姆斯伯里文化圈不仅在一定意义上复活了沙龙,而且使它绽放出璀璨的光芒,成为沙龙中最耀眼的明星。英国的一批精英知识分子定期在这里举行聚会,以文学艺术为谈论的中心,从而对20世纪的英国文化产生了重要的影响。关于布鲁姆斯伯里文化圈的沙龙聚会情形,有人曾经回忆:"按照惯例,他们五六个人每个星期都会有一次晚饭后的小聚,有时在她家(指弗吉尼亚·伍尔夫),有时在她的姐姐瓦奈萨家,一般都有一两个年青一代的知识分子受邀参加聚会,如德斯蒙德·麦卡锡和福斯特。聚会的安排一般都不太正式,大家也知道此举的真正目的是让大家能好好聊聊。因为这个原因,再加上那时候文人在生活上

---

① 见费冬梅:《沙龙:一种新都市文化与文学生产(1917—1937)》,北京大学出版社2016年版,第10、11页。

② [德]哈贝马斯:《公共领域的结构转型》,曹卫东等译,第41页。

③ [英]詹姆士·弥尔顿:《公共空间中的妇女:启蒙运动时期的沙龙》,见李宏图编选:《表象的叙述:新社会文化史》,上海三联书店2003年版,第190页。

都很节制,聚会上除了咖啡没有其他喝的东西。"①这和西方传统意义的文化沙龙是一脉相承的。

作为沙龙活动,谈话无疑是它最主要的形式。昆汀·贝尔在谈到这种沙龙聚会时描述说:"没有什么比谈话更能够显示这个团体的个性,没有什么比重构谈话的场景更困难的了……梅纳德·凯恩斯说话喜欢似是而非,利顿·斯特雷奇往往会突然冒出极为犀利的惊人之语,德斯蒙德·麦卡锡令人诧异的魅力似乎确实来自于他的如簧巧舌,而弗吉尼亚·伍尔夫晚年能够使她的朋友着迷于一种古怪的由谈话引起的幻象。我想,这些谈话的语调还是来自G.E.穆尔,谈话气氛欢快,也颇具严肃性,不仅是闲聊,还有很多争论。不管怎样,这些争论不是要分出胜负,而是努力去探询真理。这当然就意味着对沉默的尊重。"②布鲁姆斯伯里文化圈的人们在聚会时往往高谈阔论,甚至争论不休。杰拉尔德·布雷南的日记曾记叙了布鲁姆斯伯里文化圈一次沙龙活动的具体情形:

> 1926年1月28日。10点。安格斯·戴维森家,聚会聊天。有弗吉尼亚、瓦奈萨、朱莉亚·斯特雷奇(Julia Strachey)、雷维拉特女士(MmeRaverat)、伊迪丝·西特韦尔,还有一位外国人,其余均为男士,因为不大容易让其他女士与斯蒂芬姐妹同处于一个房间里。男士有利顿和他的年轻的学生菲利普·里奇(Philip Ritchie)、伦纳德·伍尔夫、邓肯·格兰特……聚会非常有趣。弗吉尼亚僵硬地斜侧着身体,在抨击那些画家——指责他们多么荒诞怪异,他们如何被那些琐屑之处迷住,他们怎样对任何事情都要褒贬一番。瓦奈萨和邓肯为了一只猫会连续谈论上几个小时……不管弗吉尼亚走到哪里,她都像拉普兰(Lapland)的巫婆一样,会点燃战争之

---

① [英]杰拉尔德·布雷南:《布鲁姆斯伯里人在西班牙和英格兰》,[加]S.P.罗森鲍姆:《回荡的沉默:布鲁姆斯伯里文化圈侧影》,第71、72页。
② [英]昆汀·贝尔:《隐秘的火焰:布鲁姆斯伯里文化圈》,第47页。

火……它如果不是关于新老两代的争论，就是关于作家与画家，甚至男人与女人的争辩。①

杰拉尔德·布雷南在这里不仅提供了一份大体完备的布鲁姆斯伯里文化圈沙龙聚会的名单，而且提供了不少关于他们聚会的趣闻，他们谈论的话题既有严肃的社会文化问题，也有轻松活泼的轶事。

按照西方学者对沙龙的定义，沙龙与其他的公共文化空间如咖啡馆相比较，它的一个显著特征就是有一个才貌双全的女性在其中扮演最重要的角色。她既是沙龙秩序的维护者，也是最有教养、最有身份和最有品位的人，最具有发言权。如朗布依埃夫人、斯居戴黎夫人、雷卡米埃夫人、塞维涅夫人、范哈根夫人、弗贡思卡佳夫人等都是。而在布鲁姆斯伯里文化圈里，弗吉尼亚·伍尔夫当仁不让地成为整个文化圈的灵魂人物。弗吉尼亚·伍尔夫是一位多才多艺的小说家和评论家，其文学创作具有独特的个性，在世界文坛都占有一席之地，是一位很有影响的人物。弗吉尼亚·伍尔夫1882年出生，父亲和母亲都出身高贵，富有艺术修养，这些都为弗吉尼亚·伍尔夫后来的发展打下良好的基础。她自幼爱好文学，父亲藏书丰富的图书馆使她能够博览群书。弗吉尼亚·伍尔夫从青年时代就进入布鲁姆斯伯里文化圈，她渊博的学识、睿智的思想、高雅的风度让很多人为之叹服，逐渐成为布鲁姆斯伯里文化圈最著名的女性。在很多人的回忆中，弗吉尼亚·伍尔夫是整个布鲁姆斯伯里文化圈的灵魂和天使，她的举手投足间都带有征服的力量，甚至超越了男性同伴。有人回忆说："文化圈里的女性也与寻常女子不同。维多利亚时代的特征仍能在她们身上看到，不过她们比起自己的同伴来，无论是见解还是才智都稍胜一筹。比如说弗吉尼亚·伍尔夫，她从外表到气质都异常出众，她的美丽不应该为太阳独享，因为她理应属于每一颗星星。她的外表虽然带有明显的现代气息，不过维多利亚时代的特征仍然使她与众不同。她从不刻意展现自己非凡的容

---

① ［英］杰拉尔德·布雷南：《布鲁姆斯伯里人在西班牙和英格兰》，见［加］S.P.罗森鲍姆：《回荡的沉默：布鲁姆斯伯里文化圈侧影》，第82页。

貌,那是一种无须矫饰的美。"①"弗吉尼亚·伍尔夫美丽得就像皎洁的月光。
她那似乎经过精雕细刻的面孔、深邃的双眼,毫无预示地让你承受悲剧的结
局,每一个认识她的人都曾经经历过这种悲伤。她喜爱这个世界像蝴蝶般美
丽的每一面和每一个瞬间,她也喜欢追逐这些可爱的生灵,但不会让它们翅膀
上的彩色花粉掉落。每当听到有创意的想法,她都会拊掌而笑。说话的时候
她总是直奔主题。"②安杰莉卡·加尼特以动人的笔触这样描写弗吉尼亚·伍
尔夫在谈话时让人颠倒的神采:"下午茶结束以前,她常会在一根长长的烟嘴
上燃起一支香烟,随着闲谈渐入佳境,她自己便在升腾的烟雾后面变得模糊不
清了。她会谈到休·沃尔普、埃塞尔·史密斯(Ethel Smyth)的来访,或是某件
当地的绯闻,受到我们的评论和笑声的怂恿,她的高谈阔论可以升华到幻想的
高度,而不受现实的干扰……她的聪慧并不是没有预谋的神来之笔,所以看到
自己大获成功,她的双眼就泛出光彩。"③在杰拉尔德·布雷南的笔下,弗吉尼
亚·伍尔夫:"声音饱含着力量,流露出自信。只要稍有感触,她便滔滔不绝,
有如伟大的钢琴家即兴谱曲。她天生就是遣词造句的大师,说话的时候绝不
会带有偶尔出现于作品里的那种矫情。"④事实上,弗吉尼亚·伍尔夫在布鲁
姆斯伯里文化圈的地位无人能够替代,可以说,布鲁姆斯伯里文化圈因她而兴
盛,也因她的自杀而无可挽回地走向衰落,其对该文化圈的巨大影响力可见
一斑。

当然,弗吉尼亚·伍尔夫之所以受到布鲁姆斯伯里文化圈的推崇和敬重
也在于她的文学成就。弗吉尼亚·伍尔夫早期的两本作品《邱园记事》和《墙

① [英]奥斯伯特·西特维尔:《休战期间的布鲁姆斯伯里》,见[加]S.P.罗森鲍姆:《回荡的沉默:布鲁姆斯伯里文化圈侧影》,第26页。
② [英]伊迪丝·西特维尔:《备受呵护的布鲁姆斯伯里》,见[加]S.P.罗森鲍姆:《回荡的沉默:布鲁姆斯伯里文化圈侧影》,第32页。
③ [英]安杰莉卡·加尼特:《弗吉尼亚·伍尔夫和伦纳德·伍尔夫》,见[加]S.P.罗森鲍姆:《回荡的沉默:布鲁姆斯伯里文化圈侧影》,第166、167页
④ [英]杰拉尔德·布雷南:《布鲁姆斯伯里人在西班牙和英格兰》,[加]S.P.罗森鲍姆:《回荡的沉默:布鲁姆斯伯里文化圈侧影》,第69页。

上的斑点》由贺加斯出版社出版,引起了十分强烈的反响。尤其是《墙上的斑点》是其第一篇"非正统"的小说,它别具一格的创作风格尤其是意识流手法的运用给人们带来强烈的震撼。后来弗吉尼亚·伍尔夫又陆续创作了《雅各的房间》《到灯塔去》《奥兰多》《海浪》《普通读者》《一间自己的屋子》《岁月》《罗杰·弗莱传》等多部作品,成为英国文坛乃至世界文坛有较高知名度的作家。弗吉尼亚·伍尔夫的同事 E.M.福斯特曾经对她的文学贡献有着很高的评价:"我们一旦理解了她所用的技巧的性质,就会意识到关于人类,她在描述上已经尽其所能了。身处诗的世界,却迷恋另一个世界,她总是从自己的魔法树上伸手攫取随着日常生活变化而飘过的点点滴滴,并且利用其构建各种小说。""弗吉尼亚·伍尔夫创作出了数量庞大的作品,她以崭新的方式给读者带来了极大的快乐,她在黑夜的映衬下,将英语的光芒进一步扩展到了更加遥远的地方。这些都是事实。这样一位艺术家的墓志铭,不能由头脑庸俗或者哀伤消沉的人士来撰写。"①而和弗吉尼亚·伍尔夫同时代的大诗人艾略特则这样评价她:"相信不久的未来,人们将会对弗吉尼亚·伍尔夫的小说在英国文学史上应该占有怎样的位置作出公正的评价,而且许多相关资料也会帮助我们了解她的作品对其同时代人有着怎样的影响……可以确切地说,如果没有非凡的写作才能和独特的人格,弗吉尼亚·伍尔夫不可能在其同时代人中享有如此特殊的地位。""随着弗吉尼亚·伍尔夫的逝去,一种文化模式也正在土崩瓦解——从某种角度而言,或许她就是这种文化的唯一象征吧。"②弗吉尼亚·伍尔夫在文学批评上同样有独到的见解。她发表的《现代小说》一文系统阐释了自己的批评观念,带有很前卫的色彩,堪称新的艺术观念的宣言书。弗吉尼亚·伍尔夫颠覆了人们传统上的小说观念,宣称传统的小说观

---

① 　[英]E.M.福斯特:《弗吉尼亚·伍尔夫》,[加]S.P.罗森鲍姆:《岁月与海浪:布鲁姆斯伯里文化圈人物群像》,徐冰译,江苏教育出版社 2006 年版,第 132、142 页。版本下同。

② 　[英]T.S.艾略特:《弗吉尼亚·伍尔夫和布鲁姆斯伯里文化圈》,见[加]S.P.罗森鲍姆:《回荡的沉默:布鲁姆斯伯里文化圈侧影》,第 164—165 页。

念已经过时:"目前依我们看来,最流行的那一类小说把我们寻求的东西真正抓住的时候少,放跑错过的时候多。"她进而提出自己的观点。可以说这篇宣言开启了一个文学新的时代,其价值在日后的历史中得到了验证。

晚清以降,伴随着中国社会逐渐进入近代化的历史进程,中西文化的交流和融合日趋紧密。在这种大的文化背景下,西方沙龙的文化形式也开始不断地被介绍到中国。据学者费冬梅在其所著《沙龙:一种新都市文化与文学生产(1917—1937)》(北京大学出版社 2016 年版)一书中的考证,中国比较早引入西方沙龙概念的是梅光迪。1917 年,梅光迪发表的一篇文章中,公开倡导沙龙:"文学史家告诉我们,十七、十八世纪法国学者之所以变得雅致(urbani-ty),主要是沙龙客厅里女性的功劳……直到今天,法国女性在文化圈中还是很有势力。法国学者也是世界上最优雅的……与女性同游,可以让我们学得温和之气,以及我们最缺乏的举止得体之礼。而我们跟她们交往绝对不像有些人所想象的,只是一种社交上的乐事。那其实是一种严肃的磨炼,是一种削去我们棱角的磨炼。"①随后沙龙一词开始在中国国内频繁使用,而类似西方沙龙组织的文化形式如茶会、酒会、咖啡馆聚会等在上海、北京等大都市如雨后春笋般涌现。在这中间,京派文人所定期或不定期举办的文化沙龙是最具有影响力的,其活动的内容和方式与布鲁姆斯伯里文化圈的沙龙有不少共同之处。

京派文人当时聚集的主要地点有周作人家所在的八道湾住所、林徽因家"太太的客厅"、朱光潜家所在的慈慧殿 3 号,还有沈从文、萧乾以《大公报》名义邀约作者的中山公园。这里面以林徽因"太太的客厅"为中心的文化空间真正具有了西方沙龙的特点,因而其和布鲁姆斯伯里文化圈的沙龙非常相似。比如它和大学建立了真正的联系,聚集着一大批广有影响的学者名流;它所涉及的主题也主要是文学和艺术,也具有一个非常出色的沙龙的女主角等。在

---

① 梅光迪:《新的中国学者:作为人的学者》(The New Chinese Scholar:The Scholar As Man),1917 年 5 月《中国留美学生月报》。

1930年代,随着林徽因、梁思成从东北大学返回到北平,他们所居住的北京东总布胡同3号成为许多知识精英聚会的场所,构成了现代中国沙龙最为夺目的篇章和几代人的美好回忆,代表着中国现代文化沙龙的黄金时期。经常出入这个文化沙龙的主要是留学欧美的知识分子,更多地受到西方文化的影响,如金岳霖、张奚若、陶孟和、钱端升、陈岱孙、周培源、叶公超、李健吾等,还有美国人费正清、费慰梅,到了后来更多的青年作家也加入进来,如沈从文、萧乾、卞之琳等。虽然有些人曾经对林徽因"太太的客厅"有些不同的看法,如女作家冰心曾经在《大公报》文艺副刊上发表过小说《我们太太的客厅》,据认为是影射和讽刺林徽因之作。不管作品真实性如何,但从中能大体看出当时文人在沙龙聚会畅谈的情形。作品中描述的沙龙女主人更多的是名媛的身份:"墙上疏疏落落的挂着几个镜框子,大多数的倒都是我们太太自己的画像和照片。无疑的,我们的太太是当时社交界的一朵名花,十六七岁时候尤其嫩艳! 相片中就有几张是青春时代的留痕。""太太已又在壁角镜子里照了一照,回身便半卧在沙发上,臂肘倚着靠手,两腿平放在一边,微笑着抬头,这种姿势,又使人想起一幅欧洲的名画。"沙龙中的客人大多是画家、诗人、学者等知识分子,他们在沙龙中或读诗,或调情……小说在提到沙龙的活动时也带有明显的嘲讽语气:"大家都纷纷的找个座儿坐下,屋里立刻静了下来。我们的太太仍半卧在大沙发上。诗人拉过一个垫子,便倚坐在沙发旁边地下,头发正擦着我们太太的鞋尖。"①但是,在更多人的笔下,"太太的客厅"却呈现出另外的样子,它成为知识、智慧和精英文化的象征。如卞之琳回忆说:"当时我在她的座上客中是稀客,是最年轻者之一,自不免有些拘束,虽然她作为女主人,热情、直率、谈吐爽快、脱俗(有时锋利),总有叫人不感到隔阂的大方风度。"②萧乾等青年作家也把能进入"太太的客厅"作为登龙门的标志。萧乾

---

① 冰心:《我们太太的客厅》,原载1933年9月天津《大公报》文艺副刊第2至第10期。

② 卞之琳:《窗子内外:忆林徽因》,陈钟英、陈宇编:《中国现代作家选集·林徽因》,第279页。

回忆说:"那几天我喜得真是有些坐立不安……两小时后,我就羞怯怯地随着沈先生从达子营跨进了总布胡同那间有名的'太太的客厅'。那是我第一次见到林徽因。如今回忆起自己那份窘促而又激动的心境和拘谨的神态,仍觉得十分可笑。然而那次茶会就像在刚起步的马驹子后腿上,亲切地抽了那么一鞭。"①

林徽因"太太的客厅"沙龙成员情况一览表(1932 年—1937 年 6 月)

姓名	籍贯	出生年月	职业、职位	教育背景	备注
林徽因	福建福州	1904	诗人、营造学社职员	宾夕法尼亚大学美术系	
梁思成	广东新会	1901	建筑学家、营造学社职员	宾夕法尼亚大学建筑学硕士	
李健吾	山西运城	1906	剧作家、评论家	清华大学外文系、法国巴黎现代语言专修学校	
张奚若	陕西朝邑	1889	政治学家、清华大学政治系教授	美国哥伦比亚大学硕士	
金岳霖	湖南长沙	1895	哲学家、清华大学教授	宾夕法尼亚大学政治系毕业后进入哥伦比亚大学研究院,获哲学博士学位	
周培源	江苏宜兴	1902	物理学家、清华大学物理系教授	加利福尼亚理工学院	
陶孟和	浙江绍兴	1889	社会学家、北京大学教授	伦敦经济学院社会学系	
钱端升	上海	1900	法学家、政治学家、清华大学教授	哈佛哲学博士	
沈从文	湖南凤凰	1902	小说家,《大公报》编辑	小学毕业	
萧乾	北京	1910	小说家,《大公报》编辑	燕京大学新闻系	

---

① 萧乾:《一代才女林徽因》,见陈钟英、陈宇编:《中国现代作家选集·林徽因》,第1—2页。

续表

姓名	籍贯	出生年月	职业、职位	教育背景	备注
费正清	美国	1907	汉学家,清华大学讲师	哈佛大学博士生	
费慰梅	美国	1909	建筑学者	哈佛拉德克里夫女子学院艺术史系	
卞之琳	江苏海门	1910	诗人	北京大学英文系	
叶公超	江西九江	1904	北京大学西洋文学系教授	剑桥大学文学硕士	
陈岱孙	福建闽侯	1900	经济学家、清华大学经济系教授	哈佛大学哲学博士	
朱自清	江苏东海	1898	清华大学教授,中国文学系主任	北京大学哲学系	

(资料来源:费冬梅:《沙龙:一种新都市文化与文学生产(1917—1937)》,北京大学出版社2016年版,第181页。)

　　以林徽因"太太的客厅"为中心的沙龙中,谈话也是最主要的活动形式,一群志同道合的朋友在这里侃侃而谈,纵论中外文学和艺术。这其中,林徽因当仁不让地成为这个沙龙的中心人物,扮演着和弗吉尼亚·伍尔夫类似的角色。林徽因的这种地位是由多种原因所决定的。林徽因具有类似"卡里斯马"型的风范和气质,她出身名门,自幼受到中国传统文化的熏陶,稍后又留学海外,受到西方文化的侵染。当林徽因16岁的时候,他的父亲林长民决定带她到欧洲游学,他父亲在给她的一封信中说:"我此次远游携汝同行,第一要汝多观览诸国事物增长见识。第二要汝近我身边能领悟我的胸次怀抱……第三要汝暂时离去家庭烦琐生活,俾得扩大眼光养成将来改良社会的见解与能力。"[1]林徽因跟随父亲林长民游历了巴黎、罗马、日内瓦、法兰克福、柏林、布鲁塞尔等多个城市。后来入伦敦的St·Mary's大学学习。在这里她跟随父亲接触到当时英国不少的作家如H.G.威尔斯、E.M.福斯特、A.韦利、T.哈

————————
[1]　见陈钟英、陈宇编:《中国现代作家选集·林徽因》,第397页。

代、B.罗西尔、K.曼斯菲尔德等,这里面的一些人物本身就是布鲁姆斯伯里文化圈的成员。应当说林徽因对于西方的沙龙社交是很了解的。另外,林徽因才貌双全,气质典雅,爱好文艺,亲和力很强,热心社团活动,是社会上得到广泛认可、知名度很高的公众人物。如1924年泰戈尔来华访问时,林徽因曾经担任翻译,频频在大众媒体上露面。此外,她还亲自上台主演泰戈尔著名诗剧《齐德拉》,扮演女主角齐德拉,引起轰动。当时有的报纸报道说:"林女士态度音吐,并极佳妙。"①李健吾也曾说她:"绝顶聪明,又是一副赤热的心肠,口快,性子直,好强。""她对于任何问题感到兴趣,特别是文学和艺术,具有本能的直接的感悟。生长富贵,命运坎坷。修养让她把热情藏在里面,热情却是她的生活的支柱。喜好和人辩论……当着她的谈锋,人人低头。叶公超在酒席上忽然沉默了,宗岱一进屋子就闭拢了嘴,因为他们发现这位多才多艺的夫人在座。"②美国人费正清和费慰梅多次来林徽因家"太太的客厅"做客,他们都深为林徽因的风度所倾倒。费正清说她"擅长交际,而且极富魅力,无论在家还是在其他任何社交场合,她永远都是目光的焦点"③。费慰梅回忆说:"当我回顾那些久已消失的往事时,她那种广博而深邃的敏锐性仍然使我惊叹不已。她的神经犹如一架大钢琴的复杂的琴弦……其他老朋友会记得她是怎样滔滔不绝地垄断了整个谈话。她的健谈是人所共知的,然而使人叹服的是她也同样地长于写作。她的谈话同她的著作一样充满了创造性。话题从诙谐的轶事到敏锐的分析,从明智的忠告到突发的愤怒,从发狂的热情到深刻的蔑视,几乎无所不包。她总是聚会的中心和领袖人物,当她侃侃而谈的时候,爱慕者们总是为她那天马行空般的灵感中所迸发出来的精辟警句而倾倒。"费慰梅特别对林徽因高超的英语能力所折服:"她在英语方面广博而深厚的知识使我

①　1924年5月10日《晨报》。
②　李健吾:《林徽因》,《李健吾文集·散文卷》,北岳文艺出版社2016年版,第173、174页。
③　[美]费正清:《我们的中国朋友》,《费正清中国回忆录》,闫亚婷、熊文霞译,中信出版社2013年版,第105页。

们能够如此自由地交流,而她对使用英语的喜爱和技巧也使我们在感情上更为接近了。"①在很多人的心目中,林徽因已经成为美丽天使和智慧的化身,具有不可抗拒的魅力,尤其是她的健谈被不少人反复提及。萧乾回忆说:"她可不是那种只会抿嘴嫣然一笑的娇小姐,而是位学识渊博、思维敏捷,并且语言锋利的评论家。她十分关心创作。当时南北方也颇有些文艺刊物,她看得很多,而又仔细,并且对文章常有犀利和独到的见解。对于好恶,她从不模棱两可。"②20 世纪 40 年代,第一次见到林徽因的施蛰存,对她这方面的才干也留下了深刻的印象:"林徽因很健谈,坐在稻草墩上,她会海阔天空的谈文学,谈人生,谈时事,谈昆明印象。从文还是眯着眼,笑着听,难得插上一二句话,转换话题。"③正是凭借着这些优越的主客观条件,林徽因家的"太太的客厅"成为中国当时最负盛名的文化沙龙之一。

林徽因不但作为"太太的客厅"沙龙中的主人,承担了凝聚京派文人集团交往、交流的重任,而且她本人的文学创作和文学活动也对京派文学产生了重要影响,沙龙主人、诗人、小说家、散文家、文学批评者等多重身份集于一身。林徽因的诗歌创作虽然数量并不多,但从这些诗作中完全可以看出林徽因作为诗人的才华。她早期的诗作深受新月派诗风的影响,在内容上大多描写青春的寂寞和感伤,吟唱友情和爱情,诗风追求韵律的流畅,有一种音乐美。但进入 20 世纪 30 年代后,她的一些诗作开始呈现出现代主义的诗风,比如诗意的朦胧、意象的繁复、对韵律的反叛等。如林徽因的《秋天,这秋天》这首诗所吟唱的并不是秋天的华美、灿烂和果实累累,而是凄清、孤寂和无奈,正是现代人飘忽不定的情绪:

　　一阵萧萧的风,

---

① ［美］费慰梅:《回忆林徽因》,见陈钟英、陈宇编:《中国现代作家选集·林徽因》,第284—285 页
② 萧乾:《一代才女林徽因》,见陈钟英、陈宇编:《中国现代作家选集·林徽因》,第 2 页。
③ 施蛰存:《浦云浦雨话从文》,《新文学史料》1988 年第 4 期。

起自昨夜西窗的外沿，

摇着梧桐树哭。

"只要一夜的风，一夜的幻变。"

冷雾迷住我的两眼，

在这样的深秋里，

你又同谁争？现实的背面

是不是现实，荒诞的，

果属不可信的虚妄？

疑问抵不住简单的残酷，

再别要怜悯流血的哀惶。

整首诗飘荡的是一种无法把握命运的惶恐心理。林徽因有的诗歌还有意识地借用典型意象来展示现代人的复杂心绪，唤起人们多方面的联想，以有限追求无限，避免了诗歌的直白和浅显。如她的《题剔空菩提叶》：

认得这透明体，

智慧的叶子掉在人间？

消沉，慈静——

那一天一闪冷焰，

一叶无声地坠地，

仅证明了智慧寂寞

孤零地终会死在风前！

昨天又昨天，美

还逃不出时间地威严；

相信这里睡眠着最美丽的

骸骨，一丝魂魄月边留念，——

……菩提树下清荫则是去年！

这首诗带有很强的玄思、哲理意味，表现了多重意蕴。诗歌的情绪哀婉低沉,充满了对美和人生转瞬即逝的凭吊,出现的如"骸骨"、"消沉"等词汇也恰是现代主义诗人笔下常有的。其他如《无题》《过杨柳》《冥思》《空想》《时间》《前后》等诗作也都一反作者前期理想、浪漫、纯净的诗风,很大程度上流露现代人精神世界的紧张、困惑和迷茫,具有很深的象征色彩。在中国现代诗歌面临十字街头徘徊的关口,林徽因自觉汇入 20 世纪 30 年代现代主义思潮的河流。她的小说有《窘》《九十九度中》《横影零篇》等,虽然篇幅较少,但依然显示出小说家多变的风格。如《窘》的浪漫主义色彩较为浓重,而《九十九度中》则有浓重的现代主义气息;《横影零篇》中的几篇又带有现实主义的成分。林徽因的散文、乃至戏剧创作在文学史上也有一席之地。虽然林徽因不以评论家的身份见长,但是她在《大公报》文艺副刊的创刊号所发表的《惟其是脆嫩》一文,倡导的文学主张实际上也反映了京派文学的理想和追求,起到了发刊词的作用,她为《大公报》所编选的《大公报文艺丛刊小说选》更是京派小说成就的一次集中展示……凡此种种事实都已证明,此时林徽因在京派文人集团的地位已经超越了前期的周作人。

第三节　社团对公共领域的介入

哈贝马斯在谈到公共领域时曾经这样说:"资产阶级公共领域首先可以理解为一个由私人集合而成的公众领域;但私人随即就要求这一受上层控制的公共领域反对公共权力机关自身,以便就基本上已经属于私人,但仍然具有公共性质的商品交换和社会劳动领域中的一般交换规则等问题同公共权力机关展开讨论。"①显然,这一领域担负着重要的政治批判功能、文化批判功能以及文学批评功能。事实上,知识分子唯有全面地介入公共领域空间,才能对社会施加影响,从而彰显自己的价值。法国学者让-弗朗索瓦·西里奈利认为,

---

① [德]哈贝马斯:《公共领域的结构转型》,曹卫东等译,第32页。

知识分子对社会的介入有直接介入和间接介入,"直接参与主要有两种形式,第一种是直接在社会在政治生活中担当角色,成为'当事人',和其他社会政治因素发挥同样的作用,第二种是充当'见证',通过公共领域和意识形态内部的争论,知识分子将国家和社会政治生活中的焦点问题反映出来,或梳理清晰"①。作为现代意义上的知识分子,无论是布鲁姆斯伯里文化圈还是京派文人集团,它们对公共领域的参与都是主动的、积极的,在知识分子所承担的社会责任和文化责任中发挥出应有的作用。

一

在现代社会中,媒介担当了重要的角色,公共传媒的出现使得社会出现了一系列的变化。哈贝马斯说:"随着书籍和报刊杂志生产的组织、销售和消费形式的变化,公共领域的基本结构也发生了变化。"哈贝马斯发现,1750 年以后的英国社会中,很短的时间内日报和周刊的销售额就翻了一番,而公众凭借这样的出版物培养了阅读的兴趣:"通过阅读小说,也培养了公众;而公众在早期咖啡馆、沙龙、宴会等机制中已经出现了很长的时间,报刊杂志及其职业批评等中介机制使公众紧紧地团结在一起。他们组成了以文学讨论为主的公共领域,通过文学讨论,源自私人领域的主体性对自身有了清楚的认识。"②英国的布鲁姆斯伯里文化圈和京派文人集团作为现代社会诞生的文化社团,它们都不约而同地认识到媒介的力量,因而通过自办刊物、出版社以及报纸等现代载体来扩大自身的影响力。

在英国布鲁姆斯伯里文化圈的主要成员中,不少人都曾经从事过大众媒体的工作,能深刻感受到现代社会中公众媒介所发挥的前所未有的辐射力。罗杰·弗莱曾任《伯灵顿》(*Burlington*)杂志的编辑,德斯蒙德·麦卡锡先后

---

① 见朱晓罕:《让—弗朗索瓦·西里奈利的法国知识分子研究》,《史学理论研究》2005 年第 4 期。

② [德]哈贝马斯:《公共领域的结构转型》,曹卫东等译,第 15、55 页。

担任过《新季刊》(*New Quarterly*)、《生活与文学》(*Life and Letters*)、《新政治家》(*New Statesman*)的编辑,还担任过《星期日泰晤士报》(*Sunday Times*)的高级文学评论家;著名经济学家凯恩斯更是长期担任英国重要学术刊物《经济学杂志》(*Economic Journal*)的主编(1912—1945),还担任过《民族和雅典娜神庙》(*Nation and Athenaeum*)杂志的董事会主席。伦纳德·伍尔夫担任过《国际评论》(*International Review*)、《民族和雅典娜神庙》的编辑;E.M.福斯特担任过伦敦《每日先驱报》(*Daily Herald*)的文学编辑……当然,这其中对布鲁姆斯伯里文化圈的发展具有决定意义的是贺加斯出版社的建立。弗吉尼亚·伍尔夫在写作的过程中深深感受到印刷、出版对于创作的重要性,她在居住贺加斯宅院的时候发现了一家出售印刷材料的商行,引起了她极大的兴趣,她亲自学习印刷出版的技术,希望通过自己的私人印刷行为来出版著作。1917年,弗吉尼亚·伍尔夫和丈夫伦纳德·伍尔夫正式成立了贺加斯出版社,出版了一系列在英国文化史中享有很高声誉的作品,也使得布鲁姆斯伯里文化圈成为被公众所广泛认可的文化团体。约翰·莱曼回忆起他曾经为贺加斯出版社工作的情形时说:"在52号,出版社占据了整个地下室——以前是厨房兼仆人们的住处,一家律师事务所安置在地面第一层,最上面的两层住着伦纳德和弗吉尼亚。地下室显得很简陋,并且阴冷透风……通道尽头,在原来作为洗涤室的房间里安放着一台印刷机器,许多个下午在那里都可以看见伦纳德在印刷公司常用的东西,如信笺、发货清单、稿酬表格等;不时可以瞥见弗吉尼亚亲自在为其中的一部小诗集排版……在我的周围,在所有的房间、走廊里堆满了从包装厂运来的大捆大捆的成品图书。翻检着这些书给了我别样的乐趣,我还会在标签上标上书名,光这些名字对我来说就已经十分了不起了,像弗吉尼亚的《星期一还是星期二》(*Monday or Tuesday*)和《到灯塔去》的初版。"①从1917年弗吉尼亚·伍尔夫夫妇开始接手贺加斯出版社一直到1946年伦纳

---

① ［英］约翰·莱曼:《为贺加斯出版社工作》,见［加］S.P.罗森鲍姆:《回荡的沉默:布鲁姆斯伯里文化圈侧影》,第120、121页。

德·伍尔夫将其转让给查图-温都斯书局（ChattoWIndus），它存在了整整30年，对英国的现代文化思潮作出了重要贡献。弗吉尼亚·伍尔夫刚开始收购贺加斯出版社，就在这里出版了他们夫妇的《两个故事》，包括伦纳德·伍尔夫的《三个犹太人》和弗吉尼亚·伍尔夫的《墙上的斑点》，出版取得了初步成功。随后，贺加斯出版社有计划地出版了布鲁姆斯伯里文化圈成员的许多著作，主要包括凯恩斯、福斯特、罗杰·弗莱、克莱夫·贝尔等人的著作，一些和布鲁姆斯伯里文化圈有交往作家的著作也在这里出版，如凯瑟琳·曼斯菲尔德、艾略特等，甚至也包括 D.H.劳伦斯、里尔克、奥登、列夫·托尔斯泰、高尔基、弗洛伊德等人。1924 年，贺加斯出版社还开始出版系列图书"贺加斯论文集"（The Hogarth Essays）；贺加斯出版社还有很强的文化使命感，它有意识地倡导现代主义文化思潮，对当时世界范围内兴起的现代主义文学运动起到了推波助澜的作用。评论家约翰·梅彭评价诸如贺加斯这种小型出版社的意义时说："非商业的小型出版社的出版活动，在文学现代主义的历史上发挥了极其重要的作用。作家们从市场压力下获得了相当一段时间的解放，足以寻找到自己的道路。"①这些都表明布鲁姆斯伯里文化圈在运用大众传媒介入社会和文化空间时是积极、主动的，正因为如此，它才能发挥出传统社会中知识分子难以产生的影响力。

二

京派文人集团对于创办属于自己文化圈子的杂志、报纸、书店等也有着清醒的认识，他们很早就意识到一旦掌握了现代媒介的力量，知识分子的社会影响力就会呈现出完全不同的面貌。如沈从文曾说："一个日报的意义，是包含了一种国民教育的责任的。"②"办杂志编辑者自然也有个目的，就是使刊物在

---

① 见宋韵声：《中英文化团体比较研究：走进布鲁姆斯伯里文化圈的五位中国文化名人》，辽宁大学出版社 2015 年版，第 124 页。版本下同。
② 沈从文：《上海作家》，原载 1932 年 12 月 15 日《小说月刊》第 1 卷第 3 期。

社会上发生一点意义,产生一些价值。"①他认为一份理想的报纸应该"使多数人感觉到'这报纸是能给我们勇气同希望的,是能增加我们生存信仰和忍耐的。'知道注意读者,同时也有办法来用报纸教育读者,方是好报纸"②。他也专门谈到报纸副刊对培养作家的意义:"新作家的抬头露面,自由竞争,更必须由副刊找机会……更显而易见的作用,也许还是将文学运动,建设一个广大的社会基础之上,培育了许多优秀作家,有理想,能挣扎,不怕困难。副刊既能尽庄严的责任和义务,因而也就有它的社会地位。"③作为京派文人集团的前身之一的新月社,在这方面曾经有过很好的实践,他们在 1928 年 3 月创刊了《新月》杂志,一直到 1933 年 6 月停刊,持续了 5 年左右的时间,徐志摩、闻一多、叶公超、梁实秋、饶孟侃、潘光旦、罗隆基等都先后担任过该刊的编辑。《新月》刊发了大量的时政性论文、文学作品和文学理论文章,在当时的社会上引起过很大的反响,甚至形成了一股政治的力量。

与布鲁姆斯伯里文化圈非常相似的是,京派文人中不少都曾经有过编辑报纸、杂志和出版社的经历。如周作人、废名等编辑《骆驼草》;梁实秋、闻一多、叶公超等都曾经编辑过《新月》杂志,而且也参与过"新月书店"的经营;叶公超在《新月》停刊后又联合北京的几个朋友如闻一多、饶孟侃等人创办了《学文》杂志;沈从文曾经和丁玲、胡也频一起编辑过《红黑》和《人间》杂志;后来他又和杨振声负责《大公报》文艺副刊的主编;萧乾在燕京大学学习新闻专业,入《大公报》后先是编辑大公报的副刊《小公园》,后来又负责编辑由《大公报》文艺副刊和《小公园》合并后的《文艺》;朱光潜担任由中国著名出版机构商务印书馆编辑发行《文学杂志》的主编工作;梁宗岱、卞之琳、孙大雨等编辑《新诗》月刊;卞之琳、沈从文、李健吾等人创办文学刊物《水星》……可见,这样的一个现代知识分子群体不再满足于作家、艺术家、教授这样较为单一的

---

① 沈从文:《谈谈上海的刊物》,原载 1935 年 8 月 18 日天津《大公报·小公园》副刊。
② 沈从文:《一个读者对于报纸的希望》,原载 1935 年 7 月 7 日北平《实报》。
③ 沈从文:《编者言》,原载 1946 年 10 月 20 日天津《益世报·文学周刊》第 11 期。

身份,他们有着更大的抱负,同样有着强烈的社会使命和文化使命,希望通过大众媒介的渠道去影响和改变周围的社会和人们。在他们的身上,体现出知识者文化生产和文化传播的双重角色,这一点透过京派文人集团主编的《大公报》文艺副刊就可以更加清楚地看出来。

《大公报》是当时中国一家历史悠久、也很有影响力的报纸,于1902年在天津创刊。到了20世纪30年代,《大公报》因它"不党、不卖、不私、不盲"的办报原则在知识分子群体中已经有很高的知名度。但是,它的副刊《文学》当时由"学衡派"的代表人物吴宓负责。由于吴宓对新文化运动本能的排斥,再加上他是一个传统思想较为浓厚的文人,对现代媒介的力量没有清晰的认识,因此整个《文学》副刊的影响力非常有限,局限在很专业的领域。有感于此,《大公报》决定由杨振声、沈从文来负责改造这个副刊,使之在社会公共领域中发挥更大的影响。萧乾回忆说:"天津《大公报》本来有个《文学副刊》,编者是清华的著名学者吴宓先生。那个刊物发表了许多有学术价值的文章。然而报社嫌他编得太老气横秋,1933年秋天改请杨沈二位接编并改名为《文艺》。"①1933年9月,沈从文接手主编《大公报》文艺副刊后,进行了大刀阔斧的改革。他密切关注文坛动态,充分利用媒介的力量,接二连三地引发文学争论,而这些争论经过公共舆论的放大,就迅疾演变为知识分子和普通读者关注的中心话题,形成了轰动效应。这恰是报纸这种大众媒介从单纯的新闻报道发展成为思想传播的本质特征:"报纸从纯粹发布消息的机制变成公众舆论的载体和主导,变成政党相互斗争的政治工具。这就引起报纸行业内部组织的变化,在收集新闻和发布新闻之间,又有了一个新的环节,这就是编辑。"②可见,沈从文的这种意识正是一个主编的自觉行为,正是在他的努力下,《大公报》文艺副刊成为在当时知识界最有影响力的文学性专栏之一,发行量达到数十万份。沈从文在该刊满100期时曾这样说:"这刊

---

① 萧乾:《他是不应被遗忘的:怀念杨振声师》,《瞭望》1993年第1期。
② [德]哈贝马斯:《公共领域的结构转型》,曹卫东等译,第219页。

物对于北方的文学空气,却似乎增加了一分热闹。编者同人皆希望在'老实诚恳健康向前'制度下,使它与数十万读者发生一种良好的友谊。从读者印象上说来,我们的努力,是已得到了这种难得友谊的……《大公报》目前为北方销行广博态度持重的报纸,'文艺'投稿者自然也就特别多。"①沈从文在主编《大公报》时,引发了"京派"与"海派"的争论,把文学上的争论的事件迅速放大为全国舆论瞩目的焦点。此后萧乾在主编《大公报·文艺》专栏时,也组织过关于"反差不多"的文学论争。此外,《大公报》文艺副刊还发表了许多优秀的文学作品和文艺批评文章,成为 20 世纪 30 年代文学的重镇,吸引了大批的文学青年,对于活跃当时北方乃至全国的文学气氛起到了极大的作用。

三

除了充分运用现代大众传媒的手段来实现自己的理想和抱负,布鲁姆斯伯里文化圈的成员们还通过读诗、读剧本、演戏、举办艺术展览、集中出版作品集等方式参与到公共领域的生活当中,扩大自己的影响力。布鲁姆斯伯里文化圈的读诗会始于星期四的聚会,索比·斯蒂芬非常推崇剑桥自由的文化氛围,他希望在布鲁姆斯伯里能够延续剑桥的精神传统:"也许这种聚会中最重要的因素,也是使之如此具有吸引力的因素,就是戈登广场 46 号那种自由的感觉。"②他们吟诵诗歌,充分展现出对这种艺术形式的膜拜。有人曾经回忆起布鲁姆斯伯里文化圈聚会时吟诵诗歌的情形:"当舞池平静之后,你就会听到弗吉尼亚银铃般的声音四处飘荡,唤醒沉睡的心灵,驱散阴暗的思想,仿佛在警告火种即将被投入黑暗,而火焰的光芒将照亮她美丽的面孔,点燃我们原本僵硬、单调的思想的火花。她将我们带上大街,带进每一个偶遇者的生活,带入诗歌的世界,她的光芒照亮了街上每一个阴暗的角落,使他们看上去美丽

---

① 沈从文:《本刊一百期》,原载 1934 年 9 月 8 日天津《大公报》文艺副刊。
② [英]昆汀·贝尔:《隐秘的火焰:布鲁姆斯伯里文化圈》,第 41 页。

无比,令人遐想万千。"①读诗之外,他们也读其他文学作品。利顿·斯特雷奇出版了《维多利亚时代名人传》一书,因而声名鹊起,他本人就亲自朗读这本书的相关章节,有时利顿·斯特雷奇也朗读别人的著作:"他那副弱不禁风的躯体中竟蕴藏着无尽的热情,天线般修长美丽的手指能迅速翻出研究拉辛和德莱顿(John Dryden)的文章,向我朗读这些文章时,他的声音充满力量。"②布鲁姆斯伯里文化圈特别重视阅读剧本。1907 年,他们在戈登广场 46 号成立了"剧本阅读会",创建者包括贝尔夫妇、阿德里安·斯蒂芬、弗吉尼亚·斯蒂芬、斯特雷奇、锡德尼-特纳,这个阅读会定期或不定期举行朗读活动,一直持续到 1914 年。他们经常朗读的有拉辛的剧本以及伊丽莎白时期剧作家的作品。在读剧本的同时,布鲁姆斯伯里文化圈也热衷演戏,如 1923 年弗吉尼亚·伍尔夫的剧本《淡水:一部喜剧》(*Freshwater:A Comedy*)被搬上舞台;1925年,利顿·斯特雷奇创作的剧本《天子》(*The Son of Heaven*)被搬上舞台,这部剧作以中国晚清的历史作为背景;有时他们也表演一些小型的讽刺剧,有回忆者这样描述:"46 号是凯恩斯夫妇的家。他们也经常在家中举行聚会,而且每次都会有精心准备的小节目,例如会依据一些闹得满城风雨的事件编排时事讽刺剧(不过会淡淡掩饰对布鲁姆斯伯里的讽刺)。我还记得剧中男女主人公的名字分别是斯科罗杰·普莱和克拉丽莎·戴尔。我也参加了这个剧目的演出,同芭芭拉·白哲奈尔、贝亚·豪一起进行男子小合唱。我们身材瘦小,身穿燕尾服,戴着白色的领结,而我们的'女伴们'则分别是戴狄·里兰兹和戴维森兄弟。他们健壮高大,却身穿晚礼服,脖子上戴着漂亮的珍珠项链,看起来滑稽有趣。"③

---

① [英]奥特兰·莫瑞尔:《艺术家狂欢舞会》,见[加]S.P.罗森鲍姆:《回荡的沉默:布鲁姆斯伯里文化圈侧影》,第 11 页。

② [英]奥特兰·莫瑞尔:《艺术家狂欢舞会》,见[加]S.P.罗森鲍姆:《回荡的沉默:布鲁姆斯伯里文化圈侧影》,第 12—13 页。

③ [英]弗朗西斯·帕特里奇:《布鲁姆斯伯里文化圈和他们的房子》,[加]S.P.罗森鲍姆:《回荡的沉默:布鲁姆斯伯里文化圈侧影》,第 178 页。

　　布鲁姆斯伯里文化圈虽然带有较强的贵族精英意识,但他们同样意识到在现代社会中,所谓的艺术象牙之塔很难有立身之处,只有融入社会公众的视野之中才能真正产生影响。因此他们不遗余力地对自己的艺术和文学作品展示,千方百计地吸引人们的视线。比如他们多次举办巡回画展,吸引了大批观众,在艺术界形成轰动效应。1910 年,由罗杰·弗莱组织的第一次"后印象派画展"于 1910 年 11 月 8 日至 1911 年 1 月 15 日在伦敦格莱夫顿(Gratton)美术馆举行,德斯蒙德·麦卡锡担任画展的秘书。此次画展集中展示了塞尚、毕加索、德兰、马蒂斯等后印象派的画作,由于这些作品带有强烈的前卫艺术性质,也从根本上颠覆了传统绘画的观念,因而形成巨大的轰动和争议,甚至连布鲁姆斯伯里文化圈对此的态度也褒贬不一。伦纳德·伍尔夫回忆这次画展时说:

　　　　第一个房间全是塞尚的水彩画,第二个房间引人注目的是马蒂斯的两幅比真人还大的巨幅画作和三四幅毕加索的作品,还有一幅勃纳尔、一幅马尔尚(Marchand)的优秀作品。来看这个展览的人很多,可十有八九的参观者,对这些绘画要么嘲笑,要么愤怒。……整个事情使我对人性深感悲哀,让我看到了人性的愚蠢和刻薄。……他们之中几乎没有人对这些作品稍加欣赏,更不用说独立理解,我一整天听到的都是一些不断重复的荒谬问题和评论。①

　　尽管这次展览遭到很多人非议,但罗杰·弗莱通过艺术画展沟通了和法国前卫艺术家的联系,也从整体上影响了布鲁姆斯伯里文化圈的艺术观,使他们更加关注和推崇法国的艺术。紧接着罗杰·弗莱在 1912 年 11 月又组织了第二次的后印象派画展,展出了英国、法国和俄国画家的画作。其后比较有影响的画展还有:1920 年,邓肯·格兰特在伦敦举办个人画展;1929 年他又举办了自己 1910—1929 年间创作作品回顾展;1930 年瓦奈萨·贝尔在伦敦举办

------

①　见[英]昆汀·贝尔:《隐秘的火焰:布鲁姆斯伯里文化圈》,第 49 页。

个人画展；1931 年罗杰·弗莱举办绘画回顾展；1932 年，瓦奈萨·贝尔和邓肯·格兰特在伦敦举办画展；1934 年瓦奈萨·贝尔举办画展；1937 年，瓦奈萨·贝尔和邓肯·格兰特举办个人画展……这些举动无疑扩大了他们在艺术界的知名度和影响力。为了进一步扩大在艺术圈的知名度，布鲁姆斯伯里文化圈还在罗杰·弗莱的倡议下成立了欧米咖工作室（Omega Workshops），这个名字的寓意是"艺术上的最新成就"。该工作室位于布鲁姆斯伯里费罗伊广场 33 号，邓肯·格兰特和瓦奈萨·贝尔都曾经参与了这个工作室的活动，他们帮助了一些青年画家顺利地成长。

布鲁姆斯伯里文化圈的成员大都身兼艺术家、文学家和评论家的多重身份，他们对公共领域空间的介入更多的时候是通过文学活动的方式来进行的，其中最常见、最为重要的方式就是从事文学和艺术评论，出版自己文化圈系列的作品集。在现代社会，职业批评的中介机制把文学和世界、读者、作者都紧密联系起来，承担了文学公共领域的启蒙职能。这种独立的文学艺术的批评在社会中扮演的角色越来越重要，随之而来的就是职业批评家的出现："在艺术、文学、戏剧和音乐的批评机制内部，已经成熟或正在成熟的公众的业余判断变得有组织了。与之相应的新兴职业，用眼下的行话来说叫作艺术评论员（Kunstrichter），也随之产生。他们事实上承担着双重使命：他们既把自己看作是公众的代言人，同时又把自己当作公众的教育者。"①在布鲁姆斯伯里文化圈中，罗杰·弗莱、克莱夫·贝尔、弗吉尼亚·伍尔夫、福斯特、利顿·斯特雷奇、德斯蒙德·麦卡锡等在文学和艺术批评领域都曾经发表过重要的著述，在文学性公共领域表现异常活跃。罗杰·弗莱不仅是一个画家，而且在绘画美学领域发表过许多评论文章，如他 1909 年发表的《论美学》就是一篇重要的理论文章；此外他还出版了《佛兰德斯艺术》《塞尚》《艺术家和心理分析》《法国艺术的特征》《绘画和雕塑的艺术》等著作，涉及对许多美术理论和美术

---

① ［德］哈贝马斯：《公共领域的结构转型》，曹卫东等译，第45页

家的评价,在美术界有巨大的影响力。克莱夫·贝尔是著名的艺术评论家和美学家,著有《艺术》《十九世纪绘画以来的里程碑》《塞尚以来的绘画》《文明》《普鲁斯特》《欣赏绘画》等著作,他曾提出美是"有意味的形式"的著名命题,对形式主义的艺术思潮起到推波助澜的作用。至于弗吉尼亚·伍尔夫和福斯特在文学批评界起到的作用就更大了。弗吉尼亚·伍尔夫1919年发表的《论现代小说》一文不仅倡导意识流小说理论,而且还对文学史上不少经典作家都进行了评论,提出了自己独到的看法。比如她认为威尔斯、贝内特和高尔斯华绥这几位作家虽然有一定的贡献,但是他们过于偏重描写一些与精神无关的外物,包括对于人物环境和背景的烦琐描写,因而创新的意义很少。相反,对于托马斯·哈代、康拉德、乔伊斯这些作家,弗吉尼亚·伍尔夫评价则较高。如她对詹姆斯·乔伊斯的一段评价:

> 乔伊斯先生是偏重精神的;他决意不管付出多大代价,都要揭示出能够把他的信息飞速递送脑际的那一团内心火焰怎样不断地明灭颤摇,而且为了那火焰留下记载,他十分勇敢地撇开一切他认为是外来的因素,无论这是好几代以来,每逢作品要读者们想象他们摸不着看不见的事物,就用来给他们的想象加以指点的哪一种路标——无论是真像回事的外表也好,是连贯性也好,还是任何别的什么也好。例如墓地那一场,连同它的光彩,它的粗俗,它的缺乏连贯,它那闪电般突然耀现的意义,都无可怀疑地给人以切身亲受的体会,以至初次(至少在初次)读了,很难不称赞它是个杰作。①

当时乔伊斯是一个在文坛有极大争议的作家,弗吉尼亚·伍尔夫热情肯定了他的艺术创造,这样的评论眼光是相当独特和大胆的。弗吉尼亚·伍尔夫还重视对布鲁姆斯伯里文化圈成员的评论,肯定其文学上的成就,一定程度上也扩大了他们的知名度。她对罗杰·弗莱、福斯特、利顿·斯特雷奇等人的

---

① ［英］弗吉尼亚·伍尔夫:《现代小说》,见伍蠡甫、胡经之主编:《西方文艺理论名著选编》下卷,第154页。

作品都有过评论。弗吉尼亚·伍尔夫和罗杰·弗莱关系密切,在罗杰·弗莱去世后不久,弗吉尼亚·伍尔夫创作了《罗杰·弗莱传》。在这部传记作品中,弗吉尼亚·伍尔夫系统阐释了罗杰·弗莱的艺术观念以及他对布鲁姆斯伯里文化圈的贡献。她写道:"对于那个时代的大众生活,他代表着某种弥足珍贵的东西……他以自己的文章,改变了那个时代的品位;以捍卫后印象主义画派的战斗,改变了英国绘画领域的发展趋势;以自己的演讲,不可估量地增强了人们对艺术的热爱。他自己,也给熟识他的人们,留下了一个十分丰富、复杂而又清晰的印象。"①E.M.福斯特也是弗吉尼亚·伍尔夫十分要好的朋友,虽然两人的小说观念并不相同,在对很多艺术问题的看法上也不尽一致,但弗吉尼亚·伍尔夫十分尊重福斯特,认为福斯特在她成长的历程中扮演了一个十分重要的角色。虽然她并没有专门的著作评论福斯特,但在其日记中却有关于福斯特的不少评述,如认为福斯特不仅具有艺术家的头脑,也是最棒的批评家。对于弗吉尼亚·伍尔夫的批评成就,雷纳·韦勒克总结说:"虽然弗吉尼亚·伍尔夫没有对文学理论或者甚至小说理论作出重大贡献,但她完成了批评家的任务:她总结了许多小说家的特点,把刻画个性特点和判断结合起来对他们作出精明的评价,因为她知道判断出自描述与解释。偶尔她会变得专横跋扈或异想天开,但在她最好的论文中,她实现了她承认哈兹里特成功地做到的事情。"②同样,尽管 E.M.福斯特主要是一位作家,但他在文艺理论和文学批评上也很有建树,著有《小说面面观》等理论著作。他公开声明自己信仰"为艺术而艺术。"E.M.福斯特对布鲁姆斯伯里文化圈不少成员都进行过评论,他认为罗杰·弗莱的逝世,"对于文明无疑是一种损失。现今活着的人中,无人能够与他抗衡,因为他占领了时代的制高点,而且纹丝不动。"③对于

---

① [英]弗吉尼亚·伍尔夫:《罗杰·弗莱》,见[加]S.P.罗森鲍姆:《岁月与海浪:布鲁姆斯伯里文化圈人物群像》,第 22 页。

② [美]雷纳·韦勒克:《现代文学批评史(1750—1950)》第五卷,章安祺、杨恒达译,第 124 页,中国人民大学出版社 1991 年版。

③ 见[加]S.P.罗森鲍姆:《岁月与海浪:布鲁姆斯伯里文化圈人物群像》,第 22 页。

弗吉尼亚·伍尔夫,E.M.福斯特同样很敬重,在弗吉尼亚·伍尔夫去世后,福斯特在剑桥的"瑞德讲座"(Rede Lecture)中做了一场关于弗吉尼亚·伍尔夫的专题讲座,对这位女作家进行了中肯的评价。这种同人之间的批评不仅从整体上扩大了布鲁姆斯伯里文化圈的影响,而且对于文学的健康发展也是很有必要的。为了造成更大的声势,布鲁姆斯伯里文化圈还依托贺加斯出版社,先后出版了"贺加斯论文集"(The Hogarth Essays)、"贺加斯文学讲座"(The Hogarth Lecture on Literature)、"新署名"(New Signature)等系列丛书,这些宣传和出版方式强化了布鲁姆斯伯里文化圈在公众眼中的社团属性和声誉。

四

京派文人集团在参与公共性领域的过程中,也采用了包括读诗、演戏、出版作品集、评奖、开展专栏批评和同人批评等一系列方式,和布鲁姆斯伯里文化圈十分相近。他们尽最大的可能扩大自己在社会上的知名度和影响力,在很大程度上反映出现代知识分子参与公共领域的自觉意识和积极姿态。

京派文人非常注重诗歌的朗诵,他们经常在朱光潜所住的北平地安门里慈慧殿三号举行朗诵诗会。朱光潜早年在英国、法国等地留学,1933 年回国后担任北京大学教授,住在慈慧殿三号,一直到 1937 年 7 月。朱光潜长期关注诗歌,在英国留学期间就曾对英国经常举办的朗诵诗会十分欣赏,他也注意到朗诵诗在西方已经成为一种专门的艺术。因此朱光潜回国后和朱自清、梁宗岱等同道经常就诗歌的艺术形式进行讨论,其中就涉及朗诵诗。后来朱光潜在一篇回忆朱自清的文章中谈起发起朗诵诗会的原因:"当时朋友们都觉得语体文必须读得上口,而且读起来一要能表情,二要能悦耳,以往我们中国人在这方面不太讲究,现在想要语体文走上正轨,我们就不能不在这方面讲究,所以大家定期集会,专门练习朗诵,有时趁便讨论一般文学问题。佩弦先生对于这件事最起劲。"①徐志摩曾经比较早地开展新诗朗诵活动,他曾在北平松树胡同新月社院子里当着很多人的面读自己的作品,"那时节正是秋天,沿墙壁的爬墙虎叶子五色斑斓,鲜明照眼。他坐在墙边石条子上念诗。同听的还有一个王赓先生。环境好,声音清而轻"②。后来闻一多一度也主持过朗诵诗会,朱湘、刘梦苇、孙大雨、饶孟侃、杨子惠等经常聚集在一起朗诵诗作。但这些影响都不及朱光潜、梁宗岱主持的朗诵诗影响大,他们带有更明确的新诗理论试验的学术意识。沈从文曾经很详细地回忆起慈慧殿三号朗诵诗会的情形:"当时长于填词唱曲的俞平伯先生,最明中国语体文字性能的朱自清先生,善法文诗的梁宗岱、李健吾先生,习德文诗的冯至先生,对英文诗富有研究的叶公超、孙大雨、罗念生、周煦良、朱光潜、林徽因诸先生,此外还有个喉咙大,声音响,能旁若无人高声朗诵的徐芳女士,都轮流读过些诗。朱、周二先生且用安徽腔吟诵过几回新诗旧诗,俞先生还用浙江土腔,林徽因女士还用福建土腔同样读过一些诗。"③朗诵诗会上的气氛十分热烈,有时人们甚至发生激烈的争论,林徽因和梁宗岱曾经因为新诗的某个问题就争论得不可开交。京派文人不仅读诗,也读散文等作品,定期举行的朗诵诗会极大地活跃了北方文坛的空气。

朱光潜组织"读诗会"成员情况一览表(1934—1937 年)

姓名	籍贯	出生年月	教育背景	职业、职位	文化活动
朱光潜	安徽桐城	1897	肄业于英国爱丁堡大学、伦敦大学,法国巴黎大学、斯特拉斯堡大学	北京大学西语系、中文系教授	主持"读诗会"、《文学杂志》
梁宗岱	广东新会	1903	毕业于岭南大学,后赴法国留学	北京大学法文系主任	主持"读诗会"、主编《新诗》月刊

---

① 朱光潜:《敬悼朱佩弦先生》,《朱光潜全集》第 9 卷,第 489 页。
② 沈从文:《谈朗诵诗》,《沈从文全集》第 17 卷,第 244 页。
③ 沈从文:《谈朗诵诗》,《沈从文全集》第 17 卷,第 248 页。

姓名	籍贯	出生年月	教育背景	职业、职位	文化活动
朱自清	江苏东海	1898	北京大学哲学系	清华大学文学系主任	编辑《新文学大系》"诗歌卷"、《文学季刊》、《太白》
李健吾	山西运城	1906	清华大学外文系、法国巴黎现代语言专修学校	剧作家、评论家	翻译福楼拜小说，发表《福楼拜评传》，1935 年夏任国立上海暨南大学文学院法国文学教授兼上海孔德研究所研究员，与黄佑临等创办上海实验戏剧学校
尤淑芬	江苏无锡	1909	清华大学经济系	学生，李健吾夫人	
林徽因	福建福州	1904	宾夕法尼亚大学美术系	诗人、营造学社职员	编选《大公报文艺丛刊小说选》
王力	广西博白	1900	清华国学研究院，巴黎大学文学博士	语言学家	
俞平伯	浙江德清	1900	毕业于北京大学	散文家	有散文集《燕知草》等
钱稻孙	浙江吴兴	1887	在比利时接受法语教育，后在意大利国立大学完成本科	清华大学教授	
顾颉刚	江苏吴县	1893	北京大学哲学系	燕京大学历史系教授	
周作人	浙江绍兴	1885	江南水师学堂，后留日先后在法政大学、东京立教大学学习	北京大学教授	编辑《骆驼草》杂志
罗念生	四川威远	1904	康奈尔大学研究院毕业	燕京大学教授	编辑《大公报·诗特刊》
叶公超	江西九江	1904	剑桥大学文学硕士	清华大学西洋文学系教授	编辑《学文》杂志
废名	湖北黄梅	1901	北京大学英文系	北京大学中文系讲师	编辑《骆驼草》

续表

姓名	籍贯	出生年月	教育背景	职业、职位	文化活动
孙大雨	上海	1905	清华学校高等科	诗人,翻译家	
何其芳	四川万县	1912	北京大学哲学系	北京大学哲学系学生,诗人,散文家	
林庚	北京	1910	清华大学中文系	清华大学中文系讲师	编辑《文学季刊》
曹葆华	四川乐山	1906	清华大学文学系	清华大学研究生	
徐芳	江苏无锡	1912	北京大学	北大文学研究所助理	编辑《歌谣周刊》
冯至	河北涿州	1905	北京大学德文系		编辑《骆驼草》杂志
周煦良	安徽至德	1905	光华大学化学系、英国爱丁堡大学文学系	历任暨南大学等校教授,翻译家。	
唐宝鑫	北京通州	1915	清华大学	清华大学研究生	
沈从文	湖南凤凰	1902	小学毕业	小说家	编辑《大公报·文艺副刊》
顾宪良	不详	不详	清华大学		
董同和	江苏如皋	1911	清华大学中文系	清华大学研究生	
张清常	贵州安顺	1915	清华大学中文系	清华大学研究生	
孙作云	辽宁复县	1912	清华大学中文系	清华大学研究生	
李素英	不详	不详	燕京大学中文系	燕京大学研究生	
王小姐	不详	不详		身份未知	
冯静蕴	不详	不详		小剧场演员	
萧乾	北京	1910	燕京大学新闻系	新闻系学生,后任《大公报》编辑	编辑《大公报·小公园》
卞之琳	江苏海门	1910	北京大学英文系	诗人,翻译家	编辑《文学季刊》、《水星》
陈世襄	河北滦县	1912	北京大学英文系	北京大学讲师	

(资料来源:费冬梅:《沙龙:一种新都市文化与文学生产(1917—1937)》,北京大学出版社 2016 年版,第 223—225 页。)

　　京派文人也格外重视戏剧的创作和演出,如林徽因、李健吾、杨绛、丁西林都曾经创作过戏剧作品。不仅如此,他们还把一些剧目搬上舞台,公开演出,以引起公众的注意。这方面最为典型的就是戏剧《委曲求全》的演出。《委曲求全》是当时在清华任教的王文显先生的作品,剧本原来是英文写作,后来李健吾把它翻译成中文出版。《委曲求全》出版后,人们感到这部剧作很有讽刺力量和戏剧冲突的因素,可以极大活跃当时的文化气氛,因此决定把它搬上舞台。全剧共排练了三个月,后在协和礼堂公演,引起轰动。在这个过程中,李健吾、林徽因等花费了很多心血,林徽因参与舞台的美术设计工作,李健吾亲自在剧中扮演董事长的角色。由于李健吾有很好的戏剧表演才能,他在舞台上的表现十分抢眼。李健吾曾经回忆当年在清华剧社活动以及《委曲求全》翻译、演出的详情:

> 戏剧社每年都用来试验新的剧作,无论是中文的,或者英文的;如若自己一时没有戏,总设法邀来城里的团体,提高同学的兴趣。戏剧社自己排演的剧本,中文方面,著名的有《最后五分钟》,是初次上演,由赵元任先生自己导演;再如《压迫》,由作者的好友杨振声先生导演,而我们第一次认识马静蕴女士和她演剧的才分,也可以说从这出戏开始:她饰的是老妈,现在我还保留着《压迫》的一个场面;外如余上沅先生的《兵变》,归我负责。这都是当年崭新的独幕剧,差不多还很少试演过。英文方面,因为我们的志愿是助成中国的剧作家,恰好我们又有一位剧作家在我们的眼边,于是打算尽量排演他的著作,这就是王文显先生……于是我听到王文显先生现有一出三幕喜剧,易于上演,同时在中国还没有上演过。我向作者借了稿本来看。看过之后,我决定采用《委曲求全》做为戏剧社试验的计划。不幸这是英文的。我们没有十一位英语流畅的演员。我要求作者同意,由我译成中文,减少实际的困难,增加观众的数量和兴趣。我用了不到一个月的工夫,赶忙译出《委曲求全》,同时不等油印出来,就预备分配角色……其后协和医学校公演英文的《委曲求全》,成绩好得了不得,于是为了补起自己的遗憾,戏剧社特地去请了来,在学校公演了

两晚。那次的王太太,由一位卢小姐扮演,获有空前的成功。这很叫我高兴,同时也有一点黯然,想起中文译本的没落……看完卢小姐的王太太,我为作者和他的作品庆得其人……①

事实上,《委曲求全》的演出的确大获成功。当时的媒体这样报道:"昨晚为青年剧团化妆表演《委曲求全》之期,东单三条协和礼堂,距离演出一小时前即告满座,后至者皆抱向隅,开幕后,各演员皆有极精彩之表演,就中尤以饰张董事之李健吾氏,饰校长之赵希孟,饰王太太之马静蕴女士,饰陆海之刘果航氏最博好评。观众皆叹为平市话剧界之空前成功。闻明日为该团正式公演之期,想届时必有更大之盛况云。"②

由于京派文人掌控了相当多的媒体资源,他们能够较为充分利用现代媒介传播快、覆盖广等特点来组织文学评奖、发起文学论战以及出版作品集等,进而传达自己的文学和社会理念,扩大在文坛上的影响力,这方面最典型的事例就是1937年的"大公报文艺奖金事件"和《大公报文艺丛刊小说选》的出版。

1937年颁发的"大公报文艺奖金",是20世纪30年代很重要的一次文学评奖活动。1936年,为了纪念吴鼎昌、张季鸾等复刊《大公报》10周年纪念,《大公报》文艺副刊决定在全国范围内举办一次文艺奖金的评选。为此,《大公报》专门刊登评选启事,并制定了较为详尽的评选规则。当时具体负责此事的编辑萧乾回忆说:"'文艺奖金'的裁判委员请的主要是平沪两地与《文艺》关系较密切的几位先辈作家:杨振声、朱自清、朱光潜、叶圣陶、巴金、靳以、李健吾、林徽因、沈从文和武汉的凌叔华。由于成员分散,这个裁判委员会并没开过会,意见是由我来沟通协调的。最初,小说方面提的是田军的《八月的乡村》。经过反复酝酿协商,'投票推荐',到三七年五月公布出的结果是:

---

① 李健吾:《〈委曲求全〉的翻译与演出》,原载《华北日报》1935年2月12日。
② 见1935年2月14日《华北日报》)。

小说:《谷》(芦焚),戏剧:《日出》(曹禺),散文:《画梦录》(何其芳)。"①虽然有些学者认为这次评奖不能简单认为是所谓的京派文学圈子里的评奖,如王荣认为:"'大公报文艺奖金'设立及评选,无论就立意上还是就程序上说,都应属于一项民间性的并面向新文学全体的文化学术活动,既不受当时的政府当局或党派意识形态的左右,也未对评选作品的内容及形式、发表刊物等有任何具体的限定,而使其与当时某种文学流派有些许思想方面的实际关系。所以似乎不能简单地断言,当年大公报馆举办的这项评奖活动,或者说'大公报文艺奖金'就等于是所谓的'京派文学奖'。"②但是,从评选运作过程和最后的结果来看,却并非如此。其评委成员大都和京派文学有着较为密切的关联,如朱光潜、李健吾、凌叔华、林徽因、沈从文、杨振声本身就是京派的重要作家,虽然靳以、巴金、叶圣陶和左翼文学的关系较深,但此时的巴金和靳以都来到了北京编辑《文学季刊》杂志,担负着沟通京派、海派作家关系鸿沟的重任,因而很自然地和居住在平津之地的京派作家往来频繁,经常向他们约稿,这一点卞之琳曾在回忆《水星》的杂志中多次提及。如当时在北京出版的《水星》杂志,巴金、靳以和李健吾、沈从文等都列名编委会名单之中。可见,"大公报文艺奖金"评委中的京派作家居于绝对支配的地位,因而当萧军获知自己的《八月的乡村》也曾经被提名时,他明确加以拒绝,认为自己的左翼文学立场与这群自由知识分子为主体的立场格格不入。而最终评选的结果也验证了这一点:芦焚、何其芳都是京派当时崭露头角的后起之秀,而曹禺虽然不是严格意义上的京派作家,但他当时是清华大学的学生,在很多时候也和京派作家来往密切,经常参加京派文人的聚会。《大公报》文艺副刊在 20 世纪 30 年代组织的这次评奖活动,其运行的机制主要是依靠带有民间立场的学者完成,其权威性是得到广泛认可的,这和后来由官方行政权力主导下的评奖活动有所不同。

---

① 萧乾:《鱼饵·论坛·阵地》,《萧乾选集》第 3 卷,第 428 页。
② 王荣:《大公报文艺奖金及其他》,《中国现代文学研究丛刊》2005 年第 4 期。

但其实质却仍然是借助外部的力量来对文学进行干预,显示出现代知识分子利用媒体掌控文学资源的能力。

为了造成更大的影响,树立明确的文学社团意识,京派文人在组织评选文艺奖金的同时,还有意识地出版作品集,凸显他们的文学成就。1936 年,《大公报》约请林徽因编选了《大公报文艺丛刊小说选》。为了配合这本书的出版,《大公报》开始采用现代媒体的宣传攻势,从 1936 年 8 月 13 日起就连续登载了出版广告。哈贝马斯在谈到广告作为公共性功能的宣传手段时说:"广告本身基本上都是销售手段。反之,舆论管理及其'推销'和'开发'则远远超出了广告;它侵入了'公众舆论'的变化过程,为了实现这一目的,它有计划地制造新闻或利用有关事件吸引人们的注意力。在此过程中,它严格运用心理学和特写技术、形象宣传技术,与大众媒体结合……其目的在于,借助对事实和精心设计的模式的形象展示,'通过建立使人接受的新权威和新象征,改变公众舆论的方向'。"①这种大众传媒借助形象宣传的手段可以改变公众舆论的方向,强化媒体在民众中的地位。从《大公报》为这本书精心撰写的推介文字中可以发现,他们也充分利用了这种宣传方法,大谈其在扶植文学新人、聚集京派文人等方面的贡献,赋予自己宣传对象在公众面前的权威性:"如今,这个选集可说是三年来惨淡经营的《文艺》的一部结晶。篇篇是原都经过编者的慎重考虑,现在又经选辑者一番别择的。难得这么些南北新旧作家集在一处,为你作一个'联合展览'。单人集子使你对一个作家有深切的认识,但如果对文艺想获得一个综合的比较的印象,只有这样一本精彩的选集能满足你。看看下列本书内容之一般,使你相信这个选集是绝不会使你失望的。"②林徽因编选的《大公报文艺丛刊小说选》中的作家,大都和《大公报》文艺副刊有着较深的渊源关系,如沈从文、林徽因、杨振声、李健吾、芦焚、凌叔华、萧乾、杨季康等人。其在文学的审美追求上有着惊人的相似之处,他们的作品以这

---

① [德]哈贝马斯:《公共领域的结构转型》,曹卫东等译,第 229 页。
② 原载 1936 年 8 月 13 日《大公报》广告栏。

样的方式出现在公众面前,在客观上强化了京派文学的流派性质。林徽因在题记中称赞说:"无疑的,在结构上,在描写上,在叙事与对话的分配上,多数读者已有很成熟自然地运用。生涩幼稚和冗长散漫的作品,在新文艺早期中毫无愧色地散见于各种印刷物中,现已完全敛迹。通篇的连贯;文字的经济,着重点的安排,颜色图画的鲜明,已成为极寻常的标准。"①林徽因的这些评价虽然是她个人的看法,但同时也代表着《大公报》作为公众媒介的立场。这样,《大公报》不知不觉间把自己的文学理想透过媒介传播给众多读者。

与其他文学社团和流派有着很大的不同,京派作家尤其重视文艺理论和文学批评的建设,他们通过这种职业文学批评家的角色介入公共性的文学领域,承担着文学公共领域启蒙的重任。不少京派作家往往也都兼有批评家的身份,如周作人、李健吾、梁宗岱、沈从文等,而朱光潜、李长之更是将主要的精力放在文艺理论和文学批评上。京派的批评虽然涉及的范围很广,如文学的独立性和审美机制、新诗的理论问题等,但他们非常重视对本社团作家作品的评价,通过批评的阐释表达他们的文学追求和文学理想,揭示文学价值,展现他们作为一个文学社团的整体实力。这和布鲁姆斯伯里文化圈的评论很相近。周作人在京派作家中资历最深,他的文学批评对象往往是自己圈子里的成员,如对于废名和俞平伯等弟子,周作人不遗余力地加以扶植。废名几乎所有的作品集都是由周作人来写序,周作人对于这位在当时很受争议的作家评价很高。周作人对于俞平伯也是如此,他曾这样评价俞平伯:"平伯所写的文章自具有一种独特的风致……这风致是属于中国文学的,是那样地旧而又这样地新。"②沈从文在20世纪三四十年代也写作了较多的文学评论文章,其中涉及周作人、废名等京派作家。他对周作人的散文评价甚高,"这种朴素的美,很影响到十年来过去与当前未来中国文学使用文字的趋向。它的影响也许是部

---

① 林徽因:《文艺丛刊小说选题记》,1936年3月1日《大公报·文艺》。
② 周作人:《〈杂拌儿〉跋》,《周作人自编文集·苦雨斋序跋文》,第116页。

分的,然而将永远是健康而合乎人性的"①。至于李健吾、朱光潜对于京派作家的评论就更多,同人的倾向性亦更明显。李健吾评论京派作家有沈从文、卞之琳、萧乾、林徽因、何其芳、李广田、芦焚等人,总体上对他们的评价都很高,如他对沈从文的《边城》的评价,就是把《边城》当成了一部完美无缺的艺术品:"《边城》是一首诗,是二佬唱给翠翠的情歌。《八骏图》是一首绝句。""《边城》便是这样一部 idyllic 杰作……这不是一个大东西,然而这是一颗千古不磨的珠玉。"②对于京派文学后起之秀如何其芳、李广田、芦焚、萧乾等,李健吾也是大力提携,通过自己的评论使公众能够了解他们的创作,扩大其影响。李健吾之所以对京派作家给予如此高的评价,很大原因在于这些作家作品的审美理想和风格完全契合了他的批评理念。朱光潜虽然主要致力于美学和文学理论体系的建构,但他对当时的京派同人的创作也比较关注,对周作人、芦焚、废名、凌叔华等都有评论。当废名的小说《桥》遭到不少人非议的时候,朱光潜却给予较高的评价,认为《桥》的体裁和风格带有独创性,对于它的难懂,读者更应该换位去思考。朱光潜感慨说:"看惯现在中国一般小说的人对于《桥》难免隔阂;但是如果他们排除成见,费一点心思把《桥》看懂以后,再去看现在中国一般小说,他们会觉得许多时髦作品都太粗疏肤浅,浪费笔墨。"③京派文人之间彼此的这种批评,使得他们承担了双重的角色:他们既是这一文学社团的代言人,另一方面也使公众加深了对于文学世界的感悟和理解,客观上也推动了文学的健康发展。

第四节　布鲁姆斯伯里文化圈和京派文学的跨文化交流

随着世界步入近现代社会步伐的到来,世界上国家与国家、民族与民族之

---

① 沈从文:《从周作人鲁迅作品学习抒情》,原载 1940 年 9 月 16 日《国文月刊》第 1 卷第 2 期。
② 李健吾:《咀华集·边城》,见《李健吾文学评论选》,第 53、54 页。
③ 朱光潜:《桥》,原载 1937 年《文学杂志》第 1 卷第 3 期。

间的文化、文明的融合、交流就越来越密切。那种自我孤立的心态也被彻底打破，即使是处于最封闭状态的国家和民族也难以置之身外。历史学家阿诺德·汤因比曾指出："在过去500年间，西方表明自己有能力震撼世界上其他地区，使之从昏昏然中惊醒过来。直到受到西方冲击之前，中国是所有现存的非西方文明中最僵滞的社会，但是西方最终也唤醒了中国。"①在这种大的文化背景之下，一个民族如果不想被淘汰，就只有以主动或被动的方式汇入这种历史的洪流，在世界文明中得以占有一席之地。事实上，一个国家或民族的文化形态越开放，与其他国家、民族的交流越频繁，融合的程度越深，它的文明程度和文化水平就越进步。著名人类学家博厄斯就曾说："人类的历史证明，一个社会集团，其文化的进步往往取决于它是否有机会吸取邻近社会集团的经验。一个社会集团所有的种种发现可以传给其他社会集团；彼此之间的交流愈多样化，相互学习的机会也就愈多。大体上，文化最原始的部落也就是那些与世隔绝的部落，因为，它们不能从邻近部落所取得的文化成就中获得好处。"②在世界各国不同民族之间的文明、文化的碰撞、交流、吸收和融汇的进程中，作为英国和中国现代两个著名的文化社团，布鲁姆斯伯里文化圈和京派文人集团有着很多的文化交流实践，这从客观上证明了跨文化交流在现代世界中不可抗拒的趋势和普遍意义。

一

近代以来，封闭保守的中国在西方殖民势力炮舰政策下被迫一步步开放，与此同时，西方的文明和文化思潮纷纷涌入中国。尤其在新文化运动前后，中国大批知识分子开始越来越关注外面世界的变化，纷纷跨出国门，学习西方世

---

① ［英］阿诺德·汤因比：《历史研究》，刘北城、郭小凌译，上海人民出版社2000年版，第393页。版本下同。

② ［美］F.博厄斯：《种族的纯洁》，见［美］斯塔夫里阿诺斯：《全球通史：1500年以后的世界》下卷，吴象婴、梁赤民译，上海社会科学院出版社1992年版，第6页。

界的文化和文学,并把它们的文化和文学经验带回中国。在京派文人集团中,杨振声、朱光潜、叶公超、冯至、凌叔华、林徽因、闻一多、孙大雨、梁宗岱、罗念生、周煦良、李健吾、萧乾、卞之琳、杨绛等都曾经在海外学习多年,对西方世界的文化相当了解和熟悉。正是凭借这样得天独厚的条件和文化意识,他们才能有意识地跳出单一文化模式的局限,从外来文化中吸取养分,在中西文化的交流中扮演重要的角色,促进了中国文化和文学的发展。"他们中很多人会讲英语,很多人去过英国或美国旅行,或是他们在写作中想象过这些地方或这些文学团体,他们呈现了来自另一种文化的紧张状态——在与英国社团的对话中,有时甚至是与之针锋相对的对话中,文化的这种紧张状态得到了解读。于是,中英之间文学、文化及政治标记的差异在比较分析的过程中凸显出来"①。这其中的朱光潜、林徽因、叶公超、凌叔华、萧乾、卞之琳、杨绛等都在英国留学,而他们中的大多数人都亲身接触过英国布鲁姆斯伯里文化圈,受到他们文化、文学观念的熏陶,积极把英国的文学作品和文学理论译介到中国,谱写出中英文化交流历史上璀璨的篇章。

作为京派文人的核心成员之一,林徽因和英国文化的关系尤为密切。林徽因随父亲于 1920 年到英国学习,在此期间她父亲林长民携带林徽因进入一个英国文化圈。这个圈子的成员有 H.G.威尔斯、E.M.福斯特、A.韦利、T.哈代、B.罗西尔、K.曼斯菲尔德等,而这里面的不少成员已经属于布鲁姆斯伯里文化圈的重要成员,这使得林徽因和布鲁姆斯伯里文化圈有直接的交集。当然,林徽因对英国文化的接触还和另一个人物有很大的关系,这就是徐志摩。虽然学界一般没有把徐志摩列入到京派(这和他的早逝有关,徐志摩 1931 年因飞机失事遇难,此时京派的主要成员还流散在全国各地,京派的影响才刚刚开始),但徐志摩和京派文人集团的许多人关系极为密切,他发起成立的新月社,其成员很大一部分后来成为京派的中坚力量。林徽因在英国学习期间,徐

---

① [美]帕特丽卡·劳伦斯:《丽莉·布瑞斯珂的中国眼睛》,万江波等译,上海书店出版社 2008 年版,第 39 页。版本下同。

志摩恰好也正在英国,两人当时的交往很多。林徽因后来曾经说:"我认得他,今年整十年。那时候他在伦敦经济学院,尚未去康桥。我初次遇到他,也就是他初次认识到影响他迁学的狄更生先生。不用说他和我父亲最谈得来,虽然他们年岁上差别不算少,一见面之后便互相引为知己。"①而徐志摩是一个十分善于交际的诗人,他来英国后不久就和许多英国文化界的名流建立了联系,如狄更生、曼斯菲尔德、哈代、罗素等。徐志摩对英国女作家曼斯菲尔德尤为欣赏。曼斯菲尔德出生在新西兰,很小就移居到英国,并和英国的批评家、编辑和诗人麦雷(John Middleton Murry)结婚。曼斯菲尔德堪称英国短篇小说大师,1922 年 7 月徐志摩亲自拜访了英国的这位女作家。虽然只有短短的 20 分钟的时间,却给诗人以极大的震撼,他深为这位女作家的风采所折服。徐志摩回忆说:"至于她眉目口鼻之清之秀之明净,我其实不能传神于万一……所以我那晚和她同坐在蓝丝绒的榻上,幽静的灯光,轻笼住她美妙的全体,我像受了催眠似的,只是痴对她神灵的妙眼,一任她利剑似的光波,妙乐似的音浪,狂潮骤雨似的向着灵府泼淹……曼殊斐尔的音声之美,又是一个 Miracle。一个个音符从她脆弱的声带里颤动出来,都在我习于尘俗的耳中,启示着一种神奇的意境,仿佛蔚蓝的天空中一颗一颗的明星先后涌现。"②1923 年曼斯菲尔德去世后,徐志摩写了很多纪念曼斯菲尔德的文章,表达出自己的敬仰之情。类似徐志摩这样的交往举动,在很多方面对林徽因都会留下较深的影响。

叶公超和英国文坛的关系也很密切。叶公超早年先是在美国留学,在美国爱默思大学读书时,对英美的诗歌产生了浓厚的兴趣。1925 年,叶公超入英国剑桥大学玛地兰学院攻读文艺心理学专业。在这期间,他认识了爱尔兰著名的诗人兼批评家艾略特。叶公超回忆和艾略特的交往时说:"我在英国时,常和他见面,跟他很熟。大概第一个介绍艾氏的诗与诗论给中国的,就是

---

① 林徽因:《悼志摩》,原载 1931 年 12 月 7 日《北平晨报》。
② 徐志摩:《曼苏斐儿》,原载 1923 年 5 月 10 日《小说月报》第 14 卷第 5 号。

我。有关艾略特的文章,我多半发表于《新月》杂志。"①艾略特在当时的世界文坛有很高的声誉,曾获得诺贝尔文学奖。虽然艾略特不是布鲁姆斯伯里文化圈的成员,但他和布鲁姆斯伯里文化圈本身就有着较为密切的关系,弗吉尼亚·伍尔夫夫妇创办的贺加斯出版社出版过艾略特的许多诗歌作品和文学评论,1923 年该出版社出版了艾略特的代表作《荒原》(*The Waste Land*)。艾略特和这个团体的弗吉尼亚·伍尔夫夫妇、克莱夫·贝尔、利顿·斯特雷奇、梅纳德·凯恩斯等交往很多,受到他们的尊重。而艾略特对布鲁姆斯伯里文化圈也抱有敬意,当弗吉尼亚·伍尔夫去世后,艾略特曾撰文对她以及整个布鲁姆斯伯里文化圈给予很高的评价。叶公超和艾略特的这种交往,某种程度上也可以视作他和布鲁姆斯伯里文化圈的交往。

凌叔华不仅有亲身到英国的经历,而且她和布鲁姆斯伯里文化圈的交往更为直接。1933 年,布鲁姆斯伯里文化圈的重要成员罗杰·弗莱的妹妹玛杰丽·弗莱因为庚子赔款项目的资助来中国讲学,在中国期间她认识了凌叔华和陈西滢。而通过玛杰丽·弗莱,凌叔华和罗杰·弗莱建立了联系,罗杰·弗莱曾给凌叔华寄来他的画作。此外,徐志摩在这之前也曾把罗杰·弗莱的风景画送给凌叔华。20 世纪 30 年代,凌叔华在武汉大学任教时和布鲁姆斯伯里文化圈后期的重要成员朱利安·贝尔交往很多。朱丽安·贝尔在中国逗留期间,凌叔华经常陪伴在他身边,朱丽安·贝尔曾把凌叔华称为"我的中国秘书兼翻译"②。朱利安·贝尔的是布鲁姆斯伯里文化圈核心成员克莱夫·贝尔和瓦奈萨·贝尔的儿子,弗吉尼亚·伍尔夫的外甥。正是由于朱利安·贝尔在布鲁姆斯伯里文化圈的特殊身份,凌叔华和这个圈子的不少成员都有通信联系,如她和弗吉尼亚·伍尔夫从 1938 年开始通信,一直到 1941 年弗吉尼亚·伍尔夫自杀为止。她和朱利安·贝尔的母亲瓦奈萨·贝尔的通信更是长

---

① 叶公超:《文学·艺术·永不退休》,见陈子善编:《叶公超批评文集》,珠海出版社 1998 年版,第 266 页。

② 见[美]帕特丽卡·劳伦斯:《丽莉·布瑞斯珂的中国眼睛》,第 12 页。

达十几年。她们在信中就文学、艺术等问题经常讨论。如 1938 年 4 月 5 日弗吉尼亚·伍尔夫在给凌叔华的一封信中建议她多了解简·奥斯汀、乔治·穆尔、盖斯凯尔夫人等人的作品，并把很多西方文学作品寄给了凌叔华，也包括她自己的《海浪》《岁月》《自己的一间屋子》等。弗吉尼亚·伍尔夫还建议凌叔华写作自己的自传。即使在中国抗战期间动荡的环境下，凌叔华也一直和布鲁姆斯伯里文化圈保持联系，在她们的鼓励下坚持创作。1938 年 10 月 15 日，弗吉尼亚·伍尔夫给凌叔华写信，鼓励她能够在创作中保持中国的文化特色：

> 请继续，自由地写作。不要在意你是多么直接地把汉语翻译成英语。事实上，我宁愿建议你在风格和意思上都尽可能地靠近汉语。淋漓尽致地写出那生活、房屋和家具，越自然越好。永远这样，仿佛你在写汉语一样。①

尽管弗吉尼亚·伍尔夫已经是声名显赫的作家，但是她对于中国的凌叔华仍然十分热情、友好，每当凌叔华遇到困惑时，她总是乐于帮助，给予支持，认为她的文章"与众不同、美丽非凡。"

对于弗吉尼亚·伍尔夫，凌叔华在不少回忆文章中丝毫不掩饰对她的崇拜之情。凌叔华后来在英国参观了弗吉尼亚·伍尔夫的住所后，凌叔华说："她有一颗伟大的心，她甚至努力去帮助一个万里之外，生活方式迥异的人。"在观看了艾德娜·奥布莱恩（Edna O'Brien）的戏剧《弗吉尼亚·伍尔夫》之后，凌叔华评论："在过去的 20 年中，弗吉尼亚·伍尔夫经常成为人们的写作素材。人们看到的她是一位杰出的作家，学识渊博，甚至有时还带点恶意，但是很少有人意识到她本质上是多么的善良、热心和乐于助人。"②

1946 年，凌叔华到了英国，在瓦奈萨·贝尔的支持下经常在欧洲等地举

---

① 见［美］帕特丽卡·劳伦斯：《丽莉·布瑞斯珂的中国眼睛》，第 417 页。
② 见宋韵声：《中英文化团体比较研究：走进布鲁姆斯伯里文化圈的五位中国文化名人》，第 236 页。

行画展。她还和伦纳德·伍尔夫有了较多的接触,正是在伦纳德·伍尔夫的帮助下,凌叔华 1953 年在贺加斯出版社用英文出版了自传体作品《古韵》。凌叔华自从 1946 年赴英国,她的后半生几乎都是在这里度过的,与英国的文化和文学结下不解之缘。

萧乾青年时代是京派文人集团中的活跃分子,他在燕京大学读书期间,因为在《大公报》文艺副刊上发表了一篇习作而引起了林徽因等人的关注,随后进入这个文学圈子。1935 年,萧乾接手负责编辑《大公报》的副刊《小公园》,进行了大刀阔斧的改革,紧接着又负责主编《大公报》文艺副刊,成为该团体的重要成员。抗战期间,他作为《大公报》派往欧洲的记者。在英国期间,萧乾和许多英国文化界的名流有了交往,其中包括阿瑟·韦利、艾略特、诗人罗伯特等。这其中的阿瑟·韦利和艾略特都和布鲁姆斯伯里文化圈联系较为密切。萧乾曾参加过艾略特的诗歌朗诵会,后来萧乾回忆说,艾略特"中等身材,精力旺盛,乍一看似乎刚进入中年"。艾略特朗读的是一首自己未发表的诗作,"这是我第一次领略现代诗的音乐性。艾略特先生的嗓音并不洪亮,抑扬顿挫也不如课室教的那样显著。奥妙的是经他这么一朗诵,对原诗内涵就起到了诠释的作用。读原诗下部时,大有'幽咽泉流冰下难'之感"①。对于弗吉尼亚·伍尔夫,萧乾早在大学读书时就读过她的作品,对她十分敬仰,虽然萧乾没能见到她,但后来还是找机会去拜访了她的丈夫伦纳德·伍尔夫。"那是秋季,正逢上苹果熟了的季节。我们一边在他那果园里摘苹果,一边谈着弗吉尼亚:他们婚后的生活,她那神经错乱的症候,以及她最后的投河自尽。晚上,他抱出一大叠弗吉尼亚的日记,供我抄录。清晨,我们一道怀着沉重的心情去踏访结束了她生命的那条小河。我木然地站在河畔,很想斥责那淙淙的河水。又觉得冤枉了小河。它只是那么流着,流着。也许它还真的为一具透明的心灵解脱了又一次的折磨"②。当然,在布鲁姆斯伯里文化圈的成员

---

① 萧乾:《伦敦一周间》,《萧乾选集》第 2 卷,第 367、368 页。
② 《萧乾回忆录》,第 138 页。

中,萧乾和 E.M.福斯特有着特殊的友情。1941 年,萧乾在一次英国笔会为印度诗人泰戈尔举行的追悼会上认识了福斯特。不久,福斯特给萧乾写信,邀请萧乾到他家作客。福斯特对东方文化很有好感,因而对待萧乾也十分友善,给他提供了很多的帮助。萧乾说:"1942—1944 年,我在剑桥大学王家学院钻研福斯特的小说时,他对我研究他的工作曾慷慨地给予支持。经过与他通信,我了解到他的许多见解、思想和事迹,这些是英国研究者未必都了解的。他还送给我一些他在埃及和印度发表而从未在英国问世的论文及小册子,除了读书笔记,我还有几本同他谈话的记录。"①萧乾和福斯特书信来往十分频繁,一直持续到 1949 年,通信多达 80 多封,涉及的内容十分丰富,福斯特还敦促萧乾特别关注乔伊斯。萧乾甚至还有为弗吉尼亚·伍尔夫和福斯特写作的计划,尽管这样的愿望没有实现,但毕竟反映了他对英国文化的向往。在这样的联系中,一个中国作家较为充分地了解了西方文化,也促使福斯特更多地了解了中国文化。萧乾在英国期间,除了经常去拜会作家之外,还参加各种文学活动,如朗诵诗会、朗诵剧会等。萧乾回忆说:"我还参加了个'读剧会'。那时我去英国友人家度周末,晚饭后往往有个节目:朗读。这真是一种十分高雅的节目,也是一种小规模的戏剧表演。我听过狄更斯、乔治·艾略特和盖斯凯尔夫人小说的朗读。读得绘声绘色,大大增强了我对原作的理解。我本以为'读剧会'也是由行家来朗读,自己只消坐在那里欣赏,岂料参加进去后,每次读剧都事先由学会秘书长分配角色,不能光带着耳朵去听。"②正是这样的文化经历和动因,才使得晚年的萧乾历经艰险完成了乔伊斯《尤利西斯》的翻译工作。其他如朱光潜、杨绛、卞之琳等也都曾经有留学英国的背景,可以说,在中国现代知识界和文化圈中,京派文人和英国文化、文学圈的交往是最多的。

---

① 《萧乾回忆录》,第 141 页。
② 《萧乾回忆录》,第 131 页。

二

在世界各个国家、民族之间的文明、文化的交流中,往往呈现出非常复杂的情形,很多的时候不是一种对等的关系。"当两个或更多的文明发生接触时,它们往往在一开始就表现出力量上的差异。恃强凌弱乃是人的本性,因此更强大的文明往往会利用自己的优势去侵略邻近的文明"①。由于西方社会在近代以来确立了自己强大的政治、经济、军事和文化优势,因而它对其他国家和民族的影响也居于强势的地位。在京派文人和布鲁姆斯伯里文化圈的文化交往实际上也证明了这样的规律。在中英两个文化社团的文化交往中,往往中国的知识分子更热衷于翻译和介绍英国的文化、文学,使异国文化经历了一次曲折的跨文化语境下的旅行,并把它们转换成自己民族现代化的参照坐标和合理资源。这其中,对艾略特、弗吉尼亚·伍尔夫、曼斯菲尔德、利顿·斯特雷奇等几位作家的翻译和研究成就最为突出,这些人大都是布鲁姆斯伯里文化圈的核心成员或与之保持有密切联系。此外还涉及兰姆、黑兹利特、瑞恰兹、叶芝等英国文学家和批评家。

在京派文人对英国文学的介绍中,艾略特居于重要的位置。叶公超当年在英国剑桥期间,和这位大诗人有很多的交往。后来叶公超回国,在清华大学任教。叶公超对于艾略特介绍和研究十分用力,1934 年,叶公超发表了《爱略特的诗》一文,对西方世界几本研究艾略特的专著进行评价,同时也对艾略特进行了评论,提出了自己的观点。如叶公超认为艾略特在诗歌艺术上最大贡献在于隐喻、暗示的使用。1937 年,叶公超的学生赵萝蕤翻译的艾略特著名的作品《荒原》由上海新诗社出版,并请叶公超写序。叶公超在这篇序言中更是对艾略特的诗歌和文学理论做出了系统的评价,这可以看作中国学界当时对艾略特研究最高水准的文章。叶公超站在中西文化汇通的高度,对艾略特

---

① 〔英〕阿诺德·汤因比:《历史研究》,第 381 页。

诗歌和诗学的文化意义进行了深入的阐发,独具慧心地发现它和中国传统诗歌的某种内在联系。对于叶公超这篇文章,《荒原》的翻译者赵萝蕤说:"温德教授只是把文学典故说清楚,内容基本搞懂,而叶老师则是透澈说明了内容和技巧的要点与特点,谈到了艾略特的理论和实践在西方青年中的影响与地位,又将某些技法与中国唐宋诗比较。他一针见血地评论艾略特的影响说:'他的影响之大竟令人感觉也许将来他的诗本身的价值还不及他影响的价值呢'。这个判断愈来愈被证明是非常准确的。"①除了自己身体力行地介绍和研究艾略特,叶公超还鼓励青年人从事这方面的工作,他在主编《学文》杂志时,极力推荐青年诗人卞之琳翻译了艾略特著名的诗论文章《传统与个人的才能》。艾略特在这篇文论中强调传统的重要性。传统是历时性和共时性的结合,认为任何艺术家只有放置在历史和同时代人的比较中才有价值。但同时艾略特也认为一个作家不能对传统抱着循规蹈矩的心态,而应该打破传统的束缚,有自己的艺术创造。他还说,一个批评家和鉴赏家对于诗人本身投入太多的精力,而应该把重点放在诗的本身;诗之所以有价值并不在于情感的因素,关键在于艺术作用的强烈。这些论点对后来的不少中国作家都产生过影响,后来周珏良曾说穆旦特别喜欢艾略特的《传统与个人的才能》,非常推崇艾略特的这些观点。其实,就在卞之琳翻译艾略特这篇文章的几乎同一时间,诗人曹葆华也翻译了这篇文章,刊登在1933年5月26、29日《北平晨园》。朱光潜对艾略特也十分推崇,1948年朱光潜也翻译了艾略特的这篇文章。朱光潜在译文后记中特别介绍艾略特说:"他是现代新诗人的领袖,也是第一流的文学批评家……本篇选自他的论文集,是现代文学批评的一篇极重要的文章。""读艾略特的文章要看他简洁扼要谨严深刻。说理的文章难得'深中要害,不蔓不枝',而同时仍能把意思说得醒豁。艾略特算是达到了这个理想。本篇已有人一再译过,我嫌他们有未能达意处,所以重译一遍。"②这些都表明

---

① 赵萝蕤:《怀念叶公超老师》,见叶崇德主编:《回忆叶公超》,第70页。
② 朱光潜:《〈传统与个人的资禀〉译后记》,原载1948年7月4日《平明日报》。

了中国学界对艾略特始终保持了很高的热情。

至于英国布鲁姆斯伯里文化圈最核心人物之一的著名女作家弗吉尼亚·伍尔夫,则很早就进入京派文人的视野。叶公超不仅本人亲自翻译了弗吉尼亚·伍尔夫的小说《墙上的一点痕迹》(*The Mark on the Wall*),然后还写了一篇介绍弗吉尼亚·伍尔夫和这篇小说的文章。叶公超敏感地发现,正是由于弗吉尼亚·伍尔夫在观念和创作的手法上都颠覆了传统文学的秩序,因而在西方文学界引起了极大的争议,相当一部分人因为无法读懂她的作品而采取了简单、粗暴的否定态度。叶公超对此则表达了自己的观点,认为弗吉尼亚·伍尔夫的价值正在于她使用了意识流的手法:"她所注意的不是感情的争斗,也不是社会人生问题,乃是极渺茫、极抽象、极灵敏的感觉,就是心理分析学所谓下意识的活动……这种幻影的回想未必有逻辑的连贯,每段也未必都能完全,竟可以随到随止,转入与激动幻想的原物似乎毫无关系的途径。吴尔芙的技术完全是根据这种事实来的。在描写个性方面,她可以说别开生面。""吴尔芙的技术是绝对有价值的。这篇是最足以代表吴尔芙技术的作品。"①这里可以看出,叶公超对于当时在西方盛行的意识流小说的概括还是比较准确、到位的,对弗吉尼亚·伍尔夫的评价也符合后来文学史的定位。而卞之琳则翻译过伍尔夫的重要论文《论俄国小说》,还翻译了伍尔夫的散文《在果园里》,后来收入《西窗集》。

萧乾在英国剑桥大学读书期间,专门攻读英国心理派小说。导师乔治·瑞兰兹特别欣赏乔伊斯等现代派作家,因而萧乾在他的指导下重点研究 D.H. 劳伦斯、弗吉尼亚·伍尔夫和 E.M.福斯特。关于弗吉尼亚·伍尔夫,萧乾虽然认为自己的长篇小说《梦之谷》并没有受到弗吉尼亚·伍尔夫的影响,但对于这位女作家,萧乾非常欣赏。他说:"在意识流派的作家中间,我最喜爱沃尔芙夫人的作品。她是诗人多于小说家。在《波浪》、《戴乐薇夫人》和《到灯

---

① 叶公超:《〈墙上的一点痕迹〉译者识》,原载 1932 年 1 月《新月》第 4 卷第 1 期。

塔去》里,我看到的是一位把文字当作画笔使用的作家。"①可见,萧乾对于弗吉尼亚·伍尔夫并不是泛泛的了解,而是有着较为深入的研究,他在这里概括的弗吉尼亚·伍尔夫文字的特色是很准确的。萧乾后来说:"在我 50 年的创作生涯中,写小说仅仅占去 5 年(1933—1938)时间。那以后,我曾花了不少时间去研究小说艺术——不是泛泛地研究,而是认真地把福斯特、弗吉尼亚·伍尔芙等几位英国小说家的全部作品、日记以及当时关于他们的评论都看了。"②虽然由于战争和动荡的时局,萧乾未能完成翻译弗吉尼亚·伍尔夫作品的愿望,但他还是以弗吉尼亚·伍尔夫为研究对象写作了《吴尔芙夫人》(1948 年 4 月 18 日上海《大公报》星期文艺)和《V.吴尔芙与妇权主义》(1948 年 9 月 25 日《新路》第 1 卷第 20 期)。此外,在自己的《詹姆士四杰作》中,萧乾虽然重点放在评论作家詹姆斯身上,但因为詹姆斯也是以心理小说见长,所以文中有不少地方也提及弗吉尼亚·伍尔夫。如:"吴尔芙夫人写完了《夜与昼》及《出航》后,也许一半因为传统形式不适合自己的文学理想,一半也感到自己诗的笔触不适于传统小说的条件,因而索性辟创新格。"③"伍尔芙夫人的《到灯塔去》所写的不是灯塔旅行,而是塔与岸之间那片水光在人物心板上所起的变幻。这本身便是诗。"④萧乾在评论詹姆斯时经常把弗吉尼亚·伍尔夫作参照,更显示萧乾艺术视野的开阔。

　　至于朱光潜、李健吾、林徽因等京派文人,虽然没有直接翻译和专门介绍弗吉尼亚·伍尔夫的文章,但他们对于弗吉尼亚·伍尔夫并不陌生,朱光潜在评论废名小说《桥》的文章中几次提到弗吉尼亚·伍尔夫,认为《桥》的手法很特别,"它丢开一切浮面的事态与粗浅的逻辑而直没入心灵深处,颇类似普鲁斯特与吴尔夫夫人。""普鲁斯特与吴尔夫夫人借以揭露内心生活的偏重于人

---

① 萧乾:《一本褪色的相册》,《萧乾选集》第 3 卷,第 349—350 页。
② 萧乾:《一个乐观主义者的自白(代序)》,《萧乾选集》第 1 卷,第 4 页。
③ 萧乾:《詹姆士四杰作》,《萧乾选集》第 4 卷,第 209 页。
④ 萧乾:《詹姆士四杰作》,《萧乾选集》第 4 卷,第 219 页。

物对于人事的反应,而《桥》的作者则偏重人物对于自然景物的反应"①。李健吾自称自己也受过弗吉尼亚·伍尔夫的影响,人们从他的意识流浓厚的小说《心病》中是不难看出这种痕迹的;而林徽因的《九十九度中》采用意识流的手法更使人们想到弗吉尼亚·伍尔夫的小说。

英国布鲁姆斯伯里文化圈的另一个重要人物利顿·斯特雷奇也引起了京派文人的注意,梁遇春、卞之琳对他的作品都有翻译和介绍。利顿·斯特雷奇在布鲁姆斯伯里文化圈以创作传记作品著称,1918年出版《维多利亚朝名人传》,开创了欧洲现代传记文学写作的全新模式,他后来的《维多利亚女王传》出版后更是引起轰动,成为名重一时的作品。1929年,梁遇春在《新月》的"海外出版界"专栏发表了《新传记文学谭》,把利顿·斯特雷奇作为新传记文学的代表,把其作品《维多利亚女王传》视为杰作。他还扼要评论了利顿·斯特雷奇传记的特点:"他的描写是偏重于大人物性格的造成同几个大人物气质的冲突和互相影响。现在他又用他精明的理智的同犀利的文笔来刻划伊丽莎伯王后同她的厄色克斯的关系。"②1932年1月,利顿·斯特雷奇去世,很快梁遇春就以笔名"秋心"发表了介绍利顿·斯特雷奇的文章。梁遇春高度评价了利顿·斯特雷奇在传记文学上的开拓:"他所写的传记没有含了道学的气味,这大概因为他对于人们的性格太感到趣味了。而且真真彻底地抓到一个人灵魂的核心时候,对于那个人所有的行动都能寻出原始的动机,生出无限的同情和原谅,将自己也掷到里面去了。"对于利顿·斯特雷奇的代表作《维多利亚女王传》,梁遇春把其称为作者的绝唱:"他用极简洁的文字达到写实的好处,将无数的事情用各人的性格连串起来,把女王郡王同重臣像普通的人物一样写出骨子里是怎么一回事,还是跟《维多利亚时代的名人》一样用滑稽同讥讽的口吻来替他们洗礼,剖开那些硬板板的璞,剖出一块一块晶莹的玉

① 朱光潜《桥》,载1937年《文学杂志》第1卷第3期。
② 梁遇春:《新传记文学谭》,1929年《新月》第2卷第3号。

来。"①对于梁遇春这篇文章,叶公超后来认为他下了很大的功夫,超过了不少英法刊物上的纪念利顿·斯特雷奇的文章,文字也很生动。稍后,卞之琳应胡适主持的编译委员会的邀约,也翻译了利顿·斯特雷奇的《维多利亚女王传》。关于翻译这本书的曲折经过,卞之琳后来曾经回忆过,他说:"成约后我把原注(主要是出处简名)和参考书目全名译出了,为中国读者的便利起见,不仅加了一些注,还编制了'皇室世系图'、'萨克思·科堡世系图'以及维多利亚朝'历任首相表'。译事因旁的工作关系,不能集中进行,拖延到1935年3月底,就去日本京都闲住赶译,当年夏天回北平交稿。"②但由于抗日战争爆发,这本书的出版拖延到抗战期间。

　　英国女作家曼斯菲尔德也是京派文人关注度很高的人物,无论是陈西滢、凌叔华、林徽因,还是萧乾都对这位女作家有很深的敬意,他们的作品也不同程度地受到这位作家的影响。自从徐志摩在英国拜访曼斯菲尔德之后,他回国后更是翻译了曼斯菲尔德的很多作品,包括小说、诗歌等,也写了不少介绍和评价的文章,因而在中国文学界产生了一定的反响。如1925年徐志摩在一篇文章中对曼斯菲尔德评价说:"曼苏斐儿是个心理的写实家,她不仅写实,她简直是写真。你要是肯下相当的功夫去读懂她的作品,你才相信她的天才是无可疑的;她至少是20世纪最重要的作者的一个。"③曼斯菲尔德作品在中国早期的传播、接收过程中,徐志摩堪称是用力最多、贡献最大的一位。在徐志摩影响之下,他的好友陈西滢也翻译了曼斯菲尔德的《一杯茶》《两个月亮》《娃娃屋》《贴身女仆》《削发》等多部作品。1928年,陈西滢在《新月》杂志发表长篇介绍,评价曼斯菲尔德的文章《曼殊斐儿》。陈西滢对曼斯菲尔德作品的风格有很好的把握,他说:"我们知道曼殊斐儿天性喜欢观察人情。她的作

---

①　梁遇春:《Giles Lytton Strachy》,原载1932年《新月》第4卷第3期。

②　卞之琳:《〈维多利亚女王传〉中译本重印前言》,见[英]斯特雷奇:《维多利亚女王传》,卞之琳译,商务印书馆2013年版,第3—4页。

③　徐志摩:《再说一说曼苏斐儿》,原载1925年3月10日《小说月报》第11卷3号。

品也无往不求对于人类更深入的了解……因为完全的真实是她的目的,'水晶似的清莹'是她的标准,才会有她那样渣滓悉去的作品,洞见肺腑的人物,而'清纯'一词,诚如麦雷所说,成为她的特质。"①女作家凌叔华和曼斯菲尔德渊源很深,甚至她本人也曾被誉为"中国的曼斯菲尔德"。沈从文很早就指出:"淑华女士,有些人说,从最近几篇作品中,看出她有与曼苏斐儿相似的地方来,富于女性的笔致,细腻而干净,但又无普通女人那类以青年的爱为中心那种习气,这是可信的。"②后来苏雪林也认同这样的看法:"提起凌叔华三字想来读者尚不如何感觉陌生,她是武大文学院长兼负名教授衔头的陈西滢(源)先生的夫人。自从民国十七年她的《花之寺》短篇小说集问世以后便一鸣惊人,与冰心、庐隐等成为名女作家之一。后来又发表《女人》、《小哥儿俩》等,作风新清浏亮,别具风格,誉之者称她为中国的曼苏斐尔(Katharine Mansfield)。"③凌叔华很早就在丈夫陈西滢的影响下翻译了曼斯菲尔德的《小姑娘》。更重要的是,她的文风也受到曼斯菲尔德的影响。凌叔华的小说集《小哥儿俩》出版后,朱光潜就认为其中的一篇小说《无聊》有曼斯菲尔德的影子:"《无聊》是写一种 mood,同时也写了一种 atmosphere,写法有时令人联想到曼斯菲尔德(Mansfield),很细腻,很真实。"④其实,我们从当时新月派文人创办的《新月》杂志可以发现一个十分有趣的现象:它每每在发表曼斯菲尔德译作的时候,总是也在同一期紧跟着发表凌叔华的作品,无形之中构成了比较的关系,暗示两人创作类似的用意相当明显。这当然不是一种巧合,说明凌叔华被称为"中国的曼斯菲尔德"的说法得到了相当程度的认可。

此外,叶公超1929年也为海外出版的曼斯菲尔德的《曼殊斐尔信札》撰

---

① 陈西滢:《曼殊斐儿》,原载1928年6月10日《新月》第1卷第4号。
② 沈从文:《北京之文艺刊物及作者》,见《沈从文全集》第17卷,第22页。
③ 苏雪林:《凌叔华女士的画》,《苏雪林文集》第2卷,安徽文艺出版社1996年版,第398页。
④ 朱光潜《论自然画与人物画:凌叔华作〈小哥儿俩〉序》,原载1946年5月《天下周刊》创刊号。

写介绍文字。此时的曼斯菲尔德在欧洲已经是声名鹊起,也越来越为中国的读者熟悉。叶公超的触觉非常敏锐,当曼斯菲尔德的信件在欧洲刚刚出版后,他马上就在《新月》的"海外出版界"栏目把它介绍给中国读者。他认为这两部信札使人们对于曼斯菲尔德的个性有了进一步的认识。叶公超还说,这些信札中可以窥见作者对美的热爱:"在她的脑海中,'美'是人生唯一探索;生死、得失、哀乐、智愚——都可以有美的表征,至于她自己的存亡命运,她好像绝没有把它放在心里似的。""我们只要读她的几封信便可以知道她是个发光明或光明东西的人。我想她的故事也好像是一条一条的太阳光线照在我们花园里的从来没人注目过的东西上。"①

对于曼斯菲尔德,萧乾在很多场合都提到这位女性作家的影响。他在北新书局当学徒时,就曾抄录过曼斯菲尔德的小说集。他说:"徐志摩译的《曼苏斐尔小说集》就是我一篇篇从《小说月报》、《现代评论》等刊物上抄下来的,那可以说是我最早精读的一部集子。"②他认为自己最早的副食品就是曼斯菲尔德作品中的小故事,曼斯菲尔德的那些小说"画面小,人物小,情节平凡。但它们曾使我时而感到无限欣悦,时而又感到深切的悲怆"③。在萧乾后来的《创作四试》中,他列举了许多对于自己有影响的作家,也提到了曼斯菲尔德的短篇小说。萧乾在晚年翻译曼斯菲尔德的《一个已婚男人的自述》,这表明在作家内心深处依然有曼斯菲尔德的位置。

三

在中国京派文人纷纷把目光转向西方,大力引入异域文化促进中国走向现代文明的过程中,与此同时,英国布鲁姆斯伯里文化圈的成员也开始把目光伸向对他们来说充满神秘的东方文明,他们对中国文化流露出浓厚的兴趣,在

---

① 叶公超:《曼殊斐尔的信札》,1929 年 1 月《新月》第 1 卷第 11 期。
② 萧乾:《一本褪色的相册》,《萧乾选集》第 3 卷,第 326 页。
③ 萧乾:《一本褪色的相册》,《萧乾选集》第 3 卷,第 326 页。

跨文化的阅读和现象中表达出他们眼中的中国文化图景,换言之,他们也都有一双自己的"中国眼睛"。美国学者帕特里卡·劳伦斯曾说:"英国的现代主义艺术家把目光投向了东方,与此同时,大量新的文化、哲学、审美体验与感受在 20 世纪初纷纷崭露头角。丽莉那双'中国眼睛'富含象征意义,是伍尔夫触及文化、政治、美学的成功写作手法,不仅暗示着英国画家融合了中国的审美观,而且暗示着欧洲现代主义甚至包括当代的对我们自己的文化和美学之'地方'(即普遍性)的质疑。于是,中国的空间被置于英国的现代主义视野内,使得围绕着这场文化运动所进行的以欧洲为中心的对话得以延伸开去。"[1]这恰证明了在当今社会不同文化、不同文明之间跨文化交流的合理性和普遍性。

在布鲁姆斯伯里文化圈中,罗杰·弗莱很早就对于中国文化表现出浓厚的兴趣。作为 20 世纪英国最重要的艺术评论家之一,罗杰·弗莱曾在剑桥做过关于中国艺术的斯雷德系列讲座(Slade Lectures),他的许多艺术评论也涉及对东方艺术尤其是中国艺术的评论。弗吉尼亚·伍尔夫回忆说:"他的著作一本接着一本地出版了——关于法国艺术的,关于佛兰德斯艺术和英国艺术的,关于不同画家的,关于艺术史的;大量阐释波斯艺术、中国艺术以及俄罗斯艺术的论文。"[2]罗杰·弗莱在 1925 年主编出版了《中国艺术:绘画、瓷器、纺织品、青铜器、雕塑、玉器》一书,并亲自撰写了序言《中国艺术导论》,对中国艺术进行了概括和评论。和布鲁姆斯伯里文化圈关系很密切的汉学家阿瑟·韦利翻译了许多中国古典诗歌,后来以《中文诗 170 首》的书名由欧米伽工作室印刷。对此罗杰·弗莱表现出强烈的兴趣。阿瑟·韦利回忆说:"起初我粗略地翻译中文诗歌,只是觉得自己能用英语写好而已,根本没有去想出版这码事儿,但是我也真心希望朋友们能和我一样从我的翻译中得到快乐。

---

① [美]帕特丽卡·劳伦斯:《丽莉·布瑞斯珂的中国眼睛》,万江波等译,第 15 页。

② [英]弗吉尼亚·伍尔夫:《罗杰·弗莱》,见[加]S.P.罗森鲍姆:《岁月与海浪:布鲁姆斯伯里文化圈人物群像》,第 9 页。

对我的翻译感兴趣的人包括罗杰·弗莱、戈兹沃西·洛斯·狄金森（Goldsworthy Lowes Dickinson）和《琐事》（Trivia）的作者洛根·皮尔索·史密斯（Logan Pearsall-smith）。罗杰·弗莱当时正热衷于开拓他的出版事业。他认为诗歌应该以起伏有致的诗行印刷，以便加强韵律，并且问我是否反对他用我的翻译作品来做试验。"①从中不难发现罗杰·弗莱对于中国古典诗歌还是有一定的了解。罗杰·弗莱这种对东方文化的热情向往又深深感染到他的家人。罗杰·弗莱的妹妹玛杰丽·弗莱于1933年亲自来到中国，在中国她结识了凌叔华和陈源夫妇，而她对从中国带回英国的唐三彩瓷器更是爱不释手，罗杰·弗莱专门为这些艺术品画了静物画。与罗杰·弗莱对待中国文化态度相仿的还有瓦奈萨·贝尔。凌叔华给瓦奈萨·贝尔寄去了一些艺术品，瓦奈萨·贝尔给她回信，感叹道："它们太漂亮了。尤其是这些图片，在我看来，是不同神灵的杰作。我以前从未见过像它们这样精美的东西。我不知道那些了解中国风情的其他英国人（像亚瑟·韦利）是否见过这样的图片。我想我一定要给他看看。它们颜色考究、构图精美，令我们爱不释手把玩良久。在战争中，我们在几乎与世隔绝的状况下却收到了这么漂亮的礼物，真是太棒了。"②后来凌叔华的绘画作品也得到了瓦奈萨·贝尔的高度赞赏。

而利顿·斯特雷奇的剧本《天子》更是诸多中国元素的聚合。这个剧本以晚晴末年的重大历史事件为背景，讲述慈禧篡夺"天子"地位的故事。剧本的人物、场地、甚至舞台的布局等都是中国式的，"通过斯特雷奇极其丰富的意象，古老中国的形象浮现眼前：佛、鸣钟、燕窝、夜莺、杏树、荷花池、庙宇和茶杯。反西方情绪充斥着整个剧情。"③该剧曾由布鲁姆斯伯里文化圈的成员搬上舞台，引发社会的轰动，中国文化得以通过利顿·斯特雷奇的戏剧作品进入

---

①　[加]S.P.罗森鲍姆：《回荡的沉默：布鲁姆斯伯里文化圈侧影》，第21页。

②　[英]瓦奈萨·贝尔：《致凌叔华》，1940年3月17日，帕特丽卡·劳伦斯：《丽莉·布瑞斯珂的中国眼睛》，万江波等译，第364页。

③　[美]帕特丽卡·劳伦斯：《丽莉·布瑞斯珂的中国眼睛》，万江波等译，第265页。

英国民众的视野。

当然，作为布鲁姆斯伯里后期文化圈的重要成员，朱利安·贝尔和中国文化的渊源就更为直接了。他爱好文学和艺术，对中国文化十分向往。后来朱利安·贝尔在庚子赔款项目的资助下来武汉大学外文系任教。一到中国，他就写信给法国的玛丽·莫隆（Marie Mauron），谈及他对中国文化和凌叔华的好感。"她是一位官员的女儿，是中国最著名的画家，短篇小说家之一。她敏感而细腻，聪慧而有教养，有时还有点使坏，最爱那些家长里短的故事，很有趣——总而言之，她是我所知道的最可爱最优秀的女人之一"①。朱利安·贝尔在中国期间，游历了很多地方，也结识了很多中国的朋友，他经常把自己对中国文化的感受告诉布鲁姆斯伯里文化圈的成员。和许多西方殖民者对待中国存在傲慢和偏见态度有所不同的是，朱利安·贝尔对待中国的态度比较友善，正面肯定的居多。如他写信告诉朋友："这一切都很有意思。我还是一如既往地喜爱这里的人们，陶醉于建筑的美丽，沉迷于这里的生活。"②他写信给家人："我的邻居陈源一家就像是光明的天使。这里还有'布鲁姆斯伯里—剑桥'的外围文化。陈源是戈迪的朋友，他们二人又都认识徐志摩——对布鲁姆斯伯里意义重大的穿针引线式的人物。整个环境和氛围酷似在家的时候。"③他写信给瓦奈萨·贝尔谈及对北京的印象："在西山的日子里，我们看到了许多寺庙。其中有些十分可爱，白色大理石的庭院，布局对称美观。"④朱利安·贝尔告诉自己的姨妈弗吉尼亚·伍尔夫说："这是一个美丽的国家，中国人很可爱，我在这儿讲授现代文学课程，1890—1914，1914—1936。我必须阅读作家作品，这是必须要做的：我们写得太多了，我想我该把《灯塔》作为指

---

① 见［美］帕特丽卡·劳伦斯：《丽莉·布瑞斯珂的中国眼睛》，万江波等译，第12页。
② 见［美］帕特丽卡·劳伦斯：《丽莉·布瑞斯珂的中国眼睛》，万江波等译，第108页。
③ 《致埃迪·普雷菲尔》1935年9月，见［美］帕特丽卡·劳伦斯：《丽莉·布瑞斯珂的中国眼睛》，第65页。
④ 《致瓦奈萨·贝尔》，1936年2月1日，见［美］帕特丽卡·劳伦斯：《丽莉·布瑞斯珂的中国眼睛》，第348页。

定教材。"①朱利安·贝尔不满足于把西方的文学观念传入中国,他同时还致力于把中国的文学介绍、传播到英国。由于和凌叔华关系要好,朱利安·贝尔在中国和凌叔华合作,开始把凌叔华的短篇小说翻译成英文在英国出版。朱利安·贝尔在信中描述这种经历说:"我称之为翻译,但是这实在只有在我们俩的这种特殊情形下才可能存在的一项活动。她把自己的汉语译成英语——她的语言易懂,语法严谨。然后我仔细询问她在字面翻译中想要表达的微妙涵义……一旦找到确切的(而非含混的)涵义,我就想出一个英语的句子打出来,其中加进了很多特殊的时态,把简明的词句扩展为各种形象的话语,再用上近似的对应英语习语和手法等等。这样产生的译文令我兴奋不已,我希望别人也这样认为。"②朱利安·贝尔希望更多的英国人阅读凌叔华的作品,使凌叔华成为中国的弗吉尼亚·伍尔夫。在朱利安·贝尔的努力下,凌叔华在英国也逐渐被更多的文化人所了解和接纳,她和弗吉尼亚·伍尔夫、瓦奈萨·贝尔、伦纳德·伍尔夫、邓肯·格兰特等建立了密切的关系。而凌叔华的自传体作品《古韵》在英国的出版和传播为中英之间的这场跨文化的对话做了最好的诠释。

作为布鲁姆斯伯里文化圈的灵魂人物,弗吉尼亚·伍尔夫虽然一生没有亲自来中国,留下了极大的遗憾,但她和布鲁姆斯伯里文化圈其他成员一样对神奇而古老的中国文化充满向往之情,她在其作品中留下了许多关于中国文化的元素和想象。就如有的学者所言:"弗吉尼亚·伍尔夫对中国文化的表现与大多数欧美作家一样,主要有两种形式。首先,中国的瓷器、丝绸等富有东方情调的物品或简笔勾勒的中国人散落在作品之中,有意无意地抒发想象中的中国形象,其次,基于创作者对中国哲学文化的了解,作品构思自觉体现对中国思想的领悟,通过叙述视角、人物风格、主题意境等多个创作层面,表现出基于中西美学交融的重构。"③可见,弗吉尼亚·伍尔夫对中国文化的了解

---

① 见[美]帕特丽卡·劳伦斯:《丽莉·布瑞斯珂的中国眼睛》,第71页。
② 见[美]帕特丽卡·劳伦斯:《丽莉·布瑞斯珂的中国眼睛》,万江波等译,第130页。
③ 高奋:《弗吉尼亚·伍尔夫的"中国眼睛"》,《广东社会科学》2016年第1期。

并没有仅仅停留在一般的文化层面上,甚至在更深层次的哲学中都表现出她的中国文化观,人们从弗吉尼亚·伍尔夫的《轻率》《达洛维夫人》《到灯塔去》这些作品都能发现背后隐含的中国文化寓意。

　　弗吉尼亚·伍尔夫的中国文化想象当然不是凭空而来的。作为布鲁姆斯伯里文化圈有巨大影响力的人物,弗吉尼亚·伍尔夫交往的朋友中有很多人熟悉中国文化,这些都会影响到弗吉尼亚·伍尔夫,如罗素、罗杰·弗莱、克莱夫·贝尔、朱利安·贝尔、伦纳德·伍尔夫、阿瑟·韦利、凌叔华等。弗吉尼亚·伍尔夫从这些朋友们的游记、书信以及其他的著作中不同程度地接触了中国文化。她的好朋友、英国剑桥大学讲师 G.L.狄更生就是一个道地的中国通,分别在 1910 年和 1913 年两次访问中国。狄更生对中国文化到了痴迷的地步,甚至对学生说过:"我现在和你们讨论中国,不是因为我什么都知道,也不是因为我到过这个国家,而是因为在前世,我其实就是一个中国人。"①狄更生的著作《中国人约翰的来信》同情中国人民的遭遇,对西方殖民势力的暴行进行了谴责。汉学家阿瑟·韦利致力于翻译中国古典文学作品,撰写过许多介绍中国文化的著作,他翻译出版的中国古典诗歌集曾经送给了许多布鲁姆斯伯里文化圈的成员。弗吉尼亚·伍尔夫曾在小说《奥兰多》的序言中感谢韦利提供的中国知识背景。当然,在和朱利安·贝尔与凌叔华的通信中弗吉尼亚·伍尔夫对中国文化有了更为清晰的认识。朱利安·贝尔在中国的两年多时间中和弗吉尼亚·伍尔夫通信很多,描述他对中国文化的观感。凌叔华和弗吉尼亚·伍尔夫在通信中涉及过许多关于艺术、女性、战争等话题,这些话题往往呈现出复杂的东西方文化的关系,在弗吉尼亚·伍尔夫的眼中,凌叔华的身上飘荡着浓郁的东方文化气息。弗吉尼亚·伍尔夫曾感叹说:"我常常羡慕你,因为你生活在一个有着古老文明的巨大荒地。"②除了这些之外,弗

---

①　见［美］帕特丽卡·劳伦斯:《丽莉·布瑞斯珂的中国眼睛》,万江波等译,第 207 页。
②　《伍尔夫致凌叔华信》,1939 年 4 月 17 日,见［美］帕特丽卡·劳伦斯:《丽莉·布瑞斯珂的中国眼睛》,第 419 页。

吉尼亚·伍尔夫也曾经直观感受到中国文化的魅力,弗吉尼亚·伍尔夫曾说过,她在跟随克莱拉·佩特学习希腊语的时候,发现她的家里"全是青瓷器、波斯猫还有莫里斯壁纸"①。这其中最为重要的就是在英国很有影响的中国"垂柳青瓷盘"。弗吉尼亚·伍尔夫和瓦奈萨·贝尔、罗杰·弗莱、阿瑟·韦利等一样,对于这个来自东方的浪漫故事十分熟悉,对于瓷器上充满中国文化情调的垂柳、人物、茶楼、宝塔、扁舟、鸽子、篱笆、农舍等图案十分欣赏。弗吉尼亚·伍尔夫还阅读了大量翻译成英文的中国文学著作。在 20 世纪初期西方人重新发现中国文化的浪潮中,弗吉尼亚·伍尔夫是一个弄潮儿。

在弗吉尼亚·伍尔夫看来,中国文学的魅力很大一部分来自作品的风格,她撰写的《中国故事》曾经专门评论过蒲松龄的《聊斋志异》,弗吉尼亚·伍尔夫对《聊斋志异》中亦真亦幻的手法赞不绝口。弗吉尼亚·伍尔夫眼中的中国文化性格温和、善良而富有宽容精神,这是和其他民族不同的地方。在弗吉尼亚·伍尔夫一些作品中所描绘的"中国眼睛"其实正是具有中国风格鉴赏力的"眼睛"。在《达洛维夫人》中,一个着墨不多的人物伊丽莎白被弗吉尼亚·伍尔夫赋予了一双"中国眼睛",她的端庄、温柔和恬静正是中国传统文化精神的折射。在《到灯塔去》中,小说的女人物形象丽莉·布瑞斯珂被作者赋予了一双"狭长的'中国眼睛',白皙的脸上略带皱纹,唯有独具慧眼的男人才会欣赏"。但同时她又有着"一种淡淡的、超然的、独立的气质"。作品透过丽莉·布瑞斯珂的眼睛去观察拉姆齐夫妇的生活,发现了人性中难以调和的矛盾和冲突。而在拉姆齐夫人的眼中,丽莉·布瑞斯珂的中国眼睛正是她的魅力所在。弗吉尼亚·伍尔夫借助一双"中国眼睛"打开了通向中国的文化之旅,她所描绘的带有异国情调的元素也开创了文学上全新的空间。在弗吉尼亚·伍尔夫的《邱园记事》(Kew Gardens)中,里面充满了中国文化的情调,很多意象的选择上明显带有中国传统文化的特点,作品中出现的宝塔、兰花、

① 《弗吉尼亚·伍尔夫书信集》,见[美]帕特丽卡·劳伦斯:《丽莉·布瑞斯珂的中国眼睛》,第464页。

茶叶、仙鹤对于熟悉中国文化的人来说是再亲切不过了。对于伍尔夫的这双"中国眼睛"的意义,有学者评论说:"伍尔夫的'中国眼睛'是直觉感知的,它的基点是大量阅读东方和中国故事;又是创造性重构的,它的源泉是创作主体的生命体验和审美想象。借助这双'中国眼睛',伍尔夫不仅深切领悟了中国诗学的意蕴,而且拓展了人类生命故事的内涵和外延。"[1]在借鉴人类文明经验和跨文化交流的实践中,弗吉尼亚·伍尔夫作出了很好的示范。

　　E.M.福斯特对东方文化也一直抱有很强的兴趣和好感。他本人曾经到访过印度等地,1924年完成了根据自身经历写作的著名小说《印度之行》,充满着对东方民族的同情,呼吁人们重视不同文化之间的差异,表达出强烈的文化对话意识和人文关怀。福斯特的剑桥导师兼朋友狄更生曾经不断地向他提及中国文化的特点,狄更生说:"中国是人类的国度……那么快乐、好客、美丽、健康,如希腊般典雅、精良而重人情……一个平和理智的民族——有点像英国人,却不乏敏感和想象……不求无限,但对现实世界中美丽而细腻的事物不乏清晰而自由的见解。"[2]这样的态度不能不影响到福斯特。在这之后,也曾经有人不断地提醒福斯特应该写写中国的故事,比如阿特丽斯·韦伯在1934年的通信中就建议福斯特再以中国为背景创作一部类似《印度之行》的作品。而在二战期间,随着福斯特和来自中国的作家萧乾建立起深厚的友情,福斯特的中国文化想象变得越来越清晰和迫切。萧乾一再督促福斯特写作一本《中国之行》。萧乾说:"自从我们见面以来我就一直想着《中国之行》的事。对于福斯特先生来说,中国可能是一个留下了不少人际关系的国家;对于中国来说,福斯特先生与其他西方人相比完全不同,他不像海军上校那样傲慢自负,不像外交官那样自鸣得意,也不像传教士那样喋喋不休,更不像鉴赏家似

---

① 高奋:《弗吉尼亚·伍尔夫的"中国眼睛"》,《广东社会科学》2016年第1期。

② 福斯特:《狄更生》,见[美]帕特丽卡·劳伦斯:《丽莉·布瑞斯珂的中国眼睛》,第274页。

的以恩人自居,他敏感、仁慈而又善解人意,像自己人一样。"①从萧乾后来的回忆文字中可以看到,福斯特的确对中国文化有种特殊的感情,"我请他去中国餐馆吃了顿很平常的中国饭,他回家后写信来说:'太好吃了,打自东方归来,我还没这么贪吃过'……1942年夏天,他想读读庄子的书。推荐他读庄子的是他的法国好友查尔斯·莫荣"②。萧乾在英国做了关于中国文化的《龙须与蓝图》讲座,福斯特十分欣赏,还写信给萧乾说:"现在说说你的讲座吧。我很喜欢,觉得很有趣也很吸引人。令我不免黯然神伤的是,我觉得自己已经太老了所以不能再领略中国了。如果我能够的话,它肯定会比意大利(我爱上的第一个国家)、印度和法国更好。"③在信中福斯特还希望在现代化的进程中要保护好文化传统。尽管由于各种原因福斯特未能写出《中国之行》这样的著作,但他对中国文化的挚爱却从未改变。

在当今的世界上,随着不同国家、民族之间的联系日益密切,跨越不同种族、国家、文化之间的交流已经成为不可逆转的历史趋势。在这样的过程中,不同文化和文明之间的对话显得尤为必要和迫切,彼此尊重,互相借鉴和学习应该成为人类的共识。在20世纪上半叶,中国的京派文人集团和英国布鲁姆斯伯里文化圈之间进行了卓有成效的文化交流和对话,他们通过观察、思考对方的文化、文学、艺术、宗教等传统,以此来反思本民族的文化精神,为东西方文化的汇聚和交融架起了一道彩虹。尽管由于文化背景和身份不同也导致了一些误读现象,但总体来看成果是丰硕的,这恰恰证明了跨文化交流的复杂性和魅力所在。

---

① 《友谊公报》1942年9月22日。
② 《萧乾回忆录》,第141页。
③ 《友谊公报》1943年1月5日。

结　　语

很长一段时间,在中国现代文学研究的不少著述中,京派文学更多的时候是作为一个单纯的文学流派出现在世人面前。如严家炎先生的《中国现代小说流派史》在谈京派小说时一开始就开宗明义地说:"它是指新文学中心南移到上海以后,30 年代继续活动于北平的作家群所形成的一个特定的文学流派。"①因此,人们对它的研究更多的是从文学的内部来展开,诸如文学的流派属性、作家和作品倾向、文学风格、美学理想乃至文体等方面的研究都取得了相当可观的成就,这是文学研究的重要使命,应当充分肯定。但这种整体性的描述、概括是为了研究上的方便而提出的概念,而历史的丰富性和复杂性却往往只能通过大量的细节特征来表现。弗德烈·詹明信(Fredric Jameson)说:"任何一种分析都必须将某些'显性范畴'离析出来;这些范畴作为辩证关系的现象可以使我们通过正反两面同时注意而认识事物的本质。但最后,这种抽象的思维必须复归于具体的世界,'把它作为自身具足的这个幻象消灭,重新融入历史,提供了短暂的瞬间,仿佛可以窥见有形整体的现实。'"②而庞德(Ezra Pound)也强调细节在研究中的特殊意义:"任何事实从某种意义上说,都是重要的。任何事实都可能是征兆的,而某些事实却能为人们观察周围环

---

①　严家炎:《中国现代小说流派史》,第 205 页,

②　见叶维廉:《中国诗学》(增订版),第 236 页,

境、前因后果、序次与规律,提供一种出人意料的洞识力……我们在文化或文学发展史上,便接触到这种具有启发性的细节。数十个这种性质的细节可以使我们获得关于一个时代的信息——这种信息是积聚浩繁的普通事实所得不到的。"①因此,回到历史现场,通过大量的启发性的细节去完完整整还原其本来的面貌,应该成为文学研究者义不容辞的担当。

而国内最近十多年来出现的文化研究热潮就为这种历史还原提供了充足的理由和条件。上个世纪中后期,西方的学者相继提出用文化去观察社会政治的观点,如英国的霍尔提出,文化研究始终应该关心文化与权力的关系;雷蒙德·威廉斯也用文化的概念来诠释物质生产与人类日常的生活经验,他把文化划分为三种类型,即:"理想的"、"文献的"、"社会的"②,这三种文化构成了一个文化整体,进而尝试用文化模式来分析这种整体的生活方式。后来英国的这种文化研究在世界范围内产生影响并最终被引入中国,不少学者在现代文学学科的研究中已经大量应用了这种研究范式,诸如李欧梵先生的《上海摩登》就是典型和成功的代表作。李欧梵借用哈贝马斯公共空间的理论,对现代上海的建筑、咖啡馆、印刷媒介、电影等都给以充分的论述,此外还探讨了这种新都市生活对文人生活方式、审美情趣和文学带来的变化,从而展示出上海现代性的一面,这些都为笔者对京派文学的研究提供了很好的参照、启发。本书力图从文化研究的视角来全面审视京派文人的创作和现代都市的关系,因而对京派文学所依赖的都市文化空间进行详尽的阐释,分析京派文学所涉及的都市文化背景、文学与印刷媒介、文学与大学的关系、文学的现代性、文人的公共交往、文学中的城市等主题,并把其和英国著名的布鲁姆斯伯里文化圈进行比较。为了凸显历史细节的真实性,本书稿大量使用了相关作家的书信、日记、回忆录等材料,力图通过这些材料来证明民国时期北京在中国现代文学书写的重要性,而这种书写相对于中国另一座都市上海而言,相当长的一

---

① 见叶维廉:《中国诗学》(增订版),第236页,
② [英]雷蒙德·威廉斯:《漫长的革命》,倪伟译,上海人民出版社2013年版,第50页。

段时间被人忽略了。事实上,京派文学和民国时期北京的关系正如新感觉派和上海的关系一样,是故都北京的文化土壤和气候孕育了京派文学的厚重、理性和成熟,而京派作家在用文学书写故都北京的同时,也把自己的生命和情感熔铸于这座城市,成为城市精神的守护者和创造者、传播者。故都北京是维系他们情感的文化符号,也是他们共同的文化家园,京派文学多重的文化意象也应运而生。这是一种不同于当时的左翼文学图景的文学,也不同于新感觉派笔下图景的文学,它淋漓尽致地展现文学的"叙述、想象、凝聚和召唤"的功能,使人们获得了鲜活的历史记忆。同时也应该看到,民国北京蕴含着的很多文化主题都值得进一步深入挖掘,陈平原说:"假如有朝一日,我们对历代主要都市的日常生活场景'了如指掌',那时,再来讨论诗人的聚会与唱和、文学的生产与知识的传播,以及经典的确立与趣味的转移,我相信会有不同于往昔的结论。起码关于中国文学史的叙述,不会像以前那样过于注重乡村与田园,而蔑视都城与市井。"[1]本课题的一些探讨,也可以看作是对陈平原这种呼吁的一种响应。无论从哪个角度衡量,民国时期的北京都理应在现代文学研究中占有一席之地。

方法是客体和主体的中介,也是客观的对应物。同样文学研究中也始终应该具有方法论意识和问题意识,只有这样才能抛弃惰性的思维,才能回答不断出现的新问题,进而获得研究的丰满生命。比如文化研究方法的介入使得中国现代文学研究出现了许多值得重新思考的角度和观测点,也使文学获得了更为广阔、开放的空间,其影响力正在不断显现。本书稿对京派文学的研究还只是一种初步的尝试,可以想见,有些地方的思考还不尽成熟,有许多课题还有待进一步的拓展。但笔者相信,未来更有分量的研究成果必将在更年轻一代的学者中出现。

---

① 陈平原:《北京记忆与记忆北京》,第32页。

参 考 文 献

作家全集、文集、作品选编、日记、年谱、回忆录

《卞之琳文集》,安徽教育出版社 2002 年版。

《废名集》,北京大学出版社 2009 年版。

《冯至全集》,河北教育出版社 1999 年版。

《胡适全集》,安徽教育出版社 2003 年版。

《何其芳全集》,河北人民出版社 2000 年版。

《季羡林全集》,外语与教学研究出版社 2010 年版。

《鲁迅全集》,人民文学出版社 1981 年版。

《凌叔华文集》,天津人民出版社 2016 年版。

《梁宗岱文集》,中央编译出版社 2003 年版。

《梁实秋文集》,鹭江出版社 2002 年版。

梁遇春:《春醪集》,湖南文艺出版社 2011 年版。

《李健吾文集》,北岳文艺出版社 2017 年版。

《李广田全集》,云南人民出版社 2010 年版。

《李长之文集》,河北教育出版社 2006 年版。

《林庚诗集》,清华大学出版社 2014 年版。

《林徽因文集·文学卷》,百花文艺出版社 1999 年版。

《老舍全集》,人民文学出版社 2017 年版。

《沈从文全集》,北岳文艺出版社 2002 年版。

《师陀全集》,河南大学出版 2004 年版。

《闻一多全集》,湖北人民出版社 1993 年版。

《汪曾祺文集》,江苏文艺出版社 1993 年版。

《徐志摩全集》,天津人民出版社 2005 年版。

《萧乾选集》,四川人民出版社 1984 年版。

陈子善编:《叶公超批评文集》,珠海出版社 1998 年版。

《俞平伯全集》,花山文艺出版社 1997 年版。

《郑振铎全集》,花山文艺出版社 1998 年版。

《朱光潜全集》,安徽教育出版社 1987 年版。

《朱自清全集》,江苏教育出版社 1996—1997 年版。

《周作人自编文集》,河北教育出版社 2002 年版。

林徽因编辑:《大公报文艺丛刊小说选》,上海书店出版社 1990 年影印版。

姜德明编:《北京乎:现代作家笔下的北京》,生活·读书·新知三联书店 2005 年版。

季剑青编选:《北平味儿》,生活·读书·新知三联书店 2014 年版。

孙郁、黄乔生主编:《回望周作人》,河南大学出版社 2004 年版。

吴福辉编选:《京派小说选》,人民文学出版社 1990 年版。

严家炎编选:《新感觉派小说选》,人民文学出版社 1985 年版。

《周作人俞平伯往来通信集》,上海译文出版社 2014 年版。

赵国忠编选:《故都行脚》,南京师范大学出版社 2016 年版。

《顾颉刚日记》,中华书局 2011 年版。

浦江清:《清华园日记　西行日记》,生活·读书·新知三联书店 1987 年版。

《钱玄同日记》,北京大学出版社 2014 年版。

《吴宓日记》,生活·读书·新知三联书店 1998 年版。

《周作人日记》,大象出版社 1996 年版。

曹聚仁:《我与我的世界》,人民文学出版社 1983 年版。

冯友兰:《三松堂自序》,人民出版社 2008 年版。

耿云志:《胡适年谱》,福建教育出版社 2012 年版。

顾潮:《顾颉刚年谱》(增订版),中华书局 2011 年版。

湖南政协文史资料委员会编:《星斗其人,赤子其人:忆沈从文》,岳麓书社 1998 年版。

何炳棣:《读史阅世六十年》,广西师范大学出版社 2005 年版。

侯仁之:《我从燕京大学来》,生活·读书·新知三联书店 2009 年版。

季培刚:《杨振声年谱》,学苑出版社 2015 年版。

姜建、吴为公:《朱自清年谱》,光明日报出版社 2010 年版。

蒋梦麟:《西潮·新潮》,岳麓书社 2000 年版。

《蒋廷黻回忆录》,中华书局 2014 年版。

李维音:《李健吾年谱》,北岳文艺出版社 2017 年版。

刘小沁编选:《窗子内外忆徽因》,人民文学出版社 2001 年版。

陈建军编著:《废名年谱》,华中师范大学出版社 2003 年版。

茅盾:《我走过的道路》,人民文学出版社 1997 年版。

钱穆:《八十忆双亲　师友杂记》,生活·读书·新知三联书店 1998 年版。

秦贤次编:《叶公超其人其文其事》,(台湾)传记文学出版社 1983 年版。

孙玉蓉编纂:《俞平伯年谱》,天津人民出版社 2001 年版。

吴世勇编:《沈从文年谱(1902—1988)》,天津人民出版社 2006 年版。

闻黎明编著:《闻一多年谱》,群言出版社 2014 年版。

叶崇德主编:《回忆叶公超》,学林出版社 1993 年版。

《萧乾回忆录》,中国工人出版社 2005 年版。

杨联陞:《哈佛遗墨》(修订本),商务印书馆 2013 年版。

张菊香、张铁荣编著:《周作人年谱(1885—1967)》,天津人民出版社 2000 年版。

〔美〕司徒雷登:《在华五十年》,李晶译,学林出版社 2015 年版。

报　刊　类

《大公报·文艺副刊》,1933—1937 年。

《骆驼草》,1930 年。

《水星》,1934—1935 年。

《文学季刊》,1934—1935 年。

《文学杂志》,1937 年。

《现代》,1932—1935 年。

《新月》,1928—1933 年。

《新诗》,1936—1937 年。

《学文》,1934 年。

《语丝》,1924—1930 年。

《燕大周刊》,1930—1932 年

《燕大月刊》,1929—1933 年。

学 术 著 作

北京大学中文系、天津师范大学文学院编:《三四十年代平津文坛研究》,北京大学出版社 2013 年版。

陈平原、王德威编:《北京:都市想像与文化记忆》,北京大学出版社 2005 年版。

陈平原、陈国球、王德威编:《香港:都市想象与文化记忆》,北京大学出版社 2015 年版。

陈平原:《作为学科的文学史:文学教育的方法、途径及境界》,北京大学出版社 2016 年版。

陈平原、夏晓虹编:《北大旧事》,北京大学出版社 2009 年版。

陈平原:《北京记忆与记忆北京》,生活·读书·新知三联书店 2008 年。

陈平原:《中国大学十讲》,复旦大学出版社 2002 年版。

陈鸣树:《文艺学方法论》,复旦大学出版社 2004 年版。

陈思和:《中国文学中的世界性因素》,复旦大学出版社 2011 年版

陈重远:《琉璃厂史话》,北京出版社 2015 年版。

陈重远:《京城古玩行》,北京出版社 2015 年版。

陈重远:《琉璃厂文物地图》,北京出版社 2015 年版。

陈远:《燕京大学:1919—1952》,浙江人民出版社 2013 年版。

陈明远:《文化人与钱》,百花文艺出版社 2001 年版。

陈太胜:《梁宗岱与中国象征主义诗学》,北京师范大学出版社 2004 年版。

程光炜主编:《大众媒介与中国现当代文学》,人民文学出版社 2005 年版。

程光炜主编:《文人集团与中国现当代文学》,人民文学出版社 2005 年版。

程光炜主编:《都市文化与中国现当代文学》,人民文学出版社 2005 年版。

丁亚平:《水底的火焰:知识分子萧乾(1949—1999)》,中国人民大学出版社 2010 年版。

董玥:《民国北京城:历史与怀旧》,生活·读书·新知三联书店 2014 年版。

董强:《梁宗岱:穿越象征主义》,文津出版社 2005 年版。

邓云乡：《文化古城旧事》，河北教育出版社 2004 年版。

邓云乡：《燕京乡土记》，中华书局 2015 年版。

傅光明、孙伟华编：《萧乾研究专集》，华艺出版社 1992 年版。

费冬梅：《沙龙：一种新都市文化与文学生产（1917—1937）》，北京大学出版社 2016 年版。

郭子升：《市井风情：京城庙会与厂甸》，辽海出版社 1997 年版。

高恒文：《京派文人：学院派的风采》，上海教育出版社 2000 年版。

高恒文：《周作人与周门弟子》，大象出版社 2014 年版。

高恒文：《论"京派"》，北岳文艺出版社 2015 年版。

侯仁之：《北京城的生命印记》，生活·读书·新知三联书店 2009 年版。

黄延复：《水木清华：二三十年代清华校园文化》，广西师范大学出版社 2001 年版。

黄兴涛、陈鹏主编：《民国北京研究精粹》，北京师范大学出版社 2016 年版。

韩石山：《李健吾传》，山西人民出版社 2006 年版。

贺仲明：《暗哑的夜莺：何其芳评传》，南京师范大学出版社 2004 年版。

胡伟希等：《十字街头与塔——中国近代自由主义思潮研究》，上海人民出版社 1991 年版。

季剑青：《重写旧京：民国北京书写中的历史与记忆》，生活·读书·新知三联书店 2017 年版。

季剑青：《北平的大学教育与文学生产：1928—1937》，北京大学出版社 2011 年版。

梁思成：《中国建筑史》，百花文艺出版社 1998 年版。

李欧梵：《上海摩登：一种新都市文化在中国（1930—1945）》，毛尖译，北京大学出版社 2001 年版。

《李欧梵作品：现代性的追求》，人民文学出版社 2010 年版。

李泽厚：《中国现代思想史论》，安徽文艺出版社 1999 年版。

李华兴主编：《民国教育史》，上海教育出版社 1997 年版。

刘淑玲：《大公报与中国现代文学》，河北教育出版社 2004 年版。

李艳莉：《崇高与平凡——民国时期大学教师日常生活研究（1912—1937）》，福建教育出版社 2017 年版。

李俊国：《都市审美：海派文学叙事方式研究》，中国社会科学出版社 2015 年版。

李今：《海派小说与现代都市文化》，安徽教育出版社 2000 年版。

林毓生：《中国传统的创造性转化》，生活·读书·新知三联书店 1988 年版。

凌宇：《沈从文传：生命之火长明》，北京十月文艺出版社 1991 年版。

凌宇：《从边城走向世界》，生活·读书·新知三联书店1985年版。

罗纲、刘象愚主编：《文化研究读本》，中国社会科学出版社2000年版。

马越编著：《北京大学中文系简史（1910—1998）》，北京大学出版社1998年版。

倪锡英编：《北平》，上海中华书局1936年版。

彭小妍：《浪荡子美学与跨文化现代性：20世纪30年代上海、东京及巴黎的浪荡子、漫游者与译者》，（台湾）联经出版公司2012年版。

钱钟书：《谈艺录》，中华书局1984年版。

钱理群：《周作人传》，北京十月文艺出版社1990年版。

钱理群：《周作人论》，上海人民出版社1991年版。

瞿世镜：《伍尔夫意识流小说家》，上海文艺出版社1989年版。

宋韵声：《中英文化团体比较研究》，辽宁大学出版社2015年版。

司马长风：《中国新文学史》，香港昭明出版社1976年版。

施懿琳、扬雅慧主编：《时空视域的交融》，台湾中山大学人文研究中心2011年版。

沈卫威：《民国大学的文脉》，人民文学出版社2014年版。

商金林：《朱光潜与中国现代文学》，安徽教育出版社1995年版。

孙殿起：《琉璃厂小志》，北京古籍出版社1982年版。

孙玉石：《中国现代诗歌艺术》，北京大学出版社2010年版。

孙玉石：《中国现代主义思潮史论》，北京大学出版社2010年版。

孙逊、陈恒主编：《书写城市：文学与城市体验》，上海三联书店2014年版。

舒芜：《周作人的是非功过》（增订本），辽宁教育出版社2000年版。

唐振常主编：《上海史》，上海人民出版社1989年版。

吴福辉主编：《中国现代文学编年史：以文学广告为中心（1928—1937）》，北京大学出版社2013年版。

吴福辉：《都市漩流中的海派小说》，复旦大学出版社2009年版。

吴晓东：《镜花水月的世界——废名〈桥〉的解读》，广西教育出版社2003年版。

吴梓明：《基督宗教与中国大学教育》，中国社会科学出版社2003年版。

伍蠡甫、胡经之主编：《西方文艺理论名著选编》，北京大学出版社1987年版。

伍蠡甫主编：《现代西方文论选》，上海译文出版社1983年版。

王翠艳：《燕京大学与"五四"新文学》，文化艺术出版社2015年版。

王德威：《想象中国的方法：历史·小说·叙事》，生活·读书·新知三联书店1998年版。

王德威:《抒情传统与中国现代性》,生活·读书·新知三联书店 2010 年版。

王彬彬:《中国现代大学与中国现代文学》,上海人民出版社 2011 年版。

王建伟主编:《北京文化史——北京专史集成》,人民出版社 2014 年版。

王湜华:《红学才子俞平伯》,北京大学出版社 2006 年版。

王攸欣:《朱光潜传》,人民出版社 2011 年版。

王晓明主编:《批评空间的开创:20 世纪中国文学研究》,东方出版中心 1998 年版。

温儒敏:《中国现代文学批评史》,北京大学出版社 1993 年版。

许纪霖主编:《近代中国知识分子的公共交往:1895—1949》,上海人民出版社 2008 年。

许纪霖:《公共性与公共知识分子》,江苏人民出版社 2003 年版。

许慧琦:《故都新貌:迁都后到抗战前的北平城市消费(1928—1937)》,台湾学生书局 2008 年版。

萧超然等编著:《北京大学校史(1898—1949)》,北京大学出版社 1988 年版。

肖东发等主编:《风物:燕园景观及人文底蕴》,北京图书馆出版社 2003 年版。

夏志清:《中国现代小说史》,刘绍铭等译,复旦大学出版社 2005 年版。

夏中义:《朱光潜美学十辨》,商务印书馆 2011 年版。

薛毅主编:《西方都市文化研究读本》(1—4 卷),广西师范大学出版社 2008 年版。

颜海平:《中国现代女性作家与中国革命》,季剑青译,北京大学出版社 2011 年版。

余英时:《士与中国文化》,上海人民出版社 2003 年版。

原北平市政府秘书处编:《旧都文物略》,中国建筑工业出版社 2005 年版。

燕京研究院编:《燕京大学人物志》(第一辑),北京大学出版社 2001 年版。

颜浩:《北京的舆论环境与文人团体:1920—1928》,北京大学出版社 2008 年版。

杨义:《京派海派综论(图本志)》,中国社会科学出版社 2003 年版。

杨义:《中国现代小说史》(第 1—3 卷),人民文学出版社 1986 年版。

杨东平:《城市季风》,东方出版社 1994 年版。

杨莉馨:《20 世纪文坛上的英伦百合:弗吉尼亚·伍尔夫在中国》,人民出版社 2009 年版。

严家炎:《中国现代小说流派史》,人民文学出版社 1989 年版。

叶维廉:《中国诗学》(增订版),人民文学出版社 2006 年版。

张玲霞:《清华校园文学论稿(1911—1949)》,清华大学出版社 2002 年版。

张鸿声:《文学中的上海想象》,人民出版社 2011 年版。

张传敏:《民国时期的大学新文学课程研究》,人民出版社 2010 年版。

王岗:《北京城市生活史》,人民出版社 2016 年版。

张蕴艳:《李长之学术——心路历程》,北京大学出版社 2006 年版。

张洁宇:《荒原上的丁香:20 世纪 30 年代北平"前线诗人"诗歌研究》,中国人民大学出版社 2003 年版。

张腾蛟:《文学　艺事　外交:叶公超传》,台湾近代中国出版社 1977 年版。

张新颖:《20 世纪上半期中国文学的现代意识》,复旦大学出版社 2009 年版。

中国建筑设计研究院建筑历史研究所:《中国近代建筑》,中国建筑工业出版社 2008 年版。

赵园:《北京:城与人》,上海人民出版社 1991 年版。

朱寿桐:《新月派的绅士风情》,江苏文艺出版社 1995 年版。

查振科:《对话时代的叙事话语——论京派文学》,春风文艺出版社 2005 年版。

周肇祥撰:《琉璃厂杂记》,北京燕山出版社 1995 年版。

周仁政:《京派文学与现代文化》,湖南师范大学出版社 2002 年版。

[德]本雅明:《资本主义发达时代的抒情诗人》,张旭东、魏文生译,生活·读书·新知三联书店 1989 年版。

[德]马克斯·韦伯:《新教伦理与资本主义精神》,于晓、陈维刚等译,生活·读书·新知三联书店 1987 年版。

[德]哈贝马斯:《公共领域的结构转型》,曹卫东等译,学林出版社 1999 年版。

[德]斯宾格勒:《西方的没落》,齐世荣等译,商务印书馆 1995 年版。

[德]托尔尼乌斯:《沙龙的兴衰——500 年欧洲社会风情追忆》,何兆武译,知识出版社 2003 年版。

[德]黑格尔:《小逻辑》,贺麟译,商务印书馆 1980 年版。

[法]费尔南·布罗代尔:《十五至十八世纪的物质文明、经济和资本主义》,顾良等译,商务印书馆 2017 年版。

[法]梵·第根:《比较文学论》,戴望舒译,吉林出版集团有限责任公司 2012 年版。

[法]萨特:《存在与虚无》,陈宣良等译,生活·读书·新知三联书店 1987 年版。

[加]S.P.罗森鲍姆:《岁月与海浪:布鲁姆斯伯里文化圈人物群像》,徐冰译,江苏教育出版社 2006 年版。

[加]S.P.罗森鲍姆:《回荡的沉默:布鲁姆斯伯里文化圈侧影》,杜争鸣等译,江苏教育出版社 2006 年版。

[美]爱德华·W.萨义德:《知识分子论》,单德兴译,生活·读书·新知三联书店 2013 年版。

[美]丹尼尔·贝尔:《资本主义文化矛盾》,赵一凡等译,生活·读书·新知三联书店1989年版。

[美]史书美:《现代的诱惑》,何恬译,江苏人民出版社2007年版。

[美]叶文心:《民国时期大学校园文化》,冯夏根等译,中国人民大学出版社2012年版。

[美]金介甫:《沈从文传》,符家钦译,国际文化出版公司2005年版。

[美]艾米丽亚·基尔·梅森:《法国沙龙女人》,郭小言译,中国社会科学出版社2003年版。

[美]费正清编:《剑桥中华民国史(1912—1949年)》,中国社会科学出版社1994年版。

[美]舒衡哲:《鸣鹤园》,张宏杰译,北京大学出版社2009年版。

[美]刘易斯·芒福德:《城市发展史:起源、文化和前景》,宋俊岭、倪文彦译,中国建筑工业出版社2005年版。

[美]刘易斯·芒福德:《城市文化》,宋俊岭等译,中国建筑工业出版社2009年版。

[美]布赖恩·贝利:《比较城市化》,顾朝林等译,商务印书馆2010年版。

[美]罗兹·墨菲:《上海——现代中国的钥匙》,上海社科院历史研究所编译,上海人民出版社1986年版。

[美]苏珊·朗格:《情感与形式》,刘大基等译,中国社会科学出版社1986年版。

[美]雷纳·韦勒克:《近代文学批评史》(第4—8卷),杨自武译,上海译文出版社2009年版。

[瑞典]喜仁龙:《北京的城墙与城门》,邓可译,北京联合出版公司2017年版。

[瑞士]雅各布·布克哈特:《意大利文艺复兴时期的文化》,何新译,商务印书馆1979年版。

[英]朱莉娅·博伊德:《消逝在东交民巷的那些日子》,向丽娟译,商务印书馆2016年版。

[英]阿诺德·汤因比:《历史研究》,刘北成、郭小凌译,上海人民出版社2000版。

[英]昆汀·贝尔:《隐秘的火焰:布鲁姆斯伯里文化圈》,季进译,江苏教育出版社2006年版。

[英]安东尼·吉登斯、克里斯多弗·皮尔森:《现代性:吉登斯访谈录》,尹宏毅译,新华出版社2001年版。

[英]安东尼·吉登斯:《现代性的后果》,田禾译,译林出版社2000年版。

[英]罗杰·弗莱:《弗莱艺术批评文选》,沈语冰译,江苏美术出版社2013年版。

[英]《凯恩斯文集·精英的聚会》,刘玉波、董波译,江苏人民出版社 1997 版。

[英]约翰·雷门:《伍尔芙》,余光照译,百家出版社 2004 年版。

[英]弗吉尼亚·伍尔夫:《论小说与小说家》,瞿世镜译,上海译文出版社 2009 年版。

[英]《艾略特文学论文集》,李赋宁译,百花洲文艺出版社 1994 年版。

责任编辑：安新文
封面设计：石笑梦
版式设计：胡欣欣

图书在版编目（CIP）数据

故都的文化记忆与文学书写:京派文学与中国现代都市文化空间关系研究/
　文学武 著. —北京:东方出版社,2022.12
ISBN 978－7－5207－2751－8

Ⅰ.①故… Ⅱ.①文… Ⅲ.①京派-文学研究 Ⅳ.①I209.91

中国版本图书馆 CIP 数据核字（2022）第 059998 号

故都的文化记忆与文学书写
GUDU DE WENHUA JIYI YU WENXUE SHUXIE
——京派文学与中国现代都市文化空间关系研究

文学武 著

东方出版社 出版发行
（100706 北京市东城区朝内大街 166 号）

中煤（北京）印务有限公司印刷 新华书店经销

2022 年 12 月第 1 版 2022 年 12 月北京第 1 次印刷
开本:710 毫米×1000 毫米 1/16 印张:27.75
字数:420 千字

ISBN 978－7－5207－2751－8 定价:82.00 元

邮购地址 100706 北京市东城区朝内大街 166 号
人民东方图书销售中心 电话 （010）65250042 65289539